Мелкий бес

찌질한 악마

초판 1쇄 발행 | 2019년 2월 27일

지은이 표도르 솔로구프
옮긴이 이영의
발행인 이대식

편집 김화영 나은심 손성원 김자윤
마케팅 배성진 박상준 **관리** 홍필례
디자인 모리스

주소 서울시 종로구 평창길 329(우편번호 03003)
문의전화 02-394-1037(편집) 02-394-1047(마케팅)
팩스 02-394-1029
홈페이지 www.saeumbook.co.kr
전자우편 saeum98@hanmail.net
블로그 blog.naver.com/saeumpub
페이스북 facebook.com/saeumbooks
인스타그램 instagram.com/saeumbooks

발행처 (주)새움출판사
출판등록 1998년 8월 28일(제10-1633호)

새움
세계
문학

Мелкий бес
Фёдор Сологу́б

찌질한 악마

표도르 솔로구프

이영의 옮김

새움

일러두기

1. 이 책은 Фёдор Сологу́б, 『Мелкий бес』(Москва. Художественная литература, 1988г.)을 저본으로 삼아 번역했다.
2. 등장인물들의 이름 및 지명의 표기는 국립국어원의 외래어 표기법을 따랐다.
3. 독자들의 이해를 돕기 위한 설명을 본문 하단에 각주로 정리했다.
4. 작품 해설은 역자와 작가의 인터뷰 형식으로 구성한 '작가와의 대화'로 수록했다.

나는 고약한 마귀할멈을 불태워 버리고 싶었다.

1

축일 아침 미사를 마친 교구의 신도들은 집으로 돌아갔다. 남은 몇몇 사람들은 울타리 근처나 흰 돌담 뒤의 오래된 보리수나무와 단풍나무 아래 모여 이야기를 나누고 있었다. 축일답게 화사한 옷을 차려입고 다정한 눈길을 주고받으며 이야기를 나누고 있는 사람들을 보니, 이 도시의 사람들은 평화롭고 화목하게 살아가는 것처럼 보였다. 나아가 유쾌하게까지 보일 정도였다. 하지만 그 모든 것은 그렇게 보였을 뿐이었다.

김나지야* 교사인 페레도노프는 사람들 가운데 서서, 금테 안경 속의 작고 툭 튀어나온 눈으로 무뚝뚝하게 그들을 쳐다보며 말했다.

"볼찬스카야 공작부인이 직접 바랴**에게 틀림없이 그렇게 약속을 했답니다. 바랴가 저와 결혼만 하면, 당장 저에게 장학관 자리를 주겠다고."

---

* 중·고등학교가 함께 있는 러시아의 교육기관.
** 바르바라 드미트리예브나 말로시나의 애칭.

"하지만 자네가 바르바라 드미트리예브나와 어떻게 결혼을 한단 말인가?" 얼굴이 불그스레한 팔라스토프가 물었다. "그 것 참, 바랴는 자네 여동생이라고 하지 않았었나! 아니, 여동 생과 결혼해도 된다는 새로운 법률이라도 생겼단 말인가?"

이 말에 모두 깔깔거리며 웃었다. 불그스레한 얼굴에 여느 때처럼 졸린 듯, 멍한 표정을 짓고 있던 페레도노프의 얼굴이 잔뜩 일그러졌다.

"육촌 여동생인데, 뭐……." 그는 사람들을 흘겨보며 투덜댔 다.

"그럼, 공작부인이 자네한테 직접 그런 약속을 했다는 건 가?" 큰 키에 화려한 옷을 차려입은 창백한 얼굴의 루틸로프 가 물었다.

"내가 아니라, 바랴에게 했다니까." 페레도노프가 대답했다.

"그것 보게, 그 말을 어떻게 믿나?" 루틸로프가 활기를 띠 며 말했다. "입으로야 무슨 말인들 못 하겠나? 왜, 자네가 직 접 공작부인을 찾아가 보지 그랬나?"

"사실은 바랴와 함께 공작부인을 찾아갔었네. 그런데 공작 부인을 만날 수가 없었어. 아슬아슬하게 5분이 늦었지." 페레 도노프가 계속 말을 이었다. "우리가 갔을 때는 공작부인이 벌써 시골로 떠난 뒤였으니까. 3주 후에나 돌아온다고 하더 군. 그렇다고 그때까지 기다릴 수도 없고, 김나지야에 시험도 있어 곧장 돌아와야 했어."

"뭔가 미심쩍은데……." 이렇게 말한 루틸로프는 썩은 이를 드러내며 웃음을 터트렸다.

페레도노프는 곰곰이 생각에 잠겼다. 이야기를 나누던 사람들이 모두 돌아가고, 루틸로프만이 그의 옆에 남아 있었다.

"물론……" 페레도노프가 말문을 열었다. "나야 어떤 아가씨든 마음대로 골라서 장가를 갈 수도 있고, 또 결혼하고 싶은 마음도 굴뚝같지. 이 세상에 바르바라만 있는 것은 아니니까."

"맞는 말일세. 자네 정도면, 아르달리온 보리시치*, 어떤 아가씨라도 기꺼이 시집오고 싶어 할 걸세." 루틸로프가 맞장구쳤다.

그들은 성당 울타리를 벗어나 천천히 걸어, 생기 없이 먼지만 날리는 광장을 지나갔다. 페레도노프가 말문을 열었다.

"이유라면, 오로지 공작부인 때문이지. 만약 내가 바르바라를 버리기라도 하면, 공작부인이 가만두지 않을 테니까."

"공작부인이 무슨 상관인가!" 루틸로프가 말했다. "공작부인과 자네는 남남 아닌가. 옳거니! 그러면 공작부인에게 장학관 자리를 먼저 달라고 하게. 그다음에 결혼해도 늦지 않네. 자루 속에 뭐가 들었는지도 모르고 물건을 사는 법이 어디 있나?"

"그 말이 맞아……" 페레도노프는 생각에 잠기며 고개를 끄덕였다.

"바르바라에게 그렇게 말하게!" 루틸로프가 설득했다. "장

---

* 아르달리온 보리시치 페레도노프의 이름과 부칭.

11

학관 자리를 먼저 달라고, 왠지 믿기지가 않는다고 말일세. 자리를 얻은 후에, 누구든 마음에 드는 아가씨를 골라 결혼을 해도 되거든. 그렇지, 내 여동생 중에서 가장 마음에 드는 아이를 골라 결혼하면 되지. 셋 중에서 아무나 고르게! 우리집 숙녀들은 교양 있겠다, 머리 좋겠다, 솔직히 말해서, 바르바라 따위와는 비교할 수가 없지! 어림없는 일이야. 바르바라는 그 애들 발뒤꿈치도 못 따라간다고!"

"글쎄……." 페레도노프가 중얼거렸다.

"정말이라니까. 바르바라가 대체 어떤 여자인가? 자, 이 냄새 한번 맡아 보게!"

루틸로프가 허리를 굽혀, 솜털이 부스스한 길가의 용담 꽃대를 꺾어, 잎사귀와 희고 얼룩진 무늬의 꽃잎을 한데 뭉뚱그려 손가락으로 짓이기더니, 페레도노프의 코밑에 바짝 들이밀었다. 불쾌하기 짝이 없는 지독한 냄새에 페레도노프는 이맛살을 찌푸렸다. 루틸로프가 말했다.

"자네의 바르바라는 이렇게 짓이겨서 던져 버려야 할 상대야. 이보게, 친구, 내 말 잘 듣게. 바르바라와 내 여동생들 사이에는 두 가지 커다란 차이가 있네. 내 여동생들은 아주 활달하고 생기발랄하다는 점일세. 아무나 골라서 일단 데려가 보게. 밤마다 잠을 자게 내버려 두지 않을 거라구. 정말 젊은 아가씨들이지. 내 여동생들 중에서 제일 나이 많은 아이가 바르바라보다 세 배는 더 어릴걸, 아마."

이렇게 루틸로프는 웃으며 언제나처럼 유쾌하게 말했지만,

호리호리한 데다 가슴이 좁은 그는 병약하고 쇠약해 보였고, 짧게 깎은 숱이 적은 아마색 머리카락은 유행하는 새 모자 밑으로 힘없이 늘어져 있었다.

"세 배나 어리다니!" 페레도노프가 금테 안경을 벗어 닦으며, 기가 죽어 반박했다.

"틀림없다니까!" 루틸로프가 소리쳤다. "잘 생각해 보게! 기회를 놓치지 말라고. 이런 기회도 내가 살아 있는 동안뿐이야. 내 여동생들도 자존심이 있는 아가씨들이니까. 나중에 후회해 봐야 아무 소용이 없단 말일세! 더구나 내 여동생들은 누구든 자네와 기꺼이 결혼하려 할 거야!"

"하긴 그렇지. 이 도시의 모든 사람이 나를 좋아하니까." 페레도노프가 무뚝뚝하고 거만하게 말했다.

"자, 그러니까, 기회가 왔을 때 잡으라고!" 루틸로프가 맞장구를 쳤다.

"그런데, 내가 중요하게 생각하는 것이 있는데, 그건 삐쩍 마른 아가씨는 안 된다는 거야." 페레도노프가 갑자기 불만스러운 목소리로 이렇게 말했다. "난 통통한 여자를 좋아한다구."

"그 점이라면 염려 말게." 루틸로프가 흥분한 어조로 말했다. "우리 아가씨들은 아주 통통하니까. 그런데 만에 하나, 자네의 기대에 못 미친다면, 그건 순전히 아직 때가 안 되어서 그런 것뿐일세. 일단 시집만 가면, 그 애들은 우리 맏이처럼 통통하게 살이 찔 거야. 자네도 알잖아? 우리 맏이 라리사 말

13

이야. 결혼을 하고 나서, 얼마나 살이 쪘는지 알잖아?"

"나도 물론 결혼하고 싶지. 하지만 바르바라가 말썽을 일으킬까 봐, 그게 걱정이야." 페레도노프가 말했다.

"그것이 걱정이 되면, 내가 시키는 대로 하게!" 루틸로프는 히죽 웃으며 말했다. "오늘 당장 결혼식을 올리게. 내일까지 기다릴 것도 없어. 결혼을 해서 젊은 아내를 데리고, 여봐란 듯이 나타나 봐. 그러면 모든 것이 금방 해결돼. 만약 자네가 정말 결혼하겠다면, 내가 내일 밤에 다 알아서 진행하겠네. 그런데 누구를 원하나?"

페레도노프는 갑자기 커다란 너털웃음을 터트렸다.

"그래, 약속했네, 자네?" 루틸로프가 다그쳤다.

페레도노프는 웃음을 뚝 그치고는, 목소리를 낮춰 음울하고 나직한 어조로 말했다.

"그 못된 년이 공작부인에게 고자질을 할 텐데."

"고자질은 못 할 걸세. 아니, 고자질할 것이 뭐가 있나?" 루틸로프가 확신했다.

"어쩌면 독살하려 들지도 몰라!" 페레도노프가 갑자기 겁먹은 듯, 소리를 낮춰 말했다.

"글쎄, 자네는 아무 걱정 말고, 모두 내게 맡기게!" 루틸로프가 열심히 설득했다. "내가 모든 일을 빈틈없이 진행하겠네."

"그리고 나는 지참금이 없는 아가씨와는 결혼할 수 없네." 페레도노프가 정색을 하며 말했다.

무뚝뚝한 상대방이 갑작스레 새로운 제안을 하는데도 루틸로프는 전혀 놀라지 않았다. 그는 오히려 더 자신만만한 어조로 페레도노프를 힐책하듯 말했다.

"이런, 이상한 사람을 봤나? 그래, 자네는 내 여동생들이 지참금도 없이 결혼하려는 줄 알았나? 그런 걱정은 하지 말게. 자, 이제 됐지? 그럼, 나는 당장 뛰어가서 서둘러 준비하겠네. 다만, 한 가지 명심할 것은 아무한테도 이 비밀을 말하지 말아야 한다는 거야. 알아들었나? 아무에게도 말하지 말게!"

그는 페레도노프의 손을 잡아 흔들고는, 이내 뛰어가기 시작했다. 페레도노프는 달려가는 루틸로프의 뒷모습을 말없이 바라보았다. 발랄하고 쾌활한 루틸로프家 아가씨들의 모습이 페레도노프의 뇌리에 떠올랐다. 음흉한 생각이 떠오르며 능글맞은 미소가 번지는가 싶더니, 갑자기 미소가 싹 사라졌다. 알 수 없는 불길한 느낌이 든 것이다.

'그렇게 되면 공작부인은 어떡한다?' 그는 생각했다. '그 아가씨들이야 쥐꼬리만 한 지참금이 고작이고, 배경도 없잖아? 그렇지만 바르바라와 결혼하면 교장은 물론이고, 장학관 자리까지 얻게 될 것이 아닌가?'

그는 헐레벌떡 뛰어가는 루틸로프의 뒷모습을 쳐다보고는 비웃으며 생각했다. '뛰어다니게 내버려 두지 뭐.'

이런 생각을 하자, 긴장이 풀리고 느긋해졌다. 그러나 혼자 남겨지자, 그는 허전한 생각이 들었다. 모자를 잡아당겨 푹 눌러쓰고, 아마색 눈썹을 찌푸리며 서둘러 집으로 발걸음을 옮겼다. 생기 없는 텅 빈 거리에는 하얀 꽃봉오리가 달린 앉은 뱅이 개미자리꽃이 자라고 있었고, 무성하게 자란 물냉이가 흙에 짓뭉개져 있었다.

그때 누군가 조용하고 나직한 목소리로 그를 불러 세웠다.

"아르달리온 보리시치, 저희 집에 잠깐 들렀다 가세요."

페레도노프는 울타리 너머로 음울한 눈길을 보내며, 못마땅한 표정을 지었다. 뜰 안으로 들어가는 조그만 쪽문 뒤에, 나탈리아 아파나시예브나 베르시나가 서 있었다. 체구가 작고 바짝 마른 데다, 온통 검은 옷을 입고, 검은 피부에 검은 눈썹, 검은 눈동자를 가진 여자였다. 그녀가 서양벚꽃나무로 만든 검은색 파이프에 파피로사*를 넣어 피우며, 미소를 살짝 지어 보이는 모양은 마치 모두들 웃고 있으면서도 아무도 말하지는 않는 어떤 비밀을 알고 있다는 듯한 표정이었다. 그녀는 빠른 말투만큼이나 날렵하고 빠른 동작으로 페레도노프를 자기 집 뜰 안으로 불러들였다. 쪽문을 열고 옆으로 비켜서서 애원하면서도 확신에 찬 미소를 지으며, 서 있지 말고 들어오라는 손짓을 했다.

페레도노프는 자기도 모르게 요술을 부리는 듯한 그녀의 소리 없는 동작에 이끌려 안으로 들어갔다. 그러나 그는 메마른 나뭇가지들이 휘휘 떨어져 내리는 모랫길에 주춤거리며, 잠시 멈춰 서더니 시계를 들여다보았다.

* 필터가 없는 러시아 담배.

16

"음, 아침 먹을 시간이군." 그가 중얼거렸다.

페레도노프는 시계가 자신에게 잘 봉사하고 있는데도 사람들 앞에서 항상 하던 대로 커다란 시계의 이중 금빛 뚜껑을 열고 오랫동안 시계를 쳐다보았다. 12시가 되기 20분 전이었다. 페레도노프는 잠깐 들렀다 가도 늦진 않겠다고 생각했다. 그는 음울한 얼굴로 말없이 베르시나의 뒤를 따라, 검붉은 구스베리와 산딸기들이 시들어 가는 뜰을 지나갔다.

온통 황금빛으로 변한 정원은 갖가지 열매와 뒤늦게 핀 꽃들로 울긋불긋했다. 그곳에는 수많은 나무들과 과실수들이 늘어서 있었다. 사방으로 잔가지들을 뻗고 있는 사과나무들과 둥근 잎들을 매달고 서 있는 배나무들, 보리수들, 반짝이는 매끈한 잎사귀를 달고 있는 앵두나무들, 인동 덩굴들, 붉은 열매가 달린 접골목들이었다. 울타리 옆에는 붉은 엽맥에 작고 연한 장밋빛 꽃이 핀 시베리아 제라늄도 수북이 피어 있었다. 가시 달린 가지에 붉은 꽃봉오리가 달린 키 큰 지느러미엉겅퀴도 삐죽 솟아나 있었다. 한쪽에는 나무로 지은 잿빛의 아담한 집이 보였는데, 뜰로 나 있는 문을 열고 들어가면 넓은 부엌이 나오고 그 안으로 들어가면 큰 방이 하나 있었다. 아주 편리하고 안락하게 지어진 집이었다. 집 뒤뜰에는 텃밭의 일부가 보였다. 그곳에는 바람에 흔들리는 양귀비꽃의 메마른 꼬투리와 노란 달리아의 커다란 모자, 그리고 시들기 직전의 황금빛 해바라기가 고개를 숙이고 서 있었다. 약초들 사이로는 우산 모양을 한 코코르이샤의 하얀색 꽃잎들과 들미나리 봉오리에 활짝 핀 연붉은 꽃잎들도 고개를 내밀고 있었고, 키 작은 등대풀도 질세라 활짝 피어 있었다.

"아침 미사에 다녀오시나요?" 베르시나가 물었다.

"예." 페레도노프가 무뚝뚝하게 대답했다.

"마르타도 조금 전에 성당에서 돌아왔어요." 베르시나가 말했다. "가만 보니, 마르타도 성당에 자주 가는 것 같아요. 이유가 뭘까? 하고 곰곰이 생각하다 보니 웃음이 나오지 뭐예요. 마르타에게 '페레도노프와 마르타가 같은 성당에 다니니 웬일이지?' 하고 슬쩍 물었더니 말없이 얼굴만 붉히더군요. 저쪽 정자에 가서 좀 앉을까요?" 그녀가 빠르게 화제를 바꾸며 말했다.

무성한 가지를 늘어뜨린 단풍나무 그늘이 드리워진 정원 한가운데에 허름한 잿빛 정자가 있었다. 정자는 3층의 작은 계단과 이끼 낀 마룻바닥, 낮은 벽, 조각이 새겨진 여섯 개의 배불뚝이 기둥, 그리고 경사진 육각 지붕으로 이루어져 있었다.

정자에는 마르타가 아침 미사 때 입었던 성장 차림 그대로 앉아 있었다. 그녀는 리본 달린 밝은색 드레스를 입고 있었지만, 그다지 잘 어울리지는 않았다. 짧은 소매 밑으로는 굵고 억센 팔과 붉고 뾰족한 팔꿈치가 드러나 보였다. 물론 그녀는 그다지 우둔한 편은 아니었다. 얼굴에 주근깨가 있기는 했지만, 얼굴을 망칠 정도는 아니었다. 더구나 그녀는 평판이 좋았는데, 특히 이 지역에 모여 사는 같은 민족인 폴란드인들 사이에서는 더욱 그랬다.

마르타가 베르시나에게 파피로사 담배를 말아 주었다. 마르타는 페레도노프가 자기를 바라봐 주기를 간절히 원했고, 또 좋아해 주기를 바랐다. 그녀의 이러한 소망은 그녀의 얼굴을 지나치게 상냥한 표정으로 만들었다. 그러나 그 표정은 페레도노프를 사랑해서라기보다는 빨리 결혼을 시키고 싶어 하는 베르시나 때문이었다. 베르시나 가족은 대가족이었고, 그녀의 남편이 노환으로 사망한 뒤, 그 집에서 몇 달째 신세를 지고 있는 마르타로서는 자기뿐만 아니라, 같이 살고 있는 김나지야 학생인 남동생 때문에라도 하루빨리 이 집에서 나오고 싶었다.

베르시나와 페레도노프가 정자 안으로 들어섰다. 페레도노프는 음울한 표정으로 마르타에게 인사를 건네고는, 바람이 귓속으로 파고들지 않도록 등의 바람막이가 될 만한 기둥을 골라 앉았다. 그는 자리에 앉으며 장밋빛 구슬이 달린 마르타의 노란 단화를 흘끔 쳐다보고는, 그녀가 자신을 신랑감으로 노리고 있다고 생각했다. 그는 자신에게 상냥하게 구는 아가씨들을 볼 때마다 언제나 그렇게 생각했다. 그는 이제껏 마르타에게서 단점만을 보았다. 주근깨투성이라든가, 손이 크다든가, 피부가 거칠다든가 하는 따위 말이다. 페레도노프는 폴란드 태생의 소귀족이었던 마르타의 아버지가 지금은 시내에서 6베르스타* 떨어진 곳에 있는 작은 영지를 임대해 농사

* 1베르스타는 1,067킬로미터.

를 짓는다는 사실을 알고 있었다. 수입은 적고 아이들은 많았다. 마르타는 예비 김나지야를 마쳤고, 그의 남동생은 김나지야에 다니고 있었으며, 그 밑으로도 어린 동생들이 있었다.

"맥주 드시겠어요?" 베르시나가 재빠르게 물었다.

탁자 위에는 컵과 맥주 두 병, 그리고 가루 설탕과 맥주가 묻은 양은 찻숟가락이 담겨 있는 작은 금속 통이 있었다.

"그러죠, 뭐." 페레도노프가 건성으로 대답했다.

베르시나가 마르타를 한번 쳐다보았다. 그러자 마르타가 얼른 컵에 맥주를 따라서 페레도노프 앞으로 밀어 놓으며 살짝 미소를 지었다. 그녀의 미소는 아주 이상한 느낌을 자아냈다. 아무 느낌이 없는 그런 미소였다. 베르시나는 빠르고 정확하게 말을 했다.

"맥주에 설탕을 좀 넣으세요."

베르시나가 이렇게 말하자, 마르타가 페레도노프 앞으로 얼른 설탕 그릇을 밀었다. 그러나 페레도노프는 불쾌한 표정을 지으며 말했다.

"아닙니다. 어떻게 그런 것을 먹는다는 겁니까?"

"무슨 말씀이세요? 얼마나 맛있는데요." 베르시나가 여느때 같은 목소리로 재빠르게 또박또박 말했다.

"아주 맛있어요." 마르타도 맞장구를 쳤다.

"그런 것을 먹다니." 페레도노프는 다시 이렇게 말하고는 못마땅하다는 듯 설탕 그릇을 쳐다보았다.

"좋을 대로 하세요." 베르시나는 이렇게 말하고는 예의 그 목소리로 쉬지 않고 달리는 급행열차처럼 재빠르게 다른 화제를 꺼내며 이야기를 시작했다. "체레프닌 때문에 정말 지겨워 죽을 지경이지 뭐예요." 그녀는 이렇게 말하고는 갑자기 웃기 시작했다.

마르타도 그녀를 따라 웃었다. 페레도노프는 무심하게 그들을 바라보았다. 그도 그럴 것이, 페레도노프는 타인의 일에는 어떤 경우에도 관심을 갖는 법이 없었기 때문이었다. 남을 사랑해 본 적도 없고, 자기 이익에 이해관계가 있는 경우 외에는 다른 사람에 대해 생각해 보지 않는 사람이었다. 베르시나는 내심 만족한 표정으로 이야기를 시작했다.

"그는 내가 결혼해 줄 거라고 생각하나 봐요."

"정말 뻔뻔해요." 마르타는 정말로 그런 생각이 들었다기보다는 베르시나를 기쁘게 해주려는 의도로 맞장구를 쳤다.

"어제만 하더라도 그래요. 창문으로 우리 집 안을 몰래 엿보고 있었나 봐요." 베르시나가 계속해서 말했다. "우리가 저녁을 먹을 때, 몰래 정원으로 들어왔던 거죠. 빗물받이로 쓰려고 창문 아래 놓아둔 홈통 위의 널빤지에 올라가 창문으로 우리를 엿보고 있었던 모양이에요. 우리 방엔 등불이 켜져 있어서 우리는 그를 볼 수 없었지만, 그에겐 우리가 보였겠죠. 갑자기 와당탕 하는 소리가 들려왔어요. 처음에는 모두 너무 놀라서 도망쳤죠. 알고 보니 그 소리는 그가 홈통에 빠진 소리였어요. 그는 우리가 있는 곳까지 간신히 기어 나오더니 물에 흠뻑 젖은 채로 걸음아 날 살려라 하고 도망을 가더군요.

길에다 물을 줄줄 흘리면서 말예요. 우리는 달려가는 뒷모습을 보고 그 사람이 누군지 금세 알았죠."

으레 좋은 가정에서 자란 아이들이 그렇듯이 마르타는 맑고 쾌활하게 웃음을 터뜨렸다. 베르시나는 언제나처럼 말을 줄줄 뿌리듯, 한순간에 모든 이야기를 재빨리 마친 다음, 갑자기 입을 다물더니 입꼬리를 살짝 올리며 웃었다. 미소를 짓자, 그녀의 거무스름하고 메마른 얼굴이 주름으로 뒤덮였고, 담배 때문에 까매진 이가 살짝 드러났다. 페레도노프는 곰곰이 생각에 잠겨 있다가 갑자기 웃음을 터뜨렸다. 그는 사람들이 재미있는 이야기를 할 때도 곧바로 반응을 보이는 법이 없었고, 한참 후에야 말뜻을 이해하고 웃곤 했다.

베르시나는 계속해서 파피로사를 피워댔다. 그녀는 담배 연기가 코앞에서 어른거리지 않으면 잠시도 견딜 수 없는 그런 여자였다.

"조금 있으면 우리는 이웃이 되겠군요." 페레도노프가 말했다.

그러자 베르시나가 마르타를 힐끗 쳐다보았다. 마르타는 금세 얼굴을 붉히며 뜻밖의 이야기에 놀라 페레도노프를 슬쩍 쳐다보고는 뜰로 시선을 돌렸다.

"이사를 하신다는 거예요? 무슨 일이세요?" 베르시나가 물었다.

"학교가 멀어서요." 페레도노프가 설명했다. 베르시나는 믿을 수 없다는 듯한 미소를 지었다. 그러고는 마르타와 좀더 가까이 살고 싶은 속셈이라고 짐작했다.

"맞아요. 그곳에서 산 지가 꽤 오래되었죠? 벌써 몇 년 됐잖아요." 베르시나가 말했다.

"그리고 주인 여자가 아주 신경질적이라서 말예요." 페레도노프가 갑자기 불쾌한 듯 말했다.

"어떻게 말인가요?" 베르시나가 의아하다는 듯 삐죽 웃으며 물었다.

페레도노프는 조금 활기를 띠었다.

"글쎄. 얼마 전에 새로 도배를 했는데, 어딘가 좀 이상하더군요." 그가 이야기를 시작했다. "벽지들이 딱 맞질 않았어요. 식당 문 위쪽에 있는 벽지는 다른 곳과 무늬가 전혀 달랐고요. 문 위는 줄무늬와 카네이션 꽃무늬였고, 나머지 부분은 다른 꽃무늬였어요. 처음에는 우리도 모르고 있었는데 팔라스토프가 와서 보고는 깔깔거리고 웃지 뭡니까. 그제야 우리도 그것을 발견하고 모두 깔깔대고 웃었지요."

"어떻게 그럴 수가 있죠?" 베르시나도 맞장구를 쳤다.

"하지만 우린 당분간 이사한다는 것을 비밀로 해둘 작정입니다." 페레도노프가 갑자기 목소리를 낮추며 말했다. "새집을 얻어서 이사를 할 때까지는 여주인에게 비밀이에요."

"물론, 그래야죠." 베르시나가 말했다.

"안 그랬다가는 야단이 날 거예요." 페레도노프는 이렇게 말하며 조심스러운 시선을 보냈다. "게다가 여주인이 그런 뻔뻔스러운 행동을 하는데, 한 달 치 방세를 더 지불할 생각을 하니 울화통이 터지지 뭡니까? 그래서 그런 결정을 내렸어요."

페레도노프는 그 집을 나오는 것과 집세를 한 달간 안 내기로 한 결정 때문에 기분이 좋아졌는지 큰 소리로 웃었다.

"기어이 받아내려고 할 텐데." 베르시나가 말했다.

"얼마든지 요구하라고 하죠! 나는 절대 주지 않을 테니까요." 화가 난 듯 페레도노프가 말했다. "우리는 그때 페테르부르크에 자주 가서 그동안 거의 집에서 살지도 않았고요."

"그렇다고 해도 당신들 때문에 집이 비어 있었던 것은 사실이잖아요." 베르시나가 말했다.

"무슨 말씀이세요? 그때는 집을 수리해야 했어요. 우리가 살지도 않았는데 방세를 지불하는 법이 어디 있어요? 그리고 그보다 더 중요한 것은 그 방이 아주 불결했다는 점입니다."

"그렇긴 하지만, 여주인이 그렇게 지독하게 군 것은 당신의 여동생인지 뭔지가 워낙 성질이 괴팍해서 그랬던 것 같은데요." 베르시나는 '여동생'이라는 단어를 약간 주저하며 말했다.

페레도노프는 갑자기 침울한 표정을 지으며 멍한 눈빛으로 앞을 바라보았다. 어느새 베르시나는 다른 이야기를 시작하고 있었다. 페레도노프는 주머니에서 캐러멜을 꺼내 껍질을 벗겨 입에 넣고는 우물거리기 시작했다. 그러다가 우연히 마르타를 쳐다보고는 그녀가 캐러멜을 먹고 싶어 하는 것 같다는 생각이 들었다.

'캐러멜을 좀 줄까 말까?' 그는 속으로 생각했다. '그래, 꼭 그럴 만한 가치는 없지만, 내가 이런 작은 것조차 아까워한다고 생각할지 모르니까, 그냥 주지 뭐. 캐러멜은 주머니에 많이 있으니까.'

그러고는 호주머니에서 캐러멜을 한 줌 꺼냈다.

"자, 이것 받으세요." 그는 이렇게 말하고는 캐러멜이 든 손을 먼저 베르시나에게, 다음에는 마르타에게 내밀었다. "아주 맛있고 값비싼 캐러멜입니다. 1푼트*에 30코페이카**나 주고 샀으니까요." 두 사람은 캐러멜을 하나씩 집어 들었다. 그러자 그가 덧붙였다.

"더 가져가세요. 맛도 있지만, 아직 많이 있으니까요. 나는 질이 나쁜 캐러멜은 전혀 안 먹거든요."

"감사해요. 하지만 이것만으로도 충분해요." 베르시나가 재빠르고 무심하게 대답했다.

마르타 역시 베르시나처럼 말했지만, 어쩐지 진심이 아닌 듯한 말투였다. 페레도노프는 믿을 수 없다는 듯한 눈길로 마르타를 쳐다보고 말했다.

"괜찮아요. 어서 받으세요!"

이렇게 말한 페레도노프는 캐러멜을 자기 몫으로 하나만 남겨두고 모두 마르타 앞에 놓았다. 마르타는 말없이 미소를 짓고 고개만 한번 끄덕했다.

---

* 1푼트는 0.41킬로그램.
** 러시아 화폐 단위.

'배우지 못한 것 같으니라고. 고맙다는 인사도 제대로 못하는군!' 페레도노프는 속으로 생각했다.

그는 마르타와 무슨 이야기를 해야 할지 몰랐다. 마르타는 전혀 그의 관심을 끌지 못하는 아가씨였다. 말하자면 좋은 관계라든가 나쁜 관계라든가 하는, 특정한 관계가 없는 사람 가운데 하나에 불과했던 것이다.

베르시나는 남은 맥주를 페레도노프의 컵에 전부 따랐다. 베르시나가 마르타에게 눈길을 주었다.

"제가 좀더 가져올게요" 하며 마르타가 얼른 일어섰다. 마르타는 베르시나가 굳이 말하지 않더라도 그녀가 무엇을 원하는지 금세 알았다.

"블라댜*를 보내도록 해라. 조금 전에 뜰에 있는 것 같던데." 베르시나가 말했다.

"블라디슬라브!" 마르타가 소리쳤다.

"여기요." 어느새 소년이 정자 근처로 달려와 대답했다. 근처에 숨어서 그들의 이야기를 엿듣고 있었던 모양이었다.

"맥주 두 병만 가져올래? 현관 선반 위에 있는 나무 상자 속에 있어." 마르타가 말했다.

잠시 후 블라디슬라브는 소리도 없이 재빨리 그들에게 돌아와 창문으로 마르타에게 맥주를 건네주고 페레도노프에게 인사를 했다.

---

* 블라디슬라브의 애칭.

"안녕!" 페레도노프가 얼굴을 찡그리며 말했다. "그래, 오늘은 맥주를 몇 병이나 비웠나요?"

블라디슬라브는 얼떨떨한 미소를 지으며 말했다.

"저는 맥주를 안 마셔요."

거친 아마포로 만든 옷을 입고 누이의 얼굴을 닮아 주근깨 투성이인 열네 살의 소년은 어색해서 어쩔 줄 몰라 하며 머뭇거렸다.

마르타와 그녀의 남동생은 귓속말로 무슨 말인가를 주고받더니 폭소를 터뜨렸다. 무슨 꿍꿍이속인가 하는 표정으로 페레도노프가 그들을 쳐다보았다. 그는 사람들이 자기 앞에서 웃기라도 하면 틀림없이 자신을 비웃고 있을 거라고 의심하곤 했다. 베르시나는 그것을 눈치채고 불안해하며 마르타에게 주의를 주려고 했다. 그때 페레도노프가 먼저 못마땅한 목소리로 물었다.

"뭐가 그렇게 우스워요?"

마르타가 깜짝 놀라 페레도노프를 돌아보았다. 그녀는 무슨 말을 해야 할지 몰라 당황해했다. 블라디슬라브는 페레도노프를 쳐다보고 천진하게 미소를 지으며 살짝 얼굴을 붉혔다.

"손님 앞에서 그런 행동을 하는 것은 예의에 벗어나는 일이에요." 페레도노프가 호통을 쳤다. "내 흉을 본 모양이죠?" 그가 물었다.

마르타는 얼굴을 붉혔고, 블라디슬라브는 깜짝 놀랐다.

"정말 죄송해요." 마르타가 말했다. "우리는 당신에 대해 말한 것이 아니에요. 우리 이야기를 했을 뿐이에요."

"손님 앞에서 비밀 이야기를 하는 것은 아주 무례한 행동이에요." 페레도노프가 화난 소리로 말했다.

"비밀 이야기를 한 게 아니에요. 블라댜가 맨발이라 쑥스러워 정자 안으로 들어오기를 주저해서……." 마르타가 이렇게 해명했다.

페레도노프는 그제야 안심을 했는지, 블라댜를 놀려줄 말을 찾다가 그에게도 캐러멜을 권했다.

"마르타, 내 검은 숄을 좀 가져다줄래? 그리고 가는 길에 부엌에 있는 피로그*가 어떻게 됐는지 보고 오렴." 베르시나가 말했다.

마르타는 얼른 일어나서 나갔다. 그녀는 베르시나가 페레도노프와 이야기를 나누고 싶어 한다는 사실을 눈치채고는 특별히 서두를 필요는 없겠다고 생각하니 마음이 가벼워졌다.

"너는 좀 멀리 가 있으렴. 네가 들을 이야기는 없으니까 말이야." 베르시나가 블라댜를 보고 말했다.

그러자 블라댜는 정자를 뒤로하고 내달렸다. 그의 발밑에서 모래가 사그락거리는 소리가 들렸다. 베르시나는 끊임없이 피어오르는 담배 연기 사이로 조심스레 페레도노프의 옆모습을 쳐다보았다. 페레도노프는 말없이 멍한 시선으로 앞을 똑

---

* 고기 다진 것이나 야채, 혹은 잼을 넣어 구운 빵.

바로 쳐다보며 캐러멜을 우물거리고 있었다. 그는 두 사람이 사라져 버리자 기분이 훨씬 좋아졌다. 그 두 사람이 언제 다시 자기 앞에서 웃음보를 터트릴지 불안했던 것이다. 그들이 자신을 비웃은 게 아니라는 것은 알았지만, 그의 마음엔 여전히 언짢은 기분이 남아 있었다. 마치 예리한 쐐기풀을 만진 후, 시간이 지날수록 아픔이 심해지고, 멀리 떨어져 있다는 것을 알면서도 아픈 기억이 계속 남아 있을 때 같은 느낌이었다.

"그런데 왜 당신은 결혼하지 않죠?" 베르시나가 갑자기 재빠르게 말을 꺼냈다. "무얼 더 기다리시는 거예요? 아르달리온 보리시치! 바르바라는 당신과 어울리지 않아요. 어머, 내가 너무 직선적으로 이야기했다면 용서하세요."

페레도노프는 흩어진 자신의 갈색 머리카락을 손으로 다듬으며 무뚝뚝한 표정으로 거만하게 말했다.

"이곳엔 나와 맞는 짝이 없어요."

"그런 말씀 마세요." 베르시나가 히죽 웃으며 바짝 열을 올려 말했다. "바르바라보다 훨씬 좋은 아가씨들이 얼마나 많은데 그러세요. 누구라도 기꺼이 당신과 결혼하고 싶어 할걸요."

그녀는 마치 무슨 비장한 결론이라도 내린 사람처럼 파피로사에서 재를 털어내고 단호한 표정을 지었다.

"누구라도라니요, 그런 아가씨는 필요 없어요." 페레도노프가 불쾌하다는 듯 말했다.

"그런 말이 아니에요. 당신에게 중요한 것은 지참금이 아니라, 그저 좋은 아가씨라면 그걸로 충분하다는 말이죠. 다행히 당신이 버는 돈으로도 충분히 살 수 있을 테니까요."

"그렇지 않아요". 페레도노프가 활기를 되찾으며 말했다. "바르바라와 결혼하려는 것은 저에게 도움이 되기 때문이에요. 그녀와 결혼하면 공작부인이 진급시켜 주겠다고 약속했거든요. 저에게 좋은 자리를 줄 거예요."

그러자 베르시나가 살짝 미소를 지었다. 온통 주름살이 지고 연기로 훈제된 듯 가무잡잡한 그녀의 얼굴은 너그러운 마음으로 그의 말을 믿고 싶지만, 도저히 믿어지지 않는다는 표정이었다. 그녀가 물었다.

"공작부인이 당신에게 직접 그런 약속을 했단 말인가요?" 그녀는 '당신에게'라는 말을 강조해 물었다.

"저에게 한 것이 아니라, 바르바라에게요." 페레도노프는 시인했다. "그게 무슨 차이가 있죠?"

"보아하니 당신은 여동생의 말을 지나치게 믿고 있는 것 같군요." 베르시나는 적의를 드러내며 말했다. "게다가 그 여동생이라는 여자는 당신보다 나이가 더 많지 않나요? 열다섯 살 정도? 아니면 더 많을 수도? 쉰 살 아래로는 안 보이더군요."

"그 정도는 아니에요. 아직 서른 살도 안 됐어요." 페레도노프가 불쾌한 표정으로 말했다. 그러자 베르시나가 웃음을 터뜨렸다.

"솔직히 이야기해 보세요." 드러내놓고 조소하며 베르시나가 말했다. "어쨌든 외모로 보면 그 여자는 당신보다 훨씬 나이가 많아 보이잖아요. 물론 제가 참견할 일은 아니지만, 당신처럼 훌륭한 젊은이가 그 외모와 지적 수준에 맞지 않게 살고 있다고 생각하니 안타까워서 그래요."

페레도노프는 새삼 만족하며 자신을 죽 훑어보았다. 그는 그 말에 웃기는커녕, 왜 모든 사람이 베르시나처럼 생각해 주지 않는지, 불만스러워 하는 것 같았다. 베르시나가 계속해서 말했다.

"굳이 그런 배경이 없어도 당신은 충분히 잘될 거예요. 어떻게 윗사람들이 높은 점수를 주지 않겠어요! 바르바라를 꼭 붙잡을 필요가 없어요. 그리고 루틸로프가에서 아내를 데려올 생각은 아예 하지 마세요. 그 아가씨들은 정말 경박하기 그지없어요. 당신은 수준 높은 아내가 필요하다고 생각해요. 바로 우리 마르타를 데려가면 좋을 텐데."

페레도노프는 시계를 쳐다보았다.

"이젠 집에 돌아가 봐야겠어요." 페레도노프는 이렇게 말하며 일어나서 인사를 했다.

베르시나는 페레도노프가 자리를 피하는 것은 아마 약점을 찔린 때문이고, 우유부단한 그가 지금 당장 마르타에 대한 이야기를 하고 싶지는 않은 것이라고 확신했다.

2

　페레도노프의 동거녀인 바르바라 드미트리예브나 말로시나는 허름한 옷을 입고 있긴 했지만 정성 들여 분을 바르고 연지를 찍은 다음, 페레도노프를 기다리고 있었다.

　아침 식사로 잼이 든 피로그를 준비 중이었는데, 그것은 페레도노프가 좋아하는 것이었다. 바르바라는 굽 높은 구두를 신고 비틀거리면서 부산하게 부엌을 왔다 갔다 했다. 페레도노프가 오기 전에 식사 준비를 마치려고 서두르는 중이었다. 바르바라는 마마투성이에 뚱뚱한 하녀 나탈리야가 피로그나 그 밖에 다른 비싼 물건을 훔쳐가지는 않을까 겁을 먹고 잠시도 부엌을 비우지 못하고, 늘 하던 대로 하녀에게 욕지거리를 퍼붓고 있었다. 주름진 그녀의 얼굴에는 예전의 미모가 아직 남아 있었지만, 까다롭고 탐욕스러운 표정이 역력했다.

　집으로 돌아올 때마다 항상 그랬듯, 그날도 페레도노프는 불만에 가득 차 있었고 심사가 몹시 뒤틀려 있었다. 그는 소란스럽게 식당으로 들어와 창틀 위에 모자를 휙 던지고 식탁에 앉더니 소리를 질렀다.

"바랴! 먹을 걸 가져와!"

바르바라는 예쁜 구두를 신고 절뚝거리며 요리한 음식을 부엌에서 식당으로 가져와 직접 페레도노프의 시중을 들었다. 식사가 끝나고 그녀가 커피를 내오자 페레도노프는 김이 모락모락 나는 커피 잔에 고개를 푹 숙이고 냄새를 맡았다. 바르바라는 놀라서 걱정스레 그에게 물었다.

"무슨 일이죠, 아르달리온 보리시치? 커피에서 무슨 냄새라도 나요?"

페레도노프는 무뚝뚝한 표정으로 그녀를 흘끔 바라보더니 화가 잔뜩 난 목소리로 말했다.

"독을 탔는지 냄새를 맡아 보는 거야."

"아니, 그게 무슨 말이에요, 아리달리온 보리시치!" 바르바라가 깜짝 놀란 표정으로 물었다. "오, 하느님 맙소사! 도대체 왜 그런 상상을 하는 거죠?"

"독초를 넣은 모양이군!" 그가 중얼거렸다.

"아니, 무슨 득이 된다고 내가 당신을 독살한다는 거예요?" 바르바라가 단호하게 말했다. "그런 바보 같은 소리 좀 그만하세요."

페레도노프는 오랫동안 냄새를 맡더니, 드디어 안심이 되었는지 이렇게 말했다.

"독이 들어 있으면, 가까이서 김을 조금만 맡아 봐도 진한 냄새가 나는 법이지."

그는 한동안 말없이 앉아 있다가, 갑자기 신경질적이고 조소적으로 말했다.

"공작부인이라!"

바르바라는 가슴이 두근거리기 시작했다.

"공작부인이라뇨? 어떤 공작부인 말예요?"

"그 공작부인 말이야." 페레도노프가 말했다. "그 부인에게 먼저 자리부터 달라고 말해! 그다음에 결혼할 테니까. 그렇게 편지를 써 보내란 말이야, 알았어?"

"아르달리온 보리시치, 당신도 알고 있잖아요?" 바르바라가 이야기를 시작했다. "내가 결혼한 후라야 가능하다고 공작부인이 그랬다구요. 당신이 원한다고 해서 그런 편지를 쓸 수는 없어요."

"그러니까 우리가 이미 결혼식을 했다고 써서 보내!" 페레도노프는 자신이 그런 기발한 생각을 해낸 것이 기특하다는 듯 다그치며 말했다. 바르바라는 망연자실해 있다가 간신히 할 말을 찾아냈다.

"어떻게 그런 거짓말을 한단 말예요? 공작부인이 모를 것 같아요? 차라리 빨리 결혼식 날짜를 정하는 게 좋겠어요. 드레스를 맞춰야 하니까요."

"드레스라니?" 페레도노프가 험상궂게 말했다.

"이런 허드레 옷을 입고 결혼식을 할 수는 없잖아요." 바르바라가 소리를 질렀다. "드레스 맞출 돈이나 빨리 주세요. 아르달리온 보리시치!"

"자기 수의라도 준비하려나?" 페레도노프가 조소를 머금고

34

말했다.

"아르달리온 보리시치, 정말 못됐군요!" 바르바라가 적의를 드러내며 소리를 질렀다.

그러자 페레도노프도 갑자기 그녀를 약 올리고 싶어졌다. 그가 물었다.

"바르바라, 내가 어디 갔다 왔는지 말해 줄까?"

"어디 갔다 왔는데요?" 바르바라가 불안스레 물었다.

"베르시나 집에 갔다 왔지." 그는 이렇게 대답하고는 큰 소리로 웃어대기 시작했다.

"흥, 끼리끼리 노는군." 화가 잔뜩 나서 바르바라가 소리를 질렀다. "말해서 뭐 하겠어."

"마르타를 봤지!" 페레도노프가 계속 말했다.

"그 마르탄지 뭔지 주근깨투성이에 입은 귀 있는 데까지 찢어져서 꼭 개구리 같은 얼굴이던데, 뭘!" 바르바라는 더 약이 올라 소리쳤다.

"그래도 너보다는 예뻐." 페레도노프가 말했다. "그녀와 결혼할 생각이야."

"어디 결혼만 해봐!" 바르바라는 악에 받쳐, 몸을 부들부들 떨며 고래고래 소리를 질렀다. "그년 눈에 붕산을 뿌려 태워버릴 테니까!"

"이걸 그냥, 확 침이라도 뱉어 줄까 보다!" 그는 아무렇지도 않게 말했다.

"그렇게는 못할 걸!" 바르바라도 지지 않고 소리를 질렀다.

"하, 내가 못할까 봐?" 페레도노프가 말했다.

그러고는 일어서서 무표정한 얼굴로 아무렇지도 않게 그녀의 얼굴에 침을 뱉었다.

"이런, 돼지 같은 자식!" 바르바라는 욕지거리를 내뱉으면서도 마치 침이 그녀를 상쾌하게 해주기라도 한 듯 만족스럽게 말했다.

그러고는 아무렇지도 않게 휴지로 침을 닦아냈다. 페레도노프는 아무 말도 하지 않았다. 예전에도 불쾌하게 대하긴 했지만 최근 들어 페레도노프는 바르바라에게 더욱 심하게 대했다. 그가 아무 말도 하지 않자, 바르바라는 용기를 내서 소리를 질렀다.

"잘한다, 이 돼지 새끼야. 어떻게 얼굴에 침을 뱉을 수가 있어!"

그때 집 앞쪽에서 양의 울음소리 같은 매매거리는 소리가 들렸다.

"소리 지르지 마, 손님이 왔어." 페레도노프가 말했다.

"아, 파블루시카*예요!" 언제 싸웠냐는 듯 바르바라가 대답했다.

유쾌하고 호탕하게 웃으며 집 안으로 들어선 사람은 파벨 바실리예비치 볼로딘이었다. 그는 얼굴이나 몸짓 등, 온몸이 놀라울 정도로 양을 닮은 젊은이였다. 그는 쾌활한 양에게서

* 파벨 바실리예비치 볼로딘의 애칭.

36

보이는 곱슬거리는 머리카락이며, 맹하게 툭 튀어나온 두 눈이 영락없이 양을 꼭 닮은 좀 우둔한 젊은이였다. 그는 예전에 소목장이로 있다가 수공업 학교에서 교육을 받은 뒤, 지금은 시내에 있는 실업학교에서 수공업을 가르치고 있었다.

"아르달리온 보리시치, 이 친구야!" 그는 즐거운 듯 환호성을 질렀다. "자네가 집에서 커피나 홀짝거리고 있을 때, 마침 잘 왔군."

"나타시카*! 숟가락 하나 더 내와!" 바르바라가 하녀에게 소리를 질렀다.

나탈리야가 부엌에 유일하게 남아 있던 숟가락을 딸그락거리는 소리가 들렸다. 나머지는 모두 감춰 두었던 것이다.

"들게나, 파블루시카!" 페레도노프는 볼로딘에게 뭐라도 대접하고 싶었는지 이렇게 말했다. "이봐, 형제. 나는 얼마 안 있으면 장학관이 될 몸이야. 공작부인이 바랴에게 그렇게 약속을 했다는군."

볼로딘이 환성을 지르며 웃어댔다.

"그런데, 미래의 장학관이 이렇게 집에 앉아서 커피나 홀짝거리고 있단 말인가!" 그는 페레도노프의 어깨를 툭 치며 고함을 질렀다.

"자네는 장학관이 되기가 그리 쉬운 줄 아나? 밀고라도 하면 끝장이야!"

---

* 나탈리야의 애칭.

"뭘 밀고한단 말예요?" 바르바라가 히죽거리며 물었다.

"혹시 알아? 내가 피사레프*의 책을 읽었다든가 하고 말이야!"

"그러면 아르달리온 보리시치, 피사레프의 책을 뒷방 선반으로……." 볼로딘이 깔깔거리며 충고했다.

페레도노프는 미심쩍은 눈으로 볼로딘을 바라보며 말했다.

"어쩌면 우리 집에 피사레프의 책이 한 권도 없는지도 몰라. 자, 파블루시카, 술 한잔할 텐가?"

볼로딘은 아랫입술을 쭉 내밀고 자신의 진가를 알고 있는 사람만이 지을 법한 의미심장한 표정을 지었다. 그러고는 마치 귀족처럼 머리를 한 번 점잖게 숙인 다음 이렇게 말했다.

"같이 벗 삼아 한잔 마시자고 한다면, 나야 항상 준비가 되어 있지요. 혼자서는 싫어요."

페레도노프 역시 항상 술 마실 준비가 되어 있는 사람이었다. 두 사람은 달콤한 피로그를 안주 삼아 보드카를 마셨다.

갑자기 페레도노프가 잔에 남아 있던 커피를 벽지 위에 확 뿌렸다. 볼로딘은 양처럼 생긴 두 눈을 휘둥그레 뜨고는 깜짝 놀라 쳐다보았다. 벽지가 얼룩져 잘게 찢어졌다. 볼로딘이 물었다.

"아니, 왜 그러나?"

---

* 드미트리 이바노비치 피사레프(1840~1868). 1860년대 러시아의 혁명적 민주주의자이자 유물론적 사상가.《러시아 말》지(誌) 제작에 참여하였으며, 이후 러시아 혁명에 커다란 영향을 주었다.

볼로딘이 묻자 페레도노프와 바르바라는 깔깔거리며 웃어 댔다.

"여주인에게 복수하려는 거예요." 바르바라가 말했다. "우리 는 곧 이사할 계획이거든요. 하지만 여주인에게는 비밀로 해 야 해요."

"대단하군!" 볼로딘은 이렇게 말하고 즐거운 듯 깔깔거리며 웃었다.

페레도노프는 벽으로 다가서더니 구두창으로 벽을 마구 차기 시작했다. 볼로딘도 그를 따라 벽을 찼다. 페레도노프가 말했다.

"우리는 이사를 할 때면 언제나 이렇게 벽을 더럽히곤 한다 네. 우리를 영원히 기억하도록 말이야!"

"아이고 이런, 벽에 완전히 떡칠을 해놨군!" 볼로딘이 낄낄 거렸다.

"이리시카가 보면 정말 놀라 자빠지겠죠!" 바르바라가 싸늘 하고 악의적으로 웃으며 말했다.

그런 다음 세 사람 모두 합심해서 벽에 물을 뿌리고 벽지 를 뜯고 구둣발로 차며 야단법석을 떨었다. 그 후, 지친 세 사 람은 흡족해하며 벽에서 물러났다.

그런 다음 페레도노프는 허리를 굽혀 고양이를 들어 올렸 다. 토실토실 살진 밉살스러운 흰 고양이였다. 페레도노프는 고양이의 귀와 꼬리를 잡아당기고 목을 간질이며 괴롭혔다. 볼 로딘도 재미있다는 듯 깔깔거리며 낮은 목소리로 부추겨댔다.

"아르달리오 보리시치! 눈에 입김을 불어 봐! 그리고 털이 난 반대쪽으로 쓰다듬어 보게!"

고양이는 콧김을 푸푸 내뿜으며 도망치려고 발버둥 쳤지만, 자신의 발톱 맛을 보여 주지도 못한 채 실컷 두들겨 맞기만 했다. 잠시 후엔 이런 오락도 싫증이 났는지 페레도노프는 고양이를 놓아 주었다.

"아 참, 아르달리온 보리시치, 할 말이 있네." 볼로딘이 이야기를 시작했다. "잊어버리지 않으려고 오는 동안 내내 생각했는데, 하마터면 잊어버릴 뻔했군."

"뭔데 그러나?" 페레도노프가 무뚝뚝하게 물었다.

"자네 단것을 좋아하지 않나?" 볼로딘이 유쾌하게 말했다. "자네가 손가락을 빨 정도로 맛있는 것을 내가 알고 있다네."

"나도 맛있는 것이라면 거의 다 알고 있는데." 페레도노프가 대답했다.

그러자 볼로딘이 샐쭉한 표정으로 말했다.

"그럴지도 모르지." 그가 말했다. "아르달리온 보리시치, 물론 자네 나라에서 만든 것이라면 맛있는 것은 모조리 다 알고 있을지도 몰라. 하지만 자네가 우리나라에 가 보지 않은 이상, 우리나라의 맛있는 음식을 다 먹어 보진 않았을 것 아닌가?"

볼로딘은 자신의 놀라운 반박에 아주 만족스러운 듯, 양 울음소리처럼 웃기 시작했다.

"자네 나라에서는 썩은 고양이 고기를 먹는다고 하던데."

페레도노프가 심술궂게 말했다.

"그렇다면, 아르달리온 보리시치, 이번에는 내가 이야기를 좀 해도 되겠나?" 볼로딘이 째지는 듯한 소리로 웃으며 말했다. "자네 나라야말로 썩은 고양이를 먹을지 모르지만, 우리 나라에서는 그런 일이 없어. 자, 우리 그런 이야기는 그만하세. 두 분은 오를르는 먹어 본 적이 없을 테죠. 그렇죠?"

"그래, 한 번도 먹어 본 적 없어." 페레도노프가 시인했다.

"어떤 것인데요?" 바르바라가 물었다.

"그게 뭔가 하면……." 볼로딘이 설명하기 시작했다. "꿀죽* 알지요?"

"꿀죽을 모르는 사람이 있나요!" 바르바라가 싱글거리며 말했다.

"그러니까 말하자면, 수수로 만든 꿀죽이라고 할 수 있어요. 건포도와 설탕, 그리고 편도扁桃로 만든 거죠. 그것이 오를르예요."

그러고 나서 볼로딘은 자기 나라에서 오를르를 어떻게 만드는지 자세히 설명했다. 페레도노프는 우울하게 볼로딘의 이야기를 들었다. '꿀죽이라니? 저 파블루시카 녀석이 나를 죽은 사람으로 취급하겠다는 거야 뭐야?'

볼로딘이 제안했다.

"만약 두 분이 제대로 만든 오를르를 맛보고 싶다면, 재료

---

* 쿠띠야. 탄 보리, 쌀에 꿀과 건포도를 넣어 버무린 것. 추도식 후나 성탄절 전야에 먹는다.

를 주세요. 그러면 제가 직접 만들어 드리죠!"

"그거야말로 텃밭에 염소를 내보내는 격이지." 페레도노프가 무뚝뚝하게 말했다.

'게다가 뭐라도 넣을지 누가 알겠어?' 페레도노프는 속으로 생각했다. 볼로딘이 또 토라졌다.

"아르달리온 보리시치! 혹시 내가 자네 집에서 설탕이라도 훔칠 거라고 생각한다면, 아주 잘못 안 걸세. 자네 집 설탕은 필요 없으니까."

"무슨 바보 같은 말을 하세요." 바르바라가 듣고 있다가 끼어들었다. "그만두세요. 저 사람 성격이 워낙 까다롭잖아요. 이해하세요. 나중에 들러서 만들어 주세요." 하며 볼로딘을 달랬다.

"자네나 해서 먹게." 페레도노프가 말했다.

"아니, 그게 무슨 말인가?" 볼로딘이 화가 나서 카랑카랑한 목소리로 말했다.

"왜냐하면 못 먹을 게 분명하거든."

"맘대로 하시게, 아르달리온 보리시치!" 볼로딘은 어깨를 으쓱해 보이며 말했다. "나는 그저 자네에게 도움이 될까 해서 말한 것뿐이네. 싫다면 할 수 없는 일이지."

"그건 그렇고, 왜 자넨 그 장군인지 뭔지 하는 사람과 사이가 틀어졌나?" 페레도노프가 물었다.

"어떤 장군 말인가?" 볼로딘은 페레도노프가 묻는 말에 이렇게 되묻고, 얼굴을 붉히며 못마땅한 듯 아랫입술을 삐죽 내밀었다.

"자네가 말 안 해도 모두 들어서 알고 있어!" 페레도노프가
말했다.

바르바라도 히죽 웃었다.

"잠깐만, 아르달리온 보리시치!" 볼로딘이 발끈해서 말했다.
"물론 이야기를 들어서 알고 있는지 모르지만, 제대로 듣진
못했을 거야. 내가 자세하게 이야기해 주겠네. 자초지종을 모
두 이야기해 주지."

"그래, 어디 들어보세." 페레도노프가 말했다.

"우리 학교를 수리하기 시작한 지 사흘째 되던 날이었어."
볼로딘이 이야기를 늘어놓았다. "바로 그날, 장학관과 함께 베
리가가 시찰을 하러 왔더군. 우리는 뒷방에서 일을 하고 있었
지. 여기까진 아주 좋았어. 베리가가 무엇 때문에 왔는지, 무
엇이 필요했는지는 나하고 상관없는 일이었거든. 그건 내가
참견할 일이 아니니까. 내가 아는 대로, 그 사람이 귀족회장
이라고 해두자고. 그러나 그게 우리 학교와 무슨 상관인가?
하지만 그것도 그렇다고 해두지. 그가 우리가 일하는 방으로
들어오더군. 우리는 개의치 않고 그냥 일만 하고 있었어. 조용
히 일하고 있었다구. 그런데 그들이 우리 방으로 갑자기 들어
온 걸 봤더니 글쎄, 베리가가 모자도 벗지 않고 거만하게 서
있는 거야!"

"그가 자네를 무시한다는 생각이 들었겠군." 페레도노프가
무뚝뚝하게 말했다.

"그것 보게." 볼로딘이 신이 나서 되받아 말했다. "자네도 그런 생각이 들지? 게다가 방 안에는 성상도 걸려 있었고, 우리들은 모두 모자를 벗고 있었는데, 그는 마치 나폴레옹 근위병이라도 되는 듯이 들어서질 않나. 나는 별다른 나쁜 뜻 없이 말했네. '각하, 여기 성상도 걸려 있는데 모자를 벗는 것이 예의가 아닐까요?' 하고 말이야. 내가 뭐 잘못 말했나?" 볼로딘이 눈을 휘둥그레 뜨며 물었다.

"잘했네, 파블루시카!" 페레도노프가 소리쳤다. "물론, 그런 작자에겐 그렇게 해줘야 해."

"그냥 내버려 두어선 안 되죠." 바르바라도 동의했다. "잘하셨어요, 파벨 바실리예비치!"

볼로딘이 샐쭉한 표정으로 계속해서 말했다.

"그런데 그가 갑자기 나에게 한마디 하는 거야. '분수도 모르고 말이야' 하고. 그러더니 그냥 돌아서서 나가 버렸어. 그게 전부야. 더 이상 아무 일도 없었어."

볼로딘은 마치 영웅이라도 된 듯 우쭐했다. 페레도노프는 그를 격려하며 캐러멜을 주었다.

이때, 손님이 한 사람 더 들어왔다. 산림 감시관의 아내 소피야 에피모브나 프레폴로벤스카야였다. 그녀는 뚱뚱한 체구에 선량해 보이는 얼굴이었지만, 어딘가 좀 교활해 보였고, 항해하는 배처럼 몸이 매우 민첩하고 가벼운 여자였다. 그녀를 식탁으로 불렀다. 그녀는 능청맞은 표정으로 볼로딘에게 물었다.

"어머, 이게 누구세요? 파벨 바실리예비치 아니세요? 바르바라 드미트리예브나에게 자주 놀러 오시네요."

"바르바라 드미트리예브나에게 온 게 아니에요." 볼로딘이 정중하게 대답했다. "아르달리온 보리시치를 보러 온 거예요."

"혹시 어떤 아가씨에게 홀딱 반한 건 아니구요?" 프레폴로벤스카야가 웃으면서 물었다.

볼로딘이 지참금을 가진 신부를 구하며, 여러 군데 구혼 신청을 했지만 번번이 거절당했다는 것은 모두 아는 사실이었다. 그런 마당에 프레폴로벤스카야의 농담은 전혀 얼토당토 않은 말이었다. 볼로딘이 잔뜩 화가 난 양처럼 떨리는 목소리로 말했다.

"설사 제가 어떤 아가씨와 사랑에 빠졌다고 해도, 그건 나와 상대 아가씨의 문제지, 당신과는 전혀 상관없는 일이에요. 그러니 당신은 당신 일이나 잘하세요."

그러나 프레폴로벤스카야는 지지 않고 대꾸했다.

"조심하세요." 그녀가 말했다. "당신은 바르바라 드미트리예브나의 사랑을 기대하는 모양인데, 그렇게 되면 아르달리온 보리시치에게는 누가 맛있는 피로그를 구워 주겠어요?"

볼로딘은 입을 쑥 내밀고, 눈썹을 치켜올리면서 무슨 말을 해야 할지 몰라 당황했다.

"겁내지 마세요, 파벨 바실리예비치!" 계속해서 프레폴로벤스카야가 말했다. "당신도 신랑감으로 충분하니까요. 젊고 또 미남이시잖아요."

"그럴지도 모르죠. 그런데 바르바라 드미트리예브나가 나를 싫다고 하면 어떡하죠?" 볼로딘이 히죽거리며 말했다.

"아니, 왜 싫어하겠어요?" 프레폴로벤스카야가 대답했다. "당신은 지나치게 겸손을 떠는 것 같군요."

"그럴지도 모르지만, 어쨌든 저는 그럴 의사가 전혀 없어요." 볼로딘이 거드름을 피우며 말했다. "왜냐하면 전 다른 사람의 여동생과 결혼할 생각이 없거든요. 누가 알겠어요? 우리 고향에도 사촌 여동생이 자라고 있을지 말이죠?"

그는 이제 바르바라가 자기와 결혼할 생각이 전혀 없지는 않을 거라고 믿기 시작했다. 하지만 바르바라는 화가 났다. 그것은 볼로딘이 페레도노프의 4분의 1밖에 안 되는 적은 월급을 받고 있어서 그를 평소에 우습게 여기고 있었기 때문이다. 프레폴로벤스카야는 사제의 딸인 뚱뚱한 자기 여동생과 페레도노프가 결혼하기를 원하고 있었기 때문에 바르바라와 페레도노프에게 싸움을 붙이려던 것이었다.

"당신이 지금 나한테 중매하는 거예요, 뭐예요?" 기분이 상한 바르바라가 프레폴로벤스카야에게 말했다. "여기 파벨 바실리예비치에게 당신 여동생이나 중매하시지 그래요!"

"무엇 때문에 내가 당신을 페레도노프에게서 떼어 놓으려고 하겠어요." 프레폴로벤스카야는 농담조로 반박했다.

프레폴로벤스카야의 그런 농담은 페레도노프의 머릿속에 새로운 생각을 갖게 했다. 오를르가 그의 머릿속에 강하게 자리 잡게 된 것이다. 무엇 때문에 볼로딘이라는 작자가 그런 꿀죽을 생각해 낸 것일까? 페레도노프는 원래 깊게 생각하기를 좋아하지 않았다. 무슨 말이든 항상 처음 1분 안에 한 말을 믿곤 했다. 그러다 보니 그는 앞뒤 생각도 하지 않고 볼로딘이 바르바라에게 푹 빠졌다고 믿게 된 것이다. 그는 그렇게 생각했다. '그래서 저 녀석이 바르바라의 주위를 뱅뱅 돌고 있는 것이군. 그러다가 내가 장학관에 임명되면 오를르를 먹여 나를 독살하고 매장한 다음, 내 행세를 하며 장학관이 될 계획이야. 흠, 빈틈없이 계획을 짰군!'

그때 갑자기 현관에서 시끄러운 고함 소리가 들려왔다. 페레도노프와 바르바라는 깜짝 놀랐다. 페레도노프는 못 박힌 사람처럼 그 자리에서 꼼짝하지 않고, 눈을 가늘게 뜨고 문을 주시했다. 바르바라가 현관 쪽의 문으로 가만히 다가가, 문을 살짝 열고 밖을 내다보았다. 그러더니 발끝으로 가만가만 돌아서서 몸의 균형을 잡은 다음, 손으로 입을 가리고 웃었다. 그리고 다시 식탁으로 조심스럽게 다가왔다. 문 뒤에서는 계속 무슨 전투라도 벌이는 듯한 비명 소리가 들려왔다. 바르바라가 귓속말을 했다.

"에르쇼바*가 완전히 술에 취했어요. 나타샤**가 못 들어오게 막는데도 현관으로 밀고 들어왔어요."

"어떡하지?" 페레도노프가 놀라서 물었다.

"현관 옆으로 지나가게 해야 돼요." 바르바라가 해결책을 제

---

* 이리냐 스테파노브나 에르쇼바.
** 나탈리야의 애칭.

시했다. "여기 식당으로 못 들어오게 말예요."

모두 현관으로 나가 식당 문을 뒤로 꼭 닫았다. 바르바라도 여주인을 붙들어 놓거나 부엌에 잡아 두어야겠다는 생각으로 문을 열고 현관으로 나갔다. 그러나 철면피한 여주인은 막무가내로 밀고 들어오려고 했다. 그녀는 고개를 높이 쳐들고 양손을 허리에 댄 채, 본인이 늘 사용하는 인사말로 욕지거리를 퍼부어댔다. 페레도노프와 바르바라가 그녀 옆에 서서 안절부절못한 채, 되도록 식당에서 멀리 떨어진 현관에 놓인 의자에 그녀를 앉히려고 애썼다. 바르바라는 부엌에서 쟁반에 보드카와 맥주, 그리고 피로그를 담아 여주인에게 가져왔다. 그러나 여주인은 거들떠보지도 않고, 막무가내로 식당으로 들어가려고 야단법석을 떨었지만, 문을 찾아내지 못했다. 여주인은 술에 취해 얼굴이 빨갛게 달아올라 있었고, 머리는 헝클어지고 지저분했으며, 멀리서도 보드카 냄새가 코를 찔렀다. 그녀가 소리를 질렀다.

"안 먹어! 네가 앉은 식탁에 나를 모시란 말이야. 이따위 것들을 쟁반에 가져오다니! 나는 식탁보가 깔린 근사한 식탁에 앉고 싶다고! 나는 여주인이야! 주인 대접을 해야지! 내가 술에 취했다고 무시하는 거야? 이래 봬도 나는 엄연히 남편에게 정절을 지키는 여자란 말이야!"

바르바라는 미소 지으며 비겁하고 뻔뻔스럽게 말했다.

"누가 그걸 모르나요?"

에르쇼바는 바르바라에게 눈짓을 하고 쉰 목소리로 깔깔

거렸고 손가락으로 탁탁 소리를 내기도 했다. 그녀는 점점 더 난폭하게 소리를 질러댔다.

"여동생 좋아하네!" 그녀가 소리를 질렀다. "모두가 네가 어떤 여동생인지 알고 있다구. 왜 너희 집에는 교장 선생님이 방문하지 않는지 알아? 응?"

"알았으니까, 소리 좀 지르지 말아요." 바르바라가 말했다. 그러나 에르쇼바는 더욱 기세등등하게 소리를 질렀다.

"네년이 나한테 이래라 저래라 명령할 처지야! 내 집에서 내가 하고 싶은 대로도 못해? 당장 너희들을 내쫓고 말 거야. 당장 꺼져! 흔적도 남기지 말고 어서 나가! 그러나 너희들이 불쌍해서 이번만은 은혜를 베풀어 주지. 한 번만 용서해 준다고. 그저, 건방지게 굴지만 말란 말이야!"

그동안 볼로딘과 프레폴로벤스카야는 숨을 죽이고 가만히 앉아 입을 다물고 있었다. 프레폴로벤스카야는 창문을 바라보는 척하면서 힐끔힐끔 이 난폭자를 곁눈질하며 웃고 있었다. 볼로딘은 화가 난 듯, 심각한 표정으로 앉아 있었다.

어느새 에르쇼바는 화가 풀렸는지, 술 취한 사람 특유의 호탕한 웃음을 지으며 바르바라의 어깨를 탁 치고 은근하게 말했다.

"이봐! 내가 하는 말을 잘 들어! 이 여주인을 너희들의 근사한 식탁에 모시란 말이야. 여주인 대접을 해야지. 그리고 귀족들이 먹는 달콤한 당밀 과자를 내와! 주인을 잘 모셔야지. 이 착한 아가씨야!"

"이 피로그나 먹어요!" 바르바라가 말했다.

"피로그는 안 먹어! 귀족들이 먹는 당밀 과자를 가져오란 말이야!" 에르쇼바가 손을 내저으며 기분 좋게 미소를 지으면서 소리를 질렀다. "당밀 과자를…… 귀족 나리들이 먹는다네. 그들이 먹는 맛있는…….."

"당신한테 줄 당밀 과자는 없어요!" 여주인이 화가 풀린 것을 보고 바르바라는 조금 용기를 내 말했다. "당신한테 줄 거라고는 이 피로그밖에 없으니까, 이거나 처먹어요!"

갑자기 에르쇼바가 벌떡 일어나더니 식당 문을 발견했다. 그녀는 미친 듯이 소리를 질렀다.

"길을 비켜. 이 독사 같은 년아!"

그녀는 바르바라를 밀어붙이고 식당 문을 향해 돌진했다. 붙잡을 새조차 없었다. 그녀는 주먹을 쥐고 머리를 숙인 채, 냅다 문을 밀고 식당으로 들어갔다. 그곳의 문 근처에서 그녀는 더럽혀진 벽지를 발견하고는, 귀청이 떨어져나가라 고함을 질러댔다. 그녀는 몸을 뒤로 젖히고 양손을 허리에 댄 채, 다리로 간신히 버티고 서서 광기 어린 소리를 질러댔다.

"아, 그러고 보니 듣던 대로 정말 이사를 할 모양이군!"

"무슨 그런 섭섭한 말을 하세요, 이리냐 스테파노브나!" 바르바라가 떨리는 목소리로 말했다. "우린 그런 생각을 한 적이 없어요. 바보같이 이러지 마세요."

"우린 아무 데도 가지 않아요." 페레도노프가 덧붙였다. "우린 여기가 좋아요."

그러나 여주인은 들은 척도 않고 멍하게 서 있는 바르바라에게 달려들어 얼굴에 주먹질을 해댔다. 페레도노프는 얼른 바르바라 뒤에 숨었다. 여느 때 같으면 분명 잽싸게 도망쳤겠지만, 바르바라가 여주인에게 맞는 모습이 궁금해서 계속 숨어 있었다.

"한 발을 밟고, 한 발을 잡아당길 테다. 반으로 찢어버릴 테야!" 에르쇼바가 난폭하게 소리쳤다.

"제발, 이러지 말아요, 이리냐 스테파노브나!" 바르바라가 달래기 시작했다. "손님도 와 있는데 이러면 안 되죠!"

"그래, 그렇다면 그 손님들을 이리 대령해! 그 손님들에게도 볼일이 있으니까."

그러더니 에르쇼바는 현관으로 달려 나가 정중하게 말투와 태도를 고치고 프레폴로벤스카야에게 넘어질 정도로 머리가 마루에 닿게 고개를 숙인 다음, 부드럽게 말했다.

"소피야 에피모브나! 저를 용서해 주세요. 술 취한 이년을요. 제가 한 말씀만 드리죠. 당신은 여기 있는 바르바라에게 놀러 오시곤 하지만, 그 사실은 알고나 계세요? 바르바라가 댁의 여동생을 뭐라고 험담을 하는지요? 누구한테? 바로 나, 이 술주정뱅이에게 말예요. 내가 소문을 퍼뜨려 줄 거라고 생각한 거예요. 바로 그거죠!"

바르바라는 얼굴을 홍당무처럼 붉히며 간신히 말했다.

"나는 아무 말도 안 했어!"

"말한 적 없다고? 이 더러운 해골바가지야!" 에르쇼바가 주먹을 불끈 쥐고 바르바라에게 달려들면서 소리쳤다.

"입 다물어!" 바르바라가 당황해서 중얼거렸다.

"그렇게는 못 해." 에르쇼바가 의기양양하게 다시 프레폴로벤스카야를 향해서 말했다. "바르바라 넌이 글쎄, 댁의 여동생이 댁의 남편과 동거를 하는 파렴치한 여자라고 말하더군요!"

소피야는 화가 머리끝까지 나서 바르바라를 한번 노려보고는 머리끝까지 치솟는 화를 억누르며 미소를 지으며 말했다.

"대단히 감사하군요. 아주 뜻밖이네요."

"거짓말이야!" 바르바라가 에르쇼바를 노려보며 소리를 질렀다.

에르쇼바는 화가 나서 씩씩거리며 바르바라를 향해 발을 구르고 손가락질을 하며 소란을 피웠다. 그러고는 프레폴로벤스카야를 향해 다시 말했다.

"그리고 이 집 주인 나리는 또 당신에게 뭐라고 한 줄 아세요? 당신이 예전에 남자들과 놀아나다가 나중에 결혼을 했다는 거예요. 자, 보세요. 저것들이 얼마나 뻔뻔스러운 족속들인지 말예요. 저 뻔뻔스러운 낯짝에 침을 뱉어 줘요! 저런 비열한 족속들하고는 완전히 관계를 끊어야 해요."

프레폴로벤스카야는 얼굴이 붉으락푸르락해져서 아무 말 없이 서둘러 현관 밖으로 나갔다. 페레도노프가 그 뒤를 쫓아가 변명을 했다.

"거짓말이에요. 믿지 마세요. 나는 딱 한 번, 굉장히 화가 났을 때, 저 여자 앞에서 당신이 좀 바보 같다고 말한 것 외에는 아무 말도 하지 않았어요. 모두 저 여자가 지어낸 이야기예요."

프레폴로벤스카야는 아무렇지 않게 대답했다.

"걱정 마세요. 아르달리온 보리시치! 저 여자가 술에 취했다는 것은 저도 잘 알고 있어요. 술에 취해 자기가 무슨 말을 하는지도 모를 거예요. 한 가지 납득이 안 되는 것이 있는데, 왜 당신은 댁에서 이런 소동이 벌어지도록 내버려 두는지 알 수 없군요."

"보시다시피, 저런 여자는 어쩔 도리가 없어요." 페레도노프가 대답했다.

프레폴로벤스카야는 당황하고 잔뜩 화가 난 채, 웃옷을 입었다. 페레도노프는 그녀가 옷 입는 것을 도와주는 것도 잊고 무슨 말인가 계속 지껄였지만, 그녀는 이미 아무 말도 듣고 있지 않았다. 페레도노프가 현관으로 돌아오자, 에르쇼바는 귀청이 떨어져 나갈 듯, 페레도노프에게 욕지거리를 퍼부었다. 바르바라는 현관으로 빠져나가 프레폴로벤스카야를 위로하려고 애썼다.

"저이가 얼마나 멍청한지 잘 아시죠? 말을 하면서도 자기가 무슨 말을 하는지 모른다니까요."

"됐어요. 진정해요." 프레폴로벤스카야가 그녀에게 대답했다. "술 취한 여자가 무슨 말인들 못 하겠어요."

현관 밖 뜰에는 키 큰 엉겅퀴가 무성하게 자라고 있었다.

프레폴로벤스카야는 그것을 보더니 교활한 미소를 살짝 지었다. 불만에 가득 차 있던 통통하고 하얀 그녀의 얼굴이 어느새 환하게 변했다. 그녀는 다시 바르바라에게 다정하고 상냥한 태도를 보였다. 그렇다. 싸우지 않고도 모욕을 갚아 줄 때가 오는 법이다. 그들은 뜰에서 함께 여주인의 공격이 끝나기를 기다리기로 했다.

프레폴로벤스카야가 담장 밑에 탐스럽게 자란 엉겅퀴를 자세히 둘러보았다. 그러고는 그녀가 말했다.

"엉겅퀴들이 많이도 자랐군요. 그런데 이 집에는 엉겅퀴가 필요 없나 보죠?"

바르바라가 씩 웃으며 말했다.

"쓸 데가 있어야죠!"

"괜찮다면 좀 꺾어 갔으면 좋겠는데. 우리 집에는 전혀 자라질 않아요." 프레폴로벤스카야가 말했다.

"그걸 무엇에 쓰려고 그러세요?" 바르바라가 호기심에 차서 물었다.

"글쎄. 좀 필요한 데가 있어요." 프레폴로벤스카야가 살짝 웃으며 말했다.

"어디에 쓸 것인지 말해 봐요." 호기심이 강한 바르바라가 궁금해하며 말했다.

프레폴로벤스카야가 얼굴을 숙이고 바르바라의 귀에 소곤거렸다.

"글쎄, 엉겅퀴로 몸을 문지르면 살이 절대 빠지지 않는대요. 엉겅퀴 덕분에 우리 게니치카*가 그렇게 통통하게 살이 쪘지 뭐예요."

페레도노프가 마른 여자를 싫어하고 뚱뚱한 여자를 편애한다는 것은 모두에게 잘 알려진 사실이었다. 바르바라는 자신이 마른 데다가 자꾸만 살이 빠져서 몹시 괴로워하던 참이었다. 어떻게 하면 살이 찔 것인가 하는 것이 그녀의 가장 큰 과제 중의 하나였다. 그녀는 보는 사람마다 붙잡고 물어보곤 했다. '살찌는 좋은 방법이 없을까요?' 프레폴로벤스카야는 지금부터 바르바라가 엉겅퀴로 열심히 살갗을 문지를 것이며, 그렇게 되면 손끝 하나 까딱하지 않고 복수할 수 있게 될 거라고 확신했다.

* 프레폴로벤스카야의 여동생 예브게니야의 애칭.

3

페레도노프와 에르쇼바가 함께 마당으로 나왔다. 그가 중얼거렸다.

"자, 여기서 해봐요!"

그녀는 목청껏 소리를 지르며 즐거워했다. 그들은 춤을 출 준비를 했다. 프레폴로벤스카야와 바르바라는 부엌을 통해 헛간으로 몰래 들어가, 그곳의 창가에 앉아 마당에서 무슨 일이 벌어지는지 보고 있었다.

페레도노프와 에르쇼바는 서로 끌어안았다 밀었다 하면서, 배나무 주변의 풀밭 위에서 춤을 추었다. 페레도노프의 얼굴은 여전히 멍한 채로, 아무런 표정의 변화가 없었다. 그의 코 위의 금테 안경과 짧은 머리카락만이 기계적으로 솟구쳐 오르곤 했다. 에르쇼바는 괴성을 지르고 몸을 비틀고 팔을 휘두르며 온몸을 흔들었다.

그러다 문득 창문을 보고 바르바라에게 고함을 질렀다.

"에이, 귀하신 아가씨! 어서 춤추러 나와! 우리를 피하는 거야 뭐야?"

그러자 바르바라는 외면했다.

"저런, 귀신이 물어갈! 어유, 더 이상 못 하겠다!" 에르쇼바가 소리를 지르고 풀밭 위로 벌렁 눕더니, 페레도노프를 끌어당겼다.

그들은 서로 부둥켜안고 앉았다 다시 일어나 춤을 추는가 하면, 다시 주저앉기를 몇 번이나 반복했다. 춤을 추다가 배나무 아래 벤치나 풀밭 위에 그대로 주저앉아 쉬기도 했다.

창밖으로 춤을 추는 두 사람을 바라보고 있던 볼로딘은 기분이 좋아졌다. 그는 껄껄 웃다가, 기괴하게 얼굴을 찡그리기도 했고, 몸을 구부리고 무릎을 들어 올리기도 하며, 비명을 질러댔다.

"저런, 빌어먹을, 가관이군!"

"망할 년 같으니라구!" 화가 난 바르바라가 한마디했다.

"망할 것!" 볼로딘도 낄낄거리며 바르바라의 말에 동조했다. "친절한 여주인님! 제가 아주 정중하게 모셔 주지요! 우리는 가서 홀이나 더럽혀 줍시다. 어차피 오늘은 여주인이 이리 다시 들어올 염려는 없으니까요. 풀밭에서 땀을 식히다가 잠자리에 들 거예요."

그는 양처럼 펄쩍펄쩍 뛰면서 연신 웃어댔다. 프레폴로벤스카야가 부추겼다.

"물론이에요, 마구 더럽혀 놓으세요. 파벨 바실리예비치! 여주인이 뭐라고 한들 무슨 대수예요. 여주인에게는 나중에 그렇게 말하면 되죠. 그녀가 술에 취해 직접 한 짓이라고 말이죠."

볼로딘은 펄쩍 펄쩍 뛰고 깔깔거리며 현관으로 달려가 구둣발로 벽에 발길질을 시작했다.

"바르바라 드미트리예브나! 혹시 노끈 같은 게 있으면 좀 주세요." 그가 소리쳤다.

바르바라는 오리처럼 뒤뚱거리며 현관을 가로질러 침실로 들어가 매듭이 많고 낡은 노끈을 하나 찾아왔다. 그러자 볼로딘은 노끈으로 올가미를 만든 다음, 현관 가운데 탁자를 놓고, 그 위에 올라가서 등불을 매다는 갈고리에 노끈을 걸었다.

"이건 여주인을 위해서!" 그가 소리쳤다. "나중에 이 집에서 이사를 가고 난 후에 화가 난 여주인이 목을 매달 수 있도록 말예요!"

두 여자들이 목이 쉴 정도로 깔깔거리며 웃어댔다.

"종이 하나 주세요. 그리고 연필도 주시고요." 볼로딘이 소리쳤다.

바르바라는 다시 온 침실을 뒤져서 종이와 연필을 찾아왔다. 그 위에 볼로딘이 '여주인을 위해서!'라고 적었다. 그런 다음, 올가미에 종이쪽지를 매어 두었다. 우스꽝스러운 몸짓으로 모든 작업을 완수한 그는 다시 벽 앞을 왔다 갔다 하며 혼신의 힘을 다해 구두창으로 난폭하게 벽을 차기 시작했다. 그가 깔깔거리며 웃는 쇳소리가 온 집 안을 울렸다. 놀라서 귀를 쫑긋 세운 흰 고양이가 침실에 몸을 숨긴 채, 물끄러미 쳐다보고 있었다. 어디로 도망쳐야 할지 몰라 당황한 모양이었다.

드디어 에르쇼바에게서 벗어난 페레도노프가 집 안으로

들어왔고 에르쇼바도 기진맥진해서 잠을 자러 집으로 돌아갔다. 볼로딘은 즐거운 듯 깔깔거리고 비명을 질러대며 페레도노프를 맞아들였다.

"홀도 엉망으로 만들어 놓았어! 만세!"

"만세!" 페레도노프도 볼로딘을 따라 소리를 지르더니, 총알이 튀어 나가는 듯한 큰 소리로 껄껄대며 웃었다.

여자들도 같이 만세를 외치며 재미있어 했다. 페레도노프가 큰 소리로 말했다.

"파블루시카, 춤을 추자구!"

"그러세! 아르달리오샤*!" 백치처럼 히히거리며 볼로딘이 대답했다.

그들은 올가미 아래서 춤을 추기 시작했고, 둘 다 다리를 우스꽝스럽게 들어 올리며 춤을 추었다. 페레도노프의 육중한 걸음 때문에 마루가 마구 삐그덕거렸다.

"춤에 푹 빠지셨네요, 아르달리온 보리시치!" 프레폴로벤스카야가 가볍게 미소를 지으며 말했다.

"에이, 말 마세요. 저이는 워낙 특이해요." 바르바라는 완전히 페레도노프에게 도취된 채 말했다.

그녀는 페레도노프가 미남이고 아주 뛰어난 사람이라고 생각했다. 그녀가 판단하기에 그의 유일한 흠은 그가 너무나 정상적이라는 점이었다. 그녀에게 페레도노프는 우스꽝스럽

* 아르달리온의 애칭.

거나, 불쾌한 사람이 아니었다.

"우리 여주인에게 추모의 노래나 불러 줍시다." 볼로딘이 소리쳤다. "베개 좀 주세요!"

"또 무슨 꿍꿍이세요!" 바르바라가 웃으면서 말했다.

그녀는 침실에 있던 베개를 가져와 베갯잇을 벗겨내고 마루로 던졌다. 그들은 홀 중앙에 베개를 놓고는 쉿소리로 악을 쓰며 여주인을 위해 추모의 노래를 부르기 시작했다. 나중에는 나탈리아를 불러 아리스톤*을 돌리게 하고는, 네 사람 모두 얼굴을 찡그리고 다리를 높이 쳐들면서 카드릴**을 추기 시작했다.

춤을 추고 난 페레도노프는 더 대담해졌다. 그의 부어오른 얼굴에 몽롱하고 음울한 생기가 감돌았다. 기계적으로 보이긴 했지만, 뭔가 결심을 한 것처럼 보였는데, 어쩌면 근육 운동을 너무 심하게 했기 때문인지도 몰랐다. 그는 지갑에서 수표 몇 장을 꺼내 세고 나서는, 거만하고 오만한 얼굴로 바르바라를 향해 내던졌다.

"이걸 받아! 바르바라!" 그가 소리쳤다. "웨딩드레스를 맞추라고!"

수표가 마루 위에 흩어졌다. 바르바라는 좋아라 하며 수표를 주웠다. 그녀는 그런 식으로 돈을 받는 것을 전혀 불쾌해

---

* 오르골과 비슷한 악기.

** 네 명이서 추는 춤.

하지 않았다. 프레폴로벤스카야는 기분 나빠 하며 '그래, 어디 두고 보자. 누구를 데려가는지 말이야!' 하며 교활하게 미소를 지었다. 물론 볼로딘은 바르바라가 수표를 줍는 것을 도와줄 생각도 못하고 있었다.

프레폴로벤스카야는 곧 돌아갔다. 현관에서 그녀는 새로운 손님과 마주쳤다. 그루시나였다.

젊은 과부인 마리야 오시포브나 그루시나는 왠지 자신의 나이보다 훨씬 더 늙어 보였다. 깡마른 체구에 피부가 거칠고 푸석한 그녀의 얼굴은 먼지가 덮인 것처럼 온통 잔주름투성이였다. 호감이 가는 얼굴이긴 했지만, 치아는 불결하고 까맸다. 팔은 가늘고 손가락은 길며 날카로웠고 손톱 밑에는 때가 끼어 있었다. 언뜻 보면 그녀의 얼굴은 더러워 보인다기보다는, 한 번도 씻은 적이 없이, 옷을 그대로 입은 채, 살짝 먼지만 털어낸 것처럼 보였다. 그녀를 갈대 먼지떨이로 몇 번 때리면, 먼지 기둥이 하늘까지 피어날 것 같았다. 그녀가 입고 있는 옷은 오랫동안 한데 뭉쳐 처박혀 있던 옷 꾸러미에서 금방 꺼내 입은 것처럼 구겨져 있었다. 그루시나는 연금을 받으며 살아가고 있었고, 작은 중개업과 부동산을 담보로 돈놀이를 하고 있었다. 그녀는 신랑감을 찾으려고 주로 남자들에게 말을 걸곤 했고, 남자에게 들러붙곤 했다. 그래서 그녀의 집은 항상 아첨쟁이 홀아비들로 득실거렸다.

바르바라는 그루시나를 반갑게 맞았다. 마침 그녀에게 볼일이 있던 참이었다. 그루시나와 바르바라는 하녀에 관해 수

군대며 귓속말을 주고받았다. 호기심이 발동한 볼로딘은 그들 가까이 앉으며 이야기를 엿들었다. 페레도노프는 우울한 표정으로 혼자 식탁에 앉아 손으로 식탁보 가장자리를 만지작거리고 있었다.

바르바라는 하녀인 나타샤를 못마땅해했다. 그러자 그루시나는 새 하녀 클라브디야를 소개하며 칭찬을 잔뜩 늘어놓았다. 그들은 클라브디야를 만나러 가기로 결정했다. 지금 그녀는 얼마 전에 다른 도시로 발령 난 세무관의 집에서 일하고 있었다. 세무관의 집은 사모로디누강변에 있었다. 바르바라는 클라브디야라는 이름이 신경 쓰였다. 그녀가 이상하다는 듯 물었다.

"클라브디야라구요? 그러면 애칭은 어떻게 불러야 하죠? 클라시카라고 해야 하나?"

그러자 그루시나가 일러주었다.

"클라브듀시카라고 하면 되잖아요."

바르바라는 이 애칭이 마음에 들었다. 그녀는 자꾸만 이 애칭을 되뇌었다.

"클라브듀시카, 듀시카."

그러고는 깔깔 거리며 웃었다. 참고로 말하자면 이곳에서는 돼지를 듀시카라고 부르고 있었다. 그러자 볼로딘이 꿀꿀 거리는 소리를 냈다. 모두들 웃음을 터뜨렸다.

"듀시카, 듀셴카······." 볼로딘은 바보같이 얼굴을 찌푸리고 입술을 쭉 내밀며 지껄이다 웃다가 했다.

볼로딘은 사람들이 지겹다고 제발 그만하라고 할 때까지 계속 꿀꿀거리며 장난을 쳤다. 그때 갑자기 그는 토라져서 일어서더니, 페레도노프의 옆으로 가 나란히 앉았다. 그러고는 양의 이마 같은 자신의 넓은 이마를 기울이고는 얼룩진 식탁보를 쳐다보았다.

바르바라는 사모로디누강으로 가는 길에 드레스를 지을 옷감을 사기로 결정했다. 그녀는 항상 그루시나와 함께 시장에 다니고는 했다. 그루시나가 물건을 고르고 값을 흥정하는 방법을 가르쳐 주었기 때문이었다.

바르바라는 페레도노프 몰래 그루시나의 호주머니에 그녀의 아이들 몫으로 갖가지 사탕이며 달콤한 피로그를 주고 이런저런 선물을 찔러줬다. 그루시나는 바르바라의 그런 태도로 보아, 오늘 무슨 부탁이 있는 모양이라고 짐작했다.

바르바라는 굽이 높고 볼이 좁은 구두가 불편해서 오래 걸을 수 없었고 금세 피로를 느꼈다. 그 때문에 바르바라는 그다지 넓지 않은 도시에서도 언제나 마차를 이용하곤 했다. 최근에는 그루시나의 집에 자주 들락거렸다. 이 도시에 있는 마부는 20여 명 정도였는데, 그들은 이미 그것을 알아차렸다. 바르바라를 태우면, 어디로 갈지 물어보지도 않을 정도였다.

그들은 사륜마차를 타고 클라브디야를 만나보기 위해 그녀가 살고 있는 주인집으로 향했다. 어젯밤에 비는 그쳤지만, 거리는 온통 지저분했다. 마차는 돌로 포장된 거리를 따라 겨우 덜커덩거리며 달리는가 싶으면, 어느새 비포장도로의 질척

거리는 진창에 빠지곤 했다.

그때마다 바르바라의 목소리도 그루시나의 맞장구와 어울려 계속 덜거덕거렸다.

"우리 집 거위가 또 마르푸시카* 집에 갔었나 봐요." 바르바라가 말했다.

그루시나는 동정 어린 목소리로 못마땅하다는 듯 대꾸했다.

"그들이 페레도노프를 낚으려는 거죠. 아니, 그런 처지로 감히 어디를 넘봐. 마르푸시카 같은 여자가. 꿈도 꿀 수 없는 일이지."

"이젠, 어떻게 해야 할지 모르겠어요." 바르바라가 투덜거렸다. "얼마나 까칠한지, 무서울 정도예요. 머리가 빙글빙글 돌 지경이라니까요. 그가 결혼이라도 하면, 저는 거리로 쫓겨날 거예요."

"무슨 그런 말을 다 하세요, 바르바라 드미트리예브나!" 그루시나가 안심을 시켰다. "그런 생각은 아예 지워 버려요. 페레도노프는 당신 외에 그 누구와도 결혼하지 못할 거예요. 그 사람은 이미 당신에게 익숙해져 있으니까요."

"이따금 그이가 밤에 집을 나가고는 하는데, 그때마다 저는 한숨도 잘 수가 없어요." 바르바라가 하소연했다. "누가 알겠어요? 어디서 저 모르게 결혼식이라도 올릴지 말예요. 밤새 잠을 못 이루고 뒤척일 때가 한두 번이 아니에요. 모두들 그에

* 마르타의 애칭.

게 눈독을 들이고 있잖아요. 루틸로프가의 세 암말만 해도 그렇죠. 그 세 아가씨들이 모두 그에게 매달리고 있다니까요. 그리고 통통한 얼굴의 제니카*도요."

바르바라가 계속 불평을 늘어놓자, 그루시나는 바르바라의 이야기를 들으면서 몇 푼이라도 받을 만한 건수를 부탁하려나 보다고 짐작하고, 내심 신이 났다.

바르바라는 클라브디야가 마음에 들었다. 세무관의 아내는 그녀를 매우 칭찬했다. 바르바라는 그녀를 고용하기로 결정했고, 세무관이 떠나는 대로, 오늘 저녁에라도 당장 와도 좋다고 했다.

그런 다음, 그들은 그루시나의 집으로 갔다. 그루시나는 단독주택에서 세 아이들과 함께 살았다. 아이들 모두 해진 누더기를 걸치고 개처럼 어슬렁거렸고, 더럽고 거칠고 우둔했다. 그들은 마음을 터놓고 이야기를 시작했다.

"우리 집 바보 아르달리오시카**가 글쎄……." 바르바라가 말을 꺼냈다. "나더러 공작부인에게 또 편지를 쓰라는 거예요. 아니, 내가 어떻게 부인에게 편지를 쓰겠어요. 그녀는 답장도 하지 않을 테고 한다고 해도 좋아하지 않을 거예요. 가까운 사이도 아니니까요."

바르바라는 예전에 볼찬스카야 공작부인의 집에 살면서

* 예브게니야의 애칭.
** 아르달리온의 애칭.

간단한 가내 재봉 일을 해준 적이 있어, 페레도노프를 후원해 줄 수도 있었다. 부인의 딸이 특별교육위원회의 비밀 자문 요원인 체프키느이에게 시집을 갔기 때문이었다. 공작부인은 지난해 바르바라가 보낸 편지에 이미 답장을 보냈다. 부인은 약혼자에게는 도움을 줄 수 없고, 결혼을 하게 되면, 뭔가 도와줄 방법을 찾아보겠다고 했다. 하지만 그 편지에 페레도노프는 만족하지 못했다. 그 편지에서 분명히 약속을 한 것도 아니고, 바르바라의 남편에게 바로 장학관 자리를 주겠다는 내용도 없었던 것이다. 이런 불확실한 사실을 분명히 하기 위해 그들은 페테르부르크에 갔었다. 그곳에서 바르바라는 혼자서 공작부인에게 몇 번 다녀왔고, 마지막에는 페레도노프를 데리고 가기도 했다. 그러나 사실은 바르바라가 고의로 이 만남을 연기시켰고, 공작부인은 이미 시골로 떠나 버려 결국 만남은 성사되지 않았던 것이다. 바르바라는 공작부인이 그저 빨리 결혼이나 하라는 애매한 충고나 할 것이고, 그것으로 페레도노프를 만족시킬 수 없다는 것을 알고 있었던 것이다. 그래서 바르바라는 페레도노프를 공작부인에게 인사시키지 않기로 결정했던 것이다.

"그래서 말인데, 저는 바위산 같은 당신만 믿어요." 바르바라가 말했다. "제발 도와주세요. 마리야 오시포브나!"

"제가 무얼 도와드리면 되겠어요?" 그루시나가 물었다. "당신도 알다시피, 당신을 위해서 할 수 있는 일이라면 무슨 일인들 못 하겠어요? 점이나 한번 쳐볼래요?"

"아유, 내가 점쟁이란 사람들을 잘 아는데요 뭘!" 바르바라가 웃으며 말했다. "그게 아니고, 다른 식으로 저를 좀 도와줘요."

"어떻게 말예요?" 그루시나가 기다렸다는 듯이 반색하며 물었다.

"아주 간단한 일이에요." 바르바라가 히죽 웃으며 말했다. "공작부인이 쓴 것처럼 편지를 써 줘요. 그 편지를 아르달리온 보리시치에게 보여 주게 말예요."

"어머, 어떻게 그런 일을 한단 말예요?" 그루시나가 깜짝 놀라는 척하면서 말했다. "만약 그랬다 일이 발각되기라도 하면 어쩌려구요?"

그러나 바르바라는 그루시나의 말은 아랑곳하지 않고 호주머니에서 구겨진 편지를 꺼내며 말했다.

"자, 여기 공작부인의 편지가 있어요. 이걸 보고 쓰라고 가져왔어요."

그루시나는 한참을 머뭇거렸다. 그러나 바르바라는 결국 그녀가 찬성할 것이며, 이 기회를 이용해 조금이라도 대가를 더 많이 얻어내려는 것뿐이라는 것을 정확히 알고 있었다. 반대로 바르바라는 최대한 적게 지불하려던 거였다. 바르바라는 이런저런 작은 선물과 낡은 실크 드레스를 주겠다고 약속하며 조심스레 대가를 늘려갔고, 그루시나는 바르바라가 더 이상은 주지 않을 것 같은 지점에서 동의했다. 그 지점은 바르바라가 투덜대기 시작한 때였다. 그루시나는 그저 바르바라가 가엾어서 동의한다는 표정을 지으며 편지를 집어 들었다.

4

　당구장은 담배 연기로 가득했다. 페레도노프와 루틸로프, 팔라스토프와 볼로딘, 그리고 작은 영지를 소유한 지주로 겉보기에 우둔해 보이는 거대한 체구의 약삭빠르고 계산 빠른 무린, 이렇게 다섯 사람이 당구를 마치고 나오려고 하던 참이었다.

　저녁이었다. 널빤지로 된 지저분한 탁자 위에는 빈 맥주병들이 수북이 쌓여 있었다. 게임을 하면서 계속 술을 마신 이들은 모두 얼굴이 불그레했고 술에 취해 고함을 질러대기도 했다. 루틸로프만이 평소처럼 폐병 환자같이 창백했다. 그는 다른 사람들보다 덜 마시기도 했지만, 원래 마시면 마실수록 얼굴이 더 창백하게 변했다.

　사방에서 험한 말들이 오고갔다. 그렇다고 누구 하나 화를 내지는 않았다. 우애가 돈독했던 것이다.

　페레도노프는 항상 게임에 졌다. 당구에 소질이 없었던 그는 태연한 척하면서 무뚝뚝한 표정으로 마지못해 계산을 치렀다. 그때 무린이 큰 소리로 외쳤다.

"발사!"

그러고는 페레도노프를 향해 당구 채로 총을 겨누는 시늉을 했다. 페레도노프는 겁에 질려 자리에 털썩 주저앉았다. 그의 머릿속에 무린이 자신에게 총을 쏘려 한다는 엉뚱한 생각이 퍼뜩 떠올랐기 때문이었다. 주변 사람들이 모두 껄껄거리며 웃었다. 페레도노프는 기분이 상해 소리를 질렀다.

"그런 장난은 도저히 참을 수가 없어!"

무린은 페레도노프를 놀린 것을 후회했다. 자기 아들이 김나지야에 다니고 있으므로 되도록이면 학교 선생들과 잘 지내야 한다고 생각하고 있었기 때문이었다. 그는 곧바로 페레도노프에게 사과하고 맥주와 음료수를 권했다.

페레도노프가 무뚝뚝하게 말했다.

"나는 지금 신경이 매우 곤두서 있어. 학교 교장 때문에 기분이 좋지 않아."

"미래의 장학관이 내기에서 졌다네! 아이고, 돈 아까워라!" 볼로딘이 양 울음소리를 내며 놀려댔다.

"내기에는 운이 없고, 사랑에는 운이 따르는군." 루틸로프가 썩은 이를 드러내고 씩 웃으며 대꾸했다.

페레도노프는 그렇지 않아도 내기에서 지고 장난질에 놀라 기분이 좋지 않았는데, 바르바라 문제로 더 약이 올랐다.

그는 소리를 질렀다.

"나는 결혼하고 말 테다! 바랴는 썩 꺼지란 말이야!"

모두들 깔깔거리고 웃으며 그를 놀렸다.

"아니야, 결혼은 못 할 거야!"

"할 거야! 내일 당장 결혼식을 올릴 거야!"

"좋아, 그럼 내기를 하자!" 팔라스토프가 제안했다. "10루블*
어때?"

그러자 페레도노프는 돈이 아까워졌다. 만약 진다면, 공연
히 돈을 빼앗기게 될지도 모를 일이었기 때문이다. 그는 우울
하게 돌아서며 대답을 회피했다.

모두들 문 앞에서 헤어졌다. 페레도노프와 루틸로프는 함
께 걸었다. 루틸로프가 자기 여동생들 중에서 한 사람을 골라
당장 결혼식을 올리라고 페레도노프를 설득하기 시작했다.

"벌써 만반의 준비를 해놓았네. 자네는 아무 걱정 말게!" 루
틸로프가 말했다.

"약혼 예고도 없었잖아?" 페레도노프가 구실을 붙여 발뺌
하며 말했다.

"내가 모든 준비를 다 해놓았다고 하질 않나?" 루틸로프가
자신 있게 말했다. "자네와 바르바라의 관계를 모르는 사제를
한 분 구해 두었다네."

"들러리가 없잖아?" 페레도노프가 물었다.

"그래, 없어. 하지만, 지금 들러리를 데리러 사람을 보내겠
네. 그들이 곧바로 성당으로 올 거야. 아니면 내가 직접 그들
을 데리러 갈 수도 있고. 이보다 더 빨리 일을 추진할 수는 없

---

* 러시아 화폐단위. 1루블은 100코페이카에 해당.

었네. 자네 여동생이 아는 날에는 방해를 했을 테니까."

페레도노프는 위태위태한 울타리들과 작은 집들의 지붕 위로 어둠이 내리는 것을 말없이 멍하니 바라보았다.

"자네는 문 앞에 서 있기만 하면 되네!" 루틸로프는 단단히 다짐을 받았다. "나는 지금 집 안으로 달려가 누구든 자네가 원하는 애를 데려오겠네. 자, 잘 듣게. 지금 자네에게 소개하겠네. 자, 둘에 둘을 곱하면 넷이지? 그렇지?"

"맞아." 페레도노프가 대답했다.

"그렇지, 둘에 둘을 곱하면 넷이 되듯, 자네가 내 여동생과 결혼하는 것은 확실해."

페레도노프는 약간 충격을 받았다.

'그런데 정말 넷이 맞긴 맞나?' 하고 생각에 잠겼다. '그래, 물론 넷이 맞아.' 이렇게 결론을 내리고 페레도노프는 결단력 있는 루틸로프를 존경 어린 시선으로 바라보았다. '이러다가 정말 코가 꿰고 말겠는걸. 루틸로프를 당해낼 재간이 없어!' 그때 낯익은 사람들이 루틸로프 집 쪽으로 다가와 잠시 멈췄다.

"이렇게 불쑥 찾아간다는 것은 예의에 벗어난 일이 아닌가?" 페레도노프가 화가 난 듯 말했다.

"이런 이상한 사람을 봤나? 지금 우리 아가씨들은 기다리다가 지쳤을 걸세!" 루틸로프가 버럭 고함을 쳤다.

"그런데 이걸 어쩌나? 난 지금 결혼하기 싫은데!"

"뭐라고! 결혼하기 싫다고? 아니, 자네 그럼 평생 혼자 살

텐가?" 루틸로프가 단호하게 되물었다. "아니면 수도원에라도 들어갈 생각인가? 그것도 아니면 아직 바랴에게 싫증이 나지 않았다는 이야기인가? 응? 이봐, 잘 생각해 보게. 자네가 젊은 아내를 데려가면 바랴가 어떤 얼굴을 할지 말이야!"

페레도노프는 간헐적으로 웃고 나서, 우울한 표정으로 말했다.

"하지만 만약, 자네 여동생들이 나를 싫어하면 어떡하지?"

"아니, 싫어할 리가 있나?" 루틸로프가 말했다. "내가 자네에게 약속하지! 결단코 그런 일은 없을 거야!"

"하지만 자네 여동생들은 거만하잖아." 페레도노프가 여전히 근심스러운 듯 말했다.

"그게 자네와 무슨 상관이 있나? 자네에겐 더 잘된 일일 수도 있잖아!"

"비웃기도 잘하잖아?"

"그렇다고 자네를 비웃는 건 아니잖아!" 루틸로프가 부드럽게 달랬다.

"그걸 내가 어떻게 알겠어!"

"자네는 내 말만 믿게! 내가 자네에게 거짓말을 할 것 같은가? 내 여동생들은 모두 자네를 존경한다네. 자네가 파블루시카도 아닌데, 왜 자네를 비웃겠어!"

"물론 자네 말을 믿네." 페레도노프는 머뭇거리며 말했다. "하지만 난 그들이 정말로 나를 무시하지 않는지 확인해야겠어."

"정말 이상한 사람이군." 루틸로프가 이해하기 어렵다는 듯 말했다. "그럼 자네는 어떻게 확인할 셈인가?"

페레도노프는 잠시 생각하고 나서 말했다.

"그럼, 아가씨들을 이리 나오라고 하게."

"그렇게 하지, 그건 할 수 있지!" 루틸로프가 흔쾌히 동의했다.

"세 사람 모두 말일세!" 페레도노프가 덧붙였다.

"그렇게 하겠네!"

"세 사람 각자, 나와 결혼을 하면 나에게 어떻게 해줄 것인지 말해 보라고 하게."

"그건 왜?" 루틸로프가 놀라서 물었다.

"그 아가씨들이 정말 원하는지 알고 싶거든. 괜히 자네가 내 코를 꿰서 끌고 다니는지도 모르지." 페레도노프가 말했다.

"아무도 자네 코를 꿰서 끌고 다니지 않아!"

"혹시 이 아가씨들이 나를 놀리려는 것 아닐까?" 페레도노프가 신중하게 생각하며 말했다. "뭐, 할 수 없지. 이왕 이렇게 됐으니까, 모두 나오라고 하게! 나중에 나를 비웃으면 나도 같이 비웃어 주면 그만이지, 뭐!"

루틸로프는 생각에 잠겨 모자를 뒤로 잡아당겼다가 다시 이마로 당겨 쓰고는 드디어 말했다.

"잠깐, 여기서 기다리게! 지금 내가 가서 여동생들에게 이야기를 하겠네. 이런 괴짜라니! 자넨 잠깐 문 안으로 들어와 있게! 빌어먹을 누군가가 길을 가다 볼지도 모르니."

"무슨 상관인가." 페레도노프는 그렇게 말하면서도 루틸로프의 담장 안으로 들어왔다.

루틸로프는 서둘러 문 안으로 들어갔고, 페레도노프는 혼자 마당에 남아 기다렸다.

대문에 붙은 별채의 거실에 루틸로프가의 네 자매가 앉아 있었다. 모두들 오빠와 닮은 얼굴이었는데, 하나같이 상냥하고 예쁘고 명랑한 아가씨들이었다. 이미 출가한 맏딸 라리사는 조용하고 유쾌한 성격에 풍만한 몸매였고, 경박한 데다 민첩한 다리야는 자매들 중 가장 키가 크고 날씬했다. 유머러스한 류드밀라와, 그리고 작고 연약하며 몸집이 호리호리한 막내 발레리야가 모두 함께 모여 있었다. 아가씨들은 호두며 건포도를 배부르게 먹고, 뭔가를 기다리고 있는 것이 분명했다. 그래서 모두들 아무 일도 아닌 것에 흥분하기도 하고 호호거리는가 하면, 최근 시내에 떠도는 소문들을 떠들어대며, 아는 사람이든 모르는 사람이든 비웃어대곤 했다.

그들은 아침부터 결혼 준비를 해두었다. 신부 드레스를 입는 일과 면사포와 꽃을 꽂는 일만 남아 있었다. 자매들은 마치 바르바라가 이 세상에 존재하지도 않은 것처럼 그녀에 대해서는 한마디도 하지 않았다. 그들은 많은 사람들에 대해 이러쿵저러쿵 떠들어대는 수다쟁이들이었지만, 하루 종일 그녀에 대해서만은 한마디도 하지 않은 것은, 자매들 모두의 마음이 바늘방석에 앉은 것처럼 그녀를 불편해했다는 것을 증명하는 것이었다.

"데려왔어! 지금 대문 옆에 서 있어!" 루틸로프가 응접실로 들어오면서 전했다.

아가씨들은 저마다 흥분해서 자리에서 일어나, 일제히 재잘거리며 깔깔대기 시작했다.

"그런데 한 가지 곤란한 문제가 있어!" 루틸로프가 웃으며 말했다.

"뭔데요?" 다리야가 물었다. 발레리야는 아름답고 까만 눈썹을 잔뜩 찌푸렸다.

"말을 해야 될지 어떨지 모르겠어." 루틸로프가 머뭇거렸다.

"빨리, 빨리 해봐요!" 다리야가 재촉했다.

한동안 주저하던 루틸로프는 페레도노프가 원하는 것을 이야기했다. 아가씨들은 소리를 질러대며 다투어 페레도노프를 험담하기 시작했다. 그러나 차츰 시간이 지날수록 분노하며 지르던 비명은 농담과 웃음으로 바뀌어 갔다. 다리야는 '앞으로 무슨 일이 벌어질까?' 기대하며 긴장된 얼굴로 말했다.

"저기 대문 옆에 그가 서 있어! 일이 아주 재미있어지는걸."

그러자 아가씨들이 모두 대문 쪽 창문으로 몰려가 밖을 내다보았다. 다리야가 창문을 활짝 열고 소리쳤다.

"아르달리온 보리시치! 창문에 대고 이야기해도 되나요?"

그러자 무뚝뚝한 목소리가 들려왔다.

"안 돼요."

이 말을 들은 다리야가 얼른 창문을 닫았다. 아가씨들은 터져 나오는 웃음을 참지 못하고 깔깔거리며 페레도노프가 듣지 못하도록 모두 부엌으로 도망쳤다. 이렇게 화기애애한 분위기에서는 아무리 화가 나는 일이 있어도 금세 웃음과 농담으로 변하게 마련이었고, 즐거운 대화는 종종 풀기 어려운 문제를 해결해 주기도 했다.

페레도노프는 계속 서서 기다리고 있었다. 기분이 우울하고 무섭기도 했다. 그는 도망칠까 생각하기도 했지만, 결정을 내리지는 못했다. 그때 어딘가 먼 곳에서 음악 소리가 들려왔다. 귀족회장의 딸이 피아노를 치고 있는 것이리라. 가냘프고 부드러운 피아노 선율은 조용하고 어두운 해질녘의 대기 위로 흘러넘쳐 알 수 없는 슬픔을 자아내며 달콤한 몽상에 빠져들게 했다.

페레도노프의 기대는 먼저 성적인 방향으로 흘러갔다. 그는 루틸로프가의 아가씨들을 하나하나 요염한 모습으로 그려 보고, 음흉한 생각에 잠겼다. 그러나 시간이 지나면 지날수록 페레도노프는 자신을 이렇게 기다리게 하는 이유가 뭘까 하고 초조한 마음이 들었다. 메마르고 무딘 그의 감정을 자극하던 희미한 피아노 소리도 소용이 없었다.

불길한 발걸음과 속삭임으로 바스락거리는 고즈넉한 밤이 주변을 휩싸기 시작했다. 페레도노프는 응접실에서 새어 나오는 불빛 아래 서 있었기에 그가 있는 곳은 한층 어둡게 느껴졌다. 응접실에서 새어 나오는 불빛은 두 줄기로 갈라져 마당을 길게 비추면서 이웃집의 검은 통나무 담까지 비추었다. 마당 깊은 곳은 무서우리만큼 어두웠고, 루틸로프 정원의 나무들은 무엇인가를 속삭이고 있었다. 그리 멀지 않은 어느 거리의 보도 위로 누군가 무거운 발소리를 내며 천천히 걸어가는 소리도 들렸다. 페레도노프는 괜히 그곳에 서 있다가 혹시 누군가 자신을 덮치거나 강도질을 하지는 않을까, 죽이려고 하지는 않을까 하는 걱정이 되기 시작했다. 그는 아무도 자신을 발견할 수 없도록 컴컴한 벽에 바짝 기대서서 겁먹은 채, 아가씨들을 기다렸다.

정원의 빛이 비추는 곳에 긴 그림자가 휙 스쳐 지나가는가 싶더니, 곧이어 문을 여닫는 소리가 들리고 현관에서 말소리가 들렸다. 페레도노프는 기운이 났다. 그는 '오고 있구나.' 하고 반가워하며, 그의 빈약한 상상력의 혐오스러운 결과물인 이 미인—아가씨들에 대한 기분 좋은 몽상에 다시 빠져들었다.

자매들이 현관 앞에 서 있었다. 루틸로프는 마당으로 나와 대문 쪽으로 걸어가, 거리에 사람이 있나 없나 살펴보았다.

거리엔 아무도 없었고 아무 소리도 들리지 않았다.

"아무도 없어!" 그는 나팔처럼 입에 손을 대고 여동생들에게 속삭였다.

그런 다음, 그는 망을 보기 위해 거리로 나갔다. 페레도노프도 그와 함께 거리로 나왔다.

"이제 잠시 후면, 아가씨들이 자네에게 이야기를 할 걸세!" 루틸로프가 말했다.

페레도노프는 쪽문 옆에 서서 문과 기둥 사이의 틈을 들여다보았다. 그의 얼굴은 음울하고 놀란 것처럼 보이기까지 했는데, 어느새 그의 머릿속을 채우던 모든 기대와 몽상들은 사라져 버리고, 불분명한 어두운 음욕이 스며들었다.

다리야가 맨 먼저 살짝 열린 쪽문 쪽으로 다가왔다.

"어떻게 해야 당신을 기쁘게 해줄까요?" 그녀가 물었다.

페레도노프는 무뚝뚝한 표정으로 입을 꼭 다물고 있었다. 그러자 그녀가 말했다.

"저는 따끈하고 맛있는 블린*을 만들어 드릴게요. 너무 많이 먹고 체하지나 마세요!"

그때, 류드밀라가 다리야의 어깨 너머로 소리쳤다.

"저는 아침마다 온 시내를 돌아다니면서 온갖 소문을 수집해 당신에게 이야기해 드리겠어요. 그럼 정말 재밌겠죠?"

발랄한 두 아가씨의 얼굴 사이로 까다로워 보이는 갸름한 얼굴의 발레로츠키나가 잠깐 얼굴을 내밀면서 가느다란 목소리로 말했다.

"저는 절대 말하지 않겠어요. 당신을 어떻게 기쁘게 해드릴지는 직접 알아맞혀 보세요!"

그러고는 세 아가씨들은 깔깔거리며 도망쳤다. 그들의 웃음소리가 문 뒤로 사라져 버렸다. 페레도노프는 쪽문을 뒤로하고 돌아섰다. 그는 그다지 만족스럽지 못했다. '시끄럽게 재잘거리고는 가 버렸군. 메모라도 적어 주었더라면 좋았을 텐

* 러시아식 핫케이크.

78

데' 하고 아쉬워했다. 그러나 그곳에 서서 기다리기에는 이미 늦었다.

"어때, 잘 봤나?" 루틸로프가 물었다. "누가 마음에 드나?"

페레도노프는 고민에 싸였다. 그때 아주 기발한 생각이 떠올랐다. 그는 가장 나이 어린 아가씨를 골라야 한다는 생각이 들었다. 폭삭 늙은 여자에게 장가들 이유는 없다!

"발레리야를 데려오게." 그가 단호하게 말했다.

루틸로프는 집 안으로 다시 들어갔고, 페레도노프는 마당으로 나왔다.

류드밀라는 무슨 이야기를 하는지 들어 보려고 몰래 창문을 내다보고 있었지만, 아무 소리도 들리지 않았다. 그때, 마당에 놓인 마루판을 따라 발소리가 들렸다. 흥분해서 어쩔 줄 모르던 아가씨들이 얌전하게 의자에 앉았다. 루틸로프가 들어와 보고했다.

"발레리야를 선택했어! 지금 대문 근처에서 기다리고 있어!"

아가씨들은 소란을 떨며 웃어댔다. 그러나 발레리야는 얼굴이 약간 창백해졌다.

"이런, 이런." 그녀가 재차 말했다. "말도 안 돼, 내가 왜."

그녀의 팔이 덜덜 떨렸다. 다른 세 자매들이 발레리야에게 웨딩드레스를 입히기 시작했고 그녀 옆에서 부산을 떨었다. 그러나 발레리야는 언제나 그러듯이 젠체하며, 선뜻 응하지 않았다. 다른 자매들은 그녀를 재촉했다. 루틸로프는 즐거운 듯 계속 지껄여대며 우쭐해했다. 그는 자신이 일을 이렇게 순조롭게 처리했다는 사실이 매우 대견했다.

"그런데 마차는 준비됐어요?" 다리야가 걱정스러운 눈빛으로 물었다.

루틸로프가 안타까운 표정으로 대답했다.

"마차를 어떻게 부르겠어? 그러면 온 시내에 다 알려질 텐데. 바르바라가 알면, 페레도노프의 머리를 다 쥐어뜯고 말거야!"

"그럼 우리는 어떡하죠?"

"이렇게 하는 거야. 그러니까 두 사람씩 광장까지 걸어가서 거기서 마부를 부르자구. 맨 먼저 신부와 다리야가 같이 가고, 그다음엔 라리사와 신랑이 같이 가는 거야. 또 누군가 시내에서 볼지 모르니까 바짝 뒤따라가면 안 돼. 나는 류드밀라와 함께 팔라스토프에게 가서 둘을 먼저 보내고 볼로딘을 데리고 갈게."

어둠 속에 혼자 남아 있던 페레도노프는 다시 달콤한 몽상에 빠져들었다. 그는 결혼 첫날밤의 황홀한 분위기와 알몸을 드러내고 수줍어하면서도 즐거워할 발레리야의 모습을 상상했다. 얼마나 여리고 가냘픈 모습일까!

그는 몽상에 젖은 채, 호주머니에 굴러다니는 캐러멜을 꺼내 입속에 넣고 우물거리기 시작했다.

그러다가 그는 불현듯 발레리야가 교태스럽다는 것이 생각났다. 어쩌면 그녀가 비싼 옷과 비싼 가구를 마구 사들일지도 모른다는 생각이 들었다. 그렇게 되면 월급을 받는다 해도 매달 들어가는 적금은 고사하고, 그동안 저축한 것을 다 날리고 말 것이다. 게다가 신경질이나 내면서 부엌에는 얼씬도 하지 않는 주부가 될 것이 분명하다. 어쩌면 하녀를 매수해 바랴가 자신에게 독을 탄 음식을 먹일지도 모를 일이다. '그뿐만이 아니야.' 그는 생각했다. '발레리야는 너무 말랐어. 그런 여자에게는 어떻게 접근을 해야 할지도 잘 모르겠어. 어떻게 욕을 하지? 어떻게 그녀를 밀치겠어? 어떻게 침을 뱉지? 엉엉 울면서 온 시내에 얼굴을 들고 다니지 못하게 소문을 낼 거야. 안 돼, 그런 아가씨와 결혼을 한다는 것은 끔찍해. 아무래도 류드밀라가 더 낫겠어. 그녀를 데려갈까?'

페레도노프는 창문으로 다가가 지팡이로 창틀을 두드렸다. 50초 후에 루틸로프가 창문을 열고 얼굴을 내밀었다.

"왜 그래?" 의아한 표정으로 루틸로프가 물었다.

"생각이 바뀌었네." 페레도노프가 불만스러워하며 말했다.

"뭐!" 루틸로프가 깜짝 놀라 소리쳤다.

"류드밀라를 데려가겠네!" 페레도노프가 말했다.

그러자 루틸로프가 창문에서 사라졌다.

"안경 낀 악마 같으니라고." 그는 혼자 중얼거리면서 여동생들에게 다가갔다.

발레리야는 기뻐했다.

"류드밀라! 네게 행운이 떨어졌어!" 루틸로프가 웃으며 말했다.

류드밀라는 그 말을 듣고 깔깔거리며 웃다가 소파 위로 꽝 넘어지고도 계속 깔깔대고 웃었다.

"페레도노프에게 뭐라고 하지?" 루틸로프가 물었다. "동의할 거야, 안 할 거야?"

류드밀라는 여전히 웃어대며 말도 제대로 못하고, 손만 저어댔다.

"뭐라고 하긴? 물론 찬성이지." 그녀 대신 다리야가 대답했다. "그에게 빨리 얘기하세요. 그렇지 않으면, 기다리지도 못하고 바보처럼 가 버릴지도 모르니까요."

루틸로프는 응접실로 가서 창문에 대고 소곤대며 말했다.

"잠깐 기다리게! 곧 준비가 될 거야!"

"빨리빨리 하게." 페레도노프가 짜증 난 목소리로 말했다. "도대체 뭘 꾸물거리는 건가?"

아가씨들이 달려들어 류드밀라에게 웨딩드레스를 입혔다. 5분 후에 그녀는 모든 준비를 다 마쳤다.

페레도노프는 류드밀라를 떠올렸다. 그녀는 쾌활하고 탐스러운 아가씨였다. 한 가지 흠이라면 깔깔거리며 잘 웃는다는 것이었다. 어쩌면 나를 비웃을지도 몰라. 무서운 일이야. 다리야는 류드밀라에 비해 좀 사납긴 하지만, 믿음직스럽고 조용해! 미인이기도 하고. 다리야가 낫겠어! 페레도노프는 다시 가서 창문을 두드렸다.

"또 창문을 두드리는데요." 라리사가 말했다. "이번엔 다리야를 데려가겠다는 건가?"

"이런, 도깨비 같으니라구!" 루틸로프가 욕지거리를 퍼부으며 창문으로 다가갔다.

"이번엔 또 뭐야?" 그는 작은 목소리로 화를 내며 물었다. "그래, 생각을 다시 고쳐먹었나?"

"그래. 다리야를 데려오게!" 페레도노프가 말했다.

"그럼, 잠깐 기다리게!" 루틸로프는 이를 뿌드득거리며 나직하게 말했다.

페레도노프는 그 자리에 서서 다시 다리야를 상상하기 시작했다. 잠깐 동안 그녀와 달콤한 사랑의 순간에 빠져들었다가 이내 공포에 휩싸였다. 그렇다. 그녀는 아주 약삭빠르고 교활한 아가씨다. 정신을 쏙 빼놓고 말 거야. 여기 서서 기다릴 필요가 뭐 있나? 하는 생각이 들었다. 감기라도 걸릴지 몰라. 길거리의 웅덩이나 울타리 아래 풀숲에서 누군가 숨어 있다가, 불쑥 나타나 나를 해칠지도 모르고. 페레도노프는 겁이 났다. 이 아가씨들은 지참금도 없잖아. 교육계에 연줄도 없고. 바르바라가 공작부인에게 고자질할 거야. 그렇잖아도 교장이 나에게 이를 갈고 있는데 말이야.

그는 자기 자신에게 화가 났다. 무엇 때문에 저 루틸로프란 녀석과 어울리고 있단 말인가? 마치 루틸로프의 꼬임에 빠지기라도 한 것처럼 말이다. 한시바삐 저 루틸로프에게서 벗어나야 한다.

페레도노프는 자신이 서 있던 자리를 몇 번 맴돈 다음, 사방으로 침을 뱉고 중얼거렸다.

"추루―추라시키, 추루키―볼바시키, 부키―부카시키, 베지—타라카시키, 추루 메냐, 추루 메냐, 추루, 추루, 추루, 추루—페레추루—라스추루."*

그의 얼굴에는 중요한 종교 의례라도 치르는 듯한 엄숙한 표정이 드리웠다. 반드시 필요하다고 느껴지는 이 의식을 마친 후, 그는 루틸로프의 꾀임에서 벗어났다는 안도감을 느꼈다. 그는 단단히 마음을 먹고 지팡이로 창문을 두드리며 중얼거렸다.

"누구를 데려오든, 함정에 빠지게 될 거야. 아니야, 결혼하고 싶지 않아!" 고개를 내민 루틸로프에게 그는 선언했다.

"무슨 말인가? 아르달리온 보리시치! 모든 준비가 끝났는데." 루틸로프가 설득하려 애를 썼다.

"결혼하고 싶지 않아!" 페레도노프가 단호한 어조로 말했다. "그러지 말고 카드나 하러 우리 집에 가는 게 어때?"

"이런 빌어먹을!" 루틸로프는 욕지거리를 내뱉었다. "결혼하기 싫대. 겁이 나는 모양이야." 그는 여동생들에게 페레도노프의 말을 전했다. "그 멍청한 녀석을 다시 낚아올게. 카드놀이를 하자고 하거든."

아가씨들이 일제히 페레도노프에게 욕을 퍼부으며 소리를 질러댔다.

"그러고도 그 바보 같은 놈에게 간다고?" 발레리야가 분통을 터뜨리며 말했다.

---

* 추루 : 러시아에서 어린아이들이 악귀를 물리치기 위해 외우는 주문의 한 종류.

"그래. 가서 그놈에게 판돈을 받아 올 테니 두고 봐! 저 녀석은 우리 손아귀에서 벗어날 수 없어." 루틸로프는 자신만만한 태도를 유지하려 애썼지만, 몹시 언짢은 기분으로 말했다.

페레도노프에 대한 아가씨들의 분노는 어느새 깔깔거리는 웃음으로 바뀌었다. 루틸로프가 밖으로 나갔다. 아가씨들은 우르르 창가로 몰려갔다.

"아르달리온 보리시치!" 다리야가 소리쳤다. "당신 정말 우유부단한 사람이군요. 그러면 안 되죠!"

"당신은 이 세상에서 가장 까다로운 사람이에요!" 류드밀라도 질세라 소리쳤다.

페레도노프는 기분이 나빴다. 그는 자신에게 거절당한 아가씨들이 슬픔에 빠져 울고불고 야단법석을 떨어야 마땅하다고 생각했던 것이다. '안 그런 척하는 것이겠지.' 페레도노프는 말없이 마당을 나오면서 속으로 이렇게 생각했다. 아가씨들은 거리로 향해 난 창문을 따라 뛰어다니며 페레도노프가 어둠 속으로 완전히 사라질 때까지 그의 등에 대고 계속 조롱하며 소리를 질렀다.

5

페레도노프는 몹시 괴로웠다. 호주머니의 캐러멜이 바닥나서, 그는 더 의기소침해지고 화가 났다. 그런데 루틸로프는 걸어오는 내내 또다시 자기 여동생들에 대한 자랑과 칭찬을 늘어놓았다. 딱 한 번 페레도노프는 대화에 끼어들었다. 그는 통명스럽게 물었다.

"황소에게 뿔이 있나?"

"그럼 있지. 그런데 갑자기 그건 왜 묻나?" 루틸로프가 놀라서 물었다.

"나는 황소가 되고 싶지 않거든!" 페레도노프가 말했다.

화가 난 루틸로프가 말했다.

"아르달리온 보리시치, 자넨 절대로 황소가 되지는 않을 거야! 왜냐하면 자네는 영락없는 돼지거든!"

"거짓말!" 페레도노프가 통명스럽게 말했다.

"거짓말이 아니야. 그럼 증거를 대볼까?" 루틸로프가 낄낄거리며 물었다.

"어디 증거를 대봐!" 페레도노프가 말했다.

"그럼, 잠깐만 기다리게. 증명할 테니." 루틸로프가 음흉한 목소리로 말했다.

두 사람은 입을 다물었다. 페레도노프는 초조하게 기다리며, 루틸로프에 잔뜩 마음이 상해 있었다. 갑자기 루틸로프가 말문을 열었다.

"아르달리온 보리시치! 자네 퍄타초크* 있나?"

"있지. 하지만 주지는 않을 거야." 페레도노프가 기분 나쁜 어조로 말했다.

그러자 루틸로프가 큰 소리로 웃기 시작했다.

"그것 보게나. 퍄타초크가 자네에게 있다면, 바로 돼지가 아니고 뭔가, 이 사람아!" 루틸로프가 고소해하며 소리쳤다.

페레도노프는 얼른 자기 코를 손으로 감싸며 말했다.

"거짓말 말게. 내 코는 돼지 코가 아니야. 내 코는 사람의 코란 말이야." 페레도노프가 중얼거렸다.

루틸로프는 깔깔거렸다. 페레도노프는 기분 나쁘고, 두려운 눈길로 루틸로프를 쏘아보며 말했다.

"자네는 나를 여동생과 결혼시키려고, 고의로 독말풀** 밭 위로 나를 끌고 다니면서 홀린 것이 분명해. 우리 집에 있는 마녀 하나로도 부족해서 한꺼번에 세 마녀에게 나를 결혼시키려고 하나!"

---

* 5코페이카 동전을 말하며, '돼지 코'라는 단어와 발음이 같다.
** 마취제로 쓰이는 풀.

"이런 이상한 사람을 봤나? 그렇다면 왜 나는 이렇게 멀쩡할까?" 루틸로프가 물었다.

"아마 방법을 알고 있었겠지." 페레도노프가 말했다. "코로 숨을 쉬지 않고 입으로만 쉰다거나, 무슨 주문을 외어서 말이야. 그런데 난 마법을 어떻게 피해야 할지 모르는 거지. 나는 마법사가 아니니까. 만약 내가 추루를 외지 않았다면, 난 지금까지 홀려 있었을 걸."

그러자 루틸로프가 껄껄 웃었다.

"어떻게 추루를 외었단 말인가?" 루틸로프가 물었다.

하지만 페레도노프는 이내 입을 다물었다.

"어쩌다 자네는 바르바라에게 꽉 물렸나?" 루틸로프가 말했다. "바르바라 덕에 자네가 장학관 자리를 얻으면 좋을 것 같나? 바르바라가 자네를 깔아뭉갤걸."

페레도노프는 그 말이 이해되지 않았다.

바르바라야말로 그녀 자신을 위해 애를 쓰는 것 아닌가? 하고 그는 생각했다. 만약 페레도노프 자신이 장학관이 되면, 월급을 더 많이 받을 테고, 그러면 페레도노프 자신이 아니라 바르바라가 더 감사해할 일이라고 생각했다. 어쨌든 페레도노프는 누구보다 바르바라와 함께 지내는 것이 여러 가지로 편리했다.

페레도노프는 바르바라에게 익숙해져 있었다. 바르바라에게도 끌리는 부분이 있다면, 페레도노프의 오락으로 습관이된, 바르바라를 놀려먹을 수 있다는 점이었다. 아마 그런 여자는 특별 주문을 해도 찾기 힘들 것이다.

이미 밤이 깊었다. 페레도노프의 집에서 환한 불빛이 새어 나오고 있었고, 창문은 거리의 어둠과 뚜렷이 구별되며 밝게 빛나고 있었다.

손님들은 차를 마시는 탁자를 가운데 두고 빙 둘러 앉아 있었다. 그루시나―요즘 그녀는 매일같이 이 집에 들락거렸다―, 볼로딘, 그리고 프레폴로벤스카야. 그리고 그녀의 남편인 콘스탄틴 페트로비치였다. 그는 검은 머리에 과묵하고, 마흔이 안 된 나이인데도 창백하고 윤기 없는 얼굴을 한 키 큰 사내였다. 바르바라는 흰색 드레스를 화사하게 차려입고 있었다. 손님들은 차를 마시며 이야기를 나누고 있었다. 하지만 그녀는 페레도노프가 밤늦게까지 돌아오지 않자, 불안해하고 있었다. 볼로딘은 유쾌한 양 울음소리를 내고 웃으며, 페레도노프와 루틸로프가 어디론가 함께 갔다고 말해 주었다. 바르바라는 그 소리에 더 불안해졌다.

드디어 페레도노프와 루틸로프가 나타났다. 그를 기다리고 있던 손님들은 일제히 함성을 지르고 웃으며, 저질스럽고 야한 농담을 지껄였다.

"바르바라! 보드카를 가져와!" 페레도노프가 기분 나쁜 표정으로 무뚝무뚝하게 말했다.

바르바라는 무슨 죄라도 지은 사람처럼 허둥지둥 일어나더니 서둘러 크고 예쁜 유리병에 보드카를 담아 내왔다.

"술이나 한잔 하시지요." 페레도노프가 무뚝뚝하게 술을 권했다.

"좀 기다려요." 바르바라가 말했다. "클라브듀시카가 곧 안주를 가져올 거예요. 이봐, 뭘 꾸물거리는 거야!" 바르바라는 이렇게 말하고는 부엌을 향해 소리쳤다.

그러나 페레도노프는 아랑곳하지 않고 벌써 잔에 보드카를 따르며 중얼거렸다.

"기다리긴 뭘 기다려. 시간은 기다리는 법이 없어!"

사람들은 구즈베리 잼이 든 피로그를 안주 삼아 보드카를 마셨다. 페레도노프의 집에 손님들을 대접할 만한 것은 보드카와 카드뿐이었다. 아직 카드놀이를 하기에는 일렀다. 차도 마셔야 하고 보드카도 남아 있었던 것이다.

그사이, 안주가 나오자 그것을 핑계 삼아 또 보드카를 마셨다. 페레도노프는 클라브디야가 나가면서 문을 제대로 닫지 않은 것이 거슬렸다.

"계속 문을 활짝 열어 둘 셈인가." 하고 그는 중얼거렸다.

그는 문틈으로 새어드는 바람을 무서워했는데, 감기에 걸릴까 봐 걱정하곤 했던 것이다. 그래서 집 안은 항상 답답하고 숨이 막혔다.

프레폴로벤스카야가 달걀을 집어 들었다.

"달걀이 아주 탐스럽군요." 그녀가 물었다. "어디서 이런 걸 다 구했어요?"

그러자 페레도노프가 말했다.

"이게 어디 달걀입니까? 우리 부친 영지에서 기르던 닭은

일 년 내내 매일 커다란 달걀을 두 개씩 낳았어요."

"그게 뭐가 대단해요!" 프레폴로벤스카야가 대꾸했다. "우리 시골에서는 매일 달걀을 두 개씩 낳고 기름도 한 숟가락씩 내주었다니까요."

"맞아요. 우리 시골에도 그런 닭이 있었어요." 사람들이 박장대소하는 것도 듣지 못하고 페레도노프가 맞장구를 쳤다. "다른 집의 닭들이 그랬다면 우리 집 닭도 그랬겠죠. 아주 특출한 닭이었거든요."

바르바라가 웃음보를 터뜨렸다.

"바보 같은 소리 그만둬요!" 그녀가 말했다.

"귀가 시들 정도로 농담들을 하시는군요." 그루시나가 말했다.

그러자 페레도노프는 따가운 눈초리로 그녀를 쏘아보고는 매몰차게 대꾸했다.

"귀가 시들었다면 떼어 버려야죠!"

그러자 그루시나는 당황했다.

"이보세요, 아르달리오 보리시치! 어떻게 항상 그런 말을 하세요?" 그루시나가 언짢아하며 말했다.

옆에 있던 다른 손님들이 모두 깔깔대고 웃기 시작했다. 볼로딘이 눈을 갸름하게 뜨고 머리를 흔들며 농담조로 설명을 덧붙였다.

"당신 귀가 시들었다면 당연히 떼어 버려야죠. 안 그러면 얼마나 보기 싫겠어요, 귀가 이렇게 축 늘어져서 이리저리 흔들거릴 테니까요."

볼로딘은 손가락으로 시들어서 축 늘어진 귀가 왔다갔다 흔들리는 모양을 흉내 냈다. 그루시나는 그의 그런 행동에 익숙해 있었다. 그녀가 큰 소리로 그에게 소리쳤다.

"이것 보세요. 당신은 자신이 먼저 생각해 내는 법이 없고, 남의 말에 흉내나 내는 것이 고작이군요."

볼로딘이 모욕감을 느끼고, 젠체하며 말했다.

"나도 할 수 있어요. 마리야 오시포브나! 그러나 우리가 이렇게 함께 모여서 농담을 즐기며 재미있는 시간을 보낼 때는 남의 농담에 장단을 맞출 줄도 알아야죠! 당신 마음에 안 들면 당신은 당신이 원하는 대로 하세요. 당신이 원하는 대로 한다면, 우리도 당신에게 그렇게 하면 되니까요."

"맞는 말이야, 파벨 바실리예비치!" 루틸로프가 웃으면서 맞장구를 쳤다.

"파벨 바실리예치는 변명도 잘하시네요." 프레폴로벤스카야가 비웃으며 말했다.

바르바라는 빵을 자르다가, 볼로딘의 농담을 들으며, 손에 칼을 든 채 서 있었다. 칼날이 예리하게 반짝였다. 그것을 본 페레도노프는 공포에 휩싸이며, 갑자기 자신을 찌르면 어쩌나 하는 생각이 들었다. 그가 소리를 질렀다.

"바르바라! 칼을 내려놔!"

바르바라는 깜짝 놀랐다.

"왜 소리를 지르고 그러세요? 깜짝 놀랐잖아요." 그녀는 이렇게 말하며 칼을 내려놓았다. "글쎄, 저것 보세요, 이이가 이렇게 신경질적이라니까요." 바르바라는 과묵한 프레폴로벤스키가 수염을 쓰다듬으며 무슨 말인가 하려는 것을 보고 그에게 말했다.

"그럴 때가 있는 법이죠." 그는 달콤하면서도 애잔한 목소리로 말문을 열었다. "내가 아는 사람 중에도 그런 사람이 있었어요. 그는 항상 바늘에 찔리지는 않을까? 바늘이 몸속으로 들어가지는 않을까? 하면서 바늘을 몹시 무서워했어요. 바늘을 보기만 하면 어찌나 무서워하는지 말도 못했죠……."

한번 입을 뗀 그는 그칠 줄을 몰랐다. 그는 다양한 방법으로 이야기를 계속했지만, 모두 같은 이야기였고, 다른 누군가가 새로운 화제를 꺼내 그의 말을 막았을 때에야 입을 다물었다. 그러고는 다시 침묵 속에 빠져들었다.

그때 그루시나가 음담패설을 시작했다. 그녀는 죽은 남편이 얼마나 질투가 심한 사람이었는지, 그리고 자기가 그런 남편의 눈을 피해 어떻게 바람을 피웠는지 떠들어댔다. 조금 후에는 수도에 살고 있는 어떤 고관의 정부情婦에 대해 들은 이야기를 했다. 그녀가 어떻게 거리를 쏘다녔고, 자신의 후원자를 만나게 되었는가 하는 이야기였다.

"……글쎄, 그 정부가 그 고관에게 이렇게 소리쳤다는 거예요. '안녕, 잔치크*!' 하고요. 벌건 대낮에 한길에서 말예요." 그

---

* 낮춤말이나 애칭의 사용은 가까운 사이에서만 사용한다.

루시나가 말했다.

"당신을 당장 고발하겠어요." 페레도노프가 화를 내며 말했다. "어떻게 그런 저명한 인사에 대해 저속한 험담을 합니까?"

그루시나는 깜짝 놀라 말을 더듬었다.

"나는 그저 남들이 하는 이야기를 전했을 뿐이에요. 산 대로 파는 것뿐이라고요."

페레도노프는 언짢은 표정을 지으며 입을 다물고, 조금 후에는 팔꿈치를 탁자에 괴고 찻잔 받침에 남은 차를 마셨다. 그는 미래의 장학관 집에서 고관들에 대한 불경스러운 이야기들을 하게 내버려 둬서는 안 된다고 생각했다. 그는 그루시나 때문에 화가 났다. 게다가 그가 더 화가 난 것은, 자신을 미래의 장학관이라고 너무 자주 치켜세우는 볼로딘의 저의가 의심스러웠기 때문이었다. 한번은 너무 화가 나서 페레도노프가 볼로딘에게 이렇게 말한 적도 있었다.

"이봐, 자네 말이야. 내가 아주 부러운 모양이군! 나는 장학관이 되고 자네는 장학관이 못 되니 말일세."

볼로딘은 이 말에 근엄한 얼굴로 반박했다.

"아르달리온 보리시치! 사람에겐 각자 자기 몫이 있는 법일세. 자네는 자네 분야에서, 나는 내 분야에서 전문가란 말일세."

"우리 집에 있던 나타샤 말인데요……" 바르바라가 말문을 열었다. "우리 집에서 나간 뒤, 곧바로 헌병 댁의 하녀로 들어

갔다고 하지 뭐예요!"

페레도노프는 깜짝 놀라 얼굴이 금세 공포에 질렸다.

"거짓말이지?" 그가 믿기지 않는다는 듯 다그쳤다.

"내가 왜 그런 거짓말을 하겠어요?" 바르바라가 대꾸했다. "직접 가서 물어보시든가요!"

그루시나가 달갑지 않은 이 소식이 사실이라고 확인해 주었다. 페레도노프는 혼란스러웠다. 혹시라도 없었던 일을 이야기하면 어쩌하지? 그 헌병이 수염을 만지작거리며, 정부에 밀고장이라도 쓰면 말이야. 아무래도 꺼림칙한 일이었다.

페레도노프의 시선이 장롱 선반 위를 향했다. 제본된 책 몇 권이 그곳에 놓여 있었다. 얇은 피사레프의 책도 있었고, 그보다 조금 더 두꺼운 잡지《조국잡기祖國雜記》*도 눈에 띄었다. 페레도노프는 얼굴이 하얗게 질려 말했다.

"이 책들을 어딘가에 빨리 숨겨야 돼! 밀고할지도 몰라!"

페레도노프는 언젠가 자신이 '자유사상'을 가지고 있다는 것을 보여 주기 위해 그런 책들을 갖고 있었지만, 사실 그는 사상은커녕 생각 자체를 아예 싫어하는 사람이었다. 그는 그 책들을 소장하고 있었지만, 읽은 적은 없었다. 시간이 없다는 핑계로 손에 책이란 것을 잡아 본 지도 아주 오래되었으며, 신문조차 읽지 않아, 모든 소식은 주변에서 주워들은 것이었다. 그는 알고 싶은 것도 없었을 뿐만 아니라, 외부세계에는

---

* 19세기 러시아의 유명한 비평 잡지.

아예 관심이 없었다. 게다가 신문 구독을 하는 사람들을 보면 시간과 돈이 아깝다고 비웃을 정도였다. 그는 자신을 위한 시간만이 소중하다고 생각했던 것이다!

그는 중얼거리며 선반 가까이 다가갔다.

"우리 지역 사람들은 지금 당장 가서 밀고를 하고도 남을 거야. 이봐, 파벨 바실리예비치! 좀 도와주게!" 그가 볼로딘에게 말했다.

볼로딘은 공감한다는 듯 심각한 표정으로 페레도노프가 건네주는 책들을 받아 들었다. 페레도노프는 볼로딘에게는 더 많은 책 꾸러미를 건네주고, 자신은 더 작은 꾸러미를 들고 거실로 향했고, 볼로딘도 그 뒤를 따라갔다.

"아르달리온 보리시치! 어디에 감출 생각인가?" 볼로딘이 물었다.

"조금 있으면 알게 될 거야!" 페레도노프는 예의 무뚝뚝한 표정으로 대답했다.

"아르달리온 보리시치! 뭘 꺼내 가는 거예요?" 프레폴로벤스카야가 물었다.

"금지된 책들이에요." 페레도노프가 걸으면서 말했다. "누가 보고 고발할지도 모르거든요."

페레도노프는 거실에 있는 페치카* 앞에 앉아, 철판 위에 책을 던져 넣었다. 볼로딘 역시 똑같이 따라 하며, 작은 구멍

---

* 러시아식 벽난로.

에 책을 하나하나 겨우 집어넣었다. 볼로딘은 페레도노프보다 조금 뒤에 웅크리고 앉아, 책을 건네주면서, 깊이 이해하는 듯 심각하게 입술을 내밀고 있었고, 넓은 이마를 약간 비스듬히 기울인 그의 양 같은 얼굴에는 자못 진지하고 이해심넘치는 표정이 나타나 있었다. 바르바라가 열린 문을 통해 그들의 모습을 힐끔 쳐다보았다. 그녀는 웃으며 말했다.

"저런 멍청한 짓을 하다니!"

그러자 그루시나가 그녀를 막으며 말했다.

"에이, 바르바라 드미트리예브나! 그런 말 마세요! 책 때문에 봉변을 당할지도 모르잖아요. 저런 책들을 가지고 있다는 사실이 알려지면 큰일이거든요. 특히 교사들은요. 교장은 교사들이 학생들을 선동할까 봐 전전긍긍하잖아요."

배가 부르도록 차를 마신 후, 모두 카드놀이를 하기 위해 카드놀이용 탁자에 빙 둘러앉았다. 페레도노프는 애를 썼지만 카드놀이에는 별로 재능이 없었다. 매달 20일마다 그는 함께 카드놀이를 한 사람들에게, 그중에서 특히 프레폴로벤스키에게 돈을 잃곤 했다. 프레폴로벤스키는 자신과 아내가 딴 돈을 모두 거둬들였다. 언제나 이런 도박에서는 프레폴로벤스키 부부가 돈을 땄다. 카드놀이를 할 때면, 그들은 둘이서 탁탁 소리를 낸다거나 기침을 한다거나 하면서 신호를 보내, 자기가 들고 있는 패를 상대방에게 알리는 일정한 신호를 사용했다. 페레도노프는 첫 판부터 몹시 운이 나빴다. 그는 패배를 만회하기 위해서 서둘렀지만, 볼로딘은 카드를 천천히 돌린 다음, 한참 동안이나 패를 맞췄다.

"파블루시카! 빨리 돌려!" 페레도노프가 참지 못하고 소리를 질렀다.

카드놀이라면 남들 못지않다고 자부하던 볼로딘은 의미심장한 표정을 지으며 물었다.

"그런데 지금 자네가 나를 파블루시카라고 부르는 것은 친해서인가? 아니면……"

"친해서 그러네, 친해서!" 페레도노프가 태연자약하게 말했다. "빨리 카드나 돌리게!"

"친해서 그렇다면 나야 기쁘지. 매우 기쁘네!" 볼로딘은 우둔하고 유쾌한 웃음을 짓고 카드를 돌리며 말했다. "자네는 참 좋은 사람이야! 아르다샤, 나는 자네를 몹시 사랑한다네! 만약 친해서가 아니라면, 그건 전혀 다른 이야기지. 친해서니까 나는 기쁘네. 그 대가로 자네에게 투즈*를 주겠네." 볼로딘은 이렇게 말하고 으뜸패를 보여 주었다.

페레도노프는 정말 투즈가 들어오긴 했지만, 으뜸패가 아니라 레미즈** 밑에 있었다.

"잘도 줬군!" 페레도노프가 씩씩거리며 중얼거렸다. "투즈는 투즈인데, 그 투즈가 아니었군! 엉뚱한 짓을 하고 있어! 으뜸패 투즈를 줘야 하는데, 자네 지금 나한테 뭘 줬나? 이걸 어

---

* 카드에서 1점짜리 패.
** 집는 쪽의 패가 부족해서 벌금을 내는 것.

98

디에 쓰라고 투즈를 주나?"

"아니, 푸즈*를 어디에 쓰다니! 지금 자네 푸즈가 점점 자라는 중 아닌가!" 루틸로프가 깔깔거리며 대꾸했다.

"미래의 장학관이 말장난을 하는군그래. 푸즈, 푸즈, 카라 푸즈**!"

루틸로프는 계속 재잘거리며 험담과 농담을 지껄여댔다. 심지어 낯 뜨거운 이야기도 서슴지 않았다. 그는 페레도노프를 놀려줄 생각으로 요즈음, 김나지야 학생들, 특히 방을 세얻어 사는 학생들이 담배를 피우고 보드카를 마시는가 하면 여학생의 꽁무니를 따라다닌다고 단정 지어 말했다. 페레도노프는 그 말을 정말로 믿었다. 그루시나 역시 그 말에 맞장구를 쳤다. 이런 이야기는 특히 그녀에게 만족감을 안겨 주었던 것이다. 그렇지 않아도 자신이 그 이야기를 하려던 참이었다. 그녀는 남편이 죽은 후, 자기 집에 학생을 몇 명 들이려 했고, 페레도노프가 청원까지 했건만, 교장은 허락하지 않았다. 시내에서 그루시나에 관한 좋지 않은 소문이 돌았던 것이다. 그루시나는 아예 한술 더 떠서 학생들뿐 아니라, 하숙집 주인들까지도 험담하기 시작했다.

"하숙집 주인들은 교장에게 뇌물을 준답니다." 그녀가 말했다.

---

* '배'를 의미하는 말로, 투즈와 유사한 음으로 말장난을 함.
** 땅딸보라는 뜻.

"집주인들이란 모두 몹쓸 인간들이죠." 볼로딘이 결연하게 말했다. "우리 집 여주인만 해도 그래요. 내가 방을 빌렸을 때, 매일 밤, 우유 세 잔씩을 주겠다고 약속했어요. 한두 달은 아무 문제 없이 약속을 지켰어요."

"너무 많이 마신 것 아닌가?" 루틸로프가 웃으며 말했다.

"너무 많이 마시다니, 천만에!" 볼로딘이 대답했다. "우유는 몸에 아주 좋아. 나는 매일 밤 우유를 세 잔씩 마시는 버릇이 있어. 그런데 어느 날인가는 우유를 두 잔만 가져오는 거야. 그래서 내가 이유를 물었더니, 이렇게 말하더군. '안나 미하일로브나가 용서를 구한다고 전해 달랬어요. 요즘에 젖소가 젖이 잘 안 나온다고요' 하고 말이야. 아니, 그게 나와 무슨 상관이지? 주인집 젖소가 젖이 안 나온다고 내가 굶어야 한단 말인가? 약속을 했으면 약속을 지켜야 하잖아? 그래서 내가 그랬지. 나는 매일 우유를 세 잔씩 마시는 것이 습관이 되어 두 잔 마시는 것으로는 부족하니, 우유가 없으면, 물이라도 내놓으라고 안나 미하일로브나에게 전해 달라고."

"파블루시카, 자네는 우리들의 영웅일세!" 페레도노프가 말했다. "자네, 다른 사람들에게도 이야기를 해주게. 자네가 장군을 어떻게 혼내 주었는지 말이야."

볼로딘은 기꺼이 이야기를 다시 해주었다. 그런데 사람들은 그를 놀리며 깔깔거렸다. 볼로딘은 토라져서 아랫입술을 쑥 내밀었다.

저녁 식사를 하면서 손님들은 모두 거나하게 취했다. 여자들까지도 모두 취했다. 그때 볼로딘이 벽을 더럽히자는 제안을 했다. 모두들 이 말에 반색하며, 아직 식사가 끝나지 않았는데도 행동을 개시했고 신나게 즐겼다. 벽지 위에 물을 붓고 맥주를 뿌리는가 하면, 종이를 둘둘 말아 그 끝에 기름을 바른 다음, 벽과 천장에 종이 화살을 날리기도 했으며, 씹던 빵을 천장에 던지기도 했다. 나중에는 누가 더 길게 벽지를 찢는지 내기를 하자고 했다. 이 시합에서도 역시 프레폴로벤스키 부부가 이겨, 1루블 50코페이카를 벌었다.

이번에는 볼로딘이 졌다. 그는 시합에서 졌을 뿐 아니라 술에 취한 탓인지 갑자기 울상이 되더니 자기 어머니를 불평하기 시작했다. 그는 원망하는 얼굴로, 손으로 바닥을 치며 말했다.

"어머니는 왜 나를 낳은 거야? 도대체 무슨 생각을 한 거야? 지금 내 꼴을 보라고! 그 여자는 어머니가 아니라, 그저 아이를 낳은 여자에 불과해. 진짜 어머니라면 자기 자식을 돌봐 주는 법인데, 우리 어머니는 낳기만 하고, 갓난아기 때부터, 나를 고아원에 맡겨 버렸어."

"그래도 당신은 교육도 받고 사회에 나왔잖아요." 프레폴로벤스카야가 말했다.

볼로딘은 머리를 아래로 떨구고 도리질하며 말했다.

"아니에요. 내 인생이 이게 뭐예요. 완전 막장이죠. 그런데 왜 나를 낳았을까요? 도대체 왜 그랬을까요?"

페레도노프는 갑자기 어제 말한 오를르가 떠올랐다. 그는 속으로 볼로딘에 대해 생각했다. '그래, 자신을 왜 낳았냐고 자기 어머니를 욕한다 이거지. 그러니까 파블루시카가 되기 싫다는 거 아냐? 분명 나를 부러워하고 있어. 어쩌면 이미 바르바라에게 장가를 들어 내 껍데기를 벗길 음모를 꾸미고 있는지도 모르지.' 페레도노프는 침울한 시선으로 볼로딘을 바라보았다.

'누구에게든 장가나 들면 좋을 텐데!'

밤이 되자, 바르바라는 침대에 누워 페레도노프에게 말을 건넸다.

"무엇 때문에 젊고 예쁜 아가씨들이 당신을 붙잡으려고 그 야단을 치는 걸까요? 그 여자들은 모두 걸레만도 못해요. 내가 그들보다 훨씬 예쁘죠!"

그녀는 부끄러움도 없이 재빨리 옷을 벗고 균형이 잘 잡힌 아름답고 탄력 있는 몸매를 페레도노프에게 보여 주었다.

바르바라는 술에 취해 비틀거렸다. 바르바라의 헤프고 음탕한 얼굴은 다른 사람들에게는 혐오감을 불러일으킬지도 모른다. 하지만 그녀의 몸매는 아름다웠다. 그것은 마치 방탕한 여자의 시든 얼굴에 님프 같은 아름다운 몸매를 어떤 사악한 요술사가 실수로 붙여 놓은 것 같은 느낌을 들게 했다. 이렇게 아름다운 몸매도 술에 취한 저속하고 불결한 두 존재에게는 단지 추한 성적 욕망만 불러일으켰다. 사실 이런 일이야 우리 주변에서 자주 부딪치는 일이 아니던가? 실제로 우리 시대에는 '아름다움'이 비난의 대상이 되고 마구 짓밟힌 지 오래였다.

페레도노프는 자신의 벌거벗은 음란한 여자를 바라보며 음울하게 웃어댔다.

그날 밤 내내 그는 다양한 머리털을 가진 벌거벗은 음탕한 여자들의 꿈을 꾸었다.

바르바라는 엉겅퀴로 몸을 문지르면 살이 찐다는 프레폴로벤스카야의 충고를 받아들여 열심히 실천에 옮겼고, 실제로 살이 쪘다고 믿었다. 그녀는 갑자기 살이 찌기 시작한 것 같았다. 사람들을 만날 때마다 묻곤 했다.

"정말 살이 찐 것 같죠?"

그녀는 페레도노프가 자신이 살이 찐 것을 보고, 또 공작 부인의 가짜 편지를 받게 되면, 곧바로 자신과 결혼할 거라고 생각했다.

사실 페레도노프의 장래는 그다지 밝지 않았다. 오래전부터 교장은 페레도노프에게 적대적이었고, 실제로 김나지야의 교장은 그를 게으르고 실력 없는 선생으로 낙인찍었다. 페레도노프는 교장 선생이 학생들에게 자신을 존경하지 말라고 사주해서, 자신을 터무니없는 거짓말쟁이로 여긴다고 생각했다. 그래서 페레도노프는 교장에게서 자신을 보호해야 한다고 생각했다. 교장에게 적개심을 품은 그는 고학년 학급에서 수업할 때 교장에 대한 험담을 여러 번 늘어놓았다. 학생들은 그것을 몹시 재미있어 했다.

그런데 지금 장학관 임명을 눈앞에 두고 있는 페레도노프로서는 교장과의 적대적인 관계가 그다지 유리하지 않다는 생각이 들었다. 물론 공작부인이 원한다면 교장의 간계도 극복할 수 있다. 그러나 아무튼 모두 위험하긴 하다.

페레도노프가 짐작하기로는 요즈음 시내에 있는 다른 사람들 가운데, 그에게 적대적인 감정뿐만 아니라, 그가 장학관이 되는 것을 방해하려는 인물들이 있는 듯했다. 바로 볼로딘만 하더라도 그렇다. 그가 자꾸 '미래의 장학관'이라고 부르는데는 분명 이유가 있다. 남의 이름을 사칭해서 자기 이익을 꾀하며 사는 자들이 있는 법이다. 물론 볼로딘이 페레도노프로 변장하기는 쉬운 일이 아니다. 그런데 볼로딘 같은 멍청한 녀석들이 곧잘 그런 엉뚱한 음모를 꾸미고는 한다. 게다가 루틸로프와 마르타와 베르시나, 그리고 이웃들 모두 질투심으로 그를 해코지하려고 안달하고 있다. 어떻게 해코지를 하느냐고? 상부에 그를 중상모략하고 별 볼일 없는 사람으로 만들어 버리면 그만이다.

이런 생각이 들자, 페레도노프는 두 가지 걱정거리가 생겼다. 자신을 좋은 사람으로 보이게 하는 일과 볼로딘에게서 자신을 보호하는 일이다. 그러려면 그를 부자 아가씨와 결혼시켜야 한다.

이렇게 결심한 페레도노프는 어느 날 볼로딘에게 물었다.

"내가 자네를 아다멘코바에게 중매할까 생각하는데 어떤가? 아니면 자네, 아직도 마르타를 못 잊고 있는 건 아닌가? 벌써 한 달이 지났는데, 아직도 마음이 괴로운가?"

"마르타를 아직 생각하다니, 정신 나갔나!" 볼로딘이 말했다. "나는 신사답게 결혼 신청을 했지만, 그녀가 거절했으니, 그것으로 끝난 일이지, 그게 무슨 소린가! 다른 아가씨를 구하면 간단한 일인데, 내가 다른 신붓감을 얻지 못할까 봐 걱정인가? 어디서든 얼마든지 좋은 사람을 찾을 수 있네."

"그래, 마르타가 자넬 감쪽같이 속였지!" 페레도노프가 약을 올렸다.

"마르타가 얼마나 잘난 신랑감을 찾는지 어디 두고 보자고!" 볼로딘이 불만스럽다는 듯 말했다. "지참금이나 많다면 또 몰라, 쥐꼬리만 한 지참금으로 말이야. 그게 모두 아르달리온 보리시치, 자네에게 홀딱 빠져서 그런 거야."

페레도노프가 점잖게 충고 한마디를 했다.

"내가 자네였다면, 그 집 대문에 타르를 칠했을 거야."

볼로딘이 재미있다는 듯 웃다가 겨우 웃음을 거두고 말했다.

"그러다가 들키면, 무슨 봉변을 당하려고 그런 짓을 해."

"다른 사람을 시키면 될 것 아닌가? 직접 할 필요가 뭐 있나!" 페레도노프가 말했다.

"그런 보복을 당해도 싸지!" 볼로딘이 활기를 띠며 말했다. "그렇지, 그녀가 합법적인 결혼을 마다했으니, 그건 젊은 남자들을 창문으로 몰래 끌어들이겠다는 것이지, 뭔가. 수치심이나 양심도 없는 사람 아닌가."

6

이튿날 페레도노프와 볼로딘은 아다멘코 아가씨의 집을 찾아갔다. 볼로딘은 꼭 맞는 새 프록코트와 빳빳하게 풀을 먹인 깨끗한 셔츠, 그리고 화려한 무늬가 그려진 스카프를 두르고, 머리에 기름을 바르고, 향수를 잔뜩 뿌렸다.

나데즈다 바실리예브나 아다멘코는 시내에 있는 붉은 벽돌로 지은 단독주택에서 남동생과 함께 살고 있었고, 도시에서 멀지 않은 곳에 세를 놓은 그녀 소유의 영지가 있었다. 재작년에 그녀는 이곳에 있는 김나지야를 졸업했고, 지금은 소파에 누워 온갖 책들을 읽고, 김나지야 학생인 열한 살 된 남동생을 가르치며 지냈다. 남동생은 이렇게 한마디만 하면 누나의 엄한 질책에서 벗어날 수 있었다.

"엄마가 살아 계셨을 때가 훨씬 나았어. 엄마는 구석에 세워 놓고 벌을 세우기만 했거든."

나데즈다 바실리예브나와 이모가 함께 살기는 했지만, 이모는 나이 들고 병약해서 집안일에는 전혀 간섭할 수 없었다. 나데즈다 바실리예브나는 엄격하게 선택된 사람들하고만 교제했다. 페레도노프는 그녀를 거의 방문한 적이 없었고, 그녀를 잘 알지 못했기 때문에 그녀가 볼로딘에게 시집갈 수도 있다고 생각해 그런 제안을 했던 것이다.

그때 그녀는 예기치 않은 그들의 방문에 당황했지만, 손님들을 정중하게 맞이했다. 그녀는 손님들이 흥미를 느낄 만한 대화의 소재를 찾으려고 애쓰며, 러시아어 선생이 흥미 있어 할 대화의 주제는 교육이나 김나지야의 개혁 문제, 아니면 문학이나 상징주의에 대한 이야기, 혹은 러시아 잡지들에 대한 것일 거라고 생각했다. 그녀는 이런 주제로 이야기를 꺼냈지만, 몇 마디 비난 외에는 그들의 흥미를 전혀 끌어낼 수 없었다. 손님들은 도무지 그런 데 관심이 없는 것 같았다. 그들과 유일하게 나눌 수 있는 대화란 잡다한 소문들뿐이라는 데에 그녀는 내심 놀랐다. 그러나 그녀는 다시 한번 시도했다.

"혹시 체호프*가 쓴 「상자 속의 인간」을 읽어 보셨어요?" 그녀가 물었다. "정말 정확한 묘사 아닌가요?"

그녀는 볼로딘에게 질문을 던졌지만, 볼로딘은 히죽 웃으며 도리어 그녀에게 물었다.

"그런데 그건 논문인가요, 소설인가요?"

"단편이에요." 나데즈다 바실리예브나가 설명했다.

---

* 안톤 체호프(1860~1904). 수많은 단편을 쓴 러시아 소설가이며 극작가이자 의사. 현대 사실주의 연극의 대가로 20세기 현대 연극사에 큰 영향을 끼쳤다. 「갈매기」, 「세 자매」, 「벚꽃동산」, 「바냐 아저씨」는 그의 4대 작품으로, 전 세계에서 지금도 연극 무대에 오르고 있다.

"체호프란 분에 대해 말씀하셨습니까?" 볼로딘이 다시 물었다.

"그래요. 체호프에 대해서 말했어요." 그녀는 이렇게 말하고 웃었다.

"어디에 실렸죠?" 볼로딘이 흥미롭다는 듯 물었다.

"《러시아 사상》이란 잡지에 실렸던 작품이에요." 그녀가 상냥하게 대답했다.

"몇 호에 실렸어요?" 볼로딘이 다시 물었다.

"정확하게는 잘 모르겠어요. 아마 어느 해 여름 호였을 거예요."

여전히 상냥했지만 그녀는 놀라움을 감추지 못하면서 대답했다.

그때 꼬마 김나지야 학생이 문 뒤에서 나타났다.

"5월호에 실렸어요." 그는 손으로 문을 잡고, 손님들과 누나에게 해맑고 쾌활한 눈길을 보내며 말했다.

"학생은 아직 소설을 읽을 나이가 아니에요." 페레도노프가 엄하게 말했다. "공부해야 할 나이에 그런 외설물을 읽다니!"

나데즈다 바실리예브나는 엄한 표정으로 남동생을 쏘아보았다.

"아주 잘하는 짓이구나. 문 뒤에서 손님들이 이야기하는 것을 엿듣다니." 그녀는 이렇게 말하고는 그에게 두 손을 들어 약지를 마주 대 보였다.

그는 뾰로통한 표정으로 사라졌다. 그는 자기 방으로 가서 시계를 바라보며 구석에 서 있어야 했다. 그의 누나가 약지를 마주 대 보인 것은 10분 동안 구석에 서 있으라는 표시였다. '아니야, 엄마가 계실 때가 훨씬 나았어. 엄마가 구석에 세워 두는 것은 우산뿐이었거든.' 그는 억울해하며 생각했다.

그사이 응접실에서는 볼로딘이 《러시아 사상》 5월호와 체호프란 분의 단편집도 구해서 읽겠다고 여주인에게 살랑거렸다. 페레도노프는 지루하다는 표정으로 말없이 듣고 있다가 한마디했다.

"저 역시 읽지 못했어요. 나는 그런 시시껄렁한 것은 읽지 않아요. 중편이니, 장편이니 하는 소설들 모두 쓸데없는 것만 써 놓거든요."

나데즈다 바실리예브나는 상냥하게 미소를 지으며 말했다.

"당신은 현대 문학에 대해서 아주 엄격한 모양이군요. 하지만 요즘엔 좋은 작품들이 많이 발표되곤 한답니다."

"나는 예전엔 좋은 책들을 많이 읽었어요." 페레도노프가 말했다. "하지만 요즘에 나오는 책들은 읽고 싶지 않아요."

볼로딘은 존경 어린 시선으로 페레도노프를 바라보았다. 나데즈다 바실리예브나는 살짝 한숨을 쉬더니 어쩔 수 없다는 듯 쓸데없는 이야기나 거리에 떠도는 소문을 화제로 삼았다. 물론 그런 대화에 전혀 관심이 없었지만, 눈치 빠르고 참을성 있는 이 아가씨는 여전히 상냥하고 쾌활하게 대화를 이끌어 갔다.

손님들은 너무 오래 앉아 있었다. 그녀는 견딜 수 없이 지루했지만, 그들은 그녀의 상냥한 태도를 보고는, 그녀가 볼로딘의 뛰어난 외모에 반한 것이라고 나름대로 결론지었다.

마침내 그들은 집 밖으로 나왔고, 페레도노프는 볼로딘의 성공을 축하했다. 볼로딘은 매우 흡족해하며 날뛰었다. 그는 자신을 외면했던 모든 아가씨들을 금세 잊어버렸다.

"제발 그 발길질 좀 그만하게." 페레도노프가 말했다. "양처럼 마구 뛰는군그래! 하지만 아직은 일러. 자네를 속이는지도 모르니까 말이야!"

이렇게 농담을 했지만, 계획한 중매가 성공했다고 믿어 의심치 않았다.

그루시나는 거의 매일 바르바라를 찾았고, 바르바라는 그보다 더 자주 문턱이 닳도록 그루시나의 집을 찾아다녔다. 그들은 거의 같이 살다시피 했다. 바르바라는 가짜 편지 쓰는 일을 서둘렀지만, 그루시나는 될 수 있는 한 질질 끌었다. 필체를 똑같이 하려면 아주 꼼꼼하게 정성을 들여야 한다는 게 핑계였다.

페레도노프는 결혼 날짜를 계속 미뤘다. 그는 또다시 바르바라에게 먼저 장학관 자리를 얻은 다음에 결혼하겠다고 고집을 부렸다. 그는 자신이 부르기만 하면 달려올 신붓감들이 줄을 서서 기다리고 있다는 것을 계속 상기시키며, 바르바라를 위협했다. 그는 작년 겨울부터 이 이야기를 계속 되풀이하던 터였다.

"지금 당장 나가서 결혼하겠어. 내일 아침에 아내를 데리고 돌아올 테니 넌 꺼져! 오늘 저녁이 마지막이야."

이렇게 말하고는 집을 나와, 당구를 치러 가곤 했다. 가끔 별일 없이 밤에 집에 들어오는 날도 있었지만, 대부분은 루틸로프와 볼로딘과 함께 더러운 소굴에서 뒹굴곤 했다. 그런 날 밤이면, 바르바라는 잠을 이루지 못했다. 그래서 그녀는 편두통으로 고통스러워했다. 바르바라는 밤 1시든, 2시든, 그가 들어오기만 하면 일단 안도의 한숨을 쉬었다. 그러나 다음 날 아침에야 들어오면, 바르바라는 온종일 환자처럼 보였다.

드디어 그루시나가 편지를 완성해 바르바라에게 보여 주었다. 두 사람은 공작부인이 작년에 보낸 편지와 대조하면서 오랫동안 세심하게 살펴보았다. 그루시나는 공작부인 자신이 보아도 가짜라고 생각하지 못할 정도로 비슷하다고 확신했다. 실제로는 비슷한 구석이 별로 없었지만, 바르바라는 그 말을 믿었다. 게다가 페레도노프는 얼마 되지 않는 주변 동료들의 필체마저도 제대로 구별하지 못한다는 것을 바르바라는 알고 있었다.

"드디어 해냈군요." 그녀는 기뻐하며 말했다. "기다리고 기다리다 지쳐 포기할 뻔했는데 말이에요. 다만 한 가지, 봉투가 문제인데, 그가 만약 봉투를 보여 달라고 하면 어떡하죠?"

"하지만 봉투는 소인消印 때문에 위조가 힘들어요." 그루시나는 오른쪽 눈은 더 크게, 왼쪽 눈은 더 작게 뜬 채, 교활한 눈빛으로 바르바라를 곁눈질하며 말했다.

"그럼, 어떡하죠?"

"바르바라 드미트리예브나! 봉투는 페치카에 버렸다고 하세요. 봉투가 무슨 소용이겠어요."

바르바라는 다시 기운을 차리고 그루시나에게 말했다.

"그래요. 결혼만 하면 더 이상 그를 따라다니는 일은 없을 거예요. 그 사람이 내 뒤를 따라다니게 되겠죠."

토요일 오후, 페레도노프는 점심을 먹고 당구를 치러 갔다. 그는 머리가 무겁고 가슴이 답답했다. 그는 생각했다. '질시하고 적대시하는 사람들 사이에서 살아간다는 것은 정말 고통스러운 일이야. 하지만 어쩔 수 없는 일 아닌가? 모든 사람이 장학관이 될 수는 없으니까! 존재를 위한 투쟁일 뿐이다!'

교차로에서 그는 헌병 참모부 장교와 마주쳤다. 반갑지 않은 만남이었다.

헌병 장교 니콜라이 바지모비치 루봅스키는 키가 작고 통통한 체구에 짙은 눈썹과 잿빛의 서글서글한 눈동자에, 다리를 절뚝거려, 걸을 때면 불규칙한 박차 소리가 시끄럽게 울리곤 했다. 그는 사람들에게 친절했고, 그래서 사람들은 그를 좋아했다. 그는 이 도시에 사는 사람들과 개인 사정, 그리고 사람들 사이의 관계를 모두 알고 있었고, 또한 항간에 떠도는 소문에도 관심이 많았다. 그러나 본인은 항상 겸손하고 무덤처럼 말이 없었으며, 누구에게도 불필요하게 해를 끼치는 일이 없었다.

두 사람은 멈춰 서서 인사를 나누고 이야기를 나누었다. 페레도노프가 얼굴을 찡그리고, 주변을 살피며, 조심스럽게 말을 꺼냈다.

"제가 듣기로는 우리 집에서 일하던 나타샤가 그 댁에 들어
갔다고 하던데, 그 애가 저에 대해 무슨 이야기를 해도 절대
믿지 마세요. 모두 거짓말이에요."

"저는 하녀에게 소문 따위를 주워듣는 사람이 아닙니다."
루봅스키가 젠체하며 말했다.

"그 애는 아주 교활한 아이예요." 루봅스키가 하는 말은 전
혀 아랑곳하지 않고 페레도노프는 계속 말했다. "그 애의 애
인은 폴란드인이에요. 어쩌면 일부러 댁에 들어갔을지도 몰라
요. 뭔가 비밀 정보를 알아내려고 말입니다."

"진정하시고 그 점에 대해서는 염려 마십시오." 헌병장교는
쌀쌀하게 대답하고 나서 계속 말을 이었다. "저는 요새를 세
울 만한 비밀을 갖고 있지는 않으니까요."

'요새'라는 단어가 나오자, 페레도노프는 깜짝 놀랐다. 루
봅스키가 자신을 요새에 가둘지도 모른다는 사실을 암시하
는 것처럼 느껴진 것이다.

"요새라니." 페레도노프는 혼자 중얼거리더니 말했다. "그
정도는 아니지만, 요즘 저에 관한 쓸데없는 이야기들이 나도
는 모양인데, 그건 모두 저를 시기하는 사람들이 꾸며낸 것들
이에요. 그러니 어떤 말도 믿지 마세요. 모두가 저에게 혐의를
씌워서 자신들에 대한 의심을 없애려는 수작인데, 오히려 제
가 밀고할 만한 정보를 갖고 있어요."

루봅스키는 어리둥절했다.

"당신의 말을 믿습니다." 그는 어깨를 한번 들썩해 보이고는, 박차를 쩔렁거리며 말했다. "하지만 저는 누구에게서도 당신에 관한 밀고를 받지 못했어요. 아마 누군가 장난으로 위협을 한 모양인데 걱정하지 마세요. 이따금 그렇게 말하곤 하잖습니까?"

그러나 페레도노프는 그 말을 믿지 않았다. 헌병이 뭔가 숨기고 있다는 생각이 들면서, 갑자기 두려움이 일었다.

페레도노프가 베르시나의 집 앞을 지나갈 때마다, 베르시나는 그를 불러 세우고, 마술 같은 동작과 말로 그를 집 안으로 끌어들였다.

그리고 그때마다 그는 소리 없는 마법에 걸린 듯, 그녀를 따라 집으로 들어갔다. 어쩌면 루틸로프보다 그루시나가 먼저 목적을 달성할지도 모를 일이었다. 페레도노프는 모든 사람들과 떨어져 홀로 살아가고 있었고, 마르타와 법적 결혼이 불가능할 이유도 없었기 때문이었다. 페레도노프가 빠져드는 이곳은 어떤 마법으로도 그를 다른 곳으로 데려갈 수 없게 하는 끈적끈적한 늪처럼 보였다.

바로 지금, 루봅스키와 헤어진 페레도노프가 베르시나의 집 앞을 지나가는 순간에, 여느 때처럼 검은 옷을 입은 베르시나가 그를 끌어들였다.

"블라댜와 마르타가 시골집에 하루 다녀오겠다고 하네요." 그녀가 파피로사 연기 사이로 옅은 갈색 눈동자를 번득이며, 페레도노프에게 말했다. "그 애들과 함께 시골에라도 다녀오는 게 어때요? 일꾼이 마차를 가지고 그들을 데리러 왔답니다."

"좁을 거 같은데요." 페레도노프가 무뚝뚝하게 말했다.

"좁다니요? 자리는 충분해요. 좁다고 해도 그리 문제될 건 없어요. 거리도 6베르스타밖에는 안 되니까요."

이때 마르타가 베르시나에게 무언가를 물어보려고 밖으로 달려 나왔다. 그녀는 출발 준비로 분주해 보였고, 얼굴은 평소보다 더 생기발랄하고 즐거워 보였다. 마르타도 베르시나를 거들어 시골에 가자고 설득했다.

"자리는 충분해요." 베르시나가 장담했다. "마르타와 당신은 뒤에 앉고, 블라댜와 이그나티이는 앞에 타면 돼요. 자, 보세요, 마당에 마차가 있으니까요."

페레도노프는 마르타와 베르시나의 뒤를 따라, 마차가 서 있는 마당으로 갔다. 그곳에서는 블라댜가 마차에 무언가를 싣고 있는 중이었다. 커다란 마차였다. 그러나 페레도노프는 마차를 세심히 관찰한 다음 냉정하게 결정을 내렸다.

"가지 않겠어요. 네 사람이 타고 가기에는 좁아요. 게다가 짐까지 있으니."

"정 좁다고 생각되면, 블라댜는 걸어갈 수도 있어요." 베르시나가 말했다.

"물론이죠!" 정중하고 상냥하게 웃으며 블라댜가 말했다. "한 시간 반이면 충분히 도착할 수 있어요. 지금 바로 출발하면, 제가 먼저 집에 도착할걸요."

그러자 페레도노프는 이번에는 마차가 덜커덩거릴 텐데,

자신은 덜커덩거리는 것이 몹시 싫다고 말했다. 그들은 정자가 있는 곳으로 돌아왔다. 짐을 모두 챙기고 준비를 마쳤지만, 하인 이그나티이는 실컷 먹어서 배가 부른데도, 부엌에서 여전히 뭔가를 먹고 있었다.

"우리 블라댜는 학교에서 공부를 잘하나요?" 마르타가 물었다.

마르타는 페레도노프와 할 이야기가 별로 없어서 이 질문을 꺼낸 것이다. 베르시나는 마르타에게 페레도노프의 관심을 끌지 못한다고 항상 핀잔을 주고는 했었다.

"형편없어요." 페레도노프가 말했다. "게으름을 피우고 수업 시간에는 제대로 집중하지도 않아요."

평소에 잔소리가 심했던 베르시나는 페레도노프의 말을 듣자 블라댜를 야단쳤다. 블라댜는 얼굴을 붉히고, 부끄러운 듯 웃으며, 습관처럼 한쪽 어깨를 다른 쪽 어깨보다 더 들어 올리며 갑자기 오한이 나는 듯 어깨를 움츠렸다.

"공부를 시작한 지 일 년밖에 안 됐잖아요." 그가 말했다. "앞으로는 잘할 거예요."

"처음부터 잘해야지!" 누나다운 어조로 이렇게 말한 마르타는 자신도 이런 말투가 어색한지 얼굴을 붉혔다.

"그뿐만 아니라, 장난이 심해요." 페레도노프가 험담을 늘어놓기 시작했다. "어제는 글쎄, 깡패처럼 굴지 뭐예요. 그리고 지난 목요일에는 매우 불손하게 대들었어요."

블라댜는 발끈했지만, 여전히 웃으며 흥분해서 말했다.

"불손하게 군 것은 아니었어요. 저는 그저 사실을 말했을 뿐이라고요. 다른 친구들의 공책에서는 틀린 글자를 다섯 개씩만 찾아내고, 제 공책에서는 있는 대로 모조리 찾아냈단 말예요. 그러고는 저에게 2점을 줬어요. 3점을 받은 친구들보다 제가 더 잘했는데도 말예요."

"더구나 나에게 불손하게 말했잖아요." 페레도노프가 억지를 부렸다.

"불손하게 한 것이 아니에요. 저는 장학관에게 이 사실을 말하겠다고 했을 뿐이에요." 블라댜가 억울해하며 말했다. "저에게 2점을 준 것은 분명히 잘못된 거예요."

"블라댜, 정신 차려." 베르시나가 엄하게 말했다. "사과는커녕, 또 그런 불손한 언행을 하니!"

그러자 블라댜는 불현듯 페레도노프가 마르타의 신랑이 될지도 모르니, 페레도노프를 화나게 해서는 안 된다는 생각이 떠올랐다. 그는 얼굴을 붉히고, 허리띠를 약간 추켜올린 다음, 겸연쩍게 말했다.

"죄송해요. 저는 점수를 고쳐야 한다는 생각에서 그랬을 뿐이에요."

"그만해, 그만!" 베르시나가 말을 중단시켰다. "더 이상 그런 변명을 참을 수가 없구나. 더 이상 참을 수 없어." 그녀는 다시 한번 이렇게 말하고 거의 눈에 띄지 않게 바짝 마른 몸을 부르르 떨었다. "다른 사람들이 너의 잘못을 지적하면 조용히 있어."

그러더니 파피로사 연기를 내뿜으며 항상 하던 대로 전혀 우스운 일이 없는데도 히죽 웃고는 블라댜를 나무라는 말을 몇 마디 덧붙였다.

"아버지에게 이야기해서 널 혼내 주라고 할 테다! 그런 줄 알고 있어!" 그녀가 마무리를 했다.

"회초리를 맞아야 해요." 페레도노프가 그렇게 결론을 내리며, 화난 얼굴로 자신을 모욕한 블라댜를 쳐다보았다.

"당연히 그래야죠." 베르시나가 재차 말했다. "회초리를 맞아야지."

"회초리를 맞아야지." 마르타도 얼굴을 붉히며 말했다.

"오늘 당신 아버지에게 함께 가겠어요." 페레도노프가 말했다. "가서 블라댜를 제가 보는 앞에서 제대로 때리라고 하겠어요."

블라댜는 입을 다물고, 자신을 위협하는 이들을 바라보며, 어깨를 들썩이고 눈물을 글썽거리면서도, 여전히 웃고 있었다. 그의 아버지는 매우 엄격했다. 블라댜는 단순히 자기를 겁주려고 하는 말일 뿐, 정말로 즐거운 축일을 망칠 생각은 아닐 거라고 자신을 안심시켰다. 축일은 평소의 학교생활과는 전혀 비교할 수 없는 아주 특별하고 기념할 만한 즐거운 날 아닌가.

페레도노프는 남학생들이 울 때, 더구나 자신이 원인을 제공해서 울면서 용서를 빌 때 아주 쾌감을 느꼈다. 잘못을 빌고 눈물을 참으려고 애쓰는 블라댜의 당혹스러워하는 모습과 죄지은 사람처럼 겁먹고 용서를 구하는 듯한 그의 미소를 보자, 페레도노프는 몹시 기분이 좋았다. 그는 마르타와 블라댜와 함께 떠나기로 결정했다.

"좋아요. 함께 가지요." 그가 마르타에게 말했다.

마르타는 좋기도 했지만, 어쩐지 두려웠다. 물론 마르타는 페레도노프가 자신들과 함께 가기를 원했다. 더 정확히 말하자면, 베르시나가 그것을 원하고 있었고, 그녀가 재빠르게 주문을 걸어 그것을 원하도록 마술을 부렸던 것이다. 그런데 페레도노프가 그들과 함께 가겠다고 하자, 블라댜의 일 때문에 어쩐지 꺼림칙했고, 동생이 가여웠다.

블라댜는 두려움에 휩싸였다. 페레도노프는 정말 일러바치려고 가는 것일까? 블라댜는 페레도노프가 마음을 누그러뜨리기만을 바랄 뿐이었다.

"아르달리온 보리시치! 좁아서 불편하시다면 전 걸어가도 됩니다."

페레도노프는 의혹에 찬 눈길로 블라댜를 쳐다보며 말했다.

"하지만 혼자 가게 하면 어디론가 도망칠지도 모르니까, 우리와 함께 가야 해요. 암, 안 되지. 아버지에게 반드시 데려가, 따끔한 맛을 보여 주도록 하겠어요."

블라댜는 얼굴을 붉히며 한숨을 쉬었다. 그는 기분이 몹시 상한 데다 암울한 느낌이 들었고, 자신을 괴롭히는 냉혹한 그에게 분노가 치밀었다. 그러나 블라댜는 어떻게 해서든 페레도노프의 마음을 누그러뜨려 보려고 페레도노프의 자리가 불편하지 않도록 해주어야겠다고 생각했다.

"아무튼 편하게 가시도록 제가 봐드리겠어요." 블라댜가 말했다.

그러고는 서둘러 마차가 있는 곳으로 달려갔다. 베르시나는 그의 뒷모습을 바라보며 연기를 후 하고 내뿜더니, 히죽 웃으며 페레도노프에게 조용히 말했다.

"둘 다 아버지를 아주 무서워해요. 굉장히 엄하거든요."

마르타가 옆에서 얼굴을 붉혔다.

블라댜는 이제껏 모은 돈으로 어렵게 마련한 영국산 새 낚싯대와 몇 가지 자기 물건을 시골에 가져가려고 했지만, 자리를 많이 차지했다. 하는 수 없이 블라댜는 그것들을 다시 원래 자리에 갖다 놓았다.

날씨는 그다지 덥지 않았다. 해는 벌써 기울었다. 아침에 내린 비 때문에 축축한 도로는 먼지가 일지 않았다. 네 사람을 태운 마차는 시내를 벗어나 자갈길을 순조롭게 달려 갔다. 배불리 먹은 잿빛 말은 네 사람의 무게를 전혀 느끼지 못하는 듯 빠르게 달렸고, 느긋하고 말없는 일꾼 이그나티이는 숙련된 솜씨로 말을 몰았다.

페레도노프는 마르타와 나란히 앉아 있었다. 마르타는 페레도노프가 편하게 앉도록 불편을 참으면서 한쪽 귀퉁이에 앉아 있었다. 그러나 페레도노프는 이를 전혀 눈치채지 못했다. 만약 눈치를 챘다 해도 나는 손님이니까, 하고 당연하게 생각했을 것이다.

페레도노프는 기분이 아주 좋았다. 그는 마르타와 다정하게 대화를 나누고 농담도 하면서 그녀를 즐겁게 해주려고 생각했다. 그가 말문을 열었다.

"그런데 말이죠. 그쪽에서는 곧 폭동을 일으키려 한다던데요?"

"무슨 폭동을 일으킨단 말이에요?" 마르타가 물었다.

"당신들은 폴란드 사람이잖아요? 당신네들이 모두 폭동을 일으키려 한다고 들었어요. 하지만 모두 쓸데없는 짓이죠."

"그럴 리가 없어요." 마르타가 말했다. "우리들 중에 폭동을 일으키려는 사람은 아무도 없어요."

"물론, 말은 그렇게 하겠지요. 하지만 당신들은 러시아 사람들을 증오하잖아요."

"그렇게 생각하지 않아요." 이그나티이와 함께 앞자리에 앉아 있던 블라다가 페레도노프에게 몸을 돌리며 말했다.

"당신들이 어떻게 생각하는지는 알아요. 그러나 우리는 당신들의 폴란드를 돌려주지 않을 거예요. 우리가 전쟁에서 이겼으니까요. 우리는 당신들을 위해 아주 많은 일을 해주었는데도, '아무리 먹여 봐야 늑대는 숲만 쳐다본다'는 격이죠."

마르타는 아무 반박도 하지 않았다. 페레도노프는 잠시 말을 멈췄다가, 갑자기 다시 입을 열었다.

"폴란드인들은 미련해요."

그러자 마르타가 얼굴을 붉혔다.

"러시아인이든 폴란드인이든 어디에나 미련한 사람은 있는 법이에요." 그녀가 말했다.

"아니요. 그렇지 않아요. 내 말이 맞아요." 페레도노프가 억지를 부렸다. "폴란드인은 아주 멍청해요. 콧대만 높아요. 유대인들이야말로 영리한 사람들이죠."

"유대인들은 사기꾼이에요. 영리한 게 아니에요." 블라댜가 말했다.

"그렇지 않아요. 유대인은 영리한 민족이에요. 유대인들은 항상 러시아인들을 속이지만, 러시아인들은 그렇지 못하거든요."

"속여서는 안 돼요." 블라댜가 말했다. "남을 속이고 기만하는 일에 머리를 쓰는 것이 영리한 일인가요?"

페레도노프는 화가 나서 블라댜를 노려보았다.

"머리는 공부하라고 있는 것인데," 페레도노프가 블라댜에게 말했다. "왜 공부는 안 하죠?"

블라댜는 한숨을 내쉬며 고개를 돌리고는 달리는 말을 멍하니 바라보았다. 페레도노프가 말했다.

"유대인들은 모두 영리할 뿐만 아니라, 학문에도 아주 뛰어나죠. 만약 유대인들에게 교수가 될 자격을 주었다면, 이 세상의 교수는 모두 유대인들이 차지했을 거예요. 그리고 폴란드인들은 아주 불결한 민족이에요!"

그는 마르타가 얼굴을 붉히고 어쩔 줄 몰라 하자, 흡족해하며 마르타에게 상냥하게 말했다.

"당신을 두고 하는 이야기는 아니에요. 당신은 아주 좋은 아내가 될 거라고 생각해요."

"폴란드 여자들은 모두 좋은 아내가 되죠." 마르타가 대답했다.

"오, 그래요? 그러나 겉은 깨끗해도 치마 속은 더럽죠! 하지만 당신 민족의 자랑거리인 미츠키에비치*가 있잖아요. 그는 우리의 푸시킨**보다 더 위대한 사람이에요. 나는 집에다 그의 초상화를 걸어 두었어요. 예전에는 푸시킨 초상화를 걸어 두었었는데, 변소에 갖다 놓았죠. 그는 궁정 시보에 불과한 사람이었으니까요."***

"당신은 러시아인이잖아요." 블라댜가 말했다. "왜 우리 미츠키에비치를 좋아하세요? 푸시킨도 뛰어나고 미츠키에비치도 뛰어나잖아요."

"미츠키에비치가 훨씬 뛰어나지요." 페레도노프가 재차 말했다. "러시아인들은 모두 멍청이들이라니까요. 사모바르****를 발명한 것 말고는 아무것도 내세울 게 없으니."

페레도노프는 마르타를 쳐다보고는, 눈을 가늘게 뜨고 계속 말했다.

---

* 아담 베르나르트 미츠키에비치(1798~1855). 폴란드의 유명한 낭만파 시인.

** 알렉산드르 세르게예비치 푸시킨(1799~1837). 러시아 황금시대의 유명한 시인이자 소설가.

*** 당대 최고의 미인이었던 푸시킨의 아내 나탈리야를 총애한 니콜라이 1세 황제가 나탈리야를 궁정에 부르기 위해 푸시킨에게 궁정 시보라는 직책을 하사했던 것을 비하해서 표현한 것.

**** 우리나라의 신선로 형태처럼 가운데 숯을 넣어 물을 끓이는 주전자.

"그런데 당신은 주근깨투성이군요. 눈에 아주 거슬려요."

"어쩔 수가 없잖아요." 마르타가 어색하게 웃으며 중얼거렸다.

"저한테도 주근깨가 많아요." 블라댜가 말했다. 그는 좁은 좌석 때문에 몸을 돌리다가, 침묵을 지키고 있던 이그나티이를 툭 건드렸다.

"남자는 괜찮아요." 페레도노프가 말했다. "남자는 외모에 신경을 쓸 필요가 없으니까요. 그러나 마르타, 여자인 당신에겐 아주 큰 흠이지요." 그는 마르타를 향해 말을 이었다. "그래서 아무도 당신과 결혼하려 하지 않을 거예요. 오이 절인 물로 얼굴을 씻어 보세요!"

마르타는 충고해 줘서 고맙다고 말했다.

블라댜가 웃으면서 페레도노프를 바라보았다.

"지금 왜 웃는 거죠?" 페레도노프가 블라댜에게 말했다. "도착하면, 제대로 맞을 테니 두고 봐요."

블라댜는 자기 자리에서 돌아앉으며, 페레도노프가 농담을 하는 것인지, 진담을 하는 것인지 몰라 곰곰이 생각하면서 페레도노프를 주의 깊게 살폈다.

"왜 그렇게 빤히 쳐다보는 거죠?" 그가 험상궂은 표정으로 물었다. "내 얼굴에 뭐가 묻었어요? 아니면, 나를 노려보며 저주하는 주문이라도 외우는 건가?"

블라댜는 깜짝 놀라 얼른 눈을 돌렸다.

"죄송해요." 그는 겸연쩍어하며 대답했다. "고의로 그런 것은 아니에요.”

“당신은 정말 눈의 힘을 믿나요?” 마르타가 물었다.

“저주를 해서는 안 돼요. 그건 미신입니다.” 페레도노프가
기분 나쁘다는 듯 말했다. “어쨌든 사람을 노려보거나, 똑바로
쳐다보는 것은 예의에 어긋나는 일이에요!”

얼마 동안 어색한 침묵이 흘렀다.

“그런데 당신 집은 가난하다고 하던데요?” 페레도노프가
갑자기 물었다.

“그래요, 부자는 아니에요.” 마르타가 대답했다. “그렇다고
아주 가난한 것도 아니에요. 우리 모두에게 유산이 상속되어
있으니까요.”

페레도노프는 믿기지 않는다는 듯 마르타를 쳐다보고 말
했다.

“당신 가족이 가난하다는 것은 다 알고 있어요. 집에선 항
상 맨발로 다닌다고 하던데요.”

“그것은 우리가 가난해서 그런 것이 아니에요.” 블라댜가
신나게 말했다.

“그렇다면, 왜 맨발로 다니는 거죠? 부자라서 그렇단 말인
가요?” 페레도노프가 묻고는, 단속적으로 깔깔대고 웃었다.

“결코 가난해서가 아니에요.” 얼굴을 붉히며 블라댜가 말했
다. “그것이 건강에 매우 좋아서예요. 건강도 지키고 여름에는
기분도 좋거든요.”

“그건 거짓말이에요.” 페레도노프가 거칠게 반박했다. “부

자들은 맨발로 다니지 않거든요. 당신들의 아버지가 아이들은 많고, 돈은 적어서 그런 거죠. 자식들 모두에게 신발을 사 줄 수가 없어서."

7

바르바라는 페레도노프가 어디로 사라졌는지 알 길이 없었다. 그녀는 견딜 수 없는 불안한 밤을 보냈다.

이튿날 아침 시내로 돌아온 페레도노프는 집으로 곧장 돌아가지 않고, 미사를 드리러 성당으로 갔다. 마침 미사가 시작될 시간이었다. 페레도노프는 성당에 자주 가지 않는 것이 위험하며, 어쩌면 밀고당할지도 모른다는 생각이 들었던 것이다.

페레도노프는 성당 입구에서 푸른 눈동자와 발간 뺨을 한 순진한 얼굴의 미소년인 김나지야 학생을 만났다. 페레도노프가 그를 보고 불렀다.

"이봐, 마센카*! 안녕? 아주 예쁜데."

미샤 쿠드랴예프는 그 순간 표정이 일그러지며 얼굴을 붉혔다. 페레도노프는 이전에도 몇 번이나 그를 마센카라고 부르며 놀려댔다. 미샤는 페레도노프가 왜 자신을 놀리는지 이해할 수 없었고, 어떻게 대응해야 할지도 모른 채, 계속 놀림

---

* 여자 이름인 '마리야'의 애칭으로, 소년이 여자 같다고 놀리는 표현.

을 당하고 있었다. 그곳에 떼 지어 몰려 있던 몇몇 불량배 친구들이 페레도노프의 말을 듣고 낄낄거렸다. 그들도 미샤를 놀리는 것을 재미있어 했다.

선지자 일리야의 이름을 딴 이 성당은 미하일 차르 시대에 지은 것으로, 김나지야 맞은편 광장에 자리 잡고 있었다. 그래서 축일이면 아침 미사와 저녁 미사 때마다 전교생이 이곳에 모여, 위대한 순교자인 성 예카테리나의 부제단 왼쪽에 줄을 서 있었다. 그리고 그 뒤에는 학생들을 감독하기 위해 부담임 한 사람이 자리 잡고 있었다. 그와 나란히, 성전 중앙에 더 가까운 곳에는 학교 교사들과 장학관과 교장 등이 가족들과 함께 앉아 있었다. 부모들이 나가는 성당에 나가도 좋다고 허락을 받은 학생들을 제외하고는 김나지야의 러시아 정교도들은 모두 모이곤 했다.

김나지야 성가대의 합창은 빼어났다. 이 때문에 성당에는 부유한 상인들과 관리, 지주 가족들이 많이 참석했다. 하지만 평민들은 별로 없었으며, 이 성당은 교장의 희망에 따라 다른 성당보다 늦게 아침 미사를 드리고 있었다.

페레도노프는 여느 때와 같이 자기 자리에 앉아 있었다. 그곳에서는 노래하는 중학생들의 얼굴이 훤히 보였다. 그는 눈을 동그랗게 뜨고, 노래하고 있는 학생들을 유심히 살피며, 속으로 자신이 장학관이었더라면, 저렇게 줄도 못 맞추고 제멋대로 서 있는 녀석들을 혼내 주었을 텐데 하고 생각했다. 저기, 가무잡잡하고 조그맣고 비쩍 마른 크라마렌코 녀석이 침착하지 못하게 이쪽저쪽으로 몸을 돌리고 소곤거리면서 낄낄대고 있는데도 저 녀석에게 주의를 주는 사람이 아무도 없어. 아무도 신경을 쓰지 않아.

'모든 게 엉망진창이야.' 페레도노프는 생각했다. '저기 성가대 녀석들도 모두 나쁜 녀석들이야. 얼굴이 가무잡잡한 저 녀석은 고음을 깨끗하게 내긴 하지만, 성당에서 소곤대고 웃고 있는데 그래도 된다고 생각하는 모양이군.'

페레도노프는 얼굴을 찌푸렸다.

항상 성당에 늦게 나오는 민중 실업학교 장학관인 세르게이 포타포비치 보그다노프가 페레도노프의 옆 자리에 앉았다. 노인은 언제나 자신도 이해하지 못하는 것을 남에게 이해시켜야 한다는 강박관념에 휩싸인 가무잡잡한 얼굴의 미련한 사람이었다. 그를 놀라게 한다거나 경악하게 만드는 일은 누구에게나 어려운 일이 아니었다. 무언가 약간 새롭고 놀라운 이야기를 해주면, 그의 얼굴은 주름살로 뒤덮이고, 마음에 심한 동요를 일으켜, 그의 입에서는 두서없는 절규가 터져 나오곤 했다.

페레도노프가 그에게 고개를 숙이고 귓속말을 했다.

"그 학교의 여선생 한 명이 빨간색 셔츠를 입고 다닌다고 하더군요."

보그다노프는 깜짝 놀랐다. 그의 하얀 수염이 턱 위에서 부르르 떨렸다. "뭐라고요? 아니, 그게 무슨 말씀입니까?" 그는 흥분한 목소리로 속삭였다. "누구, 누구예요?"

"저기, 목소리가 크고 뚱뚱한 여선생 말입니다. 이름은 잘 생각나지 않아요." 페레도노프가 속삭였다.

"목소리가 크다면, 옳지, 스코보츠키나 말씀이군요! 그렇죠?" 몹시 흥분하고 당황한 보그다노프가 겨우 이름을 생각해냈다.

"아, 맞습니다." 페레도노프가 맞장구를 쳤다.

"아니, 어떻게, 어떻게 그런 일이!" 보그다노프가 목소리를 낮추고 놀라 소곤거렸다. "스코보츠키나가 빨간색 셔츠를 입고 다닌다니, 이럴 수가! 당신이 직접 보셨어요?"

"그래요. 이 두 눈으로 직접 봤습니다. 그뿐만 아니라, 멋을 잔뜩 내고 학교에 다닌다는 이야기가 있어요. 더욱 심각한 것은 사라판*을 입고 마치 평범한 아가씨처럼 돌아다닌다는 거예요."

"오, 그랬군요! 이건 정말 조사를 해야겠어요. 그냥 놔둬서는 안 될 일이에요. 그렇죠? 그런 일이라면 학교에서 쫓아내야 마땅해요." 보그다노프는 흥분해서 말을 더듬었다. "그녀는 항상 그랬어요."

미사가 끝나고 사람들이 모두 밖으로 나왔다. 페레도노프는 크라마렌코에게 다가가 말했다.

"요런, 새까만 불량배 녀석아! 성당에서 왜 웃고 떠들어? 여기서 잠깐 기다려. 네 아버지에게 일러줄 테다."

---

* 소매가 없는 긴 여성복.

페레도노프는 귀족 출신 학생들에게는 말을 높였지만, 귀족 출신이 아닌 학생에게는 반말을 썼다. 그는 서류 보관소에서 학생들의 출신을 일일이 조사한 다음, 머릿속에 그것을 기억해 두었다.

크라마렌코는 깜짝 놀라 페레도노프를 쳐다보고는 옆으로 살짝 빠져나가 쏜살같이 도망쳤다. 크라마렌코는 페레도노프를 바보 같고 야만적이며 그릇된 인간으로 취급하며 증오하고 경멸하는 부류에 속했다. 물론 대부분의 학생들이 그랬다. 페레도노프는 그런 학생들은 모두 교장이 직접, 또는 아들들을 통해서 페레도노프에게 반기를 들도록 교사했다고 믿었다.

그때, 어느새 울타리 뒤에 있던 볼로딘이 유쾌하게 키득거리며 페레도노프 옆으로 다가왔다. 그는 마치 생일을 맞은 사람처럼 행복한 얼굴로 뒷덜미에 중절모를 걸치고 지팡이를 휘둘러 댔다.

"아르달리온 보리시치! 재미있는 이야기 하나 해줄까?" 그가 재미난 듯 소곤댔다. "체레프닌에게 오늘 중으로 마르타 집 대문에 타르 칠을 하라고 했지!"

페레도노프는 무슨 말인지를 짐작하고는 입을 다물고 있다가, 갑자기 음흉하게 깔깔댔다. 볼로딘은 히죽거리던 웃음을 재빨리 거두고, 겸손한 표정을 지어 보인 다음, 중절모를 고쳐 쓰고 하늘을 한번 쳐다보고 나서, 지팡이를 휘두르더니 이렇게 말했다.

"날씨 한번 좋군! 그런데 유감스럽게도 밤에는 비가 올 것 같아. 내릴 테면 내리라지! 미래의 장학관과 집에 틀어박혀 있으면 되지, 뭐!"

"미안하지만, 난 집에 있을 수가 없네." 페레도노프가 말했다. "시내에 볼일이 있어!"

볼로딘은 속으로는 네 녀석한테 갑자기 무슨 볼일이 있겠어, 하고 생각했지만 겉으로는 수긍하는 듯한 표정을 지었다. 실제로 페레도노프는 몇 가지 문제를 해결해야겠다고 생각했다. 어제 헌병과 만난 일은 아주 중요한 사건이라는 생각이 들었던 것이다. 시내에서 중요한 인물들을 차례로 순방하고, 자신이 온건함을 보여 줘야 한다고 생각했다. 만약 계획이 잘 진행되면, 이후에 어떤 불상사가 일어나더라도 이 지역의 유력 인사들이 자신을 지지해 줄 것이라고 계산했던 것이다.

"그런데 아르달리온 보리시치! 어디를 가는 중인가?" 볼로딘은 페레도노프가 항상 가던 방향과 다른 방향으로 걷는 것을 보고 물었다. "집으로 가는 길 아닌가?"

"집으로 가긴 하지만, 이제부턴 다른 길로 다니려고 해! 옛날에 다니던 길로 다니기가 무서워!" 페레도노프가 대답했다.

"무슨 일인데 그러나?"

"그쪽엔 독말풀이 많아서 냄새가 아주 독해! 나를 심하게 자극한단 말일세! 지금 나는 신경이 아주 예민해서 조그만 일에도 기분이 울적해지곤 하거든!"

볼로딘은 이번에도 수긍하는 듯한 표정으로 머리를 끄덕였다.

가는 도중에 페레도노프는 엉겅퀴 열매를 몇 개 따서 호주머니에 넣었다.

"그건 뭣에 쓰려고 그러나?" 히죽거리며 볼로딘이 물었다.

"고양이에게 장난치려고!" 페레도노프가 침울한 표정으로 말했다.

"고양이 털에 붙일 건가?" 볼로딘이 자못 진지한 표정으로 물었다.

"그래."

볼로딘이 키득거리기 시작했다.

"그럼, 내가 있을 때 하게!" 볼로딘이 말했다. "재미있을 거야."

페레도노프는 집 근처에 이르자, 볼로딘에게 잠깐 들어가자고 했지만, 볼로딘은 볼일이 있다며 거절했다. 아까 페레도노프가 볼일이 있다고 말한 것이 볼로딘에게 큰 자극을 주었던 것이다. 볼로딘은 볼일이 없는 자신이 초라하게 느껴져, 방금 할 일을 생각해냈던 것이다. 그는 지금 아다멘코 아가씨에게 달려가서 액자로 만들기에 아주 좋은 그림이 몇 장 있는데, 한번 보지 않겠느냐고 권할 생각이었다. 볼로딘은 나데즈다 바실리예브나가 최소한 커피 한 잔쯤은 대접할 거라고 생각했다.

볼로딘은 자신이 계획한 대로 실행했다. 그리고 한 가지 묘수를 생각해 냈다. 남동생에게 수공예품을 만드는 것을 가르쳐 주겠다고 나데즈다 바실리예브나에게 제안한 것이다. 그녀는 돈벌이를 하는 데 볼로딘의 도움이 필요하다는 생각이 들어 그의 제안을 허락했고, 일주일에 세 번씩, 두 시간 공부하고 한 달에 30루블을 지불하기로 했다. 볼로딘은 뛸 듯이 기뻤다. 돈벌이는 물론이거니와 나데즈다 바실리예브나와 자주 만날 수 있기 때문이었다.

페레도노프는 여느 때처럼 음울한 표정으로 집으로 돌아왔다. 바르바라는 한숨도 못 잔 탓에 창백한 얼굴로 중얼거리기 시작했다.

"어젯밤에 못 들어오면, 못 들어온다고 이야기라도 해야 할 것 아니에요?"

페레도노프는 바르바라를 약 올리려고 어제 마르타의 집에 다녀왔다고 말했다. 바르바라는 아무 말도 하지 않았다. 그녀의 손에는 공작부인의 편지가 들려 있었다. 물론 가짜였지만.

아침을 먹은 후, 바르바라는 가볍게 미소를 지으며 말했다.

"당신이 마르푸시카*에게 말려들어 집을 비운 사이에, 저는 공작부인한테서 편지를 받았죠."

"당신이 언제 공작부인에게 편지를 썼단 말이야?" 페레도노프가 물었다.

그의 얼굴은 이제까지 막연했던 예상과는 달리 답장을 받자 금세 활기를 띠었다.

* 마르타의 애칭.

"여기 보세요. 여기 이렇게 굴러다니잖아요." 바르바라가 웃으며 대답했다. "편지를 쓰라고 야단법석을 떤 사람이 누구였더라?"

"공작부인이 뭐라고 썼지?" 페레도노프가 초조한 표정으로 물었다.

"여기 있으니까, 직접 읽어 보세요!"

바르바라는 마치 자신이 편지를 어디다 뒀는지 기억이 나지 않는다는 표정으로 호주머니를 뒤지다가, 드디어 찾아내기라도 했다는 듯, 편지를 꺼내 페레도노프에게 건네주었다. 그는 식사를 중단하고 서둘러 편지에 달려들었다. 편지를 다 읽고는 뛸 듯이 기뻐했다. 이제야 드디어 확실한 답변을 받은 것이다. 그는 아무런 의심도 하지 않았다. 그는 서둘러 아침 식사를 마치고, 아는 사람들과 동료들에게 보여 줄 생각으로 편지를 들고 달려 나갔다.

그는 여전히 무뚝뚝한 표정이었지만, 의기양양하게 가장 먼저 베르시나의 집으로 달려갔다. 베르시나는 여느 때처럼 쪽문 앞에서 파피로사를 피우고 있었다. 그녀는 페레도노프가 제 발로 들어서자 예전에는 억지로 꾀느라 애를 먹었는데, 오늘은 웬일인가 하고 의아해했다.

'마르타와 함께 시골에 가서 지내 보니까, 이젠 저쪽에서 마음이 급해진 모양인걸! 결혼할 결심이라도 섰나?' 그녀는 즐거운 비명을 질렀다.

그러나 예상과는 달리 페레도노프가 공작부인의 편지를

보여 주자, 베르시나는 완전히 실망했다.

"그것 보세요. 모두들 절 의심했었죠?" 그가 말했다. "여기, 공작부인이 직접 쓴 편지를 보세요. 직접 읽고 확인해 보세요."

베르시나는 믿기지 않는다는 듯 편지를 받아 들었다. 그녀는 담배 연기를 페레도노프의 얼굴에 몇 번이나 내뿜고 히죽 웃더니 조용하고 빠른 어조로 물었다.

"그런데 봉투는 어디 있어요?"

페레도노프는 흠칫했다. 바르바라가 직접 편지를 쓰고서는 자신을 속이는지도 모른다고 생각했다. 그는 빨리 봉투를 보여 달라고 해야겠다고 생각했다.

"나도 잘 모르겠어요." 그가 말했다. "물어봐야겠어요."

그는 베르시나에게 인사를 하고는 서둘러 집으로 돌아갔다. 이 편지가 어떻게 된 것인지 최대한 빨리 확인해야겠다고 생각했다. 그는 갑자기 의심스러운 마음에 사로잡혔다.

베르시나는 쪽문 옆에 서서, 달려가는 페레도노프의 뒷모습을 바라보며, 마치 오늘 학교에서 내준 과제를 빨리 끝내려고 서두르는 학생처럼, 담배 연기를 연신 급하게 내뿜고 있었다.

페레도노프는 허둥지둥 집으로 돌아왔다. 그는 대문 앞에서부터 흥분해서 소리를 질렀다.

"바르바라! 봉투는 어디 있어?"

"무슨 봉투 말이에요?" 바르바라가 떨리는 목소리로 물었다.

그녀는 뻔뻔스럽게 페레도노프를 빤히 바라보았지만, 만약 화장을 안 했더라면 당황해서 빨개진 얼굴을 감출 수 없었을 것이다.

"편지 봉투! 공작부인한테서 받은 편지의 봉투가 어디 있냐고?" 페레도노프는 잔뜩 긴장한 채 바르바라를 쏘아보며 말했다.

바르바라는 억지로 웃음을 지으며 말했다.

"그건 내가 태워 버렸는데요. 아니, 봉투를 어디에 쓰려고 그러죠?" 그녀가 말했다. "봉투 모으는 취미가 있는 것도 아니고! 아니면, 헌 봉투를 가져가면 누가 돈이라도 준대요? 빈 병이야 술집에 가져가면 돈을 주겠지만 말이에요!"

페레도노프는 음울한 표정으로 방을 서성이며 중얼거렸다.

"공작부인도 여러 종류가 있는 법이야! 그러니까 우리 집에도 공작부인이 살 수 있다는 말이지!"

바르바라는 편지 봉투가 없어졌다고 해서 의심을 하리라는 생각은 꿈에도 못했다고 변명을 했지만, 속으로는 몹시 겁이 났다.

저녁 무렵, 페레도노프는 베르시나의 집 근처를 지나게 되었고, 어느 때처럼 베르시나가 페레도노프를 불러 세웠다.

"봉투는 찾았나요?" 그녀가 물었다.

"바르바라 말로는 태워 버렸대요." 페레도노프가 말했다.

베르시나가 깔깔거리며 웃음을 터트렸다. 그녀가 하얀 담배 연기를 내뿜자, 조용하고 서늘하던 대기가 잠시 술렁였다.

"거참, 이상하군요." 그녀가 말했다. "당신의 여동생이 그렇게 조심성이 없는 줄 몰랐네요. 그런 공적인 편지가 봉투도 없이 나타나다니요! 그것도 느닷없이 말이죠. 봉투에 찍힌 소인이라도 보면, 편지가 어디에서 왔는지 알 수 있을 텐데."

페레도노프는 버럭 화를 냈다. 베르시나가 카드점을 쳐 주겠다며, 자기 집에 잠깐 들어오지 않겠느냐고 권했지만, 들은 척도 하지 않고 페레도노프는 발을 돌렸다.

편지가 의심스럽긴 했지만, 페레도노프는 사람들에게 편지를 보여 주며 자랑했다. 모두들 별 의심 없이 그의 말을 믿었다.

그러나 페레도노프 자신은 그 편지를 믿어야 할지 말아야 할지 갈피를 잡지 못했다. 그는 어쨌든 화요일부터 시내의 주요 인사들을 차례로 찾아가, 자신이 정당성을 확인시켜 줘야겠다고 생각했다.

8

페레도노프가 당구를 치러 나가자마자, 바르바라는 부리나케 그루시나에게 달려갔다. 그들은 오랫동안 심사숙고한 다음, 두 번째 편지를 쓰기로 결정했다. 바르바라는 그루시나의 지인이 페테르부르크에 살고 있다는 것을 알고 있었다. 그 사람의 도움을 받아, 여기서 보낸 편지를 다시 이곳으로 보내기는 그다지 어렵지 않았다.

그루시나는 처음에는 예전처럼 한동안 거절하는 척했다.

"아이, 바르바라 드미트리예브나!" 그루시나가 말했다. "저번에 쓴 편지 하나로도 가슴이 떨리고 무서워 죽을 지경이에요. 집 근처에서 경찰만 봐도 기절할 정도라니까요. 나를 뒤쫓아 와서 감옥에 처넣지는 않을까? 하고 안절부절못하곤 한다구요."

바르바라는 꼬박 한 시간 동안이나 그루시나를 설득했다. 몇 가지 선물을 약속했고 돈도 약간 쥐어 주었다. 결국 그루시나는 못 이기는 척 동의했다. 그들은 바르바라가 공작부인에게 고맙다는 인사 편지를 보낸 것처럼 편지 내용을 쓰고,

그 편지에 공작부인이 다시 답장을 한 것처럼 꾸며 쓰기로 했다. 그 편지에는 마침 지금 자리가 있는데, 빨리 결혼식을 올리면 페레도노프를 장학관으로 바로 임명하겠다는 내용을 쓰기로 했다. 그루시나가 그 편지를 써서 봉투에 넣은 다음, 바르바라의 주소를 쓰고 7코페이카짜리 우표까지 붙여서 동봉하기로 했다. 그러고는 그루시나의 여자 친구에게 편지를 써서, 다른 봉투에 같이 담은 다음, 그녀가 편지를 받으면, 곧바로 우체통에 바르바라가 받을 편지만 넣으면 되도록 했다.

그렇게 해서 바르바라와 그루시나는 가장 변두리에 있는 문방구로 가서, 화사한 색깔의 속 봉투가 들어 있는 두 겹으로 된 폭 좁은 봉투와 편지지를 샀다. 그들은 일부러 그 가게에 더 이상 남아 있지 않은 봉투와 편지지를 골랐다. 편지의 조작 사실을 감쪽같이 은폐하자고 그루시나가 제안한 데 따른 것이다. 폭이 좁은 봉투를 산 것은 그 봉투가 그루시나의 여자 친구에게 보내는 봉투 속에 들어갈 수 있도록 하기 위해서였다.

그루시나의 집으로 돌아오자, 그들은 공작부인이 보내는 편지를 썼다. 이틀이 지나 편지가 준비되자, 편지에 향수까지 뿌렸다. 남은 편지 봉투와 편지지는 증거품이 남지 않도록 태워 버렸다.

그루시나는 여자 친구에게 날짜를 특정해 보내달라고 했는데, 바로 일요일에 편지가 도착하도록 계획을 짰던 것이다. 그때는 우편배달부가 페레도노프에게 직접 편지를 전해 줄 수 있었기 때문이다. 그렇게 되면 그가 위조 편지라는 의심을 하지 않을 것이었다.

화요일에 페레도노프는 학교에서 일찍 돌아오려고 애를 썼다. 우연이 그를 도왔다. 벽에 걸린 시계를 한순간도 방심하지 않고 보고 있다가 일정한 시간이 되면 종을 치는 씩씩한 예비 하사관 수위가 앉아 있는 복도 쪽으로 문이 난 교실에서, 페레도노프는 그날의 마지막 수업을 하고 있었다. 페레도노프는 수위를 불러 교무실에 있는 학급 기록부를 가져오라고 했다. 그러고는 벽에 걸린 시계의 시간을 15분이나 앞당겨 놓았다. 아무도 이것을 눈치채지 못했다.

페레도노프는 집으로 가서, 볼일이 있다며 아침 식사를 거절하고 점심은 늦게 준비하라고 시켰다.

"사람들은 헝클어 대고, 나는 풀어야 하는군." 그는 자신을 적대적으로 생각하는 사람들을 떠올리며 짜증스럽게 말했다.

그는 이제 작아지고 불편해서 잘 입지 않던 연미복을 꺼내 입었다. 살이 점점 쪄서 연미복이 꼭 끼었다. 그는 훈장이 없는 것이 화가 났다. 다른 사람들은 모두 가지고 있고, 심지어는 도시 실업학교 교사인 팔라스토프도 갖고 있는데, 자신에게는 없었던 것이다. 이 모두가 교장단의 음모로, 한 번도 그를 추천하지 않았던 때문이었다. 관등*은 계속 높아지는데도 말이다. 교장도 그것을 부정하지는 못하겠지. 하지만 그게 다

* 러시아 혁명 전까지 문관은 모두 14등급으로 나뉘어 있었다.

무슨 소용이란 말인가? 관등은 눈에 보이지도 않는데. 그나마 앞으로 나올 새 제복 견장에는 관직이 아니라, 관등이 표시된다고 하니 다행한 일이다. 그것은 아주 중요한 일이다. 장군처럼 견장 위에 별이 하나 달린다는 말이지. 그러면 사람들이 모두 금세 알아볼 것이다. '저기 5등 문관이 간다!' 하고 말이야.

페레도노프는 '빨리 새 제복을 맞춰야겠어.'하고 생각했다.

그는 거리로 나왔다. 그제야 그는 가장 먼저 방문해야 할 집이 어디인지를 생각하기 시작했다.

그의 입장에서 볼 때 가장 중요한 인물은 경찰서장과 지방법원의 검사라는 결론을 내렸다. 우선 그들부터 시작할 필요가 있었다. 아니면, 귀족회장부터 만나야 하나? 하지만 그들부터 시작하려다 보니 페레도노프는 겁이 났다. 귀족회장인 베리가는 장군이었고, 도지사가 되려고 애를 쓰는 중이었다. 그리고 경찰서장과 검사는 경찰서와 검찰의 가장 무서운 대표자들이었다.

'우선 먼저······.' 페레도노프는 생각했다. '관청에 가서 알아보는 게 더 편리할 거야. 그곳에서 살펴보고 냄새를 맡아봐야 해. 나를 어떻게 생각하고 있는지, 또 무슨 말들을 하는지 알 수 있을 거야.' 페레도노프는 우선 시장과 대화를 나누는 것이 현명하다는 결론을 내렸다. 비록 시장은 상인 계급 출신이고, 군 실업학교가 학력의 전부였다. 하지만 그는 안 다녀 본 곳이 없고, 그를 방문하는 사람들도 많으니, 시에서 존경받는 사람임이 분명하다. 게다가 다른 시와 수도에도 아는 사람이 많으므로, 중요한 인물임에 분명했다.

페레도노프는 단호하게 시장의 집으로 향했다.

날씨가 흐렸다. 지친 낙엽들이 운명에 순종하며 나뭇가지에서 떨어져 내렸다. 페레도노프는 조금 겁이 났다.

시장의 집에서는 얼마 전에 나무 마루를 밀랍으로 닦은 냄새가 났고, 맛있는 음식 냄새도 살짝 풍겼다. 집 안은 한적하고 조용했다. 주인의 아이는 김나지야에 다니는 아들과 어린 딸이 있었다. "딸은 유모와 함께 있어요."라고 말한 아버지의 말에 따르면, 이 집 아이들은 그들의 방에서 얌전하게 있는 것 같았다. 집은 매우 안온하고 조용하고 기분 좋은 곳이었다. 창문은 뜰을 향해 나 있었고, 편리하게 배치된 가구들이며, 여러 가지 장난감들이 방과 마당에 놓여 있었으며, 어디선가 아이들의 목소리도 들려왔다.

손님을 접대하는 위층 응접실은 거리로 창문이 나 있었는데, 그곳은 모든 것이 불편해 보이고 딱딱했다. 붉은색 목재 가구는 장난감을 몇 배 확대해 놓은 것 같았다. 보통 사람들은 그곳에 앉으면, 마치 돌덩이 위에 앉은 것처럼 불편함을 느꼈다. 그러나 거구인 주인은 자기 자리에 아무렇지도 않은 듯, 편하게 앉아 있었다. 시장에게 자주 들르는 교외 수도원의 승원관장이 그곳의 의자와 소파를 영적 구원의 의자와 소파라고 말하자, 시장은 이렇게 대답했다고 한다.

"그렇습니다. 저는 다른 집에 있는 푹신푹신한 부인용 소파

같은 것은 좋아하지 않아요. 스프링 위에 앉아 봐요! 몸이 마구 흔들리잖아요. 가구가 흔들리는 것이 좋을 리가 없지요. 그뿐만 아니라 의사 말로는 푹신한 가구는 건강에 좋지 않다고 하더군요."

시장인 야코프 아니키예비치 스쿠차예프는 자기 응접실의 문지방에서 페레도노프를 맞았다. 시장은 검은 머리를 짧게 깎은 키가 크고 뚱뚱한 남자였다. 그는 위엄 있어 보이고, 친절해 보이기는 했지만, 가난한 사람들에게는 경멸적인 태도를 취하곤 했다.

페레도노프는 넓은 안락의자의 돌출부에 자리를 잡고 앉아, 주인이 던진 정중한 처음 몇 마디 질문에 답변하고는 말했다.

"볼일이 있어서 이렇게 찾아뵙게 되었습니다."

"어서 말씀하세요. 제가 뭘 도와 드릴까요?" 주인이 여전히 정중한 태도로 물었다.

교활한 그의 검은 눈에 의혹의 불길이 스쳤다. 그는 페레도노프가 돈을 빌리러 왔을 거라고 짐작하고는 150루블 이상은 절대 빌려주지 않겠다고 속으로 다짐했다. 시에 살고 있는 많은 관리들이 많든 적든 그에게 빚을 지고 있었다. 스쿠차예프는 단 한 번도 채무자에게 빚을 갚으라고 독촉한 적이 없었지만, 대신 돈을 갚지 않는 사람은 다시는 신뢰하지 않았다. 처음이라면, 그는 채무자의 경제 상태와 재산 상태를 잘 조사한 다음, 기꺼이 돈을 빌려주곤 했다.

"야코프 아니키예비치! 시에서 가장 요직을 맡고 계신 당신과 꼭 해야 할 이야기가 있습니다." 페레도노프가 말했다.

스쿠차예프는 안락의자에 앉아 위엄을 보이며, 약간 고개를 숙여 보였다.

"지금 시내에서는 저에 대한 황당무계한 소문이 떠도는 모양입니다. 실제로 있었던 일도 아닌데 말이에요." 페레도노프가 무뚝뚝하게 말했다.

"어떻게 남의 입을 억지로 막겠습니까?" 시장이 대꾸했다. "그뿐만 아니라, 벽지僻地나 다름없는 이곳에 살고 있는 수다쟁이들에게 남의 말을 못하게 하면, 도대체 무슨 재미로 살겠습니까?"

"소문에 의하면 제가 성당에 안 나간다고 하는데, 거짓말입니다." 페레도노프가 계속 말을 이어나갔다. "일리야 성축일에 배가 아파 한 번 빠진 적이 있지만, 다른 때는 항상 성당에 나갔습니다."

"그건 맞아요." 주인이 인정했다. "나도 당신을 봤으니까요. 물론 나는 성당에는 이따금 나가고 수도원에 자주 가는 편이죠. 어쨌든 그 점에서는 이견이 없습니다."

"온갖 황당무계한 소문들이 떠돕니다." 페레도노프가 말했다. "제가 학생들에게 욕지거리를 한다고 말을 하기도 합니다. 물론 헛소리지요. 이따금 수업 분위기를 바꾸려고 농담을 한 건 사실입니다만. 이 댁의 아들도 김나지야에 다니고 있지 않습니까? 그가 저에 대한 어떤 이야기를 하지 않던가요?"

"물론 다니고 있습니다." 스쿠차예프가 말했다. "하지만 아무 이야기도 못 들었어요. 뭐, 어린 학생들이야, 아주 약은 녀석들이니까요. 본인들에게 이익이 되지 않는 이야기는 하지 않지요. 물론 우리 아들은 아직 어려서 그런 말을 지껄일 만도 하지만, 아무 이야기도 없었어요."

"그리고 고학년 학생들은 저보다 더 심한 욕지거리를 하지만, 저는 그런 말은 할 줄 모릅니다." 페레도노프가 말했다.

"물론이죠." 스쿠차예프가 맞장구를 쳤다. "학교가 시장 바닥은 아니니까요."

"그런데도 그런 사람들이 있지 뭡니까?" 페레도노프가 불평을 했다. "더구나 없는 일까지 마구 지껄여대거든요. 그래서 시장님께 온 것입니다."

스쿠차예프는 사람들의 방문을 그다지 꺼려하지는 않았다. 그런데 지금 그는 페레도노프가 무슨 일로 왔는지 도무지 짐작할 수가 없었다. 그러나 예의를 갖추느라 아무 내색도 못하고 있었다.

"그뿐이 아니에요." 페레도노프가 말을 이었다. "제가 바르바라와 동거하는 것에 대해서도 이러쿵저러쿵 말들이 많습니다. 바르바라가 제 여동생이 아니라, 정부라고 험담을 하는데, 사실은 팔촌 여동생입니다. 하지만 그런 경우라면 결혼할 수도 있잖습니까? 저는 그녀와 결혼할 생각입니다."

"맞습니다. 맞아요." 스쿠차예프가 말했다. "물론 결혼을 한다면 모든 문제가 해결되겠죠."

"하지만 좀더 일찍 할 수는 없었습니다." 페레도노프가 말했다. "사정이 좀 있었거든요. 어쩔 수가 없었죠. 그렇지 않았더라면 더 일찍 했을 겁니다. 제 말을 믿어 주십시오."

스쿠차예프는 거드름을 피우며 얼굴을 찌푸리고는, 통통하고 하얀 손가락으로 검은색 탁상보를 탁탁 두드리며 말했다.

"당신 말을 믿습니다. 정말 사정이 있었다면 할 수 없는 일이었겠죠. 이젠 당신을 확실히 신뢰합니다. 이렇게 말하는 것은 실례가 될지 모르지만, 사실 당신이 여동생과 결혼식도 올리지 않고 사는 것이 저 역시도 약간 꺼림칙했지요. 왜냐하면, 학생들이란 워낙 민감해서 나쁜 일은 빨리 배우게 마련이거든요. 좋은 것은 잘 안 받아들이지만, 나쁜 것은 금세 받아들이죠! 어쨌든 좀 불경스러운 일이었지요. 하지만 모든 사람들이 각자의 문제가 있다고 판단합니다. 그런데 당신이 이렇게 찾아와서 짚신을 꼬고 군 실업학교밖에 못 나온 보잘것없는 저에게 그렇게 해명을 해주시니 정말 기쁩니다. 또한 시민들도 나를 믿고 세 번씩이나 시장으로 뽑아 주었습니다. 시민들이 제 말을 귀담아 들어주시니 정말 기쁩니다."

스쿠차예프는 말을 하면 할수록, 점점 생각이 헝클어지고, 입에서 나오는 횡설수설한 이야기를 어떻게 끝내야 할지 알수 없게 되었다. 그는 간신히 말을 마치고 괴로운 듯 생각에 잠겼다.

'쓸데없는 말을 지껄였군. 이런 지식인들과 이야기를 한다는 것은 괴로운 일이야.' 그는 생각했다. '도대체 이 사람이 원하는 것이 뭔지 알 수가 없어. 이런 지식인들이야, 책 속에 씌어 있는 것은 잘 알겠지만, 책에서 코만 떼면 자신도 어떻게 할지 모르는 데다가 다른 사람까지 당혹하게 만들기 일쑤거든.'

그는 심란한 마음에 의심의 눈길로 페레도노프를 응시했다. 예리하게 빛나던 그의 눈동자는 흐릿해지고, 커다란 체구도 왠지 작아진 것 같았다. 조금 전까지 보여 주었던 활력에 찬 사업가의 모습이 어느새 우둔한 노인으로 변해 버린 것 같았다.

페레도노프 역시 이 집주인의 말에 홀리기라도 한 듯 잠깐 입을 다물고 있다가, 이내 침울한 표정으로 눈동자를 휘둥그레 뜨며 말했다.

"시장으로서 이 모든 험담이나 소문이 전부 황당무계한 것이라고 이야기해 줄 수 있으시겠지요?"

"그러니까 어떤 것들을 말하는지." 스쿠차예프가 조심스럽게 말했다.

"말하자면……." 페레도노프가 설명했다. "누군가 주변에서 제가 성당에 나가지 않는다든가, 아니면 다른 일로 저를 고발한다거나 하는 것들이죠. 누군가 시장님을 찾아와서 저에 대한 생각을 물어볼 수도 있잖습니까?"

"그거야 얼마든지 가능하죠." 시장이 말했다. "당신이 불온한 사상을 가진 사람이 아닌 것은 분명합니다. 무슨 일이 생기면 우리는 당신 편입니다. 무엇 때문에 좋은 사람을 변호하지 않겠습니까? 필요하시다면 의회에서 요구하는 신용장을 써 줄 수도 있어요. 그런 것쯤이야 얼마든지 할 수 있으니까요. 아니면 좋은 시민 자격증이라도 드릴 수 있지요." 시장이 말했다.

"그럼 안심입니다. 시장님만 믿겠습니다." 페레도노프는 뭔가 불만스러운 듯 무뚝뚝하게 말했다. "지금 교장이 저를 아주 박해하고 있습니다."

"저런, 무슨 일이 있었습니까?" 그럴 리가 없다는 듯 스쿠차예프가 흥분해 고개를 흔들며 말했다. "분명히 누군가 당신을 모함한 모양이군요. 니콜라이 바실리예비치는 견실한 사람으로 남을 함부로 모욕할 사람이 아니거든요. 그 사람 아들을 보면 알 수가 있어요. 아주 견실하고 엄격해서 누구를 편애한다거나 할 사람이 아닙니다. 분명히 누군가 중상모략을 했어요. 왜 두 분 사이에 불화가 생겼는지 모르겠군요."

"우리는 서로 의견이 잘 맞질 않습니다." 페레도노프가 설명했다. "학교에서 저를 시기하는 몇몇 사람들이 있거든요. 모두 장학관이 되고 싶어 하니까 말입니다. 볼찬스카야 공작부인이 저에게 장학관 자리를 주겠다고 약속했답니다. 그래서 모두들 저를 시기하지요."

"아, 그래요?" 스쿠차예프가 조심스럽게 말했다. "그렇다면 이렇게 가만히 있을 것이 아니라, 함께 술이라도 한잔하면서 이야기를 나누기로 하지요."

스쿠차예프는 걸려 있던 등불 근처의 전기 단추를 눌렀다.

"아주 편리한 물건이죠?" 그가 페레도노프에게 물었다. "그건 그렇고, 당신은 다른 부서로 옮길 수도 있을 텐데요. 다센카!" 그때 벨소리를 듣고 달려온 큰 체격의 상냥한 아가씨에게 그가 말했다. "요기할 만한 것이 있으면 좀 가져오세요. 그리고 커피나 뜨거운 차도요! 알겠죠?"

"알았어요." 다센카는 웃으면서 대답하고는 체격에 비해 놀라울 정도로 가볍게 사뿐사뿐 방을 나갔다.

"다른 부서 말입니다만." 다시 스쿠차예프가 페레도노프에게 말을 걸었다. "예를 들어, 종교 부서라든가요. 만약 당신이 고위 사제직을 받는다면 당신 밑에서 훌륭한 신부들이 많이 나올 텐데요. 내가 힘이 되어 줄 수도 있고요. 내가 아는 좋은 지성至聖 주교들이 많거든요."

스쿠차예프는 감독 교구의 주교들과 부주교 몇 사람의 이름을 댔다.

"신부가 되고 싶지는 않습니다." 페레도노프가 말했다. "뿐만 아니라, 저는 향냄새를 싫어해서요. 향냄새를 맡으면, 구토가 나고 머리가 아파요."

"그렇다면 경찰서는 어떻습니까?" 스쿠차예프가 제안을 했다. "말하자면, 중앙으로 진출하는 겁니다. 그런데 실례지만, 지금 관등이 어떻게 되시나요?"

"저는 5등 문관입니다." 페레도노프가 근엄한 표정으로 말했다.

"아, 그렇군요!" 스쿠차예프가 말했다. "아주 높은 관등입니다. 모두 학생들을 가르쳐서 그런 것 아닙니까? 학문을 한다는 것이 얼마나 중요한 일입니까! 특히 요즘 사람들은 학문에 푹 빠져서 학문이 없으면 못 살 것처럼 하지 않던가요. 저만 해도 그렇습니다. 군 실업학교에서 공부한 것이 고작이지만, 내 아들놈은 꼭 대학에 보내야겠다고 생각하니까 말이죠. 김나지야에서는 채찍을 들고 강제로 학생들을 가르치지만, 대학에서는 스스로 잘하잖아요. 나는 지금까지 아들 녀석에게 매를 들어 본 적이 없답니다. 게으름을 피우거나 잘못을 저지르면, 녀석의 어깨를 감싸고 조용히 창가로 데려가지요. 창 밖 뜰에는 자작나무들이 많이 서 있어요. 그걸 바라보며 나는 아들 녀석에게 묻지요. '저기 자작나무가 보이지?' 하고 말이에요. 그러면 녀석이 '네, 보여요.' 하고 대답하고는 '아빠, 다시는 안 그럴게요.' 하고 말한답니다. 마치 회초리로 때린 것과 같은 효과를 내지요. 오오, 애들이란 정말!" 스쿠차예프는 말을 마친 뒤 한숨을 내쉬었다.

페레도노프는 스쿠차예프의 집에서 거의 두 시간이나 앉아 있었다. 사무적인 이야기를 나눈 뒤, 아주 푸짐한 대접까지 받았다.

스쿠차예프는 마치 당연히 해야 할 일을 하듯 페레도노프를 잘 대접했다. 게다가 그는 무언가 심술궂은 장난을 치기도 했다. 감미주를 커피처럼 커다란 컵에 따라 주고 그것을 커피라고 부르는가 하면, 식탁에 내려놓지도 못하게 다 깨지고 받침이 둥그런 술잔에 보드카를 따라 주기도 했다.

"이 잔을 '원샷' 잔이라고 부른답니다." 하고 주인이 설명했다.

그때 마침 티시코프라는 상인이 왔다. 그는 작은 키에 흰머리가 난 쾌활한 성격의 소유자로, 나이보다 훨씬 젊어 보였고, 프록코트를 입고 긴 단화를 신고 있었다. 그는 보드카를 많이 마셨고 이런저런 황당한 이야기를 빠른 어조로 흥미진진하게 풀어 놓고는 아주 만족한 듯 보였다.

페레도노프는 드디어 돌아갈 때가 판단하고는, 일어서서 인사를 했다.

"서두르지 마세요." 하고 주인이 만류했다. "좀 더 계시지요!"

"동무 삼아 같이 술이나 마십시다." 티시코프가 말했다.

"아닙니다. 이젠 가 봐야 합니다." 페레도노프가 아쉬워하며 말했다.

"가실 때가 된 모양이야! 여동생이 기다릴 테니." 티시코프가 이렇게 말하고 스쿠차예프에게 눈을 찡긋해 보였다.

"일이 좀 있어서요." 페레도노프가 말했다.

"우리는 일이 있는 사람을 존경합니다." 티시코프가 재빨리 맞장구를 쳤다.

스쿠차예프는 현관까지 나와 페레도노프를 배웅했다. 그는 헤어지기 전에 페레도노프를 안고 입맞춤까지 했다. 페레도노프는 이 방문에 아주 만족했다.

'시장은 분명히 내 편이야' 하고 그는 생각했다.

스쿠차예프는 티시코프에게 돌아와서 말했다.

"함부로 사람을 험담해선 안 되지!"

"사실을 잘 알지도 못하고 함부로 험담을 하지!" 티시코프가 그 말을 따라 하고는 자기 잔에 독한 영국산 술을 따랐다.

그는 남들이 무슨 말을 하는지 생각하지도 않고, 그저 장단을 맞춰 말을 낚아채듯 따라 하는 것 같았다.

"그는 썩 괜찮은 다정다감한 젊은이야! 술을 거절하지 않으니 바보는 아니지." 스쿠차예프는 티시코프가 자기 말을 흉내내는 것은 전혀 개의치 않고 자기 잔에 술을 따르며 말했다.

"술을 거절하지 않는 젊은이라도 이런저런 사람이 있는 법이야!" 티시코프가 빠르게 말하고, 술을 입속에 털어 넣었다.

"아가씨랑 동거를 한다고 문제될 것이 있나!" 스쿠차예프가 말했다.

"아가씨한테 나온 빈대들이 침대 위에 있다네!" 티시코프가 대꾸했다.

"신에게 죄를 짓지 않았으면, 차르에게도 죄를 짓지 않은 거라고!"

"모두 죄를 짓고, 모두 사랑하고 싶어 하지요."

"그 젊은이는 자신의 잘못을 결혼으로 속죄할 생각인 게야!"

"결혼해서 죄를 용서받고, 싸우고 울부짖네!"

티시코프는 특별히 자신에 대한 이야기가 아니면, 항상 이런 식으로 말을 하곤 했다. 모든 사람이 그의 말투를 몹시 싫어했지만, 민첩한 발음으로 빠르게 말을 이어가는 데 익숙해져 신경 쓰지 않았다. 이따금 그런 사실을 모르는 사람이 그의 말에 놀랄 뿐이었다. 그러나 티시코프는 남이 듣든 말든, 리듬을 잡기 위해 끊임없이 남의 말꼬리를 잡아, 빠른 기계처럼 생각해 낸 리듬을 계속 읊어댔다. 그의 민첩하고 대담한 동작을 보고 있으면, 이 사람은 살아 있는 것이 아니라, 이미 죽었거나, 살아 있었던 적이 없었던 존재로, 울리는 말의 리듬 외에는 아무것도 느끼지 못하고, 현실 세계에서는 아무것도 보지 못하는 사람 같았다.

9

다음 날, 페레도노프는 검사 아비노비츠키에게 갔다.

그날 역시 흐린 날이었다. 이따금 바람이 휘몰아치며 거리에 뿌연 먼지를 일으켰다. 저녁이 가까워지면서, 마치 햇빛이 들지 않는 것처럼, 모든 것이 구름 낀 안개 사이로 희미하고 구슬프게 빛나고 있었다. 거리는 애잔한 적막감에 휩싸여 있었고, 벽 안에 감추어진 가난하고 지루한 삶이 은연중에 드러나 보이는, 아무 희망도 없이 금방이라도 무너질 듯한 누추한 집들은 영원히 변하지 않을 것 같았다. 이따금 눈에 띄는 사람들은 이 세상 어떤 것에도 관심이 없는 것처럼, 그들을 끌어당기는 고요한 꿈속에서 이제 막 깨어난 것처럼 천천히 걸어갔다. 오직 아이들만이 신의 기쁨을 지상으로 흘려보내는 영원히 멈추지 않는 송수관처럼 생기 있게 뛰어 다니며 놀고 있었다. 그러나 벌써 무력감이라는 괴물이 그들의 어깨 뒤에 둥지를 틀고 앉아, 어느 날 갑자기 생기를 잃을 그들의 얼굴을 위협적인 눈초리로 엿보고 있었다.

천상으로부터 버림받은 이 더럽고 무기력한 지상 위의 거리와 건물들 위에 드리워진 무력감 사이를 페레도노프는 걸어가고 있었고, 이유를 알 수 없는 공포에 휩싸여 있었다. —그에게는 천상의 세계가 주는 위안이나 지상의 세계가 주는 기쁨이 없었다— 그는 언제나처럼, 지금 역시, 어두운 고독의 세계 속에서 고통과 공포에 휩싸인 악마처럼, 망자의 시선으로 세계를 바라보고 있었기 때문이다.

그의 감정은 무뎠고, 그의 인식은 타락과 파멸의 도구였다. 모든 사물은 그의 인식에 이르는 동안 더럽고 추한 것으로 바뀌었다. 대상을 바라보는 그의 시선은 언제나 왜곡되어 있었고, 그것이 그를 기쁘게 했던 것이다. 그는 곧은 기둥, 혹은 깨끗한 기둥 옆을 지날 때면, 항상 그것을 구부러뜨리고, 더럽히고 싶다는 생각이 들었다. 누가 무엇인가를 더럽히는 것을 보면 그는 즐거웠다. 깨끗하게 차려입은 학생들을 보면, 그는 비웃고 모욕을 주었다. 그는 이 아이들을 예쁜 세탁기라며 놀려댔다. 그는 지저분한 것이 편했다. 그는 좋아하는 사람이 없었던 것처럼 좋아하는 대상이 없었다. 그래서 그의 천성은 감정의 한쪽으로만 작동할 수밖에 없었고, 압박할 수밖에 없었던 것이다. 그는 사람들을 만날 때도 항상 그랬다. 특히 그가 막말을 할 수 없는 다른 사람이나 모르는 사람들과 만날 때 특히 그랬다. 그에게 행복이란 아무것도 하지 않는 것, 세상으로부터 멀리 떨어져서 자기 배나 불리는 것이었다.

그런데 지금은 억지로 자신을 변명하러 가야 하다니! 하고 그는 생각했다. 이 얼마나 괴로운 일인가, 얼마나 귀찮은 일인가! 그가 가는 곳에 어디 더럽힐 만한 곳이라도 있다면, 좀 위안이 되련만! 그런데 그런 즐거움은 전혀 기대할 수가 없었다.

페레도노프는 검사의 집을 보자, 슬프고도 두려운 감정을 불러일으키는 답답한 기분이 들었고, 그것은 더욱 심해졌다. 그 집은 뭔가 화가 난 듯 험상궂은 모습을 하고 있었다. 높은 지붕은 땅을 짓누르고 있는 창문 위로 음산하게 내려앉아 있었다. 널빤지로 만든 외판과 지붕은 예전의 밝고 경쾌한 빛깔을 잃고 세월과 비에 씻기면서 심하게 퇴색한 바람에 음산한 잿빛으로 변했다. 거대하고 육중한 대문은 집 높이보다 훨씬 높았고, 적들의 침입을 막으려고 걸어놓은 듯한 무거운 빗장이 항상 걸려 있었다. 그 뒤쪽에서 쇠사슬이 덜거덕거렸고, 사람이 지나갈 때마다 개가 낮게 으르렁거렸다.

집 주변은 공터와 채마밭으로 에워싸여 있었고, 좀 떨어진 곳에는 오두막들이 허물어질 듯 서 있었다. 검사의 집 맞은편에 있는 기다란 육각형의 공터 가운데 포장되지 않은 움푹 팬 곳에는 잡초가 무성하게 자라고 있었다. 집 안에는 이 공터까지 통틀어 하나밖에 없는 가로등이 불쑥 솟아 있었다.

페레도노프는 네 개의 경사진 계단과 양쪽으로 널빤지를 맞대 이은 지붕이 달린 현관 위로 주저하며 천천히 올라갔다. 계단을 다 오른 그는 문에 달린 청동 문고리를 잡아당겨 벨을 울렸다. 벨 소리는 그다지 멀지 않은 곳에서 날카롭게 계속 진동하며 울려 퍼졌다. 잠시 후, 누군가 가만가만 다가오는 소리가 들렸다. 그러고는 대문 쪽으로 살금살금 다가오더니, 조용히 멈춰 섰다. 알 수 없는 어느 틈새로 밖을 내다보는 것이 분명했다. 그러고는 대문의 철제 갈고리가 덜거덕거리더니, 문이 열렸다. 대문 안에는 검은 머리에 주근깨투성이 소녀가 의심스러운 눈으로 바라보고 서 있었다.

"누굴 찾아오셨죠?" 그녀가 물었다.

페레도노프는 알렉산드르 알렉세예비치에게 볼일이 있어 왔다고 말했다. 그러자 아가씨는 그를 안으로 안내했다. 페레도노프는 문지방을 넘어서면서 주문을 외우는 것을 잊지 않았다. 서두른 것은 잘한 일 같았다. 그가 아직 외투를 벗기도 전에 응접실에서는 화가 잔뜩 난 아비노비츠키의 날카로운 고함 소리가 들려왔다. 검사는 항상 두려움을 불러일으켰다. 다른 식으로는 말하는 법이 없었다. 그는 지금도 마치 화가 나서 시비를 거는 듯한 소리로 응접실에서부터 큰 목소리로 인사를 건네며, 페레도노프가 자신을 방문해 주어서 매우 기쁘다는 표정을 지어 보였다.

알렉산드르 알렉세예비치 아비노비츠키는 천성적으로 남을 비난하기 좋아하고 책망하는 재능을 타고난 사람처럼 음산한 외모의 남자였다. 넘치는 건강을 자랑하는 그는—얼음이 둥둥 떠다니는 곳에서 수영을 하곤 했다— 반대로 호리호리한 용모에 검푸른 수염을 기르고 있었다. 그는 모든 사람에게 공포감을 불러일으키거나 아니면 거북한 느낌을 주었는데, 그것은 지치지도 않고 누군가를 겁박하고 시베리아 유형을 보낸다고 위협했기 때문이다.

"볼일이 있어서 찾아왔습니다." 페레도노프가 어쩔 줄 몰라 하며 말했다.

"죄를 자백하러 왔습니까? 사람을 죽였어요? 불을 질렀습니까? 아니면 우체국을 털었습니까?" 아비노비츠키는 페레도노프를 거실로 안내하며 화가 난 듯 계속 고함을 질러댔다. "그것도 아니면, 우리 시에서 자주 발생하는 그런 범죄의 피해자입니까? 우리 시는 정말 위험한 곳이오. 게다가 경찰은 더 심각해요. 아침마다 이 공터 앞에 시체가 나뒹굴지 않은 것이 이상할 정도지! 어쨌든 앉으세요. 무슨 일이오? 당신이 가해자요? 아니면 피해자요?"

"그게 아닙니다." 페레도노프가 말했다. "저는 그런 일은 전혀 하지 않았어요. 물론 교장이었다면, 기꺼이 저를 쫓아내려고 했겠지만, 저는 전혀 그런 일이 없습니다."

"그러니까 당신은 자백하러 온 것이 아니군요?" 아비노비츠키가 물었다.

"절대 그런 일을 한 적이 없습니다." 겁이 난 페레도노프가 중얼거렸다.

"그런 일을 하지 않았다면, 제가 제안을 하나 해볼까요?" 아비노비츠키가 한마디 한마디를 강조하면서 위협적으로 말했다.

그는 탁자 위에 놓인 작은 방울을 들어 종을 울렸다. 그러나 아무도 오지 않았다. 그러자 두 손으로 종을 쥐어 들고 맹렬하게 흔들다가, 그래도 성이 차지 않는지 나중에는 그것을 마룻바닥에다 던지고 발로 차고 고함을 질러댔다.

"말라니야! 말라니야! 귀신! 악마! 도깨비!"

그러자 누군가 천천히 다가오는 소리가 들리더니, 김나지야에 다니는 아비노츠키의 아들이 들어왔다. 땅딸막한 체구에 검은 머리의 열세 살 소년은 자신감이 넘치고 독립심이 강한 성격의 소유자였다. 그는 페레도노프에게 인사를 건네고, 가만히 마루에서 방울을 들어 올려 탁자 위에 내려놓은 다음, 점잖게 말했다.

"말라니야는 채소밭에 갔어요."

그러자 아비노비츠키는 금세 흥분을 가라앉힌 다음, 잔뜩 화가 난 자신에게 가까이 다가오지 않고, 멀리 떨어져 있는 아들을 부드러운 눈길로 쳐다보며 말했다.

"그럼, 아들, 말라니야에게 뛰어가서 마실 것과 안주를 가져오라고 전해라!"

소년은 서두르지 않고 천천히 방을 나갔다. 소년의 아버지는 대견스럽다는 듯 흐뭇한 표정으로 소년의 뒷모습을 바라보았다. 이윽고 소년이 대문을 나서자, 그는 갑자기 흉폭한 목소리로 고함을 지르는 바람에, 페레도노프는 몸을 떨었다.

"빨리 달려!"

그러자 소년이 달렸고, 문이 급하게 열리는 소리와 문이 세차게 닫히는 소리가 들렸다. 아버지는 이 소리를 듣자, 붉고 통통한 입술로 즐거운 듯 미소를 짓더니, 다시 화난 목소리로 이야기를 시작했다.

"내 뒤를 이를 놈이오. 괜찮은 녀석 아니오? 저 애가 나중에 뭐가 될 것 같소? 예? 어떻게 생각하냔 말이오? 멍청이가 될지는 몰라도 비열한이나 겁쟁이나 걸레 같은 녀석이 되지는 않을 거요."

"맞는 말씀이십니다." 페레도노프가 중얼거렸다.

"요즘 사람들은 인간 종족에 대한 풍자를 하고 있어요." 아비노비츠키가 고함을 쳤다. "건강을 아무것도 아니라고 생각한단 말이오. 독일 놈들이 스웨터라는 것을 고안하지 않았소? 나 같으면 그런 놈들을 모조리 강제 수용소에 보낼 거요. 그런데 어느 날, 우리 블라디미르에게 스웨터를 입혀 놨더란 말입니다! 이 녀석은 여름 내내 시골에서 맨발로 다니던 놈인데, 그런 녀석에게 스웨터라니! 그 녀석은 한겨울에 열탕에서 나와 알몸으로 눈 위를 뒹구는 놈인데, 스웨터라니. 독일 놈들은 백 대를 때려 줘야 하오."

아비노츠키는 이제 독일 놈들이 고안한 스웨터에서 다른 범죄자들에 대한 이야기로 화제를 돌렸다.

"선생, 사형 선고는 절대 야만적인 것이 아니오." 그가 소리를 질렀다. "과학이 천성적으로 범죄자로 태어나는 사람이 있다는 것을 증명했소. 이것으로 모든 것이 결론 났소. 그런 놈들은 없애야 해요. 뭣 때문에 국가의 세금으로 그런 작자들을 먹여 살린단 말이오? 그런 악당들을 따뜻한 감방 안에 모셔 두고 먹여 살린다니. 그놈들은 살인을 저지르고, 불을 지르고, 총을 쏜 나쁜 놈들인데, 가난한 납세자들이 왜 그놈들을 위해 자기 호주머니를 털어야 한단 말이오? 절대 안 되지, 그들을 목매다는 것이 정당하고 훨씬 경제적이오."

식당 안에는 붉은 테두리가 둘러진 하얀 식탁보를 깔아놓은 둥근 식탁이 있었고, 그 위에 기름진 소시지와 소금에 절이거나 훈제한 소시지가 담긴 접시들과 마말레이드, 보드카와 과일주가 담긴 각종 술병들이 차려져 있었다. 페레도노프에게는 모두 군침이 도는 맛있는 음식들이었고, 좀 정갈하지 않은 것도 보였지만, 그것마저 즐겁게 느껴질 정도였다.

아비노비츠키는 계속 카랑카랑한 목소리로 식품과 관련해서 식품가게 주인들을 공격하다가, 다음에는 갑자기 유전遺傳에 대한 이야기를 꺼냈다.

"유전이란 정말 위대한 것이오." 그가 열정적으로 소리쳤다. "술집에 있는 농부들에게서 무언가를 얻어낸다는 것은 미련하기 짝이 없는 짓이오. 어리석고 우스운 일이고, 무익하고 부도덕한 일이오. 대지는 점점 황폐해가고 도시에는 부랑자가 늘어나고 있소. 흉년이 들고, 사람들은 무례해지고 자살자가 늘어나고 있소. 자, 이것이 마음에 드시오? 농부를 가르치고 싶으면 얼마든지 가르쳐야지. 그 대신 관등을 주는 일은 안 되오. 그렇지 않으면 농민 계급에서는 우수한 인재를 다른 계급에 빼앗겨, 그야말로 영원히 천민으로 전락하고 말 거요. 귀족들은 귀족들대로 비문화적인 종족들의 유입으로 계급적 위기를 맞게 될지 모르고. 농민 계급에서 좀 뛰어난 존재로 살아가면 되지, 귀족 계급으로 들어와 저질스럽고 교양 없고 천박한 문

화를 귀족 사회에 유입시키느냔 말이오. 농민들은 가장 우선적인 일이 돈을 벌고, 배를 채우는 일이오. 그런 점에서 카스트 제도는 아주 현명한 제도라고 할 수 있지."

"그럼요. 그런데 우리 김나지야의 교장은 온갖 불량배와 농민의 자식들, 심지어는 천한 계급 출신들까지 가리지 않고 받아들이니 정말 큰일입니다." 페레도노프가 화가 나서 말했다.

"잘하는 짓이요. 더 말해 무슨 소용이 있겠소!" 주인이 언성을 높였다.

"글쎄 말입니다. 온갖 잡배들을 입학시켜서는 안 된다는 방침이 있는데도 교장은 자기 멋대로 아무나 다 받아들이고 있습니다." 페레도노프가 불평을 늘어놓았다. "심지어 교장은, 이 도시에 살면 여러모로 편리할 텐데도 왜 김나지야 학생 수가 이렇게 적을까? 하고 말한답니다. 적다니요? 더 줄어야 하는데요. 저는 아이들의 공책을 펴볼 시간도 없다고요. 책 한 권 제대로 읽을 수가 없을 지경입니다. 그런데 학생들은 마음대로 작문에 불경스러운 말을 써놓아, 속어 사전까지 들고 다니며 고쳐 줘야 할 상황입니다."

"화주나 한잔 하시오." 아비노비츠키가 술을 권했다. "그건 그렇다고 치고 저에겐 무슨 볼일로 오셨소?"

"저에겐 적들이 있습니다." 페레도노프가 노란 보드카가 담긴 술잔을 우울하게 응시하며 웅얼거렸다.

"적이 없이 사는 것은 돼지밖에 없소." 아비노비츠키가 위로했다. "바로 그 돼지를 잡은 것입니다. 드세요. 아주 좋은 돼지고기요."

페레도노프는 돼지고기를 한 점 먹고는 말을 이었다.

"저에 대해 온갖 험담을 한답니다."

"그렇죠. 남의 험담을 하는 데는 둘째가라면 서러워할 사람들이죠!" 주인이 울분을 터뜨리며 말했다. "여기 시에서는 말입니다. 아무 잘못이 없는데도, 바로 지금 이 시간에도 모든 돼지가 꿀꿀거리며 험담을 하고 있다 그 말씀이에요."

"볼찬스카야 공작부인이 저에게 장학관 자리를 주기로 약속했는데, 그 일에 대해 말들이 많아요. 그것이 저에게 해가 될지도 모르죠. 모두들 질투하거든요. 게다가 지금 교장은 학교를 완전히 망쳐 놓았어요. 하숙을 하는 학생들은 담배를 피우고 술을 마시는가 하면, 여학생들 뒤를 졸졸 따라다닌다고요. 바로 우리 지역에서 말이죠. 교장 본인이 그렇게 만들었으면서, 저에게 뒤집어씌운 겁니다. 어쩌면 다른 사람들이 교장에게 저를 모함했는지도 모르죠. 그러면 더 말들이 많아질 테고요. 결국 공작부인의 귀에까지 들어가게 될 것입니다."

페레도노프는 오랫동안 두서없이 자신의 위험한 상황을 설명했다. 아비노비츠키는 화가 난 채, 이야기를 들으며, 이따금 분통을 터뜨리기도 했다.

"파렴치한 놈들! 불량배들! 변변치 못한 것들!"

"제가 니힐리스트일 리가 있습니까?" 페레도노프가 말했다. "얼토당토 않아요. 자주 쓰고 다니지는 않지만, 저에겐 모자표가 달린 제모가 하나 있을 뿐입니다. 니힐리스트들은 중절모를

164

쓰고 다니잖아요? 또 저희 집에 미츠키에비치의 초상화가 걸려 있는데, 그건 그의 시를 좋아해서이지 폭동을 옹호해서는 절대 아닙니다. 또 저는 그의 『종』이란 작품을 읽은 적도 없어요."

"당신은 뭔가 혼동하셨군요." 아비노비츠키가 자신 있는 어조로 말했다.《종》을 발행한 것 미츠키에비치가 아니라, 게르첸*이죠.

"그건, 다른 '종'이에요. 미츠키에비치도 『종』을 썼어요." 페레도노프가 말했다.

"그것은 잘 모르겠군요. 당신도 한번 그런 걸 써 보지 그래요? 새로운 사상을 찾아요. 그래서 명성을 떨쳐 보세요."

"그런 것을 출판해서는 안 됩니다." 페레도노프가 화를 내며 말했다. "금서를 읽어서도 안 되고요. 저는 한 번도 그런 책을 읽어 본 적이 없어요. 저는 애국자거든요."

아비노비츠키는 한참 동안 페레도노프가 털어놓는 여러 가지 불평을 귀 기울여 듣고 난 다음, 아비노비츠키는 나름대로 이해했다. 즉, 누군가 페레도노프에게 사기를 치려고 하고 있는데, 그 목적을 위해 그를 혼란에 빠트려 돈을 요구할 빌미를 마련하기 위해 헛소문을 퍼뜨리고 있다는 것이다. 아직 자기 귀에 그런 이야기가 들리지 않는 것은 이 사기꾼들이 페레도노프의 주변에만 조심스럽게 소문을 퍼뜨려, 페레도노프에게만

---

* 알렉산드르 이바노비치 게르첸(1812~1870). 러시아의 급진적 개혁 사상가이자 활동가. 1857년부터 《종》이라는 러시아 신문을 발행하여 농노해방을 주장했다.

영향을 주려고 하기 때문이라고 유추했다. 아비노츠키가 페레도노프에게 물었다.

"누구 의심 가는 사람 없소?"

페레도노프는 생각에 잠겼다. 갑자기 그루시나가 머리에 떠올랐다. 얼마 전에 그녀와 이야기를 하면서, 그가 그녀를 밀고하겠다고 위협하며 그녀의 말을 중단시켰을 때가 어렴풋이 생각났다. 그루시나에게 그가 밀고하겠다고 했던 말이, 그의 머릿속에서 완전히 밀고라는 막연한 개념으로 뒤죽박죽 된 것이다. 그가 밀고를 한다는 것인지, 그를 밀고한다는 것인지 확실치가 않았다. 하지만 한 가지 분명한 것은 그루시나가 적이라는 사실이었다. 더구나 가장 문제가 심각한 것은 그가 피사레프 책을 어디에다 감추는지, 그녀가 목격했다는 사실이다. 책을 다른 곳으로 빨리 옮겨야 했다. 페레도노프가 말했다.

"그루시나라는 여자가 좀 그래요."

"나도 그 여자를 알아요. 일급 사기꾼이죠." 아비노비츠키가 간단하게 단정 지었다.

"그 여자는 우리 집에 자주 들락거려요." 페레도노프가 불평을 늘어놓았다. "여기저기 냄새를 맡고 다녀요. 얼마나 욕심이 많은지, 보는 대로 다 가져가려고 하죠. 저희 집에 피사레프 책이 있었는데, 그걸 밀고하겠다고 협박하면서 돈을 요구할지도 몰라요. 어쩌면 저에게 시집올 생각이 있어서 그런지도 모르고요. 저는 돈도 줄 수 없고, 신붓감도 있으니까, 밀고하라면 하라고 하죠. 저는 죄가 없으니까요. 다만 한 가지 걱정은 이런 사실이 나중에 장학관 임명을 받을 때 문제가 되지 않을까 하는 거죠!"

"그루시나는 유명한 사기꾼이죠!" 검사가 말했다. "그녀는 점쟁이 노릇을 하고, 어리숙한 사람들에겐 사기를 쳤지요. 다시는 그런 못된 짓을 하지 못하도록 경찰들에게 지시를 했었어요. 이번에는 눈치껏 알아듣는 것 같았는데."

"그 여자는 지금도 점을 치고 있어요." 페레도노프가 말했다. "한번은 나에게 카드점을 쳐서, 제 미래의 운명이 편지 한 장에 달려 있다고 했어요."

"그 여자는 누구에게 무슨 말을 해야 하는지 다 알고 있어요. 좀더 기다리고 있으면, 정신을 혼란하게 만들어 놓고는, 돈을 요구하며 나타날 거예요. 그러면 바로 내게 달려오세요. 그 여자에게 백 대를 때려 주겠소." 아비노비츠키는 자신이 즐겨 애용하는 말로 이야기를 끝맺었다.

그가 즐겨 쓰는 이 말 뜻은 정말 백 대를 때리겠다는 것이 아니라 호되게 질책을 하겠다는 의미였다.

아비노비츠키는 페레도노프를 보호해 주겠다고 약속했다. 그러나 페레도노프는 형용할 수 없는 두려움에 잔뜩 겁을 먹고 그 집을 나섰다. 아비노키츠키의 쩌렁쩌렁 울리던 목소리가 그의 두려움을 더 부채질했던 것이다.

페레도노프는 매일 점심시간 전에 한 집씩 방문했다. 그 이상은 도저히 불가능했다. 왜냐하면 가는 곳마다 자신의 입장을 맞게 설명하기가 쉬운 일이 아니었던 것이다. 그리고 밤에는 여느 때처럼 당구장으로 게임을 하러 가곤 했다.

베르시나는 예전처럼 페레도노프를 계속 유혹했고, 여전히 루틸로프 역시 자기 여동생들을 자랑하느라 열성이었다. 집에서는 바르바라가 빨리 결혼식을 올리자고 성화였지만, 그는 확실한 결정을 내리지 못하고 있었다. 그는 이렇게 생각했다. '물론 이따금 생각해 보면, 바르바라와 결혼하는 것이 무엇보다 이익이다. 그런데 만약 공작부인이 거짓말을 한다면? 그러면 온 시내가 나를 비웃겠지?' 이런 생각 때문에 그는 계속 결정을 내리지 못했다.

약혼녀의 추궁, 실제보다 더 과장된 친구들의 질투, 그들이 만들어 놓은 의심스러운 함정, 이 모든 것이 페레도노프의 삶을 고독하고 슬프게 하고 끝없이 괴롭혔다. 며칠 동안 계속 흐리다가 결국에는 매번 천천히 지루하게, 그러나 오랫동안 내리는 비로 바뀌는 날씨처럼 말이다. 페레도노프는 인생이 추악하게 흘러간다는 느낌이 들었지만, 그가 이제 곧 장학관이 되고 나면, 모든 것이 좋아질 것이라고 생각했다.

10

목요일에 페레도노프는 귀족회장 집을 찾았다.

그의 집은 파블롭스크 지역이나 차르스코예 셀로에 있는
별장처럼 겨울에도 살기 좋게 지어진 아늑한 별장을 연상시
켰다. 겉보기에는 화려하지 않았지만, 집 안의 수많은 진기한
물건들은 여봐란 듯이 화려함을 과시하고 있었다. 알렉산드
르 미하일로비치 베리가는 서재에서 페레도노프를 기다리고
있었다. 그는 손님을 맞으러 나오려다가 마침 일이 생겨 어쩔
수 없이 일찍 마중 나오지 못한 것처럼 행동했다.

베리가는 퇴역 기병에게나 어울릴 것 같은 꼿꼿한 자세로
서 있었다. 그가 코르셋을 입고 다닌다는 소문도 있었다. 얼
굴은 매끄럽고 깨끗하게 면도를 했고, 뺨은 화장한 것처럼 불
그레했다. 대머리를 감추기 좋은 방법으로 짧게 머리를 깎았
다. 잿빛 눈동자는 정중했지만 냉정해 보였다. 사람을 대할 때
그는 매우 정중했지만, 그의 눈빛은 단호하고 엄격해 보였다.
그의 행동거지는 잘 훈련받은 군인 같았고, 가끔씩 미래의 도
지사의 태도가 엿보이기도 했다.

페레도노프는 조각된 참나무 책상에 앉아 있는 베리가의 맞은편에 앉아 그에게 자초지종을 설명했다.

"저에 대한 온갖 소문들이 떠돌고 있습니다. 저는 당신과 같은 귀족의 한 사람으로 찾아왔습니다. 저에 대한 소문은 모두 거짓말입니다. 회장님!"

"나는 아무 소문을 못 들었소만." 베리가는 이렇게 대답하고는 부자연스럽고 정중한 미소를 지으며, 잿빛 눈동자로 페레도노프를 주의 깊게 주시했다.

페레도노프는 한구석을 물끄러미 응시하며 말했다.

"저는 한 번도 사회주의자였던 적이 없었습니다. 어쩌다 예전에, 쓸데없는 말을 한 적이 있었을지도 모르지만, 그때는 피 끓는 젊은 시절이었던 거지요. 지금은 전혀 그런 생각을 하지 않습니다."

"당신도 다른 사람들처럼 자유사상가였군요." 베리가가 정중한 미소를 지으며 물었다. "헌법 제정을 주장하셨겠죠, 그렇죠? 우리 모두가 젊어서는 헌법 제정을 주장했지요. 그렇지 않습니까?"

베리가는 시가가 담긴 담뱃갑을 페레도노프에게 내밀었다. 페레도노프는 시가를 잡기가 겁이 나서 거절했다. 베리가는 시가에 불을 붙였다.

"물론입니다, 회장님!" 페레도노프가 인정했다. "하지만 대학에 다닐 때, 그 당시에 저는 약간 다른 헌법을 주장했었습니다." 페레도노프가 고백했다.

"어떤 것이었는데요?" 베리가가 약간 불만스러운 어조로 물었다.

"헌법을 주장하기는 했지만, 의회가 없는 헌법을 주장했어요." 페레도노프가 설명했다. "의회에선 싸움밖에 더 하겠어요?"

베리가의 은근한 희열이 담긴 잿빛 눈동자가 빛났다.

"의회 없는 헌법이라! 그것 정말, 그럴듯하군요!" 베리가가 꿈꾸듯 말했다.

"그나마 아주 오래전 일이죠." 페레도노프가 말했다. "지금은 전혀 그렇지 않습니다." 그는 기대를 하며 베리가를 쳐다보았다. 베리가는 말없이 가느다란 연기를 내뿜고 나서, 입을 다물고 있다가 천천히 입을 열었다.

"그런데 당신이 교육자이시니, 여쭤보는 겁니다만, 지금 이 지역에서의 제 위치가 위치이다 보니, 학교와 관련한 문제를 해결해야 할 입장입니다. 당신은 어떤 학교에 관심을 갖고 계신지 말씀해 주시겠습니까? 교회나 교구에 소속된 학교라든가, 아니면 거, 뭔가요, 예, 맞아요, 지방 자치 형태의 학교는 어떻습니까?"

베리가는 시가의 재를 털고 나서, 정중하지만 지나치게 빤히 페레도노프를 응시하며 물었다. 페레도노프는 얼굴을 찌푸리고 구석을 쳐다보며 말했다.

"지방 자치 학교의 규율을 강화해야 합니다."

"그러니까 규율을 강화해야 한다는 것은……." 베리가가 이해가 가지 않는다는 어조로 말을 따라했다.

그는 꺼져 가는 시가에 눈을 돌리며 페레도노프의 설명을 자세히 들을 준비를 하는 것 같았다.

"그곳에 니힐리스트들이 있습니다." 페레도노프가 말했다. "그곳 여선생들은 신을 믿지 않습니다. 성당에 나가서 코나 풀어대죠."

베리가는 페레도노프를 힐끔 쳐다보고 웃으며 말했다.

"하지만 가끔 코를 푸는 일은 어쩔 수 없지 않습니까?"

"그렇죠. 하지만 그 여선생은 나팔을 불듯이 코를 풀어요. 합창단원들이 깔깔댈 정도예요." 페레도노프는 화난 어조로 말했다. "의도적으로 그러는 것이 분명해요. 바로 스코보츠키 나라는 여선생입니다."

"물론 그것은 좋지 않습니다." 베리가가 말했다. "그녀는 가정 교육을 잘 못 받아서 그런 거예요. 좀 교양이 없긴 하지만, 교사로서는 아주 성실해요. 어쨌든 그것은 바람직하지 않습니다. 그녀에게 이야기를 해줘야겠어요."

"빨간색 셔츠를 입고 다니기도 합니다. 이따금 사라판만 입고 다니거나, 맨발로 다니기도 해요. 남학생들과 함정놀이까지 한답니다. 학교가 아주 제멋대로지요." 페레도노프는 계속했다. "어떤 규율도 없어요. 벌을 주는 법도 전혀 없습니다. 평범한 사내아이들을 귀족처럼 다루어선 안 되지요. 그런 녀석들은 채찍질로 가르쳐야 합니다."

베리가는 눈치 없이 마구 지껄여대는 페레도노프를 물끄러

172

미 바라보며 거북한 표정을 지었다. 그러고는 눈을 지그시 내리깔고 도지사 같은 어조로 차갑게 말했다.

"제가 시골학교 학생들이 가진 장점을 오랫동안 주의 깊게 살펴보는 중이었다는 것을 말씀드려야겠군요. 그들 대부분이 자신이 해야 할 일을 열심히 하고 있다는 사실은 의심할 여지가 없어요. 물론 어린아이들은 어디서든 잘못을 저지르기 마련입니다. 잘못된 주변 환경으로 인해 그런 잘못들은 그곳에서는 충분히 어리석은 것으로 인정됩니다. 더구나 러시아의 농민들에게는 타인의 재산에 대한 존중이나, 도덕심이나 의무감이 미흡한 것은 사실입니다. 학교는 그런 잘못에 대해 신중하고도 엄격하게 지도해야 합니다. 만약 훈계로 끝날 수 없는 큰 잘못을 저질렀을 때는 물론 학생을 퇴학시키지 않게 하기 위해, 극단적인 조치를 취해야 할 때도 있겠지요. 그러나 그것은 농촌의 아이들에만 해당되는 것이 아니라, 귀족의 자녀들에게도 똑같이 해당되는 이야기입니다. 학교에 이러한 형태의 제도적 장치가 충분하지 못하다는 점에 대해서는 저도 당신과 동감입니다. 시테벤이라는 분이 쓴 책에서……, 아주 재미있는 책입니다만, 혹시 읽어 보셨나요."

"아뇨, 회장님." 패래도노프가 당황하며 말했다. "아직 읽어 보지 못했습니다. 학교에 일이 많아 책을 읽을 틈이 없습니다. 하지만 꼭 읽어 보겠습니다."

"물론 꼭 읽을 필요는 없습니다." 베리가는 마치 이 책을 읽지 않아도 된다는 허락을 내리기라도 하듯, 정중한 미소를 지으며 페레도노프에게 말했다. "그러니까 시테벤이라는 분은 지방법원이 열여덟 살 된 자신의 두 학생에게 체벌을 내려야 한다고 선고한 것에 분노해서 이야기를 하고 있어요. 아시다시피, 이 젊은이들은 매우 방자하고, 보시다시피, 우리는 처음 그들에게 치욕적인 선고가 내려졌을 때, 모두 곤란한 입장에 처하게 되었죠. 물론 다음 판결에서 바뀌기는 했지만요. 하지만 제가 시테벤이었다면, 그 사실을 전 러시아에 알리는 것을 부끄러워했을 겁니다. 사실 그들이 사과를 훔쳤기에 벌을 내린 것 아니겠습니까. 바로 사과를 훔쳤다는 사실을 생각해 보십시오! 그런데 그녀는 그들을 가장 훌륭한 학생들이라고 말하고 있습니다. 남의 사과를 훔쳤는데도 말입니다! 좋은 교육인가요? 결국 우리는 개인 재산권을 부정한다는 것을 솔직하게 인정할 일만 남은 것이지요."

베리가는 흥분하여 자리에서 벌떡 일어나, 두어 발짝 걷고 나서, 간신히 흥분을 가라앉히고는, 다시 자리에 앉았다.

"제가 장학관이 되면 민중 실업학교를 다른 식으로 운영해 나갈 겁니다." 페레도노프가 말했다.

"그게 무슨 말입니까?" 베리가가 물었다.

"볼찬스카야 공작부인이 제에게 장학관 자리를 주겠다고 약속했어요."

베리가는 반가운 표정을 지었다.

"당신을 축하해 줄 수 있어서 정말 영광입니다. 당신이 잘

해낼 수 있을 거라는 것을 확신합니다."

"그런데 회장님! 시내에 여러 가지 추문이 돌고 있습니다. 더구나 누군가 주변에서 밀고라도 한다면, 제가 임명받는 데 방해가 되지 않을까 걱정스럽습니다. 저는 맹세코 아무 잘못이 없습니다."

"유언비어의 온상지가 어디라고 생각하십니까?" 베리가가 물었다.

페레도노프는 당황해서 중얼거렸다.

"누구 소행인지는 잘 모르겠어요. 다만 그런 이야기들이 떠도는 것만 알고 있어요. 저는 그저 공무를 수행하는 데 문제가 될까 봐 걱정입니다."

베리가는 누가 그런 소문을 퍼뜨리는지는 꼭 알 필요는 없다고 생각했다. 자신은 아직 도지사가 아니기 때문이었다. 그는 다시 귀족회장의 역할로 돌아와 긴 연설을 하기 시작했다. 페레도노프는 잔뜩 겁을 먹고 멍한 표정으로 듣고 있었다.

"당신이 보신 바와 같이, 당신을 비방하는 유언비어가 떠도는 잘못된 우리 사회와 당신 사이의 중재자로(베리가는 '비호자'라고 말하고 싶었지만, 참았다.) 저를 선택하고 제게 달려옴으로써 저에 대해 신뢰감을 보여 주신 것에 감사를 드립니다. 아직까지는 제 귀에 그런 유언비어가 들리지 않은 것을 보니, 당신 입장에서는 널리 퍼졌다고 생각되는 당신에 대한 비방이 아직은 도시의 저급한 사람들 사이에만 퍼져 있을 뿐, 넓게 퍼진 것은 아니라는 것, 말하자면, 아무도 모르게 은밀하게 돌아다닐 뿐이라는 사실에 안도해도 될 것입니다. 아무튼 제가 아주 기쁘게 생각하는 것은 앞으로 장학관으로 부임하시게 될 선생님께서, 사회 전체 여론의 중요성과 부모인 우리들이 우리의 소중한 자산인 아이들의 양육을 위해 믿고 의탁하는, 교육자의 위치를 높이 평가하신다는 점입니다. 관리로서 당신의 상관인 훌륭한 교장이 있습니다만, 우리 귀족 사회의 한 사람으로서, 당신의 명예와 당신의 인간적으로나 귀족으로서의 권리와 관련된 문제가 있을 때면, 언제든지 귀족회장인 저에게 도움을 요청하십시오."

계속 말을 이으며, 베리가는 오른손 손가락으로 책상 가장자리를 가볍게 짚고 일어서더니, 정중하지만 무덤덤하고 사려깊은 표정으로 군중을 바라보듯, 페레도노프를 바라보며, 존경할만한 지도자가 할 법한 연설을 했다. 페레도노프도 자리에서 일어나서, 배 위에 손을 얹은 채, 베리가의 발밑에 깔린양탄자를 무뚝뚝한 표정으로 쳐다보고 있었다. 베리가가 계속 말을 이었다.

"저는 당신의 방문을 아주 기쁘게 생각합니다. 오늘날, 사회 최고 계층의 성원들이 언제 어디서나 무엇보다 먼저 그들이 귀족임을 명심하고, 러시아 귀족의 권리뿐만 아니라, 의무와 명예를 통해 이 계층에 소속된 것을 소중하게 생각하는것은 매우 바람직한 일이라고 생각합니다. 당신도 알다시피, 러시아의 귀족은 대부분 관료 계급입니다. 엄격히 말해서 말단 관리직을 제외한 모든 정부의 관직은 귀족이 차지해야 합니다. 천한 계급 출신이 정부 요직에 오르는 것은 당신은 물론 우리 모두에게 바람직하지 않은 현상의 원인 중 하나로, 당신이 힘들어하는 문제이기도 합니다. 중상과 밀고는 좋은 귀족 전통의 교육을 받지 못한 저급한 사람들의 유일한 무기입니다. 나는 사회의 모든 여론이 당신에게 이롭도록 분명하고 확고하게 밝혀지기를 바라고, 그런 과정에 제가 필요하면 언제든지 도와드리겠습니다."

"깊이 감사드립니다, 회장님!" 페레도노프가 말했다. "저도 그렇게 되기를 바랍니다."

베리가는 정중하게 미소를 지어 보이고는, 자기가 할 이야기는 이제 다 끝났다는 것을 암시하며 그 자리에 서 있었다. 그는 연설을 마치고는, 갑자기 자기 연설이 상황에 맞지도 않았을 뿐만 아니라, 페레도노프가 그저 좋은 자리를 얻으려고, 자신을 비호해 줄 사람이나 찾아다니며 부탁하는 비겁한 사람에 불과하다는 것을 깨달았다. 그는 잘못된 인생을 사는 사람을 보면 보이곤 했던 차가운 멸시를 보내며 페레도노프를 내보냈다.

페레도노프는 하인의 도움을 받아 외투를 입으며, 멀리서 들려오는 피아노 소리에, 이 집에는 자신을 높이 평가하는 오만한 사람들이 아주 귀족적으로 살아가고 있구나 하는 생각이 들었다. '도지사를 꿈꾸다니!' 페레도노프는 커다란 경외감과 부러움을 느끼며 생각했다.

계단에서 그는 가정교사와 산책을 마치고 돌아오는 귀족회장의 두 아들과 마주쳤다. 페레도노프는 음울한 호기심을 갖고 그들을 살폈다.

'정말 깨끗하기도 하군!' 그는 생각했다. '심지어 귓속까지 깨끗해! 저렇게 활발하고, 분명, 교육을 잘 받아, 점잖게 걷는군.' 페레도노프는 생각했다. '아마도 저 아이들에게는 절대 회초리를 대는 일이 없을 거야.'

페레도노프는 부아가 나서 그들의 뒤를 주시했다. 그들은 빠르게 계단을 오르며 즐겁게 이야기를 나누었다. 페레도노프는 가정교사 역시 인상을 쓰거나 고함을 치는 법이 없이, 그들을 동등하게 대하는 것을 보고 놀라움을 금치 못했다.

페레도노프가 집으로 돌아오니, 아주 드문 일이긴 하지만, 바르바라가 응접실에 앉아서 책을 읽고 있었다. 바르바라가 이따금 펼쳐 보는 유일한 책인 요리책이었다. 검은색 장정이 된 요리책은 몹시 오래되어 책장이 너덜거렸다. 페레도노프는 검은색 장정이 눈에 띄자, 갑자기 기분이 울적해졌다.

"바르바라! 지금 뭘 읽는 거야?" 화를 내며 그가 물었다.

"무슨 책이냐고요? 그걸 몰라서 물어요? 요리책이잖아요!" 바르바라가 대답했다. "다른 책을 읽을 시간이나 있나요!"

"요리책은 왜?" 페레도노프가 깜짝 놀라며 물었다.

"왜라니요? 당신한테 맛있는 음식을 만들어 주려고 그러지요. 당신은 언제나 음식에 까다로우니까요." 바르바라가 의기 양양하게 만족한 듯 웃음을 지으며 말했다.

"그렇게 검은 책을 보고 만든 음식은 안 먹어!" 페레도노프는 이렇게 말하고는 바르바라의 손에서 잽싸게 책을 빼앗아 침실로 가져갔다.

'검은 책이라니! 그것을 읽고 점심까지 준비한다고!' 그는 소름이 오싹 돋았다. '이젠 바르바라가 아주 대놓고 마법으로 나를 괴롭힐 생각이군! 빨리 저 무시무시한 책을 없애 버려야 해!'하고 생각하며, 바르바라의 불평에도 아랑곳하지 않았다. 금요일에 페레도노프는 지방 자치회 의장을 방문했다.

이 집에 사는 사람들은 모두 소박하고 선하게 살려고 하며, 공공의 이익을 위해 일하고 싶어 하는 사람들이었다. 눈에 띄는 많은 물건들은 시골풍의 소박한 것들이었다. 둥근 등받이에 도끼 자루 같은 팔걸이가 달려 있는 안락의자, 말발굽 모양의 잉크병과 짚신 모양의 재떨이 등이 그랬다. 홀에는—창틀 위나 탁자 위, 마루 등에— 갖가지 종류의 씨앗 견본들과, '거친 빵 부스러기'라고 불리는 이탄과 비슷한 울퉁불퉁한 돌덩이들이 여기저기 굴러다녔다. 응접실에는 농기계 모형들과 그림들이 놓여 있었다. 서재에는 농촌 경제와 교육에 관한 책들이 꽂힌 책장들이 가득 차 있었다. 그리고 책상 위에는 서류들이 널려 있었고, 타자로 친 보고서와 다양한 크기의 카드가 든 마분지 상자도 있었다. 여기저기 먼지가 가득했고 그림은 한 점도 없었다.

주인인 이반 스테파노비치 키릴로프는 한편으로는 서구의 정중한 신사처럼 보이기 위해, 다른 한편으로는 이 지역 대표로서의 자신의 권위를 잃지 않으려고 매우 애를 쓰고 있었다.

그는 서로 다른 물건을 납땜해 놓은 듯 이상하고 모순적인 사람이었다. 그의 모든 상황에서 보면, 그가 엄청나게 많은 일을 열심히 하는 것처럼 보였다. 그러나 실제로 자세히 들여다보면, 지역의 자치회 활동은 그에게 단순한 오락일 뿐이고, 아주 적은 시간만을 이 일에 투자할 뿐이었으며, 그가 일하는 동안 그의 마음은, 기민하지만 주석의 광채처럼 흐릿한 그의 눈동자가 이따금 달려가는 어딘가 저 앞쪽을 향하고 있었다. 그의 진짜 영혼은 누군가에 의해 분리되어 오래된 상자 속에 담겨지고, 영혼이 빠져나간 그 자리는 죽은, 그러나 솜씨 좋은 공허를 집어넣어 둔 것 같았다.

그는 아담한 체구에 호리호리하고 젊어 보였다. 그의 젊고 붉은 뺨은 감쪽같이 어른 흉내를 내는 수염 붙인 소년처럼 보였다. 그의 동작은 매우 정확하고 재빨랐다. 그는 재빠르게 인사를 하고는 멋진 실내화의 바닥을 질질 끌며 미끄러져 갔다. 그의 옷은 양복이라고 해도 무방했다. 회색 재킷, 풀 먹인 칼라가 달린 면 셔츠, 그리고 푸른색 줄무늬 넥타이와 좁은 바지, 잿빛 스타킹을 신고 있었다. 그의 말은 항상 눈에 띄게 정중했지만, 어떤 이중성을 띠고 있었다. 정중하게 말하다가 갑자기 어린아이 같은 천진난만한 미소를 짓고, 소년 같은 태도를 보이다가도, 어느새 어른처럼 바뀌어, 차분하고 겸손한 태도를 취하기도 했다. 그의 아내는 조용하고 아주 단정한 여자였는데, 남편보다 나이가 더 많아 보였다. 페레도노프가 앉아 있는 동안에도 그녀는 몇 번씩이나 서재로 들어와서, 매번 지방 자치회 일에 대한 어떤 정보가 정확한지 묻곤 했다.

이 도시에서 그들의 가정생활은 아주 정신이 없었다. 일을 보러 사람들이 계속 찾아오고, 끝도 없이 차를 마셔댔다. 페레도노프가 앉자마자, 그에게도 미지근한 차와 버터 빵을 내왔다.

페레도노프 이전에 이미 다른 손님이 와 있었다. 그는 페레도노프도 아는 사람이었다. 하기야 이 도시에서 모르는 사람이 어디 있겠는가! 모두가 아는 사이였고, 그렇지 않은 사람들은 서로 싸워서 모른 척할 뿐이었다.

그 손님은 이 지역의 의사인 게오르기 세묘노비치 트레페토프였다. 그는 작은 키에—키릴로프보다 더 작았다— 여드름이 난 얼굴에 예민하고 평범해 보이는 인물이었다. 푸른색 안경을 쓴 그는 사람들과 이야기를 할 때면, 상대방을 쳐다보기가 부담스러운지, 항상 발밑을 쳐다보거나 다른 곳을 보면서 말했다. 그는 보기 드물게 정직하고, 단 한 번도 자신의 이익을 위해 다른 사람을 이용해 본 적이 없는 사람이었다. 그는 모든 관료들을 경멸했다. 관료를 만나면 악수를 건네긴 하지만, 절대로 대화를 나누는 법이 없었다. 그 때문에 그는 환자를 잘 치료하거나 지식이 많지 않음에도 불구하고, 키릴로프처럼 아주 영리한 사람이라는 평판이 나 있었다. 그는 평범해지기 위해 노력했고, 이 목적을 위해 평범한 농부들이 어떻게 코를 손으로 푸는지, 뒤통수를 어떻게 긁고 손바닥으로 입술을 훔치는지 자세히 살피고, 혼자 있을 때면 이따금 흉내를 내보곤 했지만, 소박하게 사는 삶은 언제나 다음 여름으로 미루곤 했다.

페레도노프는 최근 시내에 떠도는 풍문에 대해, 그리고 자신이 장학관이 되는 것을 방해하는 모사꾼들에 대해 이제 능숙한 태도로 비난하기 시작했다. 키릴로프는 처음에는 그런 문제를 가지고 자신을 찾아 준 것에 대해 기쁘게 생각했다. 그는 감격했다.

"그것 보세요. 이제 당신도 이 지역 사회가 어떤지 아셨군요? 제가 전에도 항상 이야기했듯이, 사유할 줄 아는 사람들의 유일한 구원은 단결하는 것입니다. 또 그런 확신을 갖고, 오늘 저를 방문해 준 데에 매우 감사하게 생각합니다."

그러자 트레페토프는 못마땅하다는 듯, 콧방귀를 뀌며 화를 냈다. 키릴로프는 의아해하며 그를 쳐다보았다. 트레페토프는 경멸하듯 말했다.

"사고할 줄 아는 사람들이라고!" 그러고는 다시 콧방귀를 뀌었다. 잠시 침묵을 지킨 다음, 가늘고 뾰로통한 목소리로 입을 열었다.

"사고할 줄 아는 사람들이 과연 케케묵은 과거의 고전주의에 봉사하려 들지 알 수 없지요."

키릴로프가 머뭇거리다가 말했다.

"게오르기 세묘노비치! 그러나 무엇을 선택할 때 항상 자신이 원하는 대로 되리라고 생각하면 안 되죠."

트레페토프가 경멸하듯 콧방귀를 뀌자, 예의 바른 키릴로프는 매우 충격을 받고는 입을 꾹 다물었다.

키릴로프는 페레도노프를 바라 보았다. 페레도노프의 장학관 자리에 대한 이야기를 들은 키릴로프는 걱정이 되었다. 페레도노프가 이 지역의 장학관이 되고 싶어 한다고 느꼈기 때문이다. 이곳 지방 자치 지역에서는 지방 자치회가 추천하고 교육 당국이 승인하는 자기 지역 학교들만의 장학관 자리를 만들자는 분위기가 형성되고 있었던 것이다.

그렇게 되면 세 곳의 자치지역을 관리하는 지금의 장학관 보그다노프는 이웃에 있는 한 지역만 담당하게 하고, 이 지역의 학교들은 새로운 장학관의 관리를 받게 될 터였다. 이 자리에 추천할 사람으로 인근 도시인 사파트에서 교사 세미나를 지도하고 있는 의원 한 사람을 염두에 두고 있었다.

"그런데 이곳에 저를 비방하는 사람들이 있습니다." 페레도노프가 말했다. "바로 이곳의 교장과 또 몇몇 사람들이 저를 헐뜯고 있어요. 이 온갖 유언비어를 날조하고 있답니다. 그래서 혹시 저에 대한 조사라도 하게 되면, 미리 말씀드립니다만, 그것이 모두 거짓임을 아셨으면 합니다. 그 사람들의 이야기를 들으면 안 됩니다."

키릴로프는 곧바로 활기차게 대답했다.

"아르달리온 보리시치! 저는 시내의 소문이라든가, 사람들 사이의 관계에 신경 쓸 시간이 없습니다. 할 일이 산적해 있어요. 제 아내가 도와주지 않았더라면, 어떻게 했을지 모릅니다. 저는 아무 데도 가지 않고, 어떤 소문도 듣지 않습니다. 아무튼 저는 솔직하게 말씀드려, 당신에 대한 소문을 들은 적이 없고, 모두 헛소문일 거라고 생각해요. 그리고 장학관은 저 혼자 결정하는 자리는 아닙니다."

"당신께 물어볼 수도 있지 않습니까?" 페레도노프가 말했다.

키릴로프는 깜짝 놀라 페레도노프를 바라보며 말했다.

"물론, 물어보겠지요. 그러나 우리가 고려할 것은······."

그때, 키릴로프의 부인이 다시 문지방으로 들어서며 말했다.

"이반 스테파느이치*! 잠깐만요."

그러자 남편이 그녀를 따라 나갔다. 그녀는 염려스러운 듯 귓속말을 했다.

"제 생각에는 저 사람에게 크라실니코프를 고려하고 있다는 것은 말하지 않는 것이 좋겠어요. 저 사람은 뭔가 좀 이상해요. 어쩌면 크라실니코프에게 해코지를 할지도 몰라요."

"그렇게 생각하오?" 키릴로프가 재빠르게 대답했다. "그래요 그래. 좋을 일이 없겠지."

그는 두 손으로 머리를 감싸 쥐었다. 그의 일에 대해 공감대를 갖고 있는 그의 아내가 그를 보며 말했다.

"그에게 아무 말 하지 마세요. 자리가 없는 척하세요."

"당신 말이 맞아요." 키릴로프가 속삭였다. "그럼 나는 얼른

* 키릴로프의 이름과 부칭.

들어가 보겠소! 예의가 아니니까."

그는 서재로 급히 들어가, 신발을 바닥에 심하게 비비며, 페레도노프에게 정중하게 이야기를 늘어놓았다.

"어쨌든 저에 대한 무슨 이야기라도⋯⋯." 페레도노프가 입을 열었다.

"안심하세요. 그러니까 저의 이야기는⋯⋯." 키릴로프가 서둘러 말했다. "우리가 확실히 결정 내린 것은 아니니까요."

페레도노프는 이 사람이 무슨 질문에 답변을 하는지 이해하지 못하고 막연한 두려움과 고통을 느꼈다. 키릴로프가 말했다.

"우리는 학교 망을 정했습니다. 페테르부르크에서 전문가들을 초빙해 왔어요. 여름 내내 작업을 했답니다. 9백 루블이나 여기에 투자했어요. 아주 정교한 작업이거든요. 모든 간격을 재서, 교육기관을 정했으니까요."

키릴로프는 오랜 시간 동안 학교 망에 대해 자세히 설명했다. 군 전체를 작은 부분으로 나눈 다음, 각 구역에 학교를 설치해서 먼 거리의 학교에 다니지 않도록 하는 계획이었다. 페레도노프는 아무것도 이해할 수 없었고, 언어의 매듭으로 복잡하고 절묘하게 짠 키릴로프의 언어 망에 걸려 머리가 몹시 혼란스러웠다.

페레도노프는 인사를 하고 절망적인 우울한 기분으로 밖으로 나왔다. 이 집에서는 자신을 이해하려고도, 이야기를 들어주려고도 하지 않는다고 그는 생각했다. 주인은 알 수 없는 말을 늘어놓았다. 트레페토프는 웬일인지 콧방귀를 뀌어대고, 여주인은 아는 체도 하지 않고 들락날락거렸다. 이 집에는 정말 이상한 사람들이 산다는 생각이 들었다. 완전히 허탕친 날이었다!

11

토요일에 페레도노프는 경찰서장을 방문하기로 했다. 페레도노프는 경찰서장이 귀족회장만큼이나 중요한 사람은 아니지만, 만약 해코지를 하려 들면, 누구보다도 심하게 그에게 해를 입힐 수 있는 인물이며, 반대로 마음만 먹으면, 상부에 요청해 도움을 줄 수 있을 것이라고 생각했다. 경찰은 중요한 직책이다.

페레도노프는 마분지 상자에서 모자표가 달린 제모를 꺼냈다. 그는 앞으로 그 모자만 쓰기로 결심했다. 교장은 중절모를 쓰고 다녀도 괜찮다. 그는 상부기관에 평이 좋기 때문이다. 그러나 페레도노프는 앞으로 장학관이 되어야 하고, 밀어주는 사람이 있다고 방심해서는 안 되며 모든 면에서 자신의 가장 좋은 면을 보여 주어야만 하는 것이다. 이미 며칠 전에 주요 인사들을 방문하기 전부터 그는 그런 생각을 했는데도, 자꾸 중절모만 손에 잡히는 것이었다. 페레도노프는 이제 다른 방법을 강구해야겠다고 생각했다. 그렇다! 그는 중절모를 페치카 속에 던져 버렸다. 이렇게 되었으니 중절모가 손에 잡히지는 않을 것이다.

바르바라는 집을 비우고, 클라브디야만 창고 마루를 닦고 있었다. 페레도노프는 손을 씻으려고 부엌으로 들어갔다. 식탁 위에 봉투에서 빠져나온 건포도가 눈에 띄었다. 그것은 집에서 직접 버터 빵을 구울 때 쓰려고 산 건포도 1푼트였다. 페레도노프는 손도 씻지도 않고 옷을 입은 채로 서서, 건포도를 먹기 시작했고, 클라브디야가 갑자기 들어오기라도 할까 봐 문을 주시하며 재빨리 게걸스럽게 식탁 옆에 서서 건포도 1푼트를 모두 먹어 치웠다. 그러고는 두꺼운 푸른색 봉투를 꼼꼼하게 접은 다음, 프록코트 밑에 감추고 현관으로 가져와 외투 호주머니에 넣었다. 나중에 밖에 나가 봉투를 버리면, 감쪽같이 흔적을 없앨 수 있었다.

그는 집에서 나갔다. 클라브디야는 곧바로 건포도가 없어진 것을 알고 깜짝 놀라 찾기 시작했지만, 건포도는 아무 데도 없었다. 바르바라가 돌아와 건포도가 없어진 것을 알고는 클라브디야에게 온갖 욕설을 퍼부었다. 바르바라는 클라브디야가 건포도를 먹어 치웠다고 믿어 의심치 않았다.

거리는 바람이 불었고 한적했다. 가끔 먹구름이 지나갔다. 웅덩이는 모두 메말랐다. 하늘은 희뿌옇게 빛이 비치고 있었다. 그러나 페레도노프의 마음은 무거웠다.

그는 길을 가는 도중에 재봉사에게 들러, 사흘 전에 주문한 새 제복을 빨리 마무리해 줄 것을 재촉했다.

성당 근처를 지나게 되자, 페레도노프는 누군가 성당 근처를 지나가는 미래의 장학관을 볼지도 모른다고 생각하고, 모든 사람들이 볼 수 있도록 모자를 벗고, 팔을 크게 벌려 정성스럽게 성호를 세 번 그었다. 어쩌면 스파이가 그의 뒤를 몰래 따라올지도 모르는 일이었고, 어느 모퉁이의 나무 뒤에 숨어서 누군가 그의 동정을 살피고 있을지도 모를 일이었다.

경찰서장은 시내에서 멀리 떨어진 어느 거리에 살고 있었다. 페레도노프는 활짝 열려 있는 서장 집 앞에서 경찰 한 사람과 마주쳤다. 그러자 요즈음 페레도노프의 우울했던 기분이 한층 더 우울해졌다. 마당에 농부들이 몇 명 보였다. 그들 모두는 보통의 평범한 사람들이 아니라, 아주 기이하고 이상하리만치 고분고분하고 말이 없는 사람들이었다. 마당은 몹시 더러웠다. 그곳에는 거적이 덮인 마차들이 줄지어 서 있었다.

어두운 담 벽 근처를 지나다가 페레도노프는 다시 경찰 한 사람과 마주쳤다. 키가 작고 뚱뚱한 그 경찰은 성실해 보이기는 했지만 의기소침해 보였다. 그는 검은색 장정의 책 한 권을 옆구리에 끼고 가만히 서 있었다. 옆으로 난 문에서 다 해진 옷을 입은 여자아이가 맨발로 달려 나와, 페레도노프의 외투를 받아 들고, 그를 응접실로 안내하고는 조용히 말했다.

"잠깐만요. 곧 세묜 그리고리예비치가 나오실 거예요."

응접실의 천장은 몹시 낮았다. 천장이 페레도노프를 짓누르는 것 같았다. 가구들은 벽에 꽉 들어차 있었다. 마루에는 끈으로 엮은 깔개가 깔려 있었다. 오른쪽이나 왼쪽 벽을 통해 누군가 소곤대고 부스럭거리는 소리가 들려왔다. 문 뒤에서는 창백한 여자들과 누렇게 뜬 아이들이 탐욕스럽고 번득이는 눈으로 페레도노프를 바라보고 있었다. 소곤거리는 말 중에 이런 질문과 대답이 또렷이 들려왔다.

"가져왔어요."

"어디로 가져갈까요?"

"어디로 놓을까요?"

"시도로 페트로비치 에르모시킨이 보내서 왔어요."

잠시 후에 경찰서장이 나타났다. 그는 제복을 바르게 고쳐 입고 다정한 미소를 지어 보였다.

"이렇게 기다리게 해서 죄송합니다." 그는 크고 탐욕스러운 두 손으로 페레도노프의 손을 꽉 쥐면서 말했다. "일 때문에 찾아온 사람들이 많아서요. 우리 일이라는 것이 한시라도 지체할 수 없는 일이거든요." 세묜 그리고리예비치 민추코프는 키가 크고 통통했으며 그의 검은 머리의 정수리는 머리카락이 모두 빠져서 반짝였다. 그는 몸을 약간 구부린 채, 팔을 아래로 내리고 있었는데, 손가락은 마치 쇠스랑 같았다. 그는 자주 미소를 짓곤 했는데, 그것은 마치 금지되어 있지만 아주 맛있는 것을 먹고 나서 입맛을 다시는 듯한 미소였다. 그의 입술은 통통한 선홍색이었고 코는 기름기가 번들거렸으며, 음흉해 보이는 그의 얼굴은 열성적이긴 했지만 우둔해 보였다.

페레도노프는 여기서 보고 들은 모든 것이 당황스러웠다. 그는 소파에 앉아 두서없는 몇 마디를 중얼거리며, 모자의 모표가 경찰서장의 눈에 잘 띄게 하려고 애썼다. 민추코프는 페레도노프의 맞은편 의자에 앉아 있었지만, 무릎 위에 놓인 탐욕스러운 두 손은 살그머니 폈다 오므렸다 하고 있었다.

"있지도 않은 일을 잘 알지도 못하면서 쑤군대고 있습니다." 페레도노프가 말했다. "저는 그런 일을 한 적이 없습니다. 저야말로 밀고할 일이 많지만, 그런 일을 하고 싶지 않습니다. 그들은 대놓고 비웃기도 하고, 뒤에서 저를 비방하기도 합니다. 아시겠지만, 제 입장에서는 그것들이 좀스럽게 느껴집니다. 저는 비호자가 있지만, 그들은 추악한 짓을 하고 있어요. 그들은 아무 이유도 없이 제 뒤를 밟고 다닙니다. 시간만 낭비할 뿐인데, 저를 괴롭히려고 그러는 거예요. 제가 어디를 가든, 이미 온 시내가 알고 있을 지경이거든요. 그래서 말씀 드리는데, 혹시 무슨 일이 생기면 저를 지지해 주시기를 부탁드립니다."

"그럼요, 그럼요, 기꺼이 그렇게 해야지요." 민추코프는 커다란 손을 비비며 대답했다. "당연이 우리 경찰이 할 일은 누군가 잘못한 일이 있는지, 알아내는 일이니까요."

"물론 저는 그런 일에 전혀 신경 쓰지 않습니다." 페레도노프가 화가 난 듯 말했다. "다만 그대로 떠들게 놓아두면, 저의 직무에 방해가 될까 봐 걱정입니다. 그들은 아주 교활하거든요. 그들이 무슨 말을 하더라도 절대 믿지 마세요. 예를 들어, 루틸로프 같은 경우에 말입니다. 그가 은행 밑으로 갱도를 파고 있는지 누가 알겠어요? 그게 모두 저에게 책임을 전가시키려고 그러는 겁니다."

민추코프는 처음에는 페레도노프가 술에 취해 엉뚱한 소리를 하는 줄 알았다. 그는 이야기를 다 들은 다음에야, 페레도노프가 그를 모함하는 사람들에 대한 불만을 털어놓고, 해결 방법을 묻고 있다는 것을 이해하게 되었다.

"젊은 사람들은 말입니다." 페레도노프는 이번에는 볼로딘을 염두에 두고 이야기하기 시작했다. "아주 이기적입니다. 다른 사람들을 모함하기도 하지만, 사실은 그들이야말로 깨끗하지 못합니다. 아시다시피, 젊은이들이란 쉽게 유혹당하기 마련이지요. 어떤 사람들은 경찰서에서 근무하면서도 나쁜 일에 관여하기도 하니까요."

그는 한동안 젊은이들에 대해 말했지만, 무슨 이유 때문인지 볼로딘의 이름을 입에 올리고 싶지 않았다. 그가 젊은 경찰들에 대해서 말한 것은 만일의 경우를 대비해서, 즉 경찰과 관련된 어떤 반정부적인 일을 안다는 것을 민추코프에게 넌지시 암시하기 위해서였다. 민추코프는 페레도노프가 경찰 수뇌부에 근무하는 두 젊은 경찰관, 그러니까 젊고 잘 웃으며 젊은 아가씨 뒤를 쫓아다니는 사람들을 암시한다는 결론을 내렸다. 자연스럽게 페레도노프의 당혹감과 무서운 공포감이 민추코프에게도 전염되었다.

"조사를 해봐야겠습니다." 민추코프는 걱정스러운 듯, 이렇게 말하고는 잠시 생각에 잠겼다가, 다시 부드럽게 미소를 지었다. "젊은 두 경찰이 있는데, 아직은 완전히 풋내기들이죠. 그들 중 한 사람의 어머니는, 믿기지 않겠지만, 아직도 자기 아들을 구석에 세워 벌을 준다니까요."

페레도노프가 간헐적으로 깔깔거리며 웃었다.

그사이 바르바라는 그루시나의 집에 갔다가 놀라운 소식을 들었다.

"바르바라 드미트리예브나!" 바르바라가 문지방을 넘자마자, 그루시나가 서둘러 말했다. "새로운 소식이 있어요. 이 이야기를 들으면 아마 놀라 자빠질 거예요."

"무슨 일인데 그러세요?" 바르바라가 얼굴을 찌푸리며 물었다.

"세상엔 별 나쁜 사람들이 다 있지 뭐예요? 자기가 원하는 것을 얻으려고, 별짓을 다 한다니까요."

"아니, 무슨 일인데 그래요?"

"잠깐만요. 이야기를 해줄게요."

간사한 그루시나는 이렇게 말하고는 바르바라에게 커피를 내온 다음, 우선 아이들을 집 밖으로 내보내려고 했다. 그런데 가장 큰 여자아이가 옹고집을 피우며 좀처럼 나가려 들지 않았다.

"야, 이 못된 년아!" 그루시나가 딸을 보고 소리를 질렀다.

"자기는 어떻고?" 딸은 불손한 태도로 이렇게 대들며 발을 동동 굴렀다.

그루시나는 딸의 머리채를 잡아 마당으로 질질 끌어내고는 문을 잠갔다.

"변덕스러운 짐승 같으니라고!" 그녀는 욕지거리를 퍼붓고는 바르바라에게 푸념을 늘어놓았다. "자식들이 원수예요! 나 혼자 아이들을 기르자니 힘이 부쳐요. 아이들한테는 아버지가 필요한 법인데."

"결혼을 하면 아이들에게 아버지가 생길 텐데요." 바르바라가 말했다.

"바르바라 드미트리예브나, 어떤 사람이 걸릴지 누가 알겠어요! 또 아이들을 학대할지도 모르고요."

그때, 여자아이가 길에서 달려와 창문에 모래를 한 움큼 뿌리자, 두 사람의 머리와 그루시나의 치마 위로 모래가 떨어졌다. 그루시나는 창문을 내다보며 소리를 질렀다.

"이 못된 년! 오냐, 그래! 집에 들어오기만 해봐라! 따끔한 맛을 보여 주마!"

"흥, 자기는 어떻고? 표독스러운 멍청이!" 딸도 지지 않고 소리를 지르며, 한발로 길에서 뜀박질을 하고는 더러운 주먹을 휘둘러댔다.

그루시나가 딸에게 소리를 질렀다.

"어디 두고 보자!"

그러고는 창문을 닫았다. 잠시 후에 그녀는 아무 일도 없었다는 듯이 태연하게 앉아서 이야기를 시작했다.

"무슨 이야기를 해주려고 했는데 잊어 버렸네. 아, 그래요. 바르바라 드미트리예브나! 너무 걱정하지 마세요. 그들은 당신에게 아무 짓도 못할 거예요."

"아니, 무슨 일인데요?" 바르바라가 놀라 묻고는 커피잔을

든 손을 부르르 떨었다.

"저기, 얼마 전에 루바니에서 왔다는 프일니코프라는 한 남학생이 김나지야 5학년 반에 바로 들어왔다는 것 알고 있잖아요. 그의 숙모가 우리 지역에 영지를 새로 샀다고 하면서 말이에요."

"알고 있어요." 바르바라가 말했다. "그 학생이 숙모와 함께 다니는 것을 봤어요. 정말 예쁘게 생겼더군요, 꼭 여자아이처럼 계속 얼굴을 붉히던 걸요."

"바르바라 드미트리예브나, 바로 그 학생이 여자아이라는 거예요. 바로 남장한 여자아이라고요!"

"그럴 리가요?" 바르바라가 감탄사를 연발하며 놀라 물었다.

"그 사람들이 일부러 머리를 짜낸 거예요. 아르달리온 보리시치를 낚으려고 말이죠." 그루시나는 이런 중요한 사실을 전해주게 되어 매우 기쁘다는 듯, 흥분해서 팔을 휘두르며 서둘러 말했다. "글쎄, 이 아가씨에게는 사촌 남동생이 있었는데 고아랍니다. 그는 루바니에서 학교를 다니고 있었대요. 그런데 이 아가씨의 어머니가 남학생의 서류를 가지고 그 아가씨를 남장시킨 다음, 이곳에 입학을 시켰다는 거예요. 그 아가씨를 다른 남학생들이 없는 집에 혼자 하숙을 시켰다는데, 그러면 아무도 모를 거라고 생각한 것 아니겠어요."

"그런데 그건 어떻게 알게 됐죠?" 바르바라가 믿기지 않는다는 듯 물었다.

"바르바라 드미트리예브나, 세상에 비밀이 있겠어요! 바로 의심을 사게 되었죠. 다른 남학생들은 모두 남학생 같은데, 글쎄, 이 학생은 너무 얌전하고 언제나 의기소침해 있다는 거예요. 얼굴을 보면, 젊은이가 젊은이답게 얼굴이 붉고 어깨도 떡 벌어져야 하잖아요. 그런데 아주 수줍어해서, 다른 남학생들 말로는 무슨 말만 하면 금세 얼굴이 빨개진다는 거예요. 어쩌면, 그 애들이 그 학생을 놀리려고 그런 것인지도 모르지만, 어쨌든 이 세상에는 별 희한한 일이 다 있잖아요! 얼마나 교활한 사람들이에요? 집주인도 잘 모르더라구요!"

"그런데 당신은 어떻게 알았죠?" 바르바라가 다시 물었다.

"바르바라 드미트리예브나! 내가 모르는 일이 이 세상에 어디 있어요? 나는 우리 지역에서 일어나는 일은 모두 다 알고 있어요. 그 집에 그 애와 똑같은 나이의 소년이 더 있었다는 것은 다 알고 있잖아요. 그런데 왜 둘 다 모두 김나지야에 보내지 않았을까요? 말로는 그 소년이 여름에 병을 앓아서 일 년을 쉬고, 다음 해에 학교에 간다고 하더군요. 그런데 모두 거짓말이죠. 바로 그가 김나지야 학생인 거죠. 그렇다면 그 집에 분명히 있었던 아가씨는 어디로 갔느냐는 거예요. 그들 이야기로는 결혼해서 카프카즈로 갔다고 하는데, 바로 지금 남학생 행세를 하는 아이가 바로 그 아가씨라는 거예요."

"아니, 무슨 목적으로 그랬죠?" 바르바라가 물었다.

"무슨 목적이라니요?" 그루시나가 생기를 띠며 말했다. "교사들 중에서 한 명을 물자고 하는 짓이죠! 우리 김나지야에

독신 남자 교사들이 얼마나 많아요? 한 사람 고르는 거죠. 남학생 차림으로 독신자들의 집에 가는 것은 아무런 거리낌이 없잖아요. 무슨 일이 벌어질지 모르는 일이죠!"

바르바라가 깜짝 놀라서 물었다.

"예쁘장한 여자라?"

"그러게 말이에요! 아주 그림 같은 미인이죠." 그루시나가 동의했다. "지금이야 그 애가 부끄러워하죠. 조금 익숙해지면 제멋대로 굴고, 온 시내를 휘젓고 다닐걸요. 글쎄, 얼마나 교활한 사람들이냐 말이에요. 저는 이 말을 들은 즉시, 그 소년인지, 아니면 여자아이인지가 살고 있는 집 여주인을 찾아갔어요. 무슨 말을 해야 할지도 모른 채요."

"귀신이 곡할 일이군요! 오, 하느님, 용서하소서!" 바르바라가 말했다.

"그래서 사실을 알아보려고, 판텔레이몬에 있는 그쪽 교구의 성당으로 저녁 미사를 보러 갔어요. 여주인은 신앙심이 깊거든요. 그녀에게 물었어요. '올가 바실리예브나, 왜 그 댁에는 하숙하는 학생이 한 명이죠? 한 명으론 별 이익이 없지 않아요?' 하고 말이에요. 그랬더니 '많이 데리고 있으면 뭐 해요, 괜히 소란스럽기만 하죠' 그러더라고요. 그래서 내가 '왜요, 작년에는 두세 명 있었잖아요?' 했더니, 글쎄, 바르바라 드미트리예브나, 뭐라고 한 줄 아세요? 그쪽에서 사센카 한 명만 데리고 있어도 손해를 보지 않게 하겠다고 했어요. 그들은 부자라서 돈을 더 내겠다고 하더군요. 다른 학생들과 싸움이라도 할까 봐 걱정이 된다고 했다는 거예요. 어때요?"

"어머, 그런 교활한 사람들을 봤나!' 바르바라가 기분 나쁘다는 듯 말했다. "그래서 여주인에게 그 애가 여자아이라는 사실을 말했나요?"

"그래서 여주인에게 말했어요. '올가 바실리예브나! 혹시 남학생이 아니라 여자아이가 아닌지 잘 살펴보세요.' 했죠."

"그랬더니요?"

"내가 농담을 하는 줄 알고 웃더군요. 그래서 심각하게 말했어요. '올가 바실리예브나! 그 애가 여자아이라는 소문이 있던데, 그런 이야기 못 들어 보셨어요?' 했죠. 그런데도 그녀는 '괜한 헛소리예요. 무슨 여자아이라는 거예요. 나도 장님은 아닌데……' 하고 대답하더라고요."

이 이야기에 바르바라는 경악했다. 그녀는 이것이 모두 사실이며, 또 한편에서 자기 약혼자에게 공습이 시작되었다고 믿어 의심치 않았다. 어떻게든 하루빨리 이 남장한 아가씨의 가면을 벗겨야만 했다. 두 사람은 오랫동안 이 일을 어떻게 처리하면 좋을지 고민했지만, 당장은 아무런 해결책도 나오지 않았다.

바르바라는 건포도가 없어진 것 때문에 집에서도 기분이 상했다.

페레도노프가 집으로 돌아오자, 그녀는 흥분해서 곧바로 그에게 클라브디야가 건포도 1푼트를 어디다 감추고 실토하지 않는다고 말했다.

198

"게다가, 저 애가 글쎄." 바르바라가 부들거리며 말했다. "어쩌면 당신이 먹었을지도 모른다고 하잖아요. 저 애 말로는 마루를 닦고 있을 때, 왠일인지 당신이 부엌에 들어와서 오랫동안 머물렀다는 거예요."

"하지만 오랫동안은 아니야!" 페레도노프가 음울한 표정으로 말했다. "나는 손을 씻으려고 들어갔던 것뿐이고, 그때 건포도는 없었어!"

"클라브듀시카! 클라브듀시카!" 바르바라가 소리쳤다. "주인 아저씨는 건포도를 못 봤다고 하는데, 그렇다면 네가 어디다 숨겼다는 거잖아!"

울어서 눈이 퉁퉁 붓고 얼굴이 빨개진 클라브디야가 부엌에 있는 것이 보였다.

"저는 주인댁 건포도에 손대지 않았어요." 그녀가 울부짖으며 소리쳤다. "정, 그러시다면 건포도를 사드리겠어요. 하지만 전 절대로 손대지 않았다고요!"

"그래, 네가 물어내는 것은 당연해!" 바르바라가 화가 나서 고함을 질렀다. "너한테 건포도까지 먹여 줄 필요는 없으니까 말이야!"

페레도노프가 깔깔대며 소리를 쳤다.

"듀시카가 건포도를 1푼트나 먹어 치웠다네!"

"못된 사람들이야!" 클라브듀시카가 소리를 지르고는 문을 꽝 닫고 나갔다.

점심 식사를 하는 동안, 바르바라는 프일니코프에 대해 들은 이야기를 이야기하지 않고 기다릴 수가 없었다. 바르바라는 이 이야기에 페레도노프가 어떻게 반응할지도 모르고, 또 자신에게 이익이 될지 손해가 될지 생각할 겨를도 없이 그저 심술이 나서 이야기를 했다.

이야기를 듣고 난 페레도노프는 프일니코프를 기억해 내려고 했지만, 생각이 잘 나지 않았다. 지금까지 그는 새로운 학생에게 별로 관심을 기울이지 않았던 것이다. 그가 미남인 데다, 깔끔하게 차리고 다니고, 겸손하게 행동했으며, 5학년 학생들 중에서 나이가 가장 어린데도, 공부를 가장 잘하기 때문이었다. 바르바라의 이야기를 듣고 보니 페레도노프는 음흉한 호기심이 발동했다. 그의 새까만 머릿속에서 교활한 생각이 떠올랐다.

'저녁 미사에 가서 남장한 그 아가씨를 꼭 봐야겠어!' 하고 페레도노프는 결심했다.

그때 갑자기 클라브디야가 소리를 지르며 뛰어 들어오더니, 건포도가 들어 있던 구겨진 푸른 봉투를 식탁에 던지며 소리쳤다.

"자, 이것 보세요! 저에게 누명을 뒤집어씌웠죠? 보세요! 이러고도 제가 먹었다고 할 건가요? 당신네 건포도 따위나 욕심낼 내가 아니라고요!"

페레도노프는 일이 벌어진 상황을 짐작했다. 봉투를 길에 버린다는 것을 깜빡 잊고 그대로 들어온 것이다. 그런데 공교롭게도 클라브디야가 외투 주머니에서 그것을 찾아낸 것이다.

"어휴! 이런 젠장할!" 그가 소리쳤다.

"이게 어떻게 된 거예요?" 바르바라가 어리둥절해서 말했다.

"아르달리온 보리시치 호주머니에서 나온 거예요." 클라브디야가 의기양양하게 말했다. "주인 나리가 드시고는 저를 모함했어요! 아르달리온 보리시치가 단것을 좋아한다는 것은 모두 알고 있는 사실인데, 왜 다른 사람을 걸고 넘어지냔 말이에요? 본인이 먹었으면서……."

"잘도 지껄이는군." 페레도노프가 화를 내며 말했다. "거짓말이야! 네년이 거기다가 살짝 넣고는 그러는 것이 틀림없어! 나는 절대 먹은 적 없어!"

"왜 제가 그걸 집어넣는단 말이에요? 하느님이 모두 알고 있을 거예요!" 클라브디야가 어쩔 줄 모르며 말했다.

"넌 어떻게 남의 호주머니를 뒤진 거야?" 바르바라가 소리를 질렀다. "거기서 돈이라도 찾고 있었던 거야, 뭐야?"

"호주머니를 뒤진 게 아니에요." 클라브디야가 거칠게 소리를 지르며 말했다. "외투에 묻은 먼지를 털다가 그런 거예요. 외투가 더러워서요."

"그런데 호주머니는 왜 뒤지느냐고?"

"제가 왜 호주머니를 뒤지겠어요. 그냥 떨어진 거예요!" 클라브디야가 자초지종을 말했다.

"듀시카, 거짓말이야!" 페레도노프가 말했다.

"왜 제를 듀시카라고 하세요? 저를 놀리시는 거예요?" 클라브디야가 소리쳤다. "빌어먹을! 제가 건포도 사드릴 테니 먹고 배탈이나 나세요! 먹기는 자기가 먹고 사는 건 내가 해야 해요? 사드리죠. 사드린다고요. 양심이라고는 손톱만큼도 없고, 수치심도 전혀 없으면서 신사라고 하다니 정말 기가 막혀요."

클라브디야가 울며 욕지거리를 하며 부엌으로 나갔다. 페레도노프는 간헐적으로 깔깔거리고 웃어대며 말했다.

"잔뜩 화가 났군, 그래!"

"사게 내버려 둬요." 바르바가 말했다. "저런 애들은 그냥 두면, 항상 처먹을 준비가 되어 있어요. 굶주린 귀신들이라니까요."

그들은 그 후로도 오랫동안 클라브디야가 건포도 1푼트를 먹었다고 놀려댔고, 건포도 값을 월급에서 제했으며, 손님들이 오면 매번 그녀의 험담을 늘어놓았다.

고양이는 비명 소리에 이끌려 나오기라도 한 듯, 부엌에서 나와 벽 주변을 지나다니다가 페레도노프 곁에 앉았다. 그리고 그의 욕심 많고 적의에 가득 찬 두 눈을 바라보았다. 페레도노프가 고양이를 잡으려고 몸을 숙였다. 고양이는 사납게 그르렁 거리며, 페레도노프의 손을 할퀴고 달아나더니 장롱 속으로 숨어 버렸다. 그 속에서 고양이는 밖을 쳐다보며, 가느다랗고 푸른빛을 반짝이고 있었다.

'영락없는 도깨비불이야.' 페레도노프는 두려움을 느끼며 속으로 생각했다.

그 사이에도 바르바라는 여전히 프일니코프를 생각하다가,

페레도노프에게 말을 걸었다.

"당신은 왜 매일 저녁, 당구만 치러 다니는 거예요? 이따금 학생들이 사는 집도 방문하고 그러셔야죠. 선생들이 방문하는 법도 없고, 장학관도 일 년에 한 번 들를까 말까 하니까, 학생들이 별 난장판을 다 벌이며, 카드놀이에 술까지 마신다는 거예요. 그래서 말인데, 남장한 여자아이가 사는 집에 한 번 들러보세요. 잠자리에 들 만한 늦은 시각에 말이죠. 그때라야 증거를 잡고, 사실을 밝힐 수 있을 거예요."

페레도노프는 잠깐 생각에 잠겼다가 깔깔거리고 웃었다.

'이것 봐라! 보통 교활한 게 아니네!' 그는 생각했다. '조언까지 해주고 말이야.'

12

페레도노프는 김나지야 소속의 성당에 미사를 드리러 갔다. 그는 학생들 뒤에 서서 그들이 하는 행동을 주의 깊게 살폈다. 그의 눈에는 몇몇 학생들이 서로 비벼대고 밀치는가 하면, 소곤거리고 웃고 떠드는 것처럼 보였다. 그는 그들을 예의 주시하며 얼굴을 기억해 두려고 애를 썼다. 그러나 그런 학생들이 너무 많아, 모두 기억하기가 힘들었다. 연필과 종이를 가져와서 그런 아이들의 이름을 모두 적어 둘 생각을 못한 것이 안타까웠다. 학생들이 하나같이 바르게 처신하지 않는 데다, 더구나 그곳에 교장과 장학관이 자기 아내와 아이들과 함께 앉아 있었는데도, 아무도 그것에 주의를 기울이지 않는 것에 그는 마음이 심란해졌다.

실제 학생들은 나름대로 질서 있고 얌전하게 앉아 있었으며, 어떤 아이들은 어디 먼 곳에 있는 다른 성전을 꿈꾸듯 무의식적으로 성호를 긋기도 했지만, 다른 학생들은 규범대로 성호를 긋곤 했다. 이따금 누군가 고개도 돌리지 않은 채, 옆 사람에게 한두 마디 소곤거리면, 옆자리의 학생도 짧게 조용히 대답하거나, 아니면 재빠른 눈짓이나 몸짓으로 대답하거나, 어깨를 들썩이고 살짝 웃는 것이 고작이었다. 그런 작은 몸짓은 감시를 하고 있는 부담임도 발견하기 힘든 아주 사소한 것에 불과했음에도, 융통성 없는 페레도노프의 눈에는 그런 행동들이 엄청난 무질서의 환상으로 비쳤던 것이다. 모든 무지한 사람들이 으레 그렇듯이, 페레도노프는 아주 평온한 상태에서까지도 사소한 현상들을 정확하게 판단하지 못했다. 어느 때는 전혀 눈치를 못 채거나, 아니면 지나치게 과장해서 상상하기 일쑤였다. 더구나 지금처럼 그가 아주 긴장하거나 두려운 심리적 상태에 있을 때는, 그런 느낌이 더 심해지고, 점차 그 모든 행동이 그의 눈에 흉측하고 무서운 망상의 연기를 드리우게 되는 것이었다.

예전에 페레도노프는 김나지야 학생들을 어떤 존재로 이해하고 있었던가? 종이 위에 잉크 묻힌 펜으로 낙서를 하듯 먹칠을 할 수 있는 대상, 누군가 이미 오래전에 이야기한 사실을 자신의 혀로 어설프게 반복해 전해 주는 대상에 불과하지 않았던가? 페레도노프는 지금까지 교사로 살아오면서, 학생들을 어른과 같은 인격체로 대한 적이 한 번도 없었다. 다만 수염 난 학생들이 여학생들에게 진지한 호기심을 보일 때면, 학생들도 자신과 똑같은 인간이라고 생각했을 뿐이다.

뒤쪽에 서서 아주 우울한 기분에 휩싸여 있던 페레도노프는 중간에 있는 줄 쪽으로 다가갔다. 그곳에서 오른쪽의 맨 끝에 사샤 프일니코프가 서 있었다. 그는 신실한 자세로 기도를 드리고, 자주 무릎을 꿇곤 했다. 페레도노프는 그를 자세히 살폈다. 페레도노프는 사샤가 죄인처럼, 무릎을 꿇고 앉아, 생각에 잠긴 듯, 검고 검푸른 속눈썹이 난 검은 눈동자에 간구와 슬픔을 담고, 회한과 용서를 구하는 얼굴로 환하게 빛나는 제단을 향해 똑바로 서 있는 모습을 보고 있을 때는, 마음이 아주 흐뭇했다. 거무스름한 얼굴에 가녀린 몸매―특히 그가 누군가의 엄격한 시선을 받을 때처럼, 무릎을 꿇고 말없이 똑바로 앉아 있을 때는 더욱 그랬다―, 그리고 넓고 높은 가슴은 페래도노프에게 영락없는 여자아이처럼 보였다.

페레도노프는 그 순간, 저녁 미사 후에 사샤가 살고 있는 집을 꼭 방문해야겠다고 결심했다.

사람들이 성당 밖으로 나가기 시작했다. 사람들은 페레도노프가 예전에 쓰고 다니던 중절모 대신, 모자표가 달린 제모를 쓰고 있다는 것을 발견했다. 루틸로프가 웃으면서 물었다.

"아르달리온 보리시치! 무슨 일인가! 이젠 모자표 달린 제모를 쓰고 다니는 건가? 아, 그러고 보니까, 장학관이 되려고 애를 쓰고 계시는구면!"

"앞으로는 병사들이 당신에게 경례를 올려야겠네요?" 발레리야가 짐짓 아무렇지도 않다는 듯 말했다.

"이런, 바보 같은!" 페레도노프가 화를 내며 말했다.

"발레리야! 넌 아직 아무것도 모르는 모양이구나!" 다리야가 말했다. "병사는 무슨! 이제부터 아르달리온 보리시치는 이전보다 학생들의 존경을 훨씬 더 많이 받게 될 거야."

류드밀라가 깔깔거렸다. 페레도노프는 그들의 조롱을 피하려고 서둘러 작별 인사를 하고 발길을 돌렸다.

프일니코프에게 갈 시간은 아직 멀었지만, 그렇다고 집으로 돌아가기는 싫었다. 그는 어두운 거리를 걸으면서 한 시간 정도 머무를 만한 곳이 없을까 하고 생각했다. 거리에는 집들이 빽빽이 들어서 있었고, 집집마다 창문을 통해 불빛이 새어 나오고 있었으며, 이따금 열린 창문을 통해 사람들의 말소리가 들려오기도 했다. 거리에는 성당에 갔다가 돌아가는 사람들로 붐비고, 쪽문과 대문을 여닫는 소리가 들리기도 했다. 어디에나 페레도노프에게 낯설고 적대적인 사람들이 살고 있었다. 그중의 몇 사람은 앞으로 그에게 못된 짓을 꾸밀지도 모를 일이다. 어쩌면 이미 누군가는 페레도노프가 왜 이렇게 늦은 시간에 어딘가를 가는지 이상하게 생각할지도 몰랐다. 페레도노프는 누군가가 자기 뒤를 밟고 있고, 감시하고 있다는 생각이 들었다. 그는 마음이 괴로웠다. 목적도 없이 걸음을 서둘렀다.

그때 이 집들은 모두 죽은 사람들이 살고 있었던 곳이라는 생각이 들었다. 50여 년 전쯤에 살던 사람들은 모두 죽었을 테고 그중에는 페레도노프가 알던 사람도 있었다.

'사람이 죽으면, 그 집은 불태워야 해!' 이런 생각을 하며 페레도노프는 우울한 기분에 빠져들었다. '그렇지 않으면 얼마나 무서운 느낌이 들까!'

김나지야 학생 사샤 프일니코프가 살고 있는 하숙집 여주인 올가 바실리예브나 코코브키나는 오래전에 세상을 떠난 회계원의 아내였다. 남편이 죽으며 연금과 크지 않는 집을 남겼는데, 그녀 혼자 살기에는 너무 휑해서, 방 두서너 개는 세를 놓을 수 있었다. 그러나 그녀는 김나지야 학생들을 선호했다. 운이 좋았는지 항상 공부도 잘하고 착실한 학생들이 들어와 살다 김나지야를 졸업하곤 했다. 다른 학생들이 사는 집에는 대부분이 학교를 이곳저곳 옮겨 다니다가 결국은 졸업하지 못하고 떠나는 경우가 많았다.

올가 바실리예브나는 호리호리한 할머니로 키가 크고 꼿꼿하며 얼굴이 순해 보였는데, 그녀는 반대로 엄해 보이려고 애를 쓰곤 했다. 사샤 프일니코프는 잘 먹어 토실토실하고, 숙모에게 엄한 교육을 받은 소년이었다. 두 사람은 차를 마시며 앉아 있었다. 오늘은 사샤가 시골에서 가져온 잼을 대접하기로 한 날이었다. 그래서인지 그는 자기가 주인이라도 된 듯 의젓하고, 유쾌하게 올가 바실리예브나에게 차를 권하며 검은 눈동자를 반짝이고 있었다.

그때 벨 소리가 들리더니, 뒤이어 식당으로 페레도노프가 들어왔다. 코코브키나는 그의 늦은 시각의 방문에 깜짝 놀랐다.

"저는 김나지야 학생인 사샤가 어떻게 사는지 알아보려고 찾아왔습니다." 페레도노프가 말했다.

코코브키나가 그에게 같이 차를 함께 마시자고 권했지만, 그는 거절했다. 그는 얼른 그들이 차를 다 마시고 김나지야 학생과 단둘이 있기를 바랐다. 차를 다 마시고 사샤의 방으로 들어왔지만, 그녀는 여전히 자리를 비켜 줄 생각은 않고 계속 수다를 늘어놓았다. 페레도노프는 사샤를 무뚝뚝하게 주시했고, 사샤는 어색해서 말없이 앉아 있었다.

'이번 방문에서는 아무것도 알아내기가 어렵겠어.' 페레도노프는 불만스러웠다.

하녀가 무슨 일인가로 코코브키나를 불러냈다. 그녀가 방을 나갔다. 사샤는 아쉬워하는 눈빛으로 그녀의 뒷모습을 쳐다보았다. 그의 눈이 흐릿해지고 눈썹이 내려왔다. 이 눈썹은 너무 길어서 하얗게 질린 사샤의 거무스름한 얼굴 위에 어두운 그림자를 만들어 냈다. 무뚝뚝한 이 사람 앞에 있는 것이 그에게는 어색했다. 페레도노프는 그의 옆에 나란히 앉더니, 어색하게 그의 어깨를 감싸 안았고, 얼굴에 아무런 동요도 일으키지 않고 가만히 물었다.

"어땠니, 사센카? 기도를 드리니까 기분이 좋아?"

사샤는 깜짝 놀라 겸연쩍은 모습으로 페레도노프를 힐끗 쳐다보고는 얼굴을 붉히며 묵묵히 앉아 있었다.

"어때? 좋았어?" 페레도노프가 물었다.

"좋았어요." 사샤가 마지못해 대답했다.

"너 말이야, 뺨이 발그레한 걸 보니까, 이상하단 말이야. 혹시, 여자 아니야? 교활한 녀석, 여자 맞지?"

"아니에요, 난 여자가 아니에요." 사샤가 말했다. 그러고는 자신의 소심함에 화가 나서, 낭랑한 소리로 물었다. "어디가 여자 같다는 말이에요? 이런 소문은 제가 그 애들처럼 상스러운 말을 하지 않으니까, 모두 김나지야 학생들이 꾸며낸 거란 말이에요! 저를 약 올리느라 그런 거라구요. 저는 그런 말을 쓰지 않아서 잘 몰라요. 전 그런 말을 쓰기 싫어요! 그런 욕지거리를 할 필요가 없어요."

"엄마가 벌을 주는 모양이지?" 페레도노프가 물었다.

"저는 엄마가 없어요." 사샤가 말했다. "엄만 오래전에 돌아가셨어요. 숙모밖에 없어요."

"그럼, 숙모가 벌을 주는 거야?"

"제가 욕을 하면 그럴지도 몰라요. 욕이 좋은 건 아니잖아요."

"욕한다고 숙모가 알겠어?"

"물론 그렇지만, 제가 하고 싶지 않아요." 사샤가 나직하게 말했다. "그리고 숙모가 알 리가 없어요. 제가 직접 고백할지도 모르죠!"

"그럼, 친구들 중에서 누가 그런 욕지거리를 하는 거지?" 페레도노프가 물었다. 사샤가 다시 얼굴을 붉히더니 입을 다물었다.

"어서, 말해 봐"! 페레도노프가 고집을 부렸다. "그런 이야기는 해야 해! 감춰서는 안 되지!"

"아무도 하지 않아요." 사샤가 난감한 표정으로 말했다.

"방금 본인이 직접 불평을 했잖아?"

"전 불평하지 않았어요."

"왜 솔직하게 털어놓지 않지?" 페레도노프가 화가 나서 말했다.

사샤는 자신이 간교한 덫에 빠졌다는 것을 깨달았다. 그가 말했다.

"저는 단지, 몇몇 아이들이 저를 왜 여자라고 하는지 설명하려던 것뿐이었어요. 저는 그 애들을 고발할 생각이 없어요."

"그래? 그건 왜지?" 페레도노프가 노기를 띠고 물었다.

"좋은 일이 아니니까요!" 사샤가 비웃으며 말했다.

"좋아, 정 그렇다면, 교장에게 말하겠어. 그러면, 그때는 어쩔 수 없이 이야기를 하게 될 테니까!" 페레도노프가 의기양양하게 말했다.

사샤는 분노에 찬 눈길로 페레도노프를 노려보았다.

"제발, 부탁이니 말하지 마세요. 아르달리온 보리시치!" 그가 간청했다.

폭발할 듯한 그의 목소리에는 위협적이고 험악한 말을 퍼붓고 싶지만, 간신히 자신을 억제하며 부탁하고 있다는 감정이 묻어났다.

"말하겠어! 계속 그런 못된 짓을 감추려 들면, 어떻게 되는지 따끔한 맛을 보여 주마! 곧바로 스스로 고발을 했어야지. 두고 봐, 어떻게 되는지."

사샤는 벌떡 일어났고, 당황한 나머지 허리춤을 붙잡으려했다. 그때 코코브키나가 들어왔다.

"댁의 순둥이가 아주 대단합니다." 페레도노프가 심술궂게 말했다.

코코브키나는 깜짝 놀랐다. 그녀가 급히 사샤 옆으로 다가
와 그 옆에 앉았다. ─흥분할 때마다 그녀는 다리에 힘이 빠
졌다.─ 그녀가 수심에 차서 물었다.

"무슨 일이에요? 아르달리온 보리시치! 이 아이가 무슨 잘
못을 했나요?"

"사샤에게 직접 물어보세요." 페레도노프가 적개심을 품고
무뚝뚝한 표정으로 대꾸했다.

"무슨 일이냐? 사센카? 무슨 잘못을 저지른 거야?" 코코브
키나가 사샤의 어깨를 치며 물었다.

"저도 몰라요." 그러고는 사샤가 울기 시작했다.

"아니, 이게 무슨 일이니? 왜 우는 거야?" 코코브키나가 물
었다.

그녀는 사샤의 어깨에 손을 얹고 끌어당겨 안았다. 그녀는
사샤가 거북해하는 것을 눈치채지 못했다. 그런데 사샤는 무
릎을 꿇고, 수건으로 얼굴을 가렸다. 페레도노프가 자초지종
을 이야기했다.

"학교에서 못된 아이들이 사샤에게 욕지거리를 가르친답
니다. 그런데 누가 그러는지 말을 하지 않겠다는 거예요. 그런
걸 감추고 그냥 둬선 안 되죠."

"오, 사센카, 사센카, 네가 그러면 안 돼! 어떻게 그럴 수가
있니! 부끄러운 줄 알아야지!" 코코브키나는 사샤를 안고 있
던 팔을 내리고는 당황하며 말했다.

"저는 아무 잘못이 없어요." 사샤가 흐느끼며 말했다. "저는

아무 짓도 하지 않았어요. 애들이 제가 그 애들처럼 욕지거리를 못한다고 저를 괴롭혔어요."

"누가 그런 말을 한단 말이죠?" 페레도노프가 다시 물었다.

"아무도 없어요." 사샤가 어쩔 줄 몰라 하며 말했다.

"이것 보시라니까요. 또 거짓말을 하잖아요." 페레도노프가 말했다. "본때를 보여줘야 해요. 누가 그런 말을 하는지 말하게 해야 합니다. 그렇지 않으면 우리 학교 학생 전체가 그런 말을 쓰게 되고, 그러면 그때는 아무것도 할 수 없어요."

"하지만 아르달리온 보리시치, 용서해 주세요." 코코프키나가 말했다. "어떻게 친구들을 고자질하겠어요. 나중에 그것을 알게 되면 그냥 두지 않을 거예요."

"누가 그런 말을 쓰는지, 말해야 합니다." 페레도노프가 화가 나서 말했다. "그러면 모든 것이 다 해결될 거예요. 그러면 우리들이 그 아이들을 바로 잡아 줄 거예요."

"하지만 그 애들이 이 사실을 알면 사샤를 해칠 거예요." 코코브키나가 불안해하며 말했다.

"그렇게 못 할 거예요! 만약 그것이 두려우면 비밀로 해두죠!"

"그래요. 사센카, 비밀로 하기로 하고 말씀 드려. 네가 말했다는 걸 아무도 모를 거야!"

사샤는 말없이 울기만 했다. 코코브키나가 다시 그를 끌어당겨 품에 안고, 오랫동안 그의 귀에 대고 소곤거렸다. 그러나 사샤는 거부하며 고개를 저었다.

"싫다는군요." 코코브키나가 말했다.

"그럼, 회초리 맛을 봐야 말을 할 모양이군요." 페레도노프가 노기를 띠고 말했다.

"회초리를 가져오세요! 제가 말하게 할 거예요."

"올가 바실리예브나! 왜 그래야 하죠!" 사샤가 울음을 터뜨렸다.

코코브키나가 일어나서 그를 안았다.

"그래, 됐어. 이젠 그만 울어라." 그녀는 부드럽지만 엄격한 목소리로 말했다. "아무도 너를 건드리지 못하게 하마."

"좋을 대로 하세요." 페레도노프가 말했다. "그러면 저는 부득이하게 교장 선생님에게 말할 수밖에요. 저는 이 아이를 위해서 조용히 일을 처리하려고 했을 뿐인데. 어쩌면 사센카가 거짓말을 하는지도 모르죠. 더구나 왜 사샤를 여자라고 놀리는지 우리가 정확히 알지도 모르잖아요? 다른 이유가 있는지도 모르죠. 다른 아이들이 사샤에게 욕을 가르치는 것이 아니라, 사샤가 다른 애들을 나쁜 길로 빠뜨리는지 모르죠."

페레도노프는 화를 내며 밖으로 나왔다. 코코브키나도 그 뒤를 따라나왔다. 그녀가 비난조로 말했다.

"아르달리온 보리시치! 당신은 어떻게 어린아이에게 알지도 못한 말로 놀라게 하시지요? 그 애가 당신의 말을 아직 알아듣지 못해서 다행이네요."

"그럼 안녕히 계세요." 페레도노프가 화가 어조로 말했다. "하지만 전 이 사건을 교장에게 꼭 말하겠어요. 조사를 해야 합니다." 페레도노프는 화를 내며 말했다.

그는 집을 나갔다. 코코브키나는 사샤를 위로하기 위해 들어갔다. 사샤는 우울하게 창가에 앉아, 하늘에 떠 있는 별을 바라보았다. 이미 마음은 안정되었지만, 그의 눈동자는 이상하게 슬프게 빛나고 있었다. 코코브키나는 아무 말 없이 그의 머리를 쓰다듬었다.

"제가 잘못했어요." 사샤가 말했다. "다른 아이들이 왜 저를 놀리는지 설명을 하려다가 그만 함정에 걸려들었어요. 그 사람은 아주 비열한 사람이에요. 학생들은 아무도 그를 좋아하지 않아요."

다음 날 페레도노프와 바르바라는 드디어 새 아파트로 이사했다. 에르쇼바는 문 옆에 서서 바르바라에게 욕지거리를 해대고 있었다. 페레도노프는 그녀가 보지 못하도록 수레 뒤에 숨어 있었다.

새 아파트로 이사한 다음, 바로 이사 미사를 드렸다. 페레도노프는 신앙심이 깊다는 것을 다른 사람에게 보여 주기 위해 이사 미사가 필요하다고 판단했던 것이다. 미사를 드리는 동안 향냄새 때문에 기도회 때처럼 머리가 띵해졌다.

한 가지 이상한 현상이 그를 혼란하게 했다. 어디선가 형체가 이상한 작은 생물이 달려들었다. 작고 잿빛을 띤 잽싼 네도트이콤카* 였다. 그것은 페레도노프의 주위를 뱅뱅 돌고 덜

---

* 작가가 만든 단어로, 형체가 일정치 않은, 알 수 없는 이상한 생물을 의미한다.

덜 떨며 그를 비웃었다. 그가 손을 가까이 대면, 잽싸게 사라져, 문 뒤나 장롱 밑으로 도망갔다가, 잠시 후에, 그 잿빛에다 무형의 재빠른 녀석이 다시 모습을 드러내고, 몸을 덜덜 떨면서 약을 올렸다.

미사가 끝나고 나자, 페레도노프는 좋은 생각이 떠올랐다는 듯 작은 소리로 주문을 외우기 시작했다. 그러자 네도트이콤카는 나직하게 쉬쉬 소리를 내며 작은 덩어리로 변하더니 문 뒤로 몸을 숨겼다. 페레도노프는 안도의 숨을 내쉬었다.

'그래, 완전히 사라져 버렸으면 좋으련만! 어쩌면 이 집에 마룻바닥 같은 어딘가에 사는지도 몰라. 또 나타나서, 덜덜 떨지도 모르지.'

페레도노프는 우울하고 오싹한 기분이 들었다. '무엇 때문에 불결한 생물이 세상에 존재하는 거지?' 하고 그는 생각했다.

미사가 끝나고 사람들이 모두 돌아가자, 페레도노프는 네도트이콤카가 숨을 만한 곳이 어딜까? 하고 한참 동안 생각했다. 바르바라는 그루시나에게 갔다. 페레도노프는 그것을 찾으려고 바르바라의 짐을 찾아보아야겠다고 생각했다.

'바르바라가 호주머니에 넣어 간 것은 아닐까? 자리를 별로 차지하지도 않을 테니까 말이야. 어쩌면 다시 때가 될 때까지 호주머니 안에 들어가 있을지도 몰라.'

그때 바르바라의 원피스가 페레도노프의 눈에 띄었다. 원피스는 일부러 무언가를 숨기려는 듯, 가장자리에 프릴과 나비 모양의 리본들이 달려 있었다. 페레도노프는 한참을 원피스를 쳐다보다가, 그것을 칼로 힘껏 찢고, 주머니를 도려내어 페치카 속에 던져 버렸다. 그런 다음 나머지도 모두 갈기갈기 찢어 버렸다. 그의 머릿속에는 이상한 생각들이 어지럽게 오가고, 갈피를 잡을 수가 없었다. 그의 마음은 우울하고 자포자기 상태가 되었다.

바르바라는 금방 돌아왔고, 페레도노프는 아직 원피스를 조각조각 자르고 있었다. 그녀는 그가 술에 취한 것으로 생각하고 욕지거리를 퍼부었다. 페레도노프는 한동안 그녀의 욕지거리를 듣고 있다가 마침내 입을 열었다.

"이 멍청아! 왜 소리를 지르는 거야! 혹시 호주머니에 도깨비를 넣어 다니는 것 아니야? 내가 직접 한번 봐야겠어! 무슨 일이 벌어지고 있는지 말이야!"

바르바라는 어리둥절했다. 페레도노프는 바르바라를 놀라게 만든 것에 만족한 그는 당구장으로 가기 위해 서둘러 모자를 찾았다. 바르바라는 현관으로 쫓아가서 페레도노프가 외투를 입는 것을 보고 소리를 질렀다.

"당신이야말로 호주머니에 도깨비를 담고 다니는 줄 누가 알겠어요! 나는 도깨비 같은 것은 본 적도 없어요! 내가 어디서 도깨비를 구했겠어요? 헝가리에서 주문이라도 해온 줄 아세요?"

...

217

창문으로 몰래 보다가 우스운 꼴을 당했다고 베르시나가
이야기했던, 젊은 관료 체레프닌은, 그녀가 과부가 되자마자
뒤꽁무니를 쫓아다니기 시작했다. 베르시나의 입장에서는 재
혼을 꺼리는 것은 아니었지만, 그녀는 체레프닌을 별 볼일 없
는 사람으로 취급했다. 체레프닌은 앙심을 품었다. 그런데 그
집 대문에 타르를 칠하라는 볼로딘의 제안을 듣자 옳거니 하
면서 응낙한 것이다.

응낙하긴 했지만, 그는 계속 주저하고 있었다. 만약 붙잡히
기라도 하면 어떡한단 말인가? 어쨌든 관료가 아닌가! 그래서
그는 궁리 끝에 이 일을 다른 사람에게 부탁하기로 했다. 그
는 악동 두 명을 불러 은화 25코페이카를 주고, 어두운 밤에
날을 잡아 이 일을 성사시키면, 15코페이카씩을 더 주겠다고
약속했다.

그날 만약 베르시나의 집 식구들 중 누구라도 한밤중에
창문을 열어 봤더라면, 누군가 바스락거리며 맨발로 보도를
걸어오는 발소리를 들었을 것이다. 그리고 나직하게 소곤거리
는 소리, 담을 탁탁 치는 소리, 그리고 달그락거리는 소리가
들렸을 테고, 잠시 후에는 재빠르게 도망치는 발소리와 깔깔
거리는 소리가 점점 멀어지는 소리, 그리고 개들이 시끄럽게
짖어대는 소리가 들렸을 터였다.

그러나 아무도 창문을 열지 않았다. 그리고 이튿날 아침이
되자, 쪽문과 마당, 그리고 뜰 가장자리의 울타리에 온통 황
갈색의 타르가 칠해진 것을 발견하게 되었다. 더구나 한 술 더

떠서 대문에는 저질스러운 욕지거리까지 쓰여 있었다. 행인들은 경악을 금치 못했고, 깔깔대고 웃어댔다. 순식간에 소문이 온 시내에 퍼지고, 호기심 많은 사람들이 몰려들었다.

베르시나는 부산하게 뜰을 서성이며 담배를 피우고 있었고, 평소보다 더 심하게 입을 삐죽거리고 화가 나서 투덜거리기도 했다. 마르타는 집 밖으로 나오지도 않고 엉엉 울어대기만 했다. 하녀 마리야만 타르를 지우려고 안간힘을 쓰며, 주위에 몰려들어 힐끔거리는 사람이나 쑤군거리는 사람들, 그리고 깔깔거리는 사람들을 향해 욕을 했다.

...

체레프닌은 그날 볼로딘에게 누가 그 일을 했는지 이야기해 주었다. 볼로딘은 지체 없이 이 사실을 페레도노프에게 말했다. 두 사람 모두 이 지역에서 장난이 심하기로 소문이 자자한 그 악동들을 알고 있었다.

페레도노프는 당구를 치러 가는 도중, 베르시나에게 들렀다. 잔뜩 흐린 날이었다. 베르시나는 마르타와 함께 응접실에 앉아 있었다.

"이 집 대문에 타르 칠을 했더군요." 페레도노프가 말했다.

마르타가 얼굴을 붉혔다. 베르시나는 아침에 일어나서 대문에 타르를 칠한 것을 어떻게 알게 되었으며, 사람들이 몰려와 웃기 시작하자, 마리야가 얼마나 힘들게 그것을 지웠는지 재빨리 이야기했다. 페레도노프가 말했다.

"누가 했는지 알고 있어요."

베르시나가 어리둥절한 눈으로 페레도노프를 바라보았다.

"어떻게 알았어요?" 그녀가 물었다.

"이미 알고 있었어요."

"누가 그랬는지 말해 주세요." 마르타가 화가 나서 말했다.

그녀는 화가 난 데다 퉁퉁 부을 정도로 울어서 눈이 충혈된 탓에 평소보다 훨씬 더 밉상으로 보였다.

"이야기해 드리죠. 그래서 들렀으니까요. 그런 못된 놈들은 따끔한 맛을 봐야 합니다. 하지만 누구에게 들었는지, 아무에게도 절대로 말해서는 안 됩니다."

"왜 그러시는데요? 아르달리온 보리시치!" 베르시나가 놀라서 물었다.

페레도노프는 한동안 곰곰이 생각하다가 이유를 설명했다.

"만약 제가 말했다는 사실을 알면, 그 녀석들이 저를 가만 내버려 두지 않을 테니까요."

베르시나가 비밀을 지키겠다고 말했다.

"그리고 마르타, 당신도 약속하세요." 페레도노프가 마르타에게 말했다.

"약속하겠어요." 마르타는 범인이 누구인지 알고 싶어서 얼른 대답했다.

그녀는 그 사람들에게 단단히 벌을 줘야 한다고 생각했다.

"아니에요. 자리 좀 비켜 주세요." 페레도노프가 아무래도 걱정된다는 듯 말했다.

"절대로 비밀로 하겠어요. 빨리 이야기를 해주세요." 마르타가 다짐했다. "어서 이야기나 해주세요."

문 뒤에서는 블라댜가 그들의 이야기를 엿듣고 있었다. 그는 응접실로 들어가지 않기를 아주 잘했다고 생각했다. 자신은 비밀을 지킨다는 약속을 하지 않았으므로 누구에게든 말해도 상관없었기 때문이었다. 그는 이제야 페레도노프에게 복수할 기회가 왔다고 좋아하며 미소를 지었다.

"어젯밤 12시가 넘어, 집으로 가는 길에 이곳 골목을 지나고 있었어요." 페레도노프가 이야기했다. "갑자기 대문 근처에서 무슨 소리가 들려왔어요. 처음에는 도둑인 줄 알고, 어떻게 하나? 했죠. 그런데 보니 그들이 제가 있는 쪽으로 곧장 달려오는 거예요. 저는 벽에 바짝 몸을 붙이고 있어, 그들은 저를 보지 못했지만, 저는 그들을 알아봤어요. 한 사람은 솔을 들고 있고, 다른 한 사람은 타르 통을 들었더군요. 유명한 난봉꾼들인 철공 아브데예프의 아들들이었어요. 둘이 달려가며, 한 녀석이 다른 녀석에게 '밤을 헛되이 보내진 않았군. 55코페이카를 벌었으니 말이야.' 하고 말했어요. 한 놈을 붙잡을까 생각도 했지만, 저에게 타르 칠을 할까 봐, 못했어요. 새 외투를 입고 있었거든요."

...

페레도노프가 나가자마자, 베르시나는 고소장을 들고 군 경찰서장에게 달려갔다.

경찰서장 민추코프는 아브데예프와 아들들이 사는 집으로 경찰을 보냈다.

아들들은 대담하게 경찰서로 왔다. 그들은 예전의 장난 때문이라고 생각하고 경찰서로 온 것이었다. 반대로 아브데예프는 우울한 성격의 키가 큰 노인이었는데, 자기 아들들이 또 무슨 못된 장난을 저질렀으리라고 짐작했다. 경찰서장이 그의 아들들이 무슨 잘못을 저질렀는지 설명하자, 그가 중얼거렸다.

"저 애들은 원수요. 저는 저 애들에게 두 손 두 발 다 들었으니 원하는 대로 하시오."

"그건 우리가 한 게 아니에요." 갈색 곱슬머리인 형 닐이 단호하게 말했다.

"우리가 하지 않은 일을 우리가 했다고 모두 뒤집어씌우는 거예요." 역시 곱슬머리에 하얀 머리의 동생 일리야가 울먹이며 말했다. "한 번 잘못했다고, 매번 우리에게 뒤집어씌우기예요?"

민추코프는 살짝 웃고 나서 고개를 두어 번 흔들고는 말했다.

"그러지 말고 좋게 말할 때 자백해."

"뭘 자백하란 말이에요?" 닐이 거칠게 말했다.

"뭘 자백하느냐고? 그럼, 이 일을 대가로 누가 너희들에게

55코페이카를 줬는지 말해!"

그러자 악동들이 그 순간 당황하는 것을 보고, 민추코프는 이들이 타르를 칠한 것이 분명하다고 베르시나에게 말했다.

"맞아요. 그들이 한 짓이 분명합니다."

그러나 그들은 다시 시치미를 뗐다. 그들을 취조실로 데려가 채찍질을 하기 시작했다. 아픔을 이기지 못한 그들은 결국 자백하고 말았지만, 누가 그 일을 시켰는지, 누가 돈을 줬는지는 끝까지 입을 열지 않았다.

"우리가 그냥 한 짓이에요."

체레프닌이 시켰다는 것을 끝까지 자백하지 않자, 다시 느긋하게 매질이 가해졌다. 결국 매질을 참지 못한 그들은 아버지가 시켜서 한 일이라고 말했다. 경찰서장이 베르시나에게 말했다.

"이젠 저 애들이 자기 아버지를 팔아먹는군요. 혹시 누가 시켰는지 짐작 가는 사람 없어요?"

"체레프닌이란 놈을 이번엔 그냥 두지 않을 거야." 베르시나가 말했다. "이놈을 고소하고 말겠어요."

"그런 일까지 벌일 필요는 없어요." 민추코프가 간단하게 충고했다. "그냥 없었던 일로 덮어 두는 것이 좋을 거예요."

"어떻게 그 못된 놈을 그냥 둔단 말이에요? 절대로 그럴 수 없어요." 베르시나가 분통을 터뜨리며 말했다.

"중요한 것은 증인이 없다는 거예요." 서장이 침착하게 말했다.

"왜 증인이 없다는 거죠? 저 녀석들이 실토를 했잖아요."

"지금은 인정했지만, 법정에서 딱 잡아뗄 수도 있어요. 그러면 어쩔 수 없는 일이잖아요."

"어떻게 잡아뗀단 말이에요? 경찰들이 증인이잖아요." 베르시나가 약간 주춤하며 말했다.

"증인은 무슨 증인입니까? 고문실에서야 놈들을 두들기기만 하면 없었던 일도 다 자백하는 법인데요, 뭘. 물론 저놈들은 악질들이에요. 호된 맛을 보여 주긴 했지만, 재판은 그다지 승산이 없어요."

민추코프는 슬그머니 웃으며 베르시나를 바라보았다.

베르시나는 억울하긴 했지만, 그들을 벌하기는 매우 힘들다는 경철서장의 말에 수긍했다. 게다가 이에 대한 재판이 벌어지면 체면이 깎이는 것은 자기 쪽이라는 것을 이해하고는 불만스러워하며 경찰서를 나왔다.

13

저녁 무렵, 페레도노프는 업무상 할 이야기가 있어, 교장을 방문했다.

교장 니콜라이 바실리예비치 흐리파치는 생활에 편리하게 적용할 수 있는 몇 가지 유명한 원칙을 갖고 있었는데, 그것을 지키는 것은 별로 부담스럽지 않았다. 그는 학교 업무에 필요한 모든 법규와 상부의 지시를 잘 수행함은 물론, 일반적으로 통용되는 중용의 자유주의 규정을 잘 지켜 나갔다. 그 때문에 그는 교장으로서 상부 관청은 물론 학부모들과 학생들을 만족시켰다. 불신, 우유부단, 주저함 등과 같은 단어는 그에게 어울리지 않았다. 그런 것들이 그에게 왜 필요하단 말인가? 언제나 교육부 이사회의 규정에 따르고, 상부의 지시에 따라 모든 일을 처리하는데 말이다. 더구나 사적인 관계에서도 그는 언제나 정직하고 올바르게 처신했기에 별 탈 없이 살고 있었다. 그의 외모까지도 아주 선량해 보이고 신뢰감을 보여 주었다. 그다지 크지 않은 키에 통통하고, 예리한 눈매와 자신감에 찬 언행은 그가 활달한 사람이며 지혜롭게 살아가고 있고, 앞으로 점점 더 발전할 것이라는 믿음을 주었다. 그의 서재 책장에는 많은 책들이 꽂혀 있었으며, 그중 어떤 것은 그가 직접 발췌해서 정리한 것도 있었다. 그것들이 충분히 모아지자, 그는 자신의 언어로 그것을 풀어 써서 교과서로 편집하고 출판해서 배포하기도 했다. 우신스키*나 예브투셉스키**의 책들만큼 팔리지는 않았지만, 그런대로 팔려 나가기도 했다. 이따금 그는 아무 필요가 없는 책으로 간주된 외국 서적들을 잘 편집하여 잡지에 싣기도 했다. 그것 역시 누구에게도 필요 없는 것들이었다. 또한 그에게는 자식이 많았는데, 그들이 여러 방면에서 능력을 발휘했다. 시를 쓰는가 하면, 그림을 그리기도 했고, 음악계에 진출한 아이는 어린 나이에 큰 성공을 거두기도 했다. 페레도노프가 무뚝뚝하게 말했다.

"니콜라이 바실리예비치! 당신들 모두 저를 비난하시겠지요. 어쩌면 누군가 당신에게 저를 모함했는지도 모르지만, 저는 절대 나쁜 짓을 한 적이 없습니다."

"잠깐만 실례하겠어요." 교장이 그의 말을 중단시켰다. "이해가 잘 안 가는데, 모함이라니 그게 무슨 말입니까? 저는 저에게 위임된 김나지야의 행정을 맡아 처리함에 있어서, 제 나름의 주의 깊은 시각으로 지도하고 있습니다. 또한 저의 행정

---

* 콘스탄틴 드미트리예비치 우신스키(1824~1870). 유명한 러시아의 교육학자로 학생들을 위한 단편과 시, 산문 등을 썼다.
** 바실리 아리아드노비치 예브투셉스키(1836~1888). 러시아의 교육자이자, 편집자, 사회 활동가이며, 일련의 교과서를 쓴 저자이기도 하다.

능력은 제가 보고 들은 것, 더구나 제가 필요한 규칙이라고 정해 놓은 업무와 아주 밀접하게 관계된 일들을 엄정하게 평가하는데 충분하다고 감히 주장할 수 있습니다." 흐리파치는 빠르고 분명하게 말했고, 그의 목소리는 메마르고, 아연 막대기를 구부릴 때 나는 소리처럼 선명하게 울려 났다. "당신에 대한 저의 개인적인 의견을 말하자면, 요즘 당신의 업무 활동에서 심각한 문제점들이 드러나고 있다는 것을 말하고 싶군요."

"아, 네." 페레도노프가 무뚝뚝하게 말했다. "당신은 제가 아무 쓸모 없는 사람이라고 여기실지 모르지만, 저는 항상 학교에 애정을 갖고 있습니다."

흐리파치는 깜짝 놀라, 눈썹을 치켜올리고는 페레도노프를 이상하다는 듯 쳐다보았다.

"교장 선생님께서는……" 페레도노프가 계속 말을 이었다. "우리 학교에서 심각한 문제가 발생할 수도 있다는 것을 모르고 계실 겁니다. 저는 학교 관계자들이 아직 아무도 모르는 일에 관심을 갖고 계속 지켜보고 있었습니다."

"어떤 문제 말인가요?" 흐리파치는 싸늘한 웃음을 지으며 이렇게 묻고는 갑자기 서재 안을 서성대기 시작했다. "아주 흥미 있는 이야기이긴 하지만, 저는 우리 학교에서 문제가 발생하리라고는 별로 믿지 않습니다."

"교장 선생님은 우리 학교에 누가 입학했는지 모르셔서 그렇게 말씀하시는 겁니다." 페레도노프는 흐리파치가 걸음을 멈추고 자신을 주시하자, 의기양양하게 말했다.

"새로 입학한 학생들은 모두 확실합니다." 교장이 쌀쌀하게 말했다. "특히 1학년에 입학한 학생들은 확실히 조사를 해보았지만, 다른 학교에서 퇴학당한 학생이 한 명도 없었습니다. 그 외에 5학년 반에 들어온 학생은 문제의 소지가 전혀 없다는 추천을 받아 입학이 허용되었습니다."

"맞습니다. 그러나 한 가지 문제는 그 학생이 우리 학교가 아니라 다른 시설로 가야 했다는 데 문제가 있습니다." 페레도노프는 마지못해 이야기한다는 어조로 말했다.

"아르달리온 보리시치! 무슨 말인지 설명해 주시겠습니까?" 흐리파치가 말했다. "당신이 말하는 그 시설이라는 것이 혹시 감화원을 말하는 겁니까?"

"아니죠. 그 짐승 같은 녀석은 고대어를 쓰지 않는 수용소*에 보내야 합니다." 페레도노프는 이상한 눈빛을 띠고 노기 어린 음성으로 말했다.

흐리파치는 짧은 평상복 상의 호주머니에 손을 넣고 페레도노프를 의아한 눈으로 바라보며 말했다.

"무슨 수용소 말인가요?" 그가 되물었다. "지금 어떤 기관을 말하는지 알고 말하는 겁니까? 알고 계시다면 어떻게 그런 무례한 언급을 할 수 있습니까?"

흐리파치는 몹시 얼굴을 붉혔고, 그의 목소리는 냉랭하고

---

* 가난한 과부들을 모아두고 보살피는 곳, 혹은 절, 혹은 술집을 가리키는 말로 쓰였다.

단호했다. 페레도노르도 다른 때 같으면, 교장의 이러한 태도에 당황했을 터였다. 그러나 그는 지금은 눈 하나 깜짝하지 않았다.

"교장 선생님은 그 학생이 남자라고 생각합니까?" 그는 눈을 가늘게 뜨고 조소적으로 말했다. "그는 남자가 아니라, 여자입니다. 대단한 여자아이 아닙니까!"

흐리파치는 짧고 냉랭하게 웃기 시작했다. 마치 억지로 짜낸 듯, 높고 날카로운 웃음이었는데, 그는 항상 이렇게 웃곤 했다.

"하―하―하!" 그는 웃음을 그치고는, 단호한 태도로, 의자에 털썩 주저앉더니, 너무 웃어서 뒤로 넘어지기라도 한 것처럼, 머리를 의자 등에 기댔다. "당신은 정말 나를 놀라게 하는군요, 존경하는 아르달리온 보리시치! 하―하―하! 자세히 말씀해주시기를 부탁드려도 될까요? 어떤 근거로 그런 말씀을 하십니까? 그런 사실을 알아내려면 은밀한 접촉 없이는 불가능할 텐데요! 하―하―하!"

그러자 페레도노프는 바르바라에게 들은 이야기며, 코코브키나의 어리석은 행동에 대해 과장해서 말했다. 흐리파치는 이야기를 들으면서, 이따금 그 시원시원한 웃음을 웃었다.

"존경하는 아르달리온 보리시치! 상상력이 도를 지나쳤군요." 그는 이렇게 말하고 일어나서 페레도노프의 팔을 툭 쳤다. "저에게도 자식이 있고, 저의 훌륭한 동료들에게도 모두 자식이 있습니다. 우리가 하루 이틀 산 것도 아닌데, 남장한 여자를 못 알아보겠습니까?"

"정 그러시다면 할 수 없습니다. 나중에 사실이 드러나면, 누가 책임을 질 겁니까?" 페레도노프가 물었다.

"하—하—하!" 흐리파치가 웃음을 터트렸다. "당신은 어떤 결과가 나올 것을 두려워하십니까?"

"학교에 풍기문란 사태가 벌어지는 거죠." 페레도노프가 말했다.

흐리파치가 인상을 쓰며 말했다.

"당신은 너무 많이 나갔어요. 지금까지 당신이 이야기한 모든 사실에 대해 저는 전혀 동의할 수가 없습니다."

...

그날 밤, 페레도노프는 서둘러 장학관부터 학교의 부담임에 이르기까지, 모든 학교 근무자를 집집마다 찾아가, 프일니코프가 남장한 아가씨라고 소문을 퍼뜨리고 다녔다. 모두들 비웃고 전혀 믿지 않았다. 그러나 많은 이들이 페레도노프가 일어나 집을 나서기가 무섭게 의심을 하기 시작했다. 교사의 부인들도 하나같이 그 이야기를 사실로 굳게 믿었다.

다음 날 아침, 수업을 하면서, 그들은 어쩌면 페레도노프의 이야기가 옳을지도 모른다고 생각했다. 모두들 드러내 놓고 말하지는 않았지만, 아무도 페레도노프와 언쟁하려 들지 않았고, 결정을 내리지 않고 이중적인 답변에 그쳤다. 만약 페레도노프의 말을 부정했다가 그것이 사실로 드러나면 바보로 취급당할까 봐 모두들 겁을 먹었다. 모두들 교장이 무슨 말을 하는지 듣고 싶어 했지만, 교장은 오늘은 평소보다 더 집 밖으로 나오지 않고 있다가, 유일하게 그날 수업이 있는 6학년 교실에 아주 늦게 들러 5분 정도 앉아 있다가, 아무도 만나려 하지 않고 곧장 자기 집무실로 갔다.

드디어, 4교시 전. 백발이 성성한 법률 교사와 다른 두 명의 교사가 다른 볼일이 있는 것처럼 꾸미고 교장의 방으로 갔다. 그곳에서 종교 교사가 조심스레 프일니코프에 대한 이야기를 꺼냈다. 그러나 교장은 황당하다는 듯 아무렇지 않게 웃어넘겼고, 세 교사들은 그 순간, 모든 것이 황당무계한 이야기라고 믿게 되었다. 교장은 재빨리 새로운 화제를 이야기하고는 두통이 심하다고 하소연을 하며, 모두가 존경하고 믿고 따르는 의사인 예브게니 이바노비치를 불러야 할 것 같다고 말했다. 그러고는 매우 부드러운 어조로 오늘 수업 시간에는 왠지 두통이 더 심했다든가, 페레도노프가 옆 교실에서 수업을 하고 있었는데, 웬일인지 자주 그의 교실에서 유난히 시끄럽게 떠들며 웃는 소리가 들리더라는 이야기를 했다. 그는 예의 독특한 메마른 웃음을 웃고 나서 말했다.

"올해는 영 운이 없어요. 일주일에 세 번씩이나 아르달리온 보리시치의 옆 교실에서 수업을 하게 되었으니까요. 수업 시간에 계속 깔깔거리지 뭡니까. 아르달리온 보리시치는 원래 유머가 있는 사람도 아닌데, 어떻게 그렇게 계속 웃고 떠드는지, 원!"

그런 다음, 흐리파치는 그것에 대해서 아무에게도 말하지 말라고 이르고는 재빨리 다른 화제로 옮겨 갔다.

최근 들어 실제로 페레도노프의 수업 시간에 웃고 떠드는 일이 많았다. 페레도노프가 원해서 그런 것이 아니었다. 오히려 아이들의 웃음은 페레도노프를 화나게 했다. 하지만 그는 수업 시간에 무례한 말이나 다른 쓸데없는 이야기를 하지 않도록 자신을 억제할 수가 없었다. 이상하고 말도 안 되는 우스갯소리를 한다거나, 얌전한 누군가를 못살게 굴기도 했다. 교실 안에는 언제나 무질서한 분위기를 좋아하는 부류들이 있는 법이다. 페레도노프의 이상한 언행에 아이들은 매번 깔깔거리고 웃어댔다.

수업이 끝날 즈음에 흐리파치는 의사를 불러오게 하고는, 자신은 중절모를 쓰고 학교와 강변 사이에 있는 정원으로 나갔다. 정원은 넓었지만 오밀조밀했다. 어린 학생들은 모두 이곳을 좋아했다. 쉬는 시간이면 이곳에서 마구 뛰어놀았다. 그래서 보조교사들은 이곳을 좋아하지 않았다. 아이들에게 무슨 사고라도 날까 봐 걱정이 되었던 것이다. 그런데 흐리파치는 오히려 쉬는 시간에 아이들을 그곳에서 놀게 했다. 학생들에 대한 보고서 작성에 멋진 내용이 될 수 있었기 때문이다.

복도를 지나던 흐리파치는 문이 열려 있는 체육관 앞에 멈춰 서 있다가, 머리를 숙이고는 안으로 들어갔다. 그의 찌푸린 얼굴과 느릿한 걸음걸이를 보고, 모두들 그가 또 두통을 앓고 있다고 생각했다.

5학년 학생들이 운동을 준비하고 있었다. 지역 예비역 육군 중위인 체육 교사가 옆으로 나란히 서 있는 학생들에게 뭔가를 지시하려다가, 교장이 들어오는 것을 보고 그를 맞았다. 교장은 그와 악수를 하고는, 무관심하게 학생들을 쳐다보더니 선생에게 물었다.

"아이들이 잘 따릅니까? 열심히들 해요? 학생들이 너무 힘들어하지는 않습니까?"

중위는 전투 동작을 제대로 못 하거나, 또 못 할 것처럼 보이는 학생들을 속으로 몹시 경멸했다. 만약 그들이 육군 유년학교 생도들이었다면, 자신이 그들에 대해 생각하는 바를 바로 이야기했을 터였다. 하지만, 이런 약골들에 대해서는 그의 수업을 좌지우지하는 사람에게 불편한 사실을 이야기할 필요가 없었다.

그는 얇은 입술로 기분 좋게 웃으며, 정답고 부드러운 눈길로 교장을 보며 말했다.

"오, 정말 대단한 아이들이에요."

교장은 앞줄을 지나 입구 쪽으로 몇 발짝 걸어가다가, 갑자기 뭔가 생각났다는 듯, 그 자리에 멈춰 섰다.

"새로 온 학생에 대해서는 어떻게 생각하세요? 열심히 하나요? 힘들어하는 것 같지 않아요?" 그는 손을 이마에 대며, 머리가 아프다는 듯 천천히 말했다.

중위는 그가 자기 학교 출신 학생이 아니라는 점을 염두에 두고, 다른 톤으로 말했다.

"사실, 조금 약해요. 빨리 지치거든요."

그러나 교장은 그 말을 듣지도 않고 문을 나섰다.

바깥 공기가 눈에 띄지 않게 흐리파치에게 약간 생기를 불러 일으켜 주었다. 그는 30분쯤 지나서, 다시 체육관 문 옆에 잠시 서 있다가 수업에 들어왔다. 포탄 던지기 연습이 시작되고 있었다. 아직 제 차례가 되지 않은 두세 학생은 선생이 안보는 틈을 타서 벽에 기대 서 있었다. 흐리파치가 그들 쪽으로 다가갔다.

"이봐, 프일니코프! 왜 벽에 기대 서 있지?" 교장이 물었다.

사샤는 금세 얼굴이 빨개지더니, 몸을 펴며 입을 다물었다.

"만약, 몸이 피곤하면, 운동이 해로울지도 모르겠군." 흐리파치가 엄하게 말했다.

"잘못했어요. 전혀 피곤하지 않아요." 사샤가 놀라며 말했다.

"둘 중에 하나를 택하도록." 교장이 계속해서 말했다. "아예 운동을 하지 말든가, 아니면…… 그건 그렇고, 수업이 끝나거든 나한테 좀 들르도록 해요."

그는 이렇게 말하고 서둘러 나갔다. 사샤는 당황하고 겁이 났다.

"걸렸다!" 친구들이 놀렸다. "교장 선생님이 저녁까지 널 야단을 칠 거야!"

흐리파치는 오랫동안 훈계하기를 좋아했다. 그래서 학생들은 그의 초대를 매우 두려워했다.

수업을 마치고 사샤는 겁을 먹고 교장실로 갔다. 흐리파치는 얼른 그를 맞았다. 짧은 다리로 구르듯 달려서 사샤에게 바짝 다가서더니, 사샤를 주의 깊게 살피면서 물었다.

"프일니코프, 체육 수업이 힘들지 않나요? 겉보기엔 건강한 소년처럼 보이지만, '겉모습이 다는 아니다.'는 말이 있어요. 어디 정말 아픈 데 없어요? 운동이 몸에 해로운 것 아니에요?"

"아니에요. 니콜라이 바실리예비치, 저는 아주 건강해요." 당황한 사샤는 얼굴을 붉히며 대답했다.

"하지만……." 흐리파치가 이의를 제기했다. "알렉세이 알렉세이비치 선생님 말로는 너무 약해서 빨리 지친다고 하던데요. 그리고 오늘 내가 보기에도 아주 힘들어하는 모습이었어요. 안 그런가요?"

사샤는 자신을 뚫어져라 쳐다보는 교장의 눈길을 어디로 피해야 할지 알 수가 없었다. 그가 웅얼거렸다.

"죄송해요. 앞으로는 그러지 않을게요. 아까는 그저 벽에 기대어 있었을 뿐이에요. 저는 건강해요. 정말이에요. 앞으로는 열심히 운동하겠어요."

사샤는 갑자기 자기도 모르게 울음을 터뜨렸다.

"그것 봐요." 흐리파치가 말했다. "분명히 지친 모양이에요. 내가 심하게 야단을 친 것도 아닌데, 울고 있잖아요. 그만 진정해요."

그는 사샤의 어깨 위에 손을 얹고 말했다.

"야단을 치려고 부른 게 아니에요. 뭔가 확인을 할 것이 있어서 부른 거예요. 자, 앉아요. 아주 피곤해 보여요."

사샤는 손수건으로 얼른 눈물을 닦으며 말했다.

"전혀 피곤하지 않아요."

"앉아요, 앉아!" 흐리파치는 재차 권하며 사샤에게 의자를 밀었다.

"저는 정말 피곤하지 않아요, 니콜라이 블라시에비치." 사샤가 단호하게 말했다.

그러나 흐리파치는 그의 어깨를 잡아 의자에 앉히고는, 자신은 맞은편에 자리를 잡고 말했다.

"진정하고 이야기를 해봐요, 프일니코프! 본인은 자신의 건강 상태를 실제로 모르고 있을 수도 있어요. 내가 알기로 사샤는 아주 성실한 학생이고, 다른 학생들과도 관계가 좋다고 들었어요. 그래서 체육 수업도 열심히 하려고 애쓴다는 걸 알아요. 마침 오늘 내가 몸이 좋지 않아서, 의사를 불렀는데, 이 기회에 사샤도 검사를 받아보도록 하는 것이 좋겠어요. 반대할 이유가 없겠지요?"

교장은 시계를 쳐다보더니 사샤의 대답을 기다리지도 않은 채, 자신이 여름휴가를 보낸 이야기를 하기 시작했다.

잠시 후에 학교 의사인 예브게니 이바노비치 수롭체프가 나타났다. 작달막한 체구에 검은 머리의 그는 아주 민첩하고, 정치나 시내의 뉴스를 이야기하기 좋아했다. 그는 아는 것은 별로 없었지만 환자에게 정성을 다했고, 가장 좋은 약은 식이요법과 청결이라고 주장하며, 그 치료법으로 성공을 거두었다.

사샤에게 옷을 벗으라고 했다. 수룝체프는 그를 주의 깊게 살펴보았지만, 어떤 이상한 점도 발견할 수 없었다. 그렇게 해서 교장은 사샤가 아가씨가 아니라는 사실을 확인했다. 그는 물론 전에도 의심을 한 것은 아니었지만, 나중에 주변의 질문에 대해 답변을 해야 하는 경우가 오면, 학교 담당 의사가 다른 추가적인 조사 없이 확인해 줄 수 있기에 필요하다고 생각했던 것이다.

사샤를 배웅하며 흐리파치가 다정하게 말했다. "이젠 사샤가 건강하다는 것이 확인되었으니, 알렉세이 알렉세이비치 선생님이 다시는 사샤가 허약하다는 말을 하지 않도록 이야기해 놓겠어요."

...

페레도노프는 김나지야 학생 중에 여자가 끼어 있었다는 사실을 밝힌 공로로 상부에서 자신의 관등을 높여 주는 것은 물론 훈장을 수여하리라고 믿어 의심치 않았다. 이것을 계기로 페레도노프는 본격적으로 학생들을 감시하기 시작했다. 그 당시 날씨는 계속 흐리고 추웠고, 당구를 치러 가기에는 좋지 않아서, 하숙을 하는 학생들뿐만 아니라, 부모와 같이 사는 학생들의 집까지 방문하곤 했다.

페레도노프는 덜 까다로운 학부모들을 택했다. 그들의 집에 가서 학생에 대해 몇 마디 험담을 한 뒤, 학생이 부모에게 매 맞는 것을 보면 마음이 아주 흡족했다. 그는 누구보다 먼저 이오시프 크라마렌코가 성당에서 소란을 피운다는 사실을 시에서 맥주 공장을 운영하는 그의 아버지에게 일러바쳤다. 그의 아버지는 이 사실을 믿고 아들에게 벌을 주었다. 그런 불행은 다른 몇몇 아이들에게도 닥쳐왔다. 페레도노프는 자식을 감싸는 부모들은 피하고 대신 그 주변 사람들에게 험담을 했다.

그는 매일 최소한 한 집 이상 방문했다. 그곳에서 그는 자신이 무슨 상관이라도 되는 듯 행동했다. 아이들을 혼내고, 지시를 하고, 위협을 했다. 그러나 그럴수록 학생들은 그에게 데면데면하게 행동했고, 때때로 페레도노프를 약올리기도 했다. 어느 날인가는 키가 크고 아주 정력적인 데다 카랑카랑한 목소리의 플라비츠카야 부인이 페레도노프의 지시에 따라 그녀의 집에서 하숙하던 학생인 블라디미르 불리탸코프를 심하게 매질한 적도 있었다.

다음 날이면 페레도노프는 간밤에 자신이 세운 공적을 수업 시간에 떠들어대곤 했다. 물론 이름을 밝히지는 않았지만, 희생당한 본인들은 몹시 당황스러웠다.

14

프일니코프가 남장 여자라는 소문은 온 시내에 급속도로
퍼져 나갔다. 그중에서도 맨 먼저 이 소식을 접한 사람은 루
틸로프가의 아가씨들이었다. 호기심이 많은 류드밀라는 항
상 모든 새로운 소문은 자기 눈으로 직접 확인해야 직성이 풀
리는 성격이었다. 그녀는 프일니코프에 대한 호기심으로 바
짝 달아올랐다. 그녀는 분장한 사기꾼을 직접 봐야겠다고 결
심했다. 그녀는 더구나 코코브키나와 잘 아는 사이였다. 어느
날 저녁, 그녀는 자매들에게 이 사실을 밝혔다.

"직접 가서 그 아가씨를 봐야겠어!"

"눈 튀어나오겠어!" 다리야가 심술궂게 말했다.

"벌써 옷을 차려입었군." 발레리야가 터져 나오는 웃음을
참으며 말했다.

다리야와 발레리야는 자신들이 미처 그 생각을 못 한 것이
아쉬웠다. 셋이 몰려가는 것은 예의에 벗어났다. 류드밀라는
평소보다 더 멋지게 차려입었다. 그 이유는 자신도 설명할 수
없었다. 게다가 류드밀라는 옷을 차려입는 것을 매우 좋아해

서, 다른 자매들보다 더 야하게 하고 다녔다. 어깨를 다 드러
내는 옷을 입는가 하면, 아주 짧은 치마를 입고, 가벼운 단화
에 살색보다 더 투명한 스타킹을 신고 다녔다. 집에서는 아예
치마 하나만 걸치고 맨발로 다니는가 하면, 스타킹을 신지 않
고 단화를 신을 때도 있었다. 게다가 블라우스나 치마 색깔은
항상 아주 화려했다.

날씨는 제법 쌀쌀해지고 바람이 불고 있었고, 잔물결이 이
는 웅덩이 위에는 낙엽이 떠다녔다. 그녀는 서둘러 걸었다. 얇
은 외투밖에 입지 않았지만 추위도 느끼지 않았다.

코코브키나는 사샤와 함께 차를 마시고 있었다. 류드밀라
는 그들을 조심스럽게 관찰했다. 그들은 전혀 이상한 점이라
고는 없었다. 조용히 앉아서 차를 마시고, 빵을 먹으며 이야
기를 나누고 있었다. 류드밀라는 여주인에게 입을 맞추고는
말했다.

"올가 바실리예브나! 볼일이 좀 있어서 왔어요. 그건 좀 있
다가 이야기하기로 하고, 우선 몸 좀 녹이게 차 한 잔 주세요.
그런데 이 댁에 대단한 젊은이가 있네요?"

사샤는 얼굴을 붉히고 겸연쩍게 인사를 했다. 코코브키나
는 사샤를 손님이라고 불렀다. 류드밀라는 자리에 앉더니, 재
미있는 뉴스를 들려주었다. 사람들은 류드밀라의 방문을 아
주 반가워했는데, 그녀가 시내에서 일어나는 일들을 모두 알
고 있었고, 그런 이야기들을 전해 주었기 때문이다. 코코브키
나는 집 안에만 틀어박혀 지냈기 때문에, 그런 새로운 소식들

을 아주 좋아했고, 류드밀라를 반겼다. 류드밀라는 즐겁게 수다를 떨고 깔깔거렸으며, 사샤가 있는 것도 아랑곳하지 않고 자리에서 일어나 다른 사람들을 흉내 내기도 했다. 류드밀라가 말했다.

"집에 있기 적적하지 않으세요? 왜 이런 떨떠름한 김나지야 학생과 집에만 앉아 계시는 거예요? 저희 집에라도 한번 오시지 않고요!"

"내 나이가 몇인데 나들이를 다닌단 말이야. 이젠 그렇게 나들이하는 것도 그만둔 지 오래됐어요."

"나들이라니요?" 류드밀라가 다정하게 반박했다. "우리 집이다 생각하고, 집에 와서 좀 놀다 가시면 좋지요. 안 그래요? 여기 꼬마한테 기저귀를 갈아 줘야 하는 것도 아니잖아요?"

사샤가 기분이 상한 듯, 얼굴을 붉혔다.

"이런 꼬마둥이!" 류드밀라가 사샤를 쿡쿡 찌르며 시비조로 말했다. "손님에게 이야기 좀 하세요."

"이 학생은 아직 어려요." 코코브키나가 말했다. "몹시 부끄러움을 탄답니다."

류드밀라는 미소를 짓고 여주인을 보며 말했다.

"저도 부끄러워해요!"

사샤가 깔깔대고 웃으며 무심결에 반박했다.

"뭐라고요? 부끄러워한다고요?"

류드밀라도 깔깔거리고 웃었다. 그녀의 웃음은 언제나처럼, 달콤하고 정열적인 즐거움을 섞어 놓은 것 같았다. 그녀는 웃으며 얼굴을 붉혔다. 그녀의 눈길에는 장난기와 죄책감이 묻어났다. 그녀는 두 사람에게서 시선을 돌렸다. 사샤는 당황하며 뭔가 실수했다고 생각하고 상황을 바꾸려고 시도했다.

"저는 그저 당신이 명랑하고 부끄러움을 타지 않는다고 말하고 싶었을 뿐이고, 부끄러움을 모른다고 한 것은 아니에요."

사샤는 이 말을 글로 표현했더라면 좀더 멋지게 표현했을지도 모르지만, 말로는 제대로 표현되지 않는 것 같아, 당황해하며 얼굴을 붉혔다.

"정말 불손하군요." 류드밀라도 얼굴을 붉히더니, 깔깔대며 소리쳤다. "정말 대단해요!"

"우리 사센카를 아주 당황하게 만드는군요." 코코브키나가 류드밀라와 사샤를 따뜻한 시선으로 쳐다보며 말했다.

류드밀라는 고양이처럼 몸을 구부리고 사샤의 머리를 쓰다듬었다. 사샤는 부끄러워하며 살짝 웃더니, 그녀의 어깨 밑으로 잽싸게 빠져나가 자기 방으로 도망쳐 버렸다.

"신랑감이나 좀 찾아주세요!" 그녀가 아무런 사족도 없이 갑자기 말했다.

"어머, 이런! 내가 어디 중매를 설 줄 아는 사람인가!" 코코브키나는 웃으면서 말했지만, 자신에게 중매를 부탁한다는 사실이 그다지 기분 나쁘지는 않았다.

"왜요? 중매를 서면 안 된다는 법이라도 있나요?" 류드밀라가 반박했다. "제가 신붓감으로 어디 부족한 것이 있나요? 저를 중매해서 손해나실 것 없잖아요!" 그런 다음, 그녀는 일어나서 손을 허리에 대고, 여주인 앞에서 빙그르르 돌았다.

"저런, 아가씨도 참!" 코코브키나가 말했다. "아주 말괄량이 라니까."

류드밀라가 웃으면서 이야기를 시작했다.

"어차피 할 일도 없는데, 좋은 일 좀 하세요!"

"그래서 어떤 신랑감을 구하는데요?" 코코브키나가 웃으면 서 물었다.

"갈색 머리였으면 좋겠어요. 아니, 갈색 피부여야 해요." 류 드밀라가 얼른 이야기를 시작했다. "아주 진한 갈색이요. 구덩 이처럼요. 그러니까 예를 들면, 이 댁의 학생처럼 생겼으면 좋 겠어요. 검은 눈썹에, 어슴푸레한 눈동자, 푸른빛이 도는 검 은 머리, 무성하고 검푸른 속눈썹을 가진 남자요. 이 댁의 미 남 있잖아요. 정말 미남이죠! 바로 그런 남자를 원해요."

류드밀라는 집으로 돌아갈 채비를 했다. 밖은 벌써 어두워 졌다. 사샤가 그녀를 바래다주러 나왔다.

"마차 있는 곳까지만 바래다주면 돼요." 류드밀라는 미안한 듯이 얼굴을 붉히고, 다정한 눈길로 사샤를 바라보며 부드러 운 목소리로 말했다.

길에 나서자 류드밀라는 다시 대담해져서, 사샤에게 질문 세례를 퍼붓기 시작했다.

"그런데 모든 과목을 공부하고 있겠지요? 지금 읽고 있는 책이 있나요?"

"당연히 책을 읽죠!" 사샤가 대답했다. "책 읽기를 좋아하거든요."

"안데르센 동화집 같은 것 말이에요?"

"동화책이 아닌, 모든 종류의 책을 읽어요. 특히 역사책과 시집을 좋아해요."

"시집이라. 그러면 어떤 시인을 좋아하죠?" 류드밀라가 젠체하며 물었다.

"물론, 낫손*을 아주 좋아해요." 사샤는 다른 대답은 절대 있을 수 없다는 듯 분명하게 말했다.

"그렇군요." 류드밀라가 대견하다는 듯 말했다. "나도 낫손을 좋아해요. 하지만 주로 아침에만 읽어요. 저녁에는 치장하는 데 많은 시간을 보내니까요. 그런데 취미는 뭐예요?"

사샤는 부드러운 검은 눈으로 그녀를 쳐다보다가, 갑자기 애잔한 눈빛을 띠었다.

"저는 쓰다듬는 것을 좋아해요."

"어머, 상냥하기도 하지!" 류드밀라가 그의 어깨를 감싸며 말했다. "쓰다듬는 것을 좋아하다니, 물장구치는 것은 좋아하지 않아요?"

사샤가 키득거렸다. 류드밀라가 다시 물었다.

"따뜻한 물에?"

"따뜻한 물도 좋고, 차가운 물도 좋고!" 소년은 수줍어하며 말했다.

---

* 세묜 야코브레비치 낫손(1862~1887). 1870~80년대에 주로 활동한 러시아 시민시 경향의 유명한 시인.

"비누는 어떤 것을 좋아하세요?"

"글리세린 비누요."

"그럼, 포도 좋아해요?"

사샤가 웃음을 터트렸다.

"아주 재미있는 분이군요! 그건 전혀 다른 말이잖아요. 그런데 당신은 같은 말처럼 하네요. 나를 놀리는 거죠?"

"어머, 내가 왜 놀리겠어요?" 류드밀라가 웃으며 말했다.

"당신이 남을 잘 놀린다는 것을 알고 있어요."

"어디서 그런 이야기를 들었죠?"

"모두들 그렇게 말하더군요." 사샤가 말했다.

"이런, 허풍쟁이 같으니라고!" 류드밀라가 화난 척하며 말했다.

사샤가 얼굴을 붉혔다.

"다 왔어요! 저기, 마부가 있어요. 마부!" 류드밀라가 소리쳤다.

"마부!" 사샤도 소리쳤다.

마부가 느릿느릿 소리를 내면서 마차를 끌고 왔다. 류드밀라가 행선지를 말했다. 마부는 잠시 생각에 잠기더니, 40코페이카를 불렀다. 그러자 류드밀라가 말했다.

"어머, 아저씨, 멀지도 않은데요. 아니, 혹시 길을 모르시는 것 아녜요?"

"그럼 얼마나 주시려우?" 마부가 물었다.

"어느 쪽이든 좋으니, 그 반쪽만 받으세요!"

그러자 사샤가 웃음을 터뜨렸다.

"아주 재미있는 아가씨군요!" 마부가 웃으면서 말했다. "그럼, 그 반쪽에다 5코페이카만 더 얹어 주시겠수?"

"바래다줘서 고마웠어요." 류드밀라는 사샤의 손을 세차게 잡고 흔든 뒤 마차에 올랐다.

사샤는 류드밀라가 아주 재미있는 아가씨라고 생각하며 집으로 달려갔다.

...

류드밀라는 무언가 즐거운 상상을 하며 집으로 돌아왔다. 자매들이 그녀를 기다리고 있었다. 그들 모두 환하게 빛나는 등불 아래, 둥근 식탁에 둘러앉았다. 하얀 식탁보 위에 놓인 코펜하겐산産 브랜디가 담겨 있는 갈색 유리병이 흥겨워 보였고, 병의 주둥이 부분은 당분 때문에 찐득찐득해져서 불빛에 반짝반짝 빛나고 있었다. 병 주위에는 사과며 호두, 벌꿀과자 등이 담긴 접시들이 놓여 있었다.

다리야는 약간 술기운이 도는지, 빨갛고 헝클어진 머리카락을 늘어뜨리고 옷을 풀어 헤친 채, 큰 소리로 노래를 불렀다. 류드밀라는 들어오다가 귀에 익은 노래의 두 번째 구절을 들었다.

옷은 어디 있나? 뿔피리는 어디 있나?

알몸의 남자가 알몸의 여인을 강변으로 유혹하네!

두려움은 수치심을 내몰고, 수치심은 두려움을 내몬다네!

소 먹이는 소녀가 울면서 하는 말이,

당신이 본 것은 모두 잊어요!

라리사도 함께 앉아 있었다. 그녀는 잘 차려입고 얌전하게 미소를 지은 채, 즐거운 표정으로, 사과를 잘게 잘라 먹고 있었다.

"그래서, 어떻게 되었어?" 라리사가 물었다. "만났어?"

다리야는 말없이 류드밀라를 바라보았다. 발레리야는 식탁에 팔꿈치를 괴고 있다가, 새끼손가락을 펴서, 라리사의 미소를 흉내 내며 머리를 까닥였다. 그녀는 여리고 가냘픈 몸매였지만 웃을 때는 소란스러웠다. 류드밀라는 붉은 체리주를 잔에 따르며 말했다.

"속았어! 확실히 진짜 남자아이야! 아주 매력적이었다니까. 진한 갈색 피부에 눈동자가 초롱초롱 반짝이는 어리고 순진한 남자아이였어."

그러고는 갑자기 그녀가 깔깔거리기 시작했다. 그녀를 보고 있던 자매들도 웃기 시작했다.

"그렇다면 떠도는 소문은 모두 페레도노프가 지어낸 거짓말이었구나!" 다리야는 팔을 한번 휘두르며 이렇게 말하고는 식탁에 팔꿈치를 괴고 머리를 숙인 채, 잠시 생각에 잠겼다. 그러고는 "에이, 노래나 부르자!" 하더니, 날카로운 목소리로 노래를 부르기 시작했다.

그녀의 째지는 듯한 목소리에는 어떤 긴장되고 우울한 생명력이 깃들어 있었다. 만약 죽은 사람을 무덤에서 내보내 노래를 계속 부르라고 한다면, 그 망인들이 바로 그런 목소리로 노래를 불렀으리라! 자매들은 모두 다리야의 그런 목소리에 이미 익숙해 있었고, 그들 역시 이따금 입을 모아 날카로운 목소리로 따라 부르기도 했다.

"또 울부짖기 시작하는군!" 류드밀라가 비아냥거리며 말했다.

류드밀라는 노래를 듣고 싶지 않았다기보다는, 자매들이 자신의 이야기를 들어주기를 바랐다. 다리야가 화를 내며 소리를 지르고는, 노래를 멈추고 작은 목소리로 말했다.

"네가 무슨 상관이야! 널 방해한 것도 아닌데!"

그러더니 중단된 곳부터 다시 노래를 부르기 시작했다. 라리사가 달래며 말했다.

"그냥 부르게 내버려 둬!"

"눈물에 젖은 어린 나는 갈 곳이 없다네." 다리야는 보통 대중 가수들이 호소력을 더하기 위해서 부를 때처럼, 가성을 내며 노랫말을 길게 늘이고 카랑카랑한 목소리로 노래를 불렀다. 말하자면 이런 식이었다.

아—이—헤 누—운—무—울—에 저—즌 어—어—린 나—아—는

특히 강세가 없는 이 부분에서 썩 유쾌하지 않은 소리가

길게 늘어지고 있었다. 애절한 느낌은 절정에 달했다. 이 노래를 처음 듣는 사람이었다면 애끓는 애수를 아주 깊이 느꼈으리라.

오, 초원과 마을과 광활한 공간을 뒤흔드는 애끓는 애수여! 그 거친 절규 속에 스며들어 있는 애수, 뜨거운 불길로 생생한 말을 집어삼키고, 언젠가 살아 있었던 노래를 광기의 노호로 데려가는 애수여! 오, 애끓는 애수여! 아, 사랑스러운 러시아의 노래여! 너는 진정, 사라지고 마는가.

다리야는 갑자기 벌떡 일어나 몸을 뒤로 젖히더니 양손을 허리에 대고, 손가락으로 박자를 맞추며, 춤을 추면서 흥겨운 유행가를 부르기 시작했다.

젊은이여, 어서 썩 꺼져 버려!

나는 강도의 딸이란다.

그대가 아무리 멋있어도 눈썹 하나 까딱하지 않아!

그대의 배를 칼로 찌를 수도 있다네!

나한테 남자는 필요 없지!

나는 그저 부랑자나 사랑하며 살아갈 테야!

다리야는 노래하고 춤추었다. 전혀 움직이지 않는 그녀의 두 눈은 그녀가 회전할 때마다, 죽은 달의 주변을 따라 돌듯 빙빙 돌았다. 류드밀라는 큰 소리로 웃었다. 가슴이 약간 울렁거리기도 했고 답답한 느낌이 들기도 했다. 유쾌하고 즐거워서가 아니라, 달콤한 체리주와 독한 브랜디 때문이었다. 발레리야는 유리 종소리 같은 웃음을 은은하게 흘리며, 부러운 듯 자매들을 바라보았다. 그녀도 다른 자매들처럼 즐기고 싶었지만, 도무지 기분이 나지 않았다. 자신은 막내이고, '밀가루 부스러기로 구운 빵'에 불과하다고 여겼고, 그래서 자신은 약하고 불행하다고 생각했다. 지금은 웃고 있지만, 금방이라도 울음보가 터질 것 같았다.

라리사가 발레리야를 보고 윙크했다. 그녀는 금방 기분이 좋아져서 살가워졌다. 라리사가 일어나서 어깨를 들썩였다. 그러자 나머지 자매들 모두 동시에 일어나 무슨 의식이라도 치르듯이 빙글빙글 돌기 시작했다. 그러다가 서로 장난을 치며 껴안는가 하면, 다리야를 위해 말도 안 되는 새로운 유행가를 마음대로 더 대담하게 불러댔다. 자매들은 모두 아름다웠고, 그들의 합창은 민둥산 도깨비들까지 부러워할 만큼 크고 낭랑하게 울려 퍼졌다.

류드밀라는 밤새도록 아주 열에 들뜬 아프리카 꿈을 꾸었다! 그녀는 뜨겁게 불을 지핀 방에 이불이 벗겨진 채, 달아오른 알몸을 드러내고 누워 있었는데, 비늘로 덮인 뱀이 몸을 비틀며 그녀의 침대 위로 기어들어와 나무를 타고 오르듯, 그녀의 아름다운 다리를 타고 오르는 것이었다…….

그다음에는 뇌우를 머금은 먹구름이 잔뜩 드리운 어느 무더운 여름밤과 호수가 나오는 꿈을 꾸었는데, 그녀는 이마에 매끈한 황금관을 쓰고 알몸으로 호숫가에 누워 있었다. 오랫동안 고여 있던 따뜻한 물 냄새, 개흙 냄새, 뜨거운 햇빛에 익은 풀 냄새가 코끝을 찔렀다. 폭풍 전야의 고요 같은 정적에 싸인 어두운 수면 위로 황제의 위용을 뽐내며 백조 한 마리가 유유히 헤엄쳐 왔다. 백조는 요란하게 날개로 물을 가르고 쉭쉭거리며 가까이 다가와 그녀를 안았다. 음습하고 공포스러웠다……

그런데 갑자기 뱀과 백조가 사샤의 얼굴로 변해 그녀의 얼굴 위로 고개를 숙였다. 그의 얼굴은 신비스러운 슬픔이 감도는 검은 눈에, 푸른빛이 돌 만큼 창백했고, 검푸른 그의 속눈썹을 시샘하듯, 마법 같은 눈을 덮으며, 두렵고 무겁게 내리깔고 있었다.

그다음에는 낮고 육중한 아치 천장으로 이루어진 화려한 궁전에 누워 있는 꿈을 꾸었다. 그곳에는 건강하고 아름다운 소년들이 모두 알몸으로 그녀를 에워싸고 있었는데, 그중에 사샤가 가장 아름답게 빛나고 있었다. 그녀는 높은 곳에 앉아 있었고, 알몸의 소년들이 그녀 앞으로 나와 순서대로 서로 채찍질을 했다. 잠시 후 사샤를 데려와 류드밀라 쪽으로 얼굴을 향하게 한 다음, 마루에 눕히고 채찍질을 가했다. 그는 비명소리를 지르며 웃다가 울다가 했다. 그녀는 꿈속에서 갑자기 심장이 죄어 올 때, 사람들이 웃는 것처럼 웃고 있었는데, 그것은 참을 수 없을 만큼 오랫동안의 망각과 죽음의 웃음이었다.

이 모든 꿈을 꾸고 난 다음날 아침, 류드밀라는 자신이 사샤를 열렬히 사랑하게 되었다는 것을 느꼈다. 그녀는 견딜 수 없을 만큼 그를 보고 싶은 열망에 사로잡혔지만, 그 순간 그가 옷을 입고 있는 모습만을 봐야 한다는 사실이 불만스러웠다. 소년들이 알몸을 드러내고 다니지 않는다는 사실이 몹시 유감이었다. 길거리의 부랑자들처럼 맨발로 다닌다면 얼마나 좋을까? 하는 생각이 들기도 했다. 그녀는 소년들이 맨발로 다니다가, 이따금 바지를 높이 걷어 올리는 것을 볼 때면, 아주 기분이 좋았다.

소년들마저 몸을 가리고 다녀야 한다는 것은 얼마나 안타까운 일인가!

15

볼로딘은 아다멘코 아가씨 집으로 성실하게 과외 수업을 하러 다녔다. 그 댁 아가씨가 커피 한 잔 정도는 대접하리라고 기대했던 바람은 이루어지지 않았다. 그가 도착할 때마다 곧바로 그를 지정된 작업실로 안내하는 것이 고작이었다. 미샤는 항상 회색 앞치마를 두른 채 수업에 필요한 것을 준비해 두고 작업대 옆에서 기다리고 있었다. 볼로딘이 이야기한 대로 모두 정성껏 준비하긴 했지만, 수업을 좋아하진 않았다. 미샤는 되도록이면 수업을 적게 하려고 볼로딘에게 말을 걸려고 애썼다. 그러나 볼로딘은 양심대로 수업하려고 노력했다. 그는 이렇게 말하곤 했다.

"미센카, 먼저 두 시간은 반드시 자기가 해야 할 작업을 하세요. 그런 다음에 하고 싶으면 실컷 이야기를 하도록 하세요. 그때는 얼마든지 해도 되지만, 지금은 안 돼요. 왜냐하면 가장 중요한 것은 일이니까요."

그럴 때면 미샤는 가볍게 한숨을 내쉬고 작업을 하기 시작했다. 그러나 정작 수업이 끝나면, 미샤는 대화를 하려고 하지 않았다. 집 안에 할 일이 많아, 이야기할 시간이 없다는 것이었다. 나데즈다는 이따금 미샤가 수업을 잘하는지 보려고 들르곤 했다. 그런데 그때는 반대로 볼로딘을 쉽게 이야기에 끌어들일 수 있다는 사실을 미샤는 눈치챘고, 그 기회를 이용하려 했다. 그러나 누이는 미샤가 잠시라도 게으름을 피우려고 하면 곧바로 지적했다.

"미샤! 게으름 피우지 마!"

그러고는 방을 나가며 볼로딘에게 이렇게 말하곤 했다.

"죄송해요, 수업을 방해해서요. 이 녀석은 그냥 자유롭게 놔두면 금방 게으름을 피우거든요."

볼로딘은 처음에는 그녀의 냉정한 행동에 상당히 놀랐다. 그러다가 그녀가 커피 대접을 부끄러워하고, 혹시 소문이라도 날까 봐 조심스러워서 그럴 거라고 생각했다. 나중에는 수업에 꼭 들어오지 않아도 될 텐데, 그녀가 이따금 수업에 들어오는 이유는 자신을 보기 위해서가 아닐까? 하고 생각했다. 볼로딘은 그녀가 자신의 제안을 곧바로 승낙했을 뿐만 아니라, 수업료도 흥정하지 않은 것을 모두 자기 좋을 대로 해석했다. 페레도노프와 바르바라도 그의 그런 짐작에 맞장구쳤다.

"분명히 그녀는 자네를 사랑하고 있어!" 페레도노프가 말했다.

"그래요, 더 나은 신랑감을 어디서 구하겠어요?" 바르바라가 덧붙였다.

볼로딘은 멋쩍어 하며 자신의 성공을 기뻐했다.

한번은 페레도노프가 그에게 말했다.

"약혼자가 이런 너덜너덜한 넥타이를 하고 다녀서야 되겠나?"

"아르다샤! 난 아직 약혼자가 아니잖아!" 볼로딘은 이렇게 정정하기는 했지만, 마음은 아주 설렜다. "그렇지. 넥타이를 사는 거야 그다지 어렵지 않지!"

"뭔가 좀 상징적인 것으로 사는 것이 어떻겠나?" 페레도노프가 조언했다. "모든 사람이 자네가 사랑에 빠졌다고 생각하게 말이야!"

"붉은색으로 하는 것이 좋겠어요." 바르바라가 말했다. "되도록이면 화려한 것으로요. 그리고 넥타이핀도 사세요. 값싼 보석이 달린 것을 사면, 그다지 비싸지 않을 거예요. 멋질 거라고요!"

페레도노프는 볼로딘에게 그럴 만한 돈이 없을 거라고 생각했다. 아니면, 돈이 아까워서 값싼 검은색 넥타이를 살지도 모를 일이었다. 그렇게 되면 곤란했다. 아다멘코는 상류층 아가씨인데, 이상한 넥타이를 매고 가서 청혼을 하면, 화가 나서 거절할지도 모르는 일이었다. 페레도노프가 말했다.

"왜 싼 것을 산단 말인가? 이봐, 파블루시카! 자네에게 넥타이 살 만한 돈을 내가 빚지고 있는 것 같은데, 얼마를 갚아야 하지? 한 40루블쯤 되나?"

"40코페이카는 틀림없어." 볼로딘이 입을 삐죽거리며 말했다. "그리고 40코페이카에 1루블이 아니고 정확히 2루블 빚졌

네!"

페레도노프는 2루블이 맞다는 것을 알고 있었지만, 1루블만 갖고 싶었다. 그가 말했다.

"거짓말이야. 2루블은 무슨?"

"여기 있는 바르바라 드미트리예브나가 바로 증인이야!" 볼로딘이 확신했다.

바르바라가 얼굴을 찡그리며 말했다.

"갚을 건 갚아야지요! 아르달리온 보리시치! 분명히 2루블 40코페이카로 기억하고 있어요."

페레도노프는 바르바라가 그의 편을 드는 것을 보고, 그녀가 볼로딘의 편이라고 판단했다. 그는 지갑에서 돈을 꺼내며 말했다.

"그래, 좋아! 여기 2루블 40코페이카 가져가게! 그런다고 내가 망하는 것은 아니니까. 파블루시카, 자네는 가난하니까, 그냥 주겠어! 자, 받게!"

볼로딘은 돈을 세어 보고는 불쾌한 표정을 지었다. 그러고는 커다란 이마를 숙이고, 아랫입술을 삐죽 내밀며 떨리는 목소리로 말했다.

"아르달리온 보리시치, 자네가 나한테 돈을 갚아야 한다는 사실은 인정하지만, 나를 가난하다고 하는 것은 인정할 수 없네. 자네가 돈을 갚아야 한다는 사실과 내가 가난하다는 사실은 전혀 상관없어. 나는 지금까지 살아오면서 빵을 구걸해 본 일이 없네. 빵도 못 먹는 악마들이나 가난하다고 말하는 것이지. 그런데 빵에 버터까지 발라 먹는 내가 가난하단 말인가?"

그러고는 자신의 훌륭한 대답에 스스로 만족하고 기뻐하며 얼굴을 붉히고 입술을 삐죽이며 웃기까지 했다.

드디어 페레도노프와 볼로딘은 청혼을 하러 가기로 결정했다. 두 사람 모두 요란하게 차려입고 의기양양해 하는 모습은 평소보다 더욱 바보처럼 보이게 했다. 페레도노프는 흰색 스카프를, 볼로딘은 녹색 줄무늬가 있는 울긋불긋한 붉은색 스카프를 목에 둘렀다.

페레도노프는 이렇게 판단했다.

"나는 중매하러 가니까, 내 역할이 중요한 데다 특별한 경우이기 때문에 하얀색 넥타이를 매는 것이 당연하고, 자네는 신랑감이니까 정열적인 느낌을 보여줘야 하네."

화려하고 당당하게 차려입은 페레도노프는 소파에 앉았고, 볼로딘은 안락의자에 앉아 있었다. 나데즈다는 어리둥절한 모습으로 그들을 바라보았다. 손님들은 날씨와 뉴스를 이야기했는데, 무언가 조심스러운 일로 찾아왔지만, 어떻게 해야 할지 모르는 사람들처럼 보였다. 결국 페레도노프가 기침을 하고는 말했다.

"나데즈다 바실리예브나! 우리는 중요한 일로 왔습니다."

"중요한 일이 있어서……." 볼로딘이 입술을 쑥 내밀며 심각한 표정으로 말했다.

"저어, 이 사람에 대한 일입니다." 페레도노프가 엄지손가락으로 볼로딘을 가리키며 말했다.

"저에 대해서요." 볼로딘이 엄지손가락으로 자기 가슴을 가리키며 수긍했다.

나데즈다가 웃었다.

"말씀하시지요." 그녀가 말했다.

"제가 이 친구를 대신해 말하죠." 페레도노프가 말했다. "이 친구는 수줍어해서 스스로 결정을 못 내리고 있습니다. 이 친구는 훌륭하고, 술도 마시지 않는 데다 선량합니다. 봉급이 좀 적지만, 그게 무슨 문제입니까? 사람마다 필요한 것이 있는데, 누군가에겐 돈이, 누군가에겐 사람이 필요한 법이지요. 이봐, 자네는 왜 말이 없나?" 페레도노프가 볼로딘을 향해 말했다. "무슨 말이든 좀 해보게!"

볼로딘은 고개를 숙이고 양 울음소리 같은 떨리는 목소리로 말했다.

"물론 봉급이 적다고는 하지만, 빵이 떨어지지는 않을 겁니다. 또한 대학을 나오지는 않았지만, 다행히 나쁜 짓을 한 적이 없습니다. 물론 모든 사람이 자기가 원하는 대로 판단하게 마련이겠지만, 저는 이만하면 충분하다고 생각합니다."

그는 마치 뿔난 양이 뭔가 받으려고 준비하고 있는 것처럼 이마를 숙이고 양손을 벌리더니, 입을 다물었다.

"그래서 말인데……." 페레도노프가 말했다. "이 친구는 아직 젊은데, 계속 이렇게 살아서는 안 된다고 생각합니다. 결혼을 해야죠! 결혼하는 것이 더 나아요."

"만약 적당한 아내가 있다면 정말 좋지요!" 볼로딘이 인정했다.

"또한 당신 역시 처녀이기 때문에 신랑감이 필요하리라고 생각합니다." 페레도노프가 말을 이었다.

이때 문 뒤에서 가볍게 사각거리는 소리와 누군가 숨을 헐떡이며 입을 가리고 웃는 듯, 낮은 소리로 키득거리는 소리가 들려왔다. 그녀는 엄한 눈길로 문 쪽을 흘끗 보고는 냉정하게 말했다.

"저에게 아주 많은 관심을 갖고 계시는군요." '아주 많은'이라는 단어를 강조하면서 그녀가 화가 난 듯 말했다.

"당신은 부자인 남편이 필요하지는 않겠죠." 페레도노프가 말했다. "당신이 부자이시니까요. 당신을 사랑하고 모든 면에서 돌봐 줄 사람이 필요합니다. 이 사람을 아시니, 이해하시겠지요. 이 친구는 당신을 사랑하고 있습니다. 당신도 이 친구에게 그런 감정을 갖고 계실 수도 있을 겁니다. 그러니까 이 친구는 구매자이고, 당신에겐 팔 물건이 있다는 말이지요. 그 물건이 바로 당신이구요."

그녀는 얼굴을 붉히고, 웃음을 참느라 입술을 깨물었다. 문 뒤에선 여전히 킥킥거리는 소리가 들렸다. 볼로딘은 수줍은 듯 눈을 내리떴다. 일이 잘 되어 가고 있다는 생각이 들었다.

"물건이라니요?" 그녀가 조심스럽게 물었다. "죄송하지만 잘 이해가 안 되는군요."

"이해가 안 되시다니요?" 페레도노프가 믿기지 않는다는 듯 말했다. "직설적으로 말해서 파벨 바실리예비치가 당신의 손과 마음을 요청하고 있습니다.* 그리고 제가 그를 대신해 요청하고 있어요."

그때 문 뒤에서 마루로 무언가 쿵 넘어지는 소리가 들리는가 싶더니, 이내 구르는 소리며 킥킥거리는 소리가 들려왔다. 나데즈다는 웃음을 참느라 얼굴이 빨개지며, 손님들을 쳐다보았다. 그녀에게는 볼로딘의 청혼이 뻔뻔스럽게 느껴졌다.

"그래요." 볼로딘이 말했다. "나데즈다 바실리예브나! 당신의 손과 마음을 요청합니다."

그는 얼굴을 붉히고 발로 카페트를 심하게 비벼대더니, 갑자기 무릎을 꿇고 앉았다. 그런 다음, 다시 일어나서 가슴에 두 손을 얹고, 애원하듯 아가씨를 바라보며 말했다.

"나데즈다 바실리예브나! 저에게 설명할 기회를 주세요. 저는 당신은 사랑합니다. 저의 반려자가 되어 주시지 않겠습니까?"

그는 앞으로 다가가 나데즈다 앞에 무릎을 꿇고 앉아 그녀의 손에 입을 맞추었다.

"나데즈다 바실리예브나! 믿어 주세요. 맹세합니다!" 그는 이렇게 외치고는 손을 위로 들어 자신의 가슴을 쿵 쳤다. 그 소리가 멀리까지 울렸다.

"이러시면 안 돼요. 일어나세요. 왜 이러시는 거죠?" 나데즈다가 당황해하며 말했다.

* 러시아 관습에서 남성이 여성에게 결혼을 신청할 때 하는 표현이다.

볼로딘은 일어서더니, 토라진 얼굴로 이전의 자기 자리로 돌아갔다. 그곳에서 그는 다시 가슴에 두 손을 얹고 다시 외쳤다.

"나데즈다 바실리예브나! 저를 믿어 주세요. 죽는 날까지 온 마음을 바치겠어요."

"죄송해요." 나데즈다가 말했다. "사실대로 말하자면 전 결혼할 수 없습니다. 동생을 보살펴야 합니다. 저기 문 뒤에서 울고 있잖아요."

"동생을 보살펴야 하다니요!" 볼로딘이 화가 난 듯 입술을 쑥 내밀고 말했다.

"그것이 무슨 이유가 됩니까?"

"아니에요. 어떤 경우에도 그 애와 관계가 있습니다." 그녀는 얼른 일어나면서 말했다. "가서 동생에게 물어봐야겠어요. 잠깐만 기다려 주세요!"

그녀는 밝은 노란색 원피스를 사각거리며 서둘러 응접실에서 나와, 문 뒤에 서 있던 미샤의 어깨를 붙잡고 얼른 그를 데리고 옆방으로 달려갔다. 그곳의 문 옆에서 참았던 웃음을 터뜨리고는, 달려오느라 숨이 차서 씩씩거리는 목소리로 미샤에게 말했다.

"엿듣지 말라고 아무리 말을 해도 소용이 없구나. 정말 가장 엄한 벌을 받아야 말을 듣겠니?"

미샤는 그녀의 허리를 붙잡고 머리를 묻고는 깔깔댔다. 터져 나오는 웃음을 참으려고 애쓰는 바람에 그의 온몸이 덜덜 떨리기까지 했다. 누나는 미샤를 방으로 밀어 넣고, 문 곁에 있는 의자에 앉아 계속 웃어댔다.

"너, 파벨 바실리예비치가 제안한 이야기 들었지?" 그녀가 물었다. "지금 나와 함께 응접실로 가자. 절대 웃으면 안 돼! 내가 그 사람들 앞에서 너에게 동의하냐고 물으면 절대로 안 된다고 해! 알았지?"

"으응!" 미샤가 웅얼거렸다. 그는 웃음을 참으려고 손수건 자락을 이로 꼭 깨물었지만, 그다지 도움이 되지는 않았다.

"웃음이 나오려고 하면 수건으로 눈을 가려!" 그녀는 이렇게 다짐을 받아 두고는 미샤를 데리고 다시 응접실로 들어갔다.

그곳에서 그녀는 미샤를 안락의자에 앉히고는 자신도 그 옆에 나란히 앉았다. 볼로딘은 양처럼 얼굴을 옆으로 기울이고는, 화가 난 듯 쳐다보았다.

"그러니까……." 나데즈다가 동생을 가리키며 말했다. "금방이라도 눈물이 날 것 같아요, 불쌍한 것 같으니! 저는 제 동생에게 엄마나 다름없어요. 제가 갑자기 자기를 혼자 남겨 두면 어쩌나 하고 걱정하고 있어요."

미샤는 손수건으로 얼굴을 가렸다. 그는 웃음을 참느라고 온몸을 덜덜 떨었다. 그는 웃음을 감추려고 길게 울먹거렸다.

"우—우—우."

나데즈다는 그를 껴안고 그의 팔을 슬쩍 꼬집으며 말했다.

"울지 마! 이 불쌍한 녀석아! 울지 마."

미샤는 갑자기 꼬집힌 곳이 너무 아파 눈물이 나왔다. 그는 수건을 걸고 누나를 노려보았다.

'저 녀석이 갑자기 왜 화를 내지?' 페레도노프가 생각했다. '저 녀석이 화가 나서 나를 물어뜯기라도 하면 어쩌지? 사람의 침이 몸에 해롭다고 하던데 말이야!'

페레도노프는 혹시 위험한 일이 생길지도 모르니, 그때를 대비해 미리 볼로딘의 뒤로 몸을 숨기기 위해 볼로딘을 향해 돌아섰다. 나데즈다가 동생에게 물었다.

"파벨 바실리예비치가 내게 손을 요청한다고 말씀하시는구나!"

"손과 마음이에요." 페레도노프가 정정했다.

"마음도요." 볼로딘이 수줍어하면서도 품위를 지키려 애쓰며 말했다.

미샤는 수건으로 다시 얼굴을 가리고 웃음을 참느라 킥킥거리며 말했다.

"싫어! 누나 시집가지 마! 나는 어떡하라고!"

그러자 볼로딘은 화가 나서 흥분한 목소리로 말했다.

"나데즈다 바실리예브나! 아직 저렇게 어린 동생에게 그걸 묻다니 도저히 납득할 수 없습니다. 만약 어리지 않은 청년이라고 하더라도 이런 문제는 당신이 스스로 결정해야 할 문제 아닙니까? 그런데 당신은 지금, 동생에게 그것을 물어보고 있어요. 나데즈다 바실리예브나, 당신의 행동에 저는 놀라고, 경악할 뿐입니다."

"맞아요. 어린 소년에게 그것을 묻는 것은 정말 웃긴 일입니다." 페레도노프가 무뚝뚝하게 말했다.

"그럼 누구에게 물어보겠어요? 이모한텐 물어보나 마나예요. 더구나 저는 제 동생을 길러야 할 책임이 있는데, 어떻게 결혼을 하겠어요. 당신이 나중에 이 애를 학대할지 누가 알겠어요. 미샤, 넌 나중에 이분이 너를 혼낼까 봐 두렵지 않니?"

"아니, 누나." 미샤는 손수건 밑으로 한쪽 눈을 찡긋해 보이며 말했다. "나는 저분이 학대하는 것이 무섭지 않아. 저분은 그럴 분이 아니야! 오히려 파벨 바실리예비치가 내 응석을 받아주고, 누나가 나를 구석에 벌을 세우지 못하게 말릴까 봐 걱정이야!"

"나데즈다 바실리예브나, 믿어 주세요." 볼로딘이 가슴에 두 손을 얹고 말했다. "저는 절대 미센카의 응석을 받아주지 않을 거예요. 사내 녀석의 응석을 왜 받아 준단 말입니까! 배불리 먹이고 잘 입히고 잘 신기면 되지요. 저는 응석을 받아 주기는커녕, 구석에 세워 놓고 벌을 주겠어요. 저는 당신이 여자라서 하기 힘든 매질도 할 수 있어요."

"둘이서 힘을 모아 나를 벌세우겠군요." 미샤가 울먹이며 수건으로 얼굴을 가리며 말했다. "당신이 회초리까지 들겠다니! 나한텐 전혀 이로울 것이 없네요. 안 돼, 나쟈. 절대로 결혼해선 안 돼."

"이것 보세요. 직접 들으셨잖아요. 전 결국 허락할 수 없습니다." 그녀가 말했다.

"아주 이상하군요, 나데즈다 바실리예브나! 어떻게 그런 행동을 하십니까?" 볼로딘이 말했다. "저는 아주 열렬하게 당신에게 구혼을 하는데, 당신은 동생 때문에 거절하신단 말인가요? 만약 당신이 남동생 때문에 결혼을 못하면 어떤 사람은 여동생 때문에, 어떤 사람은 사촌들 때문에, 또 어떤 사람들은 온갖 친척들 때문에 결혼을 못하겠군요. 그러다간 인간 혈통이 모두 끊어지고 말겠어요."

"그런 걱정은 하지 않으셔도 돼요, 파벨 바실리예비치!" 나데즈다가 말했다. "아직 그럴 위험은 없어 보이니까요. 저는 단지 미샤의 동의 없이 결혼하지 않겠다는 것뿐이에요. 직접 들으신 대로 동생은 당신과의 결혼을 반대해요. 당신은 첫마디부터 이 애를 회초리로 때리겠다고 하시니 그럴 만도 하잖아요? 그러다가 나까지 치겠어요."

"나데즈다 바실리예브나! 제가 어떻게 그런 짓을 하리라고 생각하십니까?" 볼로딘이 절망적으로 외쳤다.

볼로딘이 필사적으로 안간힘을 쓰며 외쳤다.

나데즈다가 미소를 지었다.

"저 역시 지금은 결혼할 생각이 없습니다." 그녀가 말했다.

"혹시 수녀원에라도 갈 생각이신가요?" 볼로딘이 화난 목소리로 물었다.

"톨스토이주의 공동체*에 들어가, 땅에 거름을 줄 생각이라

---

* 러시아의 위대한 소설가이자 사상가이며 사회 운동가인 레프 니콜라이 톨스토이 (1828~1910)의 유지를 담아 무소유, 채식, 금욕 등을 실천하는 사람들의 모임인 공동체를 말한다.

도 하시나요." 페레도노프가 거들었다.

"왜 내가 어디로 가야 한다고 생각하시죠?" 그녀는 자리에서 일어나 단호한 어조로 말했다. "난 여기 그대로 있고 싶은데요."

볼로딘도 화가 나서 자리에서 벌떡 일어나더니, 입을 쑥 내민 채 말했다.

"미셴카가 저에 대해 그런 감정을 갖고 있다는 것이 드러난 이상, 제가 더 이상 수업을 할 수 없다는 결론이 나올 것 같습니다. 저에 대한 미샤의 감정을 안 이상 어떻게 수업을 할 수 있겠습니까?"

"무슨 말씀이세요?" 그녀가 반박했다. "이건 전혀 다른 문제 잖아요."

페레도노프는 이 아가씨를 좀더 설득할 필요가 있다고 생각했다. 어쩌면 동의할 수도 있었다. 그가 그녀에게 음울하게 물었다.

"나데즈다 바실리예브나, 당신이야말로 더 생각해 보시기 바랍니다. 갑자기 왜 그러십니까? 이 친구는 아주 좋은 사람 이란 말입니다. 이 사람은 내 친구가 아닙니까?"

"아니요." 나데즈다가 말했다. "무얼 더 생각해야 하죠? 저는 파벨 바실리예비치가 저에게 이런 영광을 베풀어 준 것에 감사드립니다. 그러나 받아들일 수는 없습니다."

페레도노프는 화가 나서 볼로딘을 보며 일어섰다. 그는 볼로딘이 멍청이라고 생각했다. 아가씨 하나 사로잡지 못하다니.

볼로딘은 고개를 숙이고 자리에서 일어났다. 그가 비난하는 투로 물었다.

"나데즈다 바실리예브나, 결국 이렇게 결정된 겁니까? 그렇다면……." 그가 손을 저으며 말했다. "그러면, 나데즈다 바실리예브나, 하느님께서 당신을 축복하시기를 빌겠습니다. 결국 저의 운명은 이런 슬픈 운명이군요! 아아, 한 젊은이가 아가씨를 사랑했는데, 아가씨는 그를 사랑하지 않았습니다. 오, 신이여 보고 계시나요! 뭐, 좀 울고 나면 다 괜찮아지겠죠."

"좋은 사람을 무시하는군요! 앞으로 누가 걸릴지도 모르는데." 페레도노프가 훈계조로 말했다.

"에이!" 볼로딘은 다시 한번 울분을 터뜨리고는 문 쪽으로 나가려고 했다. 그러다가 갑자기 다시 마음을 가다듬고 돌아와 자신을 무시한 미샤와 아가씨에게 손을 내밀어 작별 인사를 했다.

...

페레도노프는 길을 가면서 화가 나서 투덜댔다. 볼로딘도 가는 내내 화가 나 매매거리는 양 울음소리를 내며 불만을 토했다.

"뭣 때문에 수업은 거절했어?" 페레도노프가 볼로딘에게 투덜댔다. "돈이 그렇게 많은 모양이지!"

"아르달리온 보리시치, 나는 그저 일이 이렇게 된 이상, 수업을 할 수는 없다고 말했을 뿐이야. 그녀는 수업을 거절할 필요까지는 없지 않느냐고 했고, 내가 아무 대답도 않자, 수업을 해달라고 부탁했잖아. 어쨌든 이제 수업을 하고 안 하고는 내 손에 달린 것이지. 거절하고도 싶고, 계속 하고 싶기해."

"뭣 때문에 거절한단 말인가?" 페레도노프가 말했다. "아무일도 없었던 것처럼 계속 하라고!"

'이 일에나 신경 쓰게 해야지.' 페레도노프는 생각했다. '그렇지 않으면 나를 질투할 테니까.'

페레도노프는 마음이 울적했다. 볼로딘이 일에 성공하지 못했으니, 잘 살펴보지 않으면, 바르바라에게 치근덕거릴 염려가 있었던 것이다. 또 아다멘코는 아다멘코대로 볼로딘을 중매하려 했다는 이유로 자신에게 앙심을 품을 것이다. 그녀는 페테르부르크에 친척이 있어서, 그녀가 편지라도 써서 그를 해코지할지도 모른다.

날씨마저 구질구질했다. 하늘은 잔뜩 찌푸리고, 까마귀들이 낮게 날며 울고 있었다. 페레도노프는 바로 머리 위에서 까악거리는 것을 보고, 마치 그 울음소리가 자신을 약 올리는 것 같아 불길한 예감에 사로잡혔다. 페레도노프는 목에 스카프를 단단히 감으며, 감기 걸리기에 딱 좋은 날씨라고 생각했다.

"이게 무슨 꽃이지, 파블루샤?" 페레도노프가 어느 집 담장너머에 피어 있는 노란색 꽃을 가리키며 볼로딘에게 물었다.

"미나리아재비꽃*이지, 아르다샤!" 볼로딘이 슬픈 목소리로 대답했다.

그런 꽃들이 집 뜰에도 많이 피어 있었다는 것을 페레도노프는 기억했다. 이 얼마나 기분 나쁜 이름인가!

어쩌면 무슨 독을 갖고 있을지도 모른다. 혹시 바르바라가 이런 꽃을 한 아름 따다가 차 대신 듬뿍 넣어, 자기를 독살할지도 모른다. 임명장이라도 오면, 볼로딘을 자신으로 변장시키기 위해서 독살을 하는 것이다. 어쩌면 둘이서 이미 만반의 준비를 다 해놓았는지도 모른다. 볼로딘이 이 꽃의 이름을 아는 것도 우연이 아니다. 볼로딘이 말했다.

"신이 그녀에게 심판을 내리시겠지! 그녀는 왜 나를 무시하는 거지? 그녀는 아마 귀족을 기다리겠지! 귀족도 귀족 나름이라는 것을 모르는 모양이야. 함께 살다가 눈물깨나 흘릴 거야. 평범하고 착한 남자가 행복하게 해줄 수도 있는 법인데. 나는 성당에 가서 촛불이나 켜 놓고 그녀의 건강을 빌며 기도나 해야지! 알코올중독자나 만나서 실컷 두들겨 맞게 해달라고, 남편이 재산을 탕진해서 그녀를 거지가 되게 해달라고. 그러면 그때 나를 기억할거야. 그러나 이미 때는 늦은 거지. 주먹으로 굵은 눈물을 훔치며 말하겠지. 파벨 바실리예비치를 거절하다니, 내가 바보였어. 그는 때리지는 않았을 텐데, 아주 좋은 사람이었는데, 하고 말이야!"

---

* 러시아어에서 '잔인한 사람'이란 뜻으로도 쓰인다.

그러다가 자기 말에 복받쳤는지, 볼로딘은 양처럼 툭 튀어 나온 눈에서 줄줄 흘러내리는 눈물을 닦아냈다.

"그러면 밤에 그 집 유리창을 깨 버려!" 페레도노프가 조언을 했다.

"그냥, 내버려 둬!" 볼로딘이 말했다. "붙잡히면 어떡하라고. 안 돼. 그 꼬마 녀석은 또 어떡하고. 오, 하느님 맙소사! 내가 무슨 잘못을 했다고, 나에게 이런 고통을 준단 말인가? 나는 그를 위해 최선을 다했는데, 이렇게 보시다시피, 나에게 이런 함정을 파 놓다니! 무슨 아이가 그래. 그 아이 때문에 어떻게 되었냐고, 안 그런가?"

"그렇지!" 페레도노프가 화가 나서 말했다. "그렇다고 꼬마 녀석과 시비를 가릴 수는 없지. 에이, 이런 것도 신랑감이라고!"

"무슨 말이야" 볼로딘이 항변했다. "내가 뭐가 부족해서! 다른 여자를 찾으면 되지! 그 여자 때문에 울고불고할 거라고 생각하면 오산이야!"

"에이, 이것도 신랑감이라고!" 페레도노프가 그를 약 올렸다. "고깃집의 돼지 주둥이같이 해 가지고선. 그것도 신랑감이라고……" 페레도노프가 약을 올렸다.

"내가 신랑감이었다면 아르다샤, 자네는 중매쟁이가 아니었던가?" 볼로딘이 비난조로 말했다. "나를 부추긴 게 누군데, 자기야말로 제대로 중매도 서지 못한 주제에. 에이, 이것도 중매쟁이라고!"

그들은 오랫동안 모르는 사람이 봤더라면 무슨 대단한 대담이라고 나눈다고 생각했을 정도로, 진지하게 서로를 비난하고 약을 올렸다.

...

나데즈다 바실리예브나는 손님들을 배웅하고 응접실로 돌아왔다. 미샤는 소파에 누워 깔깔대고 있었다. 누나가 그의 어깨를 잡고 소파에서 일으켜 세우며 말했다.

"손님들이 이야기하는데 엿들어선 안 된다는 것을 잊었니?"

그녀는 두 손을 들어 올려 새끼손가락을 교차시키려고 했지만, 그만 웃음이 터져 나와 제대로 되지 않았다. 미샤가 그녀의 품을 파고들었다. 그들은 서로 껴안고 한참 동안 웃어댔다.

"어쨌든 엿들은 벌로 구석에 가 있어!" 그녀가 말했다.

"그러지 마!" 미샤가 말했다. "누나 신랑감한테서 누나를 구해 줬잖아! 나한테 고맙다고 해야지."

"누가 누구를 구해 주었다는 거야! 그가 회초리로 때려 주겠다고 했던 말 못 들었어? 빨리 구석에 가 있어!"

"그러면 그냥 여기 서 있을게!" 미샤가 말했다.

그는 누나 앞에 무릎을 꿇고 머리를 그녀의 무릎에 얹었다. 그녀는 그를 어루만지고 간지럼을 태웠다. 미샤는 무릎을 꿇고 마루를 기어 다니며 웃어댔다. 그녀는 갑자기 미샤를 밀어내고, 소파에 앉았다. 미샤는 혼자 남겨졌다. 그는 의아해하는 눈길로 한동안 무릎으로 서서 누나를 바라보았다. 그녀는 좀더 편안한 자세를 취하며, 책을 읽는 척하다가 동생을 흘끔 바라보았다.

"이제 그만할게. 지쳤어!" 미샤가 불만스럽게 말했다.

"내가 하라고 한 것 아니야, 네가 그러겠다고 했잖아!" 누나는 책 사이로 슬쩍 미샤를 보고 웃었다.

"하지만 누나가 벌을 줬잖아! 용서해 줘!" 미샤가 애원했다.

"내가 언제 네게 무릎을 꿇고 있으라고 했어?" 짐짓 무심한 투로 나데즈다가 물었다. "왜 나한테 치근덕거리는 거야!"

"용서해 주지 않으면 절대 일어서지 않을 거야!"

나데즈다는 웃기 시작하더니, 책을 옆으로 밀어놓고 미샤의 어깨를 잡고 그를 끌어안았다. 그는 환성을 지르고는 누나를 안으려 달려들며 소리쳤다.

"파블루시카의 색시!"

16

검은 눈동자의 소년은 류드밀라의 마음을 완전히 사로잡았
다. 그녀는 가족이나 지인들에게 자주 그에 대해 이야기를 했
고, 이따금씩 전혀 모르는 사람에게도 이야기를 꺼냈다. 그녀
는 거의 매일 밤 소년의 꿈을 꾸곤 했는데, 어느 때는 정숙하
고 평범한 꿈을 꾸는가 하면, 어느 때는 아주 원색적이고 환
상적인 꿈을 꾸기도 했다. 이러한 꿈 이야기는 거의 습관이 되
다시피 했고, 아침이면 도리어 자매들이 이번엔 무슨 꿈을 꾸
었느냐고 물을 정도였다. 그녀는 온통 소년을 상상하며 시간
을 보내곤 했다.

일요일에, 류드밀라는 자매들에게 코코브키나를 아침 미
사에 꼭 불러 붙잡고 있어 달라고 부탁했다. 그녀는 혼자서
그를 만나고 싶었다. 그래서 그녀는 성당에 가지 않았다. 그러
고는 자매들에게 이렇게 시켰다.

"할머니가 물어보면, 내가 늦잠을 잤다고 말해 줘."

자매들은 그녀의 무모한 계획을 비웃었지만 결국 승낙했
다. 그들은 매우 의가 좋았던 때문이다. 그녀는 만약 자매들

의 도움으로 신랑감을 구하면, 그녀들에게도 꼭 신랑감을 구해 주겠다고 말했다. 그들은 약속한 대로 아침 미사 시간에 코코브키나를 불러냈다.

그때 류드밀라는 예쁘고 화사하게 치장을 하고, 약하고 은은한 앗킨소노프 향수를 뿌리고, 구슬로 수를 놓은 하얀 주머니에 아직 마개도 열지 않은 향수병과 작은 분무기를 담은 다음, 코코브키나가 제 시간에 집으로 들어오는지를 보려고 응접실 커튼 뒤에 몸을 숨기고 있었다. 그녀는 이전부터 향수를 가져가려고 생각했는데, 그것은 소년의 역한 라틴어 책 냄새나 소년한테서 나는 잉크 냄새가 나지 않도록 그에게 향수를 뿌리기 위해서였다. 그녀는 향수를 매우 좋아했다. 그래서 페테르부르크에서 향수를 많이 주문했고, 많은 돈을 낭비했다. 향기가 진한 꽃들도 좋아했다. 항상 그녀의 방은 꽃이나 향수, 소나무나 봄철의 신선한 자작나무 향기가 났다.

저기 자매들과 코코브키나가 오고 있었다. 류드밀라는 부리나케 부엌을 빠져나와, 울타리를 지나고, 쪽문을 벗어나, 작은 골목길만을 골라 달렸다. 그녀는 기분 좋은 미소를 지으며, 가방과 하얀 양산을 휘두르며, 코코브키나의 집으로 신나게 달려갔다. 따뜻한 가을날이 그녀를 즐겁게 했고, 그녀가 달려가며 자신의 유쾌한 기분을 주변에 퍼트리는 것 같았다.

코코브키나의 집의 하녀가 나와서, 여주인은 없다고 전했다. 류드밀라는 경쾌하게 웃으면서, 문을 활짝 열고 서 있는, 볼이 불그스레한 하녀에게 농담까지 했다.

"거짓말하는 것 아냐?" 그녀가 말했다. "아니면 여주인이 몸을 숨긴 건지도 모르지!"

"어머, 뭣 때문에 숨는단 말이에요?" 하녀가 웃으며 말했다. "못 믿겠으면 직접 방으로 들어가 찾아보세요."

류드밀라는 응접실을 힐끔 쳐다보고 장난스럽게 말했다.

"여기, 누구 살아 있는 사람 없어요? 아, 이 댁의 학생이 있었군요!"

사샤가 자기 방에서 살짝 내다보고는, 류드밀라가 온 것을 보자 반가워했고, 류드밀라는 그가 반기는 눈빛을 보고는, 더 기분이 좋아졌다. 그녀가 물었다.

"올가 바실리예브나는 어디 가셨어요?"

"집에 안 계세요." 사샤가 말했다. "아직 안 돌아왔어요. 성당에 갔다가 어디 가신 모양이에요. 나는 방금 돌아왔는데, 그녀는 아직 안 돌아왔어요." 사샤가 말했다.

류드밀라는 놀라는 표정을 지었다. 그녀는 우산을 한번 휘두르더니 유감스럽다는 듯 말했다.

"무슨 일일까요? 모두들 성당 갔다가 돌아왔을 시간인데. 모두들 집에 있는데, 할머니만 집에 안 계시니. 분명히 젊은 학생이 소란을 피워서 할머니가 집에 붙어 있을 수가 없었던 것 같은데요?"

사샤는 말없이 미소만 지었다. 류드밀라의 목소리와 그녀의 깔깔거리는 웃음소리가 그를 즐겁게 했다. 그는 지금껏 어떻게 하면 잠시 동안만이라도 그녀와 함께 있을 수 있을까, 어떻게 하면 그녀를 바라보며 그녀의 이야기를 들을 수 있을까 하고 궁리했다.

그러나 류드밀라는 돌아갈 생각을 하지 않고, 사샤를 바라보고 교활하게 웃으며 말했다.

"앉으라는 말조차 하지 않네요? 아주 친절한 분이시군요? 아이, 피곤해! 잠깐 쉬게 해주세요!"

그러고는 부드러운 시선으로 사샤를 바라보며 응접실로 들어갔다. 사샤는 부끄러워하며 얼굴을 붉혔지만, 내심으로는 아주 기뻐했다. 그와 함께하겠다는 것이다!

"원하시면 당신을 목 졸라 드릴까요? 어때요?" 류드밀라가 쾌활하게 말했다.

"이상한 아가씨네요!" 사샤가 말했다. "오자마자 내 목을 조르겠다니! 너무 가혹한 것 아녜요?"

그러자 류드밀라가 깔깔거리며 소파에 벌렁 기댔다.

"목을 조른다고요!" 그녀가 소리쳤다. "바보 같은 소리! 나는 그런 뜻으로 말한 것이 아니에요. 나는 손으로 목을 조르겠다는 것이 아니라 향수를 뿌려주겠다는 거예요."*

"아, 향수요! 내가 오해를 했군요."

류드밀라가 가방에서 분무기를 꺼내고는, 사샤의 눈앞에서 구타페르카 나무의 수지로 만든 방울과 청동과 황금으로 장식된 검붉은 색의 예쁜 유리병을 꺼내 빙빙 돌리며 말했다.

* 러시아어에서 '향수를 뿌리다'는 단어와 '목을 조르다'는 동음이의어이다.

"이것 보세요. 어제 새 분무기를 샀어요. 그러고는 깜빡 잊고 가방에 그냥 넣어 뒀지 뭐예요."

그런 다음 반짝이는 검은색 상표가 달린 커다란 향수병을 꺼냈다. 프랑스제 헤를 노바 파오-로사였다. 사샤가 소리쳤다.

"와! 가방 한번 깊군요!"

류드밀라가 유쾌하게 대답했다.

"이젠 더 이상 아무것도 없어요. 과자 같은 것은 가져오지 않았으니까요."

"과자라니요?" 사샤가 우습다는 듯이 말했다. 그는 호기심에 차서 그녀가 향수병을 어떻게 여는지 보며 물었다.

"깔때기도 없이 향수를 여기에 어떻게 붓죠?"

류드밀라가 즐거운 표정으로 대답했다.

"깔때기 좀 주겠어요?"

"그런 것은 없는데요." 사샤가 당황하며 말했다.

"그럼, 어떡하란 말이에요? 빨리 깔때기를 줘요!" 류드밀라는 웃으면서 억지를 부렸다.

"말라니야에게 빌려야겠어요. 맞아요. 등잔에 기름을 넣을 때 쓰는 게 있을 거예요." 사샤가 말했다.

그러자 류드밀라가 즐겁게 깔깔댔다.

"에이, 어쩜 그렇게 농담을 못 알아들어요? 아깝지 않으면 종이나 한 장 주세요. 그게 바로 깔때기이지 뭐예요?"

"아, 정말 그렇군요!" 사샤가 즐거운 비명을 질렀다. "정말로 종이를 말아서 사용하면 되겠군요. 바로 가져올게요."

사샤는 자기 방으로 달려갔다.

"노트를 뜯어도 되겠죠?" 그가 방에서 소리쳤다.

"아무것이나 괜찮아요." 그녀가 즐겁게 소리쳤다. "라틴어 문법책에서 뜯어온다 해도 괜찮아요."

사샤가 깔깔거리고 소리쳤다.

"아니요. 노트에서 뜯는 것이 좋겠어요."

그가 깨끗한 노트의 가운데 부분을 뜯어 거실로 막 나가려는데, 어느새 류드밀라가 문지방에 서 있었다.

"방에 들어가도 되나요?" 그녀가 장난스럽게 물었다.

"물론이에요! 제가 오히려 영광이죠!" 사샤가 즐거운 비명을 질렀다.

류드밀라는 그의 방에 있는 의자에 앉아 종이를 말아 깔때기를 만든 다음, 제법 진지한 표정으로 향수병에 있던 향수를 분무기에 따라 넣었다. 향수가 종이 깔때기 옆과 끝부분으로 천천히 흘러들자, 젖어서 색이 진해졌다. 향이 진한 액체가 깔때기에 고이더니 이내 아래로 천천히 흘러 내렸다. 달콤한 장미 향기가 독한 알코올 냄새와 섞여 은은하게 향기를 풍겼다.

류드밀라는 향수병에서 절반 정도를 분무기에 붓고 나서 말했다.

"이젠 다 됐어요."

그녀는 분무기의 뚜껑을 돌리기 시작했다. 그리고 젖은 깔때기 종이를 구겨서 양손에 비벼댔다.

"냄새를 맡아 봐요!" 그녀는 종이를 비비던 손을 사샤의 얼굴에 갖다 대며 말했다.

사샤는 고개를 숙이고 눈을 감더니 냄새를 맡았다. 류드밀라가 웃으며 손바닥으로 그의 입술을 살짝 치더니, 그대로 손을 그의 입술에 대고 있었다. 사샤는 얼굴을 붉히며, 떨리는 입술로 류드밀라의 부드럽고 따뜻한 손에 입 맞추었다. 류드밀라는 가벼운 한숨을 내쉬었고, 그녀의 사랑스러운 얼굴에는 부드러운 표정이 번졌다. 그런 다음, 다시 이전의 행복하고 즐거움에 넘치던 표정으로 돌아갔다. 그녀가 말했다.

"그렇게 내 손을 붙잡고 있으면, 향수를 어떻게 뿌리죠?"

그러고는 구타페르카 나무의 수지로 만들어진 분무기의 방울 꼭지를 눌렀다. 사샤의 옷과 대기에 방향 가루가 흩어져 내렸다. 류드밀라가 즐거워하며 그를 툭 치자, 사샤는 그에 반응해 빙그르르 돌았다.

"향기 좋아요?" 그녀가 물었다.

"아주 좋아요." 사샤가 유쾌하게 대답했다. "그런데 이게 무슨 향수죠?"

"아유, 아직 풋내기군요! 병을 보면 알 것 아녜요?" 그녀가 핀잔을 주며 말했다.

사샤는 그것을 읽고 말했다.

"글쎄요, 무슨 장미 기름 냄새 같은데."

"기름이라뇨!" 류드밀라가 핀잔을 주며, 그의 등을 살짝 쳤다.

사샤가 웃기 시작하더니, 비명을 지르고, 혀끝을 둥글게 말아 쑥 내밀었다. 류드밀라가 일어나서 사샤의 노트와 교과서를 뒤적이기 시작했다.

"봐도 괜찮죠?" 그녀가 물었다.

"그렇게 하시죠." 사샤가 대답했다.

"어디 빵 점짜리 있나 볼게요."

"나는 아직 그런 영광은 받아 보지 못했어요." 사샤가 샐쭉해져서 반박했다.

"거짓말 말아요." 류드밀라가 단호하게 말했다. "보아하니, 이미 받았을 법도 한데요. 어디다 감춘 모양이군요."

사샤가 조용히 미소를 지었다.

"라틴어나 그리스어 같은 과목은 지겹지 않아요?" 류드밀라가 물었다.

"아니요." 이렇게 대답하긴 했지만, 사샤는 학교나 학업에 관한 이야기만을 나누는 것이 지겹다는 표정을 지었다. "암기하는 것은 지겨운 일이에요." 그가 시인했다. "하지만 괜찮아요. 나는 기억력이 좋거든요. 그리고 문제 푸는 것은 좋아해요."

"내일 점심 먹고 우리 집에 들르지 않겠어요?" 류드밀라가 말했다.

"감사합니다. 기꺼이 가겠어요." 사샤가 얼굴을 붉히며 말했다.

사샤는 류드밀라가 자신을 초대한 것이 매우 기뻤다.

류드밀라가 물었다.

"내가 어디 사는지 알고 있어요? 올 거예요?"

"알고 있어요. 꼭 가겠어요." 사샤가 기쁜 얼굴로 말했다.

"곧장 와요. 기다리고 있을 테니까요. 알았죠!" 류드밀라는 다시 한번 다짐을 받고는 단호하게 말했다.

"그런데 수업이 늦게 끝나면 어떡하죠?" 사샤가 물었다. 사샤는 정말로 수업이 늦게 끝날지도 모른다는 생각보다는 그의 성실한 성품 때문에 그렇게 물은 것이다.

"이런 엉터리! 아무튼 오란 말이에요!" 류드밀라가 고집을 피웠다. "그렇다고 창으로 사형을 시키지는 않을 테니까."

"그건 왜죠?" 사샤가 살짝 웃으며 물었다.

"그럴 일이 있어요. 할 말도 있고 보여 줄 것도 있어요." 류드밀라는 장밋빛 손가락을 펴서 치마를 잡고는 노래를 부르며, 가볍게 폴짝 뛰고는 말했다. "꼭 와줘요. 사랑스러운 나의 도련님! 아셨죠?"

사샤가 웃기 시작했다.

"무슨 말인지 오늘 하면 안 되나요?" 그가 물었다.

"오늘은 안 돼요. 오늘은 말할 수 없어요. 말하면, 내일 당신이 오지 않을 테고, 갈 필요 없다고 말할 테니까요!"

"허락해 주시면 기꺼이 갈게요. 갈 수만 있다면요."

"당연히 올 수 있어요. 학교에서 당신을 쇠사슬에 묶어 두지는 않을 테니까."

류드밀라는 헤어지면서, 사샤의 이마에 입 맞추고 사샤의 입술에 손을 갖다 댔다. 사샤는 손에 입맞춤을 할 기회가 왔다. 다시 한번, 그녀의 희고 부드러운 손에 입 맞추는 것이 기뻤지만, 부끄럽기도 했다. 어떻게 얼굴을 붉히지 않겠는가! 류드밀라는 방을 나가며, 부드러우면서 장난스럽게 미소를 지었다. 그리고 뒤를 몇 번이나 돌아보았다.

'정말 사랑스러운 아가씨야!' 사샤는 생각했다. 그는 혼자 남겨졌다.

'어느새 가 버렸군!' 그는 생각했다. '갑자기 나타났다가, 정신을 차릴 새도 없이 벌써 가 버렸어. 조금이라도 더 있어 줬으면 좋았으련만!' 사샤는 이런 생각을 하다가 바래다주는 것도 깜빡 잊었다는 것을 알고 부끄러운 생각이 들었다.

'잠시라도 그녀와 함께 걸으면 좋았으련만!' 사샤는 상상의 나래를 폈다. '지금이라도 따라잡을 수 있을까? 멀리 갔을까? 지금이라도 빨리 달려가면 만날 수 있을까?'

'아니야, 비웃을지도 몰라!' 사샤는 생각했다. '그래, 그녀를 방해하게 될지도 몰라.'

그는 그녀를 따라가지 않기로 했다. 왠지 허전하고 어색했다. 입술에는 그녀의 손에 입맞춤한 감미로운 느낌이 아직 남아 있었고, 이마에 해준 입맞춤도 불타는 것 같았다.

'그녀의 입맞춤은 얼마나 부드러운가!' 사샤는 아련하게 상념에 잠겼다. '마치 사랑스러운 누이 같아.'

사샤의 뺨이 달아올랐다. 달콤하기도 하고 부끄럽기도 했다. 알 수 없는 기대감이 부풀어 올랐다.

'그녀가 내 누나였다면 얼마나 좋았을까!' 그는 감상적인 기분에 휩싸였다. '그랬더라면 그녀에게 다가가 그녀를 안고 다정한 말을 건넬 수도 있었을 텐데. 그녀를 "류드밀로치카*" 라고, "사랑스러운 이여!"라고 부를 수도 있었겠지. 아니면 전혀 다른 특별한 이름으로 부를 수도 있었을 테지. 부바라든가, 잠자리라든가. 그러면 그녀가 대답을 하겠지. 아아, 그럴 수 있다면 얼마나 기쁠까!'

'그런데 이렇게……' 그는 갑자기 슬픔에 잠겨 생각했다. '우리는 완전히 남남이니, 사랑스러운 사람이지만 남남. 왔다가 그냥 가 버렸어. 벌써 나에 대한 생각은 까맣게 잊었겠지! 달콤한 라일락 향기와 장미 향기와 부드러운 두 번의 입맞춤만을 남기고. 아프로디테의 물거품처럼, 마음속에 알 수 없는 흥분과 달콤한 기대만을 남겨두고.'

얼마 안 있어, 코코브키나가 돌아왔다.

"무슨 일이야? 무슨 향수 냄새가 이렇게 진하지?" 그녀가 물었다.

사샤가 얼굴을 붉히며 말했다.

"류드밀로치카가 왔었어요." 그가 대답했다. "할머니를 기다리다 그냥 갔어요. 저에게 향수를 뿌리고요."

"참 사랑스러운 아가씨야." 할머니가 놀라워하며 말했다. "벌써 류드밀로치카라고 부르는구나."

사샤는 부끄러워하며 웃더니 자기 방으로 도망쳤다. 코코

---

* 류드밀라의 애칭.

브키나는 루틸로프가의 아가씨들이 모두 한결같이 다정하고 사랑스러워, 노인이든 아이든 그들의 애교에 빠져든다고 생각했다.

···

다음 날 사샤는 아침부터 자기가 초대받은 사실에 한껏 마음이 설렜다. 그는 안절부절못하며 점심시간을 기다렸다. 점심을 먹자마자 흥분해서 상기된 얼굴로 코코브키나에게 7시까지 루틸로프 댁에 다녀오겠다고 허락을 구했다. 코코브키나는 약간 놀라기는 했지만 허락했다. 사샤는 머리에 기름까지 바르고 멋을 낸 다음, 기뻐하며 달려갔다. 그는 기쁘기도 했고, 뭔가 의미 있고 즐거운 일이 일어날 것 같아 약간 흥분이 되기도 했다. 류드밀라를 만나면 다시 그녀의 손에 입 맞출 수 있고, 그러면 그녀는 그의 이마에 입 맞출 테고, 나중에 헤어질 때도 다시 한번 똑같이 입맞춤을 할 수 있으리라는 생각에 그는 기분이 좋아졌다. 류드밀라의 희고 부드러운 손을 생각만 해도 가슴이 설레었다.

현관에서 세 자매가 사샤를 맞았다. 언제나 자매들은 창가에 앉아, 거리를 내다보며 지나가는 사람들을 관찰하기를 좋아했던 때문에, 그날도 멀리서 그가 오는 것을 곧바로 발견했다. 예쁘게 차려입고 발랄하게 수다를 떠는 아가씨들 모두가 그를 에워싸며 열렬하게 그를 환영했다. 그는 금세 기분이 좋아졌고 그들과 쉽게 친해졌다.

"이 사람이 바로 비밀의 소년이야." 류드밀라가 즐거운 환성을 지르며 소개했다.

사샤는 몹시 만족해하며 편안하게 그녀의 손에 입 맞췄다. 그는 이어서 다리야와 발레리야의 손에도 차례로 입 맞추었다. ─그들을 제외해서는 안 된다.─ 그것도 기분 나쁘지는 않았다. 더구나 세 자매들이 모두 그의 뺨에 입 맞춰 주었을 때는 아주 기분이 좋았다. 다리야는 벽에 대고 하듯 무관심하게 쪽 소리를 내며 입 맞추고, 발레리야는 눈을─교활한 눈이었다─ 내리깔고, 살짝 히죽거리며, 향기롭고 부드러운 사과꽃잎이 그에 뺨에 떨어지는 듯, 가볍고 기쁨에 찬 입술로 입 맞추었으며, 류드밀라는 아주 기뻐하고 반가워하면서 열렬하게 입 맞추었다.

"이 소년이 바로 나의 손님이야!" 류드밀라는 대단한 발표라도 하듯 이렇게 말하고는, 사샤의 팔을 잡고 자기 방으로 안내했다.

다리야는 화가 났다.

"와! 입맞춤이 거창하군!" 그녀가 화가 나서 소리쳤다. 무슨 보물단지라도 되는 거야! 아무도 뺏지 않을 테니까 걱정 마!"

발레리야는 아무 말 없이 웃었다. '이런 소년과 이야기를 할 수 있다는 것은 매우 흥미롭군! 그는 무엇을 알고 있을까?'

류드밀라의 방은 넓고 밝았으며 경쾌한 느낌을 주었다. 뜰로 난 두 개의 커다란 창문에는 연한 황금색 커튼이 드리워져 있었다. 방에서는 달콤한 향기가 났다. 모든 물건이 화려하고 밝은색을 띠고 있었다. 의자와 소파는 모두 거의 눈에 띄지 않는 흰색 무늬가 있는 연한 황금색 천으로 씌워져 있었다. 다양한 향수병들과 화장수가 들어 있는 병들, 통들, 그리고 상자들이 놓여 있었고, 부채며, 프랑스어로 된 책들과 러시아어 책들도 있었다.

"어젯밤 꿈에 너를 보았어!" 류드밀라가 웃으며 이야기를 했다. "너는 다리 아래 강에서 수영을 하고 있는 것 같았는데, 내가 강 위의 다리에 앉아서 낚시로 너를 낚았지 뭐야?"

"그래서 깡통에 담아 두었나요?" 사샤가 놀리며 말했다.

"왜 깡통에 넣었을 거라고 생각해?"

"그럼 어디다 놓죠?"

"어디에 놓느냐고? 귀를 뜯어내고 그냥 놔주었지."

그러고는 류드밀라가 깔깔거리며 한참을 웃었다.

"이상한 사람이군요." 사샤가 말했다. "그럼 오늘 나에게 할 말이 있다는 것은 뭐죠?"

그러나 류드밀라는 웃기만 할 뿐 말이 없었다.

"거짓말을 한 모양이군요." 사샤가 그렇게 넘겨짚었다. "그리고 또 뭔가 보여 주겠다고 하지 않았어요?" 그가 비난조로 말했다.

"보여 줄 것이 있다는 건 사실이야. 그런데 뭐 좀 먹지 않을래?" 류드밀라가 물었다.

"점심 먹었어요." 사샤가 말했다. "당신은 순 거짓말쟁이군요.”

“내가 왜 거짓말을 하겠어? 이제 보니 너에게서 머릿기름 냄새가 나는데.” 갑자기 류드밀라가 물었다. 사샤가 얼굴을 붉혔다.

“머릿기름은 도저히 참을 수 없어!” 화가 난 듯 류드밀라가 말했다. “머릿기름을 바른 아가씨 같아!”

그녀는 손으로 그의 머리를 마구 휘저어, 손에 기름을 묻히고는 그 손으로 사샤의 뺨을 때렸다.

“제발 기름 같은 건 바르지 말아 줘.” 그녀가 말했다.

사샤는 당황했다.

“좋아요. 다시는 바르지 않겠어요.” 그가 말했다. “정말 엄격한 사람이군요. 자기는 향수를 뿌리면서.” 사샤가 말했다.

“향수는 기름과는 달라, 이런 바보! 비교할 걸 비교해야지.” 류드밀라가 확신하는 어조로 말했다. “나는 한 번도 머리에 기름을 발라 본 적이 없어. 뭣 때문에 머리카락에 풀칠을 하지? 그러나 향수는 전혀 달라. 향수 좀 뿌려 줄게. 라일락 향기 어때? 좋아해?”

“좋아해요.” 사샤가 웃으며 말했다. 그는 향수를 뿌리고 집에 돌아가서 코코브키나를 놀래킬 생각을 하니 기분이 좋았다.

“자, 원하는 사람이 누구지?” 류드밀라가 스포이트가 든 유리병을 들고 와 궁금하다는 듯 짐짓 사샤를 바라보며 재차 물었다.

"제가 원해요!" 사샤가 따라 말했다.

"너 지금 짖는 거야? 짖고 있어? 바로 그거야! 짖어봐!"* 류드밀라가 즐거워하며 그를 약 올렸다.

사샤와 류드밀라는 깔깔대며 웃었다.

"이젠 목을 조를까 봐 겁내지는 않겠지?" 류드밀라가 물었다. "어제 놀랐던 거 기억나?"

"아니요, 놀라지 않았는데요." 사샤가 갑자기 폭발하며 흥분해서 대꾸했다.

류드밀라는 사샤를 약 올리고 놀리며 스포이트로 향수를 뿌리기 시작했다. 사샤는 감사를 표며 류드밀라의 손에 입 맞추었다.

"그리고 제발 이 머리 좀 깎아!" 류드밀라가 다시 엄하게 말했다. "머리를 길러서 땋고 다니면 뭐가 좋다고? 말이 놀라서 뒤로 자빠지겠어."

"좋아요, 머리를 자르겠어요." 사샤가 동의했다. "아주 엄하게 구는군요. 아직 내 머리는 짧은데, 0.5인치 더 길러도 장학관은 아무 말 하지 않을 거예요."

"나는 머리가 짧은 남자가 좋아, 이 말을 꼭 기억해." 류드밀라는 손가락으로 그를 위협하며 위엄 있게 말했다. "나는 장학관은 아니지만 내 말을 명심해."

* '짖다'의 동사 앞에 소사(小詞)를 붙여 '원하다'의 동사와 발음을 유사하게 내며 말장난을 함.

...

이후로 류드밀라는 사샤를 만나러 자주 코코브키나의 집을 방문했다. 그녀는 되도록이면 코코브키나가 없는 이른 시간에 방문하려고 애를 쓰기도 하고, 코코브키나를 집 밖으로 불러내려고 교활한 꾀를 짜내기도 했다. 한번은 다리야가 류드밀라에게 충고했다.

"에이, 이 바보야! 할머니를 겁내다니! 그녀가 있을 때 당당하게 가서 그와 함께 산책을 나가 봐!"

류드밀라는 이 말을 듣고, 여주인이 있을 때 당당하게 찾아갔다. 만약 집에서 여주인을 만나면 그녀와 잠깐 이야기를 나누고 나서, 사샤와 산책을 했다. 그러나 그럴 때면 사샤와의 산책 시간이 짧아지곤 했다.

사샤와 류드밀라는 얼마 안 있어 다정한 우정의 감정을 갖게 되었지만, 그것은 번민하는 우정이었다. 류드밀라는 자신도 느끼지 못하는 사이에 사샤에게 아직 철 이른 어떤 희미한 욕망의 감정을 불러일으켰다. 사샤는 그녀의 노랗고 붉은 빛이 도는 피부 속으로 구불구불한 푸른 정맥들이 드러나 보이는 류드밀라의 손에—부드럽고 탄력 있는 피부로 덮여있는 가늘고 유연한 손가락에— 자주 입 맞추었다. 그러고는 넓은 소매를 걷고는 더 위쪽—길고 가느다란— 팔꿈치까지 입맞춤을 하는 것이었다.

사샤는 이따금 류드밀라가 왔었다는 사실을 코코브키나에

게 감췄다. 거짓말을 한 것이 아니라, 단지 말을 하지 않았다. 어떻게 거짓말을 한단 말인가? 하녀가 다 이야기할 것이 뻔했던 것이다. 류드밀라가 왔었다는 사실을 감추기도 매우 힘든 일이었다. 그녀의 웃음소리가 귀를 울렸던 것이다. 사샤는 그녀에 대해 말하려고 했지만 왠지 꺼려졌다.

사샤는 다른 자매들과도 금세 가까워졌다. 그들의 손에 자주 입 맞추고, 아가씨들을 모두 다센카*라든가, 류드밀로치카라든가, 발레로츠카**라고 부르게 되었다.

 * 다리야의 애칭.
** 발레리야의 애칭.

17

류드밀라는 오후에 거리에서 사샤를 만나자, 그에게 말했다.

"내일 교장 선생님 큰딸의 명명일*인데, 주인 할머니가 그곳에 갈까?"

"잘 모르겠는데요." 사샤가 대답했다.

그러나 그의 마음은 기대에 부풀어 올랐고, 기대에 그치는 것이 아니라, 몹시 소망하는 바였다. 코코브키나가 그곳으로 가는 즉시, 류드밀라가 와서, 그와 함께 지낼 수 있을 것이다. 그래서 저녁에 사샤는 코코브키나에게 내일 있을 명명일을 상기시켰다.

"하마터면 잊어버릴 뻔했네." 코코브키나가 말했다. "그럼, 다녀와야지. 정말 사랑스러운 아가씨지."

사샤가 학교에서 돌아왔을 때, 코코브키나는 이미 흐리파치 댁에 가고 집에 없었다. 사샤는 이 기회에 자신이 코코브키나를 집에서 멀리 내보내는 데 기여했다는 생각에 기뻤다.

---

* 러시아 정교회 전통에서 아이가 태어난 8일 후, 그 날짜에 가까운 기독교 성인의 이름을 붙여 주는 날이다. 태어난 날보다는 이날을 의미 있는 날로 기념한다.

이미 그는 류드밀라가 시간을 내서 오리라는 것을 확신했다.

드디어 기대했던 대로 류드밀라가 왔다. 그녀는 사샤의 뺨에 입 맞추고, 사샤에게 손을 내밀어 입 맞추게 한 다음, 즐겁게 웃기 시작했다. 그가 얼굴을 붉혔다. 류드밀라의 옷에서는 촉촉하고 달콤한 향기가 났다. 달콤한 꽃향기와 육감적이고 음탕한 아이리스를 섞어 놓은 듯한 향기였다. 류드밀라는 노란색 무늬가 비쳐 보이는 얇은 종이에 싼 작은 상자를 가지고 왔다. 그녀는 자리에 앉아 상자를 무릎 위에 놓고 사샤를 힐끗 쳐다보았다.

"대추야자 열매 좋아해?" 그녀가 물었다.

"아주 좋아해요." 사샤가 우스꽝스럽게 얼굴을 찡그리며 대답했다.

"그럼, 여기 내가 가져온 것을 먹어 봐!" 류드밀라가 말했다.

그녀가 상자를 열고 말했다.

"먹어!"

그러고는 자신이 직접 상자에서 대추야자 열매 하나를 꺼내 사샤의 입에 넣어 주고는, 매번 한 개를 먹을 때마다 자기 손에 입 맞추라고 명령했다. 그러자 사샤가 말했다.

"내 입술에 단 것이 묻었는데 어떡하죠?"

"상관없어. 내 건강을 빌면서 입 맞춰 줘." 그녀가 유쾌하게 말했다. "화내지 않을 테니까."

"한꺼번에 먹고 하면 더 좋지 않을까요?" 사샤가 웃으면서 말했다. 그러고는 직접 열매를 집으려고 손을 뻗었다.

"속였어. 나를 속였어!" 류드밀라가 소리치고는 갑자기 뚜껑을 닫고는 사샤의 손가락을 때렸다.

"아니에요. 나는 정직해요. 나는 절대 속이지 않아요!" 사샤가 단호하게 말했다.

"아니야. 절대 믿을 수 없어." 류드밀라가 고집을 부렸다.

"그렇다면 미리 한꺼번에 여러 번 입 맞추고 먹을까요?" 사샤가 제안했다.

"그거 괜찮은 방법이네." 류드밀라가 재미있다는 듯 웃으며 말했다. "입 맞춰 줘!"

그녀는 사샤에게 손을 내밀었다. 사샤는 그녀의 가늘고 긴 손가락을 잡고 한 번 입 맞추고는 능청스러운 미소를 짓고는, 그녀의 손을 잡고 말했다.

"사실이죠? 정말, 그렇게 해도 되죠? 류드밀로치카!"

"나는 거짓말 같은 건 안 해!" 류드밀라가 발랄하게 말했다. "걱정 마, 거짓말하지 않아. 의심하지 말고 입 맞춰."

사샤는 그녀의 손에 몸을 숙이고 빠른 속도로 입을 맞추기 시작했다. 그는 일정하게 입 맞추며, 그녀의 손을 가렸고, 커다랗게 벌린 입술로 쪽쪽 소리 나게 입을 맞추었다. 그는 그렇게 많이 입맞춤을 할 수 있어 몹시 즐거웠다. 류드밀라는 입맞춤의 횟수를 세고 있었다. 열을 세고 나서 그녀가 말했다.

"그렇게 앉아 있으면 다리가 불편하잖아? 내가 무릎을 굽힐까?"

"그러면 더 좋죠!" 사샤가 말했다.

그는 무릎을 꿇고 맹렬하게 계속 입 맞추었다.

사샤는 먹는 것을 아주 좋아했다. 류드밀라가 단것을 선물하는 것이 그는 무엇보다 좋았다. 그에 대한 대가로 그는 더 부드럽게 입 맞추었다.

...

류드밀라는 사샤에게 달콤한 향기가 나는 향수를 뿌렸다. 사샤는 이 향기가 이상하게 느껴졌다. 달콤하면서도 기이하고 빙글빙글 돌 것 같은 향기에 놀랐다. 그 향기는 황금빛 아침노을 같지만, 흰색 안개 뒤에 있는 죄 많은 노을처럼, 환하고 구름이 긴 듯한 향기였다. 사샤가 말했다.

"이상한 향수도 다 있군요!"

"손으로 향기를 한번 맡아 봐!" 류드밀라가 충고했다.

그러고는 조각이 된 둥근 갈비뼈 모양의 기이한 사각 단지를 사샤에게 건네주었다. 사샤는 밝은 황금빛으로 빛나는 선명한 액체의 빛깔을 주시했다. 크고 울긋불긋한 무늬가 있는 상표에는 프랑스어로 이름이 붙어 있었다. 피베르의 시클라멘이었다. 사샤는 평범한 유리 마개를 잡아 꺼내서 냄새를 맡아 보았다. 그다음에는 류드밀라가 잘 하던 대로 손바닥을 유리병 뚜껑에 대고 병을 거꾸로 뒤집었다가 재빨리 똑바로 세우고는 손바닥에 묻은 시클라멘의 향수 방울을 문지르고는 손바닥에 남아 있는 향기를 세심하게 맡았다. 알코올은 증발하고 순수한 향기만 남아 있었다. 류드밀라는 흥분해서 바라보며, 그가 무슨 말을 할지 기다리고 있었다. 사샤가 머뭇거리며 말했다.

"설탕이 묻은 빈대 냄새가 나요."

"이런, 이런, 거짓말하지 마, 제발." 류드밀라가 화가 난 듯 말했다.

그녀는 향수병을 가져가서 사샤가 하던 대로 냄새를 맡았다. 사샤가 재차 말했다.

"빈대 냄새가 나는 것 맞죠?"

류드밀라는 갑자기 불같이 화를 내며, 눈에는 눈물까지 글썽거리며 사샤의 뺨을 때리고는 소리를 질렀다.

"정말 형편없이 나쁜 애야! 빈대에 대한 대가야!"

"제대로 때렸어요!" 사샤는 이렇게 말하고 웃음을 터트리고는 류드밀라의 손을 잡고 입 맞추고 말했다.

"왜 그렇게 화를 내세요, 비둘기처럼 다정한 류드밀로치카! 그럼, 당신 생각엔 무슨 냄새가 나는 것 같아요?"

그는 맞고도 화를 내지 않았는데, 류드밀라에게 완전히 넋이 빠져 있었던 것이다.

"무슨 냄새냐고?" 류드밀라가 이렇게 묻고는 사샤의 귀를 잡아당겼다. "무슨 냄새인지, 이야기해 줄게. 하지만 먼저 귀를 잡아당겨 줄 테야!"

"아야, 류드밀로치카! 제발, 다시는 안 그러겠어요." 귀가 아파 얼굴을 찡그리고 몸을 굽히며 사샤가 말했다.

그러자 류드밀라는 빨개진 사샤의 귀를 놓고는 사샤를 부드럽게 자기 쪽으로 끌어당겨 자기 무릎에 앉히고는 말했다.

"그럼, 잘 들어! 시클라멘 속에는 세 가지 향이 들어 있어. 그중 하나는 일벌들이 먹는 연약한 꽃잎의 달콤한 향기야. 이 꽃 이름은 러시아어로 드랴크바*야."

"드랴크바! 아주 재미있는 이름이네요!" 사샤가 놀리면서 따라 했다.

"웃지 마, 이 망나니야." 류드밀라가 다른 쪽 귀를 잡아당기고는 계속 말했다. "이 달콤한 꽃향기 위에서 일벌들이 윙윙거리는 거야. 이 향기는 일벌의 기쁨이야. 그리고 또 다른 꽃 향기는 옅은 바닐라 향인데, 이것은 일벌들을 위해서가 아니라, 누군가를 동경하는 향기야. 이 향기는 열망을 나타내. 꽃과 그 위에 빛나는 황금 태양이야. 그리고 세 번째 향기는 서로 사랑하는 인간의 부드럽고 달콤한 육체의 향기야. 이 향기는 사랑을 의미해. 연약한 꽃잎과 한낮의 뜨거운 열기. 벌, 태양, 열기, 무슨 말인지 이해할 수 있겠어? 도련님!"

사샤는 말없이 고개를 끄덕였다. 그의 거무스름한 얼굴이 빨갛게 달아올랐고, 길고 검은 눈썹이 파르르 떨렸다. 류드밀라는 동경 어린 눈빛으로 먼 곳을 바라보며 얼굴을 발갛게 물들이고는 말했다.

"부드럽고 빛나는 시클라멘은 아주 즐거워하지. 시클라멘

---

* 유럽에서는 시클라멘으로 알려져 있다.

은 달콤하고 부끄러운 욕망을 불러일으키고, 피가 솟구치게 해. 자, 내 말 이해하겠어? 사랑하는 사샤! 달콤하고 아주 기쁠 때, 아니면 몸이 아플 때 울고 싶어지지? 이해할 수 있어? 시클라멘은 바로 그런 거야."

그녀는 사샤의 입술에 오랫동안 입 맞추었다.

...

류드밀라는 생각에 잠겨 앞을 바라보고 있었다. 갑자기 장난기를 머금은 미소가 그녀의 입술에 떠올랐다. 그녀가 사샤를 가볍게 툭 치며 물었다.

"장미 좋아해?"

사샤는 가볍게 한숨을 쉬고는, 눈을 뜨고, 달콤한 미소를 지으며 조용히 속삭였다.

"좋아해요."

"큰 걸 좋아해?" 류드밀라가 물었다.

"모두 좋아해요. 큰 것이든 작은 것이든요." 사샤는 그녀의 무릎에서 소년답게 씩씩하게 일어서며 힘차게 대답했다.

"그럼, 어린 장미 좋아해?" 류드밀라가 웃음을 참느라고 약간 떨리는 목소리로 부드럽게 물었다.

"좋아해요." 사샤가 얼른 대답했다.

그러자 류드밀라가 깔깔 웃으며 얼굴을 붉혔다.

"이런 바보! 어린 장미를 좋아하다니. 꺾을 수도 없는데." 그녀가 목청을 높여 말했다. 두 사람은 깔깔거리며 웃었다. 얼굴이 빨갛게 물들었다.

불가항력적으로 생겨나는 순수한 흥분은 류드밀라에게 그들 관계의 가장 중요한 매력으로 느껴졌다. 그들은 흥분했지만, 어리석고 타락한 목적을 달성하는 것과는 거리가 먼 것이었다.

···

그들은 누가 더 힘이 센지 다투었다. 류드밀라가 물었다.

"네가 더 세다고 해둬. 문제는 비범함이야!"

"그렇다면 비범한 사람은 나예요." 사샤가 말을 가로챘다.

"뭐가 비범하다는 거야?" 류드밀라가 떨리는 목소리로 외쳤다.

그들은 그 문제를 놓고 오랫동안 다투었다. 드디어 류드밀라가 제안했다.

"좋아, 어디 겨뤄 보자!"

사샤는 미소를 짓고 도전적으로 말했다.

"어떻게 나와 겨뤄 보겠다는 거예요?"

류드밀라가 그를 간질이기 시작했다.

"어, 이러기예요!" 그는 깔깔거리며 벽 가까이에 서 있는 그녀의 허리를 붙잡았다.

소동이 일었다. 류드밀라는 사샤가 더 힘이 세다는 것을 바로 알아차렸다. 그래서 힘으로는 불가능했기에, 류드밀라는 교활하게 기회를 엿보다가 다리를 쳐서 넘어뜨렸다. 그는 넘어지면서 류드밀라를 붙잡아 그녀를 넘어뜨리려고 했다. 그러나 류드밀라는 살짝 돌아서서 그를 마루에 넘어뜨렸다. 사샤는 절망적으로 소리쳤다.

"그건 비겁해요!"

류드밀라는 무릎으로 그의 배를 누르고 손으로 그를 압박했다. 사샤는 필사적으로 벗어나려 했다. 그녀는 다시 간질이기 시작했다. 사샤의 날카로운 웃음이 류드밀라의 웃음과 섞였다. 그녀는 너무 웃다가 사샤를 놓치고 마루에 넘어졌다. 사샤가 그 틈을 이용해 재빨리 일어났다. 그는 얼굴이 온통 빨갛게 달아올라 씩씩거렸다.

"루살카!*" 그가 소리쳤다.

그러자 루살카는 마루 위에 벌렁 누워 깔깔댔다.

류드밀라는 사샤를 자기 무릎에 앉혔다. 전투에 지친 전사들은 서로 얼굴을 가까이 대고 눈을 마주 보며 미소를 지었다.

"당신에겐 내가 무거울 거예요." 사샤가 말했다. "당신 무릎을 누르고 있으니, 내려놓는 것이 좋을 거예요."

"괜찮아. 앉아 있어. 어루만지는 것을 좋아한다고 한 사람이 누구였더라?" 류드밀라가 부드럽게 말했다.

그녀는 그의 머리를 부드럽게 어루만졌다. 그는 그녀에게

---

* 류드밀라의 애칭이자, 러시아 민담 신화에 나오는 물의 요정을 의미한다. 사람을 유혹해 물에 빠지게 한다고 알려져 있다.

살짝 안겼다. 그녀가 말했다.

"사샤! 너는 정말 아름다워!"

사샤가 웃으며 얼굴을 붉혔다.

"또 무슨 엉뚱한 말이죠!" 그가 말했다.

그는 자신을 기준으로 미를 판단하거나 대화를 나누는 것이 어쩐지 쑥스러웠다. 그는 아직 자신이 미남인지, 아니면 추남인지에 관심을 가져 본 적이 없었다.

류드밀라가 사샤의 뺨을 꼬집었다. 사샤가 웃었다. 뺨에 빨갛게 자국이 생겼다. 그것이 몹시 예뻤다. 류드밀라는 다른 쪽 뺨도 꼬집었다. 사샤는 그다지 싫어하지 않았다. 그는 그저 그녀의 손을 잡고 입을 맞출 뿐이었다. 그러고는 말했다.

"뺨을 꼬집어도 좋아요. 물론 아프고, 당신 손가락에 물집이 생길까 봐 겁이 나기도 하지만요."

"뭐라고!" 그녀가 길게 소리를 늘이며 말했다. "아픈데도, 아첨을 떠는군."

"아니에요. 난 그럴 시간이 없어요. 수업이 많거든요. 조금만 더 나를 어루만져 주세요. 행복을 위해서, 그리고 그리스어를 5점 받도록."

"싫다고 하지 않겠지!" 류드밀라가 말했다. 그녀는 사샤의 손을 잡고 팔꿈치까지 소매를 걷어 올렸다.

"박수를 치려는 거예요?" 죄를 지은 듯 얼굴을 붉히고 당황해하며 사샤가 물었다.

그러나 류드밀라는 그의 손을 이리저리 살피며 쓰다듬었다.

"손도 정말 예쁘게 생겼네!" 그녀는 좋아라 하며 큰 소리를 내며 팔꿈치에 입을 맞추었다.

사샤는 주춤하며 팔을 빼려 했지만, 류드밀라는 그의 손을 꼭 붙잡고 몇 번 더 입을 맞추었다. 사샤는 숨을 죽이고 망연자실해졌다. 살짝 미소를 짓는 그의 입술에는 이상한 표정이 나타났다. 숱이 많은 속눈썹 밑으로 빨간 뺨이 창백하게 변해 갔다.

...

그들은 작별 인사를 했다. 사샤는 마차가 있는 곳까지 그녀를 바래다주었다. 더 멀리 바래다줄 수도 있었지만, 더 이상은 허락되지 않았다. 그는 마차가 있는 곳에서 그녀에게 말했다.

"더 자주 놀러 올 거지? 그리고 과자도 더 가져와!"

그는 처음으로 말을 내렸고, 그의 목소리는 아주 부드럽고 다정하게 들렸다. 류드밀라는 재빠르게 그를 안고 입 맞춘 다음, 도망쳤다. 사샤는 아찔해져서 멍하니 서 있었다.

...

사샤가 오기로 한 날이었다. 그러나 사샤는 오지 않았다. 류드밀라는 안절부절못하고, 그를 기다리고 있었다. 이리저리 뛰어다니다가 지쳐서 창문만 바라보고 있었다. 그녀는 길가에 발소리가 들릴 때마다 내다보았다. 자매들은 그런 그녀를 비웃었다. 그녀는 흥분해서 화를 내며 말했다.

"모두들 날 좀 그냥 내버려 둬."

그러고는 미친 듯이 그들에게 욕을 퍼붓자, 자매들이 웃었다. 이제 사샤가 오기는 틀렸다. 류드밀라는 분하고 실망해서 눈물을 흘렸다.

"얼레리 꼴레리!" 다리야가 약을 올렸다.

류드밀라는 약 올리고 있는 자매들에게 화내는 것까지 잊어버릴 정도로 흥분해서 작은 목소리로 말했다.

"늙은 마녀가 그를 치마폭에 감싸고 그리스어 공부를 시키며 못 나가게 하는 것이 분명해!"

다리야가 어설픈 동정심을 보이며 말했다.

"그래, 맞아! 그 애는 바보라서, 빠져나오지도 못하나봐!"

"꼬마와 사랑에 빠지다니!" 발레리야가 경멸하는 투로 중얼거렸다.

두 자매는 그녀를 비웃기는 했지만 한편으로는 동정했다. 그들은 서로를 다정하게 사랑하기는 했지만, 강한 것은 아니었다. 겉으로만 다정하게 보이는 사랑이었다! 다리야가 말했다.

"눈꼬리가 삐죽 올라간 그 꼬마 녀석 때문에 울고불고 야단을 치다니! 이제 하는 말이지만 귀신이 소년에게 들러붙은 거야."

"누가 귀신이라는 거야!" 류드밀라가 화가 잔뜩 나서 소리를 지르고 온통 얼굴이 달아올랐다.

"바로 너야! 이 아줌마야!" 다리야가 조용히 말했다. "좀 젊긴 하지만 말이야! 단지……."

다리야가 미처 이야기를 마치지 못하고 낭랑하게 휘파람을 불었다.

"바보 같으니라고!" 류드밀라가 공허하게 울리는 소리로 말했다.

눈물과 더불어 이상하고 묘한 미소를 띤 류드밀라의 얼굴은 마치 지친 마지막 빗방울 사이로 황혼에 밝게 빛나기 시작하는 빛처럼 보였다.

다리야가 유감스럽다는 듯이 물었다.

"그 애가 어디가 그렇게 좋은지 말해 봐!"

류드밀라는 여전히 그 묘한 미소를 지으며 생각에 잠겨 천천히 말했다.

"얼마나 아름다운 소년인지 봤잖아! 그 내부에는 파괴되지 않은 가능성이 담겨 있어!"

"그런 건 아무 가치도 없어." 다리야가 냉정하게 말했다. "그만한 어린 소년들은 모두 다 그래!"

"그렇지 않아! 가치가 없는 것이 아니야!" 류드밀라가 화가 나서 말했다. "더러운 아이들도 있어."

"그 애는 깨끗한 애야?" 발레리야가 경멸적으로 '깨끗한'이란 말을 길게 하면서 물었다.

"잘도 아는구나!" 그녀는 소리를 꽥 지르고 다시 조용하고 꿈꾸는 듯한 목소리로 말했다. "그 애는 아주 순결한 애야!"

"어련하겠어!" 다리야가 비웃으며 말했다.

"남자에게 가장 좋은 나이는 열네 살이나 열다섯 살쯤이야!" 류드밀라가 말했다. "정말 아무것도 할 줄 모르고, 아무것도 모르는 나이야. 그러나 뭔가 예감하기 시작할 나이지! 이것이 바로 소년들의 가장 아름다운 점이야! 게다가 혐오스러운 수염도 없잖아!"

"아주 대견하기도 하겠다." 발레리야가 경멸하는 어조로 말했다.

그녀는 우울했다. 그녀는 자신이 너무 약하고 작은 데다, 가냘프다는 생각이 들었다. 그렇지 않은 자매들이 부러웠다. 다리야의 명랑한 깔깔거림이며, 류드밀라의 울음까지도 모두 부러웠다. 류드밀라가 또다시 말했다.

"너희들은 아무것도 몰라! 너희들이 생각하는 것처럼 그를 사랑하는 것은 아니야! 수염 달린 사기꾼을 사랑하느니, 그 애를 사랑하는 것이 훨씬 아름다워. 나는 그를 아주 순수하게 사랑한단 말이야! 그에게 바라는 것은 아무것도 없어."

"바라지 않는다고? 그러면 뭣 때문에 그를 괴롭히는 거야?" 다리야가 험상궂은 표정으로 물었다.

류드밀라는 얼굴을 붉히고 뭔가 죄지은 듯한 표정을 지었다. 다리야는 류드밀라가 가여운 생각이 들어, 그녀에게 다가가 말없이 끌어안고는 말했다.

"기분 나쁘게 생각하지 마! 네가 미워서 그런 건 아니니까!"

류드밀라는 다시 울음을 터뜨리며 다리야의 어깨에 기대어 울며 서글프게 말했다.

"알고 있어! 아무것도 기대할 것이 없다는 것은 알고 있어! 난 그냥, 그 애가 나를 조금이라도 좋아해 줬으면 할 뿐이야. 어떤 식으로든."

"가슴이 아프기도 하겠다!" 다리야가 류드밀라에게서 떨어지면서 화를 내며 말했다. 그러고는 허리에 손을 얹고 목청을 높여 노래를 부르기 시작했다.

나의 사랑하는 이는
나로 인해 잠 못 이루지!

발레리야가 째지는 목소리로 웃어댔다. 류드밀라의 눈은 금세 기분이 좋아져 장난기가 어렸다. 그녀는 자기 방으로 달려갔다. 방에서 코릴로프시스 향수를 뿌렸다. 자극적이고 달콤하면서도 육감적인 향기가 유혹하듯 그녀를 감쌌다. 그녀는 예쁘게 차려입고 설레는 마음으로 거리로 나왔다. 도전적이고 매혹적인 향기가 그녀에게서 풍겨났다.

'어쩌면 거리에서 그를 만날지도 몰라.' 그녀는 생각했다.

그렇게 만났다.

"반가워!" 그녀는 원망하면서도 반가워하며 소리쳤다.

사샤는 당황했지만 기뻐했다.

"시간을 낼 수 없었어!" 사샤가 변명했다. "공부해야 하잖아.

정말 시간이 없었어!"

"거짓말하지 마! 지금이라도 같이 우리 집에 가!"

그는 웃으면서 거절했지만, 류드밀라가 그를 데려가려고 하는 것이 기뻤다. 두 사람은 류드밀라의 집으로 갔다.

"데려왔어!" 그녀가 환성을 지르며 그의 어깨를 감싸고 방으로 데려갔다.

"잠깐. 너하고 좀 따져야겠어!" 그녀는 위협적으로 말하고 정말로 문에 빗장을 걸었다. "이젠 아무도 너를 감싸 주지 못할 거야!"

사샤는 손을 허리에 얹고 겸연쩍어하며 방 안에 서 있었다. 그는 두렵기도 하고 기쁘기도 했다. 방 안에서는 상쾌하고 달콤한 어떤 새로운 향기가 풍겨났는데, 그 속에는 마음을 들뜨게 하면서도, 까칠한 뱀을 만졌을 때처럼 신경을 자극하고 초조하게 하는 어떤 것이 깃들어 있었다.

18

페레도노프는 한 김나지야 학생의 집을 나와 집으로 돌아 오는 중이었다. 갑자기 가랑비가 내렸다. 그는 새 비단 우산 이 젖지 않도록 어디론가 피해야겠다고 생각했다. 그는 길 건 너 2층에 있는 석조 주택에 '구다옙스키 공증인 사무소'라는 간판을 보았다. 공증인의 아들은 김나지야 2학년 학생이었다. 그는 비도 피할 겸 학생도 야단칠 겸 해서 그곳에 들르기로 했다.

그는 집에서 학생의 아버지와 어머니를 만났다. 그들은 수 선을 떨며 그를 맞이했다. 이 지역에서는 대부분 선생을 그렇 게 맞았다.

니콜라이 미하일로비치 구다옙스키는 작달막한 키에 뚱 뚱했고, 벗겨진 검은 머리에 수염을 길게 길렀다. 그의 동작 은 항상 날렵했고, 무슨 일이든 돌발적이었다. 그는 걸어 다 니기보다는 참새처럼 날아다니는 것 같았다. 그의 얼굴 표정 만으로는 도저히 그가 다음에 무슨 일을 할지 짐작할 수 없 는 사람이었다. 그는 업무상 대화를 나눌 때도 갑자기 농담을 하곤 했는데, 별로 웃기지도 않았고, 오히려 그가 제정신인가 하는 의심만 들게 했다. 그는 집 안에 있을 때는 물론이고 손님으로 갔을 때도 조용히 앉아 있다가, 갑자기 벌떡 일어나 아무 이유도 없이 빠른 걸음으로 방 안을 왔다 갔다 하는가 하면, 소리를 지르기도 하고, 탁탁 두드리기도 했다. 또한 길을 가다가도 갑자기 길가에 멈춰 서거나, 주저앉기도 했고, 때로는 쿵 부딪치는 흉내를 내거나 학생들의 체조 동작을 하고 나서, 계속 길을 가곤 했다. 자기 업무를 수행할 때나 서류 따위를 공증할 때도, 구다옙스키는 서류에 우스꽝스러운 표시를 즐겨 했다. 예를 들어, 모스크바 광장 근처에 사는 에르밀로프 건물에 사는 이반 이바니치 이바노프에 대한 서류를 쓰면서, 이반 이바니치 이바노프가 악취로 숨을 쉴 수 없는 지역인 시장에 살고 있다거나, 심지어는 그의 집에 있는 닭과 오리나 그의 필체까지도 언급을 해두고는 했다.

그의 아내인 율리야 구다옙스카야는 열정적이고 매우 감상적인 여자로 키가 크고 호리호리한 것이 남편과는 대조적인 체구였지만, 그런 갑작스러운 동작이나 다른 사람들의 행동과는 전혀 다른 행동을 한다는 점에서는 남편과 비슷했다. 그녀는 화려하고 젊은 사람처럼 치장하고 다녔는데, 그녀가 좋아하는 옷과 머리의 많은 리본 장식들이 그녀가 빠른 동작으로 움직일 때마다 사방으로 이리저리 휘날렸다.

안토샤는 호리호리하고 민첩한 소년으로 예의 바르게 가만히 걸어왔다. 페레도노프를 응접실에 안내하자마자, 그는 곧바로 안토샤를 나무라기 시작했다. 게으르고 조심성이 없을 뿐만 아니라, 수업 시간에 귀를 기울이지 않고, 웃고 떠들고, 쉬는 시간에는 장난을 친다는 것이었다. 안토샤는 자신이 그처럼 나쁜 아이라는 말을 듣게 되자, 깜짝 놀라 열심히 자신을 변명했다. 부모는 머리끝까지 화가 났다.

"저, 죄송하지만 주로 어떤 장난을 쳤습니까?" 아버지가 소리 높여 물었다.

"니카! 그 애를 감싸고돌지 말아요." 이번에는 어머니가 소리쳤다. "장난을 치게 해서는 안 돼요!"

"그래서, 무슨 장난을 쳤다는 겁니까?" 아버지가 짧은 다리로 굴러다니듯, 왔다 갔다 하며 다시 물었다.

"글쎄, 그냥 장난을 칩니다. 왔다 갔다 하고, 싸우거나 계속 장난을 칩니다." 페레도노프가 무뚝뚝하게 말했다.

"저는 싸우지 않았어요. 아무한테나 물어보세요. 저는 한 번도 싸움을 한 적이 없어요." 안토샤가 억울하다는 듯 말했다.

"아무도 그냥 지나가게 내버려 두지 않는답니다." 페레도노프가 말했다.

"좋소. 내가 직접 교장에게 가서 물어보겠소." 구다옙스키가 단호하게 말했다.

"니카! 니카! 왜 안 믿는 거죠?" 율리야가 소리쳤다. "당신은 안토샤가 못된 아이로 자라길 바라는 거예요? 이 녀석은 따끔한 회초리 맛을 보여 줘야 해요!"

"쓸데없는 말 하지 마! 나는 믿을 수 없어!" 아버지가 소리를 질렀다.

"지금 당장 회초리로 때려야겠어요." 어머니는 이렇게 소리를 지르더니 안토샤의 어깻죽지를 잡고 부엌으로 데려가려 했다. "안토샤, 이 녀석아, 이리 와! 혼을 내줄 테다." 하고 소리쳤다.

"안 돼!" 아버지가 아들을 잡아당기며 말했다.

어머니도 물러서지 않자, 안토샤는 안토샤대로 필사적으로 소리를 질렀다.

"아르달리온 보리시치! 저를 좀 도와주세요." 율리야가 소리쳤다. "제가 안토샤를 혼내 줄 동안, 이 악한을 좀 붙들고 계세요."

페레도노프가 도와주려고 다가섰다. 그러나 구다옙스키는 안토샤를 낚아채고는 아내를 휙 밀어 젖히며, 페레도노프 쪽으로 뛰어오면서 소리쳤다.

"참견하지 마시오. 개 두 마리가 으르렁거릴 때는, 다른 개가 끼어드는 법이 아니오. 당신한테 따끔한 맛을 보여 주겠소!"

얼굴이 빨개지고 옷이 구겨진 채, 그는 땀을 흘리며 공중에 주먹을 휘둘렀다. 페레도노프는 알아듣지 못할 말을 중얼거리며 뒷걸음질 쳤다. 율리야는 안토샤를 잡아채려고 남편의 주위를 빙빙 돌았고, 아버지는 뺏기지 않으려고 안토샤를 자기 뒤에 숨긴 채 오른손 왼손으로 그를 잡아당기며 방어했다. 율리야가 눈을 번득이며 소리쳤다.

"아이를 싸움꾼으로 만들 거예요? 감옥에 보내야 속이 시원하겠냐구요? 징역살이를 하게 할 거냐고요?"

"입 다물어, 이 멍청한 여편네야!" 구다옙스키가 소리였다.

"이런, 폭군 같으니라고!" 율리야도 지지 않고, 주먹으로 남편의 등을 치고 소리를 지르며 재빨리 응접실을 나갔다.

구다옙스키가 페레도노프에게 주먹을 바짝 들이대며 다가왔다.

"당신은 우리 집을 풍비박산 내려고 왔군." 그가 소리를 질렀다. "안토샤가 장난을 친다고? 거짓말 마시오. 이 애는 장난을 칠 애가 아니오. 이 애가 장난을 쳤다면, 당신이 말해주지 않아도 다 알 수가 있소. 당신과 이야기하고 싶지 않소. 당신이 시내를 돌아다니면서, 바보들을 속이고, 학생들을 괴롭힌다는 것은 알고 있소. 어린애들을 때리고 회초리질 잘하는 학위라도 받을 생각인가! 그러나 여기는 안 돼지. 친절하신 선생님, 이젠 꺼져 주시지!"

이렇게 말하면서 구다옙스키는 페레도노프를 한쪽으로 내몰았다. 페레도노프는 깜짝 놀라, 얼른 도망가려고 했지만, 어찌나 화가 났는지, 구다옙스키는 자신이 출구를 막고 있다는 것을 알아채지 못했다. 안토샤가 아버지의 연미복 소맷자락을 잡아당기며 아버지를 끌어당겼다. 그러자 아버지가 그를 걷어찼다. 안토샤는 얼른 옆으로 물러서면서도 소맷자락을 놓지 않았다.

"이 녀석아, 앞으로 명심해!" 구다옙스키가 소리를 질렀다.

"아빠!" 안토샤가 아버지를 계속 뒤로 잡아당기며 소리쳤다. "아빠가 아르달리온 보리시치를 못 나가게 막고 있잖아요!"

구다옙스키는 재빨리 뒤로 돌아섰다. 하마터면 아들과 부딪칠 뻔했다.

"실례했소. 문은 저기 있소." 구다옙스키가 문을 가리키며 말했다. "어서 가시오."

페레도노프는 서둘러 응접실을 나갔다. 구다옙스키는 긴 손가락을 그의 코에 대고 나서, 마치 손님을 내치는 것처럼, 공중에 무릎을 구부려 올려 치는 시늉을 해 보였다. 안토샤가 킬킬거렸다. 구다옙스키가 위협하듯 그에게 소리를 질렀다.

"안토샤! 이걸 명심해! 내가 내일 학교에 가서 교장에게 물어본 다음, 네가 장난을 쳤다는 것이 사실로 밝혀지는 날이면, 네 엄마에게 너를 맡길 테니 그렇게 알고 있어!"

"저는 장난친 적 없어요. 선생님이 거짓말하는 거예요." 안토샤가 억울하다는 듯이 말했다.

"안토샤, 이걸 잘 명심해라!" 아버지가 소리쳤다. "거짓말을 한 것이 아니고, 실수한 것이다. 아이들이나 거짓말을 하지, 어른들은 실수를 하는 거야! 알겠지?"

그사이, 페레도노프는 어두운 현관에서 겨우 외투를 찾아 입기 시작했다. 두려움과 흥분으로 소매에 팔이 잘 들어가지 않을 정도였다. 아무도 그를 도와주러 오지 않았다. 잠시 후,

옆문에서 갑자기 율리야가 뛰어나왔다. 리본을 사방으로 휘날리며, 손을 저으며 까치발로 뛰어나온 그녀는 페레도노프에게 귓속말을 했다. 그는 얼른 이해하지 못했다.

"정말 고맙습니다." 페레도노프는 간신히 알아들었다. "정말 감사해요. 이렇게 일부러 방문을 해주셔서요. 아무도 관심을 갖지 않는데, 이렇게 어미의 마음을 이해해 주시고 찾아주셔서요. 자식을 기르기가 얼마나 힘든지 선생님은 잘 모를 거예요. 아이들이 모두 둘인데, 골치가 아파 죽겠어요. 게다가 남편은 무지막지한 폭군이에요. 그는 정말 지독한 사람이에요. 그렇죠? 직접 보셨잖아요."

"예." 페레도노프가 나직이 웅얼거렸다. "당신 남편은 정말이지 너무하는군요. 저는 염려가 되어 그랬는데, 그는……."

"아유, 말 마세요." 율리야가 소곤댔다. "아주 지독한 사람이에요. 그는 나를 무덤으로 내쫓고 아마 즐거워할 사람이고, 애들을, 특히 어린 안토샤를 망치고 말 거예요. 하지만, 내가, 이 엄마가 있는 한, 절대 그렇게는 안 돼요. 그 녀석을 회초리로 때려 줄 거예요."

"그렇게 못 하실 거예요." 페레도노프가 턱으로 방을 가리키며 말했다.

"저 사람이 클럽에 갈 때가 있어요. 안토샤를 데려가지는 않을 거예요. 그때까지 그의 말을 듣는 것처럼 가만히 있다가, 그가 나가면, 그 녀석을 혼내 주겠어요. 그래서 말인데, 저를 좀 도와주세요. 저를 도와주실 수 있죠? 그렇죠?"

페레도노프는 잠시 생각에 잠겼다가 말했다.

"좋아요. 그런데 어떻게 알 수 있죠?"

"선생님을 부르러 사람을 보내겠어요." 율리야가 기뻐하며 속삭였다. "기다려 주세요. 남편이 클럽으로 나가면, 바로 사람을 보내겠어요."

저녁에 페레도노프는 구다옙스카야 부인이 보내온 편지를 받았다. 그는 편지를 읽어 나갔다.

존경하는 아르달리온 보리시치!

남편은 클럽에 나갔습니다. 지금부터 밤 1시까지는 그 야만인의 손에서 벗어나 자유롭습니다. 그러니 이제 당신의 의무를 이행해 주세요. 가능하면 빨리 오셔서 아들의 잘못을 고치는 데 협력해 주세요. 아직 어렸을 때, 그 아이의 악행을 뿌리 뽑아야지, 나중에는 늦어요.

진심으로 당신을 존경하는 율리야 구다옙스카야.

추신 : 되도록이면 빨리 와 주세요. 안토샤가 잠들기 전에 말이에요. 잠들어 버리면 아이를 깨워야 하니까요.

페레도노프는 서둘러 옷을 입고, 목도리를 두른 다음, 그곳으로 향했다.

"아르달리온 보리시치! 이 한밤중에 어디를 가는 거죠?" 바르바라가 물었다.

"일이 있어!" 그는 서둘러 나가면서 무뚝뚝하게 대답했다.

바르바라는 속이 상했다. 오늘 밤도 잠들기는 아예 글렀다고 생각했다. 하루라도 빨리 결혼식을 올려야겠다고 결심했다 그렇게 되면 밤이건 낮이건 마음껏 잘 수 있겠지! 그러면 얼마나 좋을까!

...

길을 나서면서 페레도노프는 의혹에 휩싸였다. 함정이면 어쩌지? 만약 구다옙스키가 집에 있다가, 내가 나타나면 붙잡아 마구 때리지는 않을까? 그냥 돌아가는 것이 낫지 않을까?

'아니야, 이왕 나왔으니, 그냥 가보는 게 낫겠어.'

어둡고 조용하고 차가운 밤이어서, 빨리 걸을 수가 없었다. 가까운 들판에서 신선한 바람이 불어왔다. 울타리 주변의 풀밭에서 살랑거리는 소리와 소음이 들려왔고, 주변의 모든 것들이 으스스하고 이상하게 느껴졌다. 누군가 뒤에 숨어서 미행하고 있는 것 같기도 했다. 어둠 속의 모든 사물들이 이상하게도 갑자기 숨어 버렸고, 그 속에서 인간이 알 수 없는, 적대적인 전혀 다른 밤의 삶이 깨어나는 것 같았다. 페레도노프는 발소리를 죽이고 걸으며 중얼거렸다.

"아무도 따라오지 않을 거야! 나쁜 일을 하러 가는 것이 아니니까. 나는 업무에 충실한 것뿐이야. 그런 거야."

그는 마침내 구다옙스키 집에 도착했다. 유리창 하나만 제외하고는 모든 창문에 불이 꺼져 있었다. 페레도노프는 살금살금 현관 계단을 올라가 무슨 소리가 나는지 보려고 가만히 문에 귀를 기울였다. 아주 조용했다. 그는 청동 문고리를 살짝 잡아당겼다. 길고 낮게 끼이익 하는 소리가 울렸다. 그러나 그 작은 소리에도 페레도노프는 깜짝 놀랐다. 이 소리에 비밀스러운 모든 악한 귀신들이 잠을 깨어 이 문으로 달려들 것만 같았다. 페레도노프는 그는 얼른 현관 계단참에서 얼른 도망쳐, 벽에 바짝 기댄 채, 기둥 뒤에 몸을 숨겼다.

잠시 시간이 흘렀다. 페레도노프의 마음은 죄어들었고, 심장이 쿵쿵 뛰기 시작했다.

가벼운 발소리가 들리고 문이 열리는 소리가 들렸다. 어둠 속에서 율리야가 검고 살기 띤 눈을 두리번거리며 길을 내다보았다.

"누구세요?" 율리야가 크고 낮은 소리로 물었다.

페레도노프는 벽에서 약간 떨어져 나와, 어둠과 정적에 싸인 아래쪽의 작은 문을 들여다보고는 역시 작은 목소리로 물었다. 그의 목소리가 떨렸다.

"니콜라이 미하일로비치는 나갔어요?"

"나갔어요, 나갔어!" 율리야가 반가워하며 속삭이고, 고개를 끄덕였다.

페레도노프는 조심스레 주변을 둘러본 다음, 그녀의 뒤를 따라 현관으로 들어갔다.

"죄송해요!" 율리야가 귓속말로 말했다. "등을 가져오지 않왔어요. 혹시라도 누가 볼까 봐서요."

그녀가 페레도노프를 앞장서서 계단을 따라 복도로 걸어
갔다. 그곳에는 윗층 계단에 희미한 불빛을 비추는 등불이 걸
려 있었다. 율리야는 즐거운 듯 살짝 웃고 있었는데, 그녀가
웃을 때마다 리본들이 요란하게 흔들렸다.

"나갔어요!!" 그녀는 즐거운 듯 이렇게 소곤대며 섬뜩한 살
기가 서린 눈으로 페레도노프를 바라보았다. "그이가 혹시 안
나가고 집에서 소동을 부리면 어쩌나 걱정했어요. 결국 참지
못하고 카드놀이를 하러 나갔어요. 하녀도 내보내고, 집에는
유모 리지나만 있어요. 안 그러면 방해가 될지 몰라서요. 요
즘 사람들이 어떤지는 잘 아시잖아요."

율리야에게서 열기가 뿜어져 나왔다. 그녀는 광솔*처럼 뜨
겁고 건조하게 느껴졌다. 그녀는 이따금 페레도노프의 소매
를 붙잡았다. 그때마다 페레도노프의 온몸으로 건조한 열기
가 빠르게 번져 오는 듯 했다. 두 사람은 까치발로 살금살금
복도를 지났다. 두 사람은 닫혀 있는 몇 개의 문을 지나, 아이
들이 있는 제일 끝 방 앞에 멈춰 섰다.

...

깊은 밤, 페레도노프는 율리야의 남편이 돌아올 즈음에야

* 농가에서 쓰는 조명용 나뭇조각.

그 집에서 나왔다. 그는 찌푸린 얼굴로 어두운 길을 걸어갔다. 누군가 그 집 근처에 서 있다가 자신을 뒤쫓아 오는 것만 같았다. 그는 중얼거렸다.

'나는 업무상 일을 수행한 것뿐이야! 죄를 지은 것이 아니야. 그녀가 원했던 거라구! 나를 고발할 수는 없을 거야. 그녀가 사람을 잘못 고른 것뿐이야!'

바르바라는 그가 집으로 돌아올 때까지 아직 잠들지 않고 있었다. 그녀 앞에 카드가 놓여 있었다.

페레도노프는 자신이 집에 들어올 때, 누군가 숨어들어 온 것 같았다. 어쩌면 바르바라가 적을 들어오게 했을지도 몰랐다. 페레도노프가 말했다.

"난 잠자리에 들 거야. 그런데 넌 지금 카드로 마술을 부리려는 거야? 카드 이리 내놔! 나에게 카드 마술을 부릴지도 모르니까."

그는 바르바라에게서 카드를 빼앗아, 자기 베개 밑에 넣었다. 바르바라가 얼굴을 찌푸리며 말했다.

"멍청한 말 좀 그만해요! 나는 마술 같은 것은 할 줄도 몰라요. 왜 마술을 걸겠어요?"

그녀가 얼굴을 찌푸리는 것은 카드가 없이도 마술을 부릴 수 있다는 것을 의미한다고 생각한 그는 화도 나고 두렵기도 했다. 저기 침대 밑에 고양이가 웅크리고 앉아, 푸른빛을 번득이고 있어. 저 고양이털로도 마술을 부릴 수 있는 거야. 고양이 눈에 불꽃이 튀도록 빤히 쳐다보면서 말이야! 또 저기 서

랍 밑에 잿빛의 네도트이콤카가 또다시 어른거리는 것은 바르바라가 콧소리 같은 조용한 휘파람을 불어 밤마다 불러내는 것은 아닐까?

페레도노프는 무섭고 징그러운 꿈을 꾸었다. 프일니코프가 문턱에 서서, 미소를 짓고 있었다. 마치 누군가 페레도노프를 그에게 끌고 가는 듯, 프일니코프는 그를 어둡고 더러운 거리로 데려갔고, 그 옆에 고양이가 달리며 파란 눈을 번득였다……

19

더욱 심해지는 페레도노프의 이상한 행동은 흐리파치를 불안하게 했다. 그는 페레도노프가 아무래도 정신이상인 것 같다며 학교 의사와 상담을 했다. 의사는 웃으며 페레도노프가 정신이상이 아니라, 멍청한 짓을 하는 것뿐이라고 대답했다. 진정서가 날아들었다. 처음에는 아다멘코의 진정서였다. 그녀는 1점이라고 점수가 매겨진 남동생의 노트를 증거로 동봉했는데, 노트는 제대로 정리되어 있었다.

쉬는 시간에 교장은 페레도노프를 불렀다.

'정말 미친 것이 분명해.' 페레도노프의 멍하고 미련한 얼굴에 나타난 공포와 당황하는 표정을 보며, 교장은 이렇게 생각했다.

"나는 당신에게 불만스러운 점이 있어요." 흐리파치가 쌀쌀하고 빠른 어조로 이야기를 시작했다. "당신이 수업하는 옆교실에서 수업을 할 때마다, 나는 문자 그대로 머리가 깨질 지경입니다. 당신 수업 시간에 어찌나 깔깔대고 소란을 피우는지 말입니다. 수업 시간에 덜 웃을 만한 내용을 부탁해도 될까요? 어떻게 수업 내내 농담만 하나요, 어떻게 그렇게 할 수가 있지요?"

"저는 잘못한 게 없습니다." 페레도노프가 화를 내며 말했다. "그 애들이 그냥 웃는 것뿐입니다. 더구나 매번 문자 Ь*나 칸테미르**의 풍자 이야기만 할 수는 없어서, 가끔 재미있는 이야기를 해주면, 그렇게 이를 드러내거든요. 아주 문란한 애들입니다. 그들을 엄하게 다스려야 합니다."

"그래야지요, 아주 꼭 필요한 일이구요. 수업이 진지한 방향으로 나가도록 말입니다." 흐리파치가 사무적으로 말했다. "그리고 한 가지 더 말씀드릴 것이 있습니다."

흐리파치는 노트 두 권을 꺼내 보여 주었다.

"당신이 점수를 매긴 두 학생의 노트가 있습니다. 하나는 아다멘코 학생 것이고, 하나는 내 아들 것입니다. 당신이 업무상 불공정하게 일을 처리한다는 것을 알아냈습니다. 아다멘코 학생은 3점을 줘야 하는데도 1점을 줬어요. 그리고 내 아들이 한 것을 좀 보세요. 내 아들보다 아다멘코 학생이 더 잘했는데도 내 아들에게는 4점을 줬단 말입니다. 분명히 당신이 실수했다는 생각이 듭니다. 다른 학생이 받아야 할 점수를 우리 아들이 받았으니까요! 물론 인간이란 실수를 하게 마련이지요. 하지만 되도록이면 실수하지 않기를 바랍니다. 그

---

* 러시아어 알파벳으로, 자기 음가 없이 앞의 자음을 구개음화하는 문자.
** 안티오흐 드미트리예비치 칸테미르(1708~1744). 18세기 초 러시아의 유명한 풍자 작가.

런 실수는 공부하는 학생이나 그들 부모의 불만을 사게 되니까요!"

페레도노프는 알아들을 수 없는 무슨 말인가를 웅얼거렸다.

다음 날 그는 수업에 들어가, 스트레스를 해소하기 위해 며칠 전에 교장에게 그를 고자질한 어린 학생들을 마구 괴롭혔다. 그는 특히 크라마렌코를 못살게 굴었다. 그는 굳게 입을 다물고 있었고, 까만 얼굴만 새파랗게 변했다.

그날 크라마렌코는 학교를 마치고 곧바로 집으로 가지 않았다. 그는 교문 옆에 서서 입구 쪽을 바라보고 있었다. 페레도노프가 밖으로 나왔을 때, 그는 몇 걸음 뒤에 떨어져서 인적이 드문 곳이 나올 때 까지 페레도노프를 따라갔다.

페레도노프는 천천히 걸어갔다. 흐릿한 날씨가 그를 기분 나쁘게 했다. 요즘 들어, 그는 더 멍한 표정을 짓고 있었다. 그의 시선은 어딘가 먼 곳을 바라보거나 이상하게 허공을 떠돌고 있었다. 그는 계속 물체를 주시하는 것처럼 보였다. 그 때문에 그의 눈에 보이는 물체는 두 겹으로 겹쳐 보이거나, 마비되어 보이기도 하고 고정되어 보이기도 했다.

누구를 그렇게 보고 있었을까? 밀고자들이었다. 밀고자들은 모두 어떤 물체 뒤에 숨어, 쉬쉬거리거나 비웃곤 했다. 적들이 페레도노프를 감시하기 위해 일개 부대를 파병한 것 같았다. 페레도노프는 이따금 그들을 재빨리 뒤쫓아가 보았지만, 그들은 땅 속으로 꺼져 버린 듯 순식간에 도망쳐 버렸다.

페레도노프는 빠르고 용감하게 자기 뒤를 따라오는 발소리를 듣고 놀라서 뒤를 돌아다보았다. 크라마렌코가 그와 거의 나란히 걷고 있었다. 창백하고 호리호리한 그는 일시에 적을 덮치려는 작은 야수처럼 이글이글 불타며 단호하고 악의에 찬 눈으로 페레도노프를 노려보았다. 그 시선에 페레도노프는 깜짝 놀랐다.

'갑자기 물어뜯으면 어쩌지?' 그는 생각했다.

그러고는 걸음을 재촉했다. 그러자 크라마렌코도 서둘러 걸었다. 페레도노프는 멈춰 서서 화를 내며 말했다.

"뭣 때문에 따라오는 거야! 이 새까만 누더기 같은 놈아! 지금 당장 네 아버지에게 데리고 갈까?"

크라마렌코도 갑자기 멈춰 서더니, 적개심에 불타는 눈빛으로 페레도노프를 노려보았다. 두 사람은 살아 있는 모든 것에 무관심한 잿빛 울타리 옆의 텅 빈 거리의 흔들리는 다리 위에 서로 마주 보고 섰다. 크라마렌코가 온몸을 부르르 떨면서 거친 목소리로 말했다.

"비열한 놈!"

그는 씩 웃고는, 돌아가려고 뒤돌아섰다. 뒤돌아서서 서너 발짝 걸어간 다음, 멈추더니 다시 뒤를 돌아보고는 크게 소리쳤다.

"야, 이 비열하기 짝이 없는 놈! 뱀 같은 놈아!"

그러고는 침을 뱉고 돌아갔다. 페레도노프는 그의 뒤를 음울하게 바라보다가 자신도 발길을 돌려 집으로 향했다. 막연하고 두려운 생각이 번갈아 그의 머리에 떠올랐다.

　그때 베르시나가 그를 불러 세웠다. 그녀는 커다란 검은 숄을 두르고 울타리 옆에 서서 담배를 피우고 있었다. 페레도노프는 처음에 그녀를 발견하지 못하고 무심코 지나칠 뻔했다. 그에게는 그녀의 모습이 검은 옷을 입은 마녀가 적개심에 가득 차서 연기를 피워 올리며 주문을 외고 있는 듯이 보였다. 그는 얼른 침을 뱉고 주문을 외었다. 베르시나가 웃으며 물었다.

　"아르달리온 보리시치! 지금 뭐 하시는 거예요?"

　페레도노프는 멍하니 그녀를 쳐다보고는 마침내 입을 열었다.

　"아, 이게 누구죠? 당신이었군요! 미처 못 알아봤어요."

　"그건 아주 좋은 징조군요. 내가 복권에 당첨되어 곧 부자가 될 징조예요." 베르시나가 말했다.

　페레도노프는 그 말이 영 마음에 들지 않았다. 부자가 되고 싶은 것은 바로 자신이 아니었던가!

　"그럴지도 모르죠!" 페레도노프는 못마땅한 표정으로 말했다. "하지만 어떻게 부자가 되겠어요? 있는 그대로겠죠!"

　"한 20만 루블 정도 벌 것 같은데요." 베르시나가 삐죽 웃으며 말했다.

　"안 돼요. 내가 한 20만 루블 정도는 벌어야 해요!" 페레도노프가 우겼다.

　"그럼, 내가 한 번 당첨되고, 당신이 한 번 당첨되면 되잖아요!" 베르시나가 말했다.

"그렇게는 안 돼요." 페레도노프가 험상궂은 목소리로 말했다. "그런 일은 일어나지 않아요. 한 지역에서 두 사람이 당첨되는 일은 없단 말이에요. 당첨은 내가 될 거예요."

베르시나는 페레도노프가 화가 났다는 것을 깨닫고는 말다툼을 그만두었다. 그러고는 쪽문을 열고 페레도노프를 유인했다.

"여기 이렇게 서 있지 마시고 잠깐 들어오세요. 우리 집에 무린도 와 있어요!"

무린이라는 이름은 페레도노프에게 술과 안주를 상기시키는 기분 좋은 상대였다. 그는 따라 들어갔다.

나무에 가려 어두컴컴한 응접실에는 목에 붉은 리본을 두르고 즐거운 표정으로 앉아 있는 마르타와 평소보다 훨씬 흥분한, 뭔가 기분 좋은 일이 있는 듯한 무린, 그리고 성숙한 김나지야 학생인 비트케비치가 앉아 있었다. 그는 베르시나가 자신을 사랑한다고 생각하고, 학교도 그만두고, 베르시나의 영지나 돌보면서 살고 싶다는 꿈에 부풀어 그녀의 뒤를 쫓아다니고 있었다.

무린은 지나치게 감격한 표정으로 방으로 들어오는 페레도노프를 맞았다. 그는 살가움을 표하며, 눈동자를 번들거렸다. 그런 표정은 그의 거대한 체구와 지푸라기같이 헝클어진 거친 머리카락과는 전혀 어울리지 않았다.

"나는 바쁘다네." 그가 쉰 목소리로 크게 말했다. "여기저기 일이 많아. 그런데 마침 이 집 여주인들께서 차를 대접한다고 해서 이렇게 왔네."

"일이라!" 페레도노프가 비꼬는 투로 말했다. "자네가 무슨 일이 있다는 건가? 직장에 다니지 않아도, 돈을 벌잖아. 나야말로 할 일이 많은 사람이지!"

"사실, 그런 일이란 것이 모두 남의 돈이지." 무린이 큰 소리로 웃으면서 말했다.

베르시나는 삐죽 웃으며 페레도노프를 소파에 앉혔다. 둥그런 소파용 탁자 위에는 술잔과 차가 들어 있는 찻잔들, 그리고 럼주와 딸기잼, 달콤한 빵과 집에서 구운 과자들이 담겨 있는 투명한 은제 바구니가 손으로 짠 냅킨에 덮여 있었다.

무린의 잔에서는 강한 럼주 냄새가 났다. 비트케비치는 조개 모양의 유리 접시에 잼을 가득 담아 놓고 있었다. 마르타는 아주 만족한 얼굴로 달콤한 빵 한 조각을 베어 물었다. 베르시나가 페레도노프에게 차를 권했지만 그는 거절했다.

'독살하려는 건지도 몰라.' 그는 생각했다. '독살하는 것이 가장 쉽거든. 직접 마시면서도 눈치채기 힘들뿐 아니라, 독은 달콤한 것이 많으니까. 집으로 돌아온 다음에야 다리가 휜 것을 알게 되곤 한단 말이야.'

페레도노프는 무린이 오자, 잼을 내놓은 주인의 처사가 몹시 불만이었다. 자신이 왔을 때는 더 좋은 새 잼을 내놓지 않았던 것이다. 그 집에 딸기잼만 있는 것도 아니고, 온갖 종류의 잼을 만들었는데도 말이다.

베르시나가 무린을 쫓아다니는 것은 분명해 보였다. 이제 베르시나는 페레도노프를 공략하는 것이 별로 희망이 없는 일임을 알고 포기하고는, 마르타에게 다른 신랑감을 찾은 것이다. 그녀는 이제 무린을 유혹하려고 안간힘을 쓰고 있었다. 무린은 무린대로 오만한 아가씨들의 뒤를 쫓아다니다가 지친 상태여서, 이 미끼를 향해 기꺼이 다가왔다. 그는 마르타가 마음에 들었다.

마르타 역시 즐거워 보였다. 신랑감을 구해서 결혼을 하고 좋은 집을 마련해서 가족을 갖는 것, 그리고 찻잔으로 가득한 집을 갖는 것이 그녀의 영원한 꿈이었다. 그녀는 사랑에 푹 빠진 눈길로 무린을 보고 있었다. 굵은 목소리와 약간 평범한 얼굴, 그리고 거대한 체구의 마흔 살 된 이 남자의 동작 하나하나가 그녀에겐 남성적인 힘의 상징으로, 젊음과 미와 선의 화신으로 비쳐졌다.

페레도노프는 무린과 마르타가 사랑의 눈길을 교환하는 것을 눈치챘다. 페레도노프는 마르타가 자신을 영원히 숭배해주기를 바라고 있었기 때문에 그것을 쉽게 눈치챘다. 페레도노프는 화가 나서 말했다.

"얼굴이 환한 걸 보니, 신랑감으로 초대받아 앉아 있군."

"그저 즐거워서 그런 것뿐일세." 약간 들뜨고 유쾌한 목소리로 무린이 말했다. "모든 일이 잘되어 가고 있거든."

그는 이렇게 말하고 여주인들에게 윙크를 보냈다. 여주인들도 즐거워하며 웃었다. 페레도노르는 눈을 부라리며 화가 나서 말했다.

"신붓감이라도 구한 모양이군! 그래, 지참금은 많이 가져온다고 하던가?"

무린은 이 질문을 못 들은 체하며 무시해 버렸다.

"여기 나탈리야 아파나시예바가 고맙게도 우리 반뉴시카를 데리고 있겠다고 허락했네! 이제부터 우리 반뉴시카는 예수님의 품속에 안긴 듯이 살 수 있게 되었어! 이제 어리광도 부리지 못할 테고! 이제야 마음이 조금 놓여!"

"블라댜와 장난을 칠 텐데! 온 집안을 불구덩이에 밀어 넣을 걸세." 페레도노프가 무뚝뚝하게 응대했다.

"그렇지 않아요." 무린이 결연하게 말했다. "나탈리야 아파나시예브나! 그 점에 대해서는 아무 염려 마세요. 우리 아이는 아주 얌전하게 지낼 거예요."

베르시나가 이 대화를 중단시키려고 삐죽 웃으며 말했다.

"뭔가 시큼한 것이 먹고 싶군요."

"사과나 귤 같은 것 좀 가져올까요? 제가 가져오겠어요." 마르타가 자리에서 서둘러 일어나며 말했다.

"그래요, 가져와요!"

베르시나가 그녀의 뒤를 바라볼 틈도 없이, 마르타는 방에서 재빠르게 달려 나갔다. 베르시나는 당연하다는 듯 마르타의 시중을 받고 있었다. 그녀는 소파에 푹 기대 앉아, 푸른 연기를 계속 내뿜으며, 두 사람을 비교했다. 페레도노프는 화가 잔뜩 나서 축 처져 있었고, 무린은 즐겁고 활기에 차 있었다.

그녀는 무린이 훨씬 더 마음에 들었다. 그는 선량한 얼굴이었지만, 페레도노프는 웃을 줄도 몰랐다. 무린의 모든 점이 마음에 들었다. 키가 크고 건장한 체구, 매력적인 데다가 낮고 부드러운 목소리, 그녀에게 존경심을 보여 주는 것 등이었다. 베르시나는 가끔 무린이 마르타가 아니라, 자신에게 청혼하도록 일을 꾸며 볼까 하는 생각도 했었다. 그러나 그녀는 언제나 마르타를 위해 너그럽게 양보하자고 자신의 몽상을 접곤 했다.

'나에게는 수많은 남자들이 구혼하려고 할 거야! 돈을 많이 가지고 있는 이상 누굴 고를지는 나에게 달렸지! 지금 저기 있는 젊은 애를 선택할 수도 있고 말이야!' 그녀는 이렇게 생각하며 만족스러운 눈길로 어리고 뻔뻔하긴 했지만, 잘생긴 비트케비치를 바라보았다. 그는 말이 없고 엄청나게 먹어 댔으며 베르시나를 바라보며, 노골적으로 웃고 있었다.

마르타가 도자기 접시에 사과와 귤을 내왔다. 그러고는 어젯밤에 꾼 꿈 이야기를 시작했다. 그녀는 여자 친구 결혼식에 가서 파인애플과 꿀을 바른 블린을 먹다가 그 속에서 100루블짜리 한 장을 발견했다는 것이다. 그런데 사람들이 와서 그것을 빼앗아 가는 바람에 울었다는 이야기였다. 그렇게 울다가 잠을 깼다는 것이다.

"아무도 모르게 살짝 감춰 놓았어야지요!" 페레도노프가 비아냥거리며 말했다. "아무리 꿈속이라고 해도 돈은 꼭 쥐고 있었어야 합니다. 그걸 놓치다니. 살림 한번 잘하겠군요!"

"그런 돈을 아까워할 필요가 어디 있습니까?" 무린이 말했다. "꿈속에서야 뭔들 못 보겠어요?"

"아무튼 얼마나 아까웠는지 몰라요. 100루블짜리였단 말이에요!"

그녀는 눈물을 글썽이며, 울음이 터지지 않도록 참느라 억지로 미소를 지어 보였다. 그러자 무린이 부시럭거리며 호주머니를 뒤적이더니 환호성을 질렀다.

"마투시카, 마르타 스타니슬라브나! 아까워하지 마세요! 그 대신 제가 드리면 되잖아요?"

그는 마르타가 앉아 있는 탁자 앞에 100루블짜리 지폐를 놓으면서 손바닥으로 그녀를 툭 치고 말했다.

"잠깐만요! 이제 이 돈은 아무도 빼앗지 못할 겁니다."

마르타는 처음에는 기뻐했지만, 금세 얼굴을 붉히며 부끄러운 듯 말했다.

"어머, 블라디미르 이바노비치! 그것이 무슨 말씀이세요? 제가 그래서 이야기한 것이 아닌데요. 이런 돈을 받을 수는 없어요. 정말이에요!"

"아녜요, 받으세요! 저를 실망시키지 마세요." 무린이 웃으면서 돈을 치우지 않고 계속 마르타를 설득했다. "꿈속의 돈이 지금 당신 손에 있다고 생각하세요."

"아니요, 그럴 수 없어요. 정말 부끄럽군요. 저는 절대 받지 않겠어요." 마르타는 욕심 어린 시선으로 지폐를 바라보면서도 거절했다.

"주는데, 왜 거절하세요." 비트케비치가 말했다. "가끔 이렇게 자기 손에 복이 굴러들어 오기도 하니까요." 그는 부러운 눈길로 말했다.

무린이 마르타 앞에 서서 확신에 찬 목소리로 말했다.

"마투시카, 마르타 스타니슬라브나! 제 말을 믿어 주세요. 이것은 저의 진심에서 우러나온 것입니다. 제발 받으세요! 만약 정 부담스러우시면, 우리 반뉴시카를 돌봐 준다는 의미에서 받으세요. 물론 나탈리야 아파나시예브나와 계약을 했지만, 이것은 순전히 당신이 우리 아이를 돌봐줄 것에 대한 감사라고 생각하세요."

"아무리 그래도, 이건 너무 많아요." 마르타가 주저하며 말했다.

"앞으로 반년 동안에 대한 것입니다." 무린이 마르타에게 허리를 굽혀 말했다. "저의 성의를 무시하지 마시고 받으세요. 그리고 우리 반뉴시카의 좋은 누나가 되어 주세요."

"그래, 일이 이렇게 되면 할 수 없지. 마르타! 받아 둬!" 베르시나가 말했다. "그리고 블라디미르 이바니치*에게 감사를 드려!" 베르시나가 말했다.

마르타는 부끄러운 듯 얼굴을 붉히며 기꺼이 돈을 집어 들었다. 무린이 그녀에게 뜨겁게 감사를 표했다.

"바로 청혼을 해. 그게 돈이 덜 들겠어! 잘 생각해 봐!" 페레

* 블라디미르 이바노비치의 애칭.

331

도노프가 무례한 태도로 말했다.

비트케비치가 깔깔대며 웃기 시작했지만, 다른 사람들은 못 들은 척했다. 베르시나가 자기가 꾼 꿈 이야기를 시작했다. 페레도노프는 끝까지 듣지 않고, 일어나서 인사를 하고 나가려 했다. 무린이 저녁에 자기 집으로 놀러 오라고 초대했다.

"저녁 예배에 나가야 해!" 페레도노프가 말했다.

"무슨 일이세요? 아르달리온 보리시치! 갑자기 성당에 그렇게 열심이시니!" 베르시나가 싸늘한 미소를 지으며 재빠르게 말했다.

"저야 언제나 열심이었지요." 그가 답했다. "저는 다른 사람들처럼 신앙을 하지 않아요. 모든 김나지야를 통틀어 진정으로 신을 믿는 사람은 저 한 사람밖에 없을지도 몰라요. 그 때문에 저를 감시하기도 하지만요. 교장이 무신론자거든요."

"그럼 언제 한가하지? 시간을 직접 정할 텐가?" 무린이 말했다.

페레도노프는 제모를 구기며 화가 난 듯 말했다.

"놀러 다닐 시간은 전혀 없어." 그러나 곧바로 페레도노프는 무린이 손님에게 항상 푸짐하게 대접한다는 사실을 상기하고는 말했다.

"정 그렇다면, 월요일에 가능할 것 같아."

무린은 그 말에 매우 기뻐하며 베르시나와 마르타를 부르려고 했다. 그러자 페레도노프가 말했다.

"아니, 여자분들은 부르지 않는 것이 좋겠어. 술에 취하기라도 하면, 쓸데없는 말을 지껄이니까. 여자들이 있으면 아주 불편해."

페레도노프가 나가자, 베르시나가 그를 비웃으며 무린에게 말했다.

"아르달리온 보리시치가 우릴 아주 놀라게 하는군요. 그렇게 장학관이 되고 싶을까요? 장학관이 되면, 바르바라가 저 사람의 코를 꿰서 끌고 다닐 텐데 말이죠."

페레도노프가 있을 때는 몸을 숨기고 있던 블라다가, 그제야 모습을 나타내며 고소하다는 듯 웃으며 말했다.

"페레도노프가 고자질했다는 것을 철공 녀석들이 누군가에게 들은 모양이에요."

"그 녀석들이 페레도노프의 집 유리창을 다 부숴 놓겠군요." 비트케비치가 재미있다는 듯이 환호성을 질렀다.

...

길을 걸으며 페레도노프는 주변의 모든 사물이 자신을 적대시하고 해치려 한다는 생각이 들었다. 페레도노프는 교차로 근처에서 자신을 멍하니 쳐다보고 있는 숫양 한 마리를 발견했다. 숫양이 볼로딘과 얼마나 닮았는지 페레도노프는 순간 너무나 놀랐다. 페레도노프는 어쩌면 볼로딘이 숫양으로 변해 자신의 뒤를 밟고 있는지도 모른다고 생각했다.

'어쩌면 그런 일이 있는데도, 우리가 모를 수도 있지.' 그는 생각했다. '과학이 증명하지는 못했지만, 이미 누군가는 알고 있을지도 몰라. 예를 들어, 프랑스 사람들은 아주 과학적인 민족이지만, 파리 사람들 중에 요술을 부릴 수 있는 사람이 있을지도 모르지.' 페레도노프는 생각했다. 그리고 갑자기 두려움에 몸을 떨었다. '이 숫양이 갑자기 뿔로 받기라도 하면 어쩌지?' 하고 그는 생각했다.

숫양이 음메 하고 울자, 그것은 영락없는 날카롭고 째질 듯한 볼로딘의 기분 나쁜 웃음소리였다.

페레도노프는 길을 가다가 다시 헌병 장교를 만났다. 페레도노프는 그에게 가만히 다가가 작은 소리로 말했다.

"아다멘코 아가씨를 뒷조사할 필요가 있습니다. 그녀는 사회주의자들과 편지를 주고받고, 그녀 본인도 사회주의자랍니다."

루봅스키는 깜짝 놀란 표정으로 말없이 그를 바라보았다. 페레도노프는 계속 길을 걷기 시작했다. 그는 마음이 괴로웠다.

'이 사람은 왜 이렇게 자주 부딪치는 거야? 모두들 내 뒤를 따라다니고, 모든 곳에 염탐꾼을 배치해 둔 모양이야!'

더러운 거리, 안개 낀 하늘, 허름한 집들, 누더기를 걸치고 거리를 배회하는 아이들! 모든 것이 울적하고 왠지 꺼림칙하게 느껴졌으며, 견딜 수 없는 슬픔을 자아냈다.

'이곳은 좋은 곳이 아니야.' 페레도노프는 생각했다. '사람들은 모두 적대적이고 괴팍스러워. 빨리 다른 곳으로 떠나고 싶어! 모든 사람이 선생에게 허리를 굽혀 인사하고, 모든 학생이 선생을 두려워하고, 공포에 떨며 모두들 "저기 장학관이 온다."고 하면서 소곤대는 곳으로. 모든 행정관이 여기와는 전혀 다른 세상에서 사는 곳으로.'

'루반스키 지역의 제2지구 장학관이자……' 그는 콧소리로 이렇게 중얼거렸다. '고귀한 5등 문관 페레도노프이시다! 얼마나 멋진가! 나는 강한 상대다! 루반스키 지역의 실업학교 교장, 진짜 5등 문관 페레도노프. 제모를 벗어라! 사표를 써라! 꺼져! 내가 너희들을 엄하게 다스려 주마!'

페레도노프는 거만한 표정을 지었다. 그는 머릿속으로 벌써 권력자의 모습을 그리며 한껏 폼을 잡아 보았다.

...

페레도노프가 집으로 돌아와 외투를 벗고 있을 때, 식당에서 날카로운 소리가 들려왔다. 볼로딘이 웃는 소리였다. 페레도노프는 가슴이 철렁 내려앉았다.

'벌써 우리 집으로 달려온 모양이군!' 그는 생각했다. '어떻게 하면 나를 속일 수 있을 것인지, 바르바라와 계략을 꾸미는 모양이야! 바르바라가 동의를 하니까, 즐거워서 웃고 있는 게 분명해!'

우울해진 그는 잔뜩 화가 나서 식당으로 들어갔다. 이미 점심이 차려져 있었다. 바르바라가 근심 어린 표정으로 페레도노프를 맞았다.

"아르달리온 보리시치!" 그녀가 외쳤다. "무슨 일이 있었는지 아세요? 고양이가 도망을 갔어요."

"뭐?" 페레도노프가 아주 불쾌한 표정으로 소리를 질렀다. "왜 고양이를 나가게 내버려 둔 거야?"

"그럼, 치마에 고양이 꼬리라도 매달아 두란 말이에요?" 바르바라가 대들듯이 말했다.

볼로딘이 낄낄거렸다. 페레도노프는 이 고양이란 녀석이 어쩌면, 헌병 장교에게 달려가서 자신에 대해 알고 있는 사실을 고발할지도 모른다고 생각했다. 그가 밤마다 어디를 가고, 무엇을 했는지, 게다가 없었던 일까지 모두 고발할지도 모를 일이었다. 불행한 일이야! 페레도노프는 식탁에 앉아 머리를 숙인 채, 식탁보 가장자리를 구기면서, 음울한 생각에 잠겼다.

"보통 고양이는 전에 살던 곳으로 되돌아가는 버릇이 있어. 왜냐하면 고양이는 주인이 아니라, 살고 있었던 집에 익숙해져 있거든. 그래서 새로운 집으로 이사를 할 때는 고양이를 빙글빙글 돌리고 길을 보여 주면 안 되는 거지. 그렇지 않으면 그 길로 도망치기 일쑤라니까!"

페레도노프는 이 말에 안심이 되었다.

"자네 이야기는 그러니까, 파블루샤, 고양이가 전에 살았던 곳으로 도망쳤다는 것이지?" 그가 물었다.

"의심할 여지가 전혀 없어, 아르다샤!" 볼로딘이 대답했다.

페레도노프가 일어서서 소리를 질렀다.

"그러면 한잔하기로 하세! 파블루시카!"

볼로딘이 좋다고 킬킬거렸다.

"그거 좋은 생각이야, 아르다샤!" 그가 말했다. "한잔하는 일이야 언제나 즐거운 일이지!"

"고양이를 데려와야겠어!" 페레도노프가 결정했다.

"고양이가 무슨 보물단지라도 되나요?" 바르바라가 얼굴을 찡그리며 대답했다. "그러면 점심 먹고, 클라브듀시카를 보내죠."

점심을 먹기 시작했다. 볼로딘은 계속 수다를 떨며 깔깔거렸다.

그의 웃음소리는 페레도노프에게 거리에서 만났던 숫양의 울음소리를 연상시켰다.

'무엇 때문에 이 녀석은 못된 음모를 꾸미는 거지?' 페레도노프는 생각했다. '왜 그렇게 욕심이 많을까?'

페레도노프는 어쩌면 볼로딘을 잘 구슬려 볼 수도 있지 않을까 하고 생각했다.

"이봐, 파블루샤!" 그가 말했다. "만약 자네가 나를 해코지하지 않으면, 일주일에 알사탕을 1푼트씩 사 주기로 하겠네. 어떤가? 가장 좋은 것으로 사 주겠네! 내 건강을 빌면서 드시게!"

볼로딘이 웃음을 터트리더니, 곧바로 뾰로통한 표정으로 말했다.

"아르달리온 보리시치! 자네에게 해코지할 생각은 전혀 없네. 게다가 난 알사탕 같은 건 좋아하지도 않아!"

그러자 페레도노프는 풀이 죽었다. 바르바라가 얼굴을 찡그리며 말했다.

"아르달리온 보리시치! 멍청한 소리 좀 그만할 수 없어요? 이 사람이 당신한테 무슨 해코지를 한다고 그러는 거예요?"

"아무리 멍청한 녀석이라도 남에게 똥칠은 할 수 있는 법이거든!" 페레도노프가 우울한 목소리로 말했다.

볼로딘은 이 말을 듣자, 화가 나서 입술을 쭉 내밀고, 머리를 마구 흔들며 대꾸했다.

"아르달리온 보리시치! 자네가 만약 나에 대해 그렇게 생각한다면, 꼭 한 말씀 드려야겠군. 매우 고맙네. 자네가 나를 그렇게 생각한다니 어떻게 해야 할지 모르겠군. 자네 말을 어떻게 이해해야 하지?"

"보드카 한 잔 들이켜고, 나한테도 한 잔 따르게, 파블루샤!" 페레도노프가 볼로딘에게 말했다.

"이 사람 말에 신경 쓰지 마세요, 파벨 바실리예비치!" 바르바라가 볼로딘을 달랬다. "말은 그렇게 해도 자신이 무슨 말을 하는지도 모르거든요."

볼로딘은 계속 화난 얼굴로 입을 다물고, 보드카를 잔에 따랐다. 바르바라가 싱글거리며 말했다.

"아르달리온 보리시치! 그렇게 겁이 나면 이 사람이 따라준 술은 어떻게 마시죠? 보드카에 주문을 걸었는지도 모르잖아요. 저것 봐요. 입으로 뭐라고 중얼거리잖아요."

그러자 페레도노프의 얼굴은 공포에 질렸다. 그는 볼로딘의 잔을 뺏어 들고, 마루에 술을 쏟으며 소리쳤다.

"나에게 추루, 추루, 추루! 저주에 대해 저주를, 악한 혀는 힘을 잃고, 악한 눈은 사라져라. 저놈에겐 급사를, 나에게는 추루—페레추루."

그런 다음 볼로딘을 향해 화난 표정으로 엿 먹으라는 시늉을 했다.

"옜다! 엿이나 먹어라! 네가 꾀를 내도, 나한테는 어림없어!"

바르바라가 깔깔거리며 웃었다. 볼로딘은 바짝 약이 올라 떨리는 목소리로 양 울음소리를 내며 말했다.

"이보게, 아르달리온 보리시치! 마술을 부리고 주문을 외우는 건 내가 아니라, 바로 자네야! 나는 주문을 외어 본 적이 없네! 나는 보드카에든, 뭐에든 주문을 걸 생각이 전혀 없다구, 내가 아니라, 바로 자네가 주문을 외어 내게서 내 신붓감들을 내쫓은 것인지도 모르지."

"말도 안 되는 소리!" 페레도노프가 화를 내며 말했다. "자네 신붓감 같은 건 나에게 필요 없어! 나는 얼마든지 좋은 신붓감을 구할 수 있으니까."

"자네가 금방 내 눈에다 대고 없어지라고 주문을 외지 않았나?" 볼로딘이 계속했다. "예전처럼 자네 안경이나 떨어트리지 않게 잘 간수하게!"

페레도노프는 깜짝 놀라 안경을 잡았다.

"무슨 말을 그렇게 하는 거야?" 페레도노프가 중얼거렸다.

"자네는 혀를 빗자루처럼 놀리는군."

바르바라도 의혹에 찬 눈길로 볼로딘을 바라보며 화가 나서 말했다.

"파벨 바실리예비치! 그렇게 독설을 퍼붓는 법이 어디 있어요? 어서 수프나 드세요. 다 식겠어요. 저런 독설가를 봤나!"

그녀는 때마침 페레도노프가 주문을 외기를 잘했다고 생각했다. 볼로딘이 수프를 먹기 시작했다. 모두 잠시 말이 없었다. 잠시 후에 볼로딘이 화가 난 목소리로 말했다.

"어젯밤에 나에게 꿀을 바르는 꿈이 제대로 들어맞았군. 글쎄, 아르달리온 보리시치가 나에게 꿀을 바르지 뭐예요."

"아주 잘한 일이네요." 바르바라가 화난 목소리로 말했다.

"왜 그렇죠? 좀 설명해 주세요. 나는 그런 일을 당할 만한 일을 한 적이 없거든요." 볼로딘이 말했다.

"왜냐하면 당신의 혀가 너무 험해서 하는 소리예요." 바르바라가 말했다. "모든 말을 다 할 수는 없잖아요? 말을 해선 안 될 때도 있다구요."

20

저녁에 페레도노프는 카드놀이를 하러 오라는 초대를 받고 클럽으로 갔다. 그중에는 공증인 구다옙스키도 끼어 있었다. 페레도노프는 그를 보고 깜짝 놀랐다. 그러나 구다옙스키가 화를 내지 않고, 온화한 태도를 보여 주자, 페레도노프는 마음이 놓였다.

오랫동안 카드놀이를 하며 술을 마셨다. 시간이 꽤 지난 후에 식당에서 구다옙스키가 별안간 아무 이유도 없이 페레도노프에게 달려들어 주먹을 휘둘렀다. 그 바람에 페레도노프의 안경이 박살났고, 구다옙스키는 클럽에서 재빨리 도망쳐 버렸다. 페레도노프는 아무 저항도 하지 않고, 술에 취한 척하며 마루에 쓰러져 코를 골기 시작했다. 사람들이 그를 부축해서 간신히 집으로 데려갔다.

다음 날, 이 주먹질에 대해 온 시내가 떠들어댔다.

그날 저녁, 바르바라는 페레도노프가 가지고 다니던 가짜 편지를 훔쳐냈다. 이것은 그루시나가 그렇게 해달라고 요구했기 때문이다. 다음에 쓸 두 번째 편지와 비교해서 차이를 알 수 없게 하기 위해서였다. 페레도노프는 이 편지를 항상 몸에 지니고 다녔는데, 그날따라 우연히 집에 놓고 나갔다. 옷을 갈아입고 호주머니에서 편지를 꺼내 서랍 속에 있던 책갈피에 넣어두고는 깜빡 잊어버린 것이다. 다음 날, 바르바라는 그루시나의 집에서 편지를 촛불에 태워 버렸다.

페레도노프가 밤늦게 돌아왔을 때, 바르바라가 페레도노프의 안경이 깨진 것을 보고 무슨 일인지 물었지만, 그는 그냥 떨어진 것이라고 얼버무렸다. 그녀는 이 말을 곧이곧대로 듣고 안경이 깨진 것은 볼로딘이 저주를 했기 때문이라고 믿었다. 페레도노프도 그렇게 믿었다. 그러나 다음 날 아침, 그루시나가 찾아와 어젯밤에 클럽에서 있었던 주먹질에 대한 이야기를 자세히 알려주는 바람에 바르바라도 알게 되었다.

아침에 페레도노프는 옷을 입으며 편지를 찾았다. 그러나 편지가 없자 가슴이 철렁했다. 그는 사나운 목소리로 고함을 쳤다.

"바르바라, 편지가 어디 있지?"

바르바라는 허둥댔다.

"무슨 편지 말이에요?" 그녀는 놀라고 공포에 질린 눈으로 페레도노프를 쳐다보며 물었다.

"공작부인의 편지 말이야!" 페레도노프가 소리쳤다.

바르바라는 간신히 마음을 가다듬었다. 뻔뻔스럽게 미소를 지으며 그녀는 말했다.

"내가 그것이 어디 있는지 어떻게 알겠어요! 게다가 아무 필요도 없는 종이쪽지인데다, 벌써 옛날에 버려야 했는데 뭘 그러세요? 클라브디야가 태워 버렸는지도 모르죠. 어디 잘 좀 찾아보세요! 아직 온존할지도 모르니까요."

페레도노프는 암담한 기분으로 학교에 갔다. 어제 있었던 기분 나쁜 일이 떠올랐다. 크라마렌코에 대한 생각이 났다. 그 조그만 녀석이 어떻게 자기에게 비열한 놈이라고 말할 수 있단 말인가? 그 녀석은 페레도노프가 전혀 두렵지 않다는 이야기이다. 혹시 페레도노프에 대한 무슨 일이라도 알고 있는 것 아닐까? 모든 것을 알고 고발하려는 것은 아닐까?

크라마렌코는 수업 시간에 페레도노프를 뚫어져라 쳐다보며, 웃었다. 그것이 페레도노프를 더욱 두렵게 했다.

셋째 시간이 끝나고 쉬는 시간에 교장이 페레도노프를 부른다는 전갈이 왔다. 그는 뭔가 나쁜 일이 있다는 막연한 생각으로 교장에게 갔다.

사방에서 교장의 귀에 페레도노프의 악행이 들려왔다. 오늘 아침에는 어제 클럽에서 있었던 주먹질에 대한 소문을 들었고, 어제는 수업이 끝난 후에, 볼로댜 불리탸코프가 찾아와서 이야기하기를, 페레도노프가 하숙집 주인에게 자신을 모함해서 하숙집에서 쫓겨나게 되었다는 것이다. 이 소년은 아무 잘못도 없이 계속 이사를 다닐 수 없다고 생각해서 결국 교장에게 하소연을 한 것이다.

흐리파치는 메마르고 날카로운 목소리로 믿을 만한 소식통을 통해서 들은 이야기라고 전제하고 이야기를 시작했다.

그는 페레도노프가 학생들의 집을 돌아다니며, 부모들이나 보호자들에게 학생들의 생활이나 성적에 대해 정확하지 않은 사실을 전하면서, 학생들을 매질하라고 부추겨 부모와 가끔 매우 큰 불상사가 일어나기도 했고, 어제는 클럽에서 공증인 구다옙스키와 불상사까지 일으켰다는 사실을 알고 있다고 말했다.

페레도노프는 겁을 먹은 채, 불만에 차서 듣고 있었다. 흐리파치가 입을 다물었다.

"무슨 일인가 하면요……" 페레도노프가 불퉁스럽게 말했다. "그가 싸움을 걸어온 거예요. 그건 안 될 일이죠. 그가 제 뺨을 칠 권리도 전혀 없구요. 그는 성당에 나가지도 않고, 원숭이를 조상으로 섬기고, 아들마저 그 쪽으로 교사하고 있지요. 고발해야 할 사람을 바로 그 사람이에요. 그는 사회주의자란 말입니다."

흐리파치는 페레도노프를 유심히 바라보며 위엄 있게 말했다.

"그건 우리가 할 일이 아닙니다. 나는 당신이 왜 '원숭이를 조상으로 섬긴다'는 독특한 표현을 쓰는지 모르겠군요. 나는 과학의 발전으로 종교의 역사가 더 풍부해졌다고 생각하는데요. 어젯밤에 일어난 일은 물론 법정에서 해결할 수도 있다고 생각합니다. 그러나 더 좋은 해결책은 당신이 우리 학교를 위해서 학교를 그만두는 것이라고 생각합니다. 이것이 당신 개인을 위해서나 학교를 위해서나 좋은 방법입니다."

"저는 장학관이 될 겁니다." 페레도노프가 화난 목소리로 대꾸했다.

"어쨌든 그때까지는 그 기괴한 산책은 그만두어야 하겠습니다. 그런 일은 교육상 관례도 아니고, 집집마다 돌아다니면서 학생들을 매질하라고 부추기는 것은 학생들에게 교사의 위신을 실추시키는 일이라는 것에 동의하실……."

흐리파치는 이야기를 끝맺지 못하고, 어깨를 한번 들썩일 뿐이었다.

"그게 어때서요." 페레도노프가 대들었다. "정말 이해가 안 됩니다. 저는 학생들이 잘되길 바라는 마음에서 그런 것입니다."

"제발 언쟁은 그만둡시다." 흐리파치가 언성을 높이며 말을 중단시켰다. "교장으로서 분명히 명령하는데, 그런 행동은 다시는 하지 마세요!"

페레도노프는 화가 나서 교장을 바라보았다.

...

오늘 저녁, 페레도노프는 집들이를 하기로 했다. 아는 사람은 모두 초대했다. 페레도노프는 방마다 돌아다니며 모든 것이 제대로 되어 있는지, 고발당할 만한 점은 없는지 주의 깊게 살폈다. 그는 생각했다.

'그래, 이만하면 된 것 같군. 금서들은 보이지 않고, 등잔은

밝게 잘 타오르고, 황제들의 초상화는 벽의 가장 좋은 위치에 걸려 있으니까.'

그때 갑자기 벽에 걸린 미츠키에비치가 페레도노프에게 눈을 찡긋했다.

'밀고를 할 수가 있어.' 페레도노프는 깜짝 놀라 초상화를 얼른 떼어 내고, 그 자리에 푸시킨의 초상화를 가져와 대신 걸어 놓아야겠다고 생각했다.

'어쨌든 푸시킨은 궁정과 관련된 인물이니까 염려 없겠지!' 그는 식당 벽에 푸시킨의 초상화를 걸며 그렇게 생각했다.

저녁에는 분명히 카드놀이를 할 거라는 생각이 들자, 페레도노프는 카드를 조사해 봐야겠다고 마음먹었다. 그는 예전에 한 번 사용했던 카드 한 벌을 가져왔다. 그는 카드에서 뭐라도 찾는 사람처럼 카드를 유심히 살피기 시작했다. 카드에 그려져 있는 사람의 얼굴이 마음에 들지 않았는데, 눈동자가 이상하다는 생각이 들었다.

최근 들어, 그는 카드놀이를 하면서 자주 그런 생각이 들었다. 카드 속의 모든 얼굴이 바르바라처럼 생글거리는 것 같았다. 심지어 스페이드 6점짜리 카드는 뻔뻔스럽고 무례하게 몸을 마구 흔들기도 했다.

페레도노프는 있는 대로 모든 카드를 모아, 자신을 쳐다보지 못하도록 예리한 가위로 카드 위에 그려진 얼굴의 눈을 오려내기 시작했다. 그는 먼저 헌 카드에 있는 눈을 모두 오려내고, 다음에는 새 카드도 가져와, 거기 그려진 눈들의 구멍을 뚫었다. 그는 자신을 덮칠까 봐 겁먹은 사람처럼 모든 작업을 신중하게 했다. 다행히 바르바라는 부엌에서 일을 하느라, 방 안은 들여다보지도 않았다. 많은 음식을 장만해야 했기에, 부엌 밖으로 나갈 틈이 전혀 없었던 것이다. 클라브디야가 그녀를 대신했다. 방에 들어가야 할 일이 있으면 대신 클라브디야를 보냈다. 볼일이 있어, 클라브디야가 방에 들어올 때마다, 페레도노프는 깜짝 놀라, 가위를 호주머니에 숨기고는 카드점을 치는 척했다.

그러는 사이 드디어 자신을 약 올리며 쳐다보지 못하도록 킹과 퀸의 눈을 오려냈을 때, 그에게 다른 기분 나쁜 일이 생겼다. 페레도노프가 이전에 살던 집에서, 중절모가 손에 잡히는 일이 없도록 하기 위해 페치카에 버린 적이 있었는데, 에르쇼바가 그것을 찾아낸 것이다. 에르쇼바는 그 중절모를 우연히 두고 간 것이 아니라, 분명히 자신을 증오하던 이전의 세입자들이 앞으로 아무도 그 집을 빌리지 않게 하려고, 모자에 주문을 걸어 일부러 남겨 둔 것이라고 생각했다. 그녀는 두렵기도 하고 화가 나기도 해서, 그 모자를 마법사에게 가져갔다. 마법사는 모자를 자세히 살핀 다음, 모자에 대해 무슨 말인지 알아듣지 못할 소리를 하고, 사방에 침을 뱉더니 에르쇼바에게 말했다.

"그 사람들이 너에게 아주 치사한 방법을 썼으니, 너도 그 사람들에게 복수를 해줘야 한다. 아주 강한 마법사가 마법을 걸어 놨어! 하지만 나는 그 마법사보다 더 강하지! 마법을 풀어 주고 그놈들이 경기를 일으키도록 해주겠다!"

그러고는 마법사는 오랫동안 모자에 주문을 걸고 나서, 에르쇼바에게 복채를 두둑이 받은 다음, 그녀에게 말하기를, 모자를 들고 나가 처음 만나는 붉은 머리 청년에게 모자를 건네주고, 페레도노프 집에 가져다주고 얼른 도망치게 하라고 했다.

공교롭게도 처음 마주친 붉은 머리 청년은 밤의 기행을 고자질한 페레도노프에게 앙심을 품고 있던 철공 가운데 한 명이었다. 그는 페레도노프의 고자질로 고발당한 것 때문에, 그에게 앙심을 품고 있던 중이었다. 그는 좋아라 하며 5코페이카를 받아 들고 임무를 수행하러 갔다. 가는 도중에 그는 중절모에 몇 번이나 침을 뱉었다. 페레도노프의 집에 도착한 그는 어두운 현관에서 바르바라를 만나, 그녀에게 얼른 모자를 주고는, 바르바라가 그의 얼굴을 알아차리기도 전에 재빠르게 도망쳐 버렸다.

페레도노프가 마지막 잭의 눈을 겨우 도려내고 났을 때, 바르바라가 겁에 질려, 깜짝 놀란 얼굴로 그가 작업하고 있는 방으로 달려 들어오더니, 흥분해서 떨리는 목소리로 말했다.

"아르달리온 보리시치! 이것 좀 보세요!"

페레도노프는 모자를 보는 순간 공포에 사로잡혔다. 자신이 버렸던 바로 그 모자였던 것이다. 바르바라의 손에 들린 모자는 잔뜩 구겨져서 먼지가 끼어 있었지만, 예전의 화려한 모습을 여전히 간직하고 있는, 자신의 모자가 틀림없었다. 그는 겁에 질려 겨우 숨을 내쉬고 물었다.

"어디서 났지?"

바르바라는 놀란 목소리로 어떤 발 빠른 청년이 땅속에서 갑자기 솟아난 듯 나타나서는 그것을 건네주더니, 땅으로 꺼져 버린 것처럼, 순식간에 사라져 버렸다고 말했다. 그러고는 이렇게 덧붙였다.

"이건 분명 요르시하*의 짓이야! 그 여자가 이 모자에 주문을 걸어서 당신에게 보낸 것이 틀림없어요."

페레도노프는 알아들을 수 없는 몇 마디 말을 중얼거렸다. 그는 겁에 질려 이가 덜덜 떨릴 지경이었다. 암흑에 가려진 어떤 위험과 불길한 예감이 그를 사로잡았다. 그는 우울한 감정에 휩싸여 어쩔 줄 몰라 하며 서성댔고, 네도트이콤카가 의자 밑으로 키득거리며 달려 다녔다.

손님들이 일찍 모여들었다. 모두들 집들이를 축하하느라 피로그와 사과와 배를 가지고 왔다. 바르바라는 즐거워하며 선물들을 받아 들고 이렇게 말하곤 했다.

"어머, 이런 것을 왜 가지고 오셨어요? 그냥 오시지 않고요!"

이렇게 말은 했지만, 그녀는 누군가 질이 나쁘거나 싼 것을 들고 오면 불쾌해했다. 또한 두 사람이 같은 것을 가져와도 반기지 않았다.

* 에르쇼바의 애칭.

손님들은 시간을 낭비하지 않기 위해, 곧장 카드놀이 대형으로 앉았다. 그리고 탁자 두 개를 붙이고 카드놀이를 시작했다.

"어머! 맙소사!" 그루시나가 소리를 질렀다. "이게 뭐야, 나한테 들어온 킹이 눈먼 봉사야!"

"글쎄 말이에요. 여기 퀸도, 잭도 모두 눈이 없어요." 프레폴로벤스카야가 자기 카드를 살펴보며 말했다.

손님들은 모두 깔깔거리며 카드를 살폈다.

프레폴로벤스카야가 먼저 입을 열었다.

"글쎄, 왜 이렇게 카드가 까칠까칠할까 했더니, 바로 이것 때문이었군요. 카드를 만지면서 무슨 까칠까칠한 셔츠 같다고 생각했거든요. 그런데 이 구멍 때문이었어요. 셔츠도 까칠까칠하잖아요."

모두들 깔깔대고 웃었지만, 페레도노프만 음울한 표정으로 가만히 앉아 있었다. 그때 바르바라가 싱글거리며 말했다.

"우리 아르달리온 보리시치가 별난 것은 다들 아시잖아요, 별 희한한 일을 다 생각해 내지 뭐예요."

"그런데 자네는 왜 이렇게 구멍을 뚫어 놓았나?" 루틸로프가 큰소리로 웃으며 물었다.

"카드에 왜 눈이 필요하겠어?" 페레도노프가 무뚝뚝하게 말했다. "아무것도 볼 필요가 없는데."

모두들 깔깔거렸지만, 페레도노프만은 여전히 음울한 표정으로 입을 다물고 있었다. 그는 이 눈먼 카드 속의 인물들이 얼굴을 찡그리고 자기 눈의 커다란 구멍으로 윙크를 하는 것 같았다.

'어쩌면······.' 페레도노프는 생각했다. '이것들이 이젠 교활하게 코로 보고 있는지도 모르겠어!'

평소처럼 그는 운이 따라주지 않았고, 킹과 퀸과 잭이 자신에게 적대감을 갖고 비웃는 것처럼 느껴졌다. 심지어 스페이드의 여왕은 자기 눈을 멀게 했다고 적대감을 보이며 이를 갈고 있는 것 같았다. 결국 한번 크게 져서 벌금을 물고 난 페레도노프는 카드 한 벌을 잡더니, 그것을 작은 조각으로 갈기갈기 찢었다. 손님들이 깔깔거렸다. 바르바라가 싱글거리며 말했다.

"이이는 언제나 이 모양이에요. 술을 마시면, 이상한 행동을 한다니까요."

"술에 취해서 그렇다고요?" 프레폴로벤스카야가 가시 돋친 어조로 말했다. "그것 참, 아르달리온 보리시치, 정말 당신의 여동생은 이해심이 굉장하군요."

바르바라는 얼굴을 붉히고 화를 내며 말했다.

"어쩜, 그냥 한 말을 가지고 그렇게 물고 늘어지는 거죠?"

그러자 프레폴로벤스카야는 말없이 웃으며 언쟁을 그만두었다.

손님들은 너덜너덜해진 카드 대신 새 카드를 가지고 계속하기로 했다.

그때 갑자기 쨍그랑 하는 소리가 들리더니 유리창이 깨지면서 페레도노프가 앉아있는 식탁 옆의 마루로 돌이 떨어졌다. 창문 밖에서 깔깔대고 웃는 소리와 소란스레 도망치는 발소리가 들렸다. 대소동이 일어났고, 여자들은 어떻게 할지 몰라 비명을 질러댔다. 사람들이 돌을 주워 들고 놀라 서로 얼굴을 바라보면서도, 아무도 선뜻 창문 쪽으로 다가서려 하지 않았다. 먼저 클라브디야를 밖으로 내보내 알아오게 했다. 잠시 후 클라브디야가 밖에는 아무도 없다고 알려 주자, 모두들 창문가로 달려가 깨진 유리창을 살펴보기 시작했다.

볼로딘은 김나지야 학생이 돌을 던졌을 거라고 짐작했다. 그의 추측은 그럴듯해서, 모두들 의미심장한 눈으로 페레도노프를 쳐다보았다. 페레도노프는 얼굴을 찡그리고는 알아들을 수 없는 말을 중얼거렸다. 손님들은 요즘 학생들이 난폭하고 장난이 심하다고 떠들어대기 시작했다.

그러나 사실 범인은 학생들이 아니라 철공들이었다.

"교장이 학생들을 시켜서 나를 골탕 먹이려는 것이 분명해요." 갑자기 페레도노프가 설명했다. "나에게 계속 시비를 걸곤 했는데, 하다하다 이런 짓까지 생각을 해 낸 거예요."

"설마 교장이 장난질을 했을라고?" 루틸로프가 깔깔거리며 소리쳤다.

그러자 모두들 깔깔거렸다. 그루시나가 말했다.

"무슨 말씀이세요? 교장은 못 하는 일이 없어요. 그 사람이 무슨 행동을 할지 아무도 모른다고요. 교장이 직접 시킨 것이 아니고, 자기 아들들을 통해 살짝 귀띔한 건지도 모르죠."

"그것이 바로 귀족들입니다." 볼로딘이 불만스러운 어조로 매매거렸다. "귀족들이 무슨 일을 저지를지는 아무도 몰라요!"

손님들은 모두 그 말이 사실일지도 모른다고 생각하며 웃음을 그쳤다.

"아르달리온 보리시치, 자네는 유리와 앙숙인 모양일세!" 루틸로프가 말했다. "안경을 깨먹지를 않나, 유리창을 깨뜨리질 않나!"

이 말에 다시 웃음바다가 되었다. "유리가 깨지면 오래 산다는 징조예요!" 간신히 웃음을 참으며 프레폴로벤스카야가 말했다.

...

막 잠자리에 들려는 순간, 페레도노프는 갑자기 바르바라의 머리에 무언가 사악한 기운이 들어 있다고 느꼈다. 그는 그녀에게서 칼과 포크를 모두 빼앗아 침대 밑에 숨겼다. 그는 어물어물 더듬거리며 말했다.

"나는 너를 잘 알아, 너는 결혼을 하자마자, 나에게서 벗어나려고 밀고할 것이 분명해! 페트로파블로브카에 있는 방아에 나를 갈아버리고 내 연금이나 받아먹고 살겠지."

밤에 페레도노프는 비몽사몽 꿈속을 헤매었다. 형체를 알 수 없는 무서운 형상들, 킹들, 잭들이 손을 흔들며 소리 없이 왔다 갔다 했다. 그들은 무슨 말인가 소곤거리다가 페레도노프가 보지 못하도록 베개 속으로 숨어 버렸다. 그러다가 잠시 후에 더 용감하게 이리저리 왔다 갔다 하기도 하고, 뛰어다니기도 하고, 페레도노프의 침대나 마루, 베개 주변을 빙빙 돌기도 했다. 그러고는 쉬쉬거리며 페레도노프를 약 올리고, 혀를 쑥 내밀며 얼굴을 흉하게 찡그리는가 하면, 턱없는 입을 쩍 벌리기도 했다. 페레도노프는 그것들이 모두 작아서 그다지 겁날 것은 없다고 생각했다. 그저 장난을 치는 것뿐이며 자신을 죽이려 들지는 않고, 그를 비웃으며 뭔가 불쾌감을 느끼게 해 주려는 것일 뿐이라고 생각했다. 그러나 그는 두려웠다. 그는 어린 시절에 들었던 어떤 주문의 일부를 중얼거리기도 했고, 그것을 내쫓으려고 욕지거리를 퍼붓고, 손을 휘저으며, 씩씩거리고 고함을 질러댔다.

바르바라가 잠에서 깨어나 화를 내며 물었다.

"무슨 일이에요, 아르달리온 보리시치? 잠을 잘 수가 없잖아요!"

"스페이드의 여왕이 나에게 덤벼들잖아! 이 줄무늬 셔츠 속으로 기어들어 왔단 말이야!" 페레도노프가 중얼거렸다.

바르바라는 일어나, 중얼중얼 욕지거리를 해대며, 페레도노프에게 어떤 물약을 먹였다.

...

이 지역의 한 공문서에 K라는 이곳의 어떤 부인이 자기 아들이자, 고관 귀족 가문의 김나지야 학생을 매질한다는 소식이 실려 있었다. 공증인 구다옙스키는 이 사실에 분개해, 모든 시내에 이 사실을 알리고 다녔다.

그 밖에도 이 지역에 살고 있는 김나지야 학생에 대한 여러 가지 이야기가 떠돌았다. 남학생으로 변장한 아가씨의 소문이 들리는가 싶더니, 나중에는 프일니코프라는 이름과 류드밀라의 이름이 같이 언급되기도 했다. 사샤의 친구들은 사샤가 류드밀라와 사랑에 빠졌다고 놀려대기 시작했다. 처음에는 사샤도 그것을 농담으로 받아들였지만, 나중에는 류드밀라를 보호하기 위해 아무 일도 없었다고 장담하며, 화를 내기도 하고 변명을 하기도 했다.

이 때문에 그는 류드밀라의 집에 드나드는 것이 부끄러워졌지만, 그러면 그럴수록 그녀를 향한 마음은 간절해졌다. 부끄러움과 열정의 모순적이고 활활 타는 감정이 그를 괴롭혔고, 어둡고 열정적인 그리움이 그의 머릿속을 가득 채웠다.

21

일요일 아침, 페레도노프와 바르바라가 아침을 먹고 있을 때 누군가 현관으로 들어섰다. 바르바라는 습관대로 문으로 살금살금 다가가 살짝 내다보았다. 그러고는 다시 살금살금 돌아와 페레도노프에게 말했다.

"우편배달부예요. 보드카를 대접해야겠어요. 또 편지를 가져온 모양이니까요."

페레도노프는 아무 말 없이 고개만 끄덕였다. 보드카 한 잔쯤 대접하는 것은 전혀 부담이 되지 않았다. 바르바라가 소리쳤다.

"우체부 아저씨! 이리 오세요!"

편지를 가져온 그가 식당으로 들어왔다. 그는 편지를 찾느라 가방을 뒤적거렸다. 바르바라는 커다란 잔에 보드카를 따르고, 피로그 한 조각을 들고 나왔다. 배달부는 음흉한 눈빛으로 바르바라의 몸짓을 쳐다보았다. 그사이, 페레도노프는 그가 누군가를 닮았다는 생각이 들었다. 드디어 기억이 났다. 그는 바로 어젯밤에 자신에게 엄청난 벌금을 물린 붉은 머리에 여드름투성이의 잭이 아닌가.

'어쩌면 벌금을 다시 물릴지도 몰라!' 페레도노프는 분한 생각이 들어, 호주머니에 손을 찔러 넣고는, 배달부에게 엿 먹으라는 시늉을 해 보였다.

붉은 머리 잭이 편지를 꺼내 바르바라에게 건네주었다.

"받으세요. 이 댁에 온 편지예요." 공손하게 말한 배달부는 보드카에 대해 감사 인사를 하며, 단숨에 그것을 들이켜고는 피로그를 손에 들고 밖으로 나갔다.

바르바라는 손에 들고 있던 편지를 이리저리 돌려 보고는, 페레도노프에게 건네주었다.

"자, 보세요. 공작부인이 또 편지를 보낸 모양인데요." 그녀가 말했다. "알맹이 없이 편지만 자주 쓰는군요. 편지보다는 자리를 주는 게 좋으련만."

페레도노프의 손이 부들부들 떨렸다. 그는 재빨리 봉투를 뜯은 다음, 편지를 꺼내 읽었다. 그러더니 갑자기 벌떡 일어나 편지를 흔들면서 소리쳤다.

"만세! 장학관 자리가 세 개나 된대! 아무거나 고르라는 거야! 만세! 바르바라! 드디어 해냈다!"

그는 덩실덩실 춤을 추며 방 안을 돌아다녔다. 그의 무표정한 빨간 얼굴과 흐리멍덩한 눈동자 탓에 그의 모습은 기이해 보였고, 커다란 인형이 춤을 추는 것처럼 보였다. 바르바라도 즐거워하며 기쁜 표정으로 그를 바라보았다.

"자, 이제 모든 것이 결정됐어! 바르바라, 당장 결혼을 하자고!"

그는 바르바라의 어깨에 팔을 두르고, 그녀를 탁자 둘레로 빙빙 돌리는가 하면, 발을 쿵 쿵 구르기도 했다.

"러시아 춤을 추자! 바르바라!" 그는 마구 소리를 질러댔다.

바르바라는 허리를 꼿꼿하게 세운 채, 나는 듯 춤을 추었고, 페레도노프는 그녀 앞에서 무릎을 구부리고 춤을 췄다.

그때 들어온 볼로딘도 흥겨워 하며 양 울음소리를 내며 웃었다.

"미래의 장학관이 농무를 추고 있는 거야?

"자네도 같이 춰, 파블루시카!" 페레도노프가 소리를 질렀다.

클라브디야가 문 밖에서 들여다 내다보았다. 그러자 볼로딘이 그녀를 보고 깔깔거리며 소리쳤다.

"춤을 춰, 클라브듀시카! 같이 춤을 추자고! 미래의 장학관을 즐겁게 해줘야지!"

클라브디야는 어깨를 흔들며 소리 내어 유연하게 춤을 추기 시작했다. 볼로딘은 그녀의 주위를 돌기도 하고, 앉았다 일어섰다 하기도 하면서 손뼉을 치며 춤을 추었다. 무릎을 올리고 무릎 밑으로 손뼉을 칠 때 특히 그는 맹렬하게 몸을 놀렸다. 발밑의 마루가 삐그덕거렸다. 클라브디야는 자신이 능수능란한 춤 솜씨의 청년과 춤을 추고 있다는 사실에 매우 즐거웠다.

모두 지쳐서, 탁자에 앉자, 클라브디야는 깔깔거리며 부엌으로 달려갔다. 맥주와 보드카를 마신 그들은 병을 깨는가 하면, 잔을 던지고, 소리를 지르며 깔깔거리기도 하고, 손을 흔들며 서로 부둥켜안고 입을 맞추는 등 야단법석을 떨었다. 그 후 페레도노프와 볼로딘은 여름 정원으로 달려 나갔다. 페레도노프는 편지를 자랑하기 시작했다.

당구장에서 진을 치고 있는 패거리들을 만났다. 페레도노프는 아는 사람들 모두에게 편지를 보여 주었다. 편지는 대단한 반응을 불러일으켰다. 편지를 본 사람들은 모두 그것을 사실로 믿었다. 루틸로프는 얼굴이 창백해지더니, 침을 탁탁 뱉으며, 혼잣말을 중얼거렸다.

"내가 집에 있을 때, 우체부가 편지를 가져왔어!" 페레도노프가 환성을 질렀다. "내가 직접 편지를 뜯었다구. 그건 바로 거짓이 아니라는 거야!"

지인들이 존경스러운 눈빛으로 그를 바라보았다. 공작부인에게서 편지를 받다니!

여름 정원에서 나온 페레도노프는 베르시나의 집으로 서둘러 갔다. 그는 빠르게 걸으며, 계속 손을 흔들고 뭔가를 혼잣말로 중얼거렸다. 그의 얼굴에는 태엽 달린 인형처럼, 아무 표정도 보이지 않았고, 오직 어떤 탐욕스러운 불길만이 눈동자에 희미하게 빛나고 있었다.

...

날은 청명하고 무더웠다. 마르타는 정자에 앉아 스타킹을 뜨고 있었다. 그녀의 마음은 경건하면서도 왠지 불안했다. 그녀는 처음에 자신의 죄에 대해 생각했다. 그런 다음에는 좀더 기분 좋은 자신의 선행에 대해서 생각하기 시작했다. 그녀의 마음은 구름이 피어오르듯 희미했다가, 나중에는 일정한 형상을 띠기 시작했다. 선행은 말로 하는 것보다 실천하고 드러내는 것이 더 잘 보이는 것이다. 선행은 그녀 앞에 하얀 드레스를 입고 향기를 풍기는 크고 아름다운 인형들로 나타났다. 이 인형들이 마르타에게 포상을 약속했고, 그들의 손에는 열쇠가 철렁거렸으며, 머리에는 면사포가 씌어 있었다.

그중에 한 인형은 다른 인형들과는 다른 이상한 인형이었다. 그 인형은 아무런 포상도 약속하지 않고 쏘아보고 있었으며, 소리 없이 위협적으로 입술을 달싹거렸다. 만약 그 인형이 소리를 냈다면 두려움에 휩싸였을 것이다. 마르타는 이것이 양심일 거라고 생각했다. 인형은 검은 머리에 검은 눈동자를 하고 있었을 뿐만 아니라, 온통 검은 옷을 입고 있었다. 인형은 빠른 어조로 무엇인가를 말하기 시작하더니, 점점 베르시나를 닮아갔다. 그녀는 베르시나의 질문에 대답하고—거의 무의식적으로— 다시 꿈속으로 빠져들었다.

양심인지 베르시나인지 모르는 누군가가 마르타 앞에 앉아 무슨 말인가 또박또박 빠르게 말하고 있었지만, 이해할 수는 없었다. 인형은 어떤 이상한 냄새를 풍기며 담배를 피웠고, 모든 것이 자신이 원하는 대로 되도록 단호하면서도 조용하게 뭔가를 요구했다. 마르타는 이 꺼림칙한 존재를 똑바로 쳐다보려고 했지만, 어쩐 일인지 마음대로 되지 않았다. 여자는 이상한 표정으로 웃으며 중얼거렸고, 그녀의 눈은 어딘가로 달려가 어느 먼 곳의 알 수 없는 대상에 멈춰 있었다. 마르타는 쳐다보기가 두려웠다……

그때 커다란 이야기 소리가 마르타를 깨웠다. 정자 안에 페레도노프가 서서, 베르시나에게 큰 소리로 안부를 물으며 이야기를 나누고 있었다. 마르타는 깜짝 놀라 주위를 살펴보았다. 가슴이 덜컥 내려앉았고, 눈은 아직 잠이 덜 깬 상태였으며, 머릿속은 뒤죽박죽이었다. 양심 인형은 어디로 사라졌지? 아니면 처음부터 없었던 것은 아닐까? 여기 있을 필요가 없었던 것인지도 몰라!

"꿈을 꾸신 모양이군요." 페레도노프가 마르타에게 말했다. "천둥 치는 것처럼 코를 골던데요! 이제 보니 아주 지독한 잠꾸러기예요. 이제 잠이 깼어요."

마르타는 그의 농담을 이해하지 못했지만, 베르시나가 무슨 말인가를 하며 입술에 미소가 어린 것을 보고, 무언가 우스운 것으로 받아들여야 한다고 생각했다.

"당신을 앞으로 소피야라고 불러야겠어요." 페레도노프가 계속 말을 이었다.

"왜요?" 마르타가 물었다.

"왜냐하면 당신은 마르타가 아니고, 소냐*이니까요."

* 소냐는 '소피야'의 애칭이면서, 잠꾸러기라는 뜻의 단어이기도 하다.

페레도노프는 마르타 옆의 벤치에 나란히 앉으며 말했다.

"아주 중요한 소식이 있어요."

"무슨 소식인지 우리에게 알려 주실 수 있으세요?" 베르시나가 말했다. 마르타는 '무슨 소식이죠?' 라고 간단하게 질문할 수 있는 것을 그렇게 길게 표현할 수 있는 베르시나를 부러운 눈으로 바라보았다.

"맞혀 보세요." 페레도노프가 무뚝뚝하면서도 의기양양하게 말했다.

"무슨 소식인지 저는 잘 모르겠군요." 베르시나가 말했다. "직접 말씀해 주셔야 우리도 새 소식을 알지요!"

페레도노프는 그들이 새 소식을 알아맞히려 하지 않자, 몹시 기분이 상했다. 그는 입을 다물고 몸을 구부리고 앉아서, 언짢은 듯, 멍한 눈으로 눈앞을 응시했다. 베르시나가 담배 연기를 내뿜으며 검고 누런 이를 드러내며 히죽 웃었다.

"어떻게 하면 새 소식을 알아맞힐 수 있을까요?" 베르시나는 약간 말을 끊었다가 다시 말했다. "그러면 카드점을 쳐 볼게요. 마르타, 방에 가서 카드 좀 가져와."

마르타가 일어서자, 페레도노프느 화를 내며 그녀를 저지했다.

"앉아 계세요. 그럴 필요 없어요. 직접 맞혀 보시라고요. 저는 내버려 두시고요. 아마 상상도 못할 거예요. 내가 지금 보여 주는 것을 보면, 입이 다물어지지 않을 거예요."

페레도노프는 재빨리 호주머니에서 지갑을 꺼내, 그 속에서 봉투 속의 편지를 꺼내, 손에 들고 베르시나에게 보여 주며 말했다.

"보이죠?" 그가 말했다. "봉투예요. 그리고 이것은 편지예요."

그는 편지를 꺼내더니 득의만만하고 악의가 서린 표정으로 천천히 읽기 시작했다. 베르시나는 깜짝 놀랐다. 그녀는 끝까지 공작부인의 약속을 믿으려 하지 않았지만, 그 편지를 보자, 마르타와 페레도노프의 인연은 완전히 끊어졌다는 것을 깨달았다. 그녀는 화가 나서 삐죽 웃으며 말했다.

"뭐, 당신의 행복을 빌어 드리죠!"

마르타는 깜짝 놀란 얼굴로 멍하니 웃었다.

"자, 어때요?" 페레도노프가 고소하다는 듯 말했다. "나를 바보로 만들었는데, 나는 더 현명하지 않나요. 봉투가 어쩌고 저쩌고 했죠? 자, 여기 봉투가 있으니, 실컷 보세요. 이젠 모든 것이 확실해졌어요."

그는 주먹으로 가볍게 살짝 탁자를 쳤다. 그의 동작과 그의 말은 자신의 일과 전혀 상관없는 것처럼 왠지 이상하고 무관심하게 보였다.

베르시나와 마르타는 꺼림칙하고 의심스러운 표정으로 서로 마주 보았다.

"왜 서로 쳐다보시나요?" 페레도노프가 무례하게 말했다. "서로 쳐다볼 필요도 없게 되었어요. 이제 저는 바르바라와 결혼합니다. 많은 아가씨들이 나를 낚으려 들었지만요."

베르시나가 마르타에게 파피로사를 가져오라고 하자, 마르타는 이 대화에서 벗어난 것을 기뻐하며 달려갔다. 다채로운 낙엽들이 깔린 모래 길에 들어서자, 마르타는 가볍고 경쾌한 느낌이 들었다. 그녀는 집 앞에서 맨발인 블라댜를 만났다. 그녀는 더욱 즐겁고 기분이 좋았다.

"페레도노프는 바르바라와 결혼하기로 했대." 그녀는 동생를 데리고 집 안으로 들어가며, 목소리를 낮추며 활달하게 말했다.

페레도노프는 마르타를 기다리지 않고, 갑자기 일어서더니 돌아갈 채비를 했다.

"시간이 없어요." 그가 말했다. "결혼은 공놀이하듯 간단한 게 아니잖아요?"

베르시나는 굳이 그를 붙잡지 않고, 냉랭하게 그를 보냈다. 그녀는 몹시 화가 났다. 아직도 그녀는 마르타와 페레도노프를 결혼시킬 실낱같은 희망을 갖고 있었던 것이다. 그렇게 되면 무린은 자신이 차지할 셈이었다. 그런데, 이렇게 그 마지막 희망이 물거품이 된 것이다.

바로 오늘 마르타에게 그런 일이 일어나다니! 통곡할 일이 아닌가!

...

페레도노프는 베르시나의 집을 나와 담배를 한 대 피워야

364

겠다고 생각했다. 그 순간 순찰병이 보였다. 순찰병은 길모퉁이에서 해바라기 씨를 까먹고 있었다. 페레도노프는 기분이 언짢았다. '저기 탐정이 또 있네!' 그는 생각했다. '트집 잡을 일이 없나 살피는 모양이군!'

그는 꺼낸 담배를 피우지 못하고, 순찰병에게 가만히 다가가 주저하며 말했다.

"순찰병님! 여기서 담배를 피워도 됩니까?"

순찰병은 페레도노프를 보더니, 예의를 갖춰 거수경례하고 물었다.

"선생님, 그게 무슨 말씀이시죠?"

"파피로사요……" 페레도노프가 말했다. "파피로사를 피워도 되겠습니까?"

"그 점에 대해서는 아무 지시도 없었습니다." 경례를 붙이며 순찰병이 말했다.

"없었다고요?" 페레도노프가 유감스럽다는 목소리로 재차 물었다.

"전혀 없었습니다. 그래서 말인데, 여기서 담배를 피워서는 안 된다는 지시도 없었습니다. 피워도 되는지에 대해선 저도 모릅니다."

"만약 그렇다면 전 피우지 않겠습니다." 페레도노프가 말했다. "저는 불온한 사상을 가진 사람이 아니니까요. 아예, 담배를 끊어야지요. 이래 봬도 5등 문관이 아닙니까!"

페레도노프는 파피로사를 부러뜨려 거리에 버리고는 자

신이 혹시 쓸데없는 이야기를 한 것이 아닌가, 걱정하며 집을 향해 서둘러 걸었다. 순찰병은 어안이 벙벙해 페레도노프의 뒤를 바라보며 혼자 생각하다가, 아마 저 신사가 '옛날 누룩에 취한'* 모양이라고 결론을 내리고는 마음을 진정하고, 다시 태평스럽게 해바라기 씨를 까먹기 시작했다.

"길이 위로 뻗어 있군!" 페레도노프가 중얼거렸다.

그리 높지 않은 구릉으로 뻗어 있는 길은 다시 내리막길을 이루면서 두 채의 오막살이 집 사이로 휘어지더니, 푸르스름한 저녁의 음울한 하늘 위로 이어진 것처럼 보였다. 빈한한 삶이 이어지는 조용한 이곳은 그 내부로 빠져들고, 깊은 슬픔에 잠긴 지친 모습이었다. 나무들은 울타리 너머로 가지를 드리운 채, 행인들을 굽어보거나, 길을 막기도 하고, 나직이 소곤대며 비웃거나 위협하기도 했다. 교차로 앞에 숫양 한 마리가 서서, 페레도노프를 멍하니 바라보고 있었다.

갑자기 길모퉁이에서 양 울음소리가 들리는 듯하더니, 볼로딘이 뛰어나와 인사를 했다. 페레도노프는 음울하게 볼로딘을 보고는, 방금 교차로에 서 있다가 갑자기 사라진 숫양을 생각했다.

'이것은……' 그는 생각했다. '물론 볼로진이 숫양으로 변한 것이다. 그가 숫양과 닮은 데다, 그가 웃는건지, 숫양이 음매거리는 건지 구별하기 힘든 것은 모두 이유가 있는 것이다.'

---

* 술에 취한 것이 아니라, 예전에 술에 사용하던 누룩을 먹고 취기가 생겼다는 의미의 관용구이다.

이런 생각 때문에 페레도노프는 볼로딘이 인사말을 건네며 하는 이야기가 전혀 귀에 들어오지 않았다.

"왜 걷어차고 야단이야? 파블루시카!" 그가 우울하게 말했다.

볼로딘이 이를 드러내며 양 울음소리 같은 소리로 대꾸했다.

"아르달리온 보리시치! 걷어차는 게 아니라, 자네 손을 잡고 안부를 묻고 있지 않나! 자네 나라 사람들은 손으로 걷어차는지 모르지만, 우리나라에서는 발로 걷어차는 것은 사람이 아니라, 미안하지만 말이라네!"

"이젠 뿔로 받으려고까지 하는군!" 페레도노프가 중얼거렸다.

볼로딘은 토라져서 떨리는 목소리로 말했다.

"아르달리온 보리시치, 유감스럽게도 난 아직 뿔이 나지 않았어! 어쩌면 나보다 자네 머리에 먼저 뿔이 날지 모르니까 잘 살피게!"

"자네 혀 한번 길군, 되지도 않는 말 하지 말게." 페레도노프가 화가 나서 말했다.

"아르달리온 보리시치! 자네가 정 그렇게 나온다면……." 볼로진이 재빠르게 반박했다. "나는 입을 다물겠네!"

그의 얼굴에는 모욕감이 나타났고, 입술을 삐죽 내밀었지만, 페레도노프와 계속 나란히 걸었다. 그는 아직 점심 전이라 페레도노프의 집에서 식사를 해결할 참이었다. 더구나 아침에는 그를 초대하기도 했었기 때문이다.

집에서는 중요한 새 소식이 페레도노프를 기다리고 있었다. 현관에 들어서자마자, 방에서 소란스러운 소리가 들려와 집에 무슨 일이 생겼나 보다고 짐작했다. 그는 처음에는 점심 준비가 아직 끝나지 않았는데, 자기가 들어와서 깜짝 놀라 서두르느라고 소란을 피우는 거라고 생각했다. 그는 기분이 좋아졌다. 자신을 저토록 두려워하다니! 그러나 다른 일이 벌어졌다는 것을 알게 되었다. 바르바라가 현관으로 달려와 소리쳤다.

"고양이를 돌려보냈어요."

그녀는 깜짝 놀란 탓인지 볼로딘이 온 것을 보지도 못했다. 그녀는 평소처럼 꼭 끼는 블라우스를 입고 더러운 잿빛 치마를 두른 채, 다 낡은 신발을 신고 있었다. 머리는 빗질을 하지 않아 마구 헝클어져 있었다. 그녀는 흥분해서 페레도노프에게 말했다.

"이리시카예요! 앙심을 품고 또 장난을 쳤나 봐요. 어떤 소년이 달려와서 고양이를 우리 집에 던져 놓고 갔어요. 고양이 꼬리에 방울을 달아 놓아 방울 소리가 딸랑거리구요. 그러고는 고양이가 소파 밑으로 들어가서 나오지도 않아요."

페레도노프는 두려움에 휩싸였다.

"그럼 이제 어떻게 하지?" 그가 물었다.

"파벨 바실리예비치." 바르바라가 부탁했다. "당신이 더 젊으니까, 고양이를 어떻게 좀 꺼내보세요."

"쫓아 냅시다, 쫓아내요." 볼로딘은 히히덕거리며 이렇게 말하더니, 응접실 안으로 들어갔다.

간신히 고양이를 꺼내 꼬리에서 방울을 떼어냈다. 페레도노프는 엉겅퀴 방울을 가져와 고양이털에 붙였다. 고양이는 미친 듯이 야옹거리며 부엌으로 도망쳤다. 고양이와 실랑이를 벌이느라 피곤해진 페레도노프는 항상 앉던 자기 자리로 가서 털썩 주저앉았다. 팔꿈치를 안락의자의 팔걸이에 대고, 손가락을 깍지 끼고는 다리를 포갠 채, 음울하고 무표정하게 앉아 있었다.

공작부인이 보낸 두 번째 편지는 처음 편지보다 더욱 소중하게 보관했다. 항상 편지를 종이에 싸서 지니고 다녔고, 만나는 사람마다 비밀스러운 표정을 지으며 그것을 보여 주곤했다. 그는 혹시 누군가 그 편지를 훔쳐가지는 않을까, 항상 철저히 감시했고, 절대로 다른 사람들이 만지지 못하게 했으며, 다른 사람에게 보여 주고 나서는 다시 조심스럽게 종이에 싸서 프록코트 호주머니에 넣고 단추를 단단히 잠근 다음, 주변 사람들을 의미심장하게 둘러보곤 했다.

"왜 그렇게 항상 가지고 다니나?" 이따금 루틸로프가 웃으면서 말했다.

"혹시 몰라서 그렇지." 페레도노프가 무뚝뚝하게 대답했다. "혹시 자네가 훔쳐갈지 누가 알겠나."

"그게 뭐 그리 중요하다고." 루틸로프는 이렇게 말하며 깔깔거리더니 페레도노프의 어깨를 탁탁 쳤다.

그러나 페레도노프는 그의 말에 아랑곳하지 않고, 편지를 소중하게 보관했다. 그는 전보다 더 우쭐거리며 다녔다. 그는 자주 자랑을 늘어놨다.

"나는 장학관이 될 사람이오. 당신은 아직 찬밥 신세인데, 나는 두 지역을 맡게 된다 이거지. 아니, 어쩌면 세 지역을 맡게 될지도 몰라요. 아하하!"

그는 조만간 장학관이 되리라는 사실을 믿어 의심치 않았다. 팔라스토프 선생에게는 이런 말을 자주 늘어놓기까지 했다.

"내가 말일세, 친구, 자네를 끌어 주겠네!"

그래서 팔라스토프 선생은 존경심을 갖고 페레도노프를 대했다.

22

페레도노프는 성당에 자주 나갔다. 다른 사람들의 눈에 잘 띄는 자리에 앉아 필요 이상으로 자주 성호를 그어대다가, 갑자기 꼼짝 않고 멍하니 앞을 응시하곤 했다. 뭔가 수상쩍은 첩자들이 기둥 뒤에 숨어서 살짝 엿보며, 그를 자꾸만 웃기려고 하는 것 같았다. 그러나 그는 굴복하지 않았다.

페레도노프의 귀에 들리는 루틸로프 자매들의 조용한 웃음소리며 키득거리는 소리, 소곤거리는 소리 등이 때로는 도를 지나치게 넘어, 크게 울려오곤 했는데, 그것은 분명 교활한 그 자매들이 자신을 파멸시키기 위해 비웃는 소리로 들렸다. 그러나 이것도 페레도노프를 굴복시킬 수는 없었다.

이따금 향의 연기 사이로 푸른 연기 같은 네도트이콤카가 나타나기도 했다. 그것은 불같이 이글거리는 눈빛으로 가볍게 달그락거리며, 잠깐 동안이긴 했지만 공중에 나타나기도 했고, 더 자주는 신도들의 발밑에 나타나 주위를 빙빙 돌고, 페레도노프를 약올리며 집요하게 괴롭혔다. 물론 그것은 페레도노프가 놀라서 성당 밖으로 나가게 하려는 속셈이었다. 그러나 그는 교활한 그것의 음모를 알아채고 굴복하지 않았다.

성당의 예배가 말이나 의식에 있는 것이 아니라, 사람들의 가슴 깊은 곳에 있다는 것을 이해하지 못했기에, 그는 두려워했다. 그리고 분향은 알 수 없는 마법처럼 그를 겁먹게 했다.

'무얼 저렇게 흔들어대는 거지?' 그는 생각했다.

페레도노프는 성당의 성스러운 의식을 수행하는 이들의 의복이 지나치게 화려하다는 생각이 들기도 했고, 좀 우둔한 성직자를 보면 기분이 나빠져 그의 승복을 찢어 버리고 접시를 깨뜨리고 싶은 적의에 사로잡히기도 했으며, 성당 의식이나 비밀은 적의에 가득한 마법사들이 일반 대중을 지배하려고 행하는 눈속임으로 간주했다.

'포도주에 성병聖餠을 잘게 잘라 넣었군.' 그는 성직자들에게 화를 내며 생각했다. '포도주는 싸구려고, 민중들은 호시탐탐 사기를 치려 들지. 오늘 바친 성물보다 더 많은 돈을 벌 수 있게 해달라고 말이다.'

죽음의 족쇄를 깨려는 무력한 속물근성에서 비롯된 성당의 영원한 의식의 비밀은 그들 앞에 억겁의 장막을 늘어뜨리고 있었다. 걸어 다니는 시체! 살아 있는 신과 예수에 대한 불신, 그리고 마법을 믿는 신앙의 조잡한 혼합!

사람들이 미사를 마치고 성당 밖으로 나가고 있었다. 소박한 젊은 농업 선생인 마치긴이 아가씨들에게 다가가 다정하게 웃으며 이야기를 하기 시작했다. 그것을 본 페레도노프는 기분이 언짢아졌다. 미래의 장학관 앞에서 저렇게 드러내놓고 자유분방하게 행동하는 것은 예의에 벗어난다는 생각이 들었다. 마치긴은 밀짚모자를 쓰고 있었다. 그러나 페레도노프는 어느 여름날, 시내에서 그가 모자표가 달린 제모를 쓰고 있었던 것이 생각났다. 페레도노프는 그를 고발해야겠다고 생각했다. 때마침 장학관 보그다노프가 거기 있었다. 페레도노프가 다가가서 그에게 말했다.

"저기 저 마치긴이 모자표가 달린 제모를 쓰고 다니더군요. 아주 오만한 행동이라고 생각합니다."

보그다노프는 깜짝 놀라 몸을 떨며, 잿빛 수염을 부르르 떨었다.

"그런 짓을 하면 안 되죠. 저 사람은 그럴 권리가 없어요." 붉은 눈을 깜박이며 그가 조심스럽게 말했다.

"그래서는 안 되는데 쓰고 다니지 뭡니까?" 페레도노프가 강조했다. "질서를 바로잡아야 합니다. 오래전부터 말씀 드렸듯이, 만약 지금 질서를 바로잡지 않으면, 너도 나도 모두 제모를 쓰고 다닐 것 아닙니까?"

보그다노프는 예전에 페레도노프에 놀란 일이 있어, 더욱 놀랐다.

"어떻게 저 사람이 그런 짓을 할 수 있지요? 예?" 그는 우는 소리를 내며 말했다. "당장 그를 불러 타이르겠어요. 엄하게 금지시켜야지요!"

그는 페레도노프와 헤어져 서둘러 집으로 돌아갔다.

볼로딘은 페레도노프와 나란히 걸으며 양 울음소리 같은

목소리로 말했다.

"제모를 쓰고 다니다니, 아주 본때를 보여 줘야 해! 무슨 관등이라도 받은 사람처럼 제모를 쓰고 다니니, 원! 어떻게 그럴 수가 있단 말인가?"

"자네도 제모를 쓰고 다니면 안 돼." 페레도노프가 엄하게 말했다.

"써서 안 된다면, 안 쓰면 그만이지! 그런데 사실, 나도 이따금 쓰고 다니고 싶은 생각이 들 때가 있단 말일세. 하지만 난 언제 쓰면 되고, 언제 쓰면 안 되는지를 알고 있지. 시내 밖에서 쓰고 다니면, 아무 문제가 없어! 아무도 금하지 않으니까. 제모를 쓰고 다니면, 시골 촌부들이 얼마나 존경스러운 눈으로 나를 쳐다보는지 몰라." 볼로딘이 이렇게 말했다.

"파블루시카! 자네 낯짝에는 제모가 어울리지 않아!" 페레도노프가 말했다. "그리고 자꾸 나에게 달라붙지 말고, 좀 떨어져서 걷게. 자네 발굽이 자꾸 먼지를 일으키지 않나!"

그러자 볼로딘은 화가 나서 입을 다물었지만, 여전히 페레도노프와 함께 걸었다. 페레도노프가 조심스럽게 말했다.

"저기 루틸로프가의 아가씨들도 고발해야겠어. 그들은 성당에 와서 웃고 떠들고 야단이거든. 화장도 진하게 하고, 옷도 화려하게 입고 다니고. 게다가 밀향을 훔쳐서 향수라도 만드는지, 그들의 몸에서는 항상 지독한 냄새가 난다니까!"

"조심스럽게 충고나 한번 해주게나!" 볼로딘이 머리를 흔들고 멍한 눈동자를 굴리면서 말했다.

먹구름의 그림자가 빠르게 밀려와 주위가 어두워지자, 페레도노프는 두려움에 휩싸였다. 바람이 불 때마다, 먼지 기둥이 일었고, 그럴 때면 으레 잿빛의 네도트이콤카가 나타나곤 했다. 바람이 풀밭 사이로 지나면서 풀들이 흔들리면, 페레도노프는 그 순간 네도트이콤카가 잡초 사이를 달리며 배가 터지도록 풀을 뜯어먹고 있는 것처럼 여겨졌다.

'왜 시내에 잡초가 자란담?' 그는 속으로 이렇게 생각했다. '엉망이야! 모두 뽑아야 해!'

나뭇가지들이 바람에 흔들리며 모두 한쪽 방향으로 휩쓸리는가 싶더니, 갑자기 검게 변해, 낄낄거리다가 멀리 날아갔다. 페레도노프는 덜덜 떨며, 소리를 꽥 지르더니 집으로 달려갔다. 볼로딘은 어리둥절한 표정으로 눈을 휘둥그레 뜨고는, 중절모를 손으로 잡고, 지팡이를 흔들면서 페레도노프의 뒤를 따라 황급히 달려갔다.

...

그날 오후에 보그다노프는 마치긴을 불렀다. 장학관의 집 앞에 이르자 마치긴은 해를 등지고 서서 모자를 벗은 다음, 손가락으로 머리를 다듬었다.

"젊은 양반이 어떻게 그럴 생각을 다 했죠, 예?" 보그다노프가 마치긴을 급습했다.

"무슨 일이십니까?" 밀짚모자를 쓴 마치긴이 장난을 치듯,

한쪽 다리를 흔들며 거리낌 없이 물었다.

보그다노프는 그에게 앉으라고 권하지도 않았다. 그는 야단칠 준비를 했다.

"어떻게 아직 젊은 양반이 모자표가 달린 제모를 쓰고 다닐 생각을 했느냐 말입니다. 예?" 그는 자신의 회색 이교도에 몹시 놀라서 엄격한 표정으로 다그쳤다.

마치긴은 얼굴을 붉히기는 했지만, 당당하게 말했다.

"무슨 말씀이신가요? 제가 법을 어겼습니까?"

"당신이 무슨 관등을 가진 관료라도 됩니까? 예?" 보그다노프가 흥분했다. "당신이 무슨 관등을 가졌소? 예? 가장 낮은 14등 관등이라도 가지고 있느냔 말입니다. 예?"

"교사 자격을 갖고 있지 않습니까?" 마치긴은 자신의 교사 직위에 대한 중요성을 상기하며, 미소를 지으며 당당하게 말했다.

"손에 지팡이나 들고 다니세요. 그것이 바로 교사라는 표시예요." 머리를 흔들면서 보그다노프가 충고했다.

"무슨 그런 말씀을, 세르게이 포타프이치!" 마치긴이 기분 나쁘다는 듯 말했다. "지팡이라니요! 지팡이야 아무나 들고 다니는 것 아닙니까? 모표는 위신과 관련된 것이고요."

"위신이라뇨, 예? 어떤 위신을 말하는 겁니까?" 보그다노프가 젊은 선생을 윽박질렀다. "당신에게 무슨 위신이 필요하다는 말입니까? 당신이 무슨 책임자라도 된다는 말씀입니까?" 보그다노프가 마치긴에게 말했다.

"죄송합니다만, 세르게이 포타프이치." 마치긴이 하나하나 짚어 가며 설명했다. "교육받지 못한 시골에서는 그것이 커다란 효과를 나타냅니다. 제모를 쓰고 있으면, 훨씬 더 고개를 깊이 숙여 인사를 하거든요."

마치긴은 오만하게 붉은 콧수염을 쓰다듬었다.

"안 돼요, 젊은 양반! 그래서는 안 됩니다." 머리를 세게 흔들며 보그다노프가 엄명을 내렸다.

"죄송합니다만, 세르게이 포타프이치. 제모가 없는 선생은 꼬리 없는 영국 사자와 같습니다. 우스운 일이지요." 마치긴이 단호하게 말했다.

"여기에 꼬리는 또 무슨 상관입니까, 예? 무슨 꼬리 이야기를 하는 거요, 예?" 보그다노프가 흥분해서 말했다. "당신이 언제부터 그렇게 정치적이었소, 예? 정치에 대해 왈가왈부하는 것이 당신 일입니까, 예? 안 돼요. 절대로 안 됩니다, 젊은 양반! 모표를 떼도록 해요. 일을 쉽게 풀어 나갑시다. 안 됩니다. 오, 하나님, 만약, 누가 알면 어쩌려고 그러는 거요!"

마치긴은 어깨를 들썩이고는 뭔가 대꾸하려 했지만, 보그다노프가 말을 막았다. 그의 머릿속에 좋은 생각이 떠올랐다.

"봐요, 이렇게 나에게 올 때는 모표를 달고 오지 않았잖소, 예? 모표 없이 말이오. 스스로 무슨 일을 하면 안 되는지 느끼기를 바라오."

마치긴은 주저했지만, 이번에는 반박할 말이 떠올랐다.

"시내에서 우리는 아주 평범한 인텔리에 불과하지만, 저희들 같은 경우는 농업 교사이다보니, 농촌에서만이라도 특전이 필요합니다."

"어쨌든, 젊은 양반, 내 말을 유념하세요." 보그다노프가 화를 내며 말했다. "그건 안 됩니다. 만약 또 그런 이야기가 들린다면 당신은 당장 목이 날아갈 거요."

...

그루시나는 젊은 사람들을 위한 파티를 자주 열었다. 그 젊은이들 중에서 신랑감을 고를 계획이었다. 그런 눈치를 알아채지 못하게 하기 위해 가족이 있는 지인들도 초대를 했다.

그날도 그런 파티가 열렸다. 손님들이 일찍 모여들었다.

그루시나의 응접실 벽에는 옥양목으로 가려 놓은 액자들이 걸려 있었다. 예의에 벗어날 만한 것은 아무것도 없었다. 그러다가 그루시나가 능글맞은 미소를 지으며, 액자에 씌워둔 덮개를 들어 올렸고, 손님들은 서툴게 그려진 여자들의 나체 그림을 감상하게 되었다.

"무슨 여자가 저렇게 휘어져 있지?" 페레도노프가 무뚝뚝하게 물었다.

"어디가 휘어졌다고 그러세요?" 그루시나가 대들었다. "저것은 휘어진 게 아니고 여자가 몸을 굽히고 있는 거예요."

"아니에요. 휘어져 있어요." 페레도노프가 다시 말했다. "게다가 눈은 당신 눈처럼 양쪽이 각각 다르잖아요!"

"그림을 보는 안목이 대단하시군요!" 그루시나가 비꼬며 말했다. "이 그림은 아주 뛰어난 그림인 데다 값도 매우 비싼 거예요. 모든 화가들은 나체 그림을 그리는 법이니까요."

페레도노프가 갑자기 깔깔대며 웃기 시작했다. 엊그제 블라댜를 골탕 먹인 일이 생각났던 것이다.

"왜 웃는 거죠?" 그루시나가 물었다.

"김나지야 학생인 나르타노비치*가 자기 누나 마르파**의 원피스를 태우려 들 거예요." 페레도노프가 자초지종을 설명하기 시작했다. "내가 그렇게 하라고 충고해 줬거든요."

"그가 태울 거라고 생각하세요? 바보도 아니고." 그루시나가 반박했다.

"물론 내 말대로 할 거예요." 페레도노프가 자신 있게 대답했다. "남동생과 누나는 항상 싸우는 법이에요. 나도 어렸을 땐 누나들의 옷을 항상 더럽혀 주었거든요. 여동생들은 마구 때려주고요."

"모두 그런 것은 아니야!" 루틸로프가 말했다. "나는 한 번도 여동생들과 싸워 본 적이 없어!"

"그래? 여동생들과 안 싸우면 뭘 하나? 입맞춤이라도 하나?" 페레도노프가 약을 올렸다.

"이봐, 아르달리온 보리시치! 자네는 정말 돼지만도 못한 비

---

* 블라댜의 부칭.
** 마르타의 애칭.

열한 놈이야. 뺨이라도 한 대 갈겨 줘야겠어." 아주 태연하게 루틸로프가 말했다.

"나는 그런 농담 별로 좋아하지 않아." 페레도노프가 루틸로프에게서 멀어지며 말했다.

'정말 한 대 날릴지도 모르지!' 그는 생각했다. '화가 머리끝까지 난 것 같은데!'

"그녀는 옷이 한 벌밖에 없어요." 그가 계속 말했다. "그것도 검은색 원피스 하나밖에 없어요."

"베르시나가 지금 그녀에게 새 옷을 만들어 주는 중이에요." 바르바라가 질투 어린 어조로 부러운 듯 말했다. "결혼에 필요한 것들을 준비하고 있다구요. 그 미모를 보면 말이 다 놀랄걸요." 바르바라가 나지막한 목소리로 무린을 바라보며 음흉하게 말했다.

"그런데 아르달리온 보리시치! 이제 결혼할 때가 되지 않았나요?" 프레폴로벤스카야가 말했다. "무얼 더 기다리세요?"

프레폴로벤스키 부부는 페레도노프가 두 번째 편지를 받은 다음, 바르바라와 결혼할 확신을 굳힌 것으로 믿었다. 그들 또한 편지를 믿고 있었다. 이제는 항상 바르바라 편이었던 것처럼 말했다. 페레도노프와 싸우는 것은 별 이익이 없었지만, 카드놀이를 하는 것은 언제나 이익을 안겨 주었다. 여동생 게나는 좀더 기다리면서, 신랑감을 구할 수밖에 없었다.

프레폴로벤스키가 말했다.

"물론 결혼식을 해야 합니다. 좋은 일을 하셔야죠. 공작부인도 원하는 일이니까요. 당신이 결혼식을 올리면 공작부인이 얼마나 좋아하겠어요. 그녀를 기쁘게 해줘야죠. 그러면 모든 일이 잘 풀릴 거예요. 공작부인이 아주 좋아할 거예요."

"나도 그렇게 생각해요." 이번에는 그의 아내인 프레폴로벤스카야가 말했다.

그러나 남편 프레폴로벤스키는 말을 멈추려 들지 않고, 똑같은 말을 계속해서 반복했다. 그는 옆에 있던 사람들이 피하려는 데도 아랑곳하지 않고, 젊은 관료 옆에 나란히 앉아 말을 계속했다.

"나는 결혼식을 하기로 결정했어요." 페레도노프가 말했다. "그런데 바르바라와 나는 어떻게 결혼식을 올릴지 모르겠어요. 하긴 해야 하는데, 어떻게 해야 하는지 몰라요."

"그다지 어렵지 않아요." 프레폴로벤스카야가 말했다. "만약 원한다면, 남편과 내가 나서서 일을 진행시키겠어요. 그냥 가만히 앉아 있어도 돼요. 그러면 우리가 전부 알아서 할게요."

"좋아요." 페레도노프가 말했다. "나는 찬성이에요. 돈은 걱정 말고 모든 일이 제대로 진행되도록 해주세요. 돈은 전혀 아깝지 않으니까요."

"모든 것이 잘될 거예요. 염려하지 말아요." 프레폴로벤스카야가 확신했다.

페레도노프는 몇 가지 조건을 내세웠다.

"다른 사람들은 돈을 아끼느라 은도금한 가느다란 반지를 사지만, 나는 그렇게 하고 싶지 않아요. 나는 진짜 금으로 하

고 싶어요. 그리고 금반지 대신, 금팔찌를 사려고 해요. 돈은
더 많이 들지만 중요한 일이니까요."

모두들 웃음을 터트렸다.

"팔찌는 안 돼요." 프레폴로벤스카야가 웃으면서 말했다.
"물론 반지는 꼭 필요하지만 말이에요."

"왜 안 된다는 거예요?" 페레도노프가 퉁명스럽게 물었다.

"원래 팔찌는 하지 않아요."

"해도 되는지 모르잖아요?" 페레도노프가 의심스럽다는
듯 대꾸했다. "내가 직접 신부님에게 물어보겠어요. 그분이 가
장 잘 알겠죠!"

루틸로프가 키득거리며 말했다.

"아르달리온 보리시치! 결혼 허리띠를 준비하면 더 좋지 않
겠나?"

"그것은 돈이 너무 많이 드는 일이야!" 깔깔거리며 비웃어
대는 것도 모르고 페레도노프는 심각하게 말했다. "나는 은행
가가 아니거든. 엊그제 나는 비단 옷을 입고, 바르바라와 황
금 팔찌를 끼고 있는 꿈을 꾸었어요. 우리 뒤에 두 집행관이
서서 우리에게 왕관을 씌워 주고, 축혼가를 불러 주었어요."

"어젯밤에 나도 아주 재미있는 꿈을 꾸었어요." 볼로딘이 말
했다. "무슨 꿈인지 잘 모르겠어요. 내가 황금관을 쓰고 옥좌
에 앉아 있고, 내 앞에는 풀이 많이 있었어요. 풀밭 위에는 양
떼들이 앉아 있더군요. 양들이 모두 매—매—매 하고 울어댔
어요. 양들이 왔다 갔다 하면서 매—매—매 하고 울어 대고

있었다니까요."

볼로딘이 이마를 마구 흔들어 대며, 입을 쑥 내밀고, 방 안을 왔다 갔다 하며 양의 시늉을 냈다. 손님들이 모두 깔깔거렸다. 볼로딘은 자기 자리에 앉으면서 손님들을 즐겁게 해준 것이 대견스러웠는지, 행복한 미소를 짓고, 눈을 휘둥그레 뜨더니, 역시 양 울음소리를 내고 웃었다.

"그래서 그다음에 어떻게 되었어요?" 그루시나가 손님들에게 눈을 깜박여 보이며 물었다.

"양들이 왔다 갔다 하고 있을 때, 그냥 잠이 깼어요." 볼로딘이 말을 마쳤다.

"숫양이 양 꿈을 꾼 거지." 페레도노프가 중얼거렸다. "고급 요리는 양고기가 최고야."

"나도 꿈을 꾸었는데……." 바르바라가 교양 없이 깔깔거리며 말했다. "남자들 앞에선 말하기가 곤란해요. 나중에 우리 여자들끼리 있을 때, 이야기해 줄게요."

"아, 바르바라 드미트리예브나! 나도 꿈을 꾸었는데, 지금 이야기할 수 없어요." 그루시나가 눈을 깜박거리고 깔깔대며 말했다.

"이야기해 주세요. 여기 있는 남자들은 모두 여자들처럼 얌전하니까, 걱정 말고 이야기해 주세요." 루틸로프가 졸라댔다.

남자들은 모두 바르바라와 그루시나에게 꿈 이야기를 해달라고 졸랐지만, 두 사람은 서로 눈짓만 주고받고, 깔깔거리며 끝까지 이야기를 하지 않았다.

모두들 카드놀이를 하기 위해 앉았다. 루틸로프는 페레도 노프가 이길 거라고 믿었다. 페레도노프도 그렇게 믿었다. 그러나 언제나처럼 페레도노프는 내기에서 졌고, 루틸로프가 이겼다. 그 때문에 루틸로프는 몹시 기뻐했고, 평소보다 훨씬 원기 있게 말했다.

네도트이콤카가 페레도노프를 계속 약 올리고 있었다. 그것은 어딘가 페레도노프 가까이에 숨어 있다가 이따금 모습을 드러내고는 했다. 그것은 책상 밑이나 누군가의 등 뒤에서 기어 나와 모습을 보이다가 다시 숨어 버렸다. 그 모습은 무언가를 기다리고 있는 것 같았다. 두려웠다. 카드 모양 자체도 페레도노프를 두렵게 했다. 퀸들이 둘씩 함께 있는 것도 있었다.

'세 번째는 어디 있지?' 페레도노프는 이런 생각을 하고 있었다.

그는 멍하니 스페이드의 여왕을 쳐다보다가 나중에는 그것을 뒤로 뒤집었다. 어쩌면 세 번째 퀸이 셔츠 뒤에 숨어 있을지도 몰랐다.

루틸로프가 말했다.

"아르달리온 보리시치는 자기 퀸의 뒤쪽을 보며 카드놀이를 하는군요." 모두들 깔깔대며 웃었다.

그때, 두 젊은 경찰관이 한쪽에 자리를 잡고 앉아, 바보놀이*를 하기 시작했다. 게임은 아주 활기를 띠었다. 이긴 쪽에

* 카드놀이의 일종.

서는 좋다고 깔깔거리며 코를 길게 늘여 보여 주었고, 진 쪽에서는 화를 냈다.

맛있는 음식 냄새가 났다. 그루시나가 손님들을 식당으로 불렀다. 모두들 서로 밀치고 잘난 체하면서 식당 안으로 들어가 각자 자리를 잡고 앉았다.

"여러분, 많이들 드세요." 그루시나가 말했다. "배가 귀까지 차오르도록 말이에요."

"피로그는 먹고, 주인은 즐겁게 해주자!" 무린이 즐거워하며 소리쳤다. 그는 보드카를 바라보기만 해도 즐거웠는데, 더구나 카드에서 이기고 보니 기분이 날아갈 것 같았다.

볼로딘과 젊은 두 경찰이 가장 많이 먹었다. 그들은 가장 좋은 부분과 비싼 음식만 골라 먹었다. 특히 상어 알을 게걸스럽게 먹었다. 그루시나는 억지로 미소를 지으며 말했다.

"파벨 바실리예비치는 술에 취했어도 눈은 좋군요. 맛있는 것만 골라 먹는 것을 보니." 마치 그를 위해 상어 알을 산 것 같았다! 그루시나는 숙녀들을 대접해야 한다며, 좋은 음식을 모두 그로부터 멀찌감치 치워 버렸다. 그러나 볼로딘은 기분 나쁘게 생각하지 않고, 계속해서 나머지 음식을 먹어 치웠다. 그는 처음에 맛있는 것을 많이 먹었기 때문에 이제 무엇을 먹든 상관 없었다.

페레도노프는 음식을 우물거리고 있는 사람들의 모습이 마치 자기를 비웃고 있는 것처럼 보였다. 왜 그러지? 무엇 때문에? 그는 격분해서 닥치는 대로 게걸스럽고 지저분하게 먹어대기 시작했다.

저녁 식사가 끝난 후, 다시 카드놀이 대형으로 모여 앉았다. 그러나 페레도노프는 지겨워 그만두었다. 그는 카드를 집어 던지며 말했다.

"모두들 귀신이나 물어가라! 재수 옴 붙었어! 지겨워. 바르바라! 집에 갑시다."

그러자 다른 손님들도 따라 일어섰다.

볼로딘은 현관 앞에서 페레도노프가 새 지팡이를 들고 있는 것을 발견했다. 그는 히죽 웃더니, 그것을 한번 휘두르고는 물었다.

"아르다샤, 왜 이 지팡이는 이렇게 휘어져 있나? 이건 뭘 의미하는 거야?"

페레도노프는 화를 벌컥 내며 볼로딘에게서 새 지팡이를 뺏어 들고, 손잡이 부분이 엿 먹으라는 손가락 모양으로 만들어진 지팡이를 볼로딘의 코앞에 바짝 갖다 대고 말했다.

"요거나 버터에 발라 먹어라!" 볼로딘은 몹시 불쾌한 표정을 지었다.

"아르달리온 보리시치! 나는 빵에는 버터를 발라 먹지만, 요거에는 버터를 발라먹고 싶지 않네." 그가 대답했다.

페레도노프는 볼로딘의 말을 들은 척도 하지 않고 목도리를 목에 꼼꼼하게 둘둘 감은 다음, 외투의 단추를 모두 잠갔다. 루틸로프가 그것을 보고 비아냥거리며 말했다.

"아르달리온 보리시치! 자네는 뭘 그렇게 둘둘 말고 있나?

날씨도 따뜻한데."

"건강이 최고지." 페레도노프가 말했다.

거리는 조용했고 모든 것은 온통 어둠 속에 묻혀, 나직하게 코를 골고 있었다. 어둡고 음산하고 축축했다. 하늘에는 무거운 구름만 방황하고 있었다. 페레도노프가 중얼거렸다.

"먹구름이 완전히 하늘을 덮었군. 왜 그럴까?"

하지만 그는 두렵지 않았다. 그는 혼자가 아니라 바르바라와 함께 가고 있었기 때문이었다.

곧이어 빗방울이 떨어지기 시작했다. 빗줄기는 가늘었지만, 세차게 계속 이어졌다. 모든 것이 적막에 싸여 있었으며, 빗방울만이 음울한 목소리로 소곤거리고 있었다.

페레도노프는 자연 속에서 자신의 고통의 반향, 자연이 자신에게 적대적이라고 느끼는 공포의 반향만을 느꼈다. 그 적대감으로 인해, 모든 자연 속에 내재적이며, 삶의 외적인 판단만으로는 도달하기 힘든 삶, 오직 인간과 자연 사이의 깊고 신뢰할 수 있는 참된 관계를 형성할 수 있는 유일한 삶을 그는 느끼지 못했다. 따라서 그는 모든 자연이 저급한 인간의 감정으로 가득 차 있다고 인식했다. 개개인과 개별적 존재들의 유혹에 눈이 먼 그는, 자연이 들려주는 디오니소스적이고 원초적인 기쁨을 알지 못했다. 그는 우리들 대부분이 그렇듯 눈멀고 가련한 인간이었다.

23

프레폴로벤스키 부부가 결혼식을 총괄했다. 결혼식은 시
내에서 6베르스타 떨어진 시골에서 올리기로 했다. 바르바라
는 친척이라고 속이고, 몇 년간이나 동거해 온 시내에서 결혼
식을 올리기가 거북했기 때문이다. 결혼식 날도 비밀로 했다.
프레폴로벤스키 부부는 금요일에 결혼식이 있을 거라고 소문
을 내고는 실제로는 수요일 낮에 했던 것이었다. 이것은 쓸데
없는 호기심을 가진 시내 사람들이 몰려들지 않도록 하기 위
해서였다. 바르바라는 페레도노프에게 몇 번씩이나 주의를
주었다.

"아르달리온 보리시치! 결혼식 날짜를 말하지 마세요. 누가
방해하려 들지 모르니까요."

페레도노르는 바르바라를 비웃으며, 결혼식에 드는 비용을
마지못해 내주었다. 이따금 그는 엿 먹이는 모양의 손잡이가
달린 지팡이를 가지고 다니며 바르바라에게 말했다.

"이 손잡이에 입 맞추면, 돈을 주지, 그렇지 않으면 절대 주
지 않을 거야!"

바르바라는 그때마다 손잡이에 입을 맞추었다.

"그게 뭐 어려워요? 입술이 경기를 일으키는 것도 아닌데."
바르바라는 이렇게 말하고는 했다.

사람들이 소문을 낼 수 없도록 결혼식 날짜는 결혼식 들러리들에게도 비밀에 부쳐졌다. 루틸로프와 볼로딘이 기꺼이 들러리에 응했다. 루틸로프는 재미있는 일을 기대하고 있었다. 볼로딘은 자신이 그런 존경할 만한 인물의 인생에 있어서 중요한 사건에 의미 있는 역할을 한다는 것이 영광이었다. 나중에 페레도노프는 자신의 들러리는 한 사람으로는 부족하다고 주장했다.

"바르바라, 너에겐 들러리가 한 사람이면 충분하지만, 나한텐 두 사람이 필요해. 한 사람으로는 부족하다고. 나에게 한 사람이 화관을 씌우는 것은 어려울 거야. 나는 큰 인물이니까."

페레도노프는 두 번째 들러리로 팔라스토프를 지목했다.

바르바라가 중얼거렸다.

"빌어먹을, 두 사람이나 있는데, 왜 더 필요해요?"

"팔라스토프는 금테 안경을 쓰고 있어서 그 사람 옆에 서 있으면 더 위엄 있어 보이거든." 페레도노프가 말했다.

결혼식 날 아침, 여느 때처럼, 감기에 걸리지 않도록 페레도노프는 따뜻한 물에 세수를 한 다음, 바르바라에게 볼연지를 달라고 했다.

"이제부턴 매일 볼연지를 바르고 다녀야겠어! 그렇지 않으면, 초췌해 보여서 장학관에 임명하지 않을지도 모르거든!"

바르바라는 자신의 볼연지가 아까웠지만, 어쩔 수 없이 내주었고, 페레도노프는 자기 볼에 연지를 찍어 발랐다. 그가 중얼거렸다.

"그 늙은 베리가도 젊어 보이려고 화장을 하고 다니잖아. 그런데 내가 창백한 얼굴로 결혼식을 할 수는 없지."

그런 다음, 침실로 들어간 그는 볼로딘이 나중에라도 자신으로 변장할 수 없도록 자기 몸에 어떤 표시를 해야겠다고 생각했다. 그래서 가슴과 배, 그리고 손톱과 여러 곳에 검은색으로 문자 'П'*를 써 놓았다.

'그런데 볼로딘에게도 뭔가 표시를 해 놔야 할 텐데, 어떡하지? 만약 발견하면 지워 버릴 테고 말이야……' 그는 심각한 고민에 빠졌다.

잠시 후, 그에게 좋은 생각이 떠올랐는데, 코르셋을 입는 것이 나쁘지 않겠다는 것이었다. 만약 등이 굽어 있으면, 노인으로 생각할 수도 있을지 모를 일이었다. 그는 바르바라에게 코르셋을 달라고 했다. 그러나 바르바라의 것은 너무 작았다. 맞는 것이 하나도 없었다.

"미리 사 놓았어야 했는데." 그는 낙심해서 중얼거렸다. "그 생각을 못했어."

"무슨 남자가 코르셋을 입는단 말이에요?" 바르바라가 반박했다. "아무도 입지 않는다고요."

---

* 러시아어 알파벳으로, 페레도노프(Передонов) 이름의 머리글자.

"베리가는 입고 다녀!" 페레도노프가 말했다.

"베리가는 노인이잖아요, 아르달리온 보리시치, 당신은 아직 한창 젊구요."

페레도노프는 만족한 표정으로 거울을 바라보고는 씩 웃으며 말했다.

"물론, 난 아직 150년은 더 살 거야."

고양이가 침대 밑에서 재채기를 했다. 바르바라가 싱글거리며 말했다.

"보세요. 고양이가 재채기를 하는 것은 당신 말이 맞다는 거죠."

그러나 페레도노프는 갑자기 얼굴을 찡그렸다. 고양이가 두렵게 느껴지기 시작했고, 고양이의 재채기에 간교한 저주가 담겨 있다고 생각했다.

'저기서 재채기를 하면 어쩌자는 거야' 그는 이렇게 생각하고는 침대 밑으로 기어 들어가서 고양이를 쫓아내려고 했다. 고양이는 사납게 야옹거리며, 벽에 달라붙어 몸을 움츠리고 있다가, 갑자기 크고 날카롭게 야옹하고 울면서, 페레도노프의 두 손에서 빠져나가 방 밖으로 도망쳐버리고 말았다.

"네덜란드 악마 같으니라고!" 페레도노프는 화가 나서 욕지거리를 퍼부었다.

"악마가 맞긴 하나 봐요!" 바르바라가 맞장구를 쳤다. "어찌나 포악한지 손도 못 대게 한다니까요. 악마가 속에 들어앉았나 봐요."

프레폴로벤스키 부부는 들러리를 부르러 아침 일찍 사람을 보냈다. 10시쯤 모두들 페레도노프의 집으로 모여들었다. 그루시나와 소피야, 그리고 그녀의 남편이 함께 왔다. 보드카와 안주를 내왔다. 페레도노프는 그것을 조금 먹고서, 어떻게 하면 볼로딘보다 더 멋지게 보일까 하고 고민했다.

'양털처럼 곱슬머리지.' 그는 기분 나쁜 듯 볼로딘이 곱슬머리라는 것을 떠올리고는 자신은 좀 특별한 모양으로 손질을 해야겠다고 생각했다. 그러고는 의자에서 일어나 말했다.

"여러분은 여기서 마음껏 음식을 들고 있으세요. 저는 이발소에 가서 머리를 스페인식式으로 다듬어야겠어요."

"스페인식이라니?" 루틸로프가 물었다.

"나중에 보면 알 거야."

페레도느프가 머리를 하러 나가자, 바르바라가 말했다.

"저 사람은 정말 별 이상한 생각을 다 한다니까요. 그에게 온통 귀신이 어른거리나 봐요. 술을 좀 덜 마셔야 할 텐데…… 술이 원수예요."

프레폴로벤스카야는 교활한 미소를 지으며 말했다.

"결혼을 하고 장학관 자리를 얻게 되면 괜찮아질 거예요."

그루시나가 키득거렸다. 이 결혼의 비밀이 그녀를 즐겁게 했고, 자신이 걸려들지 않는 무슨 재미있는 구경거리를 만들고 싶다는 욕망이 그녀를 부추겼다. 그녀는 어젯밤에 결혼식이 어디서 진행되는지를 그녀의 친구들에게 살짝 알려 주었다. 오늘 아침에는 어린 철공들을 불러 5코페이카씩 주고, 저녁에 결혼한 신랑 신부가 돌아오는 길에 숨어 있다가, 그들이 타고 오는 마차에 쓰레기를 던지라고 일렀다. 철공들은 기꺼이 동의했고, 아무에게도 이 비밀을 발설하지 않겠다고 맹세했다. 그녀는 그들에게 다짐을 받아 두려고 생각했다.

"너희들을 고문하자마자 체레프닌에 대한 비밀을 발설하지 않았었니?"

"우리들이 바보였어요." 철공들이 다짐했다. "이젠 우리들의 목을 맨다고 해도 절대 누설하지 않을 테니 걱정 마세요."

그들은 자신들이 약속을 지킨다는 의미에서 흙을 한 줌씩 먹었다. 그에 대한 보답으로 그루시나는 3코페이카씩 더 얹어 주었다.

이발소에 간 페레도노프는 주인을 불렀다. 주인은 얼마 전에 지역 실업학교를 마치고 지방 도서관에서 항상 책을 읽던 젊은이였다. 그는 페레도노프와는 안면이 없는 다른 귀족의 머리 손질을 막 끝냈다. 그는 손질이 끝나자 페레도노프에게 다가왔다.

"먼저 저 사람을 내보내요." 페레도노프가 화를 내며 말했다.

귀족 손님이 돈을 지불하고 나갔다. 페레도노프가 거울 앞에 앉았다.

"머리를 깎고 손질을 좀 해주세요." 페레도노프가 말했다. "오늘은 나에게 아주 특별한 날입니다. 그래서 말인데, 제 머리를 스페인식으로 손질해 주세요."

문 곁에 서 있던 학생인 소년이 킥킥 웃었다. 주인이 그에게 엄한 눈길을 보냈다. 주인은 스페인식으로 머리를 손질하는 법을 몰랐을 뿐만 아니라, 그것이 도대체 무엇인지, 그리고 그런 방식이 있기나 한지도 알지 못했다. 그러나 그는 손님이 요구하면, 그것이 무엇이든 알고 있는 것처럼 행동해야 했다. 젊은 이발사는 자신이 무지하다는 것을 알리고 싶지 않았다. 그가 공손하게 말했다.

"손님의 머리로는 그렇게 할 수가 없어요."

"왜 안 된다는 거요?" 페레도노프가 화가 나서 말했다.

"손님의 머릿결에 좋지 않은 영향을 주기 때문이죠." 이발사가 설명했다.

"그럼, 어떻게 해야 합니까? 맥주로 머리라도 감으라는 말이요?" 페레도노프가 웅얼거렸다.

"천만에요! 맥주라니요!" 이발사는 정중하게 미소를 지으며 대답했다. "어떻게 머리를 잘라도 손님의 머리의 경우에는 아주 멋진 모양이 나올 것입니다. 스페인식 머리 모양이 따라올 수 없을 정도로요."

페레도노프는 자기 머리를 스페인식으로 손질하기가 어렵다는 말을 듣고 실망했다. 그는 음울한 어조로 말했다.

"그럼 알아서 하시든가."

페레도노프는 괜히 특별하게 잘라 달라는 말을 꺼냈다고 생각했다. 집에서도 그 말을 꺼내지 말았어야 했던 것이다. 분명 페레도노프가 위엄 있고 점잖게 길을 가는 동안, 볼로딘이

양으로 둔갑해, 뒷길을 달려와 이발사와 몰래 상의를 했다고
생각했다.

"향수를 뿌릴까요?" 이발사가 작업을 마치고 물었다.

"물푸레나무 향수로 뿌려 주시오! 좀 많이." 페레도노프가
청했다. "머리를 제대로 못했으니, 향수로나마 보충을 해야지."

"대단히 죄송하지만, 그런 향수는 없는데요." 이발사가 당
황하며 말했다. "오포파낙스 향수로 하면 어떨까요?"

"무엇 하나 제대로 되는 것이 없군. 그럼, 아무거나 뿌려요."
페레도노프는 기분이 몹시 상해서 말했다.

그는 화가 잔뜩 나서 집으로 돌아왔다. 바람이 살짝 부는
날이었다. 바람 때문에 문들이 삐걱거리며 껄껄 웃는 듯이 느
껴졌다. 페레도노프는 언짢은 표정으로 그것들을 쳐다보았
다. 어떻게 그곳까지 가야 하지? 그러나 이미 모든 것은 정해
진 대로 진행되었다.

지붕이 달린 마차 세 대가 준비되었다. 꼼짝없이 그렇게 앉
아 가는 수밖에 없었다. 그렇지 않으면, 마차가 사람들의 주의
를 끌게 되고, 호기심 많은 사람들이 모여들어, 결혼식을 보
려고 몰려올지도 모를 일이었다. 모두들 자리를 잡고 앉아 길
을 떠났다. 한 대는 바르바라와 페레도노프가, 두 번째는 루
틸로프와 프레폴로벤스키가, 나머지 마차에는 그루시나와 그
외의 들러리들이 타고 갔다.

광장에 먼지가 일었다. 페레도노프는 마차가 굴러가자 도
끼질하는 소리가 들리는 듯했다. 먼지 사이로 간신히 보이는

나무벽들이 자라나, 점점 커지는 것만 같았다. 성을 허물고 있었다. 붉은 셔츠를 입고 입을 굳게 다문 장정들이 아주 험상궂게 보였다.

마차가 옆으로 비껴가자, 무서운 광경이 보이는 듯하더니, 이내 사라져 버렸다. 페레도노프는 공포에 떨며 그것들을 바라보고 있었다. 그러나 아무에게도 자신이 본 것을 말하지 않기로 결심했다.

길을 가는 내내 페레도노프는 고통스러웠다. 모든 것이 자신을 적대시하는 것 같았고, 모든 사물이 자신을 위협하는 것처럼 보였다. 하늘은 잔뜩 찌푸리고 있었다. 맞바람이 불어 한숨을 쉬는 것처럼 느껴졌다. 나무들은 그림자를 길게 드리우는 대신 바짝 오므라져 있었다. 그 대신 먼지가 반투명의 잿빛 뱀처럼 길게 피어올랐다. 태양은 어쩐지 구름 뒤에 숨어 있는 것 같았다. 숨어서 엿보는 건가?

길은 온통 짐수레들로 가득했다. 낮은 언덕 아래로 관목들과 숲 그리고 넓은 초지가 보이고, 퉁퉁 울리는 통나무 관처럼 생긴 다리 아래로 시내물이 흘렀다.

"왕눈이 새가 날아가는군." 희끄무레한 구름에 뒤덮인 하늘을 바라보며 페레도노프가 음울하게 말했다. "눈이 하나에 날개가 두 개군. 더 이상은 아무것도 안 보여."

바르바라는 얼굴을 찡그렸다. 그녀는 페레도노프가 아침부터 술에 취해 있다고 생각했다. 그러나 그녀는 그와 싸우고

싫지 않았다. 괜히 싸우기라도 했다가 결혼을 취소하겠다고 할지도 모를 일이기 때문이었다.

루틸로프가의 네 자매는 이미 성당의 한쪽 귀퉁이에 있는 기둥 뒤에 숨어 있었다. 페레도노프는 처음에는 그들을 발견하지 못했다. 결혼식이 진행되는 도중에야 그들이 불쑥 튀어나왔다. 그제야 페레도노프는 그들이 온 것을 알고 깜짝 놀랐다. 페레도노프는 처음에 혹시 그들이 바르바라와 자기를 떼어 내고, 그들 중에서 한 사람과 결혼시키려 들지는 않을까 걱정했지만, 그런 일은 일어나지 않았고, 그들은 그저 웃기만 했을 뿐이었다. 그의 귀에 그들의 웃음소리가 처음에는 작게 들렸지만, 점점 더 크게 울려왔고, 교양 없고 고약한 여자의 웃음처럼 악의적으로 들렸다.

성당 안에는 낯선 사람은 거의 없었지만, 어디서 왔는지 모르는 할머니만 두 명이 있었다. 그래서 페레도노프는 바보처럼 굴고 이상하게 행동해도 된다고 생각했다. 그는 하품을 하고 바르바라를 쿡쿡 찔러대기도 했으며, 향냄새며, 양초 냄새며, 그리고 농부들 냄새가 난다고 불평을 해댔다.

"자네 여동생들이 계속 웃어대는군." 페레도노프가 루틸로프에게 고개를 돌리고 중얼거렸다. "허파에 구멍이라도 난 모양이야."

그 외에도 네도트이콤카가 그를 괴롭혔다. 그것은 더럽고 먼지를 흠뻑 뒤집어쓰고 있었으며, 성직자의 승복 밑으로 숨어 들었다.

바르바라와 그루시나에게는 성당의 이런 의식이 우습게 여겨졌다. 두 사람은 계속해서 킬킬거렸다. 아내는 남편에게 복종해야 한다는 부분에서는 특히 재미있어 했다. 루틸로프도 낄낄거렸다. 그는 어디서나 항상 여성들을 즐겁게 해주어야 한다는 의무감 같은 것을 갖고 있었다. 볼로딘은 아주 진지한 표정을 지으며 성호를 그었다. 그는 성당의 의식에 대해서는 전혀 이해하지 못했다. 다만 이 모든 의식의 거행은 내적으로 편리한 어떤 것을 제공한다는 사실이 그를 만족시켰다. 말하자면, 축일 때마다 성당에 나가서 기도를 하면 모든 것이 괜찮아지고, 죄를 짓고 회개하면, 모든 죄가 사해진다는 점이었다. 얼마나 편리하고 좋은가? 더욱 편리한 점은 성당 밖으로 나가면 성당과 관련된 모든 것을 잊고, 전혀 다른 일상적인 생활 방식으로 살아갈 수 있다는 점이 그랬다.

결혼식이 막 끝나고 아직 성당을 채 나가기도 전에 갑자기 불상사가 일어났다. 무린과 그의 동료들이 술에 잔뜩 취해 성당 안으로 몰려들어온 것이다.

무린은 여느 때와 같이 쭈글쭈글한 잿빛 옷을 입고, 페레도노프를 거칠게 붙잡고 소리를 질렀다.

"이봐, 동생! 우리 몰래 결혼식을 할 수는 없지 않나! 우리가 어떤 사이인가. 그런데 이 사기꾼이, 몰래 결혼을 했어."

그때 다른 환성이 터졌다.

"이 나쁜 녀석이 우리를 부르지도 않았어!"

"그래도 우리들은 이렇게 왔지!"

"우리가 다 알아냈지!"

그러고는 모두 한몸으로 페레도노프를 끌어안고 축하했다. 무린이 말했다.

"술을 좀 마셔서 갈팡질팡하기는 했지. 그렇지 않았더라면 더 일찍 와서 자네를 축하해 주었을 거야!"

페레도노프는 그들의 축하에 아무런 대꾸도 하지 않고, 얼굴을 찡그린 채 바라보았다. 두렵고 짜증스러워 마음이 괴로울 뿐이었다.

'어디를 가도 쫓아다니는군.' 그는 침울하게 생각했다.

"모두 이마에 성호를 긋게." 그는 적의를 드러내며 말했다. "그렇지 않으면 자네들이 앙심을 품고 있는 것이니."

손님들은 성호를 긋고 깔깔거리며 성물을 모독했다. 특히 젊은 관료들이 더 심하게 굴었다. 부사제가 그들을 점잖게 타일렀다.

손님들 중에는 불그스레한 콧수염을 기른 사람이 있었는데, 페레도노프도 잘 모르는 사람이었다. 그는 고양이를 꼭 빼닮았다. 혹시 이 젊은이는 고양이가 인간으로 변한 것이 아닐까? 그 젊은이가 계속 콧김을 내뿜는 것은 미처 고양이의 습관을 버리지 못했기 때문일 것이다.

"누가 이 사실을 알려 주었죠?" 바르바라가 화를 내며 말했다.

"글쎄, 아주 좋은 분으로 젊은 여자분이었는데, 누군지는 깜박 잊어버렸어요!" 무린이 대답했다.

그루시나가 돌아서서 눈을 깜박였다. 새로운 손님들은 비아냥거리기는 했지만, 그녀를 고자질하지는 않았다. 무린이 말했다.

"아르달리온 보리시치! 어쨌든 우리가 이렇게 왔으니, 샴페인이라도 내놓게. 인색하게 굴지 말고. 우리가 어떤 사이인데, 자네가 몰래 결혼할 생각을 했단 말인가?"

페레도노프 일행이 결혼식을 마치고 집으로 돌아오고 있었다. 해는 벌써 지고, 하늘은 황금색 노을로 불타고 있었다. 그러나 페레도노프는 그것마저 마음에 들지 않았다. 그가 중얼거렸다.

"황금이 저렇게 조각으로 만들어졌으니, 떨어져 나가는군. 태양이 비추는 곳마다 얼마나 많은 황금이 허비되는 건지!"

그들이 시내로 들어오는 입구에 이르자, 철공들과 부랑자들이 쓰레기를 던지며 그들을 환영했다. 페레도노프는 무서워서 몸을 떨었다. 바르바라가 욕지거리를 퍼붓고, 침을 뱉으며 손으로 엿 먹으라는 시늉을 해 보였다. 손님들과 들러리들이 깔깔댔다.

집에 도착했다. 모두들 페레도노프의 집으로 몰려들어, 왁자지껄했다. 처음엔 샴페인을 마시다가, 나중에는 보드카를 마셔대며 카드놀이 대형으로 자리를 잡았다. 밤새 술판이 벌어졌다. 바르바라도 술에 취해 춤을 추고 환호성을 질렀다. 페레도노프도 환호성을 질렀는데, 자신이 볼로딘으로 바뀌지 않은 것 때문이었다. 여느 때처럼 손님들은 바르바라를 무시하고 얕잡아 봤지만, 그녀는 그것이 이상하지 않았다.

...

결혼식을 올린 후에도 페레도노프 부부의 생활은 별로 변한 것이 없었다. 단지 바르바라가 남편을 대하는 태도가 당당해졌고, 독자적으로 변했을 뿐이다. 그녀는 남편 앞에서 더이상 종종걸음 치진 않았지만, 남편에게 겁을 먹는 습관만은 여전히 남아 있었다. 페레도노프 역시 예전의 버릇이 그대로 남아서, 그녀에게 욕을 하고 손찌검을 하기도 했다. 그러나 그는 그녀가 자기 위치에 대해 커다란 자신감을 갖고 잇다는 것을 감지했다. 이것이 그를 괴롭혔다. 그는 바르바라가 예전처럼 그를 겁내지 않는 것은 자신을 볼로딘과 바꿔치기하려는 범죄의 계획을 확실하게 세워 놓았기 때문이라는 생각이 들었다.

'더 조심해야겠군.' 그는 이렇게 생각했다.

반면 바르바라는 신이 났다. 그녀는 남편과 함께 시내 곳곳에 사는 부인들, 심지어는 잘 알지도 못하는 부인들을 방문했다. 그사이 그녀는 형편없는 자만심과 미숙함을 드러냈다. 어떤 부인은 깜짝 놀라기도 했지만, 어느 곳에서나 그녀를 받아주었다. 바르바라는 방문을 하기 위해 미리 고급 의류회사의 모자도 주문해 두었다. 화려하고 커다란 무늬가 수놓인 모자를 보고, 바르바라는 황홀해했다.

페레도노프 부부의 첫 방문은 교장 댁부터 시작되었다. 그 다음에는 귀족회장 부인에게 가기로 했다.

그날, 페레도노프 부부가 방문을 준비하고 있을 때—루틸로프가에는 벌써 이 소식이 알려졌다—, 루틸로프가의 자매들은 바르바라 니콜라예브나 흐리파치의 집으로 향했다. 바르바라가 그곳에서 어떻게 행동하는지 궁금했던 것이다. 페레도노프 부부가 도착했다. 바르바라는 교장 부인에게 무릎을 약간 굽혀 인사를 하고 평소보다 훨씬 떨리는 소리로 말했다.

"인사 드리러 왔습니다. 저희를 부디 어여쁘게 봐주시기를 부탁 드립니다."

"이렇게 방문해 주셔서 아주 기뻐요." 교장 부인이 격식을 갖춰 맞으며 바르바라를 소파에 앉혔다.

바르바라는 만족한 표정으로 정해준 자리에 앉았다. 그녀는 사각거리는 드레스의 가장자리를 넓게 펴서 앉은 뒤, 당혹감을 감추려 애쓰면서 말했다.

"지금껏 결혼하지 못하다가 이제야 결혼을 했답니다. 우리두 사람은 모두 공교롭게도 이름이 같은데도 잘 모르고 지냈군요. 결혼하지 않았을 때는 집에 있는 시간이 많았어요. 하지만 언제까지나 페치카 앞에만 앉아 있을 수는 없잖아요! 이제 저희는 아르달리온 보리시치와 함께 공개적으로 살기로 했답니다. 자비를 베풀어서 저희를 자주 불러 주시고, 저희 집도 방문해 주세요. 남편들은 남편들끼리, 부인들은 부인들끼리 만나도 되구요."

"그런데 부군께서, 다른 곳으로 전근 간다는 소문이 있던데요? 여기서 오래 살지 못하게 됐으니 아주 유감이군요." 교장 부인이 말했다.

"그래요. 조만간 발령이 나면, 우리는 가야 합니다." 바르바라가 말했다. "하지만 이곳에 머무는 동안은 잘 지내고 싶어요."

바르바라 자신도 장학관 자리를 원했다. 결혼식을 마치고 자신이 직접 공작부인에게 편지를 써 보냈다. 그러나 아직 답장은 받지 못했다. 새해가 되면 다시 한번 써야겠다고 마음먹고 있었다.

류드밀라가 말했다.

"우리는 아르달리온 보리시치가 프일니코프 아가씨에게 장가를 드는 줄 알았지 뭐에요!"

"그렇지만." 페레도노프가 화를 내며 대답했다. "제가 모든 여자와 결혼할 수는 없잖아요? 저는 승진을 해야 할 몸이니까요."

"어쩜, 마드모아젤 프일니코프와는 어떻게 헤어지게 되셨어요?" 류드밀라가 약을 올렸다. "당신이 쫓아다니지 않았어요? 그녀가 거절을 했나요?"

"저는 앞으로 이 문제를 꼭 밝히겠습니다." 페레도노프가 무뚝뚝하게 중얼거렸다.

"그것은, 아르달리온 보리시치, 병적인 집착일 뿐입니다." 교장이 싸늘한 웃음을 지으며 말했다.

24

페레도노프의 고양이는 사납게 야옹거리며, 아무리 불러도 오지 않고 사람의 손길을 거부했다. 페레도노프는 고양이가 두려웠다. 그는 이따금 고양이를 견제하려고 추루를 외우기도 했다.

'이것이 도움이 될까?' 그는 생각했다. '고양이털에는 강한 전기가 흐른다고 하던데 말이야. 몹시 유감스럽군!'

한번은 고양이털을 깎아야겠다고 생각했다. 계획을 하면 이루어지는 법이다. 바르바라는 마침 집에 없었다. 그녀는 체리 술병을 호주머니에 찔러 넣고—이제 방해할 사람은 아무도 없었다— 그루시나에게 가고 없었다. 페레도노프는 고양이를 끈으로 묶고, 콧수건으로 목걸이를 만들어 이발소로 데려가려고 했다. 고양이는 거칠게 야옹거리고 몸을 흔들며 가지 않으려고 완강하게 버텼다. 이따금 필사적으로 페레도노프에게 달려들기도 했지만, 그럴 때마다 페레도노프는 지팡이로 고양이를 쳐서 떨쳐냈다. 아이들이 무리 지어 뒤에서 따라오며 놀리고 깔깔 거렸다. 행인들은 멈춰 서서 쳐다보았다.

집 안에서는 유리창을 열고 소란스러운 밖을 내다보기도 했다. 페레도노프는 아랑곳하지 않고 음울한 표정으로 고양이를 묶어 끌어당겼다. 이렇게 끌고 온 그는 이발사에게 말했다.

"주인, 고양이털을 반들반들하게 싹 밀어 주세요."

꼬마 아이들이 문밖에서 웅성거리며 소란을 피우고 깔깔거렸다. 이발사는 화가 나서 얼굴을 붉혔다. 그는 약간 떨리는 목소리로 말했다.

"죄송합니다만, 손님, 우리는 고양이를 취급하지 않습니다. 게다가 면도를 한 고양이는 본 적이 없어요. 그것이 최근 유행인지는 모르지만, 우리한테까지는 아직 아닙니다."

페레도노프는 그의 말을 멍하니 듣고 있었다. 그러다가 소리를 꽥 질렀다.

"솔직히 어떻게 하는지 모르겠다고 해, 이 사기꾼 녀석아!"

그러고는 야옹거리며 발버둥치는 고양이를 낚아채서 밖으로 끌고 나왔다. 길을 걷는 동안, 그는 언제 어디서든 자신을 비웃는 사람들뿐이고, 아무도 자신을 도와주려 하지 않는다고 생각했다. 마음이 몹시 괴로웠다.

...

페레도노프는 볼로딘과 루틸로프와 함께 당구를 치러 정원으로 갔다. 그때, 당황한 점수 계산원이 나와 말했다.

"손님 여러분! 오늘은 유감스럽게도 당구를 칠 수 없습니다."

"무슨 일이오?" 페레도노프가 화를 내며 말했다. "당구를 칠 수 없다니!"

"죄송하지만, 오늘은 당구공이 없어요." 계산원이 말했다.

"젠장, 없어져 버렸어!" 칸막이 뒤에서 클럽 관리인이 위협적인 소리를 질러댔다.

계산원은 몸을 한번 부르르 떨더니, 빨개진 귀를 가볍게 움직이고 나서, 토끼처럼 껑충 뛰고는 귓속말을 했다.

"도둑맞았어요."

그러자 페레도노프가 깜짝 놀라며 소리쳤다.

"뭐라고! 누가 그걸 훔쳐갔단 말이야?"

"모르겠어요." 계산원이 말했다. "분명히 아무도 없었는데, 갑자기 감쪽같이 없어졌어요."

루틸로프가 깔깔거리더니 환호성을 질렀다.

"이거야말로 대단한 사건 아닌가!"

볼로딘이 화난 얼굴로 계산원에게 시비를 걸었다.

"만약 당구장에서 당구공을 도둑맞았다면, 그 시간에 당신은 다른 장소에 있었다는 것 아니오? 그리고 당구공이 없어졌으면, 우리들이 당구를 칠 수 있도록, 다른 공을 준비해 둬야 하지 않소? 당구를 치러 왔는데 당구공이 없다면, 우리가 어떻게 당구를 친단 말이오?"

"우는소리는 그만둬, 피블루샤!" 페레도노프가 말했다. "그렇지 않아도 속이 메스꺼우니까. 이봐요, 계산원, 우리들은

406

맥주를 마시고 있을 테니까, 그 사이에 빨리 공을 찾아와요!"

모두 맥주를 마시기 시작했다. 그러나 심심했다. 당구공은 찾지 못했다. 서로 욕지거리를 해대고 계산원을 나무라기도 했다. 계산원은 죄 지은 사람처럼 입을 다물고 있었다.

페레도노프는 당구공 도난 사건에는 분명히 새로운 음모가 있을 것이라고 생각했다.

'무엇 때문일까?' 그는 괴로운 심정으로 생각했지만, 도저히 이해가 가지 않았다.

그는 정원으로 나가 연못가의 벤치에 앉아서—그는 한 번도 그곳 벤치에 앉아본 적이 없었다— 짙은 녹색을 띤 수면을 뚫어져라 쳐다보았다. 볼로딘이 그의 우울한 마음을 위로해주려고 옆에 와서 나란히 앉아, 양 같은 눈으로 수면을 바라보았다.

"파블루시카, 저기, 왜 더러운 거울이 있지?" 페레도노프가 지팡이로 연못을 가리키면서 물었다.

볼로딘이 이를 씩 드러내고 대답했다.

"아르다샤, 저건 거울이 아니고 연못이라네. 바람이 잔잔해서, 연못에 나무 그림자가 비쳐서 거울처럼 보이는 걸세."

페레도노프는 눈을 들었다. 연못 뒤의 담장이 길과 정원을 가르고 있었다. 페레도노프가 물었다.

"왜 담장에 고양이가 앉아 있지?"

볼로딘은 눈을 들어 담장을 바라보고는 키득거리며 말했다.

"금방 앉아 있다가 도망가 버렸어!"

고양이는 존재하지 않았지만—고양이는 페레도노프의 눈에만 보였던 것이다—, 커다란 녹색 눈을 가진 고양이는 교활하고 사라지지 않는 적이었던 것이다.

페레도노프는 다시 당구공에 대해 생각하기 시작했다. 그걸 어디에 쓰려고 가져갔을까? 혹시 그 이상한 생물이 먹으려고 가져간 것은 아닐까? 그러고 보니 오늘은 웬일인지 하루종일 보이지 않는데, 어디선가 당구공을 실컷 먹고 누워서자고 있을지도 모른다고 페레도노프는 생각했다.

페레도노프는 우울한 기분으로 집으로 돌아왔다.

서쪽은 이미 어두웠다. 구름은 하늘 위를 이리저리 배회하다가, 살짝 다가와—구름은 부드러운 신발을 신었다— 슬며시 쳐다보았다. 저 하늘 끝에는 수수께끼처럼 반사된 어두운 빛이 미소를 짓고 있었다. 시내와 공원 사이로 개울물이 흐르고 있었고, 그 위로 건물과 나무 그림자가 마구 흔들리며, 누군가를 찾고 있는 듯 속삭였다.

이 땅 위로, 이토록 음산하고 영원한 적대감에 휩싸인 이곳으로 악의적이고 조소적인 모든 사람들이 스쳐 지나갔다. 모든 것이 페레도노프에게 적대감을 보였고, 개들조차 그를 향해 깔깔대고, 사람들은 그를 향해 짖어댔다.

...

바르바라의 방문에 대한 답례로 시내의 부인들이 바르바라를 방문하기 시작했다. 어떤 사람들은 바르바라가 살림을 어떻게 하는지 궁금해하며 두 번, 세 번 서둘러 방문한 사람도 있었고, 어떤 이들은 일주일이나 혹은 더 길게 시간을 끌기도 했다. 또 어떤 이들은 발걸음조차 하지 않는 이들도 있었다. 대표적인 사람이 베르시나였다.

페레도노프는 안절부절못하며 매일 답방을 기다렸고, 누가 아직 오지 않았는지 확인하고는 했다. 그는 특히 교장 부부를 몹시 기다렸다. 흐리파치 부부가 혹시 오지 않을까 봐 마음을 졸이며 기다렸다.

일주일이 지났다. 흐리파치 부부는 아직도 오지 않았다. 바르바라는 분개하며 욕지거리를 하기 시작했다. 페레도노프는 기다림으로 완전히 풀이 죽어 있었다. 페레도노프의 눈동자는 썩은 물고기의 눈동자처럼 멍해졌고, 이따금 죽은 사람의 눈처럼 보이기도 했다. 그는 아무 이유도 없이 두려움에 휩싸였다. 아무 이유도 없이 이런저런 대상에 대해서도 겁을 먹기 시작했다. 웬일인지 며칠 전부터는 누군가 자신을 칼로 찌를지도 모른다는 생각에 휩싸여 날카로운 것만 보면 겁이 나서, 칼이나 포크를 눈에 띄는 대로 감췄다.

'어쩌면 칼에 주문을 외우고, 마법을 걸어 놓았을지도 몰라. 그것들이 저절로 나를 찌르도록 말이야.'

"왜 칼이 필요하지?" 그가 바르바라에게 말했다. "중국인들은 젓가락으로 밥을 먹는데 말이야."

그 바람에 일주일 내내 고기를 굽지 않았다. 수프와 죽으로 만족해야 했다.

바르바라는 결혼 전에 페레도노프에게 당했던 공포감을 되갚아 주려고, 이따금 페레도노프의 괴벽이 괜한 것이 아니라, 분명히 무슨 이유가 있다고 맞장구를 쳐주고는 했다. 그녀는 페레도노프에게 적이 많은데, 그것은 사람들의 질투 때문이라고 했다. 그러고는 아마도 페레도노프를 누군가 고발했고, 상부 관청은 물론 공작부인에게 끌려갈지도 모른다고 자주 이야기하며 페레도노프를 자극했다. 그러고는 페레도노프가 겁을 먹으면 즐거워했다.

페레도노프는 분명히 공작부인이 자신을 못마땅해한다고 생각했다. 그녀는 결혼식에 쓸 성상이나 흰 빵 조차 보내 줄 수 없었단 말인가? 그는 어떻게 하면 그녀의 호감을 살 수 있을지를 생각했다. 어떻게 하지? 누군가를 비방하거나, 험담을 하거나 밀고하는 것은 어떨까? 여자들은 대개 그런 쑥덕공론을 좋아하니까, 저 바르바라에 대한 무슨 재미있고 노골적인 험담을 공작부인에게 써 보내면 어떨까. 그녀가 재미있어 하면서, 장학관 자리를 줄지도 모를 일이다.

그러나 페레도노프는 그런 편지를 쓸 수 없었다. 공작부인에게 직접 편지를 쓰는 것이 두려웠던 것이다. 그러다가 아예 편지에 대해서 잊어버렸다.

페레도노프는 여느 때처럼 집에 온 손님들에게 값싼 보드카와 포트와인을 대접했다. 교장을 위해서는 3루블이나 주고 마데이라산產 포도주를 마련해 두기까지 했다. 페레도노프는 이 포도주를 가장 비싼 것으로 간주하고 침실에 고이 간직해 두고, 손님들이 오면 자랑만 했다.

"교장을 위해서 준비해 두었지."

한번은 볼로딘과 루틸로프가 찾아왔다. 페레도노프는 그 들에게도 포도주를 보여 주었다.

"보기만 하니, 별로 맛이 없구만!" 루틸로프가 깔깔대며 말 했다. "그러지 말고 비싼 마데이라를 우리에게 대접하는 것이 어떤가?"

"달라고 할 것을 달라고 해야지!" 페레도노프가 화를 내며 말했다. "그럼, 교장이 오면, 뭘 대접하란 말이야?"

"교장은 보드카 한 잔 마시면 되지, 뭐!" 루틸로프가 대답했 다.

"교장은 보드카를 마시면 안 돼. 교장에겐 이런 마데이라 포도주를 대접해야 해." 페레도노프가 단호하게 말했다.

"만약 교장이 보드카를 좋아하면 어떡하겠나?" 루틸로프 가 계속 따져 물었다.

"원래 높은 사람들은 보드카를 마시지 않는 법이야." 페레 도노프는 여전히 확신에 차서 말했다.

"어쨌든 우리에게 좀 달란 말이야." 루틸로프가 억지를 부 렸다.

그러나 페레도노프는 얼른 포도주병을 들고 침실로 들어 가 장롱 속에 숨긴 다음, 열쇠로 잠가 버렸다. 그는 다시 나와

서 화제를 바꿀 생각으로 공작부인 이야기를 하기 시작했다. 그가 무뚝뚝하게 말했다.

"흥, 공작부인이라고! 시장에서 썩은 사과를 팔다가 공작을 유혹한 것이 분명해."

루틸로프가 깔깔대며 말했다.

"정말 공작이 시장에 다니기는 할까?"

"그녀는 끌어들이는 방법도 알았겠지." 페레도노프가 말했다.

"아르달리온 보리시치! 이야기를 꾸며내지 말게. 그런 근거 없는 이야기는 그만둬." 루틸로프가 반박했다. "공작부인은 유명한 귀부인이라고."

페레도노프는 그를 노려보며 생각했다. '공작부인 편을 든단 말이지? 공작부인과 음모를 꾸민 것이 틀림없어. 아마 공작부인이 주문을 걸어 놓은 거야. 멀리 살고 있긴 하지만 말이야.' 그때 네도트이콤카가 나타나 주변을 뱅뱅 돌면서 소리 없이 웃었다. 이런 사실은 페레도노프에게 갖가지 두려움을 자아냈다. 그는 두려움에 떨면서 사방을 둘러보며 말했다.

"시내에는 어디나 비밀 헌병 장교가 있어. 그는 가끔 문관으로 근무하기도 하고, 장사를 하거나 다른 일을 하다가, 모두가 자는 밤이 되면, 헌병 제복으로 갈아입고 순식간에 헌병 장교로 변한다는 거야."

"제복은 왜 입지?" 볼로딘이 우습다는 듯 물었다.

"상관들에게 가려면 반드시 제복을 입게 되어 있어. 안 그러면 채찍질을 당하거든." 페레도노프가 설명했다.

볼로딘이 깔깔거렸다. 그러자 페레도노프가 그의 곁으로 다가가 속삭였다.

"그런데 어느 때는 그 반대인 경우도 있다네. 자네는 여기 있는 고양이가 단순한 고양이라고 생각하나? 속임수야, 모두! 이 고양이는 헌병 역할을 하고 있어. 고양이 앞에서는 아무도 숨지 않거든. 그런데 이 고양이는 모든 것을 다 듣고 있어!"

드디어 일주일하고도 반이 지난 어느 날, 오후 4시에 교장 부인이 남편과 함께 옷을 곱게 차려입고 오랑캐꽃 향기를 풍기며 바르바라를 방문했다. 페레도노프 부부에게는 아주 뜻밖의 일이었다. 그들은 이유를 알 수는 없지만 좀더 이전에, 그러니까 축일에 교장 부부가 방문할 것이라고 생각하고 있었다. 소동이 일었다. 바르바라는 더럽고 낡은 옷을 걸치고 부엌에서 일을 하고 있었다. 그녀는 옷을 갈아입느라 야단법석을 떨고, 페레도노프는 자다가 방금 일어난 사람처럼 손님을 맞았다.

"바르바라가 곧 나올 거예요." 그가 중얼거렸다. "지금 옷을 갈아입고 있어요. 요리를 하고 있었거든요. 하녀가 새로 들어왔는데, 바보 같은 애가 우리 입맛에 맞게 요리를 못해서 말입니다."

곧이어 부랴부랴 옷을 갈아입은 바르바라가 얼굴을 붉히며 당황한 얼굴로 나타났다. 그녀는 더럽고 축축한 손을 손님들에게 내밀며 흥분해서 떨리는 목소리로 말했다.

"죄송해요. 이렇게 기다리게 해서요. 이렇게 평일에 오시리 라는 것은 몰랐습니다."

"우리는 축일에는 잘 돌아다니지 않는답니다." 흐리파치 부 인이 말했다. "길거리에 술 취한 사람들로 가득해서요. 그래 서 그날은 하녀를 쉬게 한답니다."

이런저런 대화가 오고 갔다. 교장 부인의 다정한 태도는 바 르바라에게 용기를 북돋아 주었다. 교장 부인은 바르바라를 무시하는 태도를 보이기는 했지만, 대체로 상냥하게 대해 주 었다. 그녀는 마치 죄인을 다루듯이, 약간 부드럽게 대할 필요 가 있기는 하지만, 아직은 기를 좀 죽여 놔야 한다고 생각했 다. 교장 부인은 슬쩍 지나가는 말로 바르바라의 옷과 집안에 대해 몇 마디 교시를 늘어놓았다.

바르바라는 교장 부인의 마음에 들려고 애썼고, 붉은 손과 갈라진 입술을 연신 떨고 있었다. 교장 부인은 그 모습이 안 쓰러워 더욱 상냥하게 대했다. 그러나 자기도 모르게 느껴지 는 혐오감을 떨칠 수가 없었다. 그녀는 모든 암시를 통해 그들 사이에 친분 관계를 가질 수는 없다는 것을 바르바라에게 납 득시키려고 했다. 그러나 그런 암시를 어찌나 상냥하게 표현 했던지, 바르바라는 전혀 눈치챌 수가 없었다. 눈치는커녕 앞 으로 교장 부인과 아주 가까운 사이가 될 것이라는 자부심을 가질 정도였다.

흐리파치는 못 올 곳에 온 사람 같은 표정을 하고 있었지 만, 애써 내색을 삼가고 있었다. 그는 마데이라산 포도주를

414

거절했는데, 보통 이 시간에 포도주를 마시지 않았기 때문이다. 그는 시내의 새로운 소식에 대해서, 지방법원 구성원의 자리 교체에 대해서 이야기했다. 그러나 그와 페레도노프는 서로 다른 세상에 살고 있다는 느낌을 확인했을 뿐이다.

그들은 오래 머무르지 않았다. 바르바라는 그들이 와 준 것에, 그리고 빨리 돌아가 준 것에 안도의 한숨을 쉬었다. 그녀는 다시 옷을 갈아입으면서 즐겁게 말했다.

"일찍 돌아가서 다행이에요. 그 사람들과 무슨 이야기를 해야 할지 몰랐거든요. 잘 모르는 사람들을 만날 때처럼, 그 사람들과도 어떻게 어울려야 할지 잘 모르겠더라구요."

그녀는 갑자기 흐리파치가 돌아가면서, 그들을 초대하지 않았다는 사실이 떠올랐다. 그 때문에 처음에는 몹시 당황했지만, 그녀는 곧 이렇게 짐작했다.

"나중에 언제 방문해 달라는 시간표를 보내 주겠지요. 그분들은 많은 사람들에게 시간을 내줘야 하니까요. 이제 나도 프랑스 방식에 익숙해져야겠어요. 프랑스어의 알파벳도 모르니 원."

...

집으로 돌아오는 길에 교장 부인이 남편에게 말했다.

"바르바라는 정말 천박하고 더할 나위 없이 저속한 여자예요. 그 여자와는 어떤 식으로든 상대하기가 힘들 것 같아요.

그녀에겐 갖추고 있어야 할 품위가 전혀 없어요."

흐리파치가 대답했다.

"그녀는 남편에게 충분히 걸맞은 여자니까, 너무 걱정하지 말아요. 나는 그가 어서 이곳을 떠나주기만을 기다리고 있는 중이오."

...

결혼식을 하고 난 후에 바르바라는 술을 즐겨 마셨고, 특히 그루시나와 자주 마셨다. 한번은 그루시나의 집에 프레폴로벤스카야와 함께 있다가, 바르바라가 공작부인의 편지에 대한 비밀을 털어놓았다. 그녀는 전모를 밝히지는 않았지만, 충분히 눈치챌 수 있는 암시를 했다. 교활한 소피야는 그것으로 충분했고, 갑자기 머리에 떠오른 것이 있었다. 왜 진작 그 사실을 짐작하지 못했을까! 그녀는 자신을 책망했다. 그녀는 이 사실을 비밀이라는 단서를 붙여 사람들에게 말했다. 그 이야기가 금방 전 시내에 퍼졌다.

프레폴로벤스카야는 페레도노프와 마주치자, 웃음을 참을 수가 없었다. 그녀가 그에게 말했다.

"아르달리온 보리시치, 당신은 정말 단순한 사람이군요."

"나는 단순한 사람이 아니고 대학 박사요." 그가 대답했다.

"박사라도, 누구나 원하기만 하면, 당신을 속일 수가 있잖아요."

"나도 누구든 속일 수 있어요." 페레도노프가 대꾸했다.

프레폴로벤스카야는 간교한 미소를 흘리며 떠났다. 그는 그녀가 왜 그런 말을 하는지 짐작도 못 하고 멍하니 있었다. 아마, 원한을 품어서 그런 모양이야! 모든 사람이 나를 적대적으로 대하니까 말이야, 하고 생각해 버리고 말았다.

그는 그녀의 뒤통수에 대고 엿 먹으라는 손짓을 해 보였다.

'나한테 못된 짓을 하지는 못할 거야.' 그는 자신을 위로하느라 이렇게 중얼거렸지만, 두려움 때문에 소름이 끼쳤다.

페레도노프는 그것만으로는 눈치를 채지 못했다. 그러나 프레폴로벤스카야는 모든 사실을 그대로 이야기하고 싶지는 않았다. 괜히 바르바라와 싸울 필요가 없었던 것이다. 그녀는 때때로 페레도노프에게 이 사실을 암시하는 편지를 익명으로 보내곤 했다. 그러나 페레도노프는 사실을 제대로 이해하지 못하고, 오해를 했다.

소피야는 언젠가 그에게 이렇게 썼다.

'편지를 보낸 공작부인이 혹시 이곳에 사는지, 한번 조사해 보세요.'

페레도노프는 공작부인이 그를 관찰하기 위해 이곳으로 직접 온 모양이라고 생각했다. 그는 또, 공작부인이 자신을 사랑하게 되어, 바르바라에게서 자신을 빼앗아 가려는 것은 아닐까? 하는 생각도 했다.

이런 편지들이 페레도노프를 화나게도 하고 두렵게 하기도 했다. 그는 바르바라에게 시비를 걸었다.

"공작부인이 어디 있지? 이곳으로 왔다고 하던데!"

바르바라는 페레도노프의 예전 일에 복수하기 위해, 그가 묻는 말에 살짝 암시만 주거나, 비웃거나 심술궂게 골탕을 먹이며 그를 괴롭혔다. 그녀는 뻔뻔스럽게 생글거리며, 보통 사람들이 누군가를 믿지 않고 고의로 거짓말을 할 때처럼, 애매한 목소리로 대답했다.

"내가 그걸 어떻게 알겠어요? 공작부인이 지금 어디에 사는지를요!"

"거짓말 마! 알고 있을 거야!" 페레도노프는 공포에 질려 말했다.

그는 무얼 믿어야 할지 알 수 없었다. 그녀의 말을 믿어야 할지, 아니면 그녀가 감추고 있는 것으로 보이는, 다른 어떤 소리를 믿어야 할지 몰랐다. 그가 알 수 없는 그 모든 것처럼, 이것도 그에게 공포감을 심어 주었다. 바르바라가 대꾸했다.

"어쩌면 그럴지도 모르죠, 또 페테르부르크를 떠나 어디론가 갔을지도 모르고요. 공작부인이 일일이 나에게 보고하진 않으니까요."

"혹시 정말로 여기 온 것은 아닐까?" 페레도노프가 소심하게 물었다.

"여기로 왔을지도 모르죠." 바르바라가 조롱하는 목소리로 말했다. "당신에게 홀딱 빠져서, 당신과 사랑을 나누려고 왔을지도 몰라요."

페레도노프가 소리를 꽥 질렀다.

"거짓말하지 마! 사랑은 무슨 얼어 죽을 사랑이야!"

바르바라가 고소하다는 듯 웃었다.

그때부터 페레도노프는 주의 깊게 여기저기 살피기 시작했다. 공작부인을 보게 될지도 모른다고 생각했던 것이다. 그는 이따금 공작부인이 창문으로 들여다보는 것 같기도 하고, 어느 때는 대문 뒤에 숨어서 몰래 엿듣거나 바르바라와 속삭이는 것 같기도 했다.

...

시간은 흘렀지만, 페레도노프를 장학관으로 임명한다는 통지는 오지 않았다. 통지는커녕 개인적인 연락조차 없었다. 그러나 페레도노프는 공작부인을 직접 찾아가 볼 생각은 감히 하지 못했다. 바르바라가 그때마다 공작부인이 얼마나 높은 사람인지를 이야기하면서 페레도노프에게 겁을 주었던 것이다. 페레도노프가 공작부인에게 직접 편지라도 쓰는 날이면, 그야말로 큰 불상사가 일어날 것이 뻔했기 때문이다. 그는 공작부인의 불평 한마디에 자신의 운명이 좌지우지된다는 사실을 알지 못했지만, 그래서 더 그는 두려웠다. 바르바라가 말했다.

"당신은 귀족들을 몰라요? 그들이 필요해서 할 때까지 기다리세요. 그들에게 무언가를 상기시키면, 모욕감을 느끼고, 더 큰 화가 미치게 돼요. 그들의 자부심이 얼마나 강하다구요! 그들은 오만한 사람들이라, 그들을 신뢰해야 좋아해요."

페레도노프는 얼마 동안은 그 말을 믿었다. 그러나 공작부인에게 화가 났다. 이따금 어쩌면 공작부인이 약속한 것을 무마시키려고, 자신을 밀고할지도 모른다는 생각까지 했다. 아니면 공작부인이 페레도노프를 사랑했는데, 바르바라와 결혼한 것을 알고, 화가 나서 밀고할지도 몰랐다. 그래서 공작부인이 페레도노프의 주변에 첩자들을 겹겹이 세워 놓고, 공기도, 빛도 없는 곳에 자신을 가둬 둘지도 몰랐다. 그녀가 괜히 높은 분이 아니다. 그녀는 원하는 것은 무엇이든 할 수 있다. 그는 화가 나서 쓸데없는 말까지 지껄이며 공작부인의 험담을 늘어놓기 시작했다. 그는 루틸로프와 볼로딘에게 자신이 예전에 공작부인의 정부였다든가, 그녀가 자신에게 많은 돈을 지불했다든가 하는 이야기를 지껄였다.

"받은 돈을 술 마시는 데 탕진했어. 돈이 나에게 무슨 소용이란 말인가? 귀신이나 물어가라지! 공작부인은 내가 죽을 때까지 연금을 주겠다고 했거든."

"자네는 받겠나?" 루틸로프가 키득거리며 말했다.

페레도노프는 무슨 질문을 하는지도 모른 채, 중얼거렸고, 볼로딘이 대신 결연하고 이성적으로 대답했다.

"만약 그녀가 부자라면 거부할 필요가 없지. 자신을 만족시켜 준 대가를 반드시 지불해야지."

"미인이었더라면 얼마나 좋았겠나!" 페레도노프가 괴로운 표정으로 말했다. "마마 자국에 삐뚤어진 코였어. 돈을 많이 췄으니 망정이지, 그렇지 않았으면 그 마귀할멈에게 침을 뱉고 싶었을 거야! 공작부인은 나의 요구를 들어줘야만 해!"

"아르달리온 보리시치! 자네 거짓말을 하고 있군?" 루틸로프가 말했다.

"그래, 거짓말이라고 해! 그러면 왜 나에게 돈을 줬겠어? 괜히 줬다고? 공작부인은 바르바라를 질투하고 있네. 그래서 이렇게 오랫동안 장학관 자리를 안 주고 있는 거야."

페레도노프는 전혀 부끄러워하지도 않고, 공작부인이 자신에게 돈을 준 것처럼 말했다. 볼로딘은 페레도노프의 말이 얼마나 모순적인지도 알지 못하고 곧이곧대로 믿었다. 루틸로프는 페레도노프의 말을 믿지는 않았지만, 아니 땐 굴뚝에 연기 날 리 없다고 생각하고, 페레도노프와 공작부인 사이에는 분명히 뭔가가 있을 것이라고 생각했다.

"공작부인은 사제의 개보다 더 늙었어." 페레도노프는 뭔가 아주 중요한 사실이라도 말하는 것처럼 조심스럽게 말했다. "이런 말은 다른 데 가서 하지 말게! 만약 이 말이 공작부인에게 들어가면 좋지 않을 테니까. 공작부인은 새끼 돼지 살을 몸에 발라서 힘줄에 젊음을 불어넣지. 그래서 그녀가 늙었는지, 알아보지 못해. 그녀는 백 살이 훨씬 넘었는데도."

볼로딘은 머리를 설레설레 흔들고 혀를 찼다. 그는 그것을 모두 믿었다.

그런 이야기를 떠벌인 다음날, 페레도노프는 수업 시간 중에 크르일로프의 「허풍선이」라는 우화를 읽게 되었다. 그 뒤

로는 혹시 다리가 무너질까 봐, 며칠 동안 계속 다리를 건너
지 못했고, 조그만 배를 타고 강을 건너 다녔지만, 다리는 아
직 멀쩡했다. 그는 볼로딘에게 이렇게 설명했다.

"공작부인에 대한 이야기는 모두 사실이야. 그런데 그 다리
가 그 사실을 믿지 못하고, 재수 없이 무너질지 몰라서 그런
걸세."

25

가짜 편지에 대한 소문이 시내에 돌아다녔다. 이 이야기가 모든 사람들의 관심사가 되었고 즐거움을 주었다. 모두가 바르바라를 치켜세우며 페레도노프를 놀려 준 것을 즐거워했다. 편지를 본 사람이면 모두 한목소리로 그 편지를 보고 즉시 가짜라는 것을 짐작했다고 주장했다.

특히 베르시나 집 식구들이 고소해했다. 마르타는 무린과 결혼했지만, 페레도노프에게 거절을 당했던 일이 있고, 베르시나는 무린을 얻고 싶었지만, 마르타에게 그를 양보해야 했으며, 블라댜 역시 페레도노프에 대한 본능적인 증오심으로 그의 불행을 무조건 기뻐했던 것이다. 페레도노프가 학교에 계속 남게 되는 것은 반갑지 않았지만, 지금 페레도노프의 코가 석 자는 빠져 있을 것이라고 생각하니, 그 아쉬움을 만회하고도 남았다. 최근에는 학생들 사이에서 교장 선생님이 교육 담당관에게 진정을 내어, 페레도노프가 정신이상이 되었으니, 하루빨리 사람을 보내 그를 조사하고 학교에서 몰아내 달라고 했다는 믿을 만한 소문이 돌아다니고 있었다.

이따금 바르바라를 만난 지인들은 약하든 심하든 저급한 농담이나 노골적인 윙크를 해가며 위조 편지에 대해 말을 꺼내곤 했다. 그녀는 긍정도 부정도 하지 않았고, 뻔뻔스럽게 히죽거릴 뿐이었다.

다른 패거리들은 그루시나에게 가짜 편지 사건에 연루된 사실을 알고 있다고 은근히 암시를 하기도 했다. 그녀는 겁을 먹고 바르바라에게 달려와 왜 비밀을 누설했느냐고 따졌다. 그러자 바르바라가 히죽거리며 말했다.

"무슨 그런 말씀을 하세요? 나는 그런 이야기를 할 생각도 없었어요."

"그럼 어떻게 알아냈단 말이에요?" 그루시나가 화를 내며 물었다. "나는 아무에게도 말하지 않았어요. 그 정도로 내가 바보는 아니거든요."

"나도 아무에게 말한 적이 없어요." 바르바라가 주저 없이 말했다.

"나에게 그 편지를 줘요." 그루시나가 편지를 요구했다. "그 편지를 조사하게 되면, 가짜 편지가 내 필적이라는 것을 알아낼 거예요!"

"알아내려면 알아내라고 하죠, 뭐!" 바르바라가 울분을 토하며 말했다. "그 멍청이가 어떻게 하는지 한번 보죠."

그러자 그루시나가 짝짝이 눈을 번득이며 소리를 질렀다.

"당신은 이제 원하던 것을 얻었으니, 무서울 게 없다 이 말이죠? 하지만 나는 당신 때문에 감옥에 갈지도 몰라요! 얼른 편지 내놔요. 그렇지 않으면 당신은 이혼할 수도 있어요."

"그 입 닥치지 못해요!" 바르바라가 허리에 손을 대고 뻔뻔하게 대꾸했다. "어디 시장 바닥에 나가서 떠들어 봐요, 내가 이혼을 하나!"

"당신 뜻대로는 안 될걸요." 그루시나가 소리쳤다. "속임수로 결혼해도 된다는 법은 없어요. 만약 아르달리온 보리시치가 이 사건으로 소송을 제기하면 이혼하는 건 그리 어려운 일이 아닐걸요."

깜짝 놀란 바르바라가 목소리를 낮춰 말했다.

"진정해요! 왜 화를 내고 그래요? 편지는 찾아 줄 테니까 염려 말아요. 겁낼 필요 없어요. 아무려면 내가 당신을 배반하겠어요? 나에게도 영혼이 있다구요."

"영혼은 무슨 영혼이 있어요?" 그루시나가 씩씩거리며 말했다. "개나 사람이나 영혼은 없고 연기만 있을 뿐이에요. 살아 있는 동안만, 존재한다고요."

결국 바르바라는 편지를 훔치기로 했다. 물론 그것은 쉬운 일이 아니었다. 한 가지 희망이 있다면, 페레도노프가 술에 취했을 때를 틈타 편지를 훔치는 것이었다. 그는 술을 많이 마셨다. 그는 자주 거나하게 취한 채, 수업에 들어와, 아주 못된 녀석들도 듣기 민망한 험한 말을 늘어놓곤 했다.

...

하루는 페레도노프가 평소보다 훨씬 많이 취한 채 당구장에서 돌아왔다. 새 당구공을 샀다는 핑계로 실컷 마시고 취해 있었다. 그러나 그는 술에 취해 있으면서도, 지갑을 내려놓지 않고 간신히 옷을 벗고는, 지갑을 베개 밑에 밀어 넣었다.

그는 소란스럽게 자긴 했지만, 깊이 잠이 들었다. 잠꼬대를 하는지 알아듣지도 못할 소리를 하고, 소름 끼치는 이상한 이야기를 중얼거리기도 했다. 바르바라는 몹시 두려움을 느꼈다.

'괜찮아! 잠만 깨지 않으면 되지.' 그녀는 스스로 용기를 북돋았다.

그녀는 그를 흔들며 깨워 보려고 했다. 그러나 그는 알 수 없는 소리만 중얼거릴 뿐, 정신을 차리지 못했다. 바르바라는 페레도노프가 볼 수 없도록 방향을 돌려 촛불을 켰다. 그녀는 두려움에 떨며, 페레도노프의 베개 밑으로 조심스럽게 손을 집어넣었다. 지갑은 가까운 곳에 있었지만, 한동안 손에 잡힐 듯, 자꾸만 빠져나갔다. 촛불이 희미하게 빛났다. 불빛에 그녀의 그림자가 흔들리고 있었다. 겁에 질린 그림자가 벽과 침대 위로 왔다 갔다 하는 모습은 마치 무서운 악마가 뛰어다니는 것 같았다. 공기는 숨이 막힐 것 같았고 바람 한 점 없었다. 보드카 냄새가 코를 찔렀다. 페레도노프는 코를 골고, 잠꼬대를 하면서 온 침대를 차지하고 있었다. 온 방 안이 그의 잠꼬대로 가득 찬 것 같았다.

바르바라는 손으로 겨우 지갑을 빼내 들고, 그 속에서 편지를 꺼낸 다음, 지갑을 다시 베개 밑에 넣었다.

아침에 페레도노프는 편지를 찾았지만, 사라진 것을 알고 깜짝 놀라 소리쳤다.

"바랴! 편지 어디 있어?"

바르바라는 공포에 질려 오싹했지만, 마음을 가다듬고 말했다.

"내가 어떻게 알아요? 아르달리온 보리시치! 당신이 사람들에게 보여 주다가 어디에 떨어뜨린 것 같은데요. 아니면 누군가 훔쳐갔을지도 모르고! 당신과 함께 밤마다 돌아다니는 친구들이 많이 있잖아요."

페레도노프는 자신의 적들이, 좀더 확실히 말하자면, 볼로딘이 훔쳐갔을 거라고 확신했다. 그렇다면 편지는 이미 볼로딘의 손에 들어갔고, 볼로딘이 그것을 갖고 있다가, 나중에 임명장이 오면 페레도노프 대신 장학관이 되어 갈 테고, 페레도노프 자신은 이곳에서 영원히 고통받는 부랑아로 생을 마칠 것이라고 생각했다.

페레도노프는 방어를 해야겠다고 생각 했다. 그는 매일 자신의 적으로 생각되는 사람들을 밀고하기로 했다. 베르시나, 루틸로프가의 사람들, 볼로진, 그리고 같은 자리를 노리고 있는 자기 주변에 있는 동료들이었다. 그는 밤마다 루뵵스키에게 그들을 밀고했다.

헌병 장교는 학교 근처의 광장 옆에 살고 있었다. 그곳의 많은 사람들이 창문으로 페레도노프가 밤마다 헌병 장교의 집을 들락거리는 것을 볼 수 있었다. 그러나 페레도노프는 아무도 모를 것이라고 생각했다. 그는 밤마다 부엌을 통해 살짝 빠져나가, 뒷문으로 밀고장을 들고 가곤 했다. 그는 밀고장을 겨드랑이 밑에 넣고 다녔다. 그가 무언가를 감추고 있다는 것은 금방 눈에 띄었다. 그런데도 오른손을 내밀어 인사를 할 때, 왼손으로 외투 속의 고소장을 붙잡고 있으면, 아무도 모를 거라고 생각했다. 길에서 마주친 사람들이 그에게 어디 가는지 물으면, 서투른 거짓말을 하며 어리숙한 자기 변명에 흡족해하곤 했다.

그는 루봅스키에게 이렇게 설명했다.

"모두가 배신자들이에요. 친구를 저버리고 거짓말을 꾸며 대고 있어요. 내가 그 사람들이 한 행동을 모두 알고 있다고는 생각하지도 못하죠. 그들을 모두 시베리아로 보내도 좋을 거예요."

루봅스키는 말없이 듣고 있었다. 전혀 얼토당토않은 첫 번째 밀고를 그는 교장에게 통보했고, 다른 몇 가지 밀고들도 그렇게 처리했다. 몇 가지 밀고는 일단 유사시를 대비해서 남겨 두었다. 교장은 교육 감독관에게 페레도노프가 정신이 이상하다는 명백한 특징을 보인다고 편지를 썼다.

페레도노프가 집에 있을 때면, 끊임없이 귀찮게 하는 비웃는 듯한 속삭이는 소리가 들려오곤 했다. 그는 몹시 괴로워하며 바르바라에게 말했다.

"저쪽에서 누군가 까치발을 하고 왔다 갔다 하고 있어! 우리 집엔 첩자들이 사방에 우글거리고 있어. 바리카*! 네가 나를 보호해 줘야지."

바르바라는 페레도노프의 잠꼬대 같은 말이 무엇을 뜻하는지 알 수 없었다. 그녀는 그를 비웃었지만 한편 겁이 나기도 했다. 그녀는 화를 내며 겁에 질려 말하곤 했다.

"술에 취해서 허깨비가 보이는 거예요!"

페레도노프는 현관문을 가장 의심스러워했다. 문이 제대로 닫히는 법이 없었던 것이다. 그 틈새로 뭔가 움직이는 것처럼 보였다. 혹시 잭(카드)이 들여다보는 것이 아닐까? 사악하고 날카로운 누군가의 눈이 번득였다.

고양이는 커다란 녹색 눈으로 항상 페레도노프를 주시하고 있었다. 고양이는 이따금 눈을 깜박이고, 이따금 소름이 오싹 끼치도록 야옹거렸다. 페레도노프에게서 뭔가 얻어내려고 했지만 목적을 달성할 수 없어서 원망스러운 눈길로 야옹거리는 것이 확실해 보였다. 페레도노프는 고양이에게 침을 뱉었지만, 고양이는 물러서지 않았다.

네도트이콤카는 방구석이나 의자 밑을 기어 다니며 바스락거렸다. 그것은 더럽고 악취가 나고, 불결하고 무서웠다. 페레도노프에게 적대적으로 대하고, 그를 향해 굴러온 것이 분명해 보였으며, 지금까지 그 어디에도 존재한 적이 없었던 것이다. 누군가 그것을 만들어 주문을 걸어 놓은 것이다. 이곳

---

* 바르바라의 애칭.

에서 그에게 공포를 불러일으키며 그를 파멸로 이끌어 가고, 마법적이고도, 모든 것을 볼 수 있는 그것은 그의 뒤를 따라다니며, 거짓말을 하고 비웃고 있는 것이다. 마루를 구르기도 하고, 옷이나 리본, 나뭇가지나 깃발, 혹은 먹구름이나 개, 그리고 거리의 먼지 기둥으로 변해, 어느 곳이나 기어 다니고, 페레도노프의 뒤를 따라다니며, 광기 어린 춤을 추고, 그를 괴롭히는가 하면 완전히 녹초로 만들었다. 누구 한 사람 어떤 말 한마디나, 주먹을 휘둘러 그를 구해 주는 사람이 없었다. 이곳에 페레도노프의 친구는 아무도 없었고, 누구도 그를 구해 주려고 하지 않았기에, 그것이 그를 죽음으로 몰아가기 전에, 스스로 극복해 나가야만 했다.

...

페레도노프는 방법을 생각해 냈다. 마루에 온통 풀칠을 해서, 네도트이콤카를 들러붙게 하는 것이다. 걸어 다니면 단화의 밑창이 들러붙고, 바르바라의 치마 끝이 들러붙었지만, 네도트이콤카는 그를 비웃고 깔깔거리며 자유롭게 돌아다녔다. 바르바라는 화가 나서 욕지거리를 퍼부어댔다.

페레도노프는 추격에 대한 강박증에 시달리며 공포에 떨었다. 그는 점점 더 기괴한 몽상에 빠져들었다. 그것이 페레도노프의 얼굴에 어른거렸다. 공포로 굳어 버린 가면이 된 것이다.

이미 페레도노프는 밤마다 당구를 치러 다니는 것을 그만

두었다. 그는 점심을 먹고 나면, 문을 꼭 걸어 잠그고, 의자나 책상으로 문을 막고 침대에 누워 성호를 긋거나, 추루를 외기도 하고, 생각나는 사람들을 밀고하기 위해 리스트를 작성하기도 했다. 그는 사람들뿐만 아니라, 카드 위에 그려진 퀸들에 대한 밀고장을 쓰기도 했다. 밀고장을 써서, 매일 밤 헌병 장교에게 가져갔다. 그렇게 그는 매일 밤을 보냈다.

카드의 인물들이—왕, 여왕, 잭— 마치 살아 있는 사람처럼 페레도노프의 눈앞에서 사방을 돌아다녔다. 심지어는 작은 카드들까지 돌아다녔다. 그것은 밝은색 단추를 단 사람들이었는데, 학생들이나 지역 사람들이었다. 1점짜리 카드는 배불뚝이에 뚱뚱해서 배만 보였다. 가끔은 카드들이 아는 사람들로 변하기도 했다. 살아 있는 사람들이 그 이상한 도깨비들과 합쳐지곤 했다.

페레도노프는 잭이 문 뒤에 서서 그를 기다리고 있다고 확신했고, 잭은 경찰처럼 어떤 이상한 힘과 권력을 가지고 있어서 어떤 이상한 지역의 어딘가로 데려가려 한다고 여겼다. 책상 밑에는 이상한 생물이 앉아 있었다. 페레도노프는 문 뒤나 책상 밑을 쳐다보기도 두려웠다.

장난꾸러기 꼬마들이 페레도노프를 놀리면, 그것은 틀림없이 귀신이 아이들로 둔갑한 것이라고 생각했다. 그들이 컴퍼스의 다리처럼 이상하고 뻣뻣한 죽은 사람의 동작으로 다리를 들어 올리자, 다리에는 털이 수북하고 말굽이 달려 있었다. 꼬리 대신 그들은 뿔이 달려 있었는데, 꼬마들은 뿔로 휘파람을 불면서 뿔을 흔들어대고 뿔을 흔들 때마다 쇳소리를 내곤 했다. 네도트이콤카는 책상 밑에서 꼬마들의 장난이 재미있다는 듯 후루룩 소리를 내곤 했다. 페레도노프는 화를 내며, 네도트이콤카가 높은 사람들 집에는 들어가지 못할 거라고 생각했다. 그는 질투심에 사로잡혀 '아마도 그런 집은 하인들이 걸레로 두들겨 팰 거야' 하고 생각했다.

페레도노프는 결국 네도트이콤카의 사악하고 뻔뻔스러운 웃음을 더 이상 참을 수 없게 되었다. 그는 부엌에서 도끼를 가져와 그것이 숨어 있는 책상을 내려쳤다. 그것은 불만스럽다는 듯 삑삑 소리를 내고, 책상 밑에서 재빨리 뛰어나와 데굴데굴 굴러갔다. 페레도노프는 부르르 떨었다. 그것이 물지도 모른다고 생각이 들자, 그는 겁에 질려 털썩 주저앉았다. 그러나 네도트이콤카는 조용히 어디론가 숨어 버렸다. 잠깐 동안.

이따금 페레도노프는 카드를 가져와 잔인한 표정을 지으며, 카드 인물들의 머리를 종이칼로 도려내곤 했다. 특히 퀸의 머리를 도려냈다. 킹의 머리도 예리한 칼날로 도려냈다. 페레도노프는 혹시, 이 일 때문에 자신을 정치범으로 체포하지는 않을까? 하는 두려움에 싸여 주변을 살펴보기도 했다. 그러나 그러한 두려움은 오래가지 않았다. 손님들이 오고, 새 카드를 사곤 했으며, 새 카드의 인물들이 다시 간첩이 되어 나타나곤 했다.

이제 페레도노프는 자신이 아주 비밀스러운 범죄의 범인이라고 여기게 되었다. 자신이 학생 시절부터 경찰들의 추적을 받아왔다고 상상했다. 그래서 그는 지금도 계속 추적당하고 있다고 생각했다. 그 때문에 두려웠지만, 우쭐하기도 했다.

바람이 벽지를 가볍게 흔들었다. 벽지는 나지막하고 적의가 느껴지는 사각거리는 소리를 냈고, 벽지의 화려한 무늬의 음영을 따라 작은 그림자들이 살짝 미끄러지곤 했다. 페레도노프는 '첩자들이 벽지 뒤에 숨어 있군' 하고 생각했다. '사악한 놈들! 벽지가 어설프게 발라진 데는 다 이유가 있었던 거야. 저 뒤로 들어가려고, 악하고 민첩하고 참을성 있는 놈들이 숨어 있으려고 일부러 그렇게 한 것이 분명해. 물론 이전에도 그런 예가 있었어.'

그의 머릿속에서 희미한 기억이 나는 듯했다. 누군가 벽지 뒤에 숨어서 누군가를 단검이나 송곳으로 찌르려는 것 같았다. 그래서 페레도노프도 송곳을 샀다. 페레도노프가 집으로 돌아왔을 때, 벽지가 이상하게 들썩거리는 것 같았다. 간첩들이 위험하다는 것을 눈치채고 가능하면 어딘가 더 먼 곳으로 도망가려는 모양이었다. 어둠이 방 안으로 스며들어 천장으로 뛰어오르는가 싶더니, 그곳에서 위협을 가하며 얼굴을 찡그렸다.

페레도노프는 가슴속에 적개심이 불타올랐다. 그는 벽지로 달려들어 송곳으로 벽을 찔러댔다. 벽을 따라 벽지들이 전율했다. 페레도노프는 승리감에 도취해서 송곳을 들고 춤을 추기 시작했다. 바르바라가 들어왔다.

"아르달리온 보리시치! 혼자서 무슨 춤을 추고 있어요?" 바르바라는 여느 때와 같이 우두커니 서서 히죽거리며 물었다.

"빈대를 잡았어." 페레도노프가 무뚝뚝하게 대답했다.

그의 눈은 승리감으로 빛났다. 한 가지 언짢은 것은 아주 지독한 냄새가 난다는 것이었다. 벽지 속에서 송곳에 찔린 첩자들의 시체가 썩는 냄새였다. 승리감과 함께 공포가 다시 페레도노프를 전율케 했다. 적을 죽였다! 마지막 살해의 순간까지 그의 심장은 차가웠다. 미완성의 살인이었지만, 페레도노프에게는 완벽한 살해였다. 광적인 공포감 때문에 그의 영혼은 다가올 범죄를 준비했다. 미래의 살인에 대한 인간 영혼의 저 깊은 곳에 은밀하게 잠재해 있는 알 수 없는 어두운 관념, 살인에 대한 견딜 수 없는 열망, 태초의 원한이 그의 범죄 욕구를 부추겼다. 이것은 태초의 카인 이후 오랫동안 인간의 영혼 속에 이어져 온 구속이 물건을 부수고 도끼로 내려치고, 칼로 찌르고, 나무에서 첩자들이 내다볼 수 없도록 하려고 의심스러운 나무를 쓰러뜨리는 행위를 하는 것에, 만족을 표하고 있었던 것이다. 태고의 악마, 태고 이전의 혼돈의 영혼, 태고의 암흑이 물건을 파괴하는 행위를 기뻐했던 것이며, 그러는 동안 미친 인간의 눈은 죽음 직전의 기괴한 두려움과 같은 공포의 빛을 발하고 있었다.

이러한 망상이 계속되며 그를 괴롭혔다. 페레도노프를 비웃던 바르바라는 페레도노프가 앉아 있는 방문 뒤에서 화장을 하며 이상한 목소리로 중얼거리고는 했다. 페레도노프는 더욱 겁에 질려 이상한 소리를 내는 적을 붙잡으려고 살금살금 그곳으로 다가갔다가, 뜻밖에 바르바라를 발견하곤 했다.

"지금 누구와 쑤군대고 있었지?" 페레도노프가 우울한 음성으로 물었다.

그러면 바르바라가 히죽거리며 대답했다.

"아르달리온 보리시치, 당신에게 말한 것 같은데요."

"말한 것 같다니!" 페레도노프가 우울하게 중얼거렸다. "도무지 세상에 진짜가 존재하기나 할까!"

페레도노프는 모든 의식적인 삶의 보편적 법칙에 따른 진실을 찾으려고 노력했고, 그런 갈망이 그를 괴롭혔다. 그는 모든 사람이 대부분 그렇듯이 스스로는 사물을 인식할 수 없었고, 그래서 그의 불안은 혼란스러웠다. 그는 자신을 위한 진실을 찾을 수 없어, 영원히 혼란 속에서 살다가 죽어가는 존재였던 것이다.

주변의 모든 사람들이 거짓말로 페레도노프를 약 올리기 시작했다. 이 지역에서 약자들에게 흔히 행하는 저속한 태도로 그가 있는 자리에서 버젓이 거짓말을 해대곤 했다. 프레폴로벤스카야는 능청맞게 웃으며 질문을 던지곤 했다.

"아르달리온 보리시치! 왜 지금껏 장학관으로 가지 않으시나요?"

그러면 바르바라가 적의를 간신히 억누르며 그 대신 프레폴로벤스카야에게 대답했다.

"임명장을 받으면 곧 갈 거예요." 그러나 이런 질문은 페레도노프를 몹시 괴롭혔다. '만약 나를 장학관으로 임명하지 않으면 부끄러워서 어떻게 살지?' 페레도노프는 생각했다.

그는 적들에게서 자신을 보호하기 위해 새로운 계획을 짰다. 그는 부엌에서 도끼를 가져다가 침대 밑에 감춰 두었다. 그리고 스위스산 칼도 사서 항상 호주머니에 넣고 다녔다. 그는 점점 더 집 안에만 틀어박혀 있었다. 밤이면 집 주변과 방 안에 덫을 설치했고, 아침이 되면 덫을 살펴보기도 했다. 이 덫들은 한번 걸리면 절대로 빠져나갈 수 없을 만큼 강한 것이었다. 덫들은 꽉 조이기는 했지만, 걸리면 그대로 덫을 달고 도망칠 수는 있었다. 페레도노프는 기계에 대한 지식도 없었고, 영리하지도 못했다. 아침마다 아무리 돌아보아도 아무것도 걸리지 않았다. 페레도노프는 이것을 보고, 적들이 덫들을 모두 망가뜨렸다고 생각했다. 그 때문에 그는 더욱 두려워했다.

페레도노프는 특히 볼로딘을 주의해서 살펴보았다. 페레도노프는 볼로딘의 집에 자주 들렀다. 그러나 볼로딘이 집에 없을 때를 골라 방문했다. 페레도노프는 눈을 부라리며, 무슨 서류 같은 것이 없나 유심히 살피고는 했다.

…

페레도노프는 공작부인이 그가 다시 그녀를 사랑해 주기를 원한다고 추측하기 시작했다. 그에게 그녀는 역겹고 나이가 많았다. '아마 그녀는 백 쉰 살이나 먹었을 거야' 하고 그는 적대적으로 생각했다. '정말 늙었군.' 하고 생각하기도 했다. '하지만 그만큼 권력을 갖고 있잖아!' 그러고는 혐오감을 어떻게든 매력으로 바꾸어 보려고 애썼다. 약간 따뜻한 시체 냄새가 좀 나겠지. 페레도노프는 이런 생각에 잠겨서, 원초적인 성적 욕망에 사로잡히기도 했다.

'어쩌면 그녀와의 사랑이 이루어질지도 몰라. 그녀가 나를 가엾게 생각할지도 모르거든! 편지를 써 보는 것이 어떨까?'

그는 이번에는 망설이지 않고, 공작부인에게 곧 편지를 쓰기 시작했다. 그는 이렇게 썼다.

'나는 당신을 사랑합니다. 왜냐하면 당신은 차갑고도 멀리 있기 때문입니다. 바르바라는 땀을 흘려요. 그녀와 함께 잠을 자면, 더워서 죽을 지경이에요. 마치 페치카에서 금방 나온 것 같다니까요. 나는 당신처럼 차갑고 멀리 있는 연인을 갖고 싶습니다. 기대를 저버리지 말고 저에게 와 주세요.'

다 쓴 다음 그는 편지를 부쳤다. 그러나 금세 후회했다. '이 편지 때문에 무슨 일이 일어나면 어떡한다? 편지를 쓰면 안 되는 거였어.' 그는 생각했다. '공작부인이 직접 올 때까지 가만히 있어야 했던 거야.'

페레도노프가 많은 일을 우연히 했던 것처럼 이 편지 역시 우연히—외부적인 힘에 의해 움직이는 시체처럼—, 쓰게 된 것이었지만, 그는 그 힘을 오랫동안 유지할 수는 없는 것 같았다. 말하자면, 어떤 힘이 장난을 치다가, 다른 힘에게 던져버리는 것 같아 보였다.

어느새 또다시 네도트이콤카가 나타나, 올가미에 걸린 것처럼 페레도노프의 주변을 한참이나 뱅뱅 돌면서 약을 올렸다. 그것은 소리를 내지 않고 온몸으로 웃고 있었다. 하지만 그것은 희미한 노란 불꽃을 내뿜고, 사악하고 뻔뻔하게 위협을 하고 의기양양한 승리감에 활활 타올랐다. 고양이마저 눈빛을 번득이며 거칠고 위협적으로 야옹거렸다.

'저것들이 왜 저렇게 난리를 피우는 거지?' 페레도노프는 우울한 생각에 사로잡혔다. 그러다가 문득, 이 모든 것에 종말이 왔음을, 공작부인은 이미 여기 아주 가까운 곳에 와 있다는 것을 알아챘다. 어쩌면 이 카드에 숨어 있을지도 모를 일이었다.

공작부인은 분명히 스페이드의 여왕이거나 하트의 여왕일 것이다. 그녀는 다른 카드의 패 속에 숨어 있기 때문에, 그녀가 어떤 모습인지 알 수 없었던 것이다. 페레도노프는 전에 공작부인을 한 번도 보지 못한 것이 매우 안타까웠다. 바르바라에게 물어볼 수도 없다. 그녀는 거짓말을 할 것이기 때문이다.

드디어 페레도노프는 모든 카드를 불살라 버리기로 했다. 모두 태워 버리자. 그것들이 그에게 화를 내며 카드 속으로 들어갔다면, 그들의 잘못이다.

페레도노프는 바르바라가 집을 비운 틈을 타서 홀에 있는 페치카에 불을 피우고 카드를 통째로 페치카에 던져 버렸다.

카드는 탁탁 불꽃을 피우며 희끄무레한 붉은색으로 변해 가장자리가 구부러지며 타올랐다. 페레도노프는 공포에 질린 눈으로 불꽃을 바라보았다.

카드는 페치카에서 튀어나오려고 발버둥을 치는 것처럼 휘어지고 구부러지고 움직였다. 페레도노프는 부지깽이를 들고 카드를 탁탁 쳤다. 사방에서 작은 불꽃들이 튀어 올랐다. 맹렬하고 사악한 혼란스러운 불꽃 속의 불길 가운데 작은 잿빛의 여자가, 꺼져가는 불꽃들을 뿌리며 공작부인이 솟아나왔다. 그녀는 가느다란 목소리로 날카롭게 울부짖으며 쉭쉭거리고 불길에도 아랑곳하지 않았다.

페레도노프는 뒤로 벌렁 나자빠져, 공포로 정신을 잃었다. 어둠이 그를 감싸고 간질이며 정다운 목소리로 놀려댔다.

26

.

사샤는 류드밀라에게 흠뻑 빠져 있었지만, 코코브키나에게
는 류드밀라에 대한 이야기를 꺼렸다. 부끄러워하는 것 같았
다. 그래서 요즘에는 류드밀라가 올까 봐 겁을 먹을 정도였다.
창문 밖으로 그녀의 노란 장밋빛 모자만 살짝 보여도 심장이
얼어붙었고, 눈썹이 찌푸려졌다. 그러나 여전히 그는 여전히
안절부절못하는가 하면 불안한 마음으로 그녀를 기다렸고,
오랫동안 그녀가 오지 않으면 마음이 울적해졌다. 그의 마음
속에는 모순된 감정, 즉 아직 너무 이르다는 죄책감과 그 죄
책감 때문에 달콤함이 느껴지는 불확실하고 불분명한 감정이
자리하고 있었다.

류드밀라는 어제도 오늘도 오지 않았다. 사샤는 그녀를 기
다리느라 완전히 지쳤고, 기다리는 것을 포기해 버렸다. 그때
갑자기 그녀가 왔다. 그는 얼굴이 환해지더니 달려가 그녀의
손에 입 맞추었다.

"어디를 갔었던 거예요?" 그는 뾰로통해서 말했다. "이틀 동
안이나 보지 못했잖아요."

그녀는 사샤의 말에 반가워하며 웃었고, 그녀의 몸에서는 달콤하고 노곤하고 자극적인 일본산 풍기 향수 냄새가 풍겼다. 그 향기는 짙은 아마색 곱슬머리에서 흘러나오는 것 같았다.

류드밀라와 사샤는 시내를 산책하러 나갔다. 코코브키나에게도 권했지만 그녀는 거절했다.

"이런 늙은이가 어디로 산책을 나간단 말이야? 두 사람을 방해하기만 할 거야. 어서 다녀와요." 하고 그녀가 말했다.

"그럼 좀 놀다 올게요." 류드밀라가 말했다.

...

따뜻하고 흐릿한, 바람 한 점 없는 대기가 부드럽게 어루만져 주는 날이었기에, 바로 돌아가고 싶은 생각이 들지 않았다. 태양은 병든 것처럼 흐릿하게 빛나며 창백하게 지친 하늘에 자줏빛으로 물들어 있었다. 메마른 낙엽들은 거무스름한 대지 위에 죽은 듯이 누워 있었다.

류드밀라와 사샤는 골짜기로 내려갔다. 그곳은 선선하고 신선하고, 매우 축축했다. 지쳐 버린 가을의 피로가 비탈진 골짜기 사이에 드리워져 있었다.

류드밀라가 앞장서서 걸었다. 치마를 걷어 올리자, 그녀의 조그만 발목이 드러났고, 살색 스타킹이 드러났다. 사샤는 나무에 걸려 넘어지지 않으려고 발밑을 보고 걷다가, 문득 그녀의 스타킹을 보았다. 그의 눈에는 류드밀라가 스타킹을 신지 않고 단화만 신고 있는 것처럼 보였다. 그는 부끄럽기도 하고 이상한 기분이 들었다. 그의 얼굴이 달아올랐다. 머리도 빙빙 도는 것 같았다. '우연히 그녀의 다리 쪽으로 넘어진 것처럼 해서, 그녀의 단화를 벗기고 그녀의 부드러운 발에 입 맞출 수만 있다면……' 하는 생각이 들었다.

류드밀라는 사샤의 열렬한 갈망을 알아챈 것처럼, 사샤를 돌아보고 웃으며 물었다.

"내 스타킹을 보고 있구나!"

"아니, 난 그저……" 사샤는 당황해서 말을 잇지 못했다.

"내 스타킹 좀 봐." 그녀는 사샤의 말도 듣지 않고 깔깔거리며 말했다. "정말 이상하지! 내가 맨발에 단화를 신었다고 생각될 정도로 완전히 살색이라서 그래. 정말 우습고 이상한 스타킹이지?"

그녀는 돌아서서 사샤를 향해 치마를 걷어 올렸다.

"우습지?" 그녀가 이렇게 물었다.

"아니, 아주 예쁜데." 그는 얼굴을 붉히며 당황해서 대답했다.

류드밀라는 놀랍다는 듯 눈썹을 치켜세우며 환호성을 질렀다.

"세상에 예쁜 것이 다 어디로 도망가기라도 했니?"

류드밀라는 깔깔거리며 웃고 나서, 다시 앞장서서 걷기 시작했다. 사샤는 당황해서 그녀의 뒤를 따라 정신없이 걷다가 그만 넘어지기도 했다.

골짜기를 넘었다. 바람에 쓰러진 자작나무 그루터기에 자리를 잡고 앉았다. 류드밀라가 입을 열었다.

"단화 속에 모래가 들어가서 더 이상 걸을 수가 없어!"

그녀는 단화를 벗고 모래를 털어낸 다음, 능청스럽게 사샤를 보며 말했다.

"내 발 예쁘니?"

사샤는 얼굴이 더 빨갛게 달아올라, 대답을 못 하고 입을 다물고 있었다. 류드밀라가 스타킹을 밑으로 내렸다.

"발이 하얗지?" 그녀가 다시 능청스럽게 이상야릇한 미소를 지으며 물었다. "무릎을 꿇고 입 맞춰!" 그녀가 단호하게 말했고, 그녀의 얼굴은 위압적인 표정으로 변했다.

사샤는 얼른 무릎을 꿇고 류드밀라의 발에 입을 맞췄다.

"스타킹을 벗으니까 아주 기분이 좋아!" 류드밀라는 이렇게 말하고, 벗은 스타킹을 호주머니에 넣은 다음, 바로 단화를 신었다.

마치 사샤가 방금 그녀의 맨발바닥에 입 맞추며, 그녀 앞에 엎드린 적이 없었던 것처럼, 그녀의 얼굴은 다시 부드러워지고 명랑해졌다.

사샤가 물었다.

"감기 들면 어쩌지?"

그의 목소리는 부드러웠고 약간 떨리고 있었다. 그러자 류드밀라가 깔깔대며 웃었다.

"이렇게 다니는 것에 아주 익숙해. 나는 그렇게 약골이 아니야!"

언젠가, 밤이 될 무렵 류드밀라가 코코브키나 집에 찾아와, 사샤를 불러냈다.

"우리 집에 가서 새 선반 다는 일을 좀 도와줘!"

사샤는 못 박는 일을 매우 좋아했기 때문에, 예전에 류드밀라에게 도울 일이 있으면, 꼭 가서 돕겠다고 약속한 적이 있었다. 그는 류드밀라가 그 부탁을 하자, 예전에 했던 약속을 실행할 수 있고, 당당하게 류드밀라의 집에 갈 수 있게 되어서 좋아라 하며 그녀를 따라갔다.

…

류드밀라는 가리개 뒤에서 작업하기 편한 짧은 치마에, 소매가 없는 옷을 입고 달콤하고 노곤하고 자극적인 일본산 향수를 뿌리고 사샤에게 다가왔다.

"야아, 정말 화려한데!" 사샤가 말했다.

"화려하긴……. 이것 봐," 류드밀라가 웃으며 말했다. "이렇게 맨발인데." 그녀는 부끄럽기도 하고 도발적인 톤으로 말했다.

사샤가 어깨를 들썩이며 말했다.

"넌 언제나 화려해 보여. 그래, 이젠 일을 시작해 볼까? 못은 어디 있어?" 사샤가 다정한 목소리로 물었다.

"잠깐 기다려! 시간은 충분해!" 류드밀라가 말했다. "나와 함께 잠깐 앉아 있다가 해도 돼. 일만 해주려고 온 사람 같잖아. 나 혼자 이야기하는 것은 별로 재미없단 말이야."

그러자 사샤가 얼굴을 붉히고 부드럽게 말했다.

"류드밀로치카! 쫓아내지만 않으면, 언제까지라도 여기 있고 싶어. 그러나 집에 가서 공부를 해야 해."

그러자 류드밀라가 가볍게 한숨을 내쉬며 천천히 말했다.'

"사샤, 너는 점점 더 예뻐지는 구나!"

그러자 사샤는 혀를 둥글게 말아 쑥 내밀어 보이고는 깔깔거리며 웃었다.

"그런 말이 어딨어." 그가 말했다. "내가 아가씨도 아닌데, 점점 예뻐지다니!"

"아름다운 얼굴과 빼어난 몸매! 제발 부탁이니, 웃옷을 벗고 나에게 허리까지만 보여줄 수 있어?" 류드밀라는 사샤를 쓰다듬으며 부탁했고, 그의 어깨를 꼭 껴안았다.

"이런, 무슨 생각을 하는 거야!" 사샤가 부끄러워하면서 화를 내며 말했다.

"왜 그래?" 류드밀라가 아무렇지도 않다는 듯, 물었다. "너에게 무슨 비밀이라도 있는 거야?"

"누가 들어오기라도 하면 어떻게 해?" 사샤가 말했다.

"어딜 들어온단 말이야?" 류드밀라가 괜찮다는 듯 말했다. "문을 잠그면 돼. 그러면 아무도 못 들어올 거야."

류드밀라는 문이 있는 곳으로 서둘러 달려가 빗장을 걸었다. 사샤는 류드밀라가 농담을 하는 것이 아니라는 사실을 깨달았다. 그는 이마에 땀방울이 맺힐 정도로 얼굴을 빨갛게 붉히며 말했다.

"저어, 류드밀로치카, 이러면 안 돼!"

"이런 바보! 왜 안 된다는 거야?" 류드밀라가 단호한 목소리로 물었다.

그녀는 사샤를 끌어당겨 그의 상의를 벗기기 시작했다. 사샤는 그녀의 손을 뿌리치며 거부했다. 그의 얼굴은 경악할 만큼 깜짝 놀란 것 같았고 부끄러워 어쩔 줄 몰랐다. 그는 온몸에 힘이 쑥 빠진 것 같았다. 류드밀라는 눈썹을 찌푸리고, 아주 단호한 표정으로 그의 옷을 벗겼다. 먼저 허리띠를 풀고 간신히 그의 상의를 벗겼다. 그는 더욱 절망적으로 반항했다. 그들은 한데 뒤엉켜, 방 안을 뒹굴었고, 책상과 의자에 부딪혔다. 류드밀라에게서 배어 나오는 자극적인 냄새에 사샤는 취해서, 힘이 쭉 빠질 지경이었다.

류드밀라는 사샤를 가슴으로 힘껏 밀어붙여, 소파 위로 넘어뜨렸다. 류드밀라가 사샤의 셔츠를 찢자, 단추가 떨어져 굴렀다. 류드밀라는 재빠르게 사샤의 어깨에서 셔츠를 벗기고는 소매에서 사샤의 팔을 잡아 빼려고 안간힘을 썼다. 사샤는 반항하다가 본의 아니게 류드밀라의 뺨을 때렸다. 얼마나 세게 때렸는지 큰 소리가 날 지경이었다. 류드밀라는 약간 주춤하며 얼굴을 붉혔지만, 손에서 사샤를 놓지 않았다.

"나쁜 자식, 싸우자는 거지!" 그녀는 크게 한숨을 내쉬고는 소리쳤다.

사샤는 죄 지은 사람처럼 몹시 당황해하며, 손을 내리고는 류드밀라의 왼쪽 뺨에 빨갛게 줄이 선 손자국을 죄지은 사람처럼 쳐다보았다. 류드밀라는 그가 당황한 틈을 노렸다. 그녀는 그의 셔츠를 양쪽 어깨에서 팔꿈치까지 재빨리 벗겨 내렸다. 사샤는 정신을 차리고, 그녀에게서 벗어나려고 했지만, 그러면 그럴수록 류드밀라는 쉽게 그의 팔에서 소매를 벗겨 내렸다. 셔츠가 허리까지 벗겨졌다. 사샤는 갑자기 한기를 느끼며, 새삼스럽게 머리가 빙빙 돌 정도로 강하고 심한 수치심을 느꼈다. 사샤는 허리까지 알몸이 드러났다. 류드밀라는 그의 검푸른 눈썹 밑으로 이상하게 빛나는 흐릿한 그의 눈을 바라보며, 그의 팔을 세게 잡고, 떨리는 손으로는 그의 등을 가볍게 두드렸다.

그러다가 갑자기 그의 눈썹이 움찔하더니 어린애처럼 애처로운 표정으로 바뀌었다. 그는 갑자기 등을 돌리고 엉엉 울기 시작했다.

"개구쟁이!" 그는 엉엉 울면서 소리쳤다. "나를 놔 줘!"

"울다니! 꼬마 애처럼!" 류드밀라는 당황하기도 하고 화도 나서, 그를 밀어내며 말했다.

사샤는 돌아서서 손바닥으로 눈물을 훔쳤다. 그는 자신이 울음을 터뜨린 것이 부끄러웠다. 그는 울지 않으려고 안간힘을 썼다. 류드밀라는 탐욕스러운 눈길로 사샤의 등을 주시했다.

'이 세상에는 정말 아름다운 것이 많아!' 그녀는 생각했다. '그런데 사람들은 그 아름다움을 감추려고 해. 왜지?'

사샤는 드러난 어깨를 추스르며 셔츠를 끌어 올리려고 했지만 셔츠가 엉켜서 덜덜 떨리는 손 아래로 자꾸 빠져나가, 소매에 팔을 끼우기가 힘들었다. 사샤는 절망한 듯 셔츠를 그대로 내버려 두고 상의만 잡아당겼다.

"어머, 그것 좀 보았다고 울고 야단이야? 훔쳐가지도 않는데!" 류드밀라가 울먹이는 소리로 화가 나서 말했다.

그녀는 그의 허리띠를 갑자기 던져 버리고는 창문 쪽으로 몸을 돌렸다. 구겨진 상의에 감싸인 사샤는 이젠 류드밀라에게 필요 없는 존재였다. 그저 추악한 소년과 불쾌한 새침데기에 지나지 않았다.

사샤는 재빨리 상의를 입고 셔츠를 고쳐 입고는, 주저하며 조심스럽게 부끄러워하며 류드밀라를 쳐다보았다. 사샤는 류드밀라가 뺨을 훔치는 것을 보고 그녀에게 다가갔다. 그녀의 뺨에 흘러내린 눈물을 보자, 그녀가 가엾게 느껴졌다. 그는 부끄러워하고 화냈던 일을 금방 잊어버렸다.

"류드밀로치카! 왜 우는 거야?" 그가 가만히 물었다.

그러고는 갑자기 자신이 그녀를 때린 사실을 상기했다.

"때린 것을 용서해 줘. 그럴 생각은 전혀 없었어!" 그가 조심스럽게 말했다.

"어깨를 드러내 보이면 몸이 어떻게 되기라도 할까 봐, 그 야단이야? 이런 바보야!" 류드밀라가 골이 난 목소리로 말했다. "아니면 햇볕에 탈까 봐 겁이 나는 거야? 그렇게 감추면, 아름다움이나 순수함은 모두 빛이 바래고 말아."

"류드밀로치카! 왜 이런 일을 하는 거야!" 사샤가 수줍은 듯 얼굴을 붉히며 말했다.

"왜냐고?" 류드밀라가 열뜬 목소리로 말했다. "나는 아름다운 것을 사랑해! 나를 이교도라고 하거나 죄 많은 여자라고 할지도 모르지! 아, 내가 고대의 아테네에서 태어났더라면, 얼마나 좋았을까? 나는 꽃과 향수를 좋아하고, 나체를 좋아해. 영혼이 있다고 말들 하지만, 나는 본 적이 없기 때문에 믿을 수 없어. 나에게 영혼이 무슨 상관이야? 나는 루살카처럼 그렇게 죽을 거고, 태양에 쫓겨 녹고 마는 먹구름처럼 녹아 버릴 거야! 나는 향락에 빠질 수 있는 건장한 육체와 아름다운 나체를 사랑해!"

"그래, 동경할 수야 있지!" 사샤가 조용히 말했다.

"동경하는 것은 아름다운 거야." 류드밀라가 열에 들떠 소곤거렸다. "가슴이 아플 땐 아주 달콤한 기분에 빠져들지. 오직 육체만을 느끼며 알몸을 바라보고, 육체의 아름다움을 볼 수만 있다면!"

"하지만 옷을 벗고 있으면 부끄럽잖아!" 사샤가 소심하게 말했다.

류드밀라는 갑자기 사샤 앞에 무릎을 꿇고 엎드렸다. 숨을 크게 쉬고, 그의 손에 입 맞추고는 속삭였다.

"너는 나의 우상이며 소중한 사람이야, 제발 부탁이야. 잠간만이라도 너의 어깨를 애무할 수 있게 허락해 줘!"

사샤는 한숨을 쉬고 얼굴을 붉혔다. 그는 눈을 아래로 내리깔고 가만히 상의를 벗었다. 류드밀라는 수줍어 떨고 있는 사샤의 어깨를 뜨거운 손으로 붙잡고 열렬히 입 맞추기 시작했다.

"그것 봐, 내가 얼마나 말을 잘 듣는지 봤지?" 사샤는 자신의 부끄러움을 농담으로 얼버무리려 웃으면서 이렇게 말했다.

류드밀라는 서둘러 그의 어깨에서 손가락 끝까지 사샤의 팔에 열정적으로 입을 맞추었다. 사샤는 류드밀라의 손에 자신을 그대로 맡긴 채 열정적이고 견딜 수 없는 어떤 기대감에 전율했다. 그는 류드밀라의 뜨거운 입맞춤에 점점 몸이 달아올랐고, 그는 이미 예전의 순수한 소년이 아니었으며, 그녀의 뜨거운 입술이 이제 막 피어나는 육체의 비밀스럽고 두근거리는 의식을 치르듯 소년—신에게 입 맞추고 있는 것 같았다.

다리야와 발레리야는 문 뒤에 서서, 조급한 마음으로 서로 밀치며 교대로 열쇠 구멍을 들여다보면서, 활활 타는 듯한 강렬한 흥분에 숨이 막힐 지경이었다.

...

"이젠 옷을 입어야겠어." 결국 사샤가 말했다.

류드밀라는 한숨을 내쉬고는 경이로운 눈길로 조심스럽고 존경하는 마음으로 사샤에게 루바시카와 상의를 입혀 주었다.

"네가 이교도란 말이지?" 사샤가 의아하다는 듯 물었다.

류드밀라가 쾌활하게 웃었다.

"그런 너는?" 그녀가 물었다.

"뭐야!" 사샤가 단호하게 말했다. "나는 모든 교리 문답을 다 알고 있어!"

이 말에 류드밀라가 깔깔대고 웃었다. 사샤는 그녀를 흘끗 바라보고 미소를 지으며 물었다.

"만약 네가 이교도라면 성당에 왜 다니지?"

류드밀라가 웃음을 그치고 잠시 생각에 잠겼다.

"왜냐하면……." 그녀가 말했다. "기도를 드리기 위해서야. 성당에 가서 기도를 드리고, 눈물을 흘리며, 촛불을 켜고 미사를 드리기 위해서라고! 나는 촛불이나 등불, 향, 혹은 승복이나 성가—만약 노래를 잘한다면—, 천개天蓋와 리본이 달린 성상이 좋아. 모든 것이 얼마나 아름다운지. 특히 좋아하는 것은……. 그 사람 말이야……. 십자가에 못 박힌 그 알몸의 남자……."

류드밀라는 말끝을 흐리고 속삭이며 얼굴을 붉히더니, 죄 지은 사람처럼 눈을 내리 깔았다.

"나는 이따금 십자가에 못 박혀 피를 흘리고 있는 그 사람의 꿈을 꾸곤 해."

...

451

그 후로 류드밀라는 사샤를 자주 자기 방으로 데려와 그의 웃옷을 벗기기 일쑤였다. 사샤는 처음에는 눈물까지 흘리며 당황했지만, 금세 익숙해졌다. 그는 류드밀라가 자신의 옷을 벗기고 어깨에 입 맞추거나 자신의 등을 두드리는 것을 아무렇지도 않게 똑바로 바라보곤 했고, 나중에는 스스로 옷을 벗기에 이르렀다.

류드밀라는 반나체의 사샤를 무릎 위에 눕히고 그를 안고 입 맞추는 것이 좋았다.

···

사샤는 집에 혼자 있었다. 자신의 드러난 어깨 밑으로 류드밀라의 뜨거운 눈길이 머무르던 것을 떠올렸다.

'도대체 그녀는 뭘 원하는 걸까?' 하고 그는 생각했다. 그러다가 갑자기 얼굴이 빨개지며 가슴이 세차게 쿵쿵거렸다. 폭풍 같은 강렬한 쾌감이 그를 휩쌌다. 그는 몇 번 뒹굴고는 마루에 벌렁 드러누웠다가 다시 일어나 여기저기 가구 위로 뛰어오르곤 했다. 열에 들떠서 몇 번이나 이 구석 저 구석으로 뒹굴며 깔깔대고 웃는 소리가 온 집 안에 울려 퍼졌다.

그때 코코브키나가 집으로 돌아왔다. 그녀는 방 안에서 나는 소란에 깜짝 놀라, 이상한 생각이 들어 사샤의 방으로 들어왔다. 그녀는 이해가 되지 않은 상태에서 문턱에 서서, 고개를 살래살래 흔들었다.

"사센카, 이게 무슨 짓이지?" 그녀가 물었다. "친구들과 뛰놀아야지. 왜 혼자 난리를 치는 거야. 부끄러운 줄 알아야지, 어린애도 아닌데."

사샤는 벌떡 일어났다. 그는 당황해서인지, 무겁고 어색한 팔이 마비된 듯 보였고, 흥분한 상태로 계속 몸을 떨고 있었다.

...

하루는 코코브키나가 그녀의 집에서 류드밀라가 사샤에게 사탕을 먹여 주고 있는 것을 보게 되었다.

"류드밀라! 아가씨가 너무 응석을 받아주는 것 같군요." 코코브키나가 다정하게 말했다. "우리 사샤는 어쩌나 단것을 좋아하는지."

"그래요. 그런데도 사샤는 저를 개구쟁이라고 한답니다." 류드밀라가 불평했다.

"사센카, 그럼 되나!" 코코브키나는 질책을 담아 부드럽게 말했다. "그런데 왜 그런 말을 했지?"

"류드밀라가 저를 괴롭혔어요." 사샤가 더듬거리며 말했다.

사샤는 못마땅한 표정으로 얼굴을 붉히며, 류드밀라를 쳐다보았다. 류드밀라가 깔깔거리며 웃어댔다.

"이런 고자질쟁이!" 사샤가 류드밀라에게 말했다.

"사센카! 어디서 그런 말버릇을 배웠어?" 코코브키나가 사샤를 타일렀다. "그런 말을 하면 안 돼."

사샤가 류드밀라를 보며 웃으며 조용히 중얼거렸다.

"이제 다시는 안 하겠어요."

...

류드밀라는 사샤가 집에 올 때마다, 문을 걸어 잠그고 옷을 벗긴 다음, 여러 가지 예쁜 옷을 그에게 입히곤 했다. 그들의 쑥스럽고도 달콤한 감정은 웃음과 장난으로 치장되었다. 이따금 류드밀라는 사샤에게 코르셋을 입히거나 자신의 드레스를 입히기도 했다. 마름질한 윗옷을 걸친 그의 통통하고 부드럽고 유연한 팔과 그의 어깨는 매우 아름다웠다. 그의 피부는 아주 드물게 보이는 약갈색을 띤 부드럽고 온화한 색깔이었다. 류드밀라의 드레스나 단화, 그리고 스타킹까지 모두 그에게 꼭 들어맞았고 아주 잘 어울렸다. 그는 완전히 여자 옷으로 차려입고, 얌전하게 앉아서 부채질을 하기도 했다. 그렇게 차려입은 사샤는 영락없는 여자였고, 여자처럼 행동하려고 애썼다. 한 가지 어색한 것은 머리가 짧다는 것이었다. 류드밀라는 사샤가 가발을 쓰거나 머리를 길게 땋는 것을 싫어했다.

류드밀라는 사샤에게 무릎을 살짝 구부리는 여성의 인사법을 가르쳤다. 그는 처음에는 어색해하고 거북하게 느꼈다. 그러나 소년다운 어색함에도 불구하고 그는 아주 우아하게 보였다. 그는 얼굴을 붉히고 웃으면서도 절하는 법을 배우고 되는대로 애교를 떨기도 했다.

이따금 류드밀라는 드러난 그의 가녀린 팔을 잡고 입을 맞추곤 했다. 그는 류드밀라에게 가만히 손을 내맡긴 채, 웃으면서 류드밀라를 바라보기도 했다. 어느 때는 그녀의 입술에 팔을 갖다 대고 이렇게 말하기도 했다.

"입 맞춰 줘!"

그러나 그가 가장 마음에 들어 한 것은 류드밀라가 직접 바느질해서 만든 독특한 모양의 옷이었다. 다리를 다 드러내는 해녀의 옷이라든가, 고대 그리스 아테네인들이 입던 옷들이 그랬다.

류드밀라는 그에게 옷을 입히고는 마음에 들어 했다. 그러나 그녀 자신은 얼굴이 하얘지면서, 슬픔을 느꼈다.

...

사샤는 류드밀라의 침대 위에 앉아서, 키톤*의 주름을 만지며 맨다리를 흔들고 있었다. 류드밀라는 그 앞에 서서 행복에 도취되어 멍하니 그를 바라보았다.

"너는 꼭 바보 같구나!" 사샤가 말했다.

"바보처럼 보일지는 모르지만, 얼마나 행복한지 몰라!" 창

* 아래위가 잇달린 고대 그리스의 옷.

백해진 류드밀라가 사샤의 손에 입을 맞추고, 울며 속삭였다.

"왜 우는 거야?" 사샤가 웃으며 어색하게 물었다.

"너무 행복해서 내 가슴이 터져버릴 것만 같아. 행복이라는 일곱 개의 칼이 내 가슴을 마구 찌르는 것 같아. 그런데 어떻게 울지 않을 수 있겠어?"

"넌 정말 바보야, 정말 바보야!" 사샤가 웃으며 말했다.

"그래! 그런 넌 똑똑하다!" 갑자기 류드밀라가 눈물을 닦으며 한숨을 쉬고 못마땅한 듯 말했다. "이런, 멍청이! 한 가지 알아 둘 게 있어!" 그녀가 단호한 목소리로 나지막하게 말했다. "행복과 지혜란 바로 광기에 있는 거야!"

"아, 그러세요?" 사샤가 믿을 수 없다는 듯 말했다.

"잊어버려야 해! 잊고 나면 그때 모든 것을 알게 될 거야!" 류드밀라가 속삭였다. "그래, 네 생각엔 지혜로운 사람들은 어떻게 생각할 것 같아?"

"어떻게라니?"

"그들은 그냥 알고 있어! 그들은 곧바로 알아. 한번 보기만 해도 모든 것을 저절로 이해한다고!"

...

가을 저녁이 조용히 깊어 갔다. 불어오는 바람이 잠깐 나뭇가지를 흔들면, 창밖으로 이따금 사그락거리는 소리가 들려왔다. 사샤와 류드밀라는 단둘이 있었다. 류드밀라는 사샤에게 얇은 아마포로 만든 다리 부분이 없는 푸른 어부 옷을 입히고 사샤를 비스듬하게 눕힌 다음, 셔츠만 입고 맨발인 그의 옆에 앉아 있었다. 그녀는 사샤의 몸과 옷에 향수를 흠뻑 뿌렸다. 그 향기는 진한 풀내음이 나는 향기였는데, 마치 이상한 꽃이 가득 피어 있는 깊은 산골짜기에 갇혀 있는 공기 같았다.

류드밀라의 목에는 크고 화려한 구슬 목걸이가 빛나고 있었고, 팔목에는 황금 무늬의 팔찌가 짤랑거리고 있었다. 그녀의 몸에서는 아이리스 향이 났다. 그것은 사람을 초조하게 하고, 졸음과 나태를 불러일으키며, 천천히 흐르는 물의 증기로 가득 찬 숨 막힐 듯한 관능적인 향기였다. 그녀는 나른하게 한숨을 쉬고는 사샤의 거무스름한 얼굴과 반쯤 감긴 눈과 눈썹을 가만히 어루만졌다. 그녀는 자신의 머리를 그의 드러난 무릎 위에 얹고, 곱슬거리는 황금빛 머리카락으로 그의 살결을 어루만졌다. 그녀는 사샤의 온몸에 입을 맞추었고, 풋풋한 젊은 피부의 냄새와 어우러진 이상하고 강한 향 때문에 머리가 빙빙 돌 것만 같았다.

사샤는 조용하고 아련한 미소를 지으며 누워 있었다. 그 미소 속에는 희미한 욕망이 피어나 은근히 그를 괴롭혔다. 류드밀라는 사샤의 무릎과 발에 입을 맞추었다. 달콤한 그 입맞춤은 고통을 주고, 반쯤 잠들어 있는 욕망을 불러일으켰다. 그는 그녀에게 다정하면서도 고통스러운, 부드러우면서도 쑥스러운 어떤 행동을 하고 싶었다. 어떻게? 그녀의 발에 입 맞줄까? 길고 휘어진 나뭇가지로 그녀를 오랫동안 세게 때려 줄까? 기쁨에 못 이겨 미소를 짓거나, 아픔 때문에 울도록 말이야. 어쩌면 이것이든 저것이든 모두 원할지도 모르지만 뭔가 부족하다. 그녀에게 필요한 것이 무엇일까? 반쯤 벗은 상태의 두 사람이 여기 있다. 욕망과 부끄러움은 그들의 해방된 육체와 관련되어 있다. 그런데 이 육체의 비밀은 어디에 있을까? 어떻게 자신의 피와 육체를 그녀의 욕망과 자신의 수치심에 달콤한 제물로 바칠 것인가?

그러나 불가능한 욕망에 창백해진 류드밀라는 어느 땐 활활 타올랐다가, 어느 땐 차가워졌다 하면서, 질식할 것 같은 상태로, 그의 발 옆에서 허우적대고 있었다. 그녀가 열정적으로 속삭였다.

"내가 얼굴이 못생겼나, 눈에 생기가 없나, 머리카락이 탐스럽질 않나? 왜 너는 나를 애무하지 않는 거야? 나를 애무해 줘! 내 팔찌를 빼고 목걸이를 풀고 나에게 애무해 주란 말이야."

사샤는 두려움에 떨었고 이룰 수 없는 욕망으로 고통스러웠다.

27

페레도노프는 아침에 잠에서 깨어났다. 누군가 크고 흐릿한 사각 눈으로 자신을 바라보고 있었다. 프일니코프 아닐까? 그는 창문 곁으로 다가가 사악한 유령을 덮쳤다.

모든 것에 마법과 마술이 걸려 있었다. 사악한 네도트이콤카가 쉬쉬 소리를 내며, 페레도노프를 적대적으로 노려보았다. 사람들이나 동물들도 마찬가지였다. 모든 것이 그에게 적대적으로 대했고, 그는 모든 사물에 대립하며 홀로 존재하고 있었다.

페레도노프는 학교에서 수업 시간에 동료들이나 교장, 그리고 학부모들과 학생들을 욕하기 일쑤였다. 학생들은 페레도노프의 말을 멍하니 듣고 있었다. 천성적으로 질이 나쁜 몇몇 학생들은 페레도노프의 말에 공감을 표시하고 아부하기도 했다. 그러나 대부분의 학생들은 입을 다물고 있었고, 자기 부모를 비방하면 불끈해서 대들기도 했다. 페레도노프는 그런 학생들을 볼 때마다 위협적으로 쳐다보며, 무슨 말인가 중얼거리고 그들로부터 도망치곤 했다.

다른 수업 시간에 페레도노프는 자신이 가진 지식으로 학생들을 즐겁게 해주기도 했다.

한번은 푸시킨의 시를 낭독했다.

차가운 안개 속으로 노을이 번져 가네.
밭일 하던 농부들이 조용해지고
늑대 한 마리가 굶주린 암늑대를 데리고

"잠깐만요." 페레도노프는 이 대목에서 낭독을 멈추고 설명했다. "이 시는 잘 이해해야 합니다. 알레고리가 감춰져 있어요. 늑대들은 본래 짝을 지어 다니지요. 수놈은 굶주린 암놈을 데리고 다닌다고 했지요. 수놈은 배가 부르고 암놈은 굶주려요. 아내란 항상 남편이 먹고 난 다음에 먹어야 하죠. 아내는 항상 남편을 존경해야 한다는 말입니다."

프일니코프는 재미있어 했고, 미소를 지은 채, 거짓과 순수가 어우러진 검고 깊은 눈동자로 페레도노프를 바라보았다. 사샤의 얼굴은 페레도노프를 괴롭히고 유혹했다. 저주받을 녀석이 간교한 미소로 그를 유혹했던 것이다.

이 녀석은 소년일까? 아니면 소녀일까? 소년일 수도, 소녀일 수도 있지. 그래, 남매처럼 말이야. 그래서 누가 누군지 구별할 수가 없지. 혹은 소년에서 소녀로 둔갑하는 방법을 알고 있는지도 몰라. 저 녀석이 항상 깨끗한 것은 모두 이유가 있어. ―둔갑을 하려면 다양한 물속에서 몸을 항상 씻어야 하거든.— 그렇지 않으면 둔갑할 수 없으니까. 게다가 언제나 향수 냄새가 나거든.

"프일니코프! 무슨 향수를 뿌렸죠?" 페레도노프가 물었다. "파치쿨리* 아닌가요?"

그러자 아이들이 깔깔거리고 웃어댔다. 사샤는 모욕적인 얼굴로 얼굴을 붉히고 입을 다물었다.

호감을 주고 싶어 하는 순수한 마음이나 기분 좋은 인상을 주려는 행동을 페레도노프는 이해할 수 없었다. 비록 소년이라 할지라도 그런 모든 현상을 자기를 사냥하려는 것이라고 생각했다. 누군가가 잘 차려입었다는 것은 바로 페레도노프를 유혹하려고 음모를 꾸미는 것을 의미했다. 그렇지 않다면 왜 잘 차려입는단 말인가? 잘 차려입거나 깨끗한 것은 페레도노프를 기분 나쁘게 했고, 향수는 악취라고 생각되었다. 온갖 향수보다 그는 들판의 거름 냄새가 더 좋았다. 그는 그것이 건강에 도움이 된다고 생각했다. 옷을 잘 입고 청결하게 하고 씻는 것은 모두 시간과 노력이 필요한 것이다. 그는 노력이라는 단어를 떠올리자, 갑자기 공포와 고통에 휩싸였다. 먹고 마시고 잠자는 것 외에 아무것도 하지 않는 것이야말로 얼마나 행복한 일인가! 그것만 하는 것!

친구들은 사샤가 파치쿨리 향수를 흠뻑 뿌리고 다닌다고 놀려댔고, 류드밀라가 사샤에게 반했다고 놀려댔다. 그러자

* 인도산 진형과 풀. 향수의 원료로 쓰인다.

461

그는 흥분해서 반박했다. 아무 일도 없으며, 사랑에 빠진 것도 아니고, 모두 페레도노프가 꾸며낸 이야기로, 그가 류드밀라에게 청혼했다가 류드밀라가 그를 속이자, 그녀에게 화가 나서 그녀에 대해 악의적인 소문을 퍼트린 것이라고 했다. 친구들은 페레도노프가 어떤 사람인지를 알고 있었기 때문에 그의 이야기를 믿었지만, 사샤를 놀리는 일은 그만두지 않았다. 누군가를 약 올리는 일은 얼마나 즐거운 일인가!

페레도노프는 프일니코프의 방탕한 행동에 대해 모든 사람들에게 노골적으로 말했다.

"프일니코프는 류드밀라와 엮였어요." 그가 말했다. "두 사람은 너무 많이 입을 맞춰, 이미 예비학교에 다니는 어린애를 낳았을 뿐만 아니라, 지금은 다른 아이를 뱃속에 품고 다닌답니다."

김나지야 학생에 대한 류드밀라의 사랑 이야기는 이상하고 기괴한 자세한 묘사까지 덧붙여지고 과장되어 온 시내에 펴져나갔다. 그러나 믿는 사람은 적었다. 페레도노프가 지나치게 소금을 뿌렸다고 생각했다. 누군가를 약 올리기 좋아하는 몇몇 사람들은—우리 지역에는 그런 사람들이 너무 많았다.— 류드밀라에게 직접 물어보기까지 했다.

"당신은 왜 하필이면 소년에게 빠지게 되었죠? 그러면 수많은 다른 신랑감들이 얼마나 실망하겠어요?"

류드밀라가 웃으며 말했다.

"말도 안 되는 소리예요!"

이 지역 사람들은 악의적인 호기심을 가지고 사샤를 눈여겨 살폈다. 폴루야노프 장군의 미망인이자, 상인 집안 출신의 부유한 폴루야노바는 사샤의 나이를 조회해 보고는, 그가 아직 너무 어려서 이 년 뒤에야 불러서 그의 양육을 도울 수 있다고 언급하기도 했다.

사샤는 류드밀라 때문에 놀림을 당하게 되었다며 그녀를 비난하기 시작했다. 심지어는 가끔 류드밀라가 깔깔거리며 웃는다고 그녀를 때린 일도 있었다.

일이 그렇게 되자, 류드밀라의 많은 친구들과 친척들이 발벗고 나서서 터무니없는 소문을 하루빨리 잠재우고, 이 불유쾌한 사건에서 류드밀라를 구하기 위해 페레도노프를 비난하며 들고일어나, 그 모든 이야기가 정신이 이상해진 페레도노프가 지어낸 것이라고 주장했다. 페레도노프가 최근에 행한 이상한 행동들은 그 이야기가 사실이라고 믿게 했다.

그와 동시에 교육부의 감독관에게 페레도노프에 대한 좋지 못한 밀고가 날아들었다. 교육부에서 교장에게 조사서를 보냈다. 흐리파치는 이전의 자신의 보고에 근거해, 페레도노프가 앞으로 김나지야에 남아 있는 것은 매우 위험하며, 그의 정신 이상 증세가 더욱 심각해지고 있다고 덧붙였다.

페레도노프는 이미 괴상한 망상에 사로잡혀 있었다. 환영들이 그를 세상으로부터 차단해 버렸다. 흐릿한 광기로 번득이는 그의 눈은 마치 다른 세상의 멀리 있는 대상들을 보고싶어 하기라도 하듯, 어떤 빛줄기를 찾아 헤매듯, 어느 대상에 멈춰 있지 않고, 계속 움직이고 있었다.

그는 혼자 남아, 자신과 대화를 나누며, 누군가에게 이유 없이 위협을 가하거나 소리를 지르기도 했다.

"죽여 버리겠어! 찔러 버리겠어! 쫓아낼 거야!"

바르바라는 그런 소리를 들으면 얼굴을 찌푸렸다.

'실컷 화를 내 보시지!' 그녀는 심술을 부리며 생각했다.

바르바라는 단순히 사람들이 그를 속였기 때문에 그가 화가 나서 그럴 뿐이라고 짐작했다. 미친 것이 아니고 멍청하기 때문이라고 생각했던 것이다. 그러나 만약 미친 것이라면, 바보들을 즐겁게 해줄 뿐이지!

"아르달리온 보리시치!" 하루는 흐리파치가 이렇게 말했다. "얼굴이 몹시 안 좋아 보이는군요."

"머리가 아파요." 페레도노프가 음울하게 말했다.

"존경하는 아르달리온 보리시치!" 흐리파치가 근심 어린 목소리로 말했다. "제 생각으로는 당분간 학교에 나오지 않는 것이 좋을 것 같습니다. 집에서 신경을 안정시키는 것이 어떨까요? 제가 보기에 신경이 아주 예민해진 것 같습니다."

'학교에 나오지 말라고?' 페레도노프는 생각했다. '물론 아주 좋은 생각이야. 왜 진작 그런 생각을 못했지? 아프다고 말하고 집에 있으면서 일이 어떻게 되어 가는지 보는 거야.'

"네, 네. 나오지 않겠습니다. 지금 몸이 좋지 않으니까요." 페레도노프는 기뻐하며 말했다.

교장은 그날, 교육부에 공문을 보내고, 그날부터 의사가 방문해 페레도노프를 검사할 날만 기다리고 있었다. 그러나 언제나 관료들은 서두르지 않았다. 그래서 그들은 관료들인 것이다.

페레도노프는 학교에 나가지 않고, 역시 무언가를 기다리고 있었다. 최근에 페레도노프는 볼로딘에게 찰싹 붙어 있었다. 그가 무슨 나쁜 짓이라도 할까 봐, 그에게서 눈을 뗄 수가 없었다. 그는 눈을 뜨자마자, 아침부터 괴로운 마음으로 볼로딘을 떠올렸다. 지금 그는 어디에 있을까? 뭘 하고 있을까? 이따금 그의 눈에 볼로딘의 모습이 보이기도 했다. 양떼 같은 구름이 하늘을 떠가고, 그사이로 볼로딘이 중절모를 쓴 채 양 울음소리를 내며 뛰어다니고 있었다. 또 어느 때는 볼로딘이 굴뚝에서 나오는 연기 속에 보이기도 했고, 이따금 이상한 모양으로 대기 속을 뛰어 다니는 것이 보이기도 했다.

볼로딘은 페레도노프가 자신을 매우 사랑하게 되어, 자기 없이는 살지 못할 것이라며 모든 사람들에게 거만하게 말하곤 했다.

"바르바라가 그를 속였지." 볼로딘이 말했다. "그래서 그는 오직 나만이 그의 믿을 만한 친구라고 판단하고, 나에게 매달리는 거야!"

페레도노프가 볼로딘을 만나기 위해 집을 막 나섰을 때였다. 공교롭게도 볼로딘 역시 페레도노프를 방문하려고 오는 중이었다. 볼로딘은 중절모를 쓰고 지팡이를 든 채, 즐거운 듯 양 울음소리를 내며 팔짝팔짝 뛰어오고 있었다.

"자넨 맨날 중절모만 쓰고 다니나?" 하고 페레도노프가 물었다.

"왜 나는 중절모를 쓰면 안 되나, 아르달리온 보리시치?" 볼로딘은 쾌활한 목소리였지만, 따지듯이 물었다. "중절모는 겸손해 보이기도 하고, 보편적이거든. 나야, 모자표가 달린 제모를 쓸 자격이 없고, 실크 모자는 귀족들이나 열심히 쓰고 다니라고 하지 뭐. 우리에겐 어울리지 않아!"

"중절모* 속에서 팔팔 끓겠군, 그래!" 페레도노프가 음울하게 말했다.

볼로딘이 키득거렸다.

두 사람은 페레도노프의 집으로 향했다.

"이런 행군을 얼마나 더 해야 하나?" 페레도노프는 화가 나서 중얼거렸다.

"걷는 것은 몸에 좋아, 아르달리온 보리시치." 볼로딘이 주장했다. "땀을 흘리고, 일을 하고, 걷고, 수영을 하면 건강해진다네."

"잘도 그러겠다." 페레도노프가 반박했다. "자넨 2백 년 후나, 3백 년 후에 사람들이 일을 하리라고 생각하나?"

"아니, 일을 안 하면 무슨 수로 빵을 산단 말인가? 빵은 돈을 줘야 살 수 있고, 돈을 벌려면 일을 해야 하지 않은가!"

"나는 빵이 싫어!"

* 중절모와 냄비는 러시아어로 동음이의어다.

"버터빵이나 피로그도 못 사는데?" 볼로딘이 낄낄거리며 말했다. "보드카도 못 사고, 또 과일주는 무슨 수로 담근단 말인가?"

"그게 아니고, 사람들이 직접 일을 하지 않을 거란 말이지." 페레도노프가 말했다. "일은 모두 기계가 하지! 팔을 한번 흔들면, 마치 오르골처럼 모든 것이 준비된다는 거야. 하지만 너무 오랫동안 팔만 돌리는 것도 별로 재미없을 거야!"

볼로딘은 머리를 숙이고 입을 쭉 내민 채 생각에 잠겼다가, 의미심장한 표정으로 말했다.

"그래! 그것 참 좋겠군. 우리가 이미 그때 없을 것이라는 것이 안타까울 뿐일세."

페레도노프는 그 말에 화가 나서 볼로딘을 쳐다보며 중얼거렸다.

"자네야 없겠지만, 나는 그때까지 살 거야!"

"얼마든지 그렇게 하게." 볼로딘이 재미있다는 듯이 말했다. "2백 년이든, 3백 년이든, 네 발로 기어 다닐 때까지 살아 보라고!"

페레도노프는 이미 될 대로 되라는 자포자기 상태가 되어, 그 말에도 추루를 외지 않았다. 그는 모든 사람을 이겨 낼 것이다. 두 사람을 잘 지켜보고, 그들에 굴복해선 안 된다.

페레도노프는 식당에 앉아 술을 마시며 볼로딘에게 공작부인에 대한 이야기를 하기 시작했다. 페레도노프의 상상에 따르면, 공작부인은 날이 갈수록 늙고 추해졌다는 것이다. 누르스름하고, 주름살이 가득하고, 허리는 잔뜩 굽어 있고, 큰 어금니가 삐져나온 사악한 그녀가 끈질기게 페레도노프 앞에 나타난다는 것이었다.

"그녀는 벌써 2백 살이나 먹었어." 페레도노프는 이상한 표정을 지으며 괴로운 듯이 앞을 똑바로 주시하고 말했다. "그런데도 그녀는 나의 사랑을 받으려고, 아직까지 장학관 자리를 주지 않는 거야!"

"맘대로 하라지 뭐!" 볼로딘이 머리를 흔들며 말했다. "늙은 여우 같으니라고!"

...

페레도노프는 살해 환상에 사로잡혔다. 그는 눈썹을 찌푸리며 볼로딘에게 말했다.

"저기, 벽지 뒤에 이미 한 놈을 숨겨 두었어. 이젠 마루 밑에 있는 두 번째 놈을 못으로 박아 버릴 거야."

그러나 볼로딘은 놀라지도 않고 히죽거렸다.

"벽지 뒤에서 무슨 소리가 들리지?" 페레도노프가 물었다.

"아니, 아무 소리도 들리지 않는데." 볼로딘이 키득거리고 고개를 흔들며 말했다.

"자네 코가 막힌 모양이군." 페레도노프가 말했다. "자네 코가 빨간 것은 다 이유가 있어. 저기 벽지 뒤에서 시체가 썩고 있다고."

"빈대다!" 바르바라가 소리를 지르며 깔깔거렸다. 페레도노프가 의미심장하게 물끄러미 쳐다보았다.

...

페레도노프는 점점 더 광기에 사로잡혀 카드 속의 인물들 뿐만 아니라, 네도트이콤카, 그리고 양에 대해 밀고장을 썼다. 그 양은 실제로는 평범한 양이면서, 자칭 양의 왕이며, 자신을 볼로딘이라고 속이고, 높은 자리를 차지하려고 그의 주변을 뱅뱅 맴돌고 있다는 것이었다. 산림 감시원에 대해서도 썼는데, 땔감도 없고, 자식들에게 먹일 것이 없어, 숲속의 모든 자작나무를 베어 내, 사시나무만 남겨 두었는데, 사시나무를 어디에 쓰겠느냐고 밀고장을 썼다.

페레도노프는 이따금 길에서 학생들을 만나고는 했는데, 저학년 학생들을 공포에 떨게 하고, 고학년 학생들에게는 쓸데없는 말이나 험한 말로 그들을 웃겼다. 고학년 학생들은 떼를 지어 그의 뒤를 따라다니다가, 다른 선생을 만나면 도망쳤고, 저학년 학생들은 곧바로 도망치곤 했다.

페레도노프에게는 모든 것이 마법과 주문이 걸려 있는 것처럼 보였고, 그의 마음속은 광적인 전투와 비명 소리가 흘러나오는, 망상으로 겁에 질려 있었다. 네도트이콤카가 피투성이가 되어 나타나는가 하면, 불길을 뿜어내기도 했고, 어느 때는 신음 소리를 내며 울부짖기도 했다. 그 생물의 울부짖는 소리에 페레도노프는 견딜 수 없이 괴로웠다. 고양이는 거대한 몸집으로 자라, 단화를 신고 발로 톡톡 차기도 하고, 적갈색의 무성한 콧수염을 늘어뜨리고 있었다.

28

점심을 먹고 나간 사샤는 귀가 시간인 7시가 넘어서도 돌아오지 않았다. 코코브키나는 안절부절못했다. 혹시 통행금지 시간에 돌아다니다가 어떤 선생에게라도 발각된 것은 아닐까 걱정하고 있었다. 그러면 벌을 받게 되고 그녀에게도 화가 미칠 것이다. 그녀의 집에는 항상 얌전한 학생들이 살았고, 밤늦게 돌아다니지도 않았다. 코코브키나는 사샤를 찾으러 나섰다. 루틸로프의 집 외에는 갈 곳이 없었다.

공교롭게도 오늘따라 류드밀라는 문 잠그는 것을 잊어버렸다. 코코브키나가 그 방에 들어갔을 때, 무엇을 보았을까? 사샤는 여자 옷을 입고, 부채를 부치며, 거울 앞에 서 있었다. 류드밀라는 깔깔거리며 화려한 색깔의 허리에 리본을 묶고 있었다.

"오, 하느님 맙소사!" 코코브키나는 망연자실해서 소리를 질렀다. "이게 무슨 짓이에요? 나는 걱정이 되어 찾아 나섰는데, 정작 본인은 여기서 희극을 연출하고 있었네. 이게 무슨 창피한 일이야? 치마를 입고서! 류드밀라 플라토노브나! 당신

부끄럽지도 않아요?"

류드밀라는 갑작스러운 그녀의 출현에 당황했지만, 얼른 정신을 차렸다. 류드밀라는 재미있다는 듯 웃으며, 코코브키나를 안아 소파에 앉히고는, 자기가 만들어 낸 재미있는 일을 이야기하기 시작했다.

"우리는 지금 가족 연극을 꾸미는 중이에요. 저는 남장을 하고, 사샤는 여자로 변장할 거예요. 아주 재미있을 거예요."

사샤는 얼굴을 붉히고 놀라서 눈물까지 글썽이며 서 있었다.

"무슨 엉뚱한 이야기예요!" 코코브키나가 화를 내며 말했다. "사샤는 공부를 해야 하는데, 연극은 무슨 연극이에요? 별 희한한 걸 다 보겠네요! 알렉산드르*, 어서, 얼른 옷을 갈아입고 나와 함께 집으로 가요."

류드밀라는 깔깔거리며 재미있다는 듯 웃었고, 코코브키나에게 입을 맞추기까지 했다. 할머니는 류드밀라는 어린애처럼 명랑한 아가씨이긴 하지만, 사샤는 류드밀라가 시키는 것을 따라 하는 것이 바보 같다고 생각했다. 류드밀라의 천진한 웃음을 보고 있노라니, 따끔하게 한번 꾸중하면 그만인 어린애들의 단순한 장난에 불과하다는 생각이 들었다. 코코브키나는 화가 난 얼굴로 나무라긴 했지만, 다소 마음이 놓였다.

사샤는 류드밀라의 침대에 놓여 있던 자기 옷으로 얼른 갈

* 사샤의 원래 이름.

아입었다. 코코브키나는 사샤를 집으로 데려가는 동안, 계속 야단을 쳤다. 사샤는 부끄럽고 당황해서 아무 변명도 하지 않았다. '집에서 또 야단을 치면 어떡하나?' 하는 걱정이 되었다.

집에 돌아온 코코브키나는 처음으로 그에게 엄하게 대하며, 무릎을 꿇고 있으라고 명령했다. 그러나 사샤가 그렇게 앉아 있은 지 얼마 지나지 않아, 눈물을 흘리고 후회하는 빛을 보이자, 그를 용서했다. 그러고는 언짢은 듯 말했다.

"대단한 신사야, 1베르스타 떨어진 곳까지 향수 냄새가 퍼질 정도니!"

사샤는 다정하게 그녀의 손을 어루만지며 입 맞추었다. 그녀는 벌을 받은 소년의 다정한 행동에 더욱 감동을 받았다.

...

그 사이 사샤에게는 위험이 닥쳐오고 있었다. 바르바라와 그루시나가 흐리파치에게 익명으로 편지를 써서 보냈다. 김나지야 학생 프일니코프가 루틸로프네 아가씨에게 홀딱 빠져, 저녁 내내 그 집에서 시간을 보내며, 음란한 행동을 한다는 것이었다. 흐리파치는 얼마 전의 대화를 떠올렸다. 며칠 전에 귀족회장 집에서 열린 저녁모임에서 누군가가 소년과 사랑에 빠진 아가씨에 대한 암시를 언뜻 언급했던 것이다. 그 순간 대화가 다른 대화로 옮겨 가느라 이야기가 중단되었다. 통상적인 교양 있는 사람들의 모임에 있어 무언의 합의에 따라 모두가 흐리파치 앞에서 그런 주제의 대화는 부적절하다고 여겼고, 더구나 부인들이 있는 곳에서는 거북한 이야기였으며, 그 이야기 자체가 신빙성이 없고, 무익한 이야기라는 태도를 보였다. 그러나 흐리파치는 그 이야기를 눈치챘지만, 그런 이야기를 누구에게 물어볼 만큼 단순한 사람은 아니었다. 그는 곧 모든 것을 알게 될 것이라는 것을, 모든 소문들이란 이런저런 방법을 통해, 시의적절한 때가 오면 결국 귀에 들어오게 되어 있다는 것을 확신했다. 편지는 그가 기다리던 바로 그 순간에 온 것이다.

흐리파치는 단 한 순간도 프일니코프가 방탕한 짓을 했다거나, 그와 류드밀라의 관계가 비도덕적인 것이라고 의심하지는 않았다. 그는 '모든 소문은 페레도노프가 지어낸 이야기이고, 그루시나의 질투 때문이다. 그러나 이 편지는 자신이 신뢰하는 김나지야의 명예를 더럽힐지도 모르는 바람직하지 못한 소문들이 돌아다닌다는 것을 보여 주는 것이다. 그래서 뭔가 해결책을 찾아야 한다'고 생각했다.

흐리파치는 가장 먼저, 바람직하지 않는 소문을 발생시킬 수 있는 상황에 대한 이야기를 하기 위해 코코브키나를 불렀다.

코코브키나는 무슨 일인지 바로 눈치챘다. 사람들은 그녀에게 교장보다 훨씬 더 간략하게 이야기해 주었다. 그루시나는 길에서 그녀를 기다리고 있다가 이야기를 꺼냈고, 류드밀라가 사샤를 타락시켰다고 말했다. 코코브키나는 경악을 금치 못했다. 집으로 돌아온 그녀는 사샤를 힐책했다. 그녀는 자기 눈 앞에서 그 두 사람이 서로 왕래했고, 사샤가 자신의 허락을 받고 류드밀라의 집에 가고는 했다고 생각하니 더욱 기분이 나빴다. 그런데도 사샤는 아무것도 모른다는 듯 행동하며 물었다.

"제가 무슨 잘못을 했다는 거예요?"

코코브키나는 당황했다.

"무슨 잘못이라니? 자신이 모른다고? 얼마 전에 치마를 입고 있던 것을 내가 직접 본 일도 있지 않니? 그걸 벌써 잊었니? 파렴치한 녀석아?"

"그랬죠, 그러나 그것이 뭐 그리 대단한 잘못이라는 거예요? 그리고 그 일로 벌써 벌을 받았잖아요! 제가 훔친 치마를 입기라도 했나요!"

"그래. 그 일을 어떻게 생각하는지 말해 봐." 코코브키나는 당황하며 말했다. "그 일로 벌을 준 건 사실이지만 그것으로는 부족해."

"그럼 또 벌을 주세요." 사샤가 억울하다는 표정으로 고집을 부리며 말했다. "스스로 그런 결정을 내리시고는, 이제 와서 부족하다니요. 그때 제가 용서해 달라고 간청한 적도 없었고, 필요하다면 밤새도록 무릎을 꿇고 있었을 거예요. 그런데 아직도 절 비난하시잖아요."

"지금 온 시내에 류드밀라와 너에 대한 이야기를 하고 있다고." 코코브키나가 말했다.

"무슨 이야기들을 한다는 거예요?" 사샤는 아무 잘못이 없으며, 오히려 흥미롭다는 듯 물었다.

코코브키나는 또다시 당황했다.

"무슨 이야기를 하는지는 다 아는 사실 아니야? 정말 두 사람에 대해서 뭐라고 쑤군대는지 모른단 말이야? 원래 좋은 일은 말하지 않아. 네가 류드밀로치카와 장난질한다는 소문이 퍼졌단 말이야."

"그러면 장난을 그만하면 되겠네요." 사샤가 마치 숫자 맞히기 놀이에 대한 이야기라도 하듯, 아무렇지도 않다는 듯 약속했다.

그는 아무렇지도 않다는 얼굴을 했지만, 마음은 몹시 무거웠다. 그는 코코브키나에게 다시 무슨 말들을 하더냐고 물었지만, 무슨 껄끄러운 이야기라도 나올까 봐 겁이 났다. 그들에 대해서 무슨 말을 할 수 있단 말인가? 류드밀로츠카 방의 창문은 정원 쪽으로 나 있어서 거리에서는 보이지 않았고, 더구나 커튼을 내리고 있었다. 만약, 누군가 보았다고 할지라도, 어떻게 그런 이야기를 할 수 있단 말인가? 어쩌면 모욕을 주기 위한 말일까? 아니면 두 사람이 너무 자주 만난다는 이야기에 불과한 것일까?

바로 다음 날 코코브키나가 교장의 부름을 받은 것이다. 가슴이 철렁 내려앉았다. 그녀는 그 사실을 사샤에게 말하지 않고, 정해진 약속 시간에 조용히 교장을 찾아갔다. 흐리파치는 상냥하고 조심스럽게 그가 받은 편지 내용에 대해 말했다.

그러자 그녀는 울음을 터뜨렸다.

"진정하세요. 우리는 당신이 잘못했다 생각하지 않습니다." 흐리파치가 말했다. "우리는 당신을 잘 알고 있으니까요. 다만 당신이 좀더 엄격하게 그들을 살펴봐 주었으면 하는 겁니다. 무슨 일이 있었는지 말씀해 주시겠어요?"

그녀는 새로이 질책할 거리를 갖고 집으로 돌아왔다.

"숙모에게 편지를 쓰겠어." 그녀는 울면서 사샤에게 말했다.

"저는 아무 잘못도 없으니까, 숙모를 부르고 싶으면, 부르세요. 저는 겁나지 않아요." 사샤도 울먹이며 말했다.

다음 날 흐리파치는 사샤를 불러, 쌀쌀하고 냉랭한 목소리로 물었다.

"나는 사샤가 이 지역에서 어떤 사람들과 교제를 하고 있는지 알고 싶군요."

사샤는 짐짓 천진하고 아무렇지도 않게 교장을 바라보았다.

"어떤 사람들과의 교제라니요?" 그가 말했다. "그것은 올가 바실리예브나에게 물어보시면 더 잘 아실 거예요. 저는 친구 집인 루틸로프 댁을 방문했을 뿐입니다."

"바로 그거예요." 흐리파치가 계속 질문을 이었다. "그럼 루틸로프 집에서는 무엇을 했나요?"

"특별한 일은 없었어요." 예의 그 천진한 태도로 사샤가 대답했다. "주로 함께 책을 읽었을 뿐입니다. 루틸로프 댁 아가씨들은 시를 매우 좋아해요. 그리고 저는 항상 7시에는 집에 있어요."

"항상 그런 것만은 아니죠?" 흐리파치는 뚫어질 듯 사샤를 응시하며 물었다.

"네. 한 번 집에 늦은 적이 있었어요." 순진무구한 소년의 태연하고 솔직한 자세로 사샤가 말했다. "그래서 올가 바실리예브나에게 벌을 받고, 다음부터는 한 번도 늦은 적이 없었어요."

흐리파치는 입을 다물었다. 사샤의 태연한 대답에 그는 막다른 지점에 이른 것이다. 만일의 경우를 대비해서 그는 어떤 훈계나 다짐을 받아 둬야겠다고 생각했지만, 어떻게, 뭐라고 한단 말인가? 어린 사샤에게 그가 전혀 모르는(흐리파치는 그렇게 믿었다) 야한 생각을 불러일으키지 않도록 하기 위해서, 그리고 그를 모욕하는 일이 없도록 하기 위해서, 앞으로 이런 교제로 인해 벌어질지도 모르는 불미스러운 일이 발생하지 않게 하기 위해서 말이다. 흐리파치는 교육을 한다는 것이 아주 힘들고, 책임감을 가져야 하는 일이며, 특히 교육기관을 지도하고 있는 영예를 갖고 있을 때는 더욱 그렇다고 생각했다. 힘들고 책임이 뒤따르는 교육! 이러한 평범한 명제가 흐리파치의 굳은 마음에 힘을 불어넣어주었다. 그가 빠르고 분명하고 별 의미 없이 이야기를 시작했다. 사샤는 듣는 둥 마는 둥 했다.

"……학생으로서 해야 할 첫 번째 임무는 공부입니다. ……교제에 흥미를 가져서는 안 됩니다. 전혀 문제가 없는 좋은 교제라 할지라도. 그리고 꼭 필요한 경우라면, 자기 또래의 친구들과 교제를 하는 것이 훨씬 더 바람직합니다……. 자신에 대한 명예와 공부를 소중하게 생각할 줄 알아야 합니다……. 그리고 마지막으로—직접적으로 말하자면—, 아가씨들과의 관계는 학생의 나이에 해서는 안 될 방종이며, 일반적인 사회 통념상, 절대 용인될 수 없는 일이라는 것을 지적해 두는 바입니다."

사샤가 울음을 터뜨렸다. 자신의 소중한 류드밀라에게 방종하고 비속하게 행동하는 여자라는 식으로 생각하고 말하는 것이 너무 안타까웠다.

"솔직하게 말씀 드려서, 나쁜 행동을 한 적이 전혀 없습니다." 사샤가 주장했다. "우리는 책을 읽고, 산책하고, 장난을 치거나 뛰어다닌 일밖엔 없었습니다. 더 이상 아무 일도 없었어요."

흐리파치는 사샤의 어깨를 툭 치며, 진심 어린 애정이 담긴 목소리로, 그러나 여전히 쌀쌀하게 말했다.

"내 이야기를 잘 들어요, 프일니코프!"

(이 소년을 사샤라고 부르면 좋으련만! 형식을 떠나서 말이지, 그리고 그것에 대한 교육부의 특별한 지침도 없지 않은가?)

"나쁜 일을 한 적이 없다는 사실을 나는 믿어요. 그러나 어쨌든 그런 사적인 방문을 그만두는 것이 좋습니다. 그러는 것이 좋다는 것을 믿으세요. 이 말을 교사나 교장이 하는 말이라고 생각하지 말고, 친한 친구가 하는 말이라고 생각해요."

사샤는 고개를 숙여 인사하고, 감사하다고 말하고, 그의 말을 들을 수밖에 없었다. 그 후 사샤는 이따금 5분이나 10분 정도 시간을 내서 잠깐 류드밀라에게 들르게 되었다. 그래서 가능하면 매일 가려고 애썼다. 그는 류드밀라를 자주 만날 수 없다는 사실에 화가 났고, 이 때문에 류드밀라에게 분풀이를 하려고 했다. 그는 류드밀카라고 부르는가 하면, 바보라고 부르기도 하고, 당나귀라고 부르기도 하고 그녀를 때리기도 했다. 그러나 류드밀라는 그런 행동에도 그냥 웃기만 했다.

이곳 극장의 배우들이 가장무도회를 열어서, 옷을 가장 잘 입은 신사와 숙녀를 뽑아 상을 준다는 소문이 시내에 퍼졌다. 상에 대한 과장된 소문이 돌기도 했다. 숙녀에게는 암소를, 신사에게는 자전거를 준다는 소문이었다. 이 소문은 사람들을 흥분시켰다. 모든 사람이 자신의 승리를 기대했다. 그만큼 상이 대단했던 것이다. 서둘러 옷을 맞추기 시작했다. 돈을 아끼지 않았다. 혹시라도 자신의 좋은 아이디어가 새어 나가지 않도록 하기 위해, 가장 가까운 친구에게도 자기가 생각해 낸 옷을 보여 주지 않았다.

가장무도회에 대한 공고문이 나타났을 때에야―커다란 공고문이 벽에 붙고, 유명 인사들에게도 발송되었다―, 숙녀에게는 암소가 아니라 부채를, 신사에게는 자전거가 아니라, 앨범을 상품으로 준다는 것이 밝혀졌다. 그 사실은 가장무도회를 준비하던 모든 사람들을 실망시켰고 분노하게 만들었다. 불평이 터져 나왔다. 사람들이 말했다.

"괜히 돈을 낭비했군."

"그게 상이야? 장난이지!"

"바로 공고를 했어야지!"

"이런 처사는 우리 지역에서나 가능하지."

그러나 모두들 준비는 계속했다. 상품이 뭐가 되었든, 상을 받는 것은 영광스러운 일이었다.

다리야와 류드밀라는 이전이나 지금이나 상에는 관심도 없었다. 그들에게 암소가 다 무슨 소용인가? 부채라니, 얼마나 신기한가? 심사위원은 누구일까? 심사위원들은 어떤 것을 좋아할까? 그러나 두 자매는 류드밀라가 사샤에게 여자 옷을 입혀 가장무도회에 내보내서, 시내의 모든 사람을 속이고, 사샤가 상을 받게 하자는 제안에 열광했다. 발레리야 역시 찬성하는 빛을 보였다. 어린애처럼 샘이 많고 허약한 발레리야는 사샤가 자신이 아니라, 류드밀라와 친하다는 사실에 화가 났지만, 두 언니와 싸우기는 싫었다. 무시하는 미소를 지으며 이렇게 말했을 뿐이다.

"사샤가 동의하지 않을 거야!

"저것 봐!" 다리야가 단호하게 말했다. "우리는 아무도 눈치채지 못하게 할 거야!"

자매들이 이 음모를 사샤에게 말했을 때, 류드밀로치카가 그에게 이렇게 설명해 주었다. "우리는 너를 일본 여자로 변장시킬 계획이야!" 사샤는 그 말을 듣고 뛸 듯이 좋아하며 환호성을 질렀다. 어떻게 되든 되겠지―더구나 아무도 눈치채지 못한다면―, 그는 당연히 동의했다. ―거절할 이유가 어디 있단 말인가!― 모든 사람을 속이다니, 이렇게 신나는 일이 있을까.

그들은 사샤를 게이샤*로 분장시키기로 했다. 자매들은 자신들의 음모를 극비에 부치기로 했다. 라리사나 오빠에게도 비밀로 하기로 했다. 게이샤 옷은 류드밀라가 코릴롭시스**의 특징을 따라 직접 만들기로 했다. 붉은색 공단에 황색 실크를 덧댄 폭이 넓고 긴 드레스였다. 드레스에는 화려한 당초무늬와 이상한 모양의 커다란 꽃무늬를 수놓기로 했다. 자매들은 가느다란 대나무로 살을 만들어 일본산 얇은 종이에 그림을 그린 부채를 만들고, 대나무 손잡이에 장밋빛 얇은 비단으로 양산도 만들었다. 그리고 장밋빛 스타킹과 나무로 만든 벤치 모양의 단화를 신기로 했다. 게이샤를 위한 가면은 일급 공예사인 류드밀라가 만들기로 했다. 조용한 미소를 띤 누르스름하고 갸름한 얼굴과 양쪽으로 치켜세운 눈매, 작고 얇은 입술을 가진 가면을 만들기로 했다. 가발은 페테르부르크에 검고 윤이 나는 머리카락의 가발을 특별 주문하기로 했다.

다 만들어진 옷을 맞춰 보려면 시간이 필요했는데, 사샤는 간신히 잠깐 시간을 내서 올 수 있을 뿐이었고, 그것도 매일 올 수가 없었다. 방법을 생각해 냈다. 코코브키나가 잠든 사

---

* 일본의 기녀(妓女).
** 히어리라고 부르는 식물로, 4월에 연노랑색을 띤 8~12개의 꽃이 하나의 꽃대에 어긋나게 붙어서 핀다.

이에 사샤가 창문을 통해 집을 빠져나오는 것이었다. 일은 잘
풀렸다.

...

바르바라도 가장무도회에 나갈 준비를 했다. 우스꽝스러운
가면을 사고 옷을 짓기에는 여유가 없어, 하녀 차림으로 꾸미
기로 했다. 허리에는 자루가 달린 국자를 매달고, 머리에는 하
얀 조리사 모자를 쓰기로 했다. 소매는 팔꿈치까지 걷어 올리
고, 팔을 빨갛게─방금 요리를 하다가 나온 것처럼─ 칠했다.
옷이 준비되었다. 상을 받아도 좋고 못 받아도 그만이었다.

그루시나는 달의 여신으로 치장하기로 했다. 바르바라가
웃으며 그루시나에게 물었다.

"왜 목걸이는 안 하죠?"

"목걸이는 왜요?" 그루시나가 놀라 물었다.

"그러니까⋯⋯." 바르바라가 설명했다. "지금 디아나의 개로
분장하려고 한 것 아니에요?"

"정말 별 생각을 다하는군요." 그루시나가 웃으면서 말했다.
"디아나의 개가 아니라, 디아나 여신으로 분장하려는 거예
요."

가장무도회에 나가기 위해 바르바라와 그루시나는 그루시
나의 집에서 서로 옷 입는 것을 도와주었다. 그루시나의 옷은
입기가 아주 간단했다. 팔과 다리를 모두 드러내고, 등과 가

슴이 깊이 파인 옷에 스타킹을 신지 않고 가벼운 구두를 신어 무릎까지 다 드러내고, 붉은 테두리가 있는 흰색 천으로 된 가벼운 옷을 걸쳐, 마치 알몸처럼 보였는데, 옷은 짧았지만, 그 대신 주름이 많고 폭이 넓었다. 바르바라가 싱글거리면서 말했다.

"너무 드러낸 것 같지 않아요?"

그러자 그루시나는 노골적인 눈짓을 하며 대답했다.

"그래야 남자들이 내 뒤를 따라다닐 것 아녜요?"

"그럼 주름은 왜 이렇게 많아요?" 바르바라가 물었다.

"우리 개구쟁이들에게 줄 사탕을 집어넣으려고요." 그루시나가 설명했다.

대담하게 몸을 드러낸 그루시나는 매우 아름다웠다. 그러나 얼마나 모순덩어리였는지. 그녀의 몸에는 커다란 상처가 있었고, 거친 행동과 천한 말투는 듣기 민망할 정도였다. 능욕당한 육체의 아름다움이라고나 할까?

...

페레도노프는 가장무도회가 자신을 낚으려고 꾸미는 음모가 분명하다고 생각했다. 어찌되었든 그는 치장도 하지 않고 프록코트만 입은 채 무도회장으로 갔다. 두 눈으로 무슨 음모가 벌어지고 있는지 직접 보기 위해서였다.

···

　사샤는 며칠 동안 가장무도회 생각에 들떠 있었다. 그러다가 나중에는 걱정이 생겼다. 어떻게 집에서 빠져나올 것인가? 특히 지난번의 불상사가 있은 이후 지금은. 만약 학교에서 이 사실을 알게 되는 날이면, 곧바로 퇴학당할 처지였다.

　얼마 전에 학급 담임이—당시 자유주의 사상가였던 젊은 이로 고양이를 바시카라고 부르지 못하고, 바실*이라고 부르는— 사샤의 성적표를 주의 깊게 살피면서 주의를 주었다.

　"관심을 가져야겠어요, 프일니코프! 공부를 더 열심히 하세요."

　"그래도 2점짜리는 없잖아요?" 사샤는 태평하게 대꾸했다.

　그러나 그는 속으로 가슴이 철렁했다. 선생이 무슨 말을 더 할까 봐 걱정했다. 그러나 그는 더 이상 아무 말도 않고, 사샤를 엄하게 바라볼 뿐이었다.

　가장무도회가 열리던 날, 사샤는 못 갈 것 같았다. 두려웠다. 그러나 걱정되는 한 가지는, 어떻게 이미 준비된 옷을 그냥 버린단 말인가? 모든 기대와 노력이 수포로 돌아가고 말 텐데? 류드밀라는 울음을 터트릴 것이다! 아니다, 아니다, 가야 한다!

　최근 들어 자신의 감정을 숨기는 버릇이 생긴 사샤는 자신

* 바실의 애칭이 바시카이다.

의 흥분을 코코브키나에게 잘 감추었다. 다행히 할머니는 일찍 잠자리에 들었다. 그리고 사샤도 일찍 자리에 들었고, 눈속임으로 문 옆에 웃옷을 벗어 걸어둔 의자를 갖다 놓고, 문 뒤에 단화도 벗어 놓았다.

이제 도망치는 일만 남았다. 그것이 가장 어려운 일이었다. 그는 미리 예전에 가봉을 하러 갔을 때처럼, 유리창을 통해 가려고 이미 갈 길을 봐 두었다. 그는 자기 방 옷장에 걸려 있던 밝은 색 상의를 꺼내 입고, 가벼운 실내화를 신은 다음, 근처에 사람들의 말소리와 발소리가 뜸해진 틈을 타서 조심스럽게 창문을 빠져나갔다. 가랑비가 내리고 있었고, 거리는 지저분했으며, 춥고 어두웠다. 그러나 사샤는 모두가 자신을 알아보는 것 같아서 학생모와 단화를 벗어, 자기 방에 다시 던져 버렸다. 그러고는 옷을 걷어 올린 다음, 비에 미끄러운 거리와 흔들리는 다리를 건너 맨발로 깡충깡충 뛰면서 뛰어갔다. 어둠 속에서는, 특히 뛰어가는 사람의 얼굴을 분간하기 힘들었고, 누군가 그를 보면, 아마 어디 심부름이라도 가는 소년일 거라고 여겼을 것이다.

...

발레리야와 류드밀라는 자신들이 고안한, 그림 같은 옷을 만들어 입었다. 류드밀라는 집시 차림으로 차려입고, 발레리야는 스페인풍으로 차려입었다. 류드밀라는 비단과 벨벳으로 만든 선홍색 누더기를 걸치고, 발레리야는 가늘고 사각거리는 검은 비단에 레이스가 달린 드레스를 입고 손에는 부채를 들었다. 다리야는 새 옷을 만들지 않고—작년에 입었던 터키 옷을 그대로 입었다—, 단호하게 말했다.

"그런 일에 신경 쓰고 싶지 않아!"

사샤가 도착하자, 세 자매는 서둘러 사샤에게 옷을 입히기 시작했다. 가장 걱정되는 것은 가발이었다.

"그러다가 벗겨지기라도 하면 어쩌지?" 그는 걱정스레 거듭 말했다.

결국 턱 밑에 리본을 묶어 가발을 단단히 고정시켰다.

29

가장무도회는 사교 모임이 있는 시장 광장에 선홍색으로 칠한 병영 같은 두 개의 건물로 이루어진 석조 건물에서 개최되었다. 이 지역 극장의 극단주이자 배우인 그로모프-치스토폴스키가 가장무도회를 주최했다.

옥양목 차양을 두른 입구에는 알코올 등불이 타오르고 있었다. 거리는 가장무도회에 걸어오거나 마차를 타고 오는 사람들로 북적였다. 그들은 이러쿵저러쿵 비판을 해댔고, 그중의 대부분은 부정적이었다. 더구나 손님들의 겉옷에 가려 속에 입은 무도회 복은 거의 보이지 않아서, 군중은 직감으로 누구인가를 판단해야 했다. 사람들은 직감만으로 판단할 뿐이었다. 거리에는 경찰들이 질서를 유지시키느라 안간힘을 쓰고 있었고, 건물 안에는 시 경찰서장과 지서장도 손님으로 참석했다.

모든 참석자는 들어오는 입구에서 표를 두 장씩 받았는데, 장미색 표는 옷을 가장 잘 입은 숙녀에게, 녹색 표는 신사에게 투표하기 위한 것이었다. 상을 받을 만한 사람에게 표를 주어야 했다. 몇몇 사람들은 이렇게 묻기도 했다.

"자기가 가져도 되나요?"

표를 나눠 주던 사람이 무슨 말인지 이해하지 못하고 물었다.

"왜 자기가 가진단 말인가요?"

"자신이 가장 옷을 잘 입었다고 생각할 수도 있잖아요?" 다른 참석자가 말했다.

표를 나눠 주던 사람은 나중에야 그 말을 알아듣고, 조소적으로 말했다.(재치 있는 젊은이였다.)

"원하는 대로 하세요. 두 장 모두 가져도 됩니다."

무도회장은 몹시 더러웠다. 무도회가 시작되기도 전에 군중 가운데 많은 사람들이 벌써 술에 취해 있었다. 좁은 실내에는 연기에 그을린 벽과 천장에 구부러진 샹들리에가 빛나고 있었다. 크고 묵직해 보이는 샹들리에는 많은 공기를 빨아들이는 것 같았다. 문에 달린 빛바랜 커튼은 스치기만 해도 불쾌할 정도였다. 사람들은 여기저기에 모여 웃고 떠들었는데, 주로 사람들의 눈길을 끄는 옷치장을 한 사람들의 뒤에서 그러곤 했다.

공증인 구다옙스키는 황야의 미국인으로 분장했다. 닭의 깃털을 단 머리에, 녹색 당초무늬가 있는 검붉은 마스크와 가죽 상의를 걸치고, 어깨에는 격자무늬 망토를 걸쳤으며, 녹색 수술이 달린 긴 가죽 장화를 신고 있었다. 그는 손을 흔들며 뛰기도 하고, 심하게 굽은 무릎을 앞으로 쭉 드러내고 감나지야 학생들의 보행처럼 걷기도 했다. 그의 아내는 이삭처럼 꾸 몄다. 그녀는 녹색과 황색 누더기로 만든 울긋불긋한 드레스 를 입었는데, 몸 전체에 매달아 놓은 이삭들이 흔들거렸다. 그 것들이 서로 부딪치며 쿡쿡 찔러대곤 했다. 사람들이 그녀를 잡아당기고 만지고는 했다. 그녀가 화가 나서 욕지거리를 했 다.

"가만 안 둘 거예요!"

주변에서 깔깔거리며 웃어댔다. 누군가 이렇게 묻기도 했다.

"어디서 저렇게 이삭을 많이 모았을까?"

"여름부터 모았겠지." 사람들이 그에게 말했다. "매일 밤, 남 의 밭에 가서 훔쳐 낸 것이 분명해."

수염이 없는 몇몇 관료들이 구다옙스키의 아내에게 홀딱 반해, 그녀의 뒤를 졸졸 따라다니기도 했는데, 그들은 이미 그녀가 무엇을 입을지 알고 있던 터였다. 그들은 그녀를 위해 다른 사람의 표를 반강제로 빼앗아 주곤 했다. 특별히 용기가 없는 다른 사람들에게서는 그냥 빼앗아 가기도 했다.

그리고 또 어떤 숙녀들은 자기 추종자들을 통해 적극적으 로 표를 거둬들이기도 했다. 다른 숙녀들은 아직 주인을 만나 지 못한 표에 눈독을 들이며 표를 달라고 청하기도 했다. 그 러나 사람들은 그들에게 경멸을 보냈다.

이마에 종이로 만든 달을 붙이고, 푸른 옷에는 유리로 만 든 별을 달아 '밤'으로 분장한 음울한 분위기의 숙녀가 무린 에게 다가와서 수줍어하며 말했다.

"당신 표를 저에게 주세요."

그러나 무린은 거칠게 대답했다.

"당신이 누군데요. 왜 표를 당신에게 준단 말이오? 예쁘지도 않은데!"

'밤'은 화를 내며 중얼거리더니 멀어졌다. 그녀는 집에 가서 한두 개의 표라도 얻었다고 자랑하고 싶었다. '자, 이것 봐요! 저도 표를 얻었어요.' 하면서. 그러나 작은 소망조차 이루어지지 않기도 하는 법이다.

여교사 스코보츠키나는 곰으로 변장했다. 그녀는 곰 가죽을 몸에 아무렇게나 두르고, 일반적으로 쓰게 되는 마스크의 중간 윗부분에 투구 같은, 곰 머리를 쓰고 있었다. 그 모습은 아주 흉하게 보였지만, 그녀의 거대한 체격과 괄괄한 목소리에 아주 잘 어울렸다. 암곰은 쿵쿵거리며 돌아다녔고, 샹들리에의 등불이 흔들리도록 온 장내가 떨어져 나가라 울부짖기도 했다. 많은 사람들이 곰의 분장을 좋아했다. 표도 적지 않게 모았다. 그러나 그녀는 표를 간수하지 못했다. 다른 숙녀들처럼 눈치 있는 파트너를 찾지 못했던 것이다. 상인들이 그녀에게 술을 먹였을 때, 절반 이상의 표가 사라져 버렸지만, 상인들은 모두 곰의 흉내가 너무나 절묘하다는 데 동의했다. 군중이 소리쳤다.

"저것 봐라! 암곰이 보드카를 마신다!"

스코보츠키나는 보드카를 거절할 수 없었다. 그녀는 암곰이란 보드카를 권하면 절대로 거절해서는 안 된다고 믿고 있었다.

키가 크고, 거대한 체구에, 고대 게르만인 복장을 한 남자가 불쑥 나타났다. 그의 우람한 체구와 잘 발달된 근육이 드러난 팔뚝은 많은 사람들을 매료시켰다. 특히 숙녀들이 그의 뒤를 따라다녔다. 그의 뒤에서는 숙녀들이 알랑거리며 부드럽게 그를 칭찬하는 속삭임이 들려왔다. 고대 게르만인 복장을 한 신사는 배우 벵갈스키임이 밝혀졌다. 벵갈스키는 이 도시에서 아주 사랑받는 배우였다. 그에게 많은 사람들이 표를 던졌다.

수많은 사람들이 다음과 같이 판단했다.

"내가 상을 못 탈 바에야, 배우(혹은 여배우)가 상을 받는 것이 나아. 그렇지 않으면 우리 중에서 상을 탄 녀석이 얼마나 우쭐대겠어!"

그루시나의 복장은 성공을, 스캔들의 성공을 거둔 셈이었다. 신사들이 떼를 지어 그녀의 뒤를 졸졸 따라다니며 낄낄거리는가 하면, 무례한 평가도 서슴없이 하곤 했다. 숙녀들은 그루시나의 그런 모습을 보고 등을 돌리며 당황해하며 어쩔 줄 몰랐다. 드디어 시 경찰서장이 그녀에게 다가와 징그럽게 입맛을 다시며 말했다.

"부인! 약간 가리는 것이 어떻습니까?"

"왜 그래야 하죠? 저는 전혀 지나치다고 생각하지 않아요." 그루시나가 당당하게 대꾸했다.

"부인! 다른 숙녀분들이 불평을 합니다." 민추코프가 말했다.

"당신의 숙녀들이 도대체 무슨 상관이에요!" 그루시나도 지지 않고 소리를 질렀다.

"그것이 아니고 부인……." 민추코프가 사정했다. "콧수건으로라도 등과 가슴을 살짝 가려 주십사 하고 부탁을 드립니다."

"만약 제 콧수건에 벌써 코를 닦았다면 어떡하시겠어요?" 그루시나가 뻔뻔스럽게 웃으며 말했다.

그러나 그도 물러나려 하지 않았다.

"좋을 대로 하세요, 부인. 그러나 계속 그렇게 하신다면, 우리가 강제로 퇴장시키겠습니다."

그루시나는 욕설을 퍼붓고 침을 뱉으며 탈의실로 갔다. 그곳에서 하녀의 도움을 받아 드레스의 등과 가슴 부위를 약간 고쳤다. 좀더 얌전한 모습으로 무도회장으로 돌아오기는 했지만, 여전히 그녀는 자신의 추종자들을 열심히 찾았다. 그녀는 지저분하게 모든 남성들과 놀아났다. 그러다가 모든 남성들이 다른 곳에 관심을 보이자, 맛난 것이나 훔쳐 먹자는 생각으로 뷔페로 향했다. 그런 다음 곧바로 다시 돌아와, 볼로딘에게 복숭아 두 개를 보여 주고 능글맞게 웃으며 말했다.

"제가 직접 구해 왔어요."

그러고는 자신의 속옷 속에 얼른 복숭아를 감췄다. 볼로딘이 재미있다는 듯 씩 웃으며 말했다.

"그럴 리가!" 그가 말했다. "나도 가서 그렇게 해보겠어요."

잠시 후, 그루시나는 술에 취해 난폭한 행동을 시작했다. 손을 마구 휘두르고 허우적거리고 소리를 지르기도 했다.

"아주 재미있는 디아나 부인이로군요!" 그녀를 보며 사람들이 이구동성으로 말했다.

무분별한 아가씨들이 경박한 김나지야 학생을 끌어들인 가장무도회는 이런 모습이었다. 두 대의 마차에 나누어 탄 세 자매와 사샤는 뒤늦게 무도회장으로 달려갔다. 사샤로 인해 늦어진 것이다. 그들이 무도회장에 들어서자, 무도회장이 갑자기 술렁이기 시작했다. 게이샤를 좋아하는 사람들이 많았기 때문이다. 사람들은 게이샤 복장을 한 아가씨가 바로 이 지역에서 남성들의 사랑을 듬뿍 받던 극장의 여배우 카시타노바라고 생각했다. 그 때문에 사샤에게 많은 표를 던져 주기도 했다. 그러나 실제로 카시타노바는 전날 갑자기 아들이 심하게 앓는 바람에 무도회에 나올 수 없었다.

새로운 상황에 심취한 사샤는 되는대로 애교를 떨기 시작했다. 게이샤 옷을 입은 작은 손에 표가 쏟아지면 쏟아질수록, 애교를 떠는 일본 여자의 치켜 올라간 두 눈이 도발적으로 빛났다. 게이샤는 무릎을 약간 구부리고 가느다란 손을 들어 올리며 콧소리로 웃었고, 부채를 부치며 이 남자 저 남자의 어깨를 툭툭 치고는 부채로 얼굴을 가리기도 하고, 양산을 폈다 접었다 하기도 했다. 어색한 기교이긴 했지만, 여배우 카시타노바 앞에 무릎을 꿇는 이들을 유혹하기에는 충분했다.

"내 표를 가장 아름다운 숙녀에게 기꺼이 드리겠습니다." 티시코프가 이렇게 말하며 신사답게 게이샤 앞에 무릎을 꿇고 표를 바쳤다.

그는 이미 많이 취해 있었고, 얼굴은 발그레했다. 아무 동요 없이 미소 짓는 그의 얼굴과 굼뜬 동작은 마치 인형처럼 보였다. 모든 것이 잘 어우러졌다.

발레리야는 사샤가 대대적인 성공을 거두는 것을 보자, 질투심에 불타올랐다. 그녀는 자신의 옷과 가냘프고 잘 빠진 몸매가 군중의 눈을 끌어, 자신이 상을 타고 싶다는 욕망에 사로잡혔다. 그러나 그녀는 유감스럽게도 이젠 어쩔 수 없다는 것을 인정했다. 세 자매 모두 게이샤에게만 표를 주도록 애써 노력했고, 만약 표를 받으면 모두 게이샤에게 주기로 했다.

무도회장에서 춤이 시작되었다. 볼로딘은 이미 취해서, 농무를 출 자세를 취했다. 그러자 경찰이 그를 저지했다. 그는 쾌활한 목소리로 고분고분 말을 들었다.

"안 된다면 그만두죠 뭐." 그러나 볼로딘을 따라 농무를 추던 두 사람은 그만두려 하지 않았다.

"무슨 권리로? 우리도 반 루블을 내고 입장했는데!" 그들은 이렇게 소리를 지르다가, 결국 쫓겨나고 말았다.

볼로딘은 그들을 놀리며 배웅하고 나서 다시 춤을 추기 시작했다.

루틸로프가의 세 자매들은 페레도노프를 놀려 주기 위해, 서둘러 그를 찾기 시작했다. 페레도노프는 혼자 창 옆에 앉아, 멍한 눈으로 군중을 바라보고 있었다. 모든 사람과 물체가 그에게는 아무 의미도 없었고, 적대적으로 보였다. 집시 분장을 한 류드밀라가 그 옆으로 다가가 굵은 가성을 내며 말했다.

"멋진 신사 양반! 손금 봐 드릴까요?"

"저리 꺼져!" 페레도노프가 갑자기 소리쳤다.

집시가 갑자기 나타나자 깜짝 놀란 것이다.

"친절한 우리 신사 양반! 존경하는 나리! 손 좀 주세요. 얼굴만 봐도 알지요. 부자로 살겠어요. 높은 자리에도 오르겠어요!" 류드밀라가 이렇게 말하면서 페레도노프의 손을 잡아당겼다.

"그럼 보여 줄 테니까, 잘 봐줘!" 페레도노프가 손을 내밀며 중얼거렸다.

"아이고! 보물 같은 나리님." 류드밀라가 점을 쳤다. "당신은 적이 아주 많군요! 사람들이 당신을 밀고하면, 통곡하다가 남의 집 울타리 밑에서 죽겠어요!"

"이런 요망한 것이 있나!" 페레도노프가 손을 빼며 소리를 꽥 질렀다.

류드밀라는 순식간에 군중 사이로 사라졌다. 그녀가 사라지자 이번에는 발레리야가 다가왔다. 그러고는 그의 옆에 나란히 앉아 속삭였다.

나는 젊은 스페인 아가씨.
당신 같은 남자를 좋아해요. 당신의 아내는 나쁜 여자죠.
나의 아름다운 남자.

"거짓말 마! 바보야!" 페레도노프가 중얼거렸다.

그러자 발레리야가 속삭였다.

낮이 뜨거울수록, 밤은 달콤한 법이라네.

나의 시칠리아의 입맞춤이여!

그런데 당신의 아내는 정말 바보군요.

바보 같은 그 여자의 눈에는 침이나 뱉어 주세요.

당신의 아내는 바르바라.

당신은 멋진 아르달리온.

당신과 바르바라는 짝이 아니에요.

당신은 솔로몬처럼 현명하니까요.

"그래, 네 말이 맞아." 페레도노프가 말했다. "다만 어떻게 그녀의 눈에 침을 뱉지? 그녀가 공작부인에게 편지라도 쓰면 장학관 자리를 안 줄 텐데."

"당신한테 장학관 자리가 왜 필요하죠? 장학관이 안 되어도 이렇게 훌륭한 분이잖아요." 발레리야가 말했다.

"하지만 장학관 자리를 주지 않으면 나는 어떻게 살란 말이야?"

페레도노프가 우울하게 말했다.

...

다리야가 볼로딘의 손에 장밋빛 봉투에 담긴 편지를 건네 주었다. 볼로딘은 즐거워하며 편지를 꺼내 읽었다. 그의 오만 하던 표정이 어느새 황당한 표정으로 변했다. 편지 내용은 짧 고, 간단한 메모만 되어 있었다.

내 사랑하는 이여, 내일 밤 11시에 군부대 수영장으로 나오세 요. 낯선 이로부터. Ж*.

볼로딘은 이 편지를 믿긴 했지만, 가야 할지 말아야 할지 의문이 생겼다. Ж라니 누구지? 아니면 성이 Ж로 시작하는 건가?

볼로딘은 편지를 루틸로프에게 보여 주었다.

"가야지, 물론 가야지!" 루틸로프가 부추겼다. "무슨 좋은 일이 생길지 모르잖아! 어쩌면 아주 부잣집 아가씨가 자네에 게 반했는지도 모르지. 그녀의 부모가 방해하니까, 자네를 직 접 만나 이야기를 할 모양이네!"

그러나 볼로딘은 계속 고민에 고민을 하다가 결국 가지 않 기로 결정했다. 그는 엄숙한 표정으로 말했다.

"내 목에 매달린다고 해도, 저는 그런 맹랑한 여자는 싫어 요."

그는 그곳에서 누군가 때릴까 봐 겁을 먹었다. 군부대 수영

---

* 러시아어 알파벳으로, [zh]의 음가를 갖는다.

장은 시내의 맨 끝에 외따로 떨어져 있는 곳이기 때문이었다.

…

모든 방과 클럽 안은 군중으로 꽉 차 있었다. 군중은 빽빽하게 차 있었고, 괴성을 지르고 즐겁게 깔깔거렸다. 무도회장의 입구에서 깔깔거리는 소음과 환호성과 격려하는 소리가 들려왔다. 군중이 모두 그쪽으로 몰려들었다. 누군가 아주 특이한 복장을 하고 나타났다는 말이 전해졌다. 키가 크고 초췌한 사람이 기름때가 묻은 누더기로 만든 목욕 가운을 걸치고, 한쪽 겨드랑이에는 나뭇가지 다발*을, 다른 쪽 겨드랑이에는 물통을 들고 군중 사이를 헤치고 다녔다. 그는 좁은 턱수염과 볼수염을 붙인, 두꺼운 마분지로 만든 가면을 쓰고 머리에는 둥근 모양의 평민 모자표가 달린 제모를 쓰고 있었다. 그는 놀라운 목소리로 여러 번 이렇게 말했다.

"내가 듣기로는, 이곳 무도회장에서 몸을 씻지 않는다고 하더군요."

그러고는 음울한 표정으로 물통을 흔들었다. 군중은 그의 기발한 생각에 놀라고 감탄하며, 그의 뒤를 따라다니기도 했다.

"상을 받겠어!" 볼로딘이 질투심에 사로잡혀 말했다.

---

* 러시아식 한증탕에서 자작나무 가지나, 소나무 가지 묶음으로 몸을 때려 마사지 효과를 내는 데 쓰인다.

다른 많은 사람들처럼 볼로딘도 노골적으로 강한 질투심을 드러냈다. 자신은 그렇게 잘 차려입지도 않았으면서, 왜 그렇게 질투는 하는 걸까? 그런데 저기 마치긴은 어쩔 줄 모르고 환성을 울리고 있다. 특히 모자표에 그는 열광한 것이다. 그는 즐거워하고 깔깔거리며 손뼉을 치며, 아는 사람에게든 모르는 사람에게는 이렇게 말했다.

"아주 예리한 해학입니다. 여기 모인 관료들이 모자표 달린 모자를 쓰고 으스대곤 하는데, 이렇게 그들의 코를 납작하게 해주었잖아요? 아주 놀라운 생각이에요."

더워지자, 목욕 가운을 입고 있던 관료는 환성을 지르며 들고 있던 나뭇가지로 내려치는 시늉을 했다.

"한증탕 한번 덥구나!"

그러자 옆에 있던 사람들이 박장대소를 했다. 그러고는 물통 안으로 표를 던졌다.

페레도노프도 군중 사이로 흔들리는 나뭇가지를 보고 있었다. 그는 그것이 이상한 생물로 보였다.

'녹색으로 분장했군, 교활한 것.' 그는 두려움에 휩싸이며 생각했다.

30

드디어 지금까지 각자의 의상에 받은 표를 계산하기 시작
했다. 클럽의 간사들이 위원회를 구성했다. 긴장한 채, 기다리
고 있던 군중이 심사를 하는 방 입구로 몰려들었다 클럽 안
은 갑자기 조용해지고 긴장된 분위기로 변했다. 음악도 멈추
고 손님들은 모두 잠잠해졌다. 그러자 페레도노프는 겁에 질
렸다. 그러나 잠시 후에 군중은 이야기를 하고, 참지 못하고
소곤대며 소란을 떨기 시작했다. 누군가가 상은 두 사람의 배
우에게 각각 돌아갈 것 같다고 단언했다.

"이제 곧 알게 될 거예요." 누군가의 떨리는 목소리가 들렸
다. 많은 사람들이 그 말을 믿었다. 군중이 흥분하기 시작했
다. 적은 표를 얻은 사람들은 그 말에 화가 났다. 표를 많이
받은 사람들은 심사위원들이 불공평한 심사를 하지 않을까
걱정하고 있었다.

그때 갑자기 가늘고 날카로운 방울 소리가 들렸다. 심사위
원인 베리가, 아비노비츠키, 키릴로프, 그리고 그 외의 다른
간사들이 무도회장 안으로 들어섰다. 장내는 긴장감이 돌았

다. 모두들 숨을 죽였다. 아비노비츠키가 모두에게 잘 들리도록 카랑카랑한 목소리로 발표했다.

"앨범을 받을, 가장 뛰어난 복장을 한 신사는, 표를 가장 많이 받은 고대 게르만인 복장을 한 사람으로 결정되었습니다!"

그는 말을 마치고 앨범을 높이 들어 올려 보이더니, 밀집한 군중을 화난 시선으로 바라보았다. 건장한 체구의 게르만인 분장을 한 신사가 군중 사이를 뚫고 나왔다. 군중은 시기하는 눈길로 그를 바라보았다. 심지어 그가 지나가지 못하게 길을 막기도 했다.

"밀지 마세요, 제발!" 이마에 종이 달을 붙이고, 가슴에 유리별을 단 푸른 옷을 입은 음울한 표정의 숙녀, '밤'이 울먹이며 말했다.

"상을 받았으니 모든 여자들이 자기 앞에서 굽실거릴 거라고 생각하겠지?" 군중 사이에서 잔뜩 골이 난 목소리로 하는 말이 들렸다.

"나를 못 나가게 막으면 발로 걷어차 버리겠어요." 게르만인이 간신히 화를 억제하며 이렇게 쏘아붙였다.

무리를 헤치고 겨우 빠져나온 그는 심사대까지 가서, 베리가에게서 앨범을 받아 들었다. 축하 연주가 울려 펴졌다. 그러나 음악 소리는 군중의 소음으로 들리지 않았다. 욕지거리들이 터져 나왔다. 군중이 게르만인을 에워싸고 잡아당기며 소리를 질러댔다.

"가면을 벗어라!"

그러나 게르만인은 말이 없었다. 그는 자신의 힘으로 무리를 헤치고 나가는 것이 그다지 어려운 일이 아니었지만, 그런 것에 힘을 쓴다는 것이 부끄러운 것 같았다. 그때 구다옙스키가 앨범을 낚아채고, 누군가가 그의 가면을 벗겼다. 군중이 소리쳤다.

"배우다!"

짐작한 대로였다. 그는 배우 벵갈스키였다. 그가 화를 내며 말했다.

"배우요. 그래서 어쨌다는 겁니까? 여러분이 표를 직접 던졌잖아요!"

그 말에 대답이라도 하듯 누군가 소리를 질렀다.

"아무도 모르게 가짜 표를 넣었는지 누가 알아요?"

"표는 당신들이 인쇄한 것이었잖아요!"

"나누어 준 표보다 사람들 숫자가 부족하다고."

"그가 50여 개의 표를 주머니에 넣어 가지고 왔어요."

그는 얼굴을 붉히고 말했다.

"어떻게 그런 비겁한 말을 하세요. 원하시면 직접 표를 확인하셔도 됩니다. 참여한 사람들 수를 세어 봐도 됩니다."

그때 베리가가 그의 곁으로 다가와서 말했다.

"여러분, 아무도 속일 수 없습니다. 입장객 수와 표를 모두 확인했습니다."

간사들이 이성적인 몇몇 사람들의 도움을 얻어 장내를 간신히 진정시켰다. 다음에는 부채가 누구에게 돌아갈 것인가에 모든 사람의 관심이 쏠렸다. 베리가가 발표했다.

"신사 숙녀 여러분! 가장 뛰어난 복장으로 가장 많은 표를 받은 숙녀는 게이샤입니다. 그녀가 부채를 타게 되었습니다. 게이샤, 이리 나와서 당신의 부채를 받으시기 바랍니다. 신사 숙녀 여러분, 제발 부탁드립니다. 게이샤 양에게 길을 내주십시오."

축하 음악이 두 번째로 울려 퍼졌다. 게이샤는 놀라서 도망가려 했다. 하지만 군중이 그녀를 밀고, 길을 내며, 심사대 앞으로 데려갔다. 베리가가 다정한 미소를 지으며, 그녀에게 부채를 건네주었다. 울긋불긋한 것이 당황한 사샤의 눈앞에서 희미하게 어른거렸다. 그는 감사의 말을 해야 한다고 생각했다. 잘 교육받은 소년의 정중한 통상적인 감사의 말이 나왔다. 게이샤는 무릎을 살짝 구부리고, 알 수 없는 말을 중얼거리고는, 호호하고 웃더니 손가락을 들어올렸다. 그러자 장내는 갑자기 휘파람 소리와 욕지거리로 떠들썩하게 변했다. 모두가 게이샤에게 몰려들었다. 털을 곤두세운 잔인한 '이삭'이 소리를 질렀다.

"무릎을 꿇어라, 이 사기꾼! 무릎을 꿇어!"

게이샤는 문을 향해 달려갔지만, 그녀를 막아섰다. 게이샤의 주변의 흥분한 군중 속에서 험악한 소리가 터져 나왔다.

"그녀의 가면을 벗겨요!"

"마스크 벗어!

"그 여자를 꼭 잡아!"

"가면을 벗겨!"

"부채를 뺏어라!"

'이삭'이 소리쳤다.

"여러분, 누구에게 상을 줬는지 알기나 하세요? 여배우 카시타노바예요! 그 여자는 유부남을 가로챈 나쁜 년이에요. 그런 년에게 상이라니! 정숙한 여자에겐 상을 안 주고, 그런 부정한 여자에게 상을 주다니요!"

그러고는 게이샤에게 달려들어 주먹을 마구 휘둘러댔다. 그러자 그녀를 따라 그녀의 추종자들도 게이샤를 향해 달려들었다. 게이샤는 필사적으로 발버둥 쳤다. 살벌한 공격이 시작되었다. 부채를 부수고 찢어서, 바닥에 내동댕이치고 짓뭉갰다. 구경하던 사람들의 발을 마구 짓밟으며, 군중이 게이샤를 둘러싸고, 무도회장을 미친 듯이 빙빙 돌았다. 루틸로프가의 아가씨들이나 간사들도 게이샤에게 접근할 방법이 없었다. 힘이 세고 재빠른 게이샤는 비명을 질러대며 무리들을 할퀴고 물어뜯었다. 그러면서도 그녀는 오른손, 왼손으로 바꿔가며 가면을 꼭 잡고 놓지 않았다.

"저런 인간들은 혼을 내줘야 해요!" 약이 오른 어떤 여자가 소리쳤다.

술에 취한 그루시나는 다른 사람들 뒤에 숨어서, 볼로딘과 다른 사람들을 부추기고 있었다.

"그 여자를 꼬집어요. 못된 그 여자를 꼬집으라고요!" 그녀가 소리쳤다.

마치긴이 코를 잡고―피가 흐르고 있었다― 군중 사이에서 빠져나와 울분을 터뜨렸다.

"주먹으로 내 코를 정통으로 쳤어!" 어떤 무도한 청년이 게 이샤의 한쪽 소매를 물고, 절반이나 찢었다. 게이샤가 소리를 질렀다.

"구해 줘요!"

다른 사람들도 그녀의 옷을 찢기 시작했다. 여기저기 몸이 드러났다. 다리야와 류드밀라는 필사적으로 사람들을 밀치고, 게이샤에게 접근하려 했지만 헛수고였다. 볼로딘은 있는 힘을 다해 게이샤를 잡아당기며 괴성을 지르고 얼굴을 찡그린 채, 그보다 덜 술에 취하고 더 험악한 사람들을 막고 있었다. 그는 즐거운 놀이는 매우 위안이 된다고 생각하고 나쁜 의도가 아니라, 재미 삼아 그랬던 것이다. 그는 게이샤의 드레스에서 소매를 완전히 찢어 내어 자기 머리에 썼다.

"쓸모가 있는데." 그가 쇳소리를 내며 깔깔거리고 웃었다.

그는 비좁다고 느낀 군중 사이에서 빠져나와, 넓은 곳으로 나와서는 사람들을 놀리고, 여전히 쇳소리를 내며 찢어진 부채가 나뒹구는 곳에서 덩실덩실 춤을 추었다. 아무도 말리지 못했다. 그런 모습을 보며 페레도노프는 겁을 먹고 생각했다.

'춤을 추며 무언가를 즐거워하고 있군! 아마 저렇게 내 무덤 위에서도 춤을 출 거야!'

결국 게이샤는 빠져나갔다. 그녀를 에워쌌던 남자들은 그녀의 날렵한 주먹과 날카로운 이빨을 당해 내지 못했다.

그녀는 무도회장 밖으로 간신히 빠져나갔다. 그러나 복도에서 또다시 이삭이 게이샤에게 달려들어 드레스를 낚아챘다. 게이샤가 빠져나가려 했지만, 몰려온 군중에 다시 둘러 싸였다. 사냥몰이가 시작되었다.

"귀를 잡아당겨! 귀!" 누군가 그렇게 소리를 질렀다. 어떤 숙 녀가 게이샤의 귀를 잡아당기며, 옷을 찢고는 승리감에 도취 되어 고함을 질러댔다. 게이샤는 비명을 지르고, 사악한 여자 를 주먹으로 후려갈긴 다음, 간신히 그곳을 빠져나갔다.

드디어 평상복으로 갈아입은 벵갈스키가 군중을 헤치고 게이샤 쪽으로 다가왔다. 그는 떨고 있는 일본 여자의 팔을 잡고 끌어당긴 다음, 군중을 팔과 팔꿈치로 가볍게 헤치며 재 빠르게 그를 구출했다. 군중 속에서 고함이 터져 나왔다.

"야, 이 나쁜 놈아! 이 비열한 놈아!"

사람들이 벵갈스키를 붙잡고 그의 등을 찔러댔다. 그가 소 리를 질렀다.

"숙녀의 가면을 벗기는 일은 용납할 수 없습니다. 그렇게 하 고 싶어도 절대 용납할 수 없어요."

그는 이렇게 말하고 게이샤를 데리고 복도를 지났다. 복도 는 식당으로 들어가는 좁은 문 앞에서 막혀 있었다. 그곳에 서 베리가 군중을 잠시 막을 수 있는 기회를 얻었다. 그는 단호한 장군다운 기세로 문 앞에 서서 소리쳤다.

"여러분, 더 이상 접근하지 마세요."

구다옙스키 부인이 이삭을 바스락거리며, 베리가에게 주먹 을 휘두르고 날카롭게 쇳소리를 질러댔다.

"저리 비켜요, 막지 말아요!"

그러나 베리가의 단호한 잿빛 눈과 차가운 얼굴은 이삭을 제지시키기에 충분했다. 그녀는 무력해진 광기의 상태에서 자기 남편에게 소리를 질렀다.

"잡아서 본때를 보여 줬어야 했는데, 당신은 거기서 하품이나 하고 있어요? 멍텅구리 같으니라고!"

"어떻게 헤집고 들어갈 수가 있어야지!" 아메리카 원주민 차림의 인물이 어눌하게 손을 흔들며 변명했다.

"파블루시카가 팔꿈치로 밀어냈거든."

"파블루시카는 이빨을, 게이샤는 귀를 잡아 뜯었어야지, 왜 그렇게 점잔을 빼고 있었어요?" 구다옙스카야가 소리를 쳤다.

군중이 베리가를 향해 몰려들었다. 시장 바닥에서나 지를 법한 욕지거리들이 오갔다. 베리가는 아무런 동요도 없이 문 앞에 버티고 서서 몰려드는 군중에게 무례한 행동을 그만두라고 설득했다. 주방에서 일하는 소년이 문을 살짝 열고, 베리가에게 가만히 속삭였다.

"그들이 이미 떠났습니다, 나리!"

그러자 베리가가 옆으로 비켜섰다. 군중은 식당으로 몰려갔다가 주방으로 향했다. 그러나 이미 그들이 사라진 뒤였다. 벵갈스키는 게이샤를 식당에서 주방으로 데려갔다. 게이샤는 편안하게 그의 팔에 안겨 입을 다물고 있었다. 그는 게이샤의 심장이 쿵쿵거리며 뛰는 소리를 들었다. 세게 붙잡고 있던 그녀의 드러난 팔 몇 군데에 긁힌 상처와 팔꿈치 부분에 타박상으로 생긴 파랗고 노란 멍이 보였다. 벵갈스키는 흥분한 목소리로 주방에 몰려 있던 하인들에게 말했다.

"빨리 외투나 가운이나 헝겊이 있으면 가져다줘요. 이 아가씨를 구해야 합니다."

누군가의 외투를 사샤의 어깨에 두르고, 요령껏 일본 여자를 감싼 다음, 벵갈스키는 희미하게 빛이 비추고, 등유 타는 냄새가 나는 좁은 계단으로 그녀를 데리고 마당으로 나와, 쪽문을 통해 골목길로 나갔다.

"이젠 가면을 벗어요. 가면을 벗으면 더 유리해요. 어차피 어두우니 이젠 괜찮아요." 그는 신뢰감이 가도록 말했다. "나는 비밀을 꼭 지키겠습니다."

그는 호기심이 생겼다. 그는 벌써부터 이 숙녀가 카시타노바가 아니라는 것을 알고 있었다. 그러면 도대체 누구란 말인가? 일본 여자가 가면을 벗었다. 벵갈스키는 위험으로부터 벗어나 안심하고 있는 낯선 거무스름한 얼굴을 보았다. 도발적이고 쾌활한 눈이 배우의 얼굴을 보고 있었다.

"어떻게 감사를 드려야 할지 모르겠습니다." 구르는 듯한 목소리로 게이샤가 말했다. "만약 당신이 절 구해 주지 않았더라면, 무슨 일이 일어났을지 생각만 해도 무서워요."

'멍청한 여자는 아니군. 아주 재미있는 아가씨야.' 그는 속으로 이렇게 생각하고, '이 아가씨는 과연 누굴까? 이 지역의 아가씨는 아닌데.' 하는 의문에 사로잡혔다. 그는 이 지역의 여자들을 알고 있었다. 그는 조용히 사샤에게 말했다.

"당신을 가능하면 빨리 집으로 모셔다 드려야 할 것 같군

요. 주소를 말씀해 주시면, 마차를 부르겠어요." 일본 여자의
얼굴이 놀라서 다시 어두워졌다.

"안 돼요. 절대 안 돼요!" 그녀가 더듬더듬 말했다. "저 혼자
가겠어요. 그냥 보내 줘요!"

"이런, 이런 진창을 그 나막신을 신고 어떻게 간다는 말입
니까? 마차를 타야 합니다." 배우가 단호한 어조로 말했다.

"아니에요. 혼자서 달려가겠어요. 제발 가게 해주세요." 게
이샤가 사정했다.

"맹세해요. 절대로 비밀을 지키겠어요." 벵갈스키가 약속했
다. "당신을 혼자 가게 내버려 둘 수 없습니다. 감기 걸리기 십
상이에요. 저는 책임을 끝까지 완수할 거예요. 빨리 이야기하
세요. 사람들은 여기서도 무슨 짓을 할지 알 수 없어요. 이곳
사람들이 어떤지는 당신도 보았듯, 아주 못된 사람들이거든
요. 그들은 당신에게 무슨 짓이든 할 것입니다."

게이샤는 덜덜 떨기 시작했다. 눈에서는 눈물이 뚝뚝 떨어
져 내렸다. 그녀는 눈물을 닦으면서 말했다.

"무서워요. 무서워요. 사악한 사람들이에요! 지금 당장은
루틸로프 댁으로 데려다주세요. 그 집에서 오늘 하루를 보낼
거예요."

벵갈스키가 마차를 불렀다. 그들은 마차를 타고 루틸로프
집으로 향했다. 배우는 게이샤의 거무스름한 얼굴을 자세히
살폈다. 이상한 느낌이 들었다. 게이샤가 얼굴을 돌렸다. 뭔가
감이 왔다. 시내 사람들이 루틸로프가의 아가씨들과 류드밀

라, 그리고 김나지야 학생에 대해 하던 말이 떠올랐다.

"에게, 그러면 네가 바로 그 꼬마?" 그는 마차지기가 듣지 못하도록 나지막하게 말했다.

"제발!" 공포로 얼굴이 새하얗게 변한 사샤가 애원했다.

그러고는 걸치고 있던 외투 밑으로 거무스름한 두 손을 벵갈스키에게 내밀었다. 벵갈스키가 나직하게 웃고는 조용히 말했다.

"겁내지 마라! 아무에게도 말하지 않을 테니까. 내가 할 수 있는 일은 너를 집까지 데려다주는 일이야. 그리고 더 이상은 아무것도 몰라. 어쨌든 너는 대단한 모험을 한 거야! 집에서는 알고 있어?"

"만약 당신이 약속을 지킨다면 모를 거예요." 사샤가 다시 애원하는 목소리로 말했다.

"나를 믿어! 나는 이 사실을 무덤까지 가져갈 테니까!" 배우가 말했다. "나도 어렸을 때 그런 장난을 쳤단다!"

...

클럽 안에서 벌어진 소란이 잠시 조용해지는가 싶더니, 밤은 새로운 비극으로 치닫고 있었다. 복도에서 군중이 게이샤를 붙잡고 소란을 떨고 있는 사이에, 활활 타는 네도트이콤카가 샹들리에 위로 뛰어오르고 깔깔대며 웃더니, 페레도노프에게 이런 말을 집요하게 속삭이는 것이었다. 성냥에 불을 붙여, 더럽고 희끄무레한 벽에 갇혀 있는 이상한 생물을 불태우고, 기이하고 알 수 없는 일들이 벌어지는 이 건물이 모두 타서, 재만 남게 되면, 네도트이콤카가 페레도노프를 조용하게 내버려 둘 거라는 것이었다. 페레도노프는 이 생물의 집요한 요구를 거절할 수 없었다. 그는 무도회장 옆에 딸려 있는 작은 방으로 들어갔다. 그곳에는 아무도 없었다. 페레도노프는 조심스럽게 주변을 살펴본 다음, 성냥에 불을 붙여, 마룻바닥까지 길게 드리워진 휘장에 불을 붙이고는, 휘장이 훨훨 타오를 때까지 기다렸다. 불길에 휩싸인 네도트이콤카가 뱀 같은 혀를 낼름 거리며 좋아라 하며 조용히 타올랐다. 페레도노프는 방에서 나와 문을 닫았다. 아무도 방화를 알아채지 못했다.

방이 온통 불길에 휩싸였을 때에야, 길가에 있던 사람들이 불이 난 것을 발견했다. 불길은 빠르게 번져 나갔다. 사람들은 구출되었지만, 건물은 모두 불타 버렸다.

다음 날, 온 시내는 화재와 게이샤에 관한 지난밤의 사건으로 떠들썩했다. 벵갈스키는 게이샤로 분장한 사람이 소년이었다는 사실을 누구에게도 발설하지 않았다.

그날 밤, 사샤는 루틸로프 집에서 옷을 갈아입고, 소박한 맨발의 소년으로 변해, 집으로 달려가, 창문으로 몰래 기어들어가, 편안하게 잠이 들었다. 수군대는 유언비어들이 난무하는 이곳에서, 모든 사람이 모든 것을 알고 있는 이곳에서, 그날 밤 사샤의 화려한 외출은 그렇게 비밀로 남겨졌다. 오랫동안, 그러나 물론 영원히 비밀로 남겨진 것은 아니었다.

31

  사샤의 숙모이자 양육자인 예카테리나 이바노브나 프일니코바는 한꺼번에 두 장의 편지를 받았다. 하나는 교장에게서 온 것이었고, 다른 하나는 코코브키나에게서 온 것이었다. 그 편지 때문에 그녀는 근심에 휩싸였다. 그녀는 모든 일을 제쳐 두고, 가을이 되어 질척해진 길을 따라 마차를 타고 서둘러 시내로 달려왔다. 사샤는 그녀를 반갑게 맞았다. 사샤는 그녀를 몹시 따랐다. 숙모는 엄하게 질책하려고 왔다. 그런데도 사샤는 반가워하며 그녀의 목에 매달리고 손에 입을 맞추는 바람에 그녀는 처음에는 엄한 질책의 말을 꺼낼 수가 없었다.

  "숙모! 숙모는 정말 좋은 분이에요. 저를 보러 여기까지 달려오시다니!" 사샤는 이렇게 말하며, 통통하고 불그레한 뺨과 볼우물, 씩씩하고 다부진 눈을 한 숙모를 기쁜 듯 바라보았다.

  "그렇게 좋아할 때가 아니야. 너를 나무랄 일이 있다!" 종잡을 수 없는 목소리로 그녀가 말했다.

  "그런 건 아무래도 괜찮아요." 사샤가 아랑곳하지 않고 말했다. "나무라셔도 괜찮아요. 물론, 그럴 일이 있다면요. 그러나 어쨌든 숙모가 오셔서 지독히 기뻐요."

"지독히!" 그녀는 언짢은 목소리로 그의 말을 따라 했다.
"너에 대한 지독한 이야기를 들었다."

사샤는 눈썹을 치켜세우고, 천진하게, 이해할 수 없다는 눈
빛으로 그녀를 바라보았다. 그가 불평을 늘어놓기 시작했다.

"우리 학교에 페레도노프라는 선생님이 한 분 계신데, 그
분이 처음에는 나를 여자아이라고 놀려대더니, 나중에는 교
장 선생님까지 나서서 저에게 루틸로프 댁의 아가씨들과 교
제한다고 야단을 쳤어요. 제가 마치 그 집에 도둑질을 하러
다니기라도 한 것처럼 말예요. 교장 선생님이 상관할 일도 아
닌데."

'이 녀석이 아직 어린 거야. 아니면 타락해서 얼굴을 빤히
쳐다보며 능청을 떠는 거야?' 숙모는 종잡을 수가 없었다.

그녀는 문을 닫고 코코브키나와 오랫동안 이야기를 나누
었다. 그녀는 우울한 표정으로 방을 나왔다. 그다음에는 교장
을 방문했다. 교장을 만나고 돌아온 그녀는 완전히 낙담한 채
돌아왔다. 그리고 사샤를 엄하게 야단쳤다. 그는 울면서, 열에
들떠, 이 모든 사실은 지어낸 것이며, 그 아가씨들과는 나쁜
행동을 한 적이 전혀 없다고 주장했다. 그러나 숙모는 믿지 않
았다. 야단을 치고 울음을 터뜨리더니, 회초리로 때리겠다, 바
로 지금, 바로 오늘, 세게 때리겠다, 하지만 일단 루틸로프 댁
의 아가씨들을 만나 보고 와서 결정하겠다고 했다. 사샤는 계
속 흐느껴 울면서, 이 모든 게 꾸며낸 이야기이며, 결코 아무

런 나쁜 행동을 하지 않았다고 주장했다.

한참을 울고 난 숙모는 화가 잔뜩 나서 루틸로프가로 향했다.

예카테리나 이바노브나는 흥분한 채, 루틸로프가의 응접실에 앉아 기다리고 있었다. 그녀는 이 아가씨들을 보자마자, 호되게 야단을 쳐야겠다고 다짐하고, 머릿속에 이미 어떤 준엄한 책망의 말을 할 것인지도 준비해 두었다. 그러나 이상하게도 이 집안의 안온하고 아름답게 꾸며진 응접실은 그녀의 화를 누그러뜨렸다. 아름답고 정교하게 수를 놓은 장식품들과 기념품들, 그리고 벽에 붙어 있는 판화들과 정성 들여 가꾸어 놓은 창문가의 화분들, 더구나 어느 곳에도 먼지 하나 없고, 더구나 독특한 가족적인 분위기에, 항상 여주인을 보고 평가하기 마련인데, 제멋대로인 가정에서 볼 수 있는 결점은 하나도 눈에 띄지 않으니, 이런 환경에서 어떻게 이 응접실의 세심하고 젊은 여주인들이 순진한 소년을 유혹할 수 있단 말인가? 예카테리나 이바노브가 이제껏 사샤에 대해 알고 있고 들었던 모든 생각들은 지독하게 잘못된 것이고, 오히려 사샤가 설명한 대로 이 아가씨들과 이곳에서 책을 읽고, 대화를 나누고, 농담을 하고, 웃고 떠들고, 장난을 치고, 가족 연극을 꾸미기로 했는데 올가 바실리예브나가 허락하지 않았다는 말이 사실로 느껴졌다.

세 자매들은 약간 겁을 먹고 있었다. 그들은 사샤의 숙모가 사샤의 변장을 아는지, 알 수 없었던 것이다. 그러나 그들은 모두 우애가 깊은 자매들이었다. 그것이 이런 상황에서도 그들이 용감해질 수 있게 해주었다. 그들 셋은 류드밀라의 방에 모여, 귓속말로 궁리를 했다. 발레리야가 말했다.

"지금 가 봐야 해! 오래 기다리게 하는 건 예의가 아니야!"

"괜찮아, 잠시 동안 진정할 수 있게 놔 둬." 다리야가 태평하게 말했다. "그렇지 않으면, 화가 잔뜩 나서 다짜고짜 야단을 칠지도 몰라."

세 자매 모두 클레마티스* 향수를 뿌리고, 여유 있고 명랑하고, 사랑스럽고, 예쁘게 차려입고 응접실로 나와, 언제나처럼 응접실을 그들의 재잘거림과 다정하고 유쾌한 분위기로 가득 채웠다. 예카테리나 이바노브나는 그들의 사랑스럽고 예의 바른 모습에 반했다. 이런 아가씨들이 방종한 아가씨들이라니! 그녀는 그 순간 학교의 교육에 대해 화가 치밀었다. 그러다가 어쩌면 이 아가씨들이 자기 앞에서 얌전한 척 가면을 쓰고 있는지도 모른다고 생각했다. 그녀는 이 아가씨들의 유혹에 넘어가지 않아야겠다고 생각했다.

"실례를 용서하세요, 아가씨들. 저는 심각한 문제를 알아보기 위해 찾아왔어요." 그녀는 자신의 목소리가 사무적으로 들리도록 하기 위해 애쓰며 말했다.

자매들은 그녀를 자리에 앉히고 명랑하게 이야기를 했다.

"여러분 중에 누가……." 예카테리나 이바노브나가 주저하

---

* 으아리속 미나리아재비과의 만초. 향수의 원료로 쓰이기도 함.

며 물었다.

류드밀라는 마치 손님을 잘 접대하는 친절한 여주인의 태도를 보이며 즐거운 표정으로 말했다.

"제가 댁의 조카와 가장 많은 시간을 보냈어요. 우리는 취미도 같고 생각이 같은 부분이 많았거든요."

"댁의 조카는 아주 착한 소년이에요." 다리야가 손님을 분명 기쁘게 해줄 거라고 믿고 이렇게 말했다.

"맞아요. 아주 착하고 재미있는 아이예요." 류드밀라가 덧붙였다.

그러나 예카테리나 이바노브나는 더욱 어색한 느낌이 들었다. 그녀는 그 순간, 갑자기 자신이 이들을 질책할 아무런 이유가 없다는 사실을 깨달았다. 그녀는 이런 사실에 화가 났다. 류드밀라의 마지막 말이 자신의 분노를 표현하기 좋은 기회라고 생각했다. 그녀가 화를 내며 말했다.

"아가씨에겐 재미있겠지만, 그 애에게는……."

그때 다리야가 그녀의 말을 중간에서 끊고 공감하는 투로 말했다.

"아, 이제 보니, 페레도노프가 꾸며낸 유언비어를 들으신 것 같군요. 잘 아실지 모르지만, 그는 완전히 정신병자예요. 교장은 그를 학교에 나오지도 못하게 했어요. 정신과 의사의 심의 결과가 나오기만 기다리고 있는 상황이에요. 그러면 그는 김나지야에서 쫓겨날 거예요."

"아니, 잠깐만요." 이번에는 예카테리나 이바노브나가 기회를 잡아 더욱 화를 내며 다리야의 말을 중단시켰다. "나는 선생에 대해선 아무 관심도 없어요. 나의 관심은 조카예요. 미안하지만, 내가 듣기로는 아가씨가 조카를 타락시켰다고 하던데요."

분노에 차서 자매들에게 이런 결정적인 말을 내뱉은 그녀는 자신이 너무 지나친 말을 했다는 생각이 들었다. 세 자매들이 서로 마주 보며 깜짝 놀라는 표정을 지었다. 이 사실은 예카테리나 한 사람만이 속은 것은 아닐 것이라는 당혹감과 제대로 당했다는 의혹의 표정으로 눈길을 주고받고는, 얼굴을 붉히며 모두 한꺼번에 소리쳤다.

"정말 친절하기도 하시네요!"

"끔찍해요!"

"처음 들어요!"

"부인!" 다리야가 냉랭한 말투로 말했다. "부인은 무슨 말을 해야 할지 잘 모르시는 것 같군요. 그런 상스러운 이야기를 하시기 전에, 먼저 그 말을 하는 것이 적절한지 판단하고 말씀하셔야지요."

"아, 이제 모든 것이 이해가 돼요." 화가 난 류드밀라가 품격 있는 숙녀의 분노에 용서를 구하며 활달한 목소리로 말했다. "사샤는 부인의 인척입니다. 당연히 사샤에 대한 그런 모욕적인 유언비어를 듣고 몹시 흥분하셨다는 것은 이해해요. 우리의 입장에서는 사샤가 가여워서 돌봐 주려고 한 거예요. 시내에선 온갖 것을 가지고 유언비어를 만들어내고 있어요. 이곳에 살고 있는 사람들이 얼마나 지독한 사람들인지 아신다면 놀라실 거예요."

"지독한 사람들이에요." 발레리야가 투명한 방울 소리 같은 소리로 조용히 따라하고는 무언가 더러운 것에 닿기라도 한 듯, 온몸을 부르르 떨었다.

"부인이 직접 사샤에게 물어보세요!" 다리야가 말했다. "사샤를 보세요. 지독한 어린애에 불과해요. 부인은 어쩌면 그 애의 순수함에 익숙해지셔서 그것을 잘 모르는지 모르지만, 다른 쪽에서 보면, 그는 완전히, 완전히 순진한 아이예요."

세 자매들이 어찌나 확고하고 의연하게 거짓말을 했는지 그들을 믿지 않을 수 없었다. 사실보다 더 그럴듯한 거짓이 자주 있는 법이니까. 언제나 그렇다. 사실은 물론 그럴듯해 보이지 않는 법이다!

"물론 사샤가 저희 집에 너무 자주 왔던 것은 사실이에요." 다리야가 말했다. "그러나 원하신다면, 앞으로는 저희 집에 한 발짝도 들여놓지 못하게 하겠어요."

"그리고 오늘 제가 직접 흐리파치를 찾아가겠어요." 류드밀라가 말했다. "그분은 도대체 무슨 생각을 하신 거야? 어떻게 그런 말도 안 되는 소리를 사실이라고 믿고 있는 걸까요?"

"아니에요. 교장도 소문을 믿지는 않았어요." 예카테리나 이바노브나가 인정했다. "그는 단지 여러 가지 좋지 않은 소문이 떠돌고 있다고 말했을 뿐이에요."

"그것 보세요!" 류드밀라가 기뻐서 환성을 질렀다. "그는 물론 분명히 믿지 않을 거예요. 그런데 도대체 왜 이런 소란이 생겼을까요?"

쾌활한 류드밀라의 목소리는 예카테리나 이바노브나를 매혹하기에 충분했다. 그녀는 생각했다.

'정말 이게 다 무슨 일일까? 교장도 그것을 전혀 믿지 않는다고 말하지 않았던가.'

세 자매는 예카테리나 이바노브나에게 사샤와의 교제는 아무 잘못이 없다는 것을 새삼 강조하면서, 한동안 질세라 종알거렸다. 그들은 신뢰감을 주기 위해서 그들이 언제, 어디서 사샤와 어떻게 지냈는지, 아주 자세하게 설명하기 시작했다. 그러나 이야기의 순서가 뒤죽박죽이 되었다. 어쨌든 그런 일들은 모두 단순하고 아무 문제가 없는 것들이라 다 기억하고 있기란 불가능했던 것이다. 그녀는 결국 사샤와 루틸로프 댁의 아가씨들은 누군가가 퍼뜨린 유언비어의 희생자일 뿐이라고 철석같이 믿게 되었다.

예카테리나 이바노브나는 세 자매와 헤어지면서, 다정하게 입을 맞추고 말했다.

"여러분은 정말 사랑스럽고 순수한 아가씨들이에요. 처음엔 그걸 모르고…… 내가 무례하게 뻔뻔스럽다고 했던 말을 용서하세요."

그러자 세 자매가 유쾌하게 웃었다. 류드밀라가 말했다.

"아니에요, 우리는 그저 예리한 혀를 가진 쾌활한 사람들일 뿐이에요. 그래서 이곳에 사는 다른 거위들이 우리를 좋아하지 않을 뿐이죠."

루틸로프가에서 돌아온 숙모는 사샤에게 아무 말도 하지 않았다. 그는 당황하고 걱정스러운 얼굴로 숙모를 만나 조심스럽게 자세히 살폈다. 숙모는 코코브키나에게 갔다. 그녀와 오랫동안 이야기를 나눈 다음, 숙모는 '교장에게 다시 한번 들러야겠다.'고 결론지었다.

...

그날, 류드밀라는 흐리파치에게 갔다. 응접실에서 바르바라 니콜라예브나와 잠깐 앉아 있었다. 그런 다음, 그녀는 니콜라이 바실리예비치에게 볼일이 있어 왔다고 말했다.

흐리파치의 서재에서 활기찬 대화가 오갔다. 두 사람이 그렇게 이야기를 나눈 것은 해야 할 이야기가 많아서라기보다는 두 사람 모두 이야기하는 것을 좋아하기 때문이었다.

그들은 서로 번갈아 가며 상대에게 빠르게 말을 내뱉었다. 흐리파치는 건조하고 갈라지는 듯한 목소리로 이야기했고, 류드밀라는 방울 소리같이 부드럽게 재잘거렸다. 류드밀라는 반박할 수 없는 거짓말을 유창하게 주장하며, 자신과 사샤와의 관계를 절반은 거짓으로 이야기를 술술 늘어놓았다. 그녀의 요지는 저속한 의심으로 모욕당한 사샤에 대한 동정과 사샤에게 가정의 결핍을 채워 주고 싶다고, 마지막으로 그는 아주 훌륭하며, 유쾌하며, 순진한 소년이라는 것이었다. 류드밀라는 울기까지 했는데, 장밋빛 뺨과 수줍은 미소를 띤 입술 위로 떨어지는 작은 눈물방울은 그지없이 아름다웠다.

"저는 진정으로 사샤를 친동생처럼 사랑하고 있어요. 그는 아주 훌륭하고 선량한 성품을 가진 아이예요. 또한 애정을 아주 소중하게 생각하며, 내 손에 입을 맞추기도 한답니다."

"물론 당신의 입장에서 보면 아주 사랑스러운 행동입니다." 약간 당황한 흐리파치가 말했다. "당신의 선량한 마음씨는 존경할 만합니다. 그러나 내가 들은 소문을 사샤의 보호자에게 알리는 것을 의무로 여겨 통보한 단순한 사실을 쓸데없이 너무 마음에 두고 있습니다."

류드밀라는 그의 말을 듣지도 않고, 약간 비난하는 투로 계속 재잘거렸다.

"교장 선생님 학교의 포악하고 미친 페레도노프가 공격한 소년을 우리가 도와준 것이 무슨 잘못인지 말씀해 주시겠어요? 그 사람은 우리 도시에서 언제 쫓아낼 건가요? 교장 선생님께서는 프일니코프가 얼마나 어리고 순진한지 직접 보시지 않으셨어요!"

류드밀라가 작고 아름다운 두 손을 마주치고, 황금 팔찌를 흔들며, 웃음을 터뜨렸다가, 금방 울음을 터뜨리기라도 할 듯, 손수건을 꺼내 들자—눈물을 닦으려고— 은은한 향기가 흐리파치에게 풍겨왔다. 흐리파치는 불현듯, '하늘의 천사처럼 아름답다'고, 이 불미스러운 사건 때문에 '단 한 순간도 그녀를 슬프게 하고 싶지 않다'고 말하고 싶은 충동이 일었다. 그러나 그는 간신히 참았다.

　류드밀라의 가냘프고 빠른 종알거림이 계속 울려 퍼질수
록, 페레도노프가 쌓아올린 거짓된 망상의 건물이 연기가 되
어 흩어져 갔다. 비교해 보라, 광기에 휩싸인 비열하며 저열한
페레도노프와 밝고 명랑하며 예쁘게 단장한 이 향기로운 류
드밀로치카를. 류드밀라가 정말 진실을 말하는지, 거짓을 말
하는지는 이미 흐리파치에게 그다지 중요한 문제가 아니었다.
그러나 그는 류드밀라를 믿지 않고, 그녀와 언쟁하여 어떤 결
과를 야기한다면, 예를 들어, 나중에 프일니코프에게 징계를
내리거나 한다면, 자신이 심각한 곤경에 빠질 염려가 있고, 전
체 교육계에서 자신의 명예를 더럽히는 결과를 가져올 수 있
다는 결론을 내렸다. 더구나 비정상적인 사람으로 알려진 페
레도노프와 관련된 일이라면 더욱 그랬다. 그는 상냥하게 미
소를 지으며 류드밀라에게 말했다.

　"이 일로 아가씨를 걱정시킨 것은 아주 유감스러운 일입니
다. 나는 한순간도 아가씨와 사샤 프일니코프 사이의 관계에
대해 좋지 않은 생각을 가져 본 적이 없습니다. 나는 당신의 선
하고 아름다운 마음을 높이 평가하고, 또 그것을 실천해 준 것
에 감사합니다. 분명히 밝혀 두지만, 나는 단 한순간도, 시내
에 떠돌다가 내 귀에까지 들려온 소문에도 불구하고, 나를 몹
시 당황케 한 저열하고 말도 안 되는 비방을 믿은 적이 없습니
다. 나는 단지 이러한 사실이 프일니코바 부인에게 더 왜곡되
어 전해지지 않을까 하는 마음에서 연락을 취한 것뿐, 당신에

게 무슨 해를 끼치려는 생각은 추호도 없었고, 프일니코바 부인이 당신에게 무례한 행동을 하리라곤 짐작하지 못했습니다."

"프일니코바 부인과는 잘 이야기했어요." 류드밀라가 경쾌하게 말했다. "다만 염려가 되는 것은 교장 선생님께서 우리 때문에 사샤에게 질책을 하지는 않을까 하는 점입니다. 만약 저희 집이 김나지야 학생들에게 그렇게 위험한 곳이고, 교장 선생님께서 허락하지 않으시면, 앞으로 사샤를 집에 들이지 않겠습니다."

"그에 대한 아가씨의 선의를 우리가 어떻게 고의로 막겠습니까?" 흐리파치가 애매하게 말했다. "사샤는 자유로운 시간에 숙모의 허락을 받아 가까운 벗들을 방문할 권리가 있습니다. 우리는 학생들의 하숙집을 어떤 형무소 같은 곳으로 만들 생각은 없으니까요. 하지만 페레도노프와의 문제가 해결되지 않는 동안은 프일니코프가 집에 머무르는 것이 더 바람직해 보입니다."

...

얼마 지나지 않아, 사샤와 루틸로프가의 아가씨들의 믿을 만한 거짓말은 페레도노프의 집에서 발생한 가공할 사건에 의해 더욱 신빙성을 얻게 되었다.

32

안개가 자욱하고 추운 날이었다. 페레도노프는 볼로딘의 집에 들렀다가 집으로 돌아가는 중이었다. 그는 몹시 괴로웠다. 그때 베르시나가 그를 정원으로 불러들였다. 그는 다시 마법 같은 그녀의 유혹에 끌려 그녀의 뒤를 따라 들어갔다. 썩어 가는 검은 나뭇잎들로 뒤덮인 질펀한 길을 따라, 두 사람은 정자 안으로 들어섰다. 정자 안에서는 축축한 냄새가 났다. 벌거벗은 나무들 사이로 창문이 굳게 닫힌 작은 집이 보였다.

"당신한테 한 가지 사실을 이야기해야겠어요." 베르시나가 페레도노프를 흘끗 쳐다보고, 얼른 다른 곳으로 검은 눈동자를 돌리며 중얼거렸다.

그녀는 검은 스웨터에 검은 숄을 두르고 있었고, 추위에 새파래진 입술에 검은 파이프를 물고 검은 연기를 뭉개 뭉개 뿜어내고 있었다.

"당신이 무슨 사실을 말하든 난 신경 쓰지 않아요." 페레도노프가 대답했다. "전혀 신경 쓰지 않아요." 베르시나가 히죽 웃으며 반박했다.

"그런 말씀 마세요. 저는 당신이 가엾어서 그럴 뿐이에요. 모두가 당신을 속였어요."

그녀의 목소리에는 고소하다는 느낌이 묻어났다. 악의적인 단어들이 그녀의 혀에서 뿜어져 나왔다. 그녀가 말했다.

"당신은 비호를 기대하고 있었지만, 당신은 너무 쉽게 믿은 거예요. 당신을 속인 거예요. 편지를 쓰는 일은 누구나 할 수 있는 일이죠. 당신은 누가 이 일과 관련되어 있는지 알아봐야 했어요. 당신의 배우자는 특히 믿을 수 없는 여자죠!"

페레도노프는 베르시나가 웅얼거리는 소리를 거의 이해할 수 없었고, 그녀의 아리송한 이야기가 자신에 대한 이야기라는 것만 겨우 눈치챌 수 있었다. 베르시나는 큰 소리로 분명하게 이야기하기가 두려웠다. 만약 그런 이야기를 크게 말하면—누군가 그 소리를 듣고 바르바라에게 전해주면, 불미스러운 일이 생길 수도 있다. 바르바라는 스캔들을 일으키는 데 전혀 주저하지 않는 여자가 아니던가? 더구나 분명하게 말했다가 괜히 페레도노프 자신이 화를 내거나 한 대 후려칠지도 모르는 일이었다. 그가 짐작할 수 있게, 암시만 하는 것이 안전했다. 그러나 페레도노프는 말귀를 알아듣지 못했다. 전에도 한번 그가 속았다고 이야기해 주었는데도 편지가 조작된 것이라는 사실을 이해하지 못하고, 공작부인이 자기를 속이는 것이라고 이해하지 않았던가! 결국 베르시나가 직접적으로 말했다.

"당신은 공작부인이 편지를 썼다고 생각하죠? 그러나 모든 사람이 다 알고 있어요. 그 편지는 당신의 배우자가 그루시나에게 부탁해서 조작한 것이라는 사실을요. 공작부인은 전혀 모르는 일이구요. 아무한테나 물어보세요. 모두 다 알고 있으니까요. 본인들이 직접 그렇게 말했거든요. 그다음에 바르바라 드미트리예브나가 그 편지를 훔쳐서 뒤탈이 없도록 태워 버렸다고 하더군요."

페레도노프의 머릿속에는 어떤 생각이 어렴풋이 가물거렸다. 그는 자신이 속았다는 것만 이해했다. 그러나 공작부인이 모를 리가 없어. 아니야, 그녀는 알고 있어. 그녀가 불길 속에서 다시 살아 나온 것은 우연이 아니다.

"당신은 공작부인에 대해서 거짓말을 하고 있어요." 그가 말했다. "나는 공작부인을 태웠어요. 그런데도 그녀는 빠져나갔다구요!"

갑자기 페레도노프는 맹렬한 분노에 사로잡혔다. 속였어! 그는 탁자를 거칠게 내려치고 자리를 박차고 일어나, 베르시나에게 작별 인사도 하지 않고 바삐 집으로 달려갔다. 베르시나는 고소하다는 듯 그의 뒷모습을 바라보고 있었고, 그녀의 검은 입에서 나온 검은 연기가 뿜어져 나와 바람에 흩어졌다.

페레도노프는 화가 머리끝까지 났다. 그러나 바르바라를 보자, 공포에 휩싸여, 한마디도 할 수가 없었다.

다음 날 아침, 페레도노프는 조그만 정원용 칼을 가죽 칼집에 넣고, 호주머니에 지니고 다녔다. 오전 내내, 이른 점심 식사 시간까지, 그는 볼로딘의 집에 앉아 있었다. 그는 볼로딘이 일하는 것을 바라보며, 몇 마디 비난을 퍼부었다. 볼로딘은 여느 때와 같이 페레도노프가 옆에 있어 줘서 기분이 좋았고, 그의 우둔함이 그에게 즐거움을 주었다.

네도트이콤카가 페레도노프의 주변을 하루 종일 맴돌았다. 점심 식사 후에 낮잠을 자기도 힘들었다. 완전히 녹초가 되었다. 저녁이 되자 졸음이 몰려왔다. 어디서 나타났는지 어떤 미친 여자가 그를 깨웠다. 비뚤어진 코에 흉측한 모습을 하고 있었다. 그녀가 페레도노프의 침대로 가까이 와서 속삭였다.

"크바스*를 체에 거르고, 피로그를 반죽하고, 튀김을 튀기자."

그녀의 뺨은 거무스름했고, 이는 하얗게 반짝였다.

"저리 꺼져!" 페레도노프가 소리쳤다.

그러자 코가 비뚤어진 여자는 어느새 사라져 버렸다.

...

밤이 되었다. 음울한 바람이 굴뚝에서 울부짖었다. 보슬비가 계속해서 조용히 창문을 두드렸다. 창문 밖은 칠흑처럼 어두웠다. 볼로딘은 페레도노프의 집에 앉아 있었다. 페레도노

---

* 곡류나 흑빵을 발효시켜 만든 러시아의 청량음료.

프가 아침부터 차를 마시러 오라고 불렀다.

"클라브듀시카! 아무도 들여보내지 마, 알았어?" 페레도노프가 소리를 질렀다.

바르바라가 히죽 웃었다. 페레도노프가 중얼거렸다.

"어떤 여자들이 저기 돌아다니고 있어! 잘 살펴봐. 그중 한 여자가 내 침대로 와서 요리사로 써 달라고 했어! 우리 집에 들창코 요리사가 왜 필요하겠어?"

볼로딘이 양처럼 웃으며 말했다.

"여자들을 거리에 쏘다니게 하다니! 하지만 그 여자들은 우리와 아무 상관이 없어. 우리 식탁으로 그들을 불러들여서는 안 돼."

세 사람은 식탁에 둘러앉았다. 피로그를 안주로 보드카를 마셨다. 안주보다는 보드카를 더 마셨다. 페레도노프는 우울했다. 그에게는 이젠 모든 것이 부질없고 의미 없고, 상관없고, 우연일 뿐이었다. 머리가 깨질 듯이 아파왔다. 오직 머릿속에 줄기차게 떠오르는 한 가지는 볼로딘이 적이라는 사실이었다. 그 사실은 심각한 범죄에 대한 생각을 집요하게 불러일으켰다. 늦기 전에 파블루시카를 죽여야 한다는 것이었다. 그러면 모든 적의 간계가 드러날 것이다. 볼로딘은 어느새 술에 취했고, 바르바라와 아무 의미도 없는 말을 주고받았다.

페레도노프는 불안에 휩싸였다. 그가 중얼거렸다.

"누가 오고 있군! 아무도 못 들어오게 해. 나를 찾으면, 타라칸 수도원에 기도하러 갔다고 말해!"

그는 손님이 방해할까 봐 두려웠다. 볼로딘과 바르바라는 재미있어 했다. 그들은 페레도노프가 술에 취한 것뿐이라고 생각했다. 그들은 서로 눈짓을 하며 한 사람씩 교대로 나가 문을 두드리며 여러 목소리로 말을 했다.

"페레도노프 장군님 계십니까?"

"페레도노프 장군에게 보석 달린 훈장을 드립니다."

그러나 오늘 페레도노프는 훈장에 신경 쓸 여유가 없었다. 그가 소리를 질렀다.

"들여보내지 마! 쫓아 버려! 내일 아침에 가져오라고 해! 지금은 때가 아니야!"

'아니야.' 그는 생각했다. '오늘은 좀더 강해져야 해. 오늘 모든 것이 드러날 거야. 더 확실하게 죽이기 위해서는, 아직 적들이 온갖 잡동사니들을 그에게 가져오려고 준비하는 동안 기다려야 해.'

"우리가 그들을 쫓아 버렸어. 내일 아침에 가져올 거야!" 볼로딘이 다시 식탁에 앉으며 말했다.

페레도노프는 멍한 눈을 볼로딘에게 고정시키고는 물었다.

"너는 친구냐? 적이냐?"

"친구야! 친구라고, 아르다샤!" 볼로딘이 대답했다.

"진정한 친구, 페치카 뒤의 바퀴벌레!" 바르바라가 농담을 했다.

"바퀴벌레가 아니고 숫양이야!" 페레도노프가 정정했다. "맞아, 파블루샤! 이제 우리 둘이 마시자! 둘이서만. 그리고 바르바라! 너도 마셔! 둘이서 마시자고!"

볼로딘이 히히덕거리며 말했다.

"만약 바르바라 드미트리예브나가 우리와 함께 마시면, 둘이 아니라 셋이야!" "아니야 둘이서." 페레도노프가 무뚝뚝하게 재차 말했다.

"남편과 아내는 일심동체잖아요! 그래서 그런 거예요!" 바르바라는 이렇게 말하고 깔깔대며 웃었다.

볼로딘은 마지막 순간까지도 페레도노프가 자신을 찌르고 싶어 한다는 것을 꿈에도 생각하지 못했다. 그는 미련한 양처럼 행동하고, 장난을 치는가 하면, 쓸데없는 말을 지껄여대고, 바르바라를 웃기기도 했다. 그러나 페레도노프는 저녁 내내 자신의 칼을 염두에 두고 있었다. 칼이 감춰진 곳으로 볼로딘이나 바르바라가 왔다 갔다 하면, 페레도노프는 소리를 지르며, 그쪽으로 접근하지 못하게 했다. 그는 이따금 호주머니를 보여 주면서 말했다.

"이것 봐! 파블루시카 자네가 비명을 지를 만한 것이 여기 있네."

볼로딘과 바르바라가 깔깔거렸다.

"나는 비명을 잘 지르고, 항상 잘해." 볼로진이 말했다. "캭! 캭! 정말 간단하잖아!"

보드카 때문에 얼굴이 발그레해지고 눈이 흐리멍덩해진 볼로딘이 입을 쭉 내밀고 깜짝 놀라는 표정을 해 보였다. 그는 점점 더 페레도노프에게 뻔뻔스럽게 행동했다.

"아르다샤! 모두가 자네를 바보로 취급했어!" 볼로딘이 무시하는 듯한 유감을 표하며 말했다.

"내가 자네를 바보로 취급해 주지!" 페레도노프가 사납게 소리를 질렀다.

페레도노프에게는 볼로딘이 공포의 대상이자 위협적인 존재였다. 자신을 볼로딘으로부터 보호해야 한다고 생각했다. 페레도노프는 재빨리 칼을 뽑아 볼로딘에게 덤벼들어 그의 목을 찔렀다. 피가 강물처럼 흘러내렸다.

페레도노프는 깜짝 놀랐다. 그의 손에서 칼이 떨어졌다. 볼로딘은 계속 양 울음소리를 내며, 손으로 목을 잡으며 안간힘을 썼다. 그러나 그는 너무 놀라, 힘이 쭉 빠져, 목까지 손을 뻗지도 못했다. 그러다가 몸이 마비되어 페레도노프의 앞으로 푹 쓰러졌다. 끊어질 듯 말 듯한 비명을 지르다가—숨을 한 번 꼴깍 삼켰다— 조용해졌다. 페레도노프는 공포에 질려 비명을 질렀고, 바르바라도 그를 따라 비명을 질렀다.

페레도노프가 볼로딘을 툭 건드렸다. 볼로딘은 마루 위로 풀썩 넘어졌다. 그러고는 쉰 목소리를 내며 발을 파르르 떨더니, 이내 숨이 끊어졌다. 위로 치켜뜬 그의 눈이 유리처럼 반짝였다.

고양이가 옆방에서 나와 피 냄새를 맡고는 음산하게 야옹거렸다. 바르바라는 못 박힌 듯 꼼짝도 못하고 서 있었다. 클라브디야가 소란을 듣고 달려 나왔다.

"어머나! 이런! 칼에 찔렸군요." 그녀가 비명을 질렀다.

바르바라도 클라브디야의 비명 소리를 듣고서야 정신을 가다듬고, 그녀와 함께 식당에서 뛰쳐나갔다.

이 사건에 대한 소문은 금세 퍼져나갔다. 이웃들이 거리와 마당으로 몰려들었다. 겁 없는 사람들은 집 안으로 들어왔다. 그러나 한동안 식당으로 들어가지 못하고 망설였다. 사람들이 쳐다보고 쑤군거렸다. 페레도노프는 광기에 어린 눈으로 시체를 바라보며, 문 뒤에서 쑤군거리는 소리를 듣고 있었다. 그는 정신이 아찔했다. 아무 생각도 들지 않았다.

마침내 사람들이 용기를 내서 식당으로 들어왔다. 페레도노프는 고개를 떨군 채, 이해할 수 없는 이상한 이야기를 중얼거리고 있었다.

1902. 6. 19.

작가와의 대화

역자 : 소설 『찌질한 악마』로 세계 각국에 널리 알려진 당신의 독특한 문학 세계는 한국 독자들에게는 거의 알려져 있지 않습니다. 당신의 대표작 『찌질한 악마』에 대한 이해를 돕기 위해 작품의 특성과 관계된 몇 가지 테마를 가지고 이야기를 나누고 싶습니다. 대화의 내용은 크게 작가의 성장 배경과 문학 세계, 그리고 『찌질한 악마』의 작품성에 관한 것으로 정리해서 나누어보도록 하겠습니다.

　『찌질한 악마』를 읽으면, 가장 먼저 독특하고 기이한 느낌이 듭니다. 우선 백화점의 진열대에 놓인 물건들처럼 많은 인물들이 다양하게 등장합니다. 그러나 어떤 공통점과 일관성을 갖고 있다는 점에서 그런 느낌이 드는 게 아닐까 하는 생각입니다. 또한 당신의 작품에 나오는 등장인물들은 부정적이고 그로테스크한 이미지들로 그려지고 있는데 그들이 이러한 특성을 갖게 된 것은 어떤 이유에서입니까?

솔로구프 : 제 작품에 대해 대부분 그런 이야기들을 합니다. 그러나 그것은 부정적인 세계 인식을 부정적으로 조장하려고 한 것이 아닙니다. 좀더 넓은 의미에서 삶의 본질에 다가서려 했던 저의 의지가 그렇게 빚어낸 것이겠지요. 그것이 무엇인지는 차차 아시게 될 것입니다.

역자 : 뭔가 복잡한 사연이 있는 것 같습니다. 인간의 인식은 환경에 의해 규정된다는 견해도 있습니다. 문학가로서의 당신의 기본적 사유를 이해하는 데 도움이 될 수 있는 당신의 성장 배경과 환경에 대해 말씀해주십시오.

솔로구프 : 그러지요. 작품에 등장하는 인물들의 특성이나 저의 세계관은 우선 어린 시절과 교육계에서 일했던 제 경험과 관련이 있습니다. 저는 가난한 집안에서 태어났습니다. 저의 아버지는 농노였고, 어머니는 가정부로 일하셨지요. 우리 집안의 가난은 제가 교육대학을 졸업하고 교사로 일하게 되었을 때까지도 계속되었습니다. 심지어 양말이 없어서 맨발로 학교에 다닐 수 있게 해달라고 학교장에게 선처를 부탁해야 할 정도였으니까요. 가난뿐만이 아니었습니다. 저의 어머니는 매우 가학적인 성격을 갖고 있었지요. 지독한 가난과 개인적 불행 때문에 어머니는 성격이 매우 날카로웠고, 저를 매우 사랑했지만 때때로 매질을 하고 심한 모욕을 주었습니다. 심지어 제가 어른이 되고 나서도 매질을 할 정도였으니까요. 제 유년 시절은 이렇게 끝없는 결함투성이의 인간들과 심

한 모욕과 그것으로부터 발생하는 분노에서 울려 나오는 곡소리로 가득했습니다. 이러한 어린 시절이 제가 세상의 추악하고 악마적인 힘의 근원에 대해 관심을 갖게 된 첫 번째 요인이었습니다.

역자 : 물론 유년 시절의 환경은 한 인간에게 절대적인 영향을 미친다고 할 수 있습니다. 많은 심리학자나 병리학자들은 유년 시절의 기억과 경험이 한 인간의 성품이나 가치관, 세계관 등을 결정하고, 심리적인 병인이 되기도 한다고 합니다. 당신의 그토록 불우했던 어린 시절은 실제로 당신이 당신의 주변과 세계를 어떻게 인식하고 바라보아야 하는가에 대한 결정적인 요인이 된 것 같군요. 그래서 당신의 작품에 나오는 그 많은 인물들이 모두 부정적인 속성들을 가지고 있다는 것은 당연한 일이겠네요. 그런데 당신의 불우했던 가정환경만이 그러한 영향을 주었다고는 볼 수 없을 것 같습니다. 당신은 1882년에 교육대학을 졸업하고, 러시아의 수도 페테르부르크에서 멀리 떨어진 지방 소도시를 돌며 10여 년 동안 교사 생활을 했습니다. 당시 러시아의 지방 소도시들이 오래 고여 있던 웅덩이처럼 오랫동안 아무런 변화가 없어 생기라곤 찾아볼 수 없는 죽음의 도시 같았다고 하는 사실은 다른 러시아 문학가들의 작품들에서나 역사적, 사회적 자료들에서도 나타나는 사실입니다. 당신도 그런 곳을 돌며 교사로 생활했기 때문에 그러한 소도시 사회와 사람들을 직접 보고 들었을 것이라고 생각합니다. 이때의 체험이 작품에도 영향을 끼쳤나요?

솔로구프 : 그렇습니다. 어떤 사회든 그 사회 안에서 개인의 생활이라는 것이 크게 다르지는 않을 것입니다. 좋은 사회는 개인에게 좋은 생활환경을 만들어 주겠지만, 온갖 악이 판치는 사회에서 어느 누가 그 사회의 부정적 영향을 벗어날 수 있겠습니까? 결국은 그 사회와 환경의 희생양이 되기 십상이지요. 저는 10여 년 동안 지방 도시를 전전하며 러시아의 현실과 실상을 직접 목격했습니다. 곧 이어질 혁명은 오래 견디어 온 불합리의 폭발이었지요. 그러한 환경에서 살아가는 사람들을 지켜보면서, 저는 인간의 가장 추악하고 저열한 모습을 자주 목격했습니다. 희망이란 찾아볼 수 없었습니다. 모든 것이 죽어 있는 듯이 보였지요. 나는 절망했습니다. 헤어날 수 없는 암흑의 세계, 악령의 힘이 모든 일상을 지배하는 사회, 헐뜯고 미워하고 이기적인 사람들, 개인의 힘으로는 그런 사회를 도저히 헤치고 나갈 수 없다는 무력감, 절망, 이것이 제가 경험한 그 당시의 사회였습니다.

역자 : 하지만 당신은 그런 환경을 극복하고 러시아, 아니 전 세계에서 인정받는 문학가가 되었습니다. 당시에 러시아 문학가들은 모두 교육을 받을 수 있는 기회가 주어졌던 소수의 귀족 출신이나 인텔리 출신이었는데 반해 당신은 하층 계급 출신이면서도 교육도 받고 위대한 작품도 창작했습니다. 그것은 당신에게 행운도 따랐기 때문이라고 봅니다.

솔로구프 : 물론입니다. 우선 교육을 받지 못했다면, 작가가 될 수

도 없었겠지요. 제가 네 살 되던 해 아버지가 폐결핵으로 돌아가시자, 가련한 저의 어머니는 두 살 된 여동생과 저를 데리고 살길을 찾아야 했지요. 이런저런 고생 끝에 결국 어느 귀족 인텔리겐차 집안의 하녀로 들어갔습니다. 그런데 그 집안은 다행히 문화 수준도 높고 교육에 관심이 많아서 어린 저의 교육에도 관심을 가져 주었습니다. 글을 가르쳐 주고 책을 빌려 주고, 음악회나 문학 토론회에도 참석할 수 있게 해주었습니다. 그리고 제가 학교에 다닐 수 있도록 배려를 해주었지요. 그 덕분에 저는 러시아 지식인 계층의 문화를 접할 수 있게 되었고, 교양을 키울 수 있었습니다. 그리고 문학인으로서의 꿈도 갖게 되었습니다. 저는 이런 환경에서 열두 살 되던 해부터 글을 쓰기 시작했는데, 그것은 뒤틀리고 모순된 저의 운명에 대한 울분과 모욕적인 삶으로부터의, 그 절망으로부터의 유일한 탈출구였습니다. 상처받은 영혼을 달래고, 아무 희망도 없는 지옥으로부터 끝없는 상상의 나래를 통해 천상을 꿈꿀 수 있었죠. 저는 미친 듯이 시를 쓰고, 산문을 썼습니다. 물론 그 시절의 글들은 단순한 분노나 부질없는 웅얼거림에 불과했지만, 저의 삶과 작가로서의 운명을 결정지어 주었지요.

역자: 이제 어렴풋하게 당신의 유년 시절의 환경과 경험과 연결지어 당신의 창작 세계의 한 부분을 이해할 수 있을 것 같기도 합니다. 당신은 태어난 환경도, 문학적 삶도, 문학계에 입문하게 된 과정도 좀 특이하다고 생각됩니다. 당신은 오랫동안 문학계와 접하지 못한 채, 교사 생활을 하면서 여러 가지 잡문과 평론, 그리

고 시를 쓰고 발표했지만, 그다지 주목받지 못했다고 알려져 있습니다. 게다가 당시 다른 시인들보다 나이가 많은, 즉 서른 살이다 되어서야 페테르부르크의 학교로 전근 오면서 문학계의 인사들을 만나고, 새로운 문학 경향에 대한 정보도 들었다고 했습니다. 물론 당신은 당시의 잡지나 신문 혹은 새로 나온 작품들을 열심히 구독하며 문학계를 간접적으로 경험할 수 있었을 테지만, 1890년대 이후에야 페테르부르크에서 새로운 문학 경향을 주도해 가던 상징주의자들과 만나게 되고, 상징주의 문학을 받아들여 창작의 근간으로 삼았다고 알려져 있습니다.

솔로구프: 물론 한 문학인이 그의 주변과 사회로부터 독립적으로 존재할 수는 없습니다. 항상 시대와 역사와 환경의 영향을 받게 되고, 반대로 자신의 이념과 경험을 한 시대와 역사와 환경에 부가시키기도 합니다. 그런 점에서 저도 제가 살았던 환경과 시대적 상황, 그리고 러시아 문학과 세계 문학 전통의 영향을 받지 않을 수 없었고, 좀더 직접적으로는 당시 문학의 새로운 경향이었던 상징주의의 영향을 받기도 했지요. 상징주의와의 만남을 좀더 상세히 설명하자면 이렇습니다. 제가 문학을 하게 된 것은 제가 유년 시절, 고통스러운 삶과 고뇌 속에서 괴로워하여, 제 자신의 운명과 피할 수 없는 절망적인 세계를 경험했기 때문이었습니다. 그러한 것이 바로 저의 문학 세계에 영향을 끼쳤고 또한 모든 창작의 근원이 되었습니다. 그때 경험한 것들이 이후의 제 삶의 모든 것을 결정하고 저의 세계관을 규정했고, 그래서 저의 창작 속에서

그것들은 끝없이 흘러나옵니다. 물론 그런 기억은 당시의 문학적 분위기와 동떨어져 있지는 않습니다.

당시의 문학은 두 가지 큰 흐름이 지배했습니다. 네크라소프와 낫손으로 이어지는 시민파 시 경향과, 민스키와 메레주코프스키를 위시한 순수 예술 경향의 시 문학파가 그것이었습니다. 그러나 독립적으로 보이는 두 경향의 시 학파는 소설가 안드레예프스키가 1880년대와 90년대 시의 유일한 합법적 주제를 '미와 우울'이라고 규정한 대로 모두 공통된 분위기를 갖고 있었습니다. 낫손의 의식 세계는 세계를 좀더 좋은 것으로 만들겠다는 욕망과 한편으로는 자신의 무기력에 대한 고뇌로 채색되어 있었고, 그와 명성을 나란히 하고 있었던 민스키의 창작에서는 모순되고 불합리한 세계에 대한 끝없는 의문과 비애에 사로잡혀 출구를 찾지 못하고 서성대는 병든 세대에 대한 우울함과 슬픔이 배어났습니다. 그러한 시적 분위기가 저의 초기 시의 서정적 모티브에 영향을 주었음을 부인할 수 없습니다. 저의 시에서 현실 거부, 무력감, 절망감, 상실감, 학대받고 모욕당한 인간의 복잡하고 모순에 가득 찬 심리적 열등감이 울려 나오는 것은 바로 그러한 관계 때문입니다.

더구나 저는 1892년 페테르부르크로 이주한 후에 이러한 경향과 함께 전기 상징주의자들과 접촉하게 되면서, 새로운 문학 세계를 접하게 되었습니다. 당시 민스키, 메레주코프스키, 세스토프 등을 중심으로 한 상징주의자들은 잡지《북방소식》를 통해 선악의 개념, 인간 존재의 비극적 의미 등과 같은 관념적이고 형이상학적인 철학적 테마들을 노래했고, 그 속에는 주로 풍자적인 그로테스크와 낭만주의적인 이원론, 미에 의한 세계 변형 사상을 그려 보여 주었습니다. 그러한 경향은 저의 본질적인 내적 속성과 유사했고, 저는 그들의 사상을 수용했으며, 저의 창작의 기본 사유에 많은 영향을 주었습니다. 저는 한동안 그들과 함께 《북방소식》의 편집 작업을 도우며 적극적으로 글을 싣기도 했습니다. 저의 작품은 주로 잡지를 통해 발표되었죠. 물론 이 당시의 상징주의는 진정한 의미에서의 상징주의라고는 할 수 없으며, 굳이 구분하자면, 데카당적 특질을 강하게 가지고 있었다는 점을 인정합니다. 저는 「데카당을 반드시 부끄러운 것이라고 할 수 있을까?」라는 글에서 이 시기의 상징주의를 진지한 고뇌와 비극적인 절망으로부터 시작된 상징성의 첫 단계라고 주장했습니다. 상징주의의 첫 출발이 영혼의 고통과 병적 히스테리를 수반하지 않을 수 없었다고 보았기 때문이지요. 저의 작품에 나타나는 주인공들의 심리적 특성은 상당 부분 이 시기의 데카당스에 가까웠다고 할 수 있을 겁니다. 특히 저의 첫 번째 소설인 『악몽』이 그렇다고 할 수 있고, 또한 『찌질한 악마』의 형상들도 이러한 기본적인 파토스를 갖고 있지요.

역자 : 당신의 그러한 데카당적 염세적 특징은 쇼펜하우어 철학의 영향도 받았다고 알려져 있는데, 그것과 관련해서 설명을 해주셨으면 합니다.

솔로구프 : 물론 저의 작품에 나타나는 염세적 분위기라든가, 죽

음에 대한 천착, 절망 등은 분명히 쇼펜하우어의 철학과 관련이 있습니다. 그러나 우선은 어린 시절의 비극적 경험을 통해 일상에서 빈번하게 목격하게 되는 저열함에 대한, 악의적인 인간의 속성에 대한 공포가 저의 영혼 속에 이미 각인되어 있었습니다. 저와 가까웠던 상징주의 시인 블록이 그러한 특성을 적절하게 표현해 주었습니다. "그의 시의 대상은 영혼 속에 굴절된 세계가 아니라, 자기 안에 세계를 굴절시키는 영혼이다"라고 말입니다. 절대적인 세계관을 모색하고 있었던 제가 시인이 되던 해에 러시아에서 유행했던 쇼펜하우어의 철학을 접하면서, 저는 그 속에서 관념론적 직관 철학, 페시미즘, 절망의 철학을 발견했고, 그것은 당시 저의 정신적 지주가 되었던 것입니다.

역자 : 그러나 단순히 데카당적인 특질, 혹은 페시미즘만이 당신의 창작 세계를 설명할 수는 없다고 보여집니다. 좀더 적극적으로 세계에 대한 깊은 인식과 구원의 문제에 대한 모색이 있었다고 보여지는데요.

솔로구프 : 물론입니다. 페시미즘적 분위기와 절망의 분위기는 첫 소설 『악몽』에 집중적으로 나타나 있습니다. 불합리하고 악이 판치는 세계에서 주인공 로긴의 행적을 통해 자신의 영혼 속에 내재된 죄의 본성, 악마적인 세계 질서의 축을 제거하고 '진리 찾기'와 '그것을 통한 새로운 부활'이라는 테마를 제시하려고 했습니다. 그것이 성공을 거둘 수 있었는지는 제가 판단할 성질의 것은

아니지만, 악의 세계로부터의 구원을 모색하는 작업은 제 작품에 지속적으로 나타나게 됩니다. 이바노프 라줌니크가 "자신의 예술적 철학적 창작에서 삶의 의미에 관한 문제를 중요시한 작가"라고 저를 평했을 만큼 저는 이러한 삶의 의미와 구원의 문제를 창작의 목적으로 삼았습니다. 제가 1900년대 초에 러시아 후기 상징주의자들의 이념에 더욱 접근하게 된 계기도 이러한 노력의 하나라고 할 수 있습니다. 후기 상징주의는 전기 상징주의와는 상당히 다릅니다. 여기서 잠깐 그 차이를 살펴보면, 메레주코프스키를 중심으로 한 페테르부르크 내의 그룹이었던 데카당스적 특징의 전기 상징주의는 도덕적이고 미학적인 상대주의와 페시미즘이 스며든 개인주의적인 예술이었다고 할 수 있는 반면에, 후기 상징주의는 전기 상징주의 영향을 받지 않고 블라디미르 솔로비요프의 종교철학적 구원 사상의 직접적인 영향 아래 형성된 관념적이고 신비적이고 마법적인 예술로 이해할 수 있습니다. 미를 통한 세계 구원이라는 솔로비요프의 유토피아 사상은 『찌질한 악마』에 반영되어 있습니다. 그것에 대한 자세한 설명은 여기에서는 덧붙이지 않기로 하겠습니다. 다만 『찌질한 악마』를 완성한 1905년 이후 1907년까지 저는 이러한 유토피아적 이념이 강화시키는 새로운 신화를 적극적으로 창조하려고 노력했습니다. 『돈키호테』에서 빌려온 '알돈사와 둘시야에 대한 신화'가 이때 형성되었지요. 그리고 새로운 신화 창조에 대한 의지는 세 번째 장편 『창조되는 전설』에서 두드러지게 나타났습니다.

역자 : 1900년대 말 이후, 당신은 창작을 거의 하지 않은 것으로 알려져 있는데, 소비에트 혁명 이후의 작품 활동은 어떤 것들이 있습니까?

솔로구프 : 1900년대 말 상징주의 신화는 점차 빛을 잃었습니다. 저 역시 상징주의가 갖고 있었던 한계를 절실하게 느꼈습니다. 상징주의자들의 비밀스러운 언어는 독자를 이해시키지 못했고, 시인은 상징주의자들이 열망했던 인간 구원의 성직자가 될 수 없었습니다. 정치와 사회는 급변하고 있었고, 문학에 대한 독자들의 요구도 달라졌습니다. 그러나 상징주의는 문학적 지평을 넓혀 주었습니다. 상징주의에 의해 확대된 예술 인식은 저마다 다른 철학적 기치를 표방하는 다양한 시 학파들이 나타나게 했습니다. 새로운 문학 경향들은 좀더 미학적이고 기능적이며 현실적인 이야기를 하기를 원했지요. 러시아 극치주의나 미래주의 시 경향, 그리고 실로 다양하고 독창적인 걸출한 시인들이 이때 나타났습니다. 저 역시 상징주의의 신화 창조에 회의를 느꼈고, 상징주의 시학의 여러 원칙들을 극복해보고자 안드레예프의 표현주의나 세베랴닌의 에고 퓨처리즘Ego Futurism에 관심을 갖기도 했습니다. 그러나 전체적으로 창작 활동은 활발하게 할 수 없었고, 기존의 작품들을 재출판하거나 서평을 쓰거나 외국 작품을 번역하는, 다소 소극적인 문학 활동을 했습니다.

역자 : 안타까운 일이군요. 물론 각 시대와 사회는 문학예술 고유

의 것을 끊임없이 요구하고 있다고 생각합니다. 시대와 사회가 달라지면 요구도 달라지게 되지요. 시대와 호흡하지 못한 채, 당신은 창작의 힘을 잃어버렸거나 혹은 당신의 창작에 시대와 사회가흥미를 잃었을 수도 있지요. 참, 시대의 이야기를 하다 보니 또 한가지 궁금한 것이 있습니다. 당신이 살았던 시기는 혁명의 소용돌이가 몰아치는 역사적 대변혁기였고, 그 와중에 문학적으로든 정치적으로든 혁명에 대한 자신의 입장이 있었을 텐데요.

솔로구프 : 저는 기존의 러시아에 부정적인 입장을 가지고 있었습니다. 가혹한 전제 정치, 무기력한 사회, 농노제 아래서 끝없이 울부짖는 농노들의 신음 소리……. 저는 새로운 세계가 건설되어야 한다는 의지를 강하게 갖고 있었습니다. 그러한 시점에서 저는 1905년의 혁명을 환영했습니다. 그것이 우리들이 꿈꾸던 새로운 이상 세계는 아닐지라도 뭔가 새로운 사회를 건설할 수 있을 것이라는 희망을 주었습니다. 그러나 1917년의 혁명에 대해서는 부정적이었습니다. 그것은 절대적인 파괴와 공포로 다가왔습니다. 저는 오히려 낡은 세계의 개조나 개혁이 긍정적이지 않을까? 하고 생각했습니다. 혁명에 대해 부정적이었던 저는 레닌에게 망명을 요청했지만 거부당했습니다. 그 와중에 저의 유일한 삶의 동반자였던 아내가 자살했고, 그 고통은 이루 말할 수 없었습니다. 저는 망명마저 포기한 채 아무런 희망 없이 소비에트 시절을 견뎌내야 했습니다.

역자 : 듣고 보니 당시 사회도, 당신의 개인적 운명도 혼란스럽고 비극적이라는 생각이 듭니다. 물론 그런 사실을 통해서 당신의 문학 세계를 조금은 이해할 수 있을 것 같습니다만, 그러면, 본론으로 들어가서 소설『찌질한 악마』에 대한 몇 가지 사실을 질문해 보겠습니다. 우선『찌질한 악마』는 당신의 작품 활동에서 어떤 위치를 차지하고 있습니까?

솔로구프 : 이 작품은 저의 모든 창작의 결산이라고 보아도 무방합니다. 저는 이 작품을 쓰기 이전에 열여섯 편의 단편과 많은 시를 썼습니다. 그리고『찌질한 악마』이후에도 창작은 계속되었지요. 『찌질한 악마』는 바로 이전과 이후의 연결 고리입니다. 이전에 다방면에서 언급되었던 에피소드들이『찌질한 악마』에 총집결되었고, 이후의 단편들 역시『찌질한 악마』의 후손들이라고 할 수 있습니다.『찌질한 악마』이전과 이후의 시 작품들 역시『찌질한 악마』의 이념과 세계관을 시 형식을 빌려 쓴 것이라고 해도 틀린 말이 아닙니다. 그리고 이 작품은 저의 대표작이 되었고, 저의 이름은 항상 이 작품과 함께 붙어 다닐 정도로 저의 문학에서 중요한 의미를 가지게 되었습니다.

역자 : 이 작품은 발표되었을 당시 러시아 사회에서 엄청난 반향을 불러일으켰고 전 세계적으로 유명세를 얻게 되는 대대적인 성공을 거둔 것으로 알고 있습니다. 현재까지도 그 유명세는 계속되고 있고, 이 작품에 대한 학자들의 연구도 늘어 가고 있으며, 심지

어 새로운 관심과 연구의 대상으로 떠오르고 있습니다. 처음 이 작품이 나왔을 때부터 이 작품에 대한 평가는 아주 다양했습니다. 우선 이 작품이 어떤 문학 경향에 속하는가 하는 점에서였습니다. 초기에는 사실주의다 또는 자연주의다 하는 의견들이 지배적이었다가 나중에는 상징주의 작품으로 평가되기도 했습니다. 작가로서는 이러한 견해에 대해 어떻게 생각하시는지 이야기해 주십시오.

먼저 이 작품을 사실주의 작품으로 보는 견해에 대해 이야기해 주시지요. 당시 당신과 같은 상징주의 길을 걷고 있었던 메레주코프스키나 기피우스 등 상징주의 문학가들마저 이 작품을 사실주의의 전통을 갖는 소설로 평가했습니다. 반ッ상징주의자들이었던 모로조프 같은 비평가들은, 그 시대의 프랑스 작가나 러시아 사실주의의 대표였던 고골의 『죽은 혼』을 연상시키는 러시아 지방의 암울한 정치 사회적 현실과 세태와 풍속의 묘사를 보고 그런 평가를 내렸는데, 이러한 평가에 대한 작가 본인의 생각은 어떻습니까?

솔로구프: 작품의 평가는 독자와 비평가의 몫입니다. 작품이 완성되고 나면 작가는 그 작품으로부터 자유로워집니다. 독자와 비평가가 작품 속에서 무엇을 발견하느냐는 순전히 그들의 '읽어 내기'에 달린 것입니다. 1880년대부터 10여 년에 걸쳐 쓰인 이 작품은 시기적으로 다양한 문학 사조가 빠르게 교차되던 시기였기 때문에 다양한 사조가 작품에 영향을 미쳤을 것이라고 생각합니다.

또한 작품을 보는 견해도 서로 다를 수 있으리라고 생각합니다. 그러나 이 작품에 나타난 러시아 지방 도시에 살고 있는 다양한 인물들의 모습과 풍속, 그리고 세태를 관찰하고 자세하게 묘사한 것은 그것을 단순히 사실적으로 묘사한다거나, 아니면 풍자하기 위해서가 아니라, 좀더 넓은 의미에서 그러한 삶의 저변에 깔린 본질적인 의미를 찾고자 했던 의도에서 나온 것입니다. 작품에 묘사된 당시의 저속하고 악의적인 세태는 비단 특정 지역과 특정 시대에 국한되는 것이 아니라, 러시아 전체 또는 모든 인류 사회가 안고 있는 보편적인 문제이므로 인간과 사회의 본질적인 측면에서 살펴보아야 한다는 생각을 갖고 있었습니다. 그런 점에서 이 작품을 단순히 사실주의 전통을 잇는 작품으로만 평가한다는 것은 그들의 편견에서 나온 것입니다. 제 작품에는 사실주의적 요소도 있지만, 다른 경향의 요소들도 발견할 수 있을 테니까요. 특히 이 작품과 연결선상에 있는 소설 『창조되는 전설』에서 저는 그러한 암울하고 악의적인 사회와 인간의 문제를 해결할 수 있는 신화적 도시를 그리려고 했습니다. 그런 점만 보아도 단순히 이 작품이 사실적 요소만을 나열해서 보여 주었다고 보는 것은 편견에 지나지 않는다고 생각합니다.

역자: 물론 그렇습니다. 사실주의 작품으로 보는 경향 외에도 이 작품이 자연주의적 특성을 갖는다고 지적하는 견해도 있습니다. 이런 사실에 대해서는 어떻게 생각하십니까?

솔로구프 : 예, 사실 저는 『악몽』과 『찌질한 악마』를 쓰면서 프랑스 자연주의 작가들의 소설 이론에 심취해 있었습니다. 특히 프랑스 자연주의 작가 졸라의 주장대로 소설은 무엇이든 표현의 대상으로 삼을 수 있다는 점에서 일차적인 영향을 받았다고 할 수 있습니다. 소설은 그 대상이 아무리 저급하고 혐오스럽고 추하다 할지라도 묘사의 대상이 될 수 있으며, 특히 그것은 세밀한 관찰을 통해 가능하면 가장 정밀하게 묘사되어야 한다는 점, 그리고 그 대상의 현상이나 특징은 분명히 생물학적, 유전적인 원인에 의한 것이기 때문에 그 요인을 찾아내어 과학적이고 실증적으로 설명해야 한다는 자연주의 미학의 이상은 저의 작품에 일정한 영향을 주었다고 할 수 있습니다. 그러나 졸라의 자연주의는 창작의 상상력과 예술의 허구성에 대한 이해가 부족했습니다. 저는 예술이 합리적이고 과학적인 사고를 뛰어넘는 세계 인식이 되어야 하며, 나아가 사회를 개선하고 새로운 삶의 영역을 열어 주는 역할까지도 해야 한다는 점에서 자연주의를 극복하려고 했습니다. 그러한 점에서 단순한 자연주의의 범위 안에 『찌질한 악마』를 가두는 것은 옳지 않다고 생각합니다.

역자 : 그렇군요. 사실주의나 자연주의로 분류하려는 시각 외에도 이 작품을 신화적―상징주의적 작품으로 보는 견해도 있습니다. 그러한 견해는 주로 1970년대 이후에 형성된 시각들입니다. 러시아 기호학파 학자인 민츠는 당신의 작품을 '상징주의적 이념을 상징주의적인 구조로 쓴 최초의 소설'이라고 평가했습니다. 또 당신

이 프랑스 상징주의의 영향을 받았다고 주장하는 논문도 프랑스에서 나왔습니다. 그 외에도 이 소설의 신화적 요소들을 조명한 연구도 이루어져, 현대에는 『찌질한 악마』를 신화적―상징주의적 작품으로 보려는 견해가 지배적인데, 이러한 관점에 대해서는 어떻게 생각하십니까?

솔로구프: 물론 상징적, 신화적 요소가 제 작품의 중심 요소들 중 하나라는 점을 부정할 수는 없습니다. 작품에 나타나는 관념적이고 신비적인 네도트이콤카의 형상이라든가 등장인물들의 악마주의적 본성에 대한 묘사, 성경의 모티브에서 빌려 온 신화적 인물의 형상화, 그리스 로마 신화에서 형성된 미적 세계관, 그리고 디오니소스 신화의 변형, 유토피아 철학, 범신론적 속성 등 작품 곳곳에 나타나는 신화적, 상징적인 요소들은 그 충분한 근거가 되리라고 생각합니다.

역자: 말씀을 듣고 보니 『찌질한 악마』는 다양한 문학적 이념과 요소, 그리고 많은 문학 경향이 복잡하게 얽힌 작품이라는 생각이 듭니다. 어느 한 측면만의 잣대로 이 작품을 섣불리 평가해서는 안 될 것 같습니다.

그러면 다음으로는 작품의 기본 테마에 대해 묻고 싶습니다. 이 작품을 읽고 나서 가장 놀라운 것은 이 작품에는 인간의 온갖 추악한 모습, 거짓, 음모, 비열함, 이기심 등이 적나라하게 파헤쳐져 있다는 점입니다. 어떻게 보면 제 마음속과 인간관계에서 일어날 수 있는 모든 추악함이 총망라되어 있는 것 같습니다. 이는 세계를 부정적으로 보기 때문이라고 생각되는데, 작가가 현실적 삶에서 이러한 요소들만을 건져 올린 이유는 무엇인가요?

솔로구프 : 제가 경험했던 가족생활과 『찌질한 악마』를 쓰기까지 10여 년간 교사로 활동하면서 목격한 세계는 온통 잿빛이고 음울했습니다. 그 세계는 쇼펜하우어가 지적한 대로 목적도 없이 움직이는 사악하고 맹목적인 악의 의지라는 사실을 인식했고, 세계는 단지 이 의지의 표상이며 인간의 운명은 상실, 슬픔, 통곡, 죽음뿐이라고 보았습니다. 그 속에는 결함투성이의 인간이 정신적인 무력감과 패배의식에 사로잡혀 살고 있고, 악마적 요소, 즉 잔인함, 야만성, 사악한 모든 행위들로 인간은 숨을 쉴 수 없었습니다. 들리는 것이라곤 불행과 절망의 신음 소리였지요. 이런 저를 자주 '러시아의 보들레르'라고 불렀고, 많은 사람들이 저의 창작의 최고의 의미를 '악의 꽃'이라고 간주했을 정도였으니까요. 그러나 제가 본 세계는 바로 이런 것이었고, 다른 측면의 세계를 발견할 수가 없었습니다. 바로 이런 세계를 경험했기 때문에 인간의 존재란 무엇이며, 삶의 의미는 무엇인가, 그리고 이 세계로부터 어떻게 인간이 구원될 것인가 하는 점을 집요하게 찾았고, 구원되기를 바랐지요.

역자 : 그러면 당신은 구원을 찾았습니까? 찾았다면 그것은 어디에 있습니까?

솔로구프 : 저에게 있어 세계는 악의와 기만과 허위에 가득 차 있었습니다. 도스토예프스키가 일찍이 말한 대로 이 추악한 세계는 오직 '미'로 구원된다고 저는 믿었습니다. 저는 한때 인간의 구원을 이루어 줄 이 '미'의 대상을 찾았습니다. 『찌질한 악마』에 나오는 사샤와 류드밀라의 순수한 사랑과 때 묻지 않은 어린아이 또는 볼로딘의 형상으로 상징되는 아기 예수, 어린 양의 희생 등을 말입니다. 그러나 그러한 미적 대상들은 이 추악하고 사악한 세계에 잠시 나타났다가 금세 사라져 버렸습니다. 미의 실현은 이루어지지 않았고, 궁극적으로 구원할 수도 없었습니다. 저는 절망했습니다. 이것이 제가 그토록 죽음의 문제에 천착한 이유입니다. 제 작품의 곳곳에서 죽음의 곡소리가 울려 나옵니다. 이러한 죽음에 대한 찬양은 당시 러시아 전체에서 일어난 자살의 파도를 불러온 것이 아니냐는 오명을 뒤집어썼습니다. 그리고 그러한 이유로 작가들과 검사들은 저를 비난하기도 했습니다. 그중에는 나의 작가적 재능을 인정했던 고리키도 끼어 있었지요. 이 지상에 구원은 없었던 것입니다. 이 지상의 지옥을 탈출하는 유일한 통로는 그 세계의 거부였습니다. 죽음, 그것이 유일한 탈출구였던 셈이지요. 제 작품의 초기에서부터 지속적으로 나타나는 죽음의 테마는 결국 이러한 맥락에서 나타난 것이었습니다.

역자 : 듣고 보니 오싹한 기분이 드는군요. 그런데 더욱 저를 오싹하게 만드는 것은 작품에 등장하는 모든 인물에게 거의 예외 없이 나타나는 악마성입니다. 주인공 페레도노프의 피해망상증적

정신 상태와 살아 있지 않은 듯한 멍한 표정과 시선, 무도회에 참석한 여러 인물들의 악마적 속성이 가미된 복장, 마법사를 연상시키는 베르시나의 행동과 온통 검은색으로 채색된 형상, 점을 치는 그루시나, 마녀들의 축제 같은 루틸로프가의 아가씨들의 연회, 사샤의 검은 머리와 눈, 악마의 상징인 네도트이콤카 등, 작품 전편에서 등장하는 이러한 것들은 악마적 속성을 잘 보여 주고 있습니다. 그 악마적 속성은 '미'가 사라져 버린 세계, 그곳에서는 오직 추악함만이 살아 숨 쉬고 있으며 그곳에 존재하는 것은 모두 이 악마적 속성에 감염될 수밖에 없다. 이런 측면에서 당신의 악마주의를 이해해도 되겠습니까?

솔로구프 : 결국은 그런 셈이지요. 사악한 악마의 지배에 놓인 이곳 지상은 온갖 악마적 속성이 판을 치고, 그것만이 계속 존재할 수 있기 때문입니다. 고상함이라든가 선이라든가, 미라고 하는 것이 거부당하는 이 세계에 존재하는 모든 것은 악의 화신이 될 수밖에 없습니다. 그래서 작품에 등장하는 모든 인물은 그들의 본성이 선하든 악하든 상관없이 악에 물들어 있고, 악의 화신이 되는 겁니다.

역자 : 그 말씀도 일리가 있는 것 같습니다. 특히 『찌질한 악마』의 주인공 페레도노프의 형상이 바로 작가가 보신 악마의 화신의 절정이 아닌가 하는 생각이 듭니다. 마지막 질문이 될 것 같은데, 그럼 페레도노프에 관해 이야기해 보기로 하겠습니다. 페레도노프

는 문학계에 등장하자마자 유명 인사가 되었습니다. 미르스키는 페레도노프가 『카라마조프가의 형제들』 이래 러시아 소설에 나오는 가장 유명하고 잊지 못할 인물이 되었다고 평했습니다. 그리고 그의 이름은 현재 하나의 문학 용어가 되었습니다. 제가 느끼기에도 그의 특성과 이미지는 뭐랄까, 그로테스크하고 악마적인 냄새를 풍깁니다. 요즘 말로 표현하자면 엽기적이라고 할까요. 당신이 창조한 페레도노프에 대해 덧붙이실 말씀이 있으면 해주시죠.

솔로구프 : 페레도노프는 저의 분신과도 같은 존재입니다. 그렇다고 페레도노프에게 저 자신을 투사했다고 말할 수는 없습니다. 저 역시 페레도노프처럼 지방 학교의 교사였고, 페레도노프가 경험한 모든 것을 경험했지만, 결코 자전적인 이야기는 아닙니다. 작가는 주변의 인물들과 사건을 통해서 그것들에 생기를 불어넣는 작업을 하는 사람입니다. 마치 흙으로 빚은 인간에게 생명을 불어넣은 신처럼 말입니다. 그런 의미에서 페레도노프는 저의 분신이며, 제가 인식하고 경험한 모든 것입니다. 그것이 페레도노프라는 인물에 모두 투사되었다고 할 수 있습니다. 그는 모든 인간에게 보편적으로 잠재해 있는 어두운 측면, 악마적인 부분을 드러내 보여 주는 존재입니다. 저는 이러한 인간의 측면을 좋아하거나 부추기려는 게 아니라, 그 부분을 솔직하게 꺼내 놓고 인정하자는 것이었습니다. 우리가 부인하고 외면하고 싶어 하는 그 어두운 부분을 드러내야만 밝은 빛을 쬘 수가 있는 법입니다. 마치 고름이 가득한 상처를 그냥 덮어 두고 치료할 수 없는 것처럼 말입니다.

그 어두운 곳에 빛을 비추고, 희망을 주고, 악마적 세계를 새롭게 변화시키려고 했던 것입니다. 그러나 그것이 실현될 수 있을지는 저도 모르겠습니다. 지금도 우리는 페레도노프가 살았던 그 세계에서 한 발짝도 벗어나지 못했으며, 그가 숨 쉬던 대기를 여전히 호흡하고 있습니다. 페레도노프 영혼의 작은 악마, 네도트이콤카는 아직도 그의 영혼을 혼란스럽게 하며 우리의 영혼을 파괴시키려고 부단히 달립니다. 도스토예프스키가 "인간은 그 어떤 제도로도 구원될 수 없다. 인간 존재 자체가 불합리하기 때문이다"라고 예언한 대로지요.

역자: 말씀을 듣고 보니 당신이 창조한 페레도노프의 형상이 여전히 우리들의 일그러진 영혼의 한 부분을 설명하고 있다는 생각이 드는군요. 그리고 그것은 지금도 우리들의 삶의 목적과 세계 변화에 대한 의지를 일깨워 주는 것 같습니다. 우리는 좋은 세계를 꿈꾸는 일을 멈춰서는 안 된다는 것이죠.

작가님과의 대화를 통해 작품을 읽으면서 가졌던 여러 문제의식들을 함께 풀어 볼 수 있었습니다. 그리고 독자 여러분에게도 이 작품이 우리 내면과 인간 사회에서 마주치게 되는 여러 불합리와 부조리들을 생각해 보는 기회가 되었으면 좋겠습니다. 감사합니다.

표도르 솔로구프 연보

1863. 본명 표도르 쿠지미치 테테르니코프. 2월 17일 페테르부르크의 가난한 집안에서 태어났다. 아버지 쿠지마는 폴타바군에서 한 지주의 사생아로 태어났고, 1861년 페테르부르크로 이사했다. 그는 제화 기술을 배워 페테르부르크에서 제화공으로 일했지만, 표도르가 네 살, 그리고 여동생 올가가 두 살 되던 1867년에 폐결핵으로 사망했다. 어머니는 페테르부르크 근교에 살던 농부의 딸이었고 1882년까지 한 인텔리 귀족 집안에서 가정부로 일했으며, 1894년에 사망했다. 어머니가 가정부로 일했던 집은 연극과 음악에 상당히 관심을 가진 지주 집안이었던 때문에, 어린 솔로구프는 그곳에서 문학과 예술을 접했고, 주인의 배려로 초·중등 교육도 받을 수 있었다. 이곳에서 생활하는 동안, 어린 솔로구프는 다양한 인텔리 문화와 예술을 향유할 수 있는 기회도 얻었지만, 다른 한편으로는 극복할 수 없는 자신의 출신 때문에 고통스러운 경험도 하게 되었다. 일찌감치 그는 여러 가지 사회적 모순과 불합리를 감지했고, 그의 창작 세계의 페시미즘과 어둠은 이때부터 길러지게 되었다.

1871. 지주 집안의 배려로 김나지야에 입학해 교육을 받았다.

1875~1879. 솔로구프가 글을 쓰기 시작한 것은 그가 열두 살 되던 해인 1875년이라고 알려져 있지만, 남아 있는 자료로는 1877년에 쓴 시들이 가장 최초의 것들이다. 또한 1879년경에 쓴 산문의 초고들이 단편적으로 남아 있지만 완성된 것은 없다.

1882. 페테르부르크의 사범학교를 마친 후, 노브고로드의 한 지방 도시에서 교사 생활을 시작해, 이후 10여 년간 지방 도시를 돌며 교사로 일했다. 이 기간 동안 경험한 러시아 지방 도시의 생활과 환경이 그의 문학 작품에 생생하게 묘사되었고, 특히 그의 대표작 『찌질한 악마』에 상세하게 그려져

있다. 이때 시와 서정적 일기, 교육과 관련된 논문인 「고독에 대하여」와 「체형에 대하여」등을 썼다.

1883. 소설 『악몽』을 쓰기 시작했다.

1884. 페테르부르크에서 발행하던 잡지 《봄》에 시 「여우와 고슴도치」를 발표하면서 등단했다. 당시 중앙 문학계와 멀리 떨어져 있었던 탓에 지속적으로 문학계와 교류하지 못했고, 활동에 많은 어려움을 겪었다.

1888. 이론서 『소설 이론』을 썼다.

1891. 여동생 올가와 함께 페테르부르크를 방문했다. 이때 새로운 예술 운동을 이끌던 시인 민스키를 만나게 되고, 그와의 인연을 통해서 새로운 서구 예술의 경향과 문학의 흐름에 대한 정보를 얻었다.

1892. 지방으로 전근을 다니다 마침내 페테르부르크의 시립학교로 발령을 받았다. 그 후, 러시아 문단의 대표적인 문학 단체이자 상징주의를 이끌고 있던 메레주코프스키와 민스키 등과 적극적으로 교류하게 되고, 잡지 《북방소식》에 단편 「그림자들」을 발표하면서 기피우스, 발몬트 같은 전기 상징주의자들과 만나 상징주의의 영향을 받았다. 솔로구프라는 필명도 이 잡지의 편집진에 의해 붙여졌을 정도로, 1897년까지의 그의 작품 대부분이 《북방소식》에 발표되었다. 이때 소설 『찌질한 악마』를 쓰기 시작했다.

1894. 잡지 《화보》에 단편 「니토츠킨의 실수」를 발표. 이후 솔로구프는 1927년 「무덤에서 나온 주교」에 이르기까지 백여 편의 단편을 썼는데, 작가는 단편소설 장르에 특히 관심을 갖고 있었다.

1895. 소설 『악몽』을 《북방소식》에 발표. 자서전적이며 서정적 특성을 갖는 이 작품은, 도시에서 멀리 떨어진 시골학교의 교사인 주인공 로긴을 통해 솔로구프의 주인공들이 갖는 내적 특성을 보여 준다. 사실주의 산문이라는 평가도 받았으나, 그의 작품에 묘사된 사실적 특성들은 러시아 사회 현실을 보여 줄 뿐만 아니라, 더 폭넓은 인간 사회 전체에 대한 보편적 현상을 표현해냈으며, 작품에 나타난 기법은 사상적, 미학적 견지에서 러시아 데카당의 산문적 규범에 맞는 최초의 소설 작품으로 평가되기도 했다.

1896. 시선집 『시, 제1권』 출간. 이 작품은 상징주의 작품으로 평가되었고, 크게 주목을 받지는 못했다. 단편집 『그림자들, 단편들과 시들』 출판. 여기에는 전체적으로 비밀스럽고 또 때로는 신비한 어조를 띤 죽음에 대한 테마가 많이 등장하는데, 이때부터 이미 솔로구프의 창작 세계의 기본적 사유가

드러나기 시작한다.

1904. 단편집 『죽음의 침』 출간. 1890년대 이후부터 1900년대까지는 솔로구프가 단편소설 장르에 관심을 기울이고 많은 작품을 집중적으로 쓴 시기였다. 이때의 단편들은 이후에 나오는 『찌질한 악마』의 소재들이 다양하게 수집되고, 테마들이 실험되는 과정이자, 중간 고리와 같은 역할을 하고 있다. 특히 미학적 관점이나 기법에서 『찌질한 악마』와 연결되는 작품으로 「미」와 「어린 양」이라는 단편이 있다.

1904. 시 「교회의 복음」 시리즈를 발표. 이 작품으로 정치적 비판이 담긴 시민 서정시의 견본을 보여 주었다.

1905. 잡지 《삶의 제 문제》에 소설 『찌질한 악마』 발표. 1892년부터 1902년에 걸쳐 쓴 그의 걸작 『찌질한 악마』는 수년 동안 이 책을 출간해 줄 출판사를 찾지 못해서 이 잡지에 연재되었으나, 곧 잡지가 폐간되어 사람들의 주목을 받지 못했다. 같은 해에 『정치적 우화들』 출간. 이 작품은 통렬한 풍자와 매우 정교한 민중 언어를 사용하고 있다는 점에서 놀랍다. 그의 정교한 민중 언어는 이 장르에서 풍부한 언어적 효과를 가져다주었고, 레스코프의 그로테스크한 수법과도 맥이 닿아 있다.

1906. 애국적인 내용이 담긴 시집 『조국에』 출간. 1905년에 일어난 혁명을 지지한 솔로구프는 혁명 운동이 고조되어 가던 이 시기에 정치 풍자를 주로 싣고 있던 여러 잡지와 신문들에 풍자시들과 정치 평론을 발표, 권력과 종교를 날카롭게 비판했다.

1907. 작가에게 많은 사건이 일어난 해였다. 개인적으로는 분신처럼 사랑했던 여동생 올가가 폐결핵으로 사망했고, 25년간 일했던 학교를 떠나게 되었다. 개인적으로 불행한 사건들이 일어난 것과는 달리 문학 분야에서 이해는 그에게 엄청난 해였다. 우선 시집 『뱀』이 나왔고, 단편집 『썩어가는 가면들』이 발표되었다. 또한 희곡으로 「죽음의 승리」, 「지혜로운 꿀벌의 선물」, 「사랑」 등이 발표되었다. 작가에게 가장 큰 기쁨을 안겨 준 것은 『찌질한 악마』의 단행본 출간과 대대적인 성공이었다. 이로써 솔로구프는 작가로서 전 러시아에 알려졌고, 세계적으로도 주목받았다. 이 작품의 성공으로 솔로구프는 상징주의 시인이라기보다는 『찌질한 악마』의 작가로서 더 유명해졌고, 이 작품은 그의 대표작이 되었다. 블록은 『찌질한 악마』를 '당대 러시아 문학에서 최고의 작품'으로 일컬었고, 문학사가 미르스키는 '도스토옙스키가 사망한 이래 가장 완벽한 러시아 소설'이라고 말

했으며, 주인공 페레도노프를 『카라마조프가의 형제들』이래 가장 잊지 못할 인물'이라고 평했다.

1908. 교사를 그만둔 솔로구프는 본격적으로 전업 작가로 활동했으며 작가인 아나스타시야 체보타렙스카야와 결혼했다. 그는 이 결혼으로 많은 변화를 겪었다. 부부는 당시 프랑스 작가들과 독일 작가들의 작품을 공동 번역하기도 했다. 그와 동시에 시집을 내고, 산문, 희곡 등을 썼다. 블록은 그의 일기에서 "솔로구프는 결혼하고서 수염을 깎고, 솔로구프식으로 죽음을 사랑하고 삶을 증오하는 것을 잊어버렸다"고 쓰고 있다. 단편집 『지상의 매혹』출간 이후 솔로구프는 소설 『핏방울』, 『나브이의 요술』, 계간지 《십포브니키》에 『창조되는 전설』(1908~1912)을 발표했다. 그의 세 번째 장편소설인 『창조되는 전설』은 일상생활과 환상이, 서정성과 풍자와 신비주의가 밀접하게 연결되어 있다. 이어서 『이별의 서. 단편집』, 이듬해에 단편집 『매혹의 서, 소설과 전설』이 출간되었다.

1917. 이해에 일어난 러시아 혁명을 솔로구프는 받아들이지 않았다. 그는 1905년에 있었던 2월 혁명은 열렬하게 환영했지만, 『알르이 마크』에 나타난 바와 같이 10월 혁명은 인정하지 않았고, 이 혁명을 파괴적이며 치욕적인 것으로 치부했다.

1918. 단편집 『눈먼 나비』 발표.

1920~1921. 10여 권의 시집이 나왔지만, 대부분 예전 시들의 재판이었다. 이 시들은 현대 러시아 시문학 전체를 통틀어 가장 정치精緻하고 정교한 것으로 평가된다.

1921. 단편집 『얼마 남지 않은 여생』 발표. 이어 『뱀을 다루는 사람』을 발표했는데, 이 작품은 『찌질한 악마』에 비해 빈약하고 단조롭다. 그러나 그의 시정詩情은 높은 수준을 유지하고 있다. 같은 해에 솔로구프는 소비에트 정부에 망명을 요청했다. 그러나 프롤레타리아의 적이며 반혁명적인 작가란 점을 들어 망명 허락을 얻어내지 못했다. 그러던 중 심각한 정신장애를 겪고 있던 아내가 자살하자, 망명 시도를 포기했다.

1923 이후. 새로운 작품을 출판할 수 없었고, 혁명 후 정부는 그에게 세계 문학 작품을 번역하는 일을 맡겼다.

1927. 요독증으로 고생하던 그는 12월에 죽으리라는 자신의 예언대로 12월 5일에 세상을 떠났다.